U0505446

MFA CREATIVE WRITING

创意写作

第十一卷

·主编·

王宏图　张怡微

假如有深渊

IF THERE IS AN ABYSS

一场梦持续却捕捉不到

沉寂的夜里，灵魂在寻路

如同萤火虫

孱弱，却头顶一颗星

上海人民出版社

主编

王宏图　张怡微

顾问

陈思和　王安忆

编辑部主任

王宏图

执行编辑

余静如

题字

陈成益

装帧设计

胡　斌　刘健敏

编委会成员

陈思和　王安忆　王宏图
严　锋　张新颖　梁永安
龚　静　张怡微　陶　磊
战玉冰

目录

创意写作训练范例：从开题到成型

2020 级创意写作作品展示

青年作家薛超伟小辑

Examples of Writing Training

创意写作训练范例：从开题到成型

母 题

——创作者初挑战

俞东越（《收获》杂志编辑）

　　小说的动力、小说的发展、小说的彼岸，是复旦大学创意写作专业的每个学生需要在小说创作实践这门课程中完成的三个挑战。而这三项挑战将具体化为从课上较短的篇幅，延展成毕业作品中三万字的中篇小说体量。对于这一体量的扩充，多数学生会调动大量个人经验来充实作品，也有如《残面观音》这般，将文学母题作为框架。后者余留了更多的虚构空间，也拔高了此项挑战的难度。

　　《残面观音》涉及的母题是女性，在小说中具体指女性成长。随后，创作者在母题上增加了一个装置：主人公茉莉的两位哥哥，家城与家坞，其中有一位并非亲生，而是父亲恩人的遗子，被他们家收养。接着，创作者再为这套装置做了一条引线：父亲决意一辈子都不告诉他们，谁是真正的儿子，而谁又是养子。于是，小说的动力便具备了：故事人物要去追求自己出生的真相。同时，创作者还为这一文学母题披上了一层面纱，不仅让小说避免了"猎奇""畸形"之嫌，更增强了读者阅读的"动力"。而为了使这套装置能够合理运作，作者又必须为其布景，便有了父亲在两个儿子面前受辱的前史。由此，父亲将"男性气质"受损的郁愤转化成让两个儿子为那个真相竞争的动力，使小说初具发展的可能。

　　至此，作品已具备不错的开端，随之很自然地形成了斗狗场这极具隐喻性的场景，以及作品开头"骑棺"的场景。

　　而作者之所以选择该母题，背后有一个创作的动因，即对性别议题的探讨。我想这也是为什么《残面观音》开始，是一个女孩骑在棺木上，她为小说的动力标记了创作者指引的方向，为小说的发展开辟了新的空间。也正是从这里开始，我们可以更清晰地判断一个作品的资质。

在读到女孩骑棺后，作者想要的发展和读者期待的发展便会产生分歧的可能性：父亲喊茉莉下来，她会下来吗？她下来了，作者让她下来，由此引出家城与家坞的关系。再一笔荡开，家城与家坞，又是哪一个会上去？至此，作者为《残面观音》准备的装置与引线都顺利运作了起来。然而，倘若茉莉拒绝下棺，小说便会完全是另一番面貌。

显然，作者不愿意落入性别议题的窠臼，为了维持小说的发展而直接启用了母题。母题就像是一间房子的毛坯状态，所有设计装潢须沿着它铺展开来。成长中必须面临的真相立刻迫近，再难有转圜的余地。

此时，母题向创作者提出的难题便显现出来：这是我能为你提供的，墙面、层高、面积，在这个有限的空间里你能施展多少，便看你的本事了。

也许是因为阅读过一些"狡猾"的稿件，我自一开始就没有期待小说会明确揭示这个真相。我们可以辩称，小说可以有比真相更重要的东西。那张写了家城名字的经营证，不过是一张"假证"，展现了作者在虚构与写实间做出的聪明的选择。而这一张证，为家城落幕，小说航行的旅途只剩下父亲、家坞与茉莉，小说的彼岸随时会出现在天际线。

创作者在一开始拒绝了一个可以极具个性的茉莉，因为作为母亲的茉莉更容易让人信服。于是，作者让茉莉拿起瓷片，终结了父亲，终结了真相的可能性。这让我想起《命若琴弦》，不断追逐、不断维系，而《残面观音》反其道行之，我们不再前行，我们就停靠在离岛上。

在这座离岛上，作者建造了一座寺庙，名为铁女寺，同斗狗场一样，是小说中被作者赋予重要意涵的场所。作者旨在将铁女寺之由来——两女为蒙冤之父投炉而死——与茉莉弑父形成对比。这个彼岸的选择其实颇微妙：铁女寺的由来展现出女儿的价值依附于父亲，女性因为父亲而被铭记。就像厄勒克特拉为父弑母，成为父亲的代理人，厄勒克特拉情结也成为日后恋父情结的代称。而之于茉莉，她将为人母，为子弑父。可以说，作者动用另一个母题——母亲，消解了最初母题的框架，也昭示了母性所拥有的绝对力量。

如此看来，茉莉对父权的反抗是仰赖母性完成的，这在本质上与女性受父权压迫的故事依然有区别。小说中提到，父亲只明确表示女儿是自己亲生的，而事实上，母亲才能确认每一个孩子都是自己的。也许，母性真的是压倒性的存在？这的确更容易令读者信服，却也拒绝了可能挑战的更大难度。

回头来看，每段情节在整体叙事中孰轻孰重可再思量：也许家城与家坞的"竞争"过程需要更沉稳的叙事铺垫；再如家城逼问父亲真相，该场景可以深入刻画；茉莉自己呢，有没有更多独属于她自己的意志，而非仅仅是母性赋予她的意志；等等。

性别议题与代际关系几乎可以涵盖历届毕业作品所涉及的大部分主题，且多展现出类似于苏童《城北地带》所具有的特征，包括场所、人物关系等。《残面观音》亦如此，先为创作者的勇气鼓掌吧。

残面观音

刘欣宇

上

　　她深陷竹藤椅中，花白头发轻飘飘黏在头顶，风吹出隐藏九十多年的婴儿般的粉肉。她胸腔中总有一口长气，长气串联嘴里不住流动的念珠般的话，脆弱，又难断绝。她完全倚靠双手拄着的拐杖，才勉强让自己的头不会被这串念珠牵扯下垂掉落到地上。这串念珠追随着手端热水盆的女人们。女人们来来去去，正是照念珠的轨迹安排好一桩桩事，没有一人脱离，没有一步踏错。三四盆热水，盆沿均搭着袄子。一袄子擦脸，二袄子净身，三袄子擦下体。终于有人买来馒头，还带来从门口随手折下的槐树枝，以顶替一时难找到的桃树枝。过了热水的袄子持续温着逐渐僵硬的关节，直到躺在床上的老人左手能塞入馒头，右手握得住槐树枝。女人们在他脚底抹了油，换好了干净的衣帽鞋袜。好啦，她们现在总算能把他搬出来。他躺在堂屋，头朝上，脚朝门，所有一切终于全部停当。

　　茉莉右侧后槽牙咬住一根筷子，为了缓解牙痛。她正斜靠在老太太的竹藤椅对面，呆望着老太太出神。茉莉不懂这位老太太为何能如此安然地坐在死去的儿子脚边，毕竟在八月茉莉才满十九岁。她看着女人们把老太太的儿子搬出来，见她们摆弄他，就像小时候自己摆弄娃娃，也是穿衣服戴帽子，也是表情严肃，动作一丝不苟。窗户底下，乐队默契敲起丧鼓，唱起堂会，炸炸地挽留八月还未完全坠落的太阳。

　　停灵五天，又是一个相似的黄昏。女人们与竹藤椅中的老太太商议许久，最终还是散开了茉莉的头发，往她头上压了一顶纸扎的绿帽。官帽样式，两边伸出长长的帽翅，帽翅后飘红披带。没人问茉莉的意见，也没人告诉她为什么要这么做，女人们让她爬上棺材，于是她就沉默地爬上去，尽管她满脸通红，眼睛湿漉漉的。

　　一个女人捏了捏茉莉的手，安慰她说，别怕，他早就死了。

4

茉莉痛苦地微笑，天呐，我就怕死。

棺材前后左右架起四根差不多大小的圆木，全由粗大的麻绳捆绑。八大金刚一声吆喝，茉莉随棺材稳稳起身，顺从地将未来的命运与双腿间躺在棺材中的老人短暂地捆绑在一起，全往最后一截未知的道路上走。铁女寺的姑子们走在最前面，穿灰色长袍，口中念念有词，在一行白衣白帽的女人们中十分显眼。举丧的女人们捧着白袋子，等八大金刚唱到"子子孙孙升官——发财——"，她们便应声将袋子里的棉花籽粒撒向棺材，也撒向坐在棺材上的茉莉。棉花籽粒中有不少虫子落在她头发上。黄白的小飞蛾，蓝黑的烟雾，茉莉缓慢穿行，身子随鞭炮声轻微震动。

接下来十五里路，送葬队伍陆续经过提前打好招呼的路祭。弥村的人们用三对鸡蛋、一小串红鞭炮换来女人们手中的毛巾和香烟。远处玉米地，一个个草帽露出来，望着这支异乎寻常的送葬队伍。他们亲眼见证前些天细碎的传言成真：这家女人果真敢让一个丫头"骑棺"。弥村的人们无声地交换着略带惊奇的不满，不过，当他们亲眼看到如云一般飘过的举丧女人们，看到坐在棺材上的那个惶惑不安的丫头时，心中竟只剩下对这个家族的怜悯，这种怜悯和看一只老猫在濒死时还努力对折身子试图舔毛别无二致。

终于，这支异乎寻常的送葬队伍遭到了反对。一个坐在板车头上的男人，连同他两个拉着板车边套的儿子，将送葬队伍堵在了路口。他们三个好像是从地底下冒出来，等候已久只为考验她们是否会乖乖让步。坐在板车头上的男人约莫五十岁，双腿一长一短，在裤管中空晃荡。拉板车右边套的年轻人有点跛脚，歪站着，他看起来像左边年轻人的哥哥，而那个弟弟则瘦弱得像根燃过头的火柴棒，略微一碰就会化为灰烬。

两边的人都没说话，按规矩应当轮到茉莉表演了。她应当学习一千多年前第一个"骑棺"的男孩，这个男孩为了让对面的大户人家礼让祖父的送葬队伍，心生一计，爬到棺材上大喊："你们若不

刘欣宇

让步，必遭天谴，大祸临头！"茉莉才不会这么喊，一是十九岁的矜持和脸面不可能让她做出如此滑稽之事，二是她早受够了一路上无数人的侧目和摆弄，对双腿下的棺材毫无感情，连恐惧都消失了。她干脆闭紧嘴巴，静静等待，等原本随远处夕阳下落的温厚热浪变得坚硬，等它缓缓落为两队人马之间一道不可穿透的墙壁。

右边的跛脚年轻人首先弯腰，放下把手，慢慢走上来。刚才，他一直盯住灵牌和遗照，似乎察觉出遗照上的老人轮廓间确有他父亲的模样。这么多的女人，也盯住他，辨识他，他目光犹疑，根本不知道应该望向谁，该向谁申诉本应属于他的权利。他双脚岔开站着，一分一秒化为汗水从脖颈流下，落日也依托汗水，在他身上谄媚地勾勒出一道金色细边。

后来，明显是女人们在犹豫，要考虑让步了。她们辨认出来，坐在板车头上的那个五十来岁的男人，正是离家多年的弟弟，也就是茉莉的父亲。看着弟弟的两个儿子，她们突然意识到一个非常简单的事实：这个男人有一天也是会和女人结婚生子的，他会生很多儿子，这些儿子也会如女人们的女儿一样继承父母的痛苦与愤怒。他的痛苦与愤怒从他出生之前就开始酝酿了。当他还蜷缩在温热的子宫里，就已有五六双年轻的眼睛时刻关注他。女孩们的眼睫毛颤动着，传递残忍的信息：如果他是她们中的一员，她们就爱他，怜悯他；如果他不是，她们就折磨他，如同父亲和祖母折磨她们一样。七岁，一天夜里，白天发生了什么事，他早已不记得了，只记得家里最大的女孩牵着他到了弥村供电站，让他等着，说是很快就会回来接他。他那么信任这个姐姐，那么依赖她。在无数个她偷偷哭泣的夜晚，是他钻入她怀里，抹去她的眼泪，她也抱住他，像抱住一只小猫。可这次，他等了很久，她都没有回来。他以为她碰上了坏人，焦急地在黑暗中绕了无数圈，却不知道她要比他更熟悉这黑暗。半是害怕，半是好奇，他碰了一根线，后背脊梁立马窜起一丝冰凉，酸痛如火一般从指尖烧到心脏。天旋地转，他僵硬着身子倒入周遭可怕的寂静中。四十几年来，他的右手仅剩下三根手指，这三根手指与其说是停留，不如说是萎缩，永远萎缩在了掌心，也永远萎缩在了七岁。

八大金刚放下棺材，女人们让茉莉爬下来，湿润的掌心在棺材上留下一道长长的水痕。

跛脚年轻人直接拿走了茉莉头上的纸帽，戴在自己头上。父亲望着儿子头上的纸帽露出微笑。跛脚年轻人开始爬棺材，但他错误估计了自己的平衡能力，不管怎么拼命踮起右脚，那条残疾的左腿始终跨不上去。他从棺材上滑下来了好几回，便不再轻易尝试了，而是往后退了几步，打量了一会儿棺材，自以为估摸出了高度。这一回，他总算接近成功，纸帽却失去了平衡。他急着伸手够住纸帽，结果自己却比纸帽先摔在地上。

茉莉下意识地跑过去扶起他，他却猛地甩开茉莉，坐在地上扶正纸帽，并怒视她。女人们的笑声从白衣白帽下轻轻地传开，他在女人们的笑声中慌乱地看了一眼父亲。父亲从板车头上跳下，走来。与此同时，板车左边，那个瘦弱得像火柴棒的弟弟也动身了。浑身颤抖，他说，让我去，爸爸，我能爬上去。

父亲咬牙切齿，立马点头，好，家坞你上去！你去戴家城的帽子，你爬上去！

父亲转身，又喊，茉莉，你来给你哥戴好帽子。

茉莉没有挪动一步，她的舌尖往牙齿内探寻，感受一个黑洞，慢慢带出腥臭。

茉莉！父亲提高了嗓门，并非在寻找，而是在命令。

天快完全黑了，远处古老的坟堆前冒出了火光。一个女人的手落在茉莉肩上，推她前进。

过来呀，茉莉！父亲声音落下之处，勾起一声声犬吠。

脑海中腾出空位，茉莉终于想起来。很早之前的家，在弥镇，巷口是半月门，墙皮剥落，苔藓小口吞噬砖石，却大度饶过砖石上的阿拉伯数字。青石板沿街横铺，人脚磨平纹路。两边老楼沉默相对，老楼分两层，商铺在下面，人住上面。推门进一间房，一个女人躺在床上，是母亲，头上倒吊个白药瓶，看不出药瓶里装着的是药水，还是一层白蒙蒙的灰。来喝点中药，父亲捏住母亲的鼻头，往喉咙里送。一鼓作气，不怕牺牲，父亲那时还会玩笑，母亲也会跟着虚弱微笑。茉莉似乎能闻到母亲口中的药气，混着满屋子的凋落与隔绝，苦涩得很。过来呀，茉莉！父亲最后朝她招手。床上的母亲脸色灰白，茉莉看不清她的身子到底是真是假，只觉得她正随窗帘一截截浮动、扭曲。也是八月，四岁的茉莉挨门缝坐，四周桌椅板凳高得可怕。蝉鸣在耳边聚集成灰白色透明小点，涌进来。瓷碗挨个摆在厨房台面上，无声张开嘴巴。早已掏空的西瓜半开，像干涸已久的井，散发出清凉的酸味。白翠衣，红果肉，苍蝇歇在上面，极缓慢地搓手。父亲萎缩的手指掐着烟蒂，往嘴边送。烟蒂扔进茶盒，还剩烟雾。是的，还剩烟雾，这就是茉莉最后对母亲的印象。烟雾必须吸进去，母亲的呻吟也不可不闻，再从眼底，从梦中，一层层往上浮。痛、听觉与呼吸同样与生俱来，同样湿润酸涩。唯一有意义的是眼球动作，更暗处，茉莉看到一高一低两个男孩，家城与家坞，她的哥哥们。谁是父亲的儿子，谁是父亲的养子，直到最后，茉莉也分不清。茶盒里盛着一小半清水，被烟蒂污染，清水很快变成黄灰色。烟蒂漂着，直挺挺，露出个黑腔子，像溺死的人。舅妈是淹死的，茉莉记得母亲反复告诉她的孩子们，她就是自己淹死的。母亲为了舅舅的罪行心力交瘁，每个礼拜都要去西门看守所。是他精神出了问题，那不是他的错，母亲冲父亲大喊，我弟弟怎么可能杀人呢？父亲却说，他不正常？他当然不正常，一个拿跳绳勒死自己老婆的人，怎么算得上是正常？他老婆还怀着孕……母亲迷茫地望着丈夫，过了几天，她带着同样的迷茫站在天桥上。母亲不是家里唯一来给舅舅送行的人，家城，家坞，还有茉莉，都靠在她脚边，她坚持要带孩子们来见舅舅最后一面。

送行的那天，街道上的氛围十分诡异。天桥下拥挤的市民让道路消失不见，却没人发出一点声音，整条街充斥着如同洪水占领后的寂静。所有人头朝向西南，甚至有点庄严神圣的意味。等得久了，人潮隐隐有些挪动，低声交谈回响成嗡嗡，但这声音又越来越弱，寂静再次占领。

过了十分钟，人们虽然不说话，脸上却露出狂乱的神情，好像有一阵风掠过水面，原来是卡车终于来了。人群涌上去，卡车速度放慢，艰难破开一道水流，水流又迅速在车尾愈合。卡车只好停下。站在天桥上的人们，也包括母亲，同时踮起脚，同时埋怨，他们到底在搞什么鬼？卡车上下来两个人，手里拿着长棍，将人群拦开，维持秩序。其实毫无意义，卡车在这两人的单薄保护下只能继续缓慢移动。卡车离天桥仍然很远，天桥上的人们什么也看不清。过了一会儿，左右两侧驶来四五辆边斗摩托车，闪烁着红蓝灯光，快到人群中央时拉响了警笛，冲到卡车前面。卡车猛一抖动，稍微后退，之后便紧跟边斗摩托车加速向前。人群终于懂得如何与卡车保持平行。距离天桥越近，卡车速度越慢，天桥上的人们总算看清了那个男人，他双手绑在身后，背插一个很高的标签，左右警察架着他，简直和电视剧中的死刑犯一模一样。人们惊叹着，又觉得不够，他们脑海中的想象被过度满足，以至于没有任何新意。他们不知道，如果是在其他城市，他们根本看不成这场好戏。茉莉藏在人腿间，她有点害怕，拉扯着母亲的裤子要求回家。这时，她发现，母亲一直瞪着双眼，脸上的神情竟和周围的人没什么区别，好奇和惊讶同样凝固在母亲脸上，远胜于悲伤。茉莉再拉了下母亲的裤子，母亲的嘴角才开始抽动，突然低头问茉莉，你看你舅舅，你看看他，他怎么还长胖了呀？

人们回头，这才发现他们身边竟然就站着死刑犯的妹妹，母亲也是在此时才反应过来自己到底是谁。母亲最后是被人们抬下了天桥。她的腿完全软了，一步也走不动了。后来她向茉莉解释，那是因为她心中只剩下了轻松。直到很久以后，茉莉还能回想起母亲这句话。从此之后，我心中只剩下了轻松。不，这句话是错的，根本不存在什么轻松，清醒后的残忍总是慢慢袭来，它先是躲在深处，等过了最高潮的时刻，才会出现。就像洋葱，一层又一层，时机一到，刀落下，那时人们才知道要落泪了。母亲从此重病不起，因为她不能接受自己弟弟的死，最后也抛下丈夫和孩子们，离开人世，这是父亲说的。没关系，茉莉还有父亲。父亲冲茉莉说，过来呀！茉莉跑过去，投入父亲的怀抱，还以为此事大有可转圜的余地。结果她被父亲送到了弥村姑姑家，送到一大群女人身边。

女人们不是母亲，自然也不是父亲，她们仇恨弟弟，更不知道如何去爱弟弟的女儿。她们时常花费一整个下午观察茉莉，看她拿笔的手有没有颤抖，试探她午睡时的鼻息，害怕她不是在睡觉而是已经离开人世。帮茉莉洗澡时，姑姑们总要求茉莉站起来，双手平举在浴盆里转圈。力气集中在指尖，姑姑们从下往上揉搓茉莉的皮肤，直到茉莉浑身红肿干燥，直到姑姑们再也无法搓下黑泥之外的东西。人们说，这家女人可怜，还好有这孩子，不然有什么活头呢？

一次晚上放学，茉莉在玉米地里逗留许久，却没有一人来找她。她饿极了，只好自己走回去，快到家门时，看到门边一闪而过的身影，但依然没人训斥她。茉莉望着从铁女寺中飞起的鸽群，心想，她们像养鸽子一样养我。茉莉最喜欢站在寺门口的树下，看铁女寺金顶上盘旋的鸽子，人们都说多看鸽子对眼睛好，心情也会舒畅许多。茉莉最爱那只李梅龄，国血李鸟，通体灰羽，眼角上挑，用手按住鸽头，瞳孔收缩得快又小。它对周遭事物总保持着敏感好奇，快频率挪动头颅，似乎在微笑，其实是旁观态度。李梅龄是铁女寺的姑子们教她认的，她们见茉莉每天都来，相同的衣服，不变的麻花辫，靠在树下，书包靠脚边。姑子们始终不知道这女孩在想什么，她只是站着，孤独地展示自己。她们曾邀请茉莉进过一次铁女寺，可这小姑娘怕极了高坐在宝莲上的菩萨。姑子们告诉她，铁女寺的菩萨胸怀宽广，是温暖的，不要害怕，她们保佑你。弥村的人们都知道，铁女寺供奉的两尊菩萨是两位唐朝的烈女，她们为了救父亲，跳入滚烫的铁水，化为了两尊铁菩萨。茉莉听了这传说后更觉得害怕，她跪在菩萨面前，觉察到自己如此渺小的感觉太过沉重，根本抬不起头来。

姑子们还是喜爱茉莉，特地把鸽笼搬出来，方便她来玩，还教她如何将蚕豆泡软，如何一粒粒喂给幼鸽。姑子们说，要记得让鸽子们空着肚子飞走，这样它们才会记得回来，才会对她准备的食物和水充满感激，只需要训练一个月，多么简单。茉莉点头，姑子们又说，不止如此，养鸽子时还要记得，要让它们生活在一起，成双成对孵出小鸽子，给它们一个由干草和羽毛搭建起来的窝，一个固定不变的窝。最关键的是，姑子们抓住茉莉端着食盆的手，慢慢递进鸽棚，继续告诉她，要教会它们认窝，诀窍是不要发出太大声响，严守它们的秘密，只有这样，才能保证鸽子们无论飞去多远，无论见过多少人、多少鸽子，总会记得回来。困难的不是教它们飞走离开，而永远都是如何让它们回来，带着秘密回来，再继续生活下去，茉莉回家路上，还在想姑子们说的话。

有时候，茉莉站在姑子们身边，不知是望着天上的鸽子，还是望着寺庙金顶的一角。鸽子们如细豆般在她头顶盘旋。茉莉脸上只有黑眼珠顺着鸽子们转，其余都不变化，她也不觉得这有什么异常。过了很久，茉莉仰头，还在看。

茉莉，一个姑子叫了她一声，颤抖的声音自己都觉得意外，茉莉？

怎么了？

你在想什么呀？

茉莉没有回答，她依然看着天，嘴里默念着，飞，飞，飞。

姑子们能从风中闻到茉莉的气息，也能捕捉到一些菩萨都不能捕捉的东西。教导茉莉的女人们难道能忍受她绽放的热望吗？不会觉得只是望着这样的她，本身就是一种残忍吗？铁女寺敲响第一遍晚钟，茉莉醒来，转身踏上了归途。铁女寺的钟声，不是在保佑弥村的众人，而是在保护姑子们。姑子们允许自己在茉莉面前稍微偏离一小会儿，但最终还是回到钟声下。她们一辈子都要陪伴这样的声音，必须对它保持忠诚。

茉莉与鸽子们相伴长到十九岁。从十八岁起，茉莉亲眼见到第一批衰老的鸽子，羽毛凌乱，步履迟缓。任何人抓它们，它们都呆立着等死。茉莉还未老去，却处于和衰老的鸽子一样危险的年纪。正是在这样危险的年纪，茉莉的祖父去世了，父亲突然从弥镇回到弥村。他不仅自己回来了，还带回了两个儿子，家城与家坞，他的儿子们让送葬的后半程步入正轨。茉莉很高兴父亲和哥哥们突然回来，从棺材上救下了自己。她根本无所谓谁来"骑棺"，只要不是她自己。看，家坞轻松维持坐姿，好像骑的不是棺材，而是一匹马。家坞真像一个英雄，茉莉想。绝不是因为他拯救了这个家族荒唐的下半场，而是他拯救了她，让她终于可以从一个莫名其妙的位置上下来，换回自己的角色，跟在棺材旁，隐入无数女人中，学她们捧着一袋棉花籽粒，撒向棺材和坐在棺材上的男人。下半程，茉莉安静地尽自己应尽的责任，在家坞身边继续前进。她抬头看家坞咬紧牙关，好像双腿下的老人是他的仇人，大仇得报，如今正押着仇人的尸体游行巡街。一个邻居从玉米地走出来，自愿接替了板车左边套的位置，和跛脚的家城一齐调转板车方向，为送葬队伍开路。茉莉的父亲重新坐回了板车头，遗照抱在他怀里。人们点头，只要有男人骑在棺材上才代表这家还有人，还有维系着活下去的办法。

墓穴边，摔碗上香立碑。墓碑上刻有"故先考某公讳某某老大人之墓……孝子贤孙敬立"。姑姑们记这些话并不比男人们差，一字一句都告诉了刻字先生，茉莉甚至看到了父亲和哥哥们的名字。她们其实没必要，也不想要我骑棺，但她们就是非要这样做，非要这样做，茉莉心想着，低下头，抿嘴笑，觉得很滑稽。手中的香微微热，宝蓝色的火，容易混入黑夜。茉莉小心护住那团火，看它若隐若现。耳边是铁女寺姑子们接连不断的念词，她们又捡起了曾祖母的珠子，重新串起来，在手中、在嘴里流动着。蓝火鬼魅，葬礼结束了，流言也如鬼魅的蓝火一样飘飘忽忽，顺着檀香传到各个角落。

弥村的人们起先以为这家的男人们是回来定居的，后来却听说这个男人只是回来带走自己的女儿，没想到在半路上竟然碰上了父亲的葬礼。人们猜测他一定已经变成了有钱人，不然他不会愿意回来。至于他在弥镇上做的到底是什么生意，人们说不清楚。去过弥镇的人说是"养狗"，并非是为了杀死吃肉，也不是为了给人当宠物，而是为了"斗狗"。据说，他在弥镇太湖石圈了个儿百平米的场地，专门修了间房子作"斗狗场"，每天都开，除押金外，门票酒水另算，一个月少说也有上万的收益。这已经是弥村的人们能打听到的全部情况。

其实在开斗狗场前，他还沿江跑了好几年的烟丝货运。那时的货船不大，两边总会系着几个脚筏子，左右一对，没光，俗称"瞎子船"。他就跟着几个船员住在"瞎子船"里。大船过窄河床时，他们就把货运到"瞎子船"上。有时"瞎子船"也会供船主临时靠岸办事，万不得已时还是救命船。货船桅杆上挂着高高的马灯，灯光投映在江面上，拉长，水粼粼的，"瞎子船"就顺着这光亮往前走。一天晚上，正遇着落风暴雨，"瞎子船"直打横，往石壁上撞。他知道情况凶险，二话不说冲向船边，卸了铁链系住的轮胎，招呼几个船员，把铁链捆在各自身上，跳了船，潜入江底。他们在船身和石壁之间垫住了轮胎，轮胎作为靠把，缓和了不少冲击。船上的人晃着手中的铁钩，一次次往前甩，终于抓准了一次闪电照亮天空的机会，瞄定最近岸边的渔船。"瞎子船"有了把手，稍许稳住，也有了方向。暴雨狂风，还有铁钩，将渔船扯得撕拉作响。他自持经验多，潜入最急的漩涡中，不慎卷入了船和石壁之间，受了重伤，最后是让人扛上来的。那位救了他命的船员没捞上来，他自然承担了恩人家的重负，将那家最后剩下的儿子也接了过来养着。他认为自己应当对他们一样好，不分亲疏。儿子们从小长到大，他有意不说到底谁是亲生的。

这是他对弥村的男人们说的话。葬礼结束后的几天，他和一群男人们在午后闲坐在日头下的玉米地里，明晃晃的光亮将他照得模糊，他眼神中的不屑、警惕全被旁人接二连三的提问吞噬。男人们爱听他讲跑货运的故事，觉得他讲义气，有男子气概，这是在土地里生活的男人无法想象出来的。

在男人们眼中，连他畸形如猴爪的右手都成了光荣的标志，却忘了罪魁祸首其实正是他的亲姐姐。如果没有姐姐们，他根本不会在十几岁时就弯着腰背对船，盯着自己双脚，脚下踩的浮桥是竹编的栅子，当江水从缝隙间冒出来，细细挠他的双脚时，货物便压在了他肩膀上。他双手抓稳货包前的尖角，扛住了，在码头上飞奔，像头小狼。离家出走，与其说是和父亲祖母脱离关系，不如说是逃离姐姐们莫名其妙的痛苦和愤怒。但痛苦和愤怒还是会卷土重来，妻子为了她那杀人犯弟弟四处奔波，高价请来精神病专家上法庭也无济于事，最终心力交瘁而死。他根本无法理解这个女人对弟弟无底线的溺爱，觉得她可怜又可悲。他一人操持妻子的葬礼，顾不上孩子们，连桌上那碗放了好几天的汤都顾不上。汤中的莲藕早溶成了一摊紫泥，几块排骨漂浮在油汤上，露出惨白的一角，极缓慢地发酸变腥，随屋内的热气一潮一潮往外涌。葬礼快结束，他终于能坐下来，试着将这碗汤热了热，但始终吃不下去。最后一位吊丧的客人，是他的邻居，一个老寡妇，她对他说，他应当把女儿送到乡下姑姑家，等她长大成人再把她接回来。他觉得奇怪，认为自己随时可以再为孩子们找到一位母亲。直到这时，他都还没有考虑"斗狗"生意。这几年，他从货船上私运了不少烟丝，打算以后在弥镇上盘下一个小卖铺，门口搭出一个竹棚子，棚子正中再摆好两张高凳，上面横块铺板，就这样弄一个售烟摊子。除了卖点土烟，他还可以卖点别的，完全能够供养一家人，他不明白再找个女人有什么困难。但是那位吊丧的寡妇却摇头说，你不可能再找到一个女人了。他心中冒出了畏惧，也有虚弱，还有旧事重提的难堪。当年为了救"瞎子船"，有人在水下拉走了他，他拣回半条命，只是再也生不出孩子了。还好，那时他已经有了一个儿子，还不记事，妻子呢，正怀着茉莉。这些事他是不会跟弥村的男人们说的。

暴雨停歇自然得上岸，而货船早已离他们远去，只留"瞎子船"上的人怀着空茫茫的心，望着同样空茫茫的江面。岸上的生活也早变了。将小茉莉送到乡下，他再回弥镇，又过了三四年。快到年底，天气虽终日晴朗，降温却来得很快，他领着两个儿子在弥镇四处接货。那时，弥镇路边每隔两三个电线杆下就停着几辆烧油的人力小三轮，小三轮上支起个绿色的塑料雨棚，以免司机和乘客风吹雨淋，棚内有两条长凳，但两个成年人相对是坐不下的。这几年在街上冒出来的人力小三轮，越往镇中心越多，到了弥市城里，少说都有三四千辆。报纸上说，只有一千辆属于合法经营。弥镇的人们都称呼这车为"麻木"，因为司机油门一踩，车就犹如酒鬼行路，摇摇晃晃。"酒鬼"，这儿的人们又叫作"酒麻木"。其实这车载得最多的乘客也是"酒麻木"，"酒麻木"们都从镇中心的太湖石来。家城带着家坞闹别扭，非要坐一次"麻木"，一步都不肯走了。他带着儿子们扛了许久的货，如果不能满足这个简单的愿望，就仅仅是个无能到只知道为儿子们遮风挡雨的父亲，于是他们钻进了"麻木"。

司机没回头，也没问地址，直接踩了油门往前。他拍了拍司机的肩膀，师傅，我家不往这儿走。司机还是没回头，继续说，老板放心，太湖石那边都是我朋友。司机的话消散在逐渐跑起来的晚风里，他和两个男孩在黑夜中睁大眼睛，看两边的商铺灯火辉煌，红黄车流填充马路，红绿灯指挥整个夜晚，人群在斑马线上一齐走过。年轻的、年迈的，成双成对的人，总给夜晚带来重归秩序的安定。摩托和三轮齐刷刷亮起车灯，致敬这个美妙的夜晚。无数只车灯，像是无数只眼睛，在霓虹招牌摇曳的夜中穿行对视。街上不时有人高声咒骂几句，却没引起太大波澜。在这样喧闹温馨的夜晚，偶然的失态也尽可以释怀。

太湖石路到了。虽说是"太湖石路"，其实只是一条小巷子。下了车，他们先看到的是一排又一排擦皮鞋的女人。这些女人们似乎终日无所事事，整天只知道坐在粉红或浅绿的塑料高椅中，跷着二郎腿，脚踩擦鞋箱，手肘压膝盖，指尖垫着香烟。他注意到，她们指尖不再是自己卖的老式卷烟，而是装在纸盒里，细长的新式香烟。她们的谈话也如宝蓝色烟雾，虚无缥缈，却始终燃烧不尽。原来岸上的世界早已成了女人的世界，她们就是太湖石的哨兵。她们对他，甚至对两个男孩，对每一个过路人行注目礼，大笑以求引来注意。她们左手边是一些两三平米的小店铺，墙上贴满花花绿绿的指甲片，搭个桌子板凳，女客人背朝外坐，一只手背放在小枕头上，另一只手迎风甩着，欣赏着。她们右手边是一排蓝白红的转灯，灯下挂着早已洗得看不清颜色的毛巾。在她们头顶上，"十元三曲"的歌舞厅灯牌拼命闪着。女人们一会儿露出艳红的牙齿，一会儿伸出深蓝的舌头，叫他们捉摸不定。

几个女人主动走过来摸家城和家坞的头，邀请他和男孩们上去坐坐，跳跳舞。在这样一个完全由女人主导的世界里，好像回到了最初，而在最初什么都是平等的，没有任何道德和地位之别。这是生活中最难揣测的事情，明明应该由最信任的人教会他，但所有人都闭口不谈，任凭他去承受、遗忘，再挣扎着去成熟。他是这样，他对儿子们也会是这样，家庭就是靠这种默契运转着。他跟随一个擦皮鞋的女人上了楼梯。那个女人一头蓝发，黑色皮衣外套下是一件宽大陈旧的白裙，薄得像一层纱，薄纱中略微显出身材轮廓，有点臃肿，一切都在下坠，乳房、小腹、屁股，这反而让他安心。猫眼闪了一下，门后有人，还听到猫叫，很细弱，但穿透力强。说是舞厅，其实更像是普通人家的客厅。他没问是否需要换鞋，直接踩了进去。蓝发女人陪他坐在舞厅一角，舞厅顶部盘踞着复杂的欧式吊顶，沉重水晶灯罩中支棱出格格不入的白炽灯，黑黄印迹从天花板四角往下侵蚀。无论是椅子、桌子、灯，还是男人女人，都好像是来这里短暂聚会，天亮就走。蓝发女人望着他，眼神湿漉漉的，轻松自然，对待他好像许久不见的好友，似乎只要两人打破最开始的沉默，立马就可以恢复到十几年前的关系。她不避讳他的观察，还向家城和家坞招招手，又冲茶几下嘬嘬嘴，三只小花猫跑出来，竖着尾巴。

够他们玩的了，她笑着说，任由小猫扑她的手指。

他也向小猫伸手，感受它粉色的鼻尖，和女人的眼睛、嗓音一样，湿漉漉的。

不过，很快，他和儿子们就被几个男人从楼梯上扔了下来，腰背部受了狠狠的击打。蓝发女人站在台阶上，往下望着他。蓝发女人说他根本算不得是个男人，那姑娘脱了他裤子，吓了一跳，那些"麻木"现在什么变态都敢往这里拉。他没在意女人的话，躺在地上，意外发现在这个世界里居然还是会有男人。站在他周围的男人们立马用脚将他翻了个面，让他肚子朝上。他们的脚踩在他小腹上，慢慢打圈揉搓。怎么样？我们就这么好好踢他一顿？一个男人说。那当然，反正他现在也没什么可担心的啦！另一个男人哈哈大笑。于是男人们的脚从各种方向击打他小腹以下，而他确实没什么感觉，更别说是疼痛了，只觉得无数彩色灯光在他脑袋上乱晃。这个女人组建的梦幻世界崩塌了，真正的男人的世界再次降临，他们背靠女人的讥笑和默许，成为独一无二的新偶像。他感受到的不只是他的心跳，还有那些男人们的心跳，所有的心跳都汇合在一起。有股暖流从他鼻孔中冒出来，心跳也随着这股暖流扩大到四肢所有角落。仰面朝天，他看着那些男人快活，甚至是喜悦的表情，并不觉得恶心难受，反而转头，带着胜利的微笑望向站在台阶上的蓝发女人。她早别过头去，不想看这场野蛮的游戏。他们踢他，好像踢一条狗。他完全能理解他们的快感，眼前乱晃的彩色灯光变得清晰自在，击打声变得英雄豪武，咚咚地分隔开男人与女人。哈哈，踢得更猛些！他想，只有他能理解他们，因为他正是他们中的一员，他当然知道踢一条狗有多么快活。怎么样，你能给男人带来这些吗？你能给他们带来这样的快活吗？你能理解这样的快活吗？你以为世界上只有一种快活吗？他在心中质问那个蓝发女人。等他们终于放过了他，他顶着青一块紫一块的脸继续在太湖石转悠，身后跟着早已吓傻的儿子们。太湖石真是一个杂乱又危险的迷宫，他想，通往迷宫出口的路可不止一条。

中

这里原本是一片大湖，被称作"太湖"。当年市政扩建，将湖水抽干之后，湖底露出一块巨大的石头。这块石头姿态优美，形状好像孙悟空美猴王在整理仪容，于是被保留下来，叫作"太湖石"。又过了几年，从弥市来的地质院研究员特地发了一通报道，说"太湖石"是专有名词，特指长期受波浪冲击的石灰石，真正的太湖石往往重峦叠嶂，千姿百态，是大自然鬼斧神工之作，如今弥镇的此"太湖石"是否真为彼"太湖石"，还有待考证，如果真是科学意义上的"太湖石"，可以申请国家某某研究基金。住在弥镇太湖石路附近的人们一看这段废话，立马联名反对，说"太湖石"目前是弥镇的标志象征，如果调查出来不是所谓的"太湖石"，那还能叫"太湖石"吗？这条路难道要改名换姓？由"太湖石"延伸出的一系列历史文化美谈岂不成了无稽之谈？太湖石的居民们要求市地质院停止调查。地质院万万没想到这个角度，思来想去，也觉得棘手难办，如果这块石头真不是科学意义上的"太湖石"，那岂不是搬起石头砸自己的脚吗？考虑到居民情感，他们决定先搁置下来。所以，直到茉莉离开弥村来到弥镇住了将近一年，这里还是叫"太湖石"，父亲的斗狗场也还是叫"太湖石斗狗场"。

那些看似浑身松垮的广东沙皮狗，其实皮糙肉厚，不容易在互斗中受伤，属于上好的"斗狗"品种。家城总是随身带一卷皮尺测量狗身，小于四十七，大于五十五，便对狗贩子挥挥手，无论狗贩子冲他再说多少好话，家城也不会要了。葫芦头，蚬壳耳，金钱尾，父亲教过家城，毛色要纯，还要记得伸手抓出狗舌头，舌头蓝色的最好。选好斗狗后，家城便带着它们来到父亲跟前。父亲伸出右手，正是那只畸形的残废的右手，蜷缩的手指间藏有无数斗狗的气息。新来的斗狗匍匐在父亲脚边，闻到烈犬的气息，温顺地舔着，认下主人。家城亲自负责训练斗狗，上午他骑着一辆摩托车，拉无数斗狗狂奔，下午他指挥斗狗们咬树枝上系着的晃动的轮胎。家城还担任斗狗场内的裁判，在斗狗时别着一根木棍跛着脚巡视全场，如果发现两只狗相互撕咬僵持不下，就用这根木管从狗嘴边插进去，把它们强行分开。有时候，他也会直接上手掐住狗嘴，压在斗狗身上，让它知道何为胜负。父亲设计斗狗场时参考了电视上的古代斗兽场，四面是逐渐往上的台阶，中间一个方形小场地，竖起铁栅栏。坐在台阶上的客人们轻易不同意平局，总挥舞着钞票，趴在铁栅栏上要求加时，再加时。好几次比赛，在父亲的默许下，家城也会让两只狗战斗到一方流血毙命为止。家城永远是父亲的好学生，好儿子。

　　茉莉怕狗，更学不会如何对沙皮狗"勘盘"，永远躲在房间里，轻易不踏入斗狗场一步，甚至连客厅都少去，因为客厅供奉着母亲的遗像，是母亲婚前的照片，还是个少女呢，笑得开朗。母亲后来也拍照，但再没这张好看，于是选作了遗照。茉莉是女孩，父亲和家城总能理解她，也不指望她去斗狗场。家坞却不行，他找不到任何借口或遁词，仅仅因为父亲也把他看作自己的儿子。家坞无数次见家城手持卷尺从斗狗场里骄傲地走出来，身后跟着一溜狗。他不是没尝试过靠近那群狂吠的狗，不是不想取代家城站在父亲身边。他跟他们住了将近二十年，奇怪的是，他居然没受到他们一点影响。他懊恼、痛苦、煎熬，却从没想过要逃离现在的生活秩序与疆界，只是心怀绝望地祈祷着随时间的流逝可以直达一次顶峰。他和家城在父亲跟前打斗，从第一次就开始落败。第一次，正是在父亲被人打后的晚上。他们如游魂一样跟着鼻青脸肿的父亲逛遍了太湖石，最后回到家里。灯下，父子三人坐在桌前，沉默吃饭，有什么东西正模模糊糊、摸索着长出来，重新洗牌一切。父亲吃完，推开碗，站起来。肿胀的左眼在吊灯下成了个透明的血泡，父亲稍微一挤，破裂了，正汩汩流出鲜血。鲜血在涌动，家坞不敢看鲜血隐藏下的父亲的双眼，他大口塞入饭菜，希望食欲的满足和欢愉能驱散此时的恐惧，但更多的恐惧却从喉咙深处止不住往上涌，冒出来，夹杂着泪水，夹杂着饭菜，全撒在桌上。家坞不可克制地大声咳嗽，惊慌中抬眼看到父亲的脸，再也无法掩饰恶心的表情。一双手从背后将家坞的衣领揪住，接着他的脸便被砸到地上。家城骑在他身上，带着几乎不能平息的愤怒捶打着家坞的后背，你恶心，你怕什么，你这个小偷！后面的无数次打斗，都是如此。因为家城更有力量，这血液中的力量理所应当喂养出了旺盛的复仇和嫉妒。他们都知道，总有一个人不是父亲的儿子，但父亲始终不偏不倚，不说哪一个是他的儿子，哪一个是他的养子，也不说他更喜爱谁。后来在太湖石建了斗狗场，他也不说这间斗狗场到底留给了谁，会写谁的名字。父亲刻意消解家城和家坞之间的界限，好像总是教导他们应该相亲相爱，不要因为利益分隔兄弟情谊。不是这样的，家城和家坞都明白，根本不是这样的，没有明晰的地位，就永远不会有爱的流动。

自从那次家坞替代家城"骑棺"后，每个周五，家城还会给客人们展示另外一种残忍游戏。他会抓来瘦弱的兄弟——家坞，推他到斗狗场中去分开两只杀红了眼的斗狗，自己则别住木棍靠铁栅栏站着。一个瘦弱男孩的加入，给嗜血的客人们增添了更大的兴致。客人们希望能赶紧吸引两只斗狗过来，于是一边往场内的家坞身上砸着碎骨头，一边不停大声吆喝。斗狗们比拼了一天，自然精疲力竭，闻到碎骨头中的血腥味直冲过来。家坞只能绕着圈子跑，跑过家城，被绊了一脚，趴在地上。听到身后的咆哮声，家坞四肢发软，根本起不来。两只斗狗冲上来，同时压制住他，口中流出的黏液，还有厚重的鼻息，全都喷洒在他后脖颈上。他往前爬，呜咽着，反而激起了斗狗的欲望。家城会很小心，防止斗狗真的把家坞咬成重伤。他只需要创造出家坞畏缩怯懦的形象，再依靠着家坞的畏缩怯懦在父亲身边活下去，倒不必真的让家坞去死，让太湖石的人明白，斗狗场那个瘦弱的男孩并非亲生，他只是一个养子，一个余兴节目。

只有家坞被抓进斗狗场时，茉莉才会进入斗狗场，坐在高高的台阶上。她的舌尖掠过口腔中的黑洞。那个温暖潮湿的黑洞，总在吸引她钻进去，触碰不应出现的粉肉，召唤出刺痛，陪伴她度过家坞的屈辱时刻。看起来，她正望着趴在地上的家坞出神，其实她双眼模糊，根本无法看清家坞的样子。她看不清家坞发抖的嘴唇失散了血色，看不清家坞无限放大的瞳孔正无助地望着越来越疯狂的狗和人。此时，一个男人从她身后冲下去，冲进人与狗的漩涡中，是他把家坞拖了出去。

她想起和家坞躲在房间里，他曾教她学英文。食指点住下巴，家坞轻咬下唇，凑近她，示意她仔细看。她看他眼皮自然牟拉，睫毛也顺势向下。单词从他舌尖乘着气流出发，抵达她的舌尖后，却变得调皮，戏弄纠缠她的舌头，转不过弯，化为粗笨的气流。家坞笑话她笨拙，她会看到他睫毛舒展，如昆虫触角颤动，微微上翘。他的目光更大胆了一些，于是她也大胆迎接着。家坞伸手，朝她更近一步。她却猛然往后一缩，随后皱了皱眉，仍旧凑了回来。是在表达对他的不满？还是在自责她的幼稚？家坞不知道。茉莉说，你眼睛很美，和家城不同，可能你更像妈妈。家坞低头，我比不上他。他听到茉莉悄声咕哝了句什么。夕阳慢慢爬上墙，家坞听到的其实是墙面反射过来的茉莉的回音，而不是茉莉本身的声音。家坞笑了，重新拥有自信，自信于总算有件事情可以轻易掌控在自己手中。茉莉不再区分到底他的目光投向何处，而家坞也第一次为自己的胜利着迷。他看着这个时隔多年重新相遇的妹妹，眼中跳跃着的玩笑的爱其实是嘲弄。他知道妹妹从未和男人们在一起生活过，她心中朦胧的爱与信任，只知道，也只能够固定在他的身上，就如同她每天固定从冰箱中取出食物一样。

这是家坞坐在公交车上才琢磨通的。公交车从弥镇出发，一小时后到达弥市。他下了车，穿过街心公园中由灰绿深蓝的鹅卵石铺就的小路，往一家商铺走，一个红发妇人在门口等着他。无论什么季节，那儿都有真正的花海。橱窗里有嫩黄滚边的白裙，淡蓝泛青的短衣，红发妇人手指着一件暗绿色长裙问家坞，怎么样？你觉得我穿这件好看吗？家坞摇头，不知道。她立马拉住他的手，要进去试给他看。他焦虑不安地等待着，看幕帘下晃荡的身影。销售员几次进出，帮她调整长裙。终于掀开幕帘，她走了出来。很美，绿从她雪白的胸脯上泼洒下来，露出后背，还有两条浑圆的胳膊。放松，家坞强行镇定，生怕自己一开口就要结巴。他真正说话时，却极其流畅地给出了建议，胸口太空。他的语调不带任何感情，就事论事，好像本该如此。红发妇人从镜子里望着他，半是奇怪，半是期待。

她接受了建议，下周再见面时就戴上了一条珍珠项链，正中央坠着一点银白色。每周五，有时她会坐在桌边，看家坞一字一句地教她两个七八岁的儿子念英文。她每个月支付给家坞可观的学费，这笔钱是他能够在父亲和家城面前活下去的唯一办法。这两个男孩对他们的家庭老师有天然的敌意，只有母亲在场时才会稍微收敛。男孩们的父亲比母亲大上十几岁，常年在外，全国各地都有他经营的印花床单厂。有一次，她和丈夫带家坞去参观开在弥市的一家工厂。宽幅自动印花机极高，床单如瀑布，有整齐的气势，缓缓而下。她丈夫走在最前面，替家坞介绍，粉黄白的是"三色月季"，淡蓝的是"海阔天空"，桃红格子的是"满蓝香"。在车间里，她也学着女工，将长发挽起，半包在白帽子里，腰间围上白围兜。她和女工们一起将床单小心拿起来，平铺在细高长杆支起的圆盘上。圆盘就像绣花绷子，用它一撑，好像床单上的花也能立起来。女工们整理好下垂的床单，褶皱要一层压着一层，贴上白标签，放进橱窗中展示。

如果你愿意，随时到我们厂里来上班，她丈夫最后握紧家坞的手，我们总是欢迎的。

家坞我还要留着呢，他很会教小家伙们。她立马挽起了家坞的胳膊。

她高昂的语调让家坞觉得自己和那些床单一样，也是放进橱窗里，隔着一层冰凉玻璃的非卖品。

有一阵子，家坞特意隔了很长时间不去她家里辅导男孩们。她隔两三天就打电话来催，问他什么时候得空。恐怕父亲和家城发现异常，他终于答应过去。那是一个下午，他敲开她家门，见她眼中流动的神色躁动不安，以及她轻巧地把两个男孩扔给他的姿势，都表明她已经等了很久，还有个陌生男人也等了很久。等到家坞终于说服两个男孩到桌边坐好，她一阵风似的往楼上去了，残留一股香味。家坞占据着两个男孩的时间，那个陌生男人就占据着两个男孩的母亲的肉体。家坞听到楼上有人在低语、走动，还有她轻声的笑。满足是虚假的，快感却很真实，这两者都足以让她不再挣扎。大一点的男孩总是坐不住，隔一会儿就说要上楼去找妈妈。家坞拦住他，不要去，乖乖坐好。他偏不，屁股坚决要扭下座椅，坚决要往楼上去，并且大声尖叫，呼唤他妈妈。家坞恶狠狠抱他回座位上，惩罚他把刚才讲过的课文抄写三遍。男孩大哭，却没再抵抗，趴在桌子上，真的拿起了笔，一字一句写了起来。家坞只觉得罪恶，自己居然来惩罚他。更小点的孩子咬着笔头，在哥哥与他的脸上来回观察，判断目前的形势。心烦意乱中，家坞向他们承诺，他现在就上去把他们的妈妈叫下来，只要他们在这里乖乖坐好，不要发出任何声音。

他扶住把手，慢吞吞爬楼梯，近乎闭着眼，只凭直觉，一级一级往上。他知道，今天的男人并非上次遇见的那个。如果有一天，她头昏脑涨，也对他提出要求怎么办？他被这个念头吓了一跳，又微笑起来，没关系的，他总有办法。楼梯转角，他经过一面椭圆形的镜子，从镜子中正好能看见那扇紧闭的房门，也能看见自己满头大汗。这时，那位母亲突然开门了，门内的光线从她脚下斜射出来，爬上墙，如蛇一般站立起来。她怀抱里卧着两只白猫，脸色潮红，双目中有火在燃烧，好像刚从热气腾腾的浴缸中爬出来。她见家坞正在往上走，略微吃了一惊，又很快冲他微笑了一下，任由两只白猫从胳膊中跳下来，跑走了。家坞透过她身后的空当，看到一个男人的腰，腰上搭着一条很薄的毯子，腰下是粉黄白的床单，正是之前她丈夫在工厂中隆重介绍过的"三色月季"。她转身关好门，好像想起了什么，原来是让家坞帮忙把椭圆形的镜子放下去。

哦，我怕小孩上来会看到他，不好意思，谢谢你。她打着手势，极小声地快速说道。

家坞点头，见她胸口还戴着那条珍珠项链。

谢谢你，她又真诚地说了一遍，谢谢你，对了，你能六点再走吗？

他再次点头。这回，她终于放心开门，一下子就被那个男人拉回床上。没了镜子，门于是虚掩着。镜子中映出家坞沉默的双脚，他正想象珍珠项链下的一点银白色会如何在那个男人脸上晃荡，想象两人的舌头会如何纠缠。舌头，对了，那天是在一家日本菜馆，弥市开的第一家外国餐厅。刚开业时，她就带他去，点了一盘三文鱼刺身。三文鱼躺在干冰里，烟雾缭绕。她夹起一块肥厚冰冷的鱼肉，没蘸芥末和酱油，直接放入他口中。他口中似乎多了一条舌头，相互缠绕着分泌黏液。真正的舌头搅动鱼肉，鱼肉终于变得柔软温热，牙齿都不忍心咬下去，而鱼肉却忽视牙齿的同情，随时准备顺着喉咙往后滑、溜走。她身子前倾，一只手撑住下巴，微笑着欣赏他惊异的表情，悄声问，怎么样，吃三文鱼的感觉是不是和摸猫很像？

从她怀中跳下的两只白猫趴在楼梯栏杆处，朝他微眯着眼睛，下垂的尾巴尖慢悠悠摆动，是逗弄小猫的姿势。家坞抱起镜子，双眼无法聚焦到镜子中的自己，他其实并不存在。她凭什么那么放心他？凭什么在他身边就这么大胆？因为他在她眼中根本就不存在，连这两只白猫都不如。这天回去后，他再没去过她家，也不再接她电话。他宁愿躺在斗狗场中忍受狗的撕咬，宁愿看家城牵着获胜的斗狗在场内威风凛凛走一圈，宁愿让狗尿撒在他脸边。等一切结束，他会慢慢走出斗狗场。当他独自一人行走的时候，伤痕才会开始火辣辣地痛，他皱眉、咬牙，强忍着痛苦的心竟然品出了一丝骄傲。这个被折磨得昏头昏脑的年轻人重新昂起头，看向了远处的楼。夜已经很深了，他听到家城的喊叫，随后是自行车的声音，茉莉正往更深处骑。那边的尽头有光，一直亮在那里，从没有拒绝他，而是一直等着他，他应该直接往那个方向走去。光晃到他脸上，又晃到远处，光后站着一个男人，他右手握着一卷报纸。家坞点点头，她总是在玉米地，你去吧。

那时人们正在度过六月。六月，整个六月，弥村的玉米都在长高、长粗。如果雨水丰富，接下来玉米的雄穗就会开花结果，弥漫出青绿色的香味。茉莉推出自行车，往弥村的玉米地方向骑。到了玉米地，光着脚，提着鞋，她巧妙避开热水烫过一般的卷曲灰绿的玉米茎叶，心里打算日出前一定要回到弥镇，回到自己床上。玉米地里的时间永远漫长而平静，茉莉可以在其中毫无目的地游荡，假装在偶遇什么。她沉迷于这个默契的游戏，独自游荡，又能随时感受到玉米地中一个男人的气息。

他们相遇后，找寻到玉米地中一小块空地，那边全是植株矮小的空秆玉米。他并不先脱下她的衣服，而是先帮她把鞋子穿好，让她慢慢躺下，再脱开她的衣服。他总是慢吞吞，心不在焉。进行到一半，他竟然停下来，让茉莉听。茉莉屏息着，什么都听不见。她紧张起来，好像小时候上课时被老师点名回答问题，必须调动全身心感官来获取所有信息，可她全身心的感官早已在斗狗场中消融殆尽了，如今她只熟悉嘈杂的呐喊和尖利的狗叫，当然，她不会让他知道这一点，所以她努力听。他放过了她，重新闭上眼睛，又开始对她的下体做出重复动作，很有节奏的。茉莉换了个姿势，头发与头发下的玉米叶子摩擦出窸窣响声，也是很有节奏的。这时，她终于听到了，"咔嗒、咔嗒"。她的头转来转去，想找到声音的来源，却只看到了玉米茎叶在不停地抽动，是有人走过来了吗？

是玉米在拔节长高，别怕，茉莉听到他说，别怕。

茉莉的手抚摸上他的后背，闻到他身上的狗味，甚至还有血腥味。那次他把家坞拖走后，连续三个星期日，他准时下午两点来到斗狗场，垫一叠报纸，慢悠悠坐下，坐在茉莉的后面，而家坞也获得了暂时的安全。他曾经为了把斗狗与人分开而嘶喊，今夜的玉米地，他将继续失眠、疲倦、百折不挠，茉莉任由他靠在自己温暖的身子上，努力维持平稳悠长的呼吸。她甚至没想过，这件事竟然完成得如此之快，以至于她还没来得及谴责自己。她于是开始相信，他是为了她才这样做的。

清晨五点，茉莉准时推着自行车离开玉米地。通往弥镇的唯一一条道路上的车流正顺从等待，龟速爬行。绿化带另一边的道路全是空白，好像那条空白车道指引着一条不归路，而茉莉正在那条空白车道上逆行。几个司机伸头出来，咬着香烟，脸色平静，似乎打定主意今早要在驾驶室耗上许久。跑起来，茉莉对自己说，赶快让自行车跑起来。她的双脚却无法放松，将她僵硬的姿势展露无遗。太阳终于完全升起来了，风急速从她头上掠过，她也终于离开车座椅，身子拱起好高，仿佛不是自行车带她前进，而是她领着自行车全速奔跑。她终于到了弥镇，终于瞧见了斗狗场的大门。等听到熟悉的犬吠声时，她突然放声大笑。冷风灌进胸腔，小腹在下坠，酸痛借此机会从胃中抓紧食道往上爬，她感到自己随时都会倒下，但她绝不会轻易倒下。只要还能听见犬吠声，只要还能看见愚蠢的男人们在为了一只狗挥舞钞票，甚至只要还能看到家城殴打家坞时狰狞的神情，她就觉得自己还能再多支撑一会儿。

家坞没有回家，一起消失的还有那个男人。没人知道他们去了哪里。茉莉每晚都躲在玉米地里哭泣，哭完后还是和以前一样独自骑自行车回家。茉莉换上石榴红绸布裙，搬出箱子。箱子重且笨，有茉莉半身高，单手拎着，走路直打腿，扰乱了平衡，还不美观。明明只有几件单薄的衣裙蜷缩着，竟然也压低了箱子一角，拼命把她往前带。箱子皮扣早已腐烂，茉莉重新用棉布带一圈圈拴好，系扎实。旧丝袜洗干净了，细密缝在箱子里，装好了茉莉所有的重要证件，还有什么？茉莉想，对了，钞票。钞票，向来藏在茉莉的枕头套里，夜夜都枕着。但她忘了，昨晚不留神全洗了。她赶紧将它们全找出来，西湖、五岳独尊、瞿塘险过百牢关、布达拉宫、人民大会堂，花花绿绿贴了满墙。她坐在马桶上歪守了一会儿，又起身，把枕套被单重新洗了一遍。转身看，几张钞票起了皱，早已掉了下来，从墙上的格子掉到了地上的格子里。她在卫生间的镜子前散了头发，竖着梳子尾，粗粗分开两股头发。梳子尾坚硬，从脑门中间一路往下到脖颈，痒痒的疼。她开始编辫子，每股头发分三路，狠狠交叉咬住，环环相扣，最后是死梆梆的结。白色发路，不偏不倚，界限分明。她从未下此狠手。头发已经梳好，头皮紧张清凉。没了头发遮挡，镜子里的她有一张神似父亲的脸。茉莉这才反应过来，家坞会不会是在恨自己，恨自己是父亲的女儿，这是无论如何也改变不了的。他是为了救自己，还是为了报复父亲？她放下梳子，最后没有走。

玉米疯狂长大，又疯狂衰老，没人记得收割它们，也没人记得烧掉它们。她坐在玉米地里，想不出自己应当做什么，明明可以一直生活在姑姑家，远离那些男人，他们根本不需要她，却非要带她离开。现在她长大了，不知道如何为自己的表情负责，只知道将一切自由地展示出来，竟然能意外获得想要的东西。茉莉拿着树棍胡乱抽打，打下一片片玉米叶子，停下来，恍惚觉得有人在偷看她，于是威胁地举起树棍，更加有力地挥舞下来，那姿势很野蛮，也很美。她一人步行在这微妙的平衡中，既胆小怕事，又能做得突然。

远处的铁女寺还在坚持一遍遍敲响晚钟，茉莉便顺着晚钟声慢慢摸过去。她找来一把剪刀，并非是纯树脂剪刀，而是一把货真价实、能剪断鸽子翅膀的金属剪刀。她就揣着这样一把剪刀，跟着鸽子转。鸽子们对她根本不设防，她能轻易靠过去，伸手一捏便把翅膀抓紧，感受手心一颗咚咚直跳的心脏。有些鸽子热衷于炫耀自己，慢悠悠昂首阔步，这是茉莉熟知的，她就喜欢抓这样的鸽子。茉莉很有经验，悄悄走过去，突然伸手，掏出剪刀。鸽子两脚乱踢，求生之际的力气大过一切，险些叨了茉莉的眼睛。鸽子掉了许多羽毛才逃走，它不再美丽了。残害生命确实是一桩罪过，可茉莉有什么办法，她能有什么办法。她成了鸽子们的天敌，也让她陷入暴力与痛苦的困境。

家坞是坐船逃走的，在汽船轮渡和货船上做苦工，依旧摆脱不了父亲年轻时的生活轨迹。他在船上听到一些乘客讨论最近的案件，说是一个女人被人砍了，全身瘫痪，凶手却是她的情夫，而非她的丈夫。丈夫呢？先于女人死在了情夫的刀下。乘客们凭借朴素的道德观念对两人均不置可否，毕竟她没有真正死去，"大小便失禁，还是能动一动的，能动左手那根小指头"。船往东走，这件事逐渐沦为乘客们交谈搭话的契机，后来仅如白开水一样随意传递，无人任意。无论如何，这场悲剧已经失去新鲜感了，在黑暗的江水中转瞬即逝。他想，可能就是她，那个不知羞耻的母亲，她以为自己能控制一切，却不知早已在她丈夫心中点起了怒火，立马把她毁掉了，可能是他们喝过酒的缘故，可能是她递出去的酒杯，偶然让他喝醉了，这股绝对的蛮力，明明是她从他身上引发出来的，而她根本无法反抗，她一定只知道后退，脸上挂着兴奋又无助的神情。

可惜竟然不是她，一切偏偏还没结束。家坞在船尾又看到了她，她竟然也能认出他，热情欣喜地招呼，回忆以前的日子。她问起家坞为何不辞而别，他不说话，靠在黑暗江水之上的栏杆处。她笑道，怎么啦，装深沉，你现在成熟了很多哦？他缓慢地说，他不会再回弥市了，他毁了他妹妹，只为了自己……玉米地那么大，谁知道他到底能不能找到她……这些颠倒的胡话，家坞以为她不会听下去，会找个借口转身离开，但他却被她的手抓住，指尖青白，掌心潮湿。她瞪大眼睛，从她的手，到他的心，都起了一层冰凉的战栗。他们只能等待，等这层无法抗拒又无法理解的战栗过去。此时，他看到她在说话，两片嘴唇撅起来，上下碰撞，一轻一重。漂泊，他默念，可他听不到她的声音，只能听到船下的流水，如同他之前和茉莉待在一起，他始终只能听到女人的回音。他点了点她的胸膛，珍珠项链没有了，只有一个巨大的蝴蝶琥珀。他低头看那滴古老的树脂，那只曾经上下飞舞的蝴蝶，心想这得凝固多少年。后来他看到科普，有两千五百万年之久，多长啊！凝固两千五百万年也只有一瞬间。蝴蝶翅膀微张，扇动一串气泡，随它沉入深海中，做一个醒不来的梦。这只蝴蝶无数次飞入他梦中，载着他往上飞。梦不会只是梦，她带着他下了船，前往他梦寐以求的一个南方城市。他永远不能忘记从飞机上俯视下方一大片星星点点的光，还有大片的暗。

下

　　晚风穿入一扇窗户又从另一扇窗户穿出，窗外的树叶纹丝不动，似乎已经凝固在枝尖上，路灯只能打出树叶的一半轮廓，也足以让它们像玻璃一样闪闪发亮。不知道是不是霓虹灯的缘故，远处的天红得好像烧了起来，是二度夕阳？或者早已是全新的日出？总归是没有起点，也没有终点。茉莉的父亲，正如他女儿所经历的颠倒又漫长的夏季，也模糊了，停止了。斗狗场查封后，他逐渐行动迟缓，忘了要按照规定为余下凶猛的斗狗寻找新的养殖基地，反而又带回来了两只老狗。两只京巴狗，看不见腿，白色，毛拖在地上，扁脸，黑眼球大而凸。一只狗的舌头收不回去，一只狗是地包天。父亲变得越来越像第二只狗。每天早晨，他都要领着两只老狗去蛇山山面馆，买来一大碗早堂面。面汤咸鲜，碱水面条内芯保持半生的白色，八分熟，难咬断。据说老板会放少许罂粟壳子，所以生意一直兴隆。他一人很慢地吃，不时夹出一两根面条扔在地上，没有肉，两只老狗也很慢地吃。更多时候，它们只是耷拉着脑袋呆站着，漫不经心，接受面条就像接受从天而降的任务，吃干抹净了事，毫无满足感。弥镇的人们还是会跟父亲打招呼，他答应的声音总比那两只老狗更小些，因为他的全部力气已经在那天晚上耗尽了。也是在那天晚上，父亲开始陷入混沌。

　　那天晚上就是家城被人们带走的晚上。他双手抱头被人们压制在地上，可还在疯狂质问父亲，经营证书上到底写的是谁的名字？是他的还是家坞的？父亲不敢相信此时此刻还会听到这句浑话，他站起来，用尽全身力气踢地上的儿子，一边诉说自己的残废、多年的辛苦，对无数女人的照顾，还有对无数女人的忍让，以及无数女人对他的残酷无情。灰幔子逐渐裹全他的眼珠，早已辨不出原样。人们将父亲和家城分开。茉莉紧紧抱住快要倒下的父亲，如溺江者抱住浮木。父亲在混沌中下沉，把她当作其他人。没关系，在茉莉心中，他也不是父亲本人。十多年来，父亲从未向他的孩子们完全展示过真正的面容，他只会终日躲在阴影里，要么是看两个儿子，要么是看两条斗狗，看他们互相撕咬，而他自己却微眯着眼睛，像卧在墙头假寐的猫，保守不可侵犯的尊严。父亲歪着头，双手木然无力，垂搭着。茉莉轻轻拢住他的手，那只萎缩的右手，小火苗般在茉莉手心中燃烧。

家城还躺在地上质问父亲。他只需要一个承诺，得到承诺后就会放过一切，心甘情愿替父亲坐牢。父亲闭上眼睛，不停重复要求人们把跪在地上的儿子带走。他说他对斗狗场的生意毫不知情，不知道家城是如何经营的，也不知道家城从中抽取了多少钱。他望着无数手电筒射出的光柱，说着这些无用的话。当他再次睁开眼睛时，人们已经找到了那张假证。假证在家城眼前颤抖，家城费了好大力气才看清，看清证件上确实写的是他的名字，他立马就和父亲一样萎靡下去。当父亲强大时，他也强大，当父亲渺小时，他也跟着渺小。他以为忠诚父亲，就是忠诚血脉，就是忠诚他自己。

家里最后一个儿子被带走了，只剩下茉莉和一个糊涂的老人住在一起。人们当然以为茉莉受到了致命的打击。才二十一岁，便要独自一人承担父亲和哥哥们的厄运，这对她来说是很不公平的。他们以为茉莉从此只能困在这个老人和一群狗身边，他们以为茉莉和被浪潮无情拍打上岸搁浅的鱼没什么两样，他们于是好心地替茉莉出主意，让她干脆带着父亲回到乡下姑姑家，可是茉莉没有照做。她将狗全部拴在铁笼子里，不让它们再出来，也不管它们如何撕扯、咆哮。每晚，睡前，她都会检查一遍钉在铁笼子外的木板，就像她哥哥家城一样。凌晨三点，她又从床上起身，靠在铁笼子外，听狗鼻子中宁静又悠长的呼吸声，再次沉沉睡去。如果姑姑们看到现在的茉莉，还会发现她和当年坐在棺材上的家坞也十分相似，甚至会怀疑失去理智的弟弟可能真的所托非人。时间太漫长，连他自己也忘了到底哪一个是儿子，哪一个是养子。茉莉真正活了过来，她通过享受父亲的痛苦度过了这辈子最舒服的三个月。

父亲的痛苦是这样产生的：家城被带走后，父亲买回了两只老狗，不久后头上就生了癞疮，茉莉想可能是那两只老狗与父亲同吃同睡的缘故。为了治疗癞疮，每周四，茉莉都带着烟叶去找人做"烟油"。纯手工制作，是弥镇的老手艺了。烟叶一片片抖开展平，再层层叠叠抿正，抿正的烟叶打成方捆，放进木榨子里，要榨紧、压平。那些木榨子高得直逼房梁，全是成年男人腰粗的圆木打成的。做"烟油"的人腰上套着小臂粗的麻绳，顺着木榨子绕圈，使力气。麻绳收束，烟叶不断压紧，榨出浓稠汁液，这就是"烟油"。弥镇的人们都用"烟油"来涂抹头上的疮，疼得要命，但效果很好。父亲第一次抹烟油时，茉莉实在无法忍受他的惨叫，根本没办法和父亲同处一室。一个老人，不停捶打桌子，发出凄厉惨叫，茉莉无论如何都听不下去。一听到他的惨叫，她总会有冲出去拿把刀将父亲头皮全部剃掉的冲动，她越回避这个冲动，这个冲动反而伴随着惨叫声越发强烈。后来有一次，茉莉没有再从父亲身边逃走。不知道为什么，她突然就做好了心理准备，接过父亲手中的药瓶，决定亲手帮父亲涂药。灯下，药瓶透亮，像个黄澄澄的小灯笼。茉莉往手心中倒出一点，往父亲头上抹。烟油碰着破了的癞疮，老人的脸依旧涨得紫红，依旧疼得放声惨叫。听到第一声惨叫，茉莉心里可能会稍许挣扎，但听到第二声、第三声、第四声接连不断的惨叫后，她只能承认这是不可避免的事情了。茉莉或许就是如此安慰自己的，更可能，她想到的是那个用跳绳勒死妻子的罪犯舅舅，他不如将错就错下去，干脆做一场疯狂的恶事，肢解尸体甚至溶解头颅。头颅，茉莉手下父亲的头颅就在放声惨叫，几乎崩溃。茉莉面不改色，一手牢牢抓住父亲的胳膊，一手将烟油继续涂抹到父亲的头上，动作并不轻柔。灯光从茉莉头顶倾泻而下，好像为她套了一层壳，正是这层壳保护她，让她听不到痛苦的惨叫，也看不到癞疮流出的黄脓，完全置身事外。茉莉的手也没有任何多余动作，只有坚决，且有条不紊。重复单一的涂抹好像自带咒语，将父亲蛊惑住，动弹不得。茉莉享受父亲的痛苦，正如父亲享受儿子们互相争斗的痛苦一样。通过父亲的痛苦，茉莉终于明白自己不过是父亲的旁观者，她只是代表她自己活着。从这一点上看，她真是父亲的女儿。

他们就这样度过了家城被带走的三个月。这段日子，时间丰厚，如苍蝇一般挥之不去，而茉莉未必真的想打死它。终于在夏天即将过完的一个晚上，快七点，一道汽车灯光照射过来，引出了久违的狗叫。茉莉照常站在狗笼前，手上还拿着一个铁锤。她仔细听着，想知道汽车上会下来几个人。门没锁，汽车拐进了院子，却没有人下来，也没有关闭车灯，只是鸣了几声喇叭，似乎在催促茉莉从狗笼前让开。汽车的喇叭声在院子里回荡，撞击无数狗笼，引来更多焦躁不安的狂吠。茉莉放出一条狗，狗狂吠着往车灯的方向跑去。车门开了，下来了一个人。茉莉还是坚守在铁锤前，一动不动。车灯打在那人的后背上，从他身后四射绽放出强光，描摹出一个修长瘦削的幻影往茉莉的方向漂浮。是家坞，茉莉认出了他，狗也认出了他。那条狗一跃而起，家坞迎上去，抓住它的下巴往上一提，左腿顶住了狗肚子，把那条狗扔了出去。然后，他继续往茉莉的方向漂浮，直到站在她面前。发动机熄火，车灯灭了，她终于看清楚了他的模样。他问她，家城在哪儿，为什么是她在管狗笼子？茉莉刚一开口，便惊恐地发现自己的眼泪从皮肤下喷涌而出，刺痛，好像有无数小针轻微刺透角质层。她根本无法止住眼泪，就像无法止住狂乱的呼吸一样。

狗摇摇晃晃地重新站起来，它不会被一时的失败迷惑，它不是这样训练长大的。它早已认出眼前的男人是它曾经的手下败将，在人类所有的复杂情感中，它只能理解暴力与复仇。于是它狂叫着，将家坞视为全新的对手，再次朝家坞迅速冲过来。它扑了空，立马调整再次发动冲击，依然是狂叫着猛冲。家坞这次并不转身，而是往后一退，从裤子口袋里拿出一把小刀，准确插入了斗狗的背部。它血流不止，却还是不甘心，咆哮着，最终瘫软无力。家坞从院子角落里拖来一口巨大的铁锅。以前，家城每天都要砍下干柴，用这口铁锅给斗狗们煮骨头。带血的牛骨头，熬煮出的白气腥臭无比。现在，这口锅重新煮上了沸水，可家坞还嫌不够，再找来一个铁桶，灌满沸水，架了火上。斗狗前后四肢被捆住，舌头露出来，肚皮还有起伏。家坞直接将狗拎起来，扔进了铁桶里。他拿着木棍，依旧是家城那根用来分开斗狗的棍子，如今这个棍子正往铁桶中压实狗的躯体，让它不要在铁桶的沸水中跳动。狗完全烫死了，这根棍子再将狗挑出来。铁钩穿过狗嘴，吊在树下。现在，狗毛已经能够轻易拔除。

一小时后，家坞做好了狗肉，吩咐茉莉把父亲也请来。黑夜合拢包围，余留餐桌上一顶灯。父亲又带着兄妹俩坐在了一起，关在餐桌前，望着面前热气腾腾的一锅狗肉。家坞剁狗肉时并不仔细，煮熟后依然能看出是什么部位。他首先从锅中夹出一条腿，大口吃着，不顾及旁边任何人。挺好吃的，家坞笑着说，没想到狗肉这么好吃。他给父亲夹了一块。父亲挑着碗里的肉，脸上没有任何表情。他对重新回家的儿子并不在意，好像这个儿子仅仅离开了半天。茉莉面前放着的一副碗筷还是很干净，她的手不停地摆弄空茶杯，前前后后挪动，又十分注意声响，不会盖过家坞说话的声音。

他说，他去了一个大城市，如果顺着江堤一直往东走，总有一天能找到那个城市。他是和那个女人一起去的。在遇到她之前，他还以为她早被情夫杀死了，因为她是个不知羞耻的女人，死在男人手上也不稀奇。那时，他正在汽渡船上做工。哦，爸爸之前做过，应该很清楚。他住在船舱最底层，角落里一堆旧报纸和传单，用来给重要物品包装防潮，靠边摆着一长条床铺，床铺下有个隔层，隔层里全浸着手背深的水，又湿又潮，一股子霉味，没有窗户。他没想到能在船上再次遇见她，更没想到她会带着他下船，坐飞机去那个大城市。他们找到了一间公寓，从公寓的阳台就可以眺望到城市中最繁华的街道。他们必须依靠街上昼夜不停的喧哗才能住在一起，睡在一起。床头柜上摆放着她年轻时的照片，玻璃罩子里，她侧身站，鹅蛋脸庞清秀。如今二十多年过去，她脸上没有什么别的变化，只是眼角更圆润了些，甚至有时他仍会误以为玻璃罩子的确保鲜了部分纯真，特别是看到她在面对他时。她带他在各色餐厅中转进转出，总是大盘子小餐点，二人餐桌中间插一束裁剪下的鲜花。鲜红手指点着菜谱，菜色换得飞快，花瓣微微颤抖，永远吃不完，也永远吃不饱。吃，是一个巨大而又缓慢的瞬间，他们两人紧紧拥抱着这一瞬间，抓出餐布，滔滔不绝。在食物呈现出的虚假繁华面前，他们可以任性，也可以毫无节制，用餐也是，讲话也是。尽是些离散的话语，呈点状运行，无法真正描绘出柔缓的时间的光谱。他们很少待在家里，不吃的时候就在咖啡店。咖啡店，能想象吗？这个城市的人们依靠一杯咖啡，从早坐到晚，谈论废话，消耗时间，宁愿如此，也绝不回家。他们必须表现得漫不经心，才能向旁人暗示自己其实精力十足，稍微打个哈欠，再奔赴下一个梦境。

无论是剧院，还是电影院，对他们来说都没有区别，都是下一个梦境的短暂形式。他不记得任何一场戏的名字，但还记得那一家历史悠久的老剧院。或许是剧场里上演的戏太陈旧了，落下来的灰尘让什么都模糊，却恰到好处造就了一点朦胧。梦境中的人们正好需要这点朦胧。她坐在他身边，为这点朦胧兴奋异常，而他却因舞台上的人刻意扮作的古怪腔调而难受不已。他把手放在她的手上，抚摸着，朝她侧身准备说话，她挣扎了一下，离开了，对他"嘘"了一声。"嘘——"，好像从空洞中传来的风，这风是从这个城市的空洞中吹到他脸上的，一个可怕而不自知的空洞。这个城市里，连人们脚下的土地都不是踏实的土地，而被挖空成为无数虫洞一般的通道，任由列车呼啸而过，好比这个剧院中木制的舞台，演员踩在上面咚咚作响，完全是空心的。这里的人们怀着空洞的心，聚在黑暗里，企图在虚假的故事中寻找真情。戏终于结束了，灯光缓慢唤醒人们。他跟在她后面，随着人群慢慢走出来。灯光的残酷，朦胧的多情，他终于意识到了。黑暗中坐久了，此刻突然看到光亮下的她，他发现她的身子、头发都粗糙不堪，而她还在喋喋不休，谈论什么"卖克白夫人"。她的语调让他想起了玉米地里的叶子随风摇晃出来的干涩的声音，毫无起伏，对他来说，也毫无意义。

他想起了家，想起了茉莉，甚至想起了躺在斗狗场里身上流出的鲜血和疯狂跳动的心脏。于是，他从那个过度文明的世界回来了，不管怎样，他宁愿面对不堪的野蛮。他又夹了一筷子狗肉，嚼了嚼，往桌子上吐出一块没有形状的骨头，结束了回忆。

狗肉还是比牛肉羊肉好吃，家坞重新回到狗肉的话题上，茉莉你应该试试，不塞牙，冰柜里还有很多，我们也还有很多狗。他接着说，明天我会往里面再放点白酒去腥，味道会更好些。父亲终于尝试了一口，家坞立马兴奋地敲打桌子，茉莉，你真的难道一点都不吃吗？

茉莉只好放了一小块到嘴里，仿佛在嚼干柴，完全吞不下去，甚至有点恶心作呕。

怎么了，为什么你们都不想吃？家坞问，那股兴奋劲头和即将上场斗狗一模一样，你呢？他开始攻击父亲，你呢？爸爸你觉得味道如何？

父亲不说话。家坞做出了悟的模样，他说他可以通过那个女人的关系将家城捞出来，让父亲放心。家坞笑了，拿起筷子，敲了敲父亲面前的碗，让他别担心，他前天去看过家城，他们已经重归于好。

家坞，你是不是以为这事就算完了？父亲稍微往前一点，头顶上的癞疮在灯下触目惊心。这是父亲三个月来说过最长的话，也是最清晰的话。

我要走了，我不想吃这些脏东西。是茉莉的声音。

父亲笑了，家坞，你妹妹不是不喜欢吃脏东西，而是因为她现在已经怀孕了。说完，父亲的身子往后一仰，靠在椅背上，又躲回了阴影中，他的目光在茉莉和家坞脸上得意地流淌，期待他们的反应。

茉莉的面孔皱了起来，她握紧拳头，让自己不要掉下眼泪。只有在冲洗小腹的时候，茉莉才会想起它，小腹中的幽灵。当她知道它在自己的肚子里后，就再没去过医院，只是继续过着日子，每天做一大堆给人和给狗的食物。她听医院的人说，有时候母体会自动选择将不健康的胎儿流掉。"母体"，不是"母亲"，也不是"父亲"，更不会是"茉莉"，这是一个生理现象，就像打喷嚏，是任何人都不能控制的，也就不会是任何人的责任了。茉莉这么想着，这么期待着，却始终没有如愿以偿。

家坞朝茉莉望去，胃中过多的狗肉已经让他额头上冒出虚汗。他徒劳地与一股热气纠缠着。时间是黑潮，他总有一天会游回这片水中，缓刑总会有结束的时候。

我们应不应该将这个孩子留下来呢？父亲继续说，他轻轻摇着头，你们总是要我说，其实我根本不在意，不管你们谁是亲生的，谁是收养的，都是我孩子啊。可是，你们都比不上这个妹妹，她可是我的女儿！你怎么可能骗得过我呢？

他一跃而起，继续笑着说，你以为我不知道谁是我儿子？这家里只有女儿是真的！荒唐！他从餐桌边走开，走到窗户边，风将窗帘吹开，室内一片狼藉，窗外景色依旧。父亲靠在窗边说，可你们应当体谅我，我明明待你们一样好。

你养他们，对他们好，就是为了得到这个下场！父亲突然咬牙切齿，就是为了眼睁睁看着他们干些烂事！父亲说他就知道家坞是要报复他，而家坞的计谋也确实成功了，如此成功以至于连他自己也不能幸免，以至于还会报应到家坞自己身上。他说，家坞离开后就不应该再回来，可他非要回来。这就好像一个杀人犯无法真正远离现场，他总会再次回到、重新徘徊在错误旁边，在生与死的界限上绝望又骄傲地移动着、欣赏着。但他和杀人犯还不太一样，他还不知道真相。家城算是已经如愿了，不管怎样，他已经拿到了一张证明，一张表示他兢兢业业扮演了父亲二十多年好儿子的证明。可家坞还什么都没有，在埋下如此可怕的错误后他无法接受自己还是面对着一个混沌无知的结局。纠错和真相，哪一个更重要？他赶回来，选择了后者。

父亲说，我是个废人，可我也生了一个儿子。他拖着一把椅子，走回家坞面前。他坐了下来，直直地、静静地坐着，头骨上挂着臃肿松弛的皮肉，从嘴角两边垂坠下来，灰白的胡茬从脖子往上直到与鬓角相连。家坞从没有那么仔细地看过父亲，所以他蹲下来，跪在父亲脚边，任由父亲摆布。父亲低下头，抚摸家坞的头发，手也没有颤抖，只是很简单地、冷静地、一下一下地抚摸着，好像在给予他最后的、真正的爱。家坞瞪着双眼，好像是被迫清醒地看着噩梦如何铺展开来。他一边害怕这噩梦，一边又舍不得离开。

茉莉屏息凝视，双手搭在肚子上，空气由鼻腔进入，腹部膨胀。空气再从口中呼出，后腰与腹部贴紧，肚子规律起伏，呼吸、呼吸。她依靠这一小口呼吸，维持两个人的生存，这种寄生与共存是眼前的男人们无法学会，也无法理解的。目前，她的小腿还没有任何肿胀的迹象，因为她还太年轻。她太年轻，却依靠着腹中一种原始又绝对的力量比她的父亲、她的哥哥抢先一步预感到了毁灭在潜滋暗长。不，父亲什么都不能说，无论父亲说什么，都会毁了她。如果他真的是他的儿子，家坞该怎么面对她？他会立马和父亲站在一起，毁掉她，甚至毁掉他自己。她必须站出来，站出来的理由也只能是爱。但她的爱根本不是人们以为的爱，不是女人对男人的爱，不是无数书本中写过，无数电影中演过，那种庸俗又迷人的确定性的爱。与其说是爱，不如说是一声声模糊的、回荡在空气中的尖叫。它昼伏夜出，敏锐地洞察一切，随时判断心上人的位置与距离，永远不迷失方向。它不会给心上人带来什么，也不会减损她什么。只有当他，或者她，从坍塌的日子里坠落下去，那尖叫才会迅速织起一张细密的安全网，这时他们才可能知道这种爱的存在。她的爱就是这样　波波无声的尖叫。

她往后倒退，碰到桌子，白瓷碗在地板上摔成了好几块碎片。现在，她能做什么？她难道能劝他们坐下，冷静一会儿，喝点热茶吗？他们现在还有可能好好谈一谈吗？茉莉蹲下来，小心翼翼捡起瓷碗碎片。她从未如此谨慎。父亲还没有说出口，他似乎又陷入了混沌，但他总有一天会说出口的，他现在不想沉默了，这件事也不再是不值一提的了，这件事将会成为刺破一切的……就如同她手中的碎片。她要小心了，要重视了。茉莉匆忙找一些事情来做，很快，家里充斥着水蒸气的尖叫，还有单调又诡异的安静。这声音应该是蓝色的，正如燃气灶打开时冒出的火焰。钟走过九点，家里好像一个闷热的黑洞，蓝色的声音如气球一样在家里膨胀。父亲、家坞，还有茉莉，所有人都昏头昏脑，意识随着气球四处漂浮。茉莉看到父亲再次开口了，嘴唇上下扇动。家坞靠近父亲，握住他那只萎缩如猴爪的手。父亲口中的气流还没发出声音，一切还来得及。茉莉迅速弯腰捡起一块瓷碗的碎片，朝父亲冲过去。父亲连连摆手，惊愕地呐喊，试图逃走。但他站不起来，他的膝盖被儿子的双手压住了，而这个儿子的心还在飘荡着下坠，他还不知道自己应该去哪儿呢。父亲倒在了茉莉的怀抱里，茉莉手中的碎片，斜着插入了父亲的喉咙。那个儿子的手还在紧紧抓住父亲的膝盖，父亲已经奄奄一息，喘不过气，鲜红的血顺着白瓷碗的碎片流了出来。真相正随着血液慢慢流走，留下了铁的味道，红的踪迹。

爸爸，你说什么？家坞绝望地凑过去，把头靠在父亲尚且温热的胸膛上，你要说什么？

茉莉则搂住父亲的头，一只手按住那根越来越安静的脉管，悄声对着父亲耳朵，嘘，嘘，嘘。

她只是想让他安静下来，没想到却让他死了。茉莉将父亲平稳地放在地上，满手都是鲜血，碎片落到脚边。家坞扑到父亲身上，喃喃自语，上下打量父亲的尸体，好像一个小男孩刚得到喜爱的玩具，睁着眼，永远看不够似的。父亲的手搭在茉莉的臂弯，不知是推开她，还是宽恕她。茉莉双眼红红的，跪坐在父亲旁，她只能感受到一半悲伤，另外一半却是异常的轻松。她坐了一会儿，站起来，绕过去，将家坞扶起来，告诉他，没事的，不管家坞是不是父亲的孩子，不管他是不是，她都会把腹中的孩子留下来。她把家坞的手放在自己的小腹上。家坞惊恐地转头，看到在茉莉的脸上，父亲重新活了过来，却有着母亲般的躯体，这两种古怪的力量让他除了屈服外无路可走。茉莉的手摸上家坞的嘴唇，很用力。家坞只能承受她不断下压的力量。他害怕她湿润的、咸腥味的手，他好像变成了一颗种子，被人埋进土地里，再浇水，泥土往他身上挤压再挤压，一定要得出点什么。他不知道自己能得出什么，只知道自己应当赶紧逃跑，于是他听任血液和骨骼的直觉摆布，挣扎着站起来，夺门而出。

他走了。茉莉还坐在地上，身边躺着父亲的尸体，心中的尖叫声没有停止，却辨别不出他的方位，自然也不会辨别出她自己在哪里。但她不可能让自己永远处于这种状况，她警告自己要动起来，也是在警告这屋子里盘踞不去的死亡气息。她站在大门处思索了片刻，便立马迈步走了出去。她没有一个特定的方向，好像走了很久才反应过来自己正在走路，脚下的路正是通往铁女寺的路。远处无数红蓝信号灯闪烁、打圈，给人们指引悲剧真正发生的方向，正与她背道而驰。茉莉已经能看到铁女寺的金顶了，她缓慢下坡，苔藓潮湿，需要注意。背后似乎有乱哄哄的人声响起来了，也要小心。茉莉掌握着脚下的微妙平衡，躲进了玉米地里。夏日夜晚的天空开始积云，脚下一滑，茉莉扑向了土地，手掌撑在地上，一阵灼热疼痛。原来是那块瓷碗碎片，她竟然还握在手心中。月光下，碎片发出莹莹的光，茉莉在碎片中依稀辨认出一个黑色的影子，难道是她自己？云聚拢成一团，雨稀稀疏疏，下得异常。茉莉闻着潮湿的腥味，不知道是雨还是自己。她赶紧掰下几片玉米叶子，希望擦去手上的血迹。雨点大了，机械地往下砸，砸得她眼皮沉重，身子却轻飘飘的，好像连月亮都触手可及。玉米地的寂静抚慰着她，让她远离纷扰，直到看到了铁女寺的大门。她已经走到了这儿。

顺着石阶往上走，茉莉摸了摸湿漉漉的头发，拍打寺庙大门。

一个姑子开了门，她的神态却如刀刻般陌生、威严，穿过茉莉，打量罪行。茉莉已经认不出她了，她却问，你是茉莉？

让我进去吧，求求你了，茉莉说，太冷了，又下着雨……

你爸爸呢？

他死了，茉莉说。

不，茉莉扑过去，撑住即将关闭的寺门，你让我今晚在这里睡一夜，就一个晚上，明天一早，我就回去，我让他明天就下葬，好吗？

你不可以进来，姑子摇头。

可是我怀孕了。

那么，你怀的是谁的孩子？姑子问她。

茉莉不说话了。姑子用力掰开茉莉的手指，将寺庙大门慢慢合拢，最后只留出一条小缝，说了声"阿弥陀佛"，之后无论茉莉再如何拍打，那扇门也不会开了。茉莉转身，俯视石阶下一大片暗，寺庙中的灯火却彻夜不断，她再也没有机会站在这片光下。但是夜晚中除了黑暗的寒冷还有其他的东西，茉莉意识到自己不必在寺门口反复纠缠，她不必进入寺庙。寺庙只是为过去的苦难和牺牲做挽回，事已至此，她再去求菩萨已经是徒劳的了。她的手抚摸上小腹，她现在只要对他祈祷，因为他是注定会活下去的。她需要一个能安静思考的地方，让她能好好想一想这件事情，只需要一个晚上的时间就好。她必须把这一切想明白，为了给腹中的孩子一个说法，他们两个都是注定要活下去的。于是她绕到了寺庙后面，冷风钻入她的脚心，缠绕着腿往上，然后顺着腿爬向心脏。她的确有点累了，觉得自己走过的每一步都不再真实。她看到了一块刻满字的石碑立在不远处，石碑被一只乌龟驮着，两边站着两个观音像。

她走近，靠着石碑滑了下去。周遭雾气升腾成梦幻的氛围，雨滴清脆地砸在石碑上，形成了一句句遥远的呓语。是雨的声音，也是茉莉的声音，她嘴里默念着石碑上的字，以此转移身上的冰冷。果然有效，她的思绪完全被石碑上的故事吸引。

"粤稽唐时，有孙姓者，盖铁冶是任，以欺罔为法当坐而囚之。二女者痛其父之冤也，投炉而死，遂化为二铁人焉。於乎，奇哉！有司以闻於上，卒释其罪，并赐祀典，以彰孝烈。顾世远人亡，而厥迹犹存。则二女之高风，诚有不可泯灭者……"

这是铁女寺中两观音的故事，痛其父之冤，两女儿投炉而死，化成铁观音。茉莉平静地移动眼珠，辨识风化剥蚀的字迹，并不感到害怕。她继续念着，声音没有任何起伏。

"庙中二铁，宛然人形，趺地而坐。血锈模糊，体骨焦灼，令人不忍迫视……"

可惜，茉莉觉得十分可惜，自己小时候真应该去铁女寺里瞧一瞧，供奉在宝莲之上的菩萨难道真是"血锈模糊"，难道真的看不清楚面目的吗？

她换了个姿势，往左边的观音像靠了靠，喘了几口气，脸朝向天空，闭着眼睛。雨还在下着，压缩着她摸不着看不透的空气。父亲难道不也是这么躺着的吗？他的嘴，也是这么张着，闭不拢。明天回去后要多烧开水，要帮他把嘴巴揉一揉，茉莉想着。一道闪电撞击，白色闪烁，她想起来自己第一次见到死人的时候也是第一次真正见到父亲的时候，那时她还很怕死，怕死人，因为她知道这件事还远没有轮到她，现在轮到她了，一切恐惧居然就消散了，一切居然变得自然而然了。她闭着眼，这么想着，雨也就这么一直下着。

过了一会儿，她又往石碑上看，后面还有一段话：

"夫有帻弗彰，无以昭古；有善弗表，无以示劝。故表死以劝生也，表往以劝来也，表乡以劝国也，表国以劝天下也。使荆之士知二女之善也而法之，则所以为忠为孝者不容已矣！使荆之士知二女为善也而法之，则所以为贞为节者不容已矣……"

适应了黑暗和暴雨，石碑上的话正变得越来越清晰。

茉莉重复看着其中一句话："故表死以劝生也，表往以劝来也……"她低着头，看了看手中残存的血迹和泥土，还有些密密麻麻的红紫小点。"死、生、往、来"，她按次序说出这几个字，继续心平气和地思考着，意外地发现自己以前竟然从不注意它们。或许注意到了，却轻轻地放过了。这一回，她已经换了身份，重新咀嚼着，尝试以一个母亲的心情思考着，尽管表面上看，她似乎只是单纯享受着对眼前一切若无睹的状态。那么，死、生、往、来，这到底要如何解释呢？她不愿放弃，其中有种力量一定能让她想清楚，甚至也能让她对以后的小孩解释清楚，解释清楚他的父亲到底是谁。她的速度要加快了，远处无数汽车喇叭声此起彼伏，略带烦躁，脑海中又回荡起了尖叫声。死、生、往、来，死、生、往、来，她快速念着，突然弄明白了一点，这件事其实是不必要对腹中的小孩说的。不必说，就算他问，不说也没关系，她悄声说服自己，催促自己赶紧站起来。头发紧贴住她的额头，黏糊油腻。她发现自己还抓着那块碎片，并且正来回踱步。死、生、往、来，不，她停下了，不是"不必说"，而是"不能说"。她转身，瞪着远处翻越白的天空，山坡下红蓝灯光闪烁、聚拢，寺庙开门，姑子在挥手。灯光迅速靠近，碎成一片一片，在她脚下、身上、脸上打圈，将她也碎成一片一片。今天天气很好，雨会停的，她靠在左边的观音像上，抚摸它光滑模糊的轮廓，少一点对历史的记忆，会活得更轻松一些。她想起母亲的遗照上的笑，那是在她出生之前且出生之后再没有过的笑，仔细观察那种笑，只会让她感到害怕与自责。出生之前的事情，为什么人们一定要弄得那么明白呢？小时候，她常听铁女寺的姑子们谈"空"，她一直以为"空"是在人死亡后才出现的，可现在她有种奇怪的感觉，"空"其实在人活着之前就已经存在了。

她是否真的想明白了？她的神情没有任何波动，站在菩萨身边，低眉顺眼的。

四面八方，无数人正疯狂朝她涌来。

声部的形式与精神分析：简评《切割的赋格》

王子瓜（上海大学文学院讲师）

"赋格"从巴赫的时代开始，成为一种严谨，甚至带有炫技意图的古典音乐体裁，经由策兰的《死亡赋格》、艾略特的《四个四重奏》等诗作对其多声部、对位法等音乐形式的创造性借用，成为现代诗歌处理重大、严肃题材时可资借鉴的结构方式。从赋格体式的角度来看，《切割的赋格》出现了三个声部：诗歌、注释与批注，其中注释与诗歌显然出自同一个"我"之手，而批注则是另一种"声音"、另一种"意识"。这也是这部组诗（或诗体小说）别具匠心之处，它一改过往经典之作对"声音"的抽象化理解，引入小说的虚构能力，为声音赋予了不同的主体，从而构成了巴赫金意义上的"复调"，使得"主体间性"的出现成为可能。

这样一部糅合了音乐（类似三个三重奏）、抒情诗（内在性）与小说（叙事性、人物和视角、对话性）多种形式因素的"音乐诗剧"，最吸引人之处还不在于它"讲了什么"，而在于设置多个声音—主体的必要性、每种声音—主体的特殊性，也即这一复杂形式对作品的意指呈现有何特殊作用。以及更为重要的一点：对于每个声音—主体而言，此间的对话是否意味着影响、变化和成长？

要回答这两个问题，需要对整部诗的形式作进一步的分析。首先，"诗""注""批"三个声部之间的关系至少有两种可能的理解：诗是"主调"，而注与批都是附属品，后两者是对作为成品的前者的后设性阐释；或者三者地位平等，且在共时性中互相参与了各自的生成过程。注与批当然首先是解释与评价性的，读者可以将之单纯视为理解诗歌"主调"的助手；然而注与批同时也是回忆与思索的文本，注回忆了诗，批则同时思索了诗与注；此外，依照作品的暗示，批的作者也应当实际参与了诗作者第三部中所涉及的生活，与诗的作者互相影响。因此，某种程度的相互渗透是可能的。

29

作品中，"诗的声音"并不单纯，少数时候它是一种回忆性的独白，也即前几诗频繁出现的"我"的叙事；偶尔，它伪装成一种关于"你"而非"我"的记录，如《母系线剪》《居者护持》中的线剪和鱼，但这些事物的故事和意义其实是"我"赋予的，因此只是独白的一种变体；更多时候，诗的声音是一种自我审视和对话，另一个"我"从自身中被驱逐出来，被刻意地他者化为"你"，一个既是"我"又是"你"的"你"，从而与"我"保持距离，被"我"所观察、言说，似乎"我"必须如此才能避免再一次被沉重的经验所灼烧，言说才是可能的，这在《余地》《割的赋格》等多数诗中体现得很明显。有时，这个被驱逐出的"我"甚至会变成第三人称，一个不分性别的"也"（tā）。总之，诗的声音尽管存在种种变格，仍是一种锚定于"内在性"的声音，它常常坐在"你"的位置来讲述"我"的故事、展示"我"的精神状态，力图让这一切成为过去，听来如同别人的故事，以此克制、净化那灵魂伤口上的切肤之痛。

"注的声音"在表面上与"诗的声音"来自同一个意识，它讲述诗背后更多的故事、补充隐藏的信息，让诗更易被读解。但它们是如此的不同。注的声音一方面旁征博引，孜孜于剖白诗的匠心，辅之以《才能与个人传统》一诗诗题，暗表诗的声音并非源自某个个体的精神，而是一个历史共同体的精神；一方面又风轻云淡，用诸如"那时候……"的平静语调来阅读过去。与诗的声音每每假托"你"来隔绝现场的炽热不同，注的声音是由一个寻常的"我"发出的，显然事过境迁，烈焰早已熄灭，只留余温一息尚存，大抵无关痛痒，提醒我们两个声音之间估计存在着二十年的时差。《难逢开口笑》一诗中，性别意识萌发的重要时刻所带来的"震颤""至今"仍"堆在舌尖"，而注中之"我"忆及此事首先想到的却是民族之类的问题。现在之"我"终于能够平静地看待过去，这些年他走南闯北，"不过三四年时间，挣了够用二十年的财富"（《世纪之交》），立业收徒，变得成熟、智慧，甚至成为别人口中的"老师"，可另一方面他也反讽地成了过去之"我"曾"抵御"的"大人，先生"（《八荒为庭衢》）；也许现在之"我"原本就蕴含在过去之"我"中。此中结构颇类《狂人日记》之妙，世界的疯狂真相必须使用白话的形式才能被道出，而当狂人病愈，世界也恢复为《小序》中的文言；而《切割的赋格》中生命的真实则必须使用诗的形式才可被形塑，当诗的年代随风飘逝，生命也涣散为一种散文。

"批的声音"有时敬称诗作者为"老师"，更多时候则使用更加平等的口吻来对诗加以评议，应是与诗作者甫怒亦师亦友的后辈。这一声音热衷于揭示"诗"的更多幽微之处——那些"注"也未曾提及的典故、化用、改写，暗示诗的意义远非注和批所能够穷尽。与"注"相比，"批"的作者几乎是一个纯粹的艺术家，他与"注"中之"我"同样谙熟世界诗歌与各种文史哲知识，也了然当代诗的种种理路，在他的眼中，"诗"作为一种文体，主要是一种技艺，那些生命的痛感不过是有待编织的材料罢了，技艺的制成品才是重要的。在这制成品之中织入更多前人的碎片也非常有必要，仿佛通过它，这件制成品就能够被织入某种自在自为自律的"伟大传统"。"批的声音"甚至"应甫老师之邀"写就两首长诗，混入了"诗的声音"之中，一首内容为"甫怒与男友最后一次对话"，另一首则书写了甫怒的半生经历，直至"甫怒与那些孩子组成的大家庭"。两首长诗中，第一首可以看作以对话体坦白了自身的虚构性，而第二首则是以"批的声音"伪装成了"诗的声音"，以其他诗作中之"我"（而非"批"之"我"）的口吻伪造了"我"的独白。这首《长诗二：阉人共和国》以诗歌语言复述、重构了此前所有诗歌背后的生活，不乏动人之处；然而对应童年经验的前两节萦绕不去的有关"语言"的体验与理解，以及末节过早、过于轻易的对乌托邦想象之拔升，仍然暴露了"批的声音"的内在缺陷：他试图把握一段他人的生命，可最终只把握到了抽象的语言。

"诗的声音"如死亡般真实，借助烈焰而燃尽，试图给予"批的声音"从自身命运中无法获得的温暖；"批的声音"却要求由自己来扮演他，重演这一切，以彼之死亡铸成己之技艺，享尽"文之悦"。事实上这也是"注的声音"有时欲做而又不能的事情。在表层结构上，"注"是"诗"的成熟，"批"是"注"的传承；而"成熟"与"传承"的逻辑恰恰是父权制与逻各斯中心主义的典型象征秩序，使得表层结构同其内容之间形成了强烈的反讽，既而使这部作品的深层结构得以暴露出来：生命的真实只在痛苦和悲剧中呈现，当我们以种种方式"走出来"、试图将之净化与升华，我们所走入的便都是精心编织的幻觉。

作品展示：

切割的赋格（节选）

肖　雯

内容梗概： 这是一部以诗体写成的小说，正文分为三部分，即诗本身、诗作者甫怒的注释（注）、一位不具名但显然与甫怒相识的读者的批注（批）。通过三部分文本，大抵可以拼凑出甫怒的简略生平。甫怒，八十年代生人，父亲经营二手衣物店，母亲为县医院护士。因父亲情妇众多，店中女式衣物精美，身为独子、动辄被打骂的甫怒，渐渐生出成为女人以获取父亲关爱的念头，并开始偷穿女装。母亲早已不堪忍受畸形家庭，撞破甫怒女装行径后，离家出走。不久后，甫怒辍学北上，因身材高大，在北京雅宝路服贸市场以搬运货物为生，数年后与几位工友合资开办一家店铺。在雅宝路期间，甫怒有过两段婚恋，一次与某哲学系男大学生，作为男同志，他并不支持甫怒变性，两人因而分道扬镳。另一次是与同样在雅宝路开服装店的女同志，但她不能容忍甫怒残存的男性性征，希望甫怒能去医院实施手术。甫怒深感两段关系中，己身在变形一事上毫无发言权，再次分开。此后，甫怒结识一群情况相似、希望变性的青少年，众人如大家庭般生活在一处。

第一部

"小失望时，我支配了线。

后来的起义我只支配一个个点。

从未，我从未匹敌过平面。"

——《斜坡》

斜　坡

我们的房子毗邻地下仓库。
就在我卧室外，坚定的斜坡
如勘测员向下爬行，目光愈来愈
涣散，散成一片敷衍、平平无奇的黑暗。

那时我尚未思虑
斜坡的隐喻。擦亮的货车厢门闩
反光镜，结绳与独轮更吸引我。
它们全都是一样的
在我之下没入地面。
如海拉的指甲，遣返的阴兵，
古往今来的死人都联合在地核，
以抵御宇宙喑哑的敌意。

小失望时，我支配了线。
后来的起义我只支配一个个点。
从未，我从未匹敌过平面。

注：

　　父亲是第一批个体户，八十年代末已小有积蓄，家中藏书许多。那时幼小，图像较文字诱人，我爱看各氏族的神话书，如希腊人，如苏美尔人。惊惧要推斯堪的纳维亚半岛神话，巨兽如比希摩斯，畸人如海拉，所附小像使人栗汗。海拉的长兄为狼，次兄为蛇，她虽存人形，却半死半生，右半边全然烂腐。死神海拉立在由死人指甲拼接成的船头，这画面叫我失去入睡的胆量。

　　耶胡达·阿米亥称："我父亲在我头顶之上建造了一片大如船坞的忧虑。"另一首诗里又称："（蒿草和墙桅）都是一样的，因为它们全都在我之上升入天空。"他是上升支配的诗人，将个体穿行在童年的轨迹简化为趋势。我则为下坠支配。擦亮的货车厢门闩，反光镜，结绳与独轮，全都是一样的，在我之下没入地面。

一假如有深渊

　肖　雯

三点确定一个平面。
我失去左侧睾丸。

三点确定一个平面。
我母亲出走，人未还。

三点确定一个平面。
我的个人史不会出现老年。

二十四岁的一天，我下榻速八酒店。
同样的卧室外，正解体的斜阳底
地下车库通道被一面黑暗截断。
这个斜坡是一组呼应，埋伏多时：

时代，曾经是主要的，是历史的
一处手肘挥动在万臂中。但显形
时分，我正滑坠在次要时代的大斜坡。

　　　　　摩擦系数为零；小木块。

批：

　　疑心"三点确定一个平面"在哪里见过。

　　甫怒的自注，促使人回去重翻阿米亥，果然有首题为《两点之间只能经过一条直线》的诗。

　　猜想这也是一处化用，但过分牵强。

　　多么想整理世上所有与几何学公理相关的诗，印一本小册子，当会卖得很好。

　　扉页可以援引西蒙娜·薇依的信："如果人们真正全神贯注地去解决一道几何习题，如果经过一小时的努力并没有取得比刚开始时更多的进展，然而，在这一小时的每一分钟里，在另一个更神秘的领域中还是取得了进展。它肯定还会出现在智力的某个领域里，也许是同数学毫无关系的领域。也许有一天，作出这番无效努力的人会更直接地——由于这种努力——理解拉辛诗句的美。"

才能与个人传统

有人的才能是死火山。
造句，钻木取火，修弓弦。
旧朝的喷发不造就湮灭，只有火山灰
不气馁地悬浮一生，一生是
一块随人走动的天空。

有人的才能是水凳砣机，
无视所有外形。有人是
斫刀，以断同类生路为乐。

有人的才能是鹦鹉螺。
使空无也有了阵阵回响。调度那些
隐匿的惰性气体，好比用电
使一块田地里的蚯蚓破土——部分来说
这属于另一种才能。

我父亲的才能是活火山
绝不介意吞并。

他有制服女人的本领，抽象的爱
挤压他和每个女人。他有将己与人与爱
放入一对中括号的本领。**

平原中有一条板凳，我坐着，从未学会
身处风眼而不伸手触摸风暴。
透过门缝我一丝不苟
看父亲如何对待自投店面的女人。
他一身的松针，需要引燃。

** 我和母亲被用一对星号沉底。

注：

卞和得玉楚山，刖左足，又刖右足。我亦
为楚人，故乡却不出玉。古人用以琢玉的工具，
叫砣机，或水凳，我只在博物馆得见几回，它以
静止下来的视线磨削我。

如今的后生，大抵不知用电使蚯蚓破土的
详况了。故乡地貌多为山野，药材丰裕，出过药
圣李时珍、医圣万密斋。民间能行医者繁多，技
艺虽参差，许多老者宁可去中医院看病，也不去
人民医院。有一味常用的药引，名叫地龙，实为
蚯蚓，因易于饲养，价钱又不贱，县郊有好些蚯
蚓养殖场。

儿时去参观，见熟练工以"地龙仪"收获
蚯蚓。一旦那台附有两头电极的金属盒子通电，
蚯蚓密密破土如煮沸褐汤，状貌恐怖。

批：

先留意到标题，"才能与个人传统"无疑
是对艾略特戏谑的改写。

拆解：才能绝非个人所有，反而为大众持
有，因一向存有，存有者不过是器具。个人传
统是个人唯一能后天把握的事物。甫怒力图抵
达的，并非诗史，而是个人史。

甫怒巧用星号注释，形成沉底效果，这手
法至今不过时。我尚未在汉语现代诗中见过这
一形式。

食

两个巨大的存在者
正在隔壁揪斗。

船是我唯一的财产。
闭目航行，被水流一次次
推回床褥。我在枕头中
泅泳，无视母亲痛苦的歌声。
小麦正在法老的梦里
爆裂。词语正在客厅爆裂
如一只只流线平滑的瓷碟。

吞吃
这屋里的黑寂，我长个。
我的腿变长，伸出船舷外。

黑寂和个头
皆可以小上一点。
船是我唯一的财产，但
我加黑寂太沉，船即将倾翻。

沉船前，将我的桨
递给漩涡。它会完好无损
闲置在某日的陆地，不在意
我残余几个指节。

注：

　　有三类父母——这也是老套又省事的分类法——第一类不在意孩童睡眠，第二类催促孩童入睡，自身却不睡，第三类表率似的一齐入睡。第三类凤毛麟角，第二类是常态。

　　我从未见过如此一扇门，将边界这个词语延展成长方形，钉死于墙壁。门外是以执拗与埋怨为束腰的成人生活，门内是布满目的地，却羸弱得一处都无法抵达的童年生活。卧室门如一元二次函数的顶点，推开后只有一片一望无际的衰退。

　　我的父母，我的野兽！

批：

　　一以贯之的食用意象：我吞吃黑寂，船吞吃我（不在意我残余几个指节）。第二段第五行，出现作为食物的意象小麦，第七行又出现盛放食物的意象瓷碟。

　　这本集子里，《食》是我顶喜欢的几支诗之一。"吞吃这屋里的黑寂，我长个。我的腿变长"——对童年的暴力与生长绝佳的类比。忽然使人想起亚历山大·瓦特的句子："我身上虚荣大蛇的鳞片。"

　　又有意象近似内核却全然不同的诗句："词语在梦中如麦粒炸裂。"来自翁加雷蒂。

　　自注中的"我的父母，我的野兽"，是对曼德尔施塔姆的改写吧？

杀生石

天井西北角有池状卵石
这景观社会，并不摆出
照猫画虎的歧图像，只是一堆
八五年代的贫匮。
卵石堆中你很容易踢到烟蒂
也就是掘出一点父亲。
水管自卵石堆的根部穿出
撞入墙壁。接驳处，不住渗水。
几粒卵石已被白水染作橘红
墙壁则生着苔与菌类，状如
巴掌大的正态分布。
我费解，父母为何从不
堵补缺漏。接驳处的水就那般
渗出六七年。
然而我徒长有两只手，
也从未醒悟可以补天。
我们三个人就这般
滴漏，不住滴漏，余生居住在
滴漏的惯性里。
但人不是水。
水无谓流到何处，它能
回返澹空如天鹅的长颈。
人在滴漏中，也就是在
抻成七十年传送带的丧生中。

批：

据我所知，居伊·德波最早译介到国内，
是世纪之交时的《文化研究》视觉文化专辑。
这首诗应当写于千禧年后。但显然，此时甫怒
还未形成晚期风格。诗题"杀生石"是日本民
间妖怪"玉藻前"死后化成的石头。

假如有深渊

天井爬行

父亲总有办法弄来二手衣物。
母亲杀它们
内外的脏污
在大缸里。汲十五桶水满缸
事先堆垒好衣物，六七桶即可。
一小把消毒片如卵
孵化出被除灭的安详。早于
任何化学课，我得知氯的哑臭。
过水后一件件晾起，粗麻绳搭在
天井的屋檐，以铁丝缠绕瓦片加固。
母亲将木杆一次次叉向麻绳。
身姿如一个简化为趋势的父亲。
出太阳时，我可以在天井
消磨整个下午，为瓦当的错落
而着迷，牢记云纹与字样。
书童是棕榈树，好几次
险被斫去，幸而穷庞不来，破絮
似的褐云在半空打坐。
风将自己吹歪斜时，衣物借机踢腿。
远远看去，如一个起皱的
粉衣男人粘在墙壁。但入夜后
衣袖与裤管抽打着静寂，拟人行径
使我睡不安生。
在父亲经行处，我想布置几只蟾蜍。
方言里，它们的叫声是儿子状的。
我仍留在天井的阴影里，
我可以彻夜爬行。

注：

儿时，院中有一株不足三米的棕榈树，因妨碍了晒挂衣物，父亲几次声称要将树伐去，又因为愈懒而作罢。

"穷庞不来"，穷庞当指庞涓。这人中埋伏后，点火观看斫开的树皮上的文字，孙膑以此为信号，将其乱箭射死。韩愈《病中赠张十八》有云："回军与角逐，斫树收穷庞。"我用此典，指院中棕榈树幸存而不必被斫。

至于"方言里，它们的叫声是儿子状的"，蟾蜍叫声如"寨寨"，故乡方言里，谐音如"爸爸"。

批：

最喜此句——我仍留在天井的阴影里，我可以彻夜爬行。

居者护持

案板上刳鱼时
母亲无预兆对你说:
"当女人是遭罪。"
你竖起浑身鳞片,暗自确认
她什么也未曾撞见。
凭着,衣物的褶皱与变位,
如单语者对后缀的敏感?
"妈妈,活人都遭罪。除非死了。"
"是。但女人总会
更遭罪,就像黑人。"
她将鱼泡与鱼鳞
挥进塑料桶,拾起
裹着鱼子的鱼肠,细心冲洗。
那冲洗是你万里摇楫的
唯一次护持,然而那是
将老的叶子对以坠地
为己任的果实的护持。

注:

小时候,母亲携我去山寺中烧香,捐了些钱币。只听老尼念诵:"浮图之徒,游者归依,居者护持……"连诵多遍,竟牢牢记下音节。后来偶然查明,是出自白居易《香山寺新修经藏堂记》。

那时我年纪小,听不明白"浮图之徒",但辨别了后面几字,当下猜测,居者护持指的是母亲,游者归依指的是我,应当是对游子与慈母的劝勉?

母亲出走已有十五年,我已到护持她的年纪。

批:

"万里摇楫的唯一次护持。"

这句音韵多么和谐,不仅押头韵(万与唯),又细密地连押了四次 i 韵(里、楫、一、次)。

我认为,汉语里的头韵尾韵,虽不显在字形上,假如使用得当,同样可以达成英诗音律的和谐与舒适。

一假如有深渊

余　地

嫉妒从每日午后起势，你学会
在高屋上举着甊瓴
接取汗粒而不使其溢出。
风抚过你幼犬似的脊梁，你拒绝
翻身坐起。你怕瓦片的哗啦作响
惊扰檐下的父亲。
你听，也用一小块碎镜子
看。声音有如光束
刺得你双目赤红。你的叫喊
被圈在玻璃中，激起一串
无法突围的雨花纹。

但始终无云，无雨
连水塔也远在五里地。
只有你的汗粒
在银瓶中积聚。
你已将叶尖看成竹笋，
草蜢看成少翅的肥遗，
但一小块碎镜子里
始终只看出不断扩大的余地。

别人的余地。别人的锡与铜
正调和本来互斥的肉体，
像蛇解开自己，消没在草地。
那些来历不明的女人，比你
这嫡子更接近父亲。
她们顺势将廊柱
一根一根卸下，运去他乡。
你只能在傍晚偷窥庭院中
退化后的圆木。

注：

简扼地说，是首写窥探父亲屋中出轨的诗。但事事抽象，就乏味。甊瓴是种简陋的盛水工具。雨花纹是常见的玻璃纹路，常用的还有长虹纹、水波纹。那会儿时兴海棠纹。

肥遗呢，是《山海经·西经》里的生物，我仍能一字不落背出："有蛇焉，名曰肥遗，六足四翼，见则天下大旱。"楚地多河泽，夏季或旱或涝。草蜢抓过便知，与肥遗同为六足四翼。纪昌学射，视小如大，视微如著。那一年天旱极了。

41

文学倒吊

车厢里有两个
素昧平生的男人在谈论彗星。声音
哑下去，你还没明白，彗星上次来
教会过他们什么，或只是抱怨
它尾部的着火。
压过原野，你借火车的重量。
乌黑中，你希望有跃动如独眼的
原野的灯泡，希望有神祇耐心向
你指出：哪些独眼
是拨给你的百眼
你寄养在外又忘了的护身符。
你想随便梦见什么神。
你梦见伊萨卡岛，梦见有人
今日将还乡。王不见王的烦闷
使你改投另一个梦。你梦见
贴满病历的窄巷
　　　　　　　上空的光亮。
你呈大字爬到
顶部，发觉自己在天花板倒吊
看着波拉尼奥。他握笔的姿势表明
这里也是他的梦。

注：

那时候，本来想站票到北京，十七个小时而已。直立好说，可是实在拥挤，甚至有人睡在行李架上。火车上难免刷蹭，我伤口实在难受。后来去找乘务员，说自己刚做完手术。这是位好心人，找了些报纸，让我在卧铺车厢打地铺。如此睡去，捱过一夜。

批：

既然提及波拉尼奥，我有猜想。"文学倒吊"应该是对后者《文学散步》的改写。

第二部

"不如将我活烹在汤镬，作一捧盐，
也不在火化证明上填一个：男。"

——《切割的赋格》

北　上

就像父亲付出代价
从妻子那里走开，胡乱去生活在
众多情妇中的某一个身边。
那选择很随意，不考虑获利。

就像这样，你北上。
你生活里的很多事情要靠北京
即使第一次来。你这枚骨骸
自我猜测时，旋进了这个洞。
做点什么——自旋，就近，逆行，
蛇形走位与直指，都没趣。
无损天穹下瘆人的空虚。
但走入六里桥劳务市场，你有那么多
可以干的活。

自称姓晏的男人看中你的力气
问你：装货卸货，包住包吃，去不去？
你坐上三轮车，倒退前行。
这里建筑与故乡一致，拒绝将你安置。
行道树有陌生的笔直。
很快你会发现它与你一致，并不情愿地
被种植在原籍，终生不得逃脱。

搬　山

瞧，那十字状。

两根尼龙绳垂直缠绕

十几包衣物，顶面遇合，又出一个

瘦削却显得险长的十字。

将手放在十字上，你提。

你提不起。

这当然是谬误的

发力方式，你不会尝试。

愚顽已过时，现在你使两手

手心朝上，八指如铲，

略略抬起衣物山。

抬至腰间，你开始动身行走。

没能走出很多米，而你疲敝。

你肩膀前倾，斜着施以它力。

将至卸货区时你两臂战栗，

于是缓缓蹲伏，用膝盖

抵住小山，而非置地。你知道

拔地而起对你而言很难。

歇息数秒，你接着走。

在合理的解脱域，你撒出手，

任其自由落体。它很软，不会摔坏。

你完成了一次搬运。

往回走，你开始类比。也许你

可以搬开人生中

碍眼又障目的山。

那些山有坚有软，你也不在意

它们会破损还是完全。

然而第一步

你就失利，你根本抬不起。

批：

是首将搬运工作与哲理结合得不差的诗。

但我总觉着眼熟。是否参考了杰克·吉尔伯特的《美智子已死》?

这样他就能继续走，再不放下箱子。

闷罐法

天南海北的苦力
　　都需要打一个盹。
车轼上，挂着毛巾。
苦力中，有人会说起麦子，
你全部的二手知识。

不用闷罐法，冬小麦就只
种在冬天，好比名字就是
它的命词。

下一批春小麦替其
到夏季去。它们全部的认知是一个
穷冬，兼整个
等候赴死的春日的平面化静寂。

你觉着己身
就是一罐冬小麦，你也不确定
对春小麦，你将怀敌意还是善意
　　在大限死死地，死死地揪住你时。

世纪之交

清洗废墟后，仍会出现
一个用旧的早晨。
在它面孔上能看见六朝或天宝。
我艰难地拼读
靴子，单宁布，女式衬衣
空军夹克与夏日，以俄语。
头一回，只知音节不知术符。我真正爬入
一个小贩的靴子里。
生存场如一片水域，栖息着
长出四肢的金币。虹吸管盗走
我的不快，浑浊的青年时代。
好天气为人涂油。信心十足
钻过一束涣散的旧日黄芦。世纪之交
有如吉签，你将在遍地
觅得本无的东西。

注：

那时候的雅宝路，只有愚人发不了财。不过三四年时间，可以说，我挣了够花二十年的钱。

面孔乐队的吉他手，叫周凤岭的，出过一支单曲，就叫《雅宝路》。结尾他一直嘶吼："雅宝路，八十年代！"

后来我回去探望过，人们已不在街头做生意，为了响应政策，美化市容，临街店面和大棚一并拆去了，新盖起几座雅宝大厦，却再无向前的盛况。

卡夫卡与肖洛霍夫

卡夫卡从未成为丈夫
而我名叫甫怒。
有些个梦里，我们争夺同一条长凳，
败者被另一方驮在背上，
望着大使馆的黄昏。
我从未梦见肖洛霍夫。
自他故乡来的贩子甚至按吨
批发纽扣。打包时我一言不发
如隐瞒口音的遗孀。

注：

　　甫是我的姓，也是"男子"的意思。为何我叫甫怒？父亲从未告诉我。然而数年前，我在《词林正韵》中找见。请翻至"七虞"部，甫与怒两个字毗邻。

批：

　　因为甫老师这部诗集，我特意去寻访过雅宝路，它紧挨着使馆区，因而"望着大使馆的黄昏"吧。雅宝路上做的是外贸，来自俄国的商贩最多，那是肖洛霍夫的故乡。

性别的幸存者

那性别像音节
经不起摩擦。变形时,无实义。
除非背后有一
新生的体系。我想像三棱刺一样
转动在国际疾病分类中。
五万个代码的汉化
既破我斧,又缺我锜。
有时,我用"也"来称呼自己。
即使杜撰的集体也可减缓不安
但其余的成员是空气,空气。

注:

《国际疾病分类》(ICD-11)含有约 5.5 万个
与损伤、疾病以及死因有关的独特代码。然而,
国内使用的《国家疾病分类与代码应用指导手
册》与《中国精神疾病诊断和分类》更新速度远
逊于 ICD-11。

"既破我斧,又缺我锜"引自豳风《破斧》
一节,我想表达的是——战争后兵卒能够幸存。

批:

从此诗开始,甫怒每每使用第三人称指涉
自己,都用不带"人"或"女"字旁的"也"。

吹制艺术家

玻璃状的树，违抗树的
一切本质，只需变动一则性质。
如果吹制艺术家将我
擎在手中，从玻璃棒吹成一只
失形的公道杯，继而一只
内凹有褶的折腰碗。
如果硅基的裸体男孩在甲板上
燃烧，跃落水中，解体为
群族般众多的海蛞蝓。
吹制玻璃子宫的
定金，我无力负担
便将变量，贴在这枚标签后。
风景，滑过抽象的暂停
变为吹制艺术家腮帮的
一种特征。鼓起的腮帮
有氢气似的悲凉。

注：

　　折腰碗，状如倒扣的乳房，字面上与公道
杯对应。因而我希望从公道杯被吹制为折腰碗。

　　至于吹制艺术家（玻璃艺人），因常常吹
制，腮帮都有明显的鼓出。

批：

　　落水的场景叫我想起毕肖普的名句："爱
是那站在燃烧的甲板上的小男孩，努力想背出
'那男孩站在燃烧的甲板上'。"

　　但甫怒随后的"解体为群族般众多的海蛞
蝓"赋予它新的内容。海蛞蝓，在《天平不
动》中我已注解过，是雌雄同体、成群结队交
配的水中生物。

鱼线与义人之链

也将人生按下回格键，

追上他的光标。

男孩属虎，小也六岁，

电话亭兑硬币相识。

近乎谦恭地听他谈

拉康，德勒兹。"时兴的，不待译出

就看。"他精英的散步方式

提着也四肢的鱼线。

"三十年后，还研究德勒兹的，全是

杂交时扬弃的鹦鹉。"

"你要为你的诗插入

哲学钢筋。再不济，为你的文学面粉

撒上哲学增白剂吧。"

他有火焰似的寂静，无视木头。

此时也的脊骨如锯，锯着自己。

"岸上绝无义人之链。"

也理解那反义：岸上，每个人都是锯齿。

已无大炬，时代举起大锯。

也起身埋单，作为又一次束脩。而光学的

黍夜

虎须缠我腕，鸡肋安尊拳。

批：

"岸上绝无义人之链"，或许要这么理解：人链多在水中施救时出现，故而岸上不存在。

但后来，谢默斯·希尼用他卓绝的想象力发明了"人之链"，一切人类拉着手。岸上或水中，我想这不再重要了。

双缝干涉实验

他孩子气的断言显示

他随时会为哲学赴死。

　并非口头的，装饰的死欲。

　正因他自身察觉不到，才死得真实。

这一点上，他们一样。

也隐约有愿为殉葬的东西，尚找不着

　肢体，诗，父亲，爱？

无事值得赴死，只合乎停留。

假如有日诸事联合

也的死因就是一片针织棉，起球。

他们顶着叠加态的死亡

相互干涉，一个通过左缝，一个右缝，

在散学的栅栏后握手。

注：

　我不知道他下落，也许已赴死。也许没有。

拒马河即景

他读出也成为女人的坚决。
彻夜爬行的坚决。

他的性欲如座椅反转，疾驰变为倒退。
他仍立在这里，
但身体一寸寸走出门外。也立在对面，
以妻子的鞋，妻子的脸，妻子的思路。

衡量距离的线段
瞬时抻成拒马河。

我说—你就不能安心—做个男人
我不能同—女人生活

也在沉默中挑选盾牌，做补牢、顾犬的抵御。
他将每样武器拿出来看，最终放回。
面对黏合的肉泥，实无试刀的必要。

长诗一：切割的赋格

"既然要问答，就事先说定
把原则插入谈话，这环节动物体中
赋予它们直立的本领，直线的本能。
　　确保你我不发散到栏杆外。
　　空气的支撑力不足以打发
　　人的重力，这是常识。
你我也不能淹留仙乡，连衣袂
都飘拂得高人一头。"

"说吧，你多变的原则
在此地的体例。观音还是一根林迦，
闻道前的中士，驼背的童子？"

"一根林迦。使你无时不觉
被我入侵。蛮横是我的才能
痛打彬彬有礼者，如同打开
一个团结的死结。进步就是
这股麻绳，佐以再拧合的手。"

"我并不关心——"

"你看那橱窗，你的长处
就在于展览自己，又拉起警戒线，
使我的触碰成为乏教育行为。
然而我有一对迈达斯之手，你那些
罔顾门阀意识的词语石料，正合乎
在我们相握的手中压实成黄金。
我配合你，复现对话体，再写一本马丁·布伯。
——我忘了，你没读过什么书。"

"我提议用糨糊浇筑一尊塑像。
以证明法度和古典
不过是纸糊的。"

"你又将失智当作跳脱礼制，
贡戈拉方法的读书无用论。
我劝你甩卖木桶，已有好几个
湖广卡夫卡冻馁而亡。你要桶，
为从泉眼中汲取问题，不如就近从
双肋拔取天问之矛，那也是你
楚人祖宗一份厚礼。虽捅不穿皋陶
五刑五教的盾，至少，你可以
向上头拷问，假装北京还有天空。"

"是你前胸后背长满问题，有如隐疾。
你不能丧失外衣，因而紧攥边角
把力气用在假装不用力。"

"请止戈。把火山灰从你我的
半空撤销，呼吸都要落后了。"

"……"

"对话言语与神话言语
是并立的。你要将那种自言自语
嫁接在对话的主干道上么？
你写诗，你只会干这个。"

"……"

"你用沉默弹劾我。你用沉默
叠小人一样，叠出纷沓的奏折。"

"回那个母题吧。我坚持做女人。"

"只能在三八节送你一束拒绝。"

"我有我的杨柳叶，从百步外走去：
做女人。好比你想挂成一具哲人。"

"我就是。"

"你外观看起来不像。你会辩称：
行军营帐里也可能住着拉康。"

"是。"

"同样，别以外观取我。你先攀上
同一副天秤，不要此在北平，
彼在燕京，鸡同鸭讲。"

"你有粗人的敌意。不，与其
说是敌意，不如说是恐弱症的紧张。
我要讲一种先天论，希腊语里
命运有精巧之义：我生为哲人
不能做军火商或酋长。你生为
男人，就该顾好你的后庭花。
温克尔曼也不能掘出一个沉睡的
海尔玛弗狄忒，大做解剖。你说对吧？"

"……"

"海尔玛弗狄忒。"

"……"

"你会感兴趣。
祂是个长有阳性生殖器的少女。
因怀两种美而自矜，时不时
撩起裙沿，终被宙斯劈作两半。
不过，阿格狄斯提斯更适用你。
众神嫉妒祂，扯去生殖器
使之成了妇人，又爱上自己
做男人时有的儿子。"

"谢谢，这是一个底座，
可以变着法子换头。
我父亲，他很不一样。
像普拉斯的形容：壮硕的亚当。

——不说这个。"

"你有车轮的本事
把一切公路转动到自己身上。
不在意是谁拨款修出
对话的公路。"

"也许，母路。"

"我不想说性别。我拥簇单边主义
在法的门前，我坦承，某性别
就是某性别的增补，指定的一袋
福利物资。你有门路，就多拿几袋。

55

我明拒领受，暗生同情，但物资成人
还需数个世纪。我的伴侣不能
是女人，爱的倒数第二等。"
"倒数第一等，大概是两个女人？"

"按《裴德罗篇》，诚然。"

"我虽口头说：从今以后，我是个女人。
静态与动线并无变化，我这个人。
手是原先的手，腰是原先的腰，
话语是原先的话语。"

"我的爱欲不是原先的爱欲。
你要是女人，我看着就烦闷。
我想着莆田村落那种抬轿跳火的人，
把轿子，看得太重了。
我也在抬轿，轿中坐着大亚氏，小谢林，
却为抬起自己而跳火。轿子
是一个跳跃中落到身后的东西。
——我是说，你也不必像一个
华山阿格狄斯提斯呐。"

"你使我分辨不好，此时的摇动
是由于一生的弧线还是腰身的意愿。"

"有些公路没有意思。不要
沿着是—反—非的快速路去北邙山。
像分别指斥阴阳鱼的两半，
又整个掀盘。我真不懂
你要从所有行动中
选择一个连中三元的言官。
说铜全力长出锈，白绫自缢，

结的解决就是它的解体。
却是滞销，坏记性，胡乱
选个福地洞天去剥两枚板栗。
你的主语就不能是人？跟我说：
意愿就是修剪弧线上的毛边。"

"你的弧线太过光洁，一切
指斥不能与之摩擦生烟。
你就是正确，内切在一环环
大正确中。曲得脚踵抵前额
也要自诩顶履的赵州。
我就是被你修剪下来的毛边，
至少，让我当一回公共外切线，
也抵在——我自己的圆。"

"你可看过芳香型贪官的新闻？
那家伙，花三万多元，在局里
安叫香氛的玩意，能让来访者
譬如上级与投资商身心皆乐。
有空，也带你见见世面。
那记者，不知自己造了
多好一个偏正短语。
我也送你一个：传递性阉人。
你们这些人，阉一个，传
一个，好比研发飞沫绝症。
以为非如此不可，领受一斤天命
却是内部剽去引来，像个遵奉
中华新韵的古诗词论坛。"

"……问问希尼：世上有没有一个
聋人就是全部人民的共和国？
问问卡明斯基：世上有没有一个

传递性阉人自治的共和国？"

"我在国度里为你留位置。
你也是个手工艺人，以造假体为生。
——家中不行。"

"做性别研究的孔氏嫡子。会有一个上游
在你背后跳跃着，拱你到下位。"

"我提议：为了共识，停歇攻势。
这像一句温馨之家的广告语，略显愚顽。
我不否定，生活有八方的通达但
我需要立足温馨之家，与你。"

"我要给你一种涕谢，还是一种擦除？"

"一面延绵到天黑的承重墙。"

"在我的退让，引发的巨响中？"

"有一份联合就要出让一分主体。"

"有一尺的家，奉献你一寸，奉献我九寸？"

"在对话中失忆，就是在清晨卖身。
这不合时宜的投入
对行动双方都没好处。
你极强地受到环境影响。你应当
坚韧起来，像那台空调外箱。"

"我愿是被调节的人，还想是气候，
自反时唤来许多人生出同感。

一向如此，没有乌鸦时
呼吸都变轻快了。"

"我演一会扫帚　在鸡肋般的杂物
杂物般的杂谈中　清理出一块空地。
地形不是我所能平整，这要看前哨
　　　　　　　与后勤的好心程度。
回那个母题吧。你坚持做女人。"

"用侧面的视野，人就能过完一生。
不削足，不做近视手术，不把双手
浸入汤镬，不了解大限以外的灼热。
　你的德谟克利特没教过，人可分割？
　既然道路从栅栏中进进出出，
　我愿意割下点什么，来挤过单缝。
不要纠正，不要把畸形人
关押在圣贤的流水线。我们有权
用三只手或半边头颅在会堂发言。
　不如将我活烹在汤镬，作一捧盐，
　也不在火化证明上填一个：男。"

"也行。这黑下来的大地
可以是你的任意去处。我独需
一个没有天黑与阴阜的国度。"

"我需要。我需要一个或
来不及切割的多个
阴阜长在我腿上甚至脸上。"

"为自己找来弱点，找来洞，
击其懈怠，出其空虚？"

"你身上也有这么个洞。
插补弱点，你也受用。"

"请止戈。把闹羊花从你我的
关节拔除，呼吸都要落后了。"

"不如用谈话捻一条脐带接入
你我的腹部。不论传递来什么，
好过分坼与南辕北辙。我一直

喜欢活着——哪怕日日要用
腹部摩擦沙砾，也愿用一公顷
行过的绝境，兑一张爱床
而非两张有长有短的铁床。
　　　　　我根本不介意
在扶手椅上搂抱你这魔鬼。"

"这是一个他性问题。不如就地
削砍，指其为一个遍计所执性问题。
在人艺剧场，你很得意，因为戏剧
会终结，人物不知道。但你不知道
你母语的命运。所以你像个
诗人通常会引用的盲诗人，鼓捣
虚空索敌的拆字与填词游
戏。它们是你的全部现时，全部的
三边关系的全部三重奏。
　　你奏来了我这魔鬼。
　　下面，你该选择吹奏还是上奏。"

"**************
——这是我的阿波弗里达斯。"

"对话的安全栓还好吗？"

"迄今为止，它在谨慎使
自己存活，如还未成年的次子。"

"是个好原型。"
"你进入连发九箭后的疲乏，
你不说话，并非因为你是
自大版本的养由基，顶多
是个招安路线的庞万春。
那家伙，我们小时候都恨。
你先不准一个词薨在咽喉，后又
不允一个词栽入耳朵，简短来说
你不准允一切空旷。你侵占它而我
干谒它，求它包含我，这也是偏差。

既说到请求，也说说我对你的：
做个逢蒙的弟子，怒其妻
射其目，然尽矢之势也。
你只是说出箭矢，对粗粝和锋利
有能力不足才达成的忽视。"

"像母亲。"

"什么？"

"你抹去自我意识的攻讦，
轻柔像个母亲。你知道，当父亲
发起敲击，只是为了制造对立。"

"我理解。有些主体太浅薄，
不能自给自足，就用对立

吞吃他人。就这一点，你
也是个连丧数子的父亲。"

"我对你很坏。有时我感觉
自己就是天黑，想吞吃。"

"也许，旭日也会吞吃？
法度，善人，甚至美学
都吞吃被裁定的非者。
罢了，你我的通病是炮制典型。
难关不在于可以拿你
代表什么，你只是显得
代表着什么。
人的生平悬停如孤例，
不足以做实。
那么，提前也是最后一次
转述我的阿波弗里达斯。
不如将我活烹在汤镬，作一捧盐，
也不在火化证明卜填一个：男。

天地之间有多少诗，是
你们的哲学所不能梦想到的。

稍后我会离开你。"

批：

应甫老师之邀，写就的两首长诗之一。内
容为甫怒与男友最后一次对话。我将注释一并
附在诗后。

[1] 环节动物：其分节如对话，但无
脊椎。

[2] 林迦（lingam）：梵语中是"标志"
的意思，标志着湿婆神。其状如生殖器。

[3] 迈达斯（Midas）：希腊神话中点石成
金的弗里吉亚王。

[4] 马丁·布伯（Martin Buber）：崇尚
"对话"的功用。代表作《我与你》集中介绍
了对话哲学。

[5] "对话言语与神话言语是并立的"：柏
拉图否定诗人神话，否定"以可疑、虚构乃至
欺骗著称的言语模式"。他认为真正的神话逻
辑形式是自言自语，与对话言语相悖。

[6] 温克尔曼（Winckelmann）：考古学
之父，长于发掘遗迹。

[7] 阿格狄斯提斯（Agdistis）：希腊神话
中的双性神。众神嫉妒和阉割了他。他掉落的
生殖器长成扁桃树，河神珊伽里俄斯之女食用
果实后怀孕生下阿提斯。变为女性的阿格狄斯
提斯却爱上自己的儿子，并在后者婚礼上，以
神力使全场男性自我阉割。阿提斯当场死亡。

[8] "……壮硕的亚当"：普拉斯对丈夫休
斯的形容。

[9] 顶履的赵州：化自南泉斩猫公案。

[10] 传递性阉人：若对所有的 a，b，
c ∈ X，"a 关系到 b 且 b 关系到 c，则 a 关系
到 c"成立，则集合上的二元关系 R 具有传
递性。

[11] "问问希尼：世上有没有一个聋人就
是全部人民的共和国？问问卡明斯基……"：
《良心共和国》为谢默斯·希尼的代表作，以
利亚·卡明斯基则写下《聋共和国》。

[12]"在我的退让，引发的巨响中"：引自塞尔·巴列霍《狭窄的剧院包厢》。

[13]"没有乌鸦时，呼吸都变轻快了"：普拉斯在丈夫休斯出轨后独自抚育两个孩子，后来自杀。休斯代表作为《乌鸦》。

[14]"你的德谟克利特没教过，人可分割"：指德谟克利特的原子论。不可分割的最小单位。

[15]"击其懈怠，出其空虚"：引自《孙子兵法》曹注。

[16]闹羊花：也称羊踯躅，羊食之即死，有麻醉作用。

[17]"两张有长有短的铁床"：指普洛克路斯忒斯之床。他在旅店中设有一长一短两张床，砍去个头高的旅客的脚，将个头矮的旅客拉伸至死。

[18]遍计所执性：唯识宗所立三性之一，指见何而执着于何。

[19]阿波弗里达斯（Apophrades）：布鲁姆《影响的焦虑》中最后一种，即死者回归。

[20]自大版本的养由基：养由基为避免射不中，不再射箭，以保留神射手之称。

[21]招安路线的庞万春：方腊军中的将领，绰号"小养由基"，射死史进与石秀。

[22]逢蒙的弟子：《列子·仲尼篇》称，逢蒙之弟子曰鸿超，怒其妻而怖之，引乌号之弓，綦卫之箭，射其目。矢来注眸子而眶不睫，矢隧地而尘不扬。

[23]"天地之间有多少诗，是你们的哲学所不能梦想到的"：改自《哈姆雷特》，原句为"天地之间有多少事，是你们的哲学所不能梦想到的"。当代诗人王炜在《一个叙事诗人的练习册》中将此句转述为"天地之间有多少事，是你们的诗所不能梦想到的"。

假如有深渊

第三部

"它们也曾合乎人形，
在我从未到过的街道上
越走越快，走成一个家庭。"
——《切割的尾波》

晴峦萧寺图

清晨，大地如一幅草图。
泡水后，千百个笔触尝试
摇撼视力的大限。
天体也被禁止
进入视力。它们急就的呐喊
如大洋上的一次踢水。
按住房间内墙，我能确切
感到盐粒被踢中的疼痛。
洪水冲毁另外三面，我的内墙
已成为暴露在雨中的外墙，
有两处小腹，同时被两伙人踢打。

我满面青肿地望远。
别人以为我已为假山。

有时，我无须看到远。
雨会在近处爆裂出一张张
终生不能相见的脸。
那些脸，崭新，有从未
与人争执过的喜悦。我却
已被遗弃如
正在雨水中变旧的公示。

批：

　　尘世的一块广告牌，好叫天使看见。

豪雨中的北京

呼吸解散成空气，顺从的镜子

现身，内含扭动成一团的常识。

你们还不解散，如一掬

热泪解散成许多个

　无人留意的波纹。

豪雨中的北京，所有常识

都在电线杆上避雨。只有孩童

拿弹弓，一次又一次拉动

偶然射一种下来。

常识

想要爬走，如特例。哀求

你这目击者不要说出去。

你想揭发，却只说出来：公鸡。

常识被径直衔食。你因此碎裂成

许多个没有喷泉的广场。

但喷发

被无休无止地推迟。你用青涩的倾斜

反抗着你还不

知道是什么的事物。

而我可以肯定，那事物的

　全部族裔都见过你。

注：

　常识在电线杆上避雨，因为话语本就栖息在雷霆里（What The Thunder Said）。

批：

　"那事物的全部族裔都见过你"让我联想起《杜伊诺哀歌》的第三首："那儿潜伏着可怕的怪物，饱餐了父辈的血肉。而每一种怪物都认识他，眨着眼，仿佛懂得很多。"

　里尔克的诗里仍有家族序列，怪物饱餐他的父辈。对于没有生育能力的甫怒，人的家族序列终结了，怪物却产生了族裔。

63

公交转型指南

正午如一匹母马
破开已久的褐色腹部。你睁眼
醒在公交上，将自己眨入
碗底的中年刻度。
比起静坐，你喜欢沿弧线
滑动，总有上行的盼头。
总之不在原地，起身时
就抛却人形的蜕皮。
你喜欢滑动，你安详于
自己是在一辆永不溃散的公交
硕大的手掌上。
但上上下下的乘客
会将你的刻度再次细分。
堪舆是东汉产物，此前
人们可以死在各处。
公共交通上那一串扶杆
倒吊着现代人的脚踵。
你还有一站，此时有一人
上车，刷卡时拭着汗。
你们视线的弹性剑
在空中交抵，双双卸力。
下一站，你们急不可耐下车
在烤化的街道上亲密交谈。
你们是化形的小兽
人群中一眼认出同类。

注：

只一眼，我们就能彼此识辨。老沈原来是一所本科学院的教授，因为执意在讲台前穿裙子，被人举报而开除。他有妻有子，出事后，人低调了许多，不再公开在外穿女装。我见到他那天，他不过一身普通中年男人的打扮，polo 衫，西裤，压印出裙子的皮鞋。而我从外表上看呢，根本就是女人。但我们仍然嗅出了对方。

夏 娃

天气好时，你能通过水管
看见很深的地底，
并且用力嚼着
满嘴可疑的空虚。

日子如转日莲
并不当着眼前转动，却一厘厘
原地旋着自身，跟随那分散后
广如忧虑的光带。

你从日子中跌坐在地，抬头看见
你的庭院，你的香椿与石榴。
拥有而非继承，你离去时
它们会轰然坍回原始。

你止住咀嚼，仿佛嘴里
含着一个独居在帐篷的女人。
你是夏娃，你可以
造一个夏娃给自己。

注：

我抚着肋骨，想：夏娃就没有肋骨吗？去
造一个夏娃给自己。

转日莲是向日葵的别称，京、冀一带叫得
多，我也就随用这称谓。世上约有六十二种向日
葵，我决意认识十种左右。余下的用来梦见。

哑

把阴影投送给墙——
转至墙的背面，假意
迎候它。这就是装聋作哑。
起因是重感冒，你只能
打着手势替以言辞。
你要去那，你需要这个，
你很欣慰不你该休息了。
打手势，人很难说出

你有不合时宜的自我意识!

别，别掀我的连环牌……
会致死。

这类双向痛苦的话语。
一个词掩护，蛇行。
走折线或弧线，从耳到心。
但手与眼之间
只能是直线。
况且你们不说指责的话。
你说过太多，太多了，
需要的休憩如退耕还林，不能一朝，
不能取巧。你打着手势，种一片
寡言的森林，长在知识的作恶上。

你们的哑中
盘旋着不必说出的话。
你几乎是微笑着将
词语批量送入屠宰场。

你声带的钩子上，
悬着素食似的静寂。
她在鼓槌般的灯泡下，
为你准备晚餐。

不在乎弃养湖水

你们外出，不在乎
外面是环状北京还是环状闪电。
你们停用
守望，见证，等等
过于黏稠的词语。
只是在生活，像
贝雷帽取下又戴上，并不在乎
月收入与月球的盈亏。
你们外出，不在乎
外面是朝阳门南大街或只完成
一半的，收缩着的切缝。
你们手掌的凹陷是
两只用旧的坩埚，相互挤压时
压出金粒，拭汗时致盲。
这仍将持续的失明，与天黑
一同来到。你不在乎
有几只眼睛，无非是闭目
无非是把一生的湖水
弃养在颐和园。

分水岭

即将到来的日子是
脸部着地的分水岭。
迈过去，你将把支配
你已久的、面相不定的主人，固定为
长着你自己的脸的燧人氏。
分水岭分开
你托盘上的月份，仿佛要端给两人。
你二十五岁，不信任阿里斯托芬。
但你只是在射线的那个端点
观看，看正变远的事物。你不知
它们的阴阳与休戚，也不知
它们如何在内部团结，更不知
有一小撮在推理回返的可能。
你只是在端点里擦边，如一头
被借走了皮的驴。你缩短
他人的寿命，自己并不延长，你是
必须传下去的一环，不知自己
将在仪式的哪个裂口出现、补完，
但你被领走并且什么也没质问。

注：

阿里斯托芬在《会饮篇》中断言，原始人类皆为两头四手四脚，分阴阳人、男男合体与女女合体，被切为两半后，终生寻找另一半。

二十五岁时，我已相信：成双是一种陋习。

批：

"如一头／被借走了皮的驴。你缩短／他人的寿命。"此处应是暗示《驴皮记》。

今天性

今天最叫人无能的一点
是它身上的今天性。
我们如一批抵押物
有嘎嘎作响的外衣
力图显出过分的价值。
不是为了自爱，而是为了被出卖。
一份过时的蓝图，它的苦等
使笔画都立了起来，如一丛脖颈。
哭喊着合围："到邪？"
不，库柏勒神庙的阉人
已绝后。亶爰山上的类兽
已是保护动物，不可食。

批：

　　古罗马人为示对大母神库柏勒的崇敬，阉割后入庙侍奉。《山海经·南次一经》载："亶爰之山，多水，无草木，不可以上。有兽焉，其状如狸而有髦，其名曰类，自为牝牡，食者不妒。""自为牝牡"也就是雌雄同体，"类"被认为是如今的灵猫或兔狲，皆为国家保护动物。

亚　洲

你比女性还弱，你究竟是
什么性别？
你是性别的见证。
你是楹联上多出的
复兴的引子。

那使你成为一个常人的屋檐
不在亚洲。

你取来手套与鼓，它们的动作里
没有成为一个常人的际遇。
你取来线剪与晾衣竿，在
章节里进出。
衰老，不像人们以为的。
它实在没有任何好处，只是
一把通向自洽的简易绳梯。
你这艰难的器具
不可循小径完成。
通常，你处在烧焦状；口干舌燥
但长出一丛青葱。

临近盛年也是尾声
那使你成为一个人的际遇
可以在亚洲。

静中裂帛
——读段文昕《距今六十九海里》

李　璐（《西湖》编辑）

　　据说，有古代女子爱听裂帛的声音。裂帛，便是撕裂绸缎，取其声音的清脆凌厉。读完段文昕的小说《距今六十九海里》，我的心耳之间，便仿佛于一片静谧中闻见裂帛的音声。小说安静而内敛的整体气质，并不意味着其内核平静，激烈又张扬的内核，时不时在内外交叠的冲突中"四弦一声如裂帛"。

　　小说在一种平静的调子中稳步推进，推进中也一步步打开女主人公章一琳关于在台湾不如意的婚姻的记忆。小说主要描写的，是章一琳在母亲肺癌晚期时，回老家看顾母亲，同时也逃避失意婚姻的这一段生活，涉及与弟弟、弟媳的相处，以及与母亲婚前的情人（其实是自己生父）的见面等。

　　阅读中，读者可能首先被文字的冷静氛围所裹挟，仿佛通篇都沁着幽幽的冷调的香气。小说采用第三人称限制叙事，叙事者贴近的是章一琳的视角。我们发现，章一琳所经历的一系列悲惨事件，无论是出于经济原因嫁给台湾人、遭受台湾丈夫家暴，还是母亲去世、弟弟对她的血汗钱与所继承的房子虎视眈眈……都不足以改变她叙事之冷静。叙事者仿佛历尽沧桑，一切人世的惨淡都不会惊动她。这也使得她具有了一双超脱人世、高于人间的眼睛，似乎一切颠簸跌踬都难以出乎意料，她看着自己，仿佛看着另一个人、另一个身处遥远之地的人，并不会感到切身疼痛似的，嘴角还带着若有若无的一丝嘲讽和自嘲的微笑，似有兴趣又似无兴趣地审视着自己，以及身边的人。

　　如果更近一步看，会发现，这种过尽千帆、身罹惨淡而容受一切、似乎具有某种达观的淡然，也带有一种厌倦的调子。小说主人公在以一种极大的耐心，容忍着令人遭受磨折的命运，几乎如波德莱尔一样，打出那个悠长的、充满厌倦的哈欠。

小说中，章一琳似乎具有宿慧，又似乎冷静的外表只是她的一种伪装——经历了那么多令人悲哀的事件，戴上一层面具可以成为一种习惯、一种自我保护的本能。譬如小说中有一句"一琳没多想，背上包便同他出去了"，一琳跟着弟弟出去走走，却遭遇到弟弟再次借钱的无理要求，这一句"没多想"，说明她还是会被突如其来、奔至眼前、具有攻击性的要求所侵扰。而她的弟弟在为母亲守灵的那一夜"似乎变回小孩，非常谨慎，疑神疑鬼"时，"一琳没有去哄他，都已经成家的人了，还连自己也照顾不好。一琳只叫弟弟安静一些，她很累"，这一句"只叫弟弟安静一些，她很累"，仿佛图穷匕见，她终于不耐烦了，不再假以辞色，因而具有强大的震慑力。

有趣的是，在这种冷静、淡漠、带有某种对人世厌倦之感的叙事中，作者屡屡让兵器的寒光突然在阳光下闪耀，那些突然出现的断裂如此令人注意，我将它们称为"静中裂帛"，因为周围极安静，所以这破空而来的裂帛之声，才如此清厉。

作者处理得非常利落的，是关于章一琳母亲之死的段落。因为小说用了大概前面一半的篇幅，详细写了章一琳回老家以后，陪着母亲问诊，自己弟弟觊觎家产，以及陪母亲赴云南见她旧日的情人……这些铺垫将日常种种细密显现在读者眼前，而在母亲去世的时刻，作者完全没有正面写母亲去世的过程，没有写死亡是突然而至还是经过了一段过程，没有写这个过程中母亲的言语、行动，没有写周围人们的各种反应。小说里，在母亲的最后时刻到来之前，作者甚至用了好几段文字，写章一琳接到一个陌生来电，知晓了母亲住院时的病友张老太的死亡，然后，用了极简练的一句话，让母亲的去世尘埃落定：

> 大概是准备好了，母亲面对死亡时，除了疼痛，其余都放下了，却忽然给一琳留下了很多问题。她试着和弟弟一起解决，按母亲的遗愿，把她的骨灰迁到老家的山上。

这便是一次裂帛。在平稳的叙事流中，改变了叙事的速度、本该有的叙事体积，给予这种突然的断裂、撕裂以夺人眼目的位置，令人心中震动。

作者非常爱用这种"裂帛"的方式来强调叙事的重点，我们再看两个例子：

> "你啊，结婚了么？"张老太摘了朵桔梗花苞，这样问她。
>
> 一琳想了很久，反问道，领了结婚证，但老公和别人在一起，算结了吗？老太太轻噯了一声，咂咂嘴，泛出酸气。听起来像在哀叹，真没劲。
>
> ……

侄女扁嘴，在她的怀里犯了困，于是用小手牵住一琳的睡衣，睡眼惺忪。捏住一琳松弛的腰腹，仿佛有了新的发现，再次亲昵地凑向她。

这是什么，侄女问。

她深吸了一口气，是疤痕。什么的疤痕，烟头的，这是水果刀的。

侄女接着问，摸到膝盖那巨大的缺陷时，终于停了手，大概在她身上辨识到新的故事，又出于孩子的不忍，没有继续问下去。

引用的两节文字，第一节，一句"你啊，结婚了么？"，是再普通不过的一句问话。而且，"你啊"的提起词，让整个问句具有口语意味，更显出生活流的平淡优容。然而，突如其来的回答"领了结婚证，但老公和别人在一起，算结了吗？"，貌似淡然，却将触目惊心的事实送到读者眼前。这在别的小说里可能会被处理成全部矛盾核心的事件，在此处却只是淡淡一句。淡然的态度加重了"裂帛"的效果，显现出人物背后暗含着巨大的漩涡和波澜，也显现出本篇小说质地的不寻常——这是处理人生更大苦难的小说——从而引起读者极大关注。

第二节，作者让"犯了困""睡眼惺忪"的小侄女偎在女主人公怀里，多么亲密无间、睡意渐浓的氛围！然而！小女孩一句"这是什么？"的发现，直接带出女主人公"深吸了一口气"的回答："是疤痕。"再接下来，"什么的疤痕？""烟头的，这是水果刀的。"又是淡淡的语气，而撕开绸缎的破空之声，在读者心头震响。"侄女接着问，摸到膝盖那巨大的缺陷时，终于停了手，大概在她身上辨识到新的故事，又出于孩子的不忍，没有继续问下去。"这一句里，作者改用了更概述的表达，"膝盖那巨大的缺陷"也是点到即止、没有详说，但读者已能充分意识到章一琳所遭家暴的严重程度。作者对这一节的处理十分巧妙，小女孩与成年女子仿佛夜半"窃窃私语"的温柔氛围，被巨大的、突发的裂帛之声贯穿。

而弟弟对章一琳财产的觊觎，也是在一片祥和之中爆发的：

一琳与他算起账来，像母亲教过的，分门别类。一琳从台湾邮来的钱，替他交了房子的首付，弟弟略去不讲，反和她谈起母亲的赡养，医疗费，细致到从福州到上海看病的路费，是飞机而不是动车，还有给医生塞的红包，弟弟都和她从头说一遍。

"家里不是还有一套海边的老房子，到时候我卖了，肯定能还给你。"

"怎么变成你的？"

"不是我的，难道是你的吗？"

一琳往后仰头，她多希望能够在座椅上睡着。车却旋即陷入颠簸之中，弟弟骂了一声。其实漂亮的柏油马路，只有那一段是顺畅的。

"弟弟都和她从头说一遍"语带讥讽。紧接着的一句"家里不是还有一套海边的老房子，到时候我卖了，肯定能还给你"，突然出现了关键信息——一套海边的房子，并且，这一句话没写是谁说的！这让读者如嗅到猎物气息一般激动起来！这句话是谁说的呢？结合下面的两句对话描写"怎么变成你的？""不是我的，难道是你的吗？"，读者明白过来，最初的那一句话，应该是弟弟说的，弟弟向姐姐借钱，在口头上以"海边的老房子"为担保。而接下来的回答"怎么变成你的？"可真不够客气，针锋相对，直接指出弟弟的如意算盘之荒谬。紧接着的"不是我的，难道是你的吗？"，也是撕破了脸的一句，谈话到这里变成不可调和。

如何？这个裂帛的声响好听不？作者意犹未尽，接着"一琳往后仰头，她多希望能够在座椅上睡着"，这是主人公想从"裂帛"的状态尽力回复到原本平滑无波的状态，所以甚至动用了"往后仰头"的躯体动作，是潜意识里希望逃离这个冲突之境。然而，作者紧接着继续"裂帛"："车却旋即陷入颠簸之中，弟弟骂了一声。"这车的颠簸，是弟弟心中愤怒的表现，不管是有意还是无意，他车开得极不稳当了。并且，弟弟的骂声再次撕裂章一琳试图回返的平静。接下来"其实漂亮的柏油马路，只有那一段是顺畅的"，读者"无情"地找补了一句真相，"裂帛"的叙事一波三折，非常好看。

所以，女主人公内心是非常清醒的，也是非常敏感的，她什么都明白，所有淡然的外貌，其实都是某种伪装。身世已然如此，不试图麻木、淡漠一点，怎么过日子呢？这也从更深的层面切开了人物内心的悲凉。

小说中有一类更平顺的"裂帛"，是讽刺，譬如：

> 母亲稀疏的头顶，引得店员瞩目，于是她朝两人走来，热情地招呼母亲坐在红色升降椅上，又挑来几款假发，供母亲穿戴。

这是一家假发店，所以，"稀疏的头顶""引得店员瞩目"，作者于不经意间，将店员的逐利写得透彻，又有趣。

从举出的一些例子可以看出，《距今六十九海里》里，作者常常采用突袭的方式，让情节急转直下，与周遭事物形成鲜明对比，令读者与女主人公一起遭受命运与周遭人事的剽掠。这便在含蓄内敛、平滑精致的叙事中，让读者时闻清厉的裂帛之声，主人公的性格也因此强烈又突出。她的挣扎、敏感，她表面上"冷眼观世"的疏离、厌倦，都给读者留下了深刻印象。两相对照，人物仿佛身处冰与火之间，以审视的态度观察周遭，又将她的发现以"静中裂帛"的方式一一呈现。小说如丝绸的平滑质地，与裂帛的清脆之声，都是作者给予读者的优美礼物。

作品展示：

距今六十九海里

段文昕

一、返程

　　章一琳是被轻微的震动叫醒的，将近日暮，机舱内是穿过云层的余温，飞机狭窄的圆形窗外，留着泪痕般的雨。地上依稀看得见泥面的沙粒，好像刚做完一场干涸的梦。

　　下了飞机，弟弟早在停车场处等待，弟媳牵着小侄女，一琳蹲下，女孩于她右脸印下一记瘦小的吻，一声声姑姑叫着，亲昵，胶着，在四人中烧起一股陌生的热情，一琳不由得脸红。

　　车朝南开，回家的路上车依旧很少。侄女拿着一琳送的天使玩偶，在弟媳怀中左摇右晃，轻快摆动起来。一琳感到疲倦，大概是飞机延误，她觉得自己仍有一部分丢在海峡对面，还没有回过神，一句话只能说几个字，诸如还行，吃得惯，捷哥比较忙，我先回来看看，以此回应弟媳的关心。

　　"其实我们都有在照顾，但妈比较想见姐。"

　　"她怎么样？"

　　一直沉默弟弟忽然从前座转过来，看了她一眼，说完"你要有准备"，便转过头去。弟媳觉得有点惊讶，车厢内忽地安静下来。一琳注意到弟弟下巴冒出粗硬的胡须，黑发也乱，像是几天没休息好的模样。弟媳握住她的手，又紧紧地，按捏两下。

　　一琳点点头，去摸侄女的短发。弟弟乘机谈起今年自己和朋友在做小区游乐场，似是刚刚起步，又似是前程万里，说着便激动起来，腾出双手给她比画大小。

　　"这么小的碰碰车，一个小区可以放五辆，只要有投资……"

　　"别说了，让姐休息吧。"

　　一琳于是闭起眼睛，她不知道弟弟会将她先送到哪里，去见谁，在快要睡着之际，有那么几秒，她甚至感到车在向后倒退。

车驶至医院门口，弟弟答应会把她的行李放回家里，而后摇上车窗。侄女却很不舍，台湾姑妈地喊着，那双眼睛一直紧跟，目送她进去。

这是市里唯一的三甲医院，墙体通白，鲜明的红色招牌。一琳、一琳的弟弟和一琳弟弟的女儿都在这里出生，生老病死像是这扇自动开合的门。她顺着走进去，按照弟媳留的字条找到 301 病房。一琳犹豫过，要不给母亲买一束花，一袋水果，母亲想要的关心都并不昂贵，她知道，但弟弟的车就这样开了过来，她没有机会喊停。

把手是铁的温度，一琳站在米黄色的门前，没有进去，透过门上一方窄小的开口，隔着五年未见，她先认出母亲的轮廓，后背，稀疏的花白卷发，比想象中要胖些。母亲正和隔壁床的老太太聊天，也许是在别人眼中看见了惊异，母亲才转过来，发现门外的她。

母亲对一琳的到来很满意，但缺乏精力，只抬了抬手，章一琳，低声喊出她的名字。母女间没有太多的寒暄，母亲大概已经向老太太介绍过自己，老太太询问一琳在台湾的工作，婚姻，一琳没接几句，母亲却讲了许多。她在台北做酒店管理，和老公结婚五年了，还有一年就能拿到身份证。

带我去拿拍片报告单，最后，母亲叮嘱她。

医生看片子时，一琳的眼神忍不住飘向窗外。四周的楼是新建的，六层的砖红色仿古建筑，埋进午后的烟尘。五月末的凤凰花，沿街一路似火烧过去，映得问诊室里昏暗无光，剩医生手中电筒的影子，在片子上游走，拍出母亲的条条胸骨，阴影清晰可见。她压回一个哈欠，重新拿起手上的 CT 报告单，给对面的人递过去。

"右侧胸腔积液，心影大。"那人嘴唇一闭，拔开钢笔盖，在纸上重重添两道横线。笔划开纸的声音，令两人都紧张起来。母亲挨着一琳，忽然，用消瘦的骨环住她的手，一琳能感受到那力道，将自己向下拉，如同在求救。

一琳用手机敲下医生的建议，无非是按时吃药，保持进食营养，适当出门晒太阳之类的话。"尤其这半年，要好好注意。"母亲听过，鼻子下轻哼了一口气，用眼睛斜蔑地看向医生，转身走出门。过道的冷风刮来，那穿着病号服的白色背影显然一抖，一琳来不及记下这句话，她向医生鞠躬，抛下简单的歉意，也朝外追去。

病人是走不远的，一琳跑了几步才意识到，因此停下来。母亲昂着头，仿佛是在等她，因剧烈的情绪波动产生的那股粗重的喘气声被压了下去。想咳就咳出来，她劝说道，而母亲只是向前看一眼，伸出手让一琳搀着，缓步朝病房走去。

隔壁床的老人见母亲回来，朝身后的一琳打了个招呼，费力撑起上半身，探过头，问怎么样。

"我要换医生，他一点用也没有。"

老人不语，只当是笑话，反而咧开了嘴。但一琳知道，这话母亲已经在电话中说了许多次，要她回来替自己找医生，刚开始一琳仍有耐心，好言劝几句，后来索性不回答，只听母亲一句句抱怨，偶尔医生的白大褂没有穿整齐，开的药太多，都会化作无名怒火。

这种病，能治好的到底有几个，一琳也不知该报多大的希望，也不敢在母亲面前提起"癌"这个词，弟弟怕人承受不住，只说告诉母亲她患的是肿瘤，活检出来是良性，医生说配合治疗便能好。一个好字制造泡沫般的希望，足以让母亲把挑剔都转移给指标、数据，以及漫长的透析。

有时，母亲那密集、沉重、字字清晰的怨怼声，反而给一琳制造了一种意外的错觉，对面的人仿佛还很健康。她几乎听不出母亲的咳嗽——患者显著的症状，还剩轻微的浮肿，也随着母亲的抱怨而消散。

母亲吃完苹果泥便睡着了，一琳站起身，一口口咬着剩下的苹果核。眼前，窗框住洋红的花，初夏算是很温和的季节，往常她会和经理告几日假，去基隆的海边夜钓，爬爬象山。若不是因为母亲生病，她大概不会回来。

想来已经有五年了，五年前，一琳二十三岁，母亲鼓励她去台湾，叮嘱她去做捷哥的妻子。捷哥为她举办的仪式很少，只在岛上办了场满月的回门，毕竟一琳能嫁给捷哥，一纸合法确凿的结婚证书，已经让母亲对自己的人生满意不少。一琳登机前，全家人都来送她，好似有意在机场为她办了一场小型的婚礼，假花，成对的玩偶，红色帽子，还有母亲脸上的风光。捷哥牵起她的手，走过安检，一琳转过身，朝对面的亲友挥挥手。

回想起来，那时捷哥对她也许真的有爱，他带一琳到台南乡下，见过自己的祖父母，又拜托村里的老先生，替她看看面相，一琳那时年轻娴静，连一个不字也难以说出口，肉肉的掌心翻开，老先生在她掌纹上来回摸索，咂咂嘴，说一琳命里带金。再问捷哥做什么的？制造业，很好，会旺呢。一琳害羞，将手收回，环着捷哥树干般的小臂，他爽朗的笑声，连同头顶的树叶一起在抖动。捷哥牵着一琳，将她转过来，弯腰给她戴上祖母的玉耳坠，两根银线陷入她柔泽的长发。捷哥与她贴得更近，一琳能闻见他头上洗发精的气味，她伸手替捷哥整理歪曲的衣领。仿佛是第一次，章一琳真确体会到，眼前的人这样需要她。

"水……"母亲的呻吟适时打断了回忆，一琳把床头的保温杯递过去，见母亲不动，她再将瓶盖拧开。出人意料，生病的母亲一点也不像小孩，不需要爱、情感与关怀，她依旧是那样直接，只是希望一琳能回来，陪她度过每周的例检，看诊拍片，记录医生的字斟句酌。大多时候，母亲都在刷手机，她在手机上看到许多疾病中的幸存者，比自己瘦小，但更坚强，能够在医院走廊跳手指舞，拍画面抖动的短视频。母亲拿起手机后，便很少和一琳交谈，只不时让她替自己插电插头，为多看一会，视频的分钟和日夜激励了母亲，使她相信这世上一定会有奇迹。

当夜，母亲在病床旁支起一张折叠小床，让一琳陪她睡，两人夹着一条狭窄的过道，一琳推说她才刚回来，衣服都在拉杆箱里，想去弟弟家一趟，母亲不许，干脆让他送过来。谁都知道弟弟不会这样做，他或许还在小区楼下玩碰碰车呢，她只好套上母亲的旧睡衣，松垮垮的，翻身时能闻见白天熬的中药气味，黄芪生地藏红花，盖她出门时擦好的淡香。

不知究竟从何时起，母亲身上，已经从蛤蜊油、雪花膏，化作愁苦的药味，生命全以一碗药汤凭靠。

将近十点，护士查过房，就替众人关了灯，在老太太闷重的呼吸声中，她与母亲分向而睡。一琳闷进被子里，脸书打不开，也无法回复朋友的消息，更无法登录看看，捷哥有否发来一两条关心的话。她的生活随之减少一半，只能呆呆听着音乐。最后探出被子，长吸一口氧气，如同喝了大口药般苦楚，一琳想下床走走，却听见母亲剧烈的咳嗽，在夜的雾气中不断加深，听得见痰声，以及肺部的震颤。

"喝水吗？"一琳赶忙去拍母亲的后背，手却被打掉，她一时忘记该如何应对，呆立在床前。隔壁老太的梦境被打断，不耐烦地呻吟几句。母亲在嗫嚅，声音黏腻，一琳俯下身，把耳朵凑近母亲双唇。

扶……扶我，厕所。

一琳挽起母亲的腰，将她从床上轻轻搬至地面，不想母亲的脚刚触到水泥地，猛然受惊，朝后跌在一琳的怀里，继而挣扎着站起来。一琳的小臂萌生出尖锐的痛感，一低头，是母亲许久未剪的长指甲，正一点点扎进自己的皮肤。两人争先恐后地，喊出痛字。

一琳站在门外，厕所里不断传出干呕、叹气与捶打的声音，她分不清哪个属于母亲，但都很痛苦，索性戴上了耳机。一琳爱听李宗盛的歌，赶路时听，做饭时听，工作时倘若主管不在，便偷偷听，听完三分钟的歌便能擦净浴缸，以及擦掉客人滴落在洗手台的乳液，捡起下水道口纠缠的发丝，抚平被褥。她习惯用整理的动作，缓慢地补齐歌里唱出的遗憾。

母亲从厕所出来，双颊下垂，显出日经折磨的疲倦。或许母亲每一天都是这样度过的，但对一琳来说，这只是第一天。她向前去搀母亲，握住那双脱去力气的手，母亲脸上的肉松弛下来，朝她做了个苦笑的表情。

一　假如有深渊

"好好陪我，房子会归你的。"

一琳不回答，只是试着将母亲再向前拉一步。

"医生都说你会好的。而且，我也不是为了房子才回来的。"

"我答应过你的。"

一琳开始回想母亲拨来的那通电话。那时她整理完最后一间客房，沿忠孝东路直走回台北的出租屋，站在红灯下等待，她贴近手机，听到母亲虚弱的声音，说自己长了肿瘤，叫她回家照顾。

海边那栋房子，你还记得吗？你回来我就给你，母亲说完，就匆匆把电话挂断。

红灯转绿那刻，一琳不敢走，直至一辆摩托车逆行，径直朝她撞来。车灯照亮一琳的脸，她听见车轮胎在地上急速刮过，男人的指责声响了一路，她将双眼紧闭，如同面临审判。

二、疤痕

一琳买了一束洋桔梗花，插在两张病床中央，母亲或许不需要，她要买给自己。

陪母亲住在医院的一周，一琳清晰地看见生命这件事，是同手术室的灯光一起亮起，也伴随着血液一点点被抽干。因而，她在花身上寄放些微的希望，每日为它换水、剪枝，等最细幼的花苞张开。母亲从不在意与自己无关的事，倒是隔壁床的老太太，姓张，不时会夸赞一琳的细致。

偶尔在母亲去输液时，一琳留在病房，与张老太聊起天。她发现不时有女伴来探望老人，却不见年轻子女，一琳不好意思问，只偶然一次，老人主动谈到自己没有结婚，更没有后代。一琳一听，不免肃然起敬，把那束洋桔梗朝老人处轻推一点。

张老太倚在床上，五指插进发缝，拨弄至发尾处，显出一点留恋。说起自己年轻时，和兄弟姐妹争吵，于是独自去新加坡做帮佣，发誓一辈子不结婚，那时她每日都把发髻梳得整齐，和姊妹挤在廉租房，她们称作穷人屋，赚到了钱便要搬出去，可她在那儿一住便是半辈子，帮主人奶过的孩子，如今比一琳都要大许多了。到了六十五岁，她觉得做不动了，便和雇主说要回家。雇主给她买了头等舱，她终于飞回国，挑了个近海边，气候适宜，还有朋友的小镇。

"你啊，结婚了么？"张老太摘了朵桔梗花苞，这样问她。

一琳想了很久，反问道，领了结婚证，但老公和别人在一起，算结了吗？老太太轻嗳了一声，咂咂嘴，泛出酸气。听起来像在哀叹，真没劲。

老人拜托一琳为自己换件衣服，说自己的手颤抖，碰什么都疼。一琳将衣扣一颗颗解开，脱去外套，再将僵直的手举高，卷起秋衣，一条斜长的疤痕渐露了出来。她又绕至前面，疤痕由肩胛蔓延至前胸，挖去老人的左侧乳房，另一边如同水袋般吊着，她不忍心，赶忙为老人套上衣服，增生凸起刮过她的手。

"你比你妈说的有耐心，很好。"老人冲她笑了一下，赤裸的牙龈间露出一块黑洞，一琳感到心里某块东西暗了下去，一阵慌张。

待母亲输完液回房，她望见母亲手上胶带黏合的痕迹。她才意识到那暗去的叫作恐惧，她开始担心母亲哪天也会像这样，被看不见的病菌解剖、挖去，最后给自己留下疤痕。

按照医生的叮嘱，一琳开始记下母亲一日三餐的进食量、呕吐频率和脱发程度，数据比检验单更残酷，证明母亲的免疫力在一日日下滑，吃的东西不一会儿倒吐出来，赶不及到洗手间，索性就倾落在病房里。混杂、浓稠的流体落在地面，让一琳险些也想吐出来。

母亲再做一周的检查便能出院，弟媳请好假，来和一琳交接班。两人坐在医院中央的花基聊了几句，弟媳说起弟弟一心扑在自己的事业上，不管女儿的学习，不时又指点自己对母亲照顾不周，却很少出现在医院。一琳听来苦楚，知道弟媳还有话没说完，但一定是说不出口的。她很想告诉弟媳，这些事情她都知道，不正是因为解决不了，自己才想要躲远一点的吗。

催促的汽笛声在栏杆外响起，一琳眉头一皱，将手提包合起，起身和弟媳道别，她将记录母亲病情的本子转交给弟媳，预先在夹页内放进四百块，带有标价的怜悯。不由得想起捷哥便是这样对自己，以及那些女孩，她们闹脾气时，捷哥便往手心塞几张钞票，教她们去做脸，烫头发，往脸上打镭射。

弟弟将她接回家中，给她留了一间朝北的小房间，侄女的身高一点点往墙面上爬，标记歪斜。时隔两周，她才整理自己从台北带回的行李箱，撕去行李标签，像拆伤口，将咬合的拉链拉开。第一层，叠得整整齐齐的衬衫，还混着一琳清理客房惯用的漂白剂气息。第二层有面膜、发饰，一琳将这些物品一推，知道都用不上了，她现在过着不整齐的生活，冒失得能挑出刺来。她从箱子最底层，掏出一个束口袋，反转倒落出来，全是天使，粉色头发，白色翅膀，玩偶叮叮当当地落在床单上。

一琳到台北后，如母亲的愿和捷哥领了结婚证，两人在基隆的海边度蜜月，捷哥在沙发、椅子和钴蓝的玻璃窗前要她，似乎有意要她记住头撞进桌角的感受，他们的孩子大概就是在那时怀上的。后来的三个月，一琳哪儿也没去，坐到捷哥新开的工厂里，替天使翅膀上色，那不过是个极小的工作室，钨丝灯整夜地亮着，坐着越南、印尼的非法劳工，她们不知道一琳和捷哥结婚了，还热切欢迎她，似乎一琳还在，她们的委屈便能共享。

为翅膀上色是最后一道工序，她坐在整个流水线的末尾，看见源源不断的天使从远处传送而来。颜料要涂得均匀，不能有刷痕，刚开始，她一天只能涂五个，而后慢慢到了七个，十个，所有细小的天使翅膀都在眼前飞动。

"台湾姑姑。"房间门开了，小侄女自外跑来，一下环住她的腰，如同缠住一棵树。注意到床上的玩偶，侄女又伸手去抓，她兴致勃勃地说起自己在补习班，朋友们如何喜欢这个小巧的天使。

"你可以把这些送给她们。"侄女眼中闪出惊异的光，于是把玩偶都拢在怀里。

"谢谢台湾姑姑，你真善良。"小孩总是爱用庄严的词语，一琳听到便苦笑，她没有告诉别人，捷哥的工厂破产时，就给她留下这些天使当作工资。若不是行李不多，她也不会想到，要用这些陈旧的礼物填满行李箱的空隙。

弟媳留在医院，三人便吃了一顿简单的晚餐，番薯丸配面线糊，说是特意买给一琳的，依旧是中学巷口的味道，不过店家已经换成老爷爷的儿子，右手文着一条龙，还生出更年轻的小男孩。一琳拿起筷子，发现里面已经凉透了，糯米皮僵硬，虾米嚼来阵阵腥味。她不由得怀疑这番薯丸，从前便是这滋味，只是她爱和弟弟争，抢先吃下，便尝不出来。

夜间，她躺进被窝，辗转睡不着，才发现自己在想母亲，想念母亲漫长而深沉的呼吸声。整整七天的陪护，让一琳的生活变得很规律，起床，整理被窝，清扫房间，陪母亲吃药化疗，在光线最膨胀的时候陪母亲下楼，借阳光驱散疼痛。

一日，晚饭后，弟弟提出要带她去走走，但让侄女留在家里写作业。一琳没多想，背上包便同他出去了。弟弟将车窗全部摇下，夏夜的风卷带着沙粒，清晰地划过她的脸颊。一琳猛然觉得这里是不会变的，除却她和弟弟共同买的楼盘，如同怪物般不合时宜地层层高建，四周，土坑仍旧是土坑，特卖场的霓虹灯经五年也没有修好，电流短缺的光频闪。转个弯，弟弟带她往市中心开去，路从坑洼走向平整，一琳才看见热闹。

"到了，你下来玩玩看。"

耳边是喧闹的童歌，开了车门，空荡的平地上，长出一座野蛮的游乐园，充气式的彩虹滑滑梯，重心不稳的蹦床，小孩两两坐在玩具车上，朝一琳开过来，因为抢夺方向盘，便东倒西歪地笑起来。弟弟站在她身旁，一头褪色紫发的男子走来，看起来比弟弟还要小，皮带上的钥匙却叮当作响，两人亲切地打了声招呼。

"这是我姐，刚从台北回来。"男人又将手伸出，握住一琳。

男人递来一根烟，弟弟暗暗瞥了一琳，没有接。男人正要将烟收回烟盒，一琳却拿了过来，很自然地凑近男人的火机，烟雾从三人眼中擦过，将四周都染灰，雾蒙蒙一片，弥久未能散去。地上多了几个烟头，弟弟将火星踩灭，拉着一琳往人群中走去。

试一下？弟弟邀请她，一琳选中一辆红色的小车，车里只坐得下一人，弟弟和朋友在后，车开动起来，带动非常廉价的旧磁带噪音，她感到座位一震，原是弟弟的车加速，一头碰上自己的车尾，弟弟一挑眉，冲她耸肩。

一琳主动要求再坐一次，这次换成她想撞前面的小孩，轮胎相碰，两辆车里的人痴痴地笑。到了第三轮，小孩的家长抛来白眼，一琳只能摆摆手，下了玩具车。弟弟的朋友礼貌将她牵下车，关了车门。

回程仿佛是从灯光里开出来，他们闯进一片黑色的雾里，暗黄的灯光笼罩着大王椰，弟弟调开远光灯，车窗清晰地映出前路，碎石搅乱，草梗丛生。

怎么样，弟弟问，以为她没听见，于是又问一遍。

"刚刚那个，玩的小孩这么多，肯定很有市场。"

一琳没说话，身边擦过一辆车，她赶忙扶住车上的把手。

"你在台北一定去过游乐场，我们这里的小孩很可怜，都没东西玩。"

"说真的，再十万，再给我十万，我也能在小区楼下开这种游乐园。"

一琳与他算起账来，像母亲教过的，分门别类。一琳从台湾邮来的钱，替他交了房子的首付，弟弟略去不讲，反和她谈起母亲的赡养，医疗费，细致到从福州到上海看病的路费，是飞机而不是动车，还有给医生塞的红包，弟弟都和她从头说一遍。

"家里不是还有一套海边的老房子，到时候我卖了，肯定能还给你。"

"怎么变成你的。"

"不是我的，难道是你的吗？"

一琳往后仰头，她多希望能够在座椅上睡着。车却旋即陷入颠簸之中，弟弟骂了一声。其实漂亮的柏油马路，只有那一段是顺畅的。

回到家时，侄女卧在沙发上看电视，弟弟正在气头上，踹开塑料凳，叫侄女把作业拿出来检查。侄女自知理亏，抱住弟弟撒娇，弟弟不理，将自己关进主卧。一琳走过去，将小孩努力抱起，发现侄女在弟弟将门锁上的那刻，已是噙满泪。

"我想妈妈。"

一琳揉着孩子哭得发震的后脑勺，将她带回自己朝北的卧室，两人在床上玩了一会天使玩偶，侄女问她，在台湾的家里是不是也有很多玩具，一琳不知如何回答，她大概从小就没玩见过玩具，对于流水线上的玩偶，才描画得那么冷静。

台湾姑姑，侄女说，妈妈说以后带我去台湾找你。那小小的，毛茸茸的辫子钻进一琳的怀里。

台湾姑姑，你说台湾好玩吗？

一琳摇摇头，揉了揉侄女的脸。不要叫我台湾姑姑，她轻声地说。那要叫什么？缓缓地，一琳说出自己的名字。

章一琳，侄女努力咬字，仔细念了出来。印象中已经很少有人这样叫她，除了签结婚协议书时，公证处的女士礼貌地念着她的单身宣誓书。因为没有身份证，办不了健保卡，一琳大多时候没有完整姓名，在酒店时，经理也通常叫她作 Lin。Lin，你去扫一下房间。Lin，今天客人有投诉你，浴缸没有洗干净。Lin，你不是结婚了，怎么总是一个人呢？

一琳很久没说话，侄女意识到故事停了，于是放下手头的天使玩具，问一琳还有别的故事吗。听见没有，侄女瘪嘴，在她的怀里犯了困，于是用小手牵住一琳的睡衣，睡眼惺忪。捏住一琳松弛的腰腹，仿佛有了新的发现，再次亲昵地凑向她。

这是什么，侄女问。

她深吸了一口气，是疤痕。什么的疤痕，烟头的，这是水果刀的。

侄女接着问，摸到膝盖那巨大的缺陷时，终于停了手，大概在她身上辨识到新的故事，又出于孩子的不忍，没有继续问下去。一琳抱住侄女，两人相对而睡，交换彼此温和的鼻息。一琳没有数过，原来身上有这么多伤痕，新的旧的，凹凸不平，像年轮一样规划着她留在台北的五年。

三、去云南

弟媳打来电话时，几乎是带着哭腔，让一琳急忙赶来医院。

到了病房，一琳没看见弟媳，于是问母亲，母亲没好气地回答，数落起弟媳的不是，想是母亲把气撒在别人身上，一琳叹气，不得不安慰起来。

母亲比几天前，脖子更显肿胀，白色胶布将母亲手腕绑住。桌面上化疗的药铺开，红白绿，一种季节的颜色。母亲还在抱怨，有意让她留下，弟媳把毛巾拧干，便出了门。一琳于是坐在小床上，拍去枕头上散落的几根头发。

护士来查房，叮嘱她带母亲去拍片子，她看了手表，还有半小时，于是翻开枕头下的笔记本，日期仍然停留在她记的那日，弟媳只在下面新添了句"喝了粥"，而里面的钱确是抽走了。

一琳感到母亲走得更慢了些，穿过长廊的时候，几乎是靠在她身上，蹒跚的步伐带着余波。检查室的绿色大门前，排成一道等待的队伍，一琳带着母亲站在最后边，大门开合，如同贝壳吞吐沙粒，就在快要轮到她们时，母亲叫了一声，音量低得令一琳怀疑自己听错了。

琳妹，那是母亲小时候才会叫的她的小名。

没等她缓过神来，后面的人又将她们朝前推了一步，站在门口的值班男人，披着黑色外套，较她们高许多，嘴唇发紫，面色昏暗，不健康的神色。他扯过一琳手上的检查单，说她们走错了检验室，他瞪了一琳一眼，眼神里有责怪，让两人跟着他来。

一琳低下头，数着前面男人的步子，男人有意赶路，母亲却行走缓慢，她拉锯在中间，只能喊一句慢点。待慢下来，过道显得更长了。男人无奈地站在原地等两人，忽地打起响指，一下一下，伴着步子，通往她们的目的地，一扇极窄的小门。

这真的是做检查的地方吗？一琳疑心，她们像走进了迷宫，只能听见清脆的响指声。如同倒数，母亲终于走到门口，一眼便消失了。她看着男人远去的背影，打了个冷战。

报告在次日才出，她们于是度过了安静的一夜。屋内有冷气的声音，她几乎听得见空调外机滴出的水声，一滴一滴，如同男人的响指声。她入睡的时候，像是进入了一片黑色的海洋，无数的鱼在啄食她的身体，制造出鲜明的痛感。她疼醒过来，才发现母亲已经坐起身。

在幽深的月光中，她看见母亲的脸被切割，藏进阴影的那面，流出眼泪。

许多年后，一琳想起母亲忍着痛，看向自己时的轮廓，她才知道母亲是有预感的，人的生命就是不断触及边缘，然后模糊。

真正拿到结果那刻，知道母亲已是肺癌晚期，一琳躲在楼梯间大哭了一场，回来看见母亲还在和老太太聊天，见她有藏进去的泪痕，于是递来一个啃不动的苹果，让一琳给自己削皮。

医生怎么说，母亲问，一琳说挺好的，可以回家休息，最好一个月来复查一次。

母亲晚上便催一琳收拾东西，张老太回来时，看床铺已经叠好了，表现得很惊讶。母亲洒脱地表示她们要回家了，临走前，张老太喊住一琳，用皱巴巴的手指，一个个数字敲下她的手机号码。

一琳发现床头的洋桔梗早已枯败，用矿泉水瓶剪就的瓶内蓄满污水，积累水苔。她走后，病房里没有人再管病以外的事情，想到这，她还是将花从瓶内抽出，扔进垃圾篓内。

晚上大家聚在弟弟家，弟媳做了五菜一汤，母亲胃口虽不好，但仍将每个菜夹进碗里，小口而费劲地咀嚼着，那样努力，好像在拼凑他们家的原貌。印象中，上次其乐融融，只听得见筷子扫碗底的聚会还是在她飞往台北前，那时母亲身体健朗，弟弟新婚，侄女未满一岁，小得要抱在怀里。捷哥坐在一琳的身边，给她夹菜。几乎每一场正式餐宴都有母亲的影子，见识了她如何从一位细心的老板秘书，长成老板的妻，从恋爱，到争吵，直至订婚，虽不能说各怀心思，但也绝非单纯，母亲教她如何用柔媚的声音，去安慰与应付，用自己从未产生过裂痕的身体，去承接捷哥粗暴的掠夺。一琳都学会了，捷哥对她也不是不好，起码眼前房子里的东西，有一半是靠捷哥添置的。一琳大学学的是艺术，念到最后，不过知晓怎样的美才讨男人喜欢。

等她真的到了台湾，才知道捷哥见过不少。他大多把女孩养在台湾北部的乡间，里面她最安静，褪下衣服的时候几乎不叫嚷。母亲自以为了解男人，实际上，捷哥才最清楚一琳想从自己身上拿走什么，像她这样乖的女孩子，领张结婚证就像签合同，捷哥要在她身上盖章，也没什么不可。

五年过去，一琳才明白母亲错了，母亲始终用努力的态度应付一切，无论是走进婚姻，还是治疗自己。不是努力就一定有用，吃过药指标就会下降，如果听医生提醒，就会了解，有的病从开始就是治不好的。

餐桌上，侄女咿咿呀呀地表演起新学的儿歌，母亲笑意浓浓，用脸紧贴小侄女，动作标准好似画报表情。一琳又为母亲盛了一碗汤，就当大家都觉得舒畅，胃口舒展时，弟弟又再提起那辆碰碰车。

"十万，妈，你就让姐借我十万。"

一琳几乎就要骂出口，是被车撞坏脑子了吗？又碍于母亲情面没有说出口。弟弟滔滔不绝，有意趁母亲笑脸还挂着，说出那句会让人难堪的话。

"是吗？"母亲仍在笑，"你有的话，就给他吧，反正你有房子了。"

众人错愕地看向母亲，弟弟终于明白那套海边的房子并不属于自己，气得将筷子一摔，就诉起苦来，用词激烈，令每个人都觉得自己被冷水淋面，呼吸不畅。一琳于是站起来和他对峙，地下是残羹冷炙，汤汁遍地。

先是母亲激烈地喘息起来，但被两人的争执盖住了，侄女发现奶奶脸涨红。急得大哭，弟弟才与一琳分开，他与弟媳去哄孩子，一琳替母亲抚背，彼此搀扶着回房间。

"妈，要我拿钱给他？你以为我过得很好是不是。"

一琳的手拍过母亲的后背、胸前，每一处几乎都能摸到颤抖的肋骨。两个人中间隔着许久的沉默。

"你啊，"母亲的胸口在抖动，"电话都不打一个，怎么可能好嘛。"

要是不把你送去台湾，是不是就好了？母亲反问她，一琳背过身去，听见母亲的话，终究是没法冷静，于是跑去卫生间，颤抖着哭喊出来。她其实没有想过这个问题，倘若不经历这件事，父亲消失后，跟着母亲生活的他们俩，是否真的会好，还是像母亲的病情，就此差下去。

说起来，一琳其实是不太回头看的人，这大概是她虽一直向外走，却总是栽跟头的原因吧。

回到房间，母亲留着一盏床头灯，掀开被窝让她爬进来，棉絮细孔里面藏着药和母亲的味道。

"我想去云南旅游。"母亲闭着眼睛，这样对她说。

云南，一琳自小就听母亲提起许多次，因为山地和距离，最好是坐飞机去的地方。很奇怪，他们宁愿借钱买出去的机票，却迟迟不肯为旅行花费时间。

一琳答应了，反正她从台北回来时，只换了五万块钱，她告诉自己，花完那五万块钱，就回去。

四、她的朋友

去云南之前，母亲带一琳去逛街。那栋百货商场几乎有三十年历史，如今橱窗都失了色，只有黄昏一点点爬上墙，盖住半面的人影。

尽管换了裙子，母亲的神采间仍挂有疲困，两人不得不每隔半小时停下，在长椅上歇脚，聊一会。直至走出店面，母亲挑剔仍在，细声讲起那衣服多是线头，布料如何粗糙，宽大的尺寸失去剪裁，足够将人形吞没。

母亲原本相中一条裙子，但因免疫力弱，皮肤变得敏感，经不住麻料的摩擦，但更好的品质又嫌贵。走到最后，反倒是一琳挑中一件，她在蓝红两色间犹豫，想挑一件与云南景色相当的。忽然，她为自己的意识感到羞愧，于是手将衣服一松，放回了口袋。

一琳不知母亲从何养成的秩序，明明她们总是捱苦过来，按最低的标准去生活的一群人。可见母亲晚年的生活是饱满的，像气球慢慢吹胀，塑成了形，能够把人重新变成对生活有要求的样子。但在病痛中，要求却显得生不逢时，只是为她们的生活徒添了许多落空。

两人乘电梯，母亲按下二楼，没有说话，便将一琳带到一家小柜台前。一琳打量一圈，墙上挂满了各式假发，及肩的，波浪式的，黑色和棕色铺得满满当当，离远瞧像是草丛。一琳的头发虽不多，但不至于到了要为此忧愁的地步，烦恼丝不论是过多，还是过少，人都要为此担心，大概只要长着头发，便终有忧愁的一日。

母亲稀疏的头顶，引得店员瞩目，于是她朝两人走来，热情地招呼母亲坐在红色升降椅上，又挑来几款假发，供母亲穿戴。

"这是三百块的。"说毕，便将一顶厚重的毛发扣在母亲头上，再摆弄稳正，人脸在镜中看似被压得喘不过气来。售货员再换上五百元的假发，这次母亲认真观赏许久，而后要求再挑一下。一琳看着母亲在递增的价格中一点点鲜艳起来，最贵的那顶也最薄，假头皮如蚕丝般轻软。

最后，母亲将最好的一款头发放回墙上，拿起平淡无奇的一顶，让一琳付了款。晚上收拾行李，她替母亲认真地整理好，放进行李箱，覆在透明袋整理好的药堆上。假牙，假发，双脚交叠的老花眼镜，上面糊了一层指印。

次日中午的飞机，一琳醒来的时候，母亲已经在洗漱，预备吃早饭，拖鞋擦地，发出窸窣的声响。早早地，一琳已经在查找攻略、制定旅行计划的过程中产生了厌倦，她不得不时刻挂念母亲的口味与疲惫，为可能有的争吵做准备。为了避开缺氧和高原反应，她还删去了自己最想去的香格里拉，明星的结婚地，而费心挖掘洱海旁边的公园、树林和花田。如同交作业一般，她做了很详细的表格，甚至将预算也整理清晰，再打印出来，给母亲看。密密麻麻的字代表她的心意，母亲尽管没精神看，仍是仔细收好，最后和一琳说，自己早已经和朋友讲好，就在洱海旁边住五天，一琳不用多准备。

一琳并不了解母亲有哪些朋友，印象里，和母亲单独出游还是第一次，如果可以，她希望探索世界的，只有她一个人。看地图也好，随心走也好，也只是她一个人。

弟弟开车送两人去机场，出发前，他为母亲绑上一个智能手环，大圆盘的表盘使母亲的手显得很小。他教一琳如何查看心率、血氧。

"有了这个手表，你去哪里我都能找到。有事的话，我一张机票就飞过来。"

母亲连声说好，似乎察觉紧，一琳又调松两格，于是手环无精打采地挂在母亲手腕上，和在医院时一样，带着病人的标签。

仿佛来得不是时候，刚落地大理，便卷起暴雨，机场门外的天色乌黑。母亲并不着急，只说有人来接。两人又在雨中站了一会儿，一琳觉得身边的人想咳嗽，却仍然忍住了，只是细致整理了头上的假发。

母亲打完电话，几分钟后，一辆银白的大众割开雨帘，稳稳停在眼前，一琳不知是来接自己的，刚要走远一些，车窗摇下，一名年轻女孩俯身低头，轻快地说了声嗨。

"雨这么大，我说肯定会晚点，但爸爸就是不准，要我提早出发。"

见一琳身上晕出一大块雨斑，女孩给副座的她递来纸巾。一琳正要给母亲抽几张，回头一看，才发现后排有位打扮入时的叔叔，棕色的皮衣干爽，一个墨镜夹在胸前，但脖子的皮肤仍透露出衰老的纹路。男人隔着座位，和母亲自然攀谈着。雨声大响，尽管努力去听，一琳还是不得要领，只偶然捕捉到几个寒暄的字眼，好久不见，真的很久，许多年。

七月是云南的雨季，雾水升腾，将女孩的车团团困住，雨刮器不断划出前路，蜿蜒窄缩，红绿灯、斑马线融在雨里，行人胡乱冲撞，一琳的一颗心吊着。不时却听见母亲和男人的笑声自后座传来，车厢内渐渐生出暖意，玻璃覆着白雾。

女孩将车开到一栋白色建筑前，男人撑起车尾厢，替母女二人拿出行李，向一琳伸出手，握了一下。他的手掌很大，能够将一琳的五指包裹着，上面有一层薄薄的茧，那样的触感好像在走路，路上全是沙砾。

一间面朝洱海的房间已经替她们准备好了，房间在三楼，不算高，因此只能沿着窗边，看着远处湖面泛起的粼光。她们睡了很舒适的一觉，没有隔壁情侣的叫喊，小孩跑过走道的脚步，甚至连蛙声和蝉鸣都不太能听见，若是一琳自己出去玩，绝不舍得定这样好的房子。

常常是母亲和男人在车后面坐着，女孩一边开，一边向她介绍周边的景色，她们拜了崇圣寺三塔，沿洱海周游一圈，更到森林公园游湖，四人坐在一条舢板上，湖水自船向两边展开。她们在船上吃茶与水果。

一琳从未见过女孩和她的父亲，但打心眼里很感激他们，让这次两个人的尴尬旅行变成礼貌的聚会，教她与母亲互相谦让、理解，在人前不至于沉默寡言。女孩笑说自己从小就像孤儿，父亲去各地游玩，留她和奶奶在家。直到爸爸在云南买下了民宿，等到她成年，就把民宿交给她打理。

"做民宿其实很累的，你要照顾喝醉酒的客人，最烦是欠单不给的，房间弄得一团糟，还要给差评。"

一琳点点头，说自己也是做住宿服务的。

是吗，女孩故作惊奇，夸张地喊着，又睁着大眼睛，从旁看了她一眼。

"我听爸爸说你在台北，我也接待过台湾的男生，我觉得，他们很小气。"

一琳于是讲起自己的主管，每次都要从客房的订餐里挖一点，打包回家给老婆吃。酒店新进的洗发精小样，他也忍不住要带几包。母亲和男人又因为这位陌生的主管而攀谈，男人叫一琳千万不要借钱给这种人，车厢里面哄地笑起来。

一琳觉得母亲和男人应该不只是朋友，大概是婚外的情人，抑或曾经的伴侣。她忍不住去猜测两人的关系，却始终不得要领。男人与他的女儿，对她们很礼貌，里面有着旧情与体谅。

在云南的最后一日，男人给她们送来早餐，提议一起去爬苍山，没想到母亲当即应承下来，一琳的目光一闪，虽然很快恢复正常，还是被男人捕捉到了。

"苍山海拔不高，你们肯定能爬。"

"不行，我妈不爱爬山。"

"是吗?"

男人看向母亲，而母亲有意避开那目光，紧盯着一琳。

一琳很惊讶，她竟然从母亲的脸上辨别出示弱的意思，但仍不得不摇头。母亲叹了口气。

"去吧，阿珍。"

"真的不行，我妈不能爬山。"

母亲彻底转过身去，只留下一个弓着的背影，印在远处的洱海边缘，形成一个轮廓。远处，一块巨大的阴云覆在湖面，已经看不见太阳。

男人又来劝解一琳，既然到了大理，怎么能不爬苍山呢。一琳耸了耸肩，表示无可奈何。

"阿珍，阿珍？"男人再喊。

"不行。"话音刚落，她自己也感到惊讶，为自己竟自如地拒绝了别人。印象里，她很少如此坚定地说完这两个字。

男人自觉无趣，将手放回口袋，再向一琳推荐了几个附近的景点，便推门出去了。临走前，男人转回头看了一眼，看见母亲始终没有转过身。一琳拿起男人留下的面包，正要放进嘴里，忽然听见屋内的啜泣，身体一抖，那声音好像是从角落里长出来的，起初很微小，逐渐布满了所有空间，占据了一琳的所有注意力。

妈？她喊了一句，哭声因为被打断而变得愈发强烈，一下，一下，像尖锐的顿号，将一琳的思路切分开来。

因为呼吸不畅，母亲很快咳嗽起来，她不得不将面包放下。应该很坚强，从不会示弱的母亲，竟然因为这样一件小事哭起来。

"哭什么呢？我是担心你的身体。"她板起脸，这样问母亲。

"连山也爬不了吗？我还以为我好了。"

"要等你再好一点。"

在大理的这周，一琳能够从母亲的笑容、体力和好奇心中看出，母亲的状态确乎是好了许多，好像一个原本就要没电的灯泡，忽然滋地亮起来，令人明朗地瞧见电光在碰撞、燃烧，擦出一些细微的火花。

一琳始终没有说出来，母亲的病已经到了肺癌晚期，这些对她来说都是很残忍的词。她从医生手上接过报告单的时候，医生和她说，母亲最多还有半年。

半年，一琳的脑海有回声。医生将纸抖了一抖，听起来像是海浪。

这让她想起海边的那栋房子，建在近海的礁石上，高高地俯视着海面，那是她和弟弟童年的家，一直住到父亲离开那天。

五、童年照片

离开前的晚上，她从烟酒铺里买几瓶红酒，又选了两饼普洱，预备给男人送去。

一琳敲开了一楼的房门，看见是她，男人咧开嘴，胡须堆砌出浓密的笑意，说了一声晚上好。见男人只套了一件宽松的裤衩，一琳有些不好意思，本想将水果放下便走，但男人已经将房门敞开，一琳朝前再走几步，随即陷入浓郁的香烟气味中，男人把门一关，一琳听见了反锁的声音。

仿佛是刚起床，双人床上还堆着衣服，女人的胸衣塞在枕头底下，露出一角。地上堆满了为客人准备的工艺品。玻璃缸内，男人抽剩的烟蒂像食物残渣，已经开始变黑，不断冒出腐烂的滋味。

烟灰缸旁边是一本书，《公鸡背母鸡》，上面满是细小的鸡骨头，几开几合，细致摆成易经的卦相。

在台北清扫房间时，一琳能够很轻易地辨认出房间内遗留下的属于客人的气息。比方说，老人会在桌面放置许多药，留下清淡但持久的味道。刚缠绵过的情侣，被单里是暧昧的气温，爱液同眼泪搅拌出腥味。她很难辨别出男人房间的感受，只莫名地感到很熟悉。

一琳道了几句谢，男人却邀她坐下，从柜子里拿出一本书，轻轻翻动，抽出一沓照片。递过来，竟都是一琳。三岁时她留短发，一脸惊奇站在动物园与白虎合影，右脸映有柔软的酒窝。到了五岁才活泼起来，她喜欢扎单边侧马尾，同母亲在公园放风筝。照片停在十五岁，她读完高中，从大学毕业后，进入捷哥的工厂里工作，此后母亲再没机会为她拍照片。最后一张，她看见自己与捷哥相拥，站在礁石上，身后是家乡的海面。

"你妈年轻的时候，很漂亮对吧。"

这些记忆原本都只属于一琳，却忽然因为男人的参与，变得面貌模糊。她说不出话，只是看向男人，一步步朝她走过来。

"你知不知道……"

一琳感到害怕，她希望男人永远不要把话说完，门忽地响了起来，她慌忙去开门，几乎是同时，她和女孩发出惊讶的哦声。女孩很快换上了笑脸，左右脸颊因为看见一琳，而朝上扬，堆成圆球似的两小团。

"爸爸，有客人在，怎么不穿裤子呢。"

"放在哪里，我找不到。"

女孩于是俯身从枕头底下抽出男人的裤子，再抖了两下，一琳闻见衣服经过潮湿的发酵，而弥漫出笼罩伴鼻子的气息。

"帮我穿上。"

"哎呀，还要我帮你穿呢。"女孩嗔笑着，走了过来。

男人擦亮火机，再点了一根烟，双手升高，作投降状，而后自然地坐在床边，两腿岔开，女孩蹲低，细长的手指穿进裤子的腰间，撑圆，仔细将男人的双脚放入，一点点拉起，替他爸爸穿好裤子。之后，女孩乖巧地退了出去，刚刚的场景似乎随着门的关合，变得从未发生过，房间里没有留下任何痕迹。

"每到过年，你妈妈都会给我寄一张，你数数。"男人回过神来，忽然冲她说话。

一琳呆呆的，觉得意识突然被抽净了，一片空白，她连反应都来不及。男人对她笑，还想说什么，她摇了摇头，几乎是跑出门去。

回到房间，灯已经暗透了，母亲只隐约在一琳进门时，低声说了几句梦话，似是抱怨，又似是在找她。一琳洗漱完正要入睡，枕头那端却忽地响起母亲清醒的话，让一琳明早约男人再见一面，赶晚上的飞机回家，正好。

"我刚刚给他送了礼物。"一琳说。

"但我要见他。"母亲翻了个身，一琳能感觉到母亲正望向自己的后背，她却不敢回头看。那一觉是向下坠的，一琳被卷入梦的泥淖中，每一帧画面都是男人的模样，那女孩蹲在地上，一点点替男人把裸露的大腿遮盖起来。他翻动相册的姿势、神态，食指在塑封相片上摩擦，擦过一琳幼时的脸，乳羊般细瘦。她回想起男人脸上也有与自己一般的酒窝，像钻不尽的漩涡。

三人约在古城边的咖啡厅见面。章一琳几乎没睡，要了杯美式，头倚在最靠窗的座位，外头蒲团上坐着穿白族服饰的老奶奶，叫嚷着要给往来的游客扎一元一根的彩色辫子。清晨，整个城市还未褪去夜的酒瘾，走在街上的只有买菜的人。

母亲分不清美式拿铁卡布奇诺，于是点了一杯橙汁，店员有意将研磨咖啡豆的声音弄得很响。男人从远处走来，看见窗边一琳的脸，分明想闪躲的表情，于是将手上的烟熄掉，踩在脚底，门口的布帘簌簌地传来风声。

母亲与他谈起往事，章一琳背过身去，能瞧见巷子里老人坐在矮凳上发呆。忽然，母亲提起了父亲，还有自己中途夭折的爱情。我本来要嫁给你，对吧，母亲的声音忽然响起来，结果他又向我求婚。

怕是骗你的吧。男人笑着问，母亲不应，接着讲，他是做木雕的，胡子怎么也刮不干净，我爸却很喜欢他，把他做的观音木雕都放在台子上。不要讲了，阿珍。男人将头发抓乱，又看向一琳，三人各有心神。

我要讲，我爸要我挑个本地人，这样才能嫁回来。可我，可我结婚六个月，就生了琳妹。于是他又叫我生，这回偏要生个儿子。

母亲说话时，低垂看着眼前分层的橙汁。男人眼睛变红了，却不愿看她们，一直在摇头，已经等不及要走了。

"都过去的事，说它干吗呢？"

"你不愿意听，琳妹总得知道。"

男人站起身，忍着气，沉默地向四周打探。一琳这才明白两人表面上在对话，实际上是在对着自己讲，可她偏像个局外人似的，只希望自己是在看戏，万万不要成为当中主角。男人的酒窝随着呼吸刻意颤抖，他再三向母亲道歉，还是推门而去。

"一样的。"母亲无奈地叹息，"和二十年前比，没有变过。"

一琳还没能接受，那离去的男人原是自己的父亲，她甚至连联络方式都没有留，离开云南，或许真的就再也见不到了。她顿了很久，不愿追出去。母亲也倚着，没力气睁开眼睛，咖啡厅里渐渐响起人声，那白族老太太有了生意，一条一条将金线缠进女孩头发里，人们在窗外肆无忌惮地笑。

"我没有准备好。"许久，章一琳这样说。

"你不一定要认他，但那栋房子是他买的，所以我要留给你。"

母亲开口时，布满皱纹的眼看向章一琳，那一眼平静，镇定，像一个句号将清晨匆匆结束。章一琳坐到母亲旁边，用一样的频率安静地喘息。母亲将手搭在一琳腿上，继而吃力地抚上她的肩膀，将坐在一侧的一琳搂进怀中。

母亲干瘦的肋骨枕着她的头，脆弱的呼吸一下又一下击打着她的脸颊。她的发间、耳垂传来冰凉的知觉。章一琳颤抖着，对母亲说她害怕。

"有什么好怕的，你看我，连死都不怕。"一琳惊讶地看向母亲，却没有对上母亲的目光。

"我这几天，梦到有人要带我走，有时候是你爷爷，有时候是不认识的人。真要走了，反而没什么好怕的。"

章一琳就这样在母亲怀里，任凭母亲抚摸她的头，她像个婴儿刚学会哭，将所有的感受都倾泻出来。她记得，到台湾的第十个月，捷哥因为工厂出事频频与她争吵，一琳的胎儿查出畸形，不得不流产。她也是这样枕在捷哥的腿上，干瘪而悲苦地哭着，此后她再试过几次，却再难怀上。捷哥又带她去看老先生，此时一琳的手心苍白，指腹生出茧。老先生说她带了煞气，怎么也去不掉。

"如果我走了，把我葬在老房子后面，我和你爸在一起。"母亲忽然说道。

章一琳应承下来，她知道母亲说的老房子，从那以后会属于她，遗嘱会说，公证也会说，完完全全属于她。

"你要是回来，陪着我就好了。"母亲的声音渐渐弱了下去，她装作没有听见。一琳想起那幢海边的老房子，由石头砌成的，挡风耐雨，却极闷。常常是父亲在餐桌前喝酒，她带弟弟在一旁看电视。有一年冬季刮海风，父亲带她同弟弟躲进小的房间，点燃一根蜡烛，烛光里有他喝白酒的影子。红的意识随火焰摇晃，慢慢爬上父亲的耳朵、鬓角、额头，整个父亲变成红彤彤一片。一琳想起来，不喝酒的时候，父亲对她也不赖。

后来父亲设计的木雕画被送到德国参展，竟在德国获了奖项，一封众人都看不懂的邀请信寄到家里来，母亲从门缝里拾到，转交给父亲看。

父亲向母亲借了一大笔钱，便到德国去领奖了，此后两人再没见过父亲，只听母亲提起父亲留在德国了，等挣到足够的钱，就会回来看他们。一琳还以为自己继承了父亲的木雕天赋，大学时努力修读艺术史，期待自己有一天，也用另一种方式，飞出这片海域。

六、送行

一琳是在医院外面接到电话的，还是白天，印象中家里的八月本没有这么冷。

电话那头是未曾听过的声音，极鲜明的粤语口音，女孩悄声问，你认不认识张姨。

张姨？一琳想了一会，始终没有想起来，那边带着一点哭腔，说道："我看见她手机里有你的电话，以为你是张姨的朋友。"

从台北回来之后，一琳才换上这个电话，她终于想起曾经睡在母亲临床的那位老太太，曾提到过自己姓张，终身没有嫁人，有一群姐妹，替一琳照看母亲，喝热水时会提醒她也要喝的张老太，上周过世了。

"我妈妈和张姨在同一家医院，住在隔壁床。"

"原来是这样，那祝你妈妈平安。"

一琳看着眼前洁净的医院，没有回音。女孩算是明白了，于是说了声抱歉，两人互道节哀，就此道别。

大概是准备好了，母亲面对死亡时，除了疼痛，其余都放下了，却忽然给一琳留下了很多问题。她试着和弟弟一起解决，按母亲的遗愿，把她的骨灰迁到老家的山上。按照习俗，两人手臂上都绑一块白纱，他们在山下的木屋里住了一晚。

那晚弟弟似乎变回小孩，非常谨慎，疑神疑鬼，一只猫的叫声都会令他害怕。一琳没有去哄他，都已经成家的人了，还连自己也照顾不好。一琳只叫弟弟安静一些，她很累。

母亲的葬礼上，她去看那些挽联和花篮，男人没有来，他留在了云南的那个雨季，好像再也走不出来。剩下章一琳频频地回复亲友的节哀，整个房间像是淹没在一种巨大的悲声中，一琳很不喜欢那样的环境，像是在反复提醒母亲的死亡。其中有人问起她和捷哥，丈母娘过生，怎么也不回来看看，一琳只能推说他很忙。

她穿着白色丧服，想自己应该不会哭，一直坚持到最后，她将最后一位宾客送出门，回头看看到母亲黑白的遗像，她觉得那再也不会变化的眼神中，带有一点肯定，她沉默地，持久地看向母亲的眼睛，好想和母亲说，其实你也很辛苦，已经到了最后一刻。

出殡时，她作为大女儿跟在队伍的最前面，能够听见弟弟在身后的脚步声。天飘下很微弱的细雨，把她的视线慢慢变得模糊，后面奏起哀乐，先是很规律的鼓点，随后加入喇叭的声音，前面有人带头，喊了一句，天啊。

一琳的眼泪，就这样流了出来，刚开始还是沉默的哭声，后面便越来越痛彻，回响在整座林间。弟弟跟着她后面，也放声哭了出来。

晚上，她和弟弟住在山脚的木屋里，灰雾和夜气使两人的呼吸都变得极重。弟弟反复几次，忍不住问她："姐，你没有听到吗？野猫一直在叫，明明是夏天。"一琳只叫他快点睡。

弟弟翻身，打开手机的电筒，木板做的墙在光线中慢慢清晰起来，他从裤袋中摸出烟盒，又给一琳递来一根，一琳伸手打掉，弟弟沉默不语，将烟从地上捡起，在衣服上磨干净烟头，点燃了。

"你记不记得，以前妈在的时候，就是像你这样。"

一琳不理睬，一挥手，扫去香烟味。

"就是像你这样啊，这个也不让我做，那个也不让我做，只会说睡快点，吃快点。"

弟弟谈起小时候，他和一琳为了争一双新的拖鞋，彼此拉扯，最后拖鞋拉断，两个人都倒在地上。他记得最后是一琳抢到了那双拖鞋，在台风夜还穿出去跑步。

一琳没有回答，但她记得，大多时候，母亲是不愿批评她的，一句也没有，哪怕一句，也会让她觉得被关注。她希望成为被母亲挑剔、管束的人，而不是半夜回家也没有人在意，被厌倦的人。

"也许她不知道怎么对你好吧。"一琳回答。

"她肯定不知道，不然爸也不会走啊。"

一琳脑子忽然空白起来，她竟不知道弟弟在说谁，她一直以为的父亲，其实很早就退场了。

或许是弟弟还小，或许是不在意，他没有想起，一琳抢到拖鞋后，台风便汹涌地来了。那是2001年，那时一琳才九岁，弟弟三岁，一琳被风声吓到，急穿着拖鞋跑回家，和父母、弟弟还有奶奶，五个人挤在房间里，看东方卫视的综艺节目，厚重的电视机在众人的笑声中吱吱叫，屏幕突然变成雪花点，台风刮来了。

先是从瓦片的震动开始，屋顶的墙面震动，落下沙灰，弟弟被吓坏了，不顾一切地大哭，闯出门去。父母于是叫一琳也披上衣服，去追弟弟。等他们走得足够远，才发现远处，所有的房子都在风中摇晃，树冠全朝东面倾斜，弯成夭折的姿态。

往上面跑，父亲在前面喊。因为穿着拖鞋，两根束缚的鞋绳很快断了，鞋底飞出去，一琳的脚站不稳，右脚膝盖重重地跪在地上。她哭了出来，似乎等了很久，才等到奶奶返身回来找她。

还能走吗？奶奶问。小小的一琳哭着摇头，说太疼了。

奶奶握住她的小臂，就要将她拉起来。琳妹，没办法，我们一定要往上跑，海浪就要打上来了。

于是每一步都是钻心的疼痛，一琳落在后面，始终和弟弟、爸爸、妈妈保持着一段无法靠近的距离，最后他们还是消失不见。奶奶带着她，也跑不动了，她们已经到了半路，奶奶跪倒在一家人门前，一琳走上去，敲响那户人的家门，原是她的同桌阿勇，那时阿勇没她高，两人看了第一眼，竟相互哭嚷起来。

"你还记得爸的样子吗？"弟弟又问，一琳觉得好烦，她只听得到那年的风声。

背靠着风，他们唯好将门推开很小的一条缝隙，看见九岁的一琳，膝盖上破了一个大洞，他们将缝拉得大了些，把一琳和奶奶迎进了家，用手电筒一照，才发现一琳的膝盖血流不止，可以清晰分见骨头和肉。

奶奶哭着，用衣角去压她的伤口，想要将血止住，但还是渗过衣服冒出来，奶奶索性将上衣脱下，揉成一团，重重压在伤口上。

终于是不流血了，而奶奶那两个下垂的胸袋，就这样赤裸裸地耷拉着。她看见年幼的阿勇抬起头瞄了一眼，又转过身去。

"那栋房子，妈为什么会留给你呢？明明是我更需要吧。"弟弟的声音听起来好遥远。

在 2001 年的那场台风之中，一琳和奶奶紧紧抱在一起，她本以为她会死掉，和大家一起。但再后来，无论是捷哥把女人带到家里，把她赶出去，或是赤裸地拿烟烫她的耳垂，她都没有动过那样的念头。膝盖上的疤，伴随着雨天的潮湿，用疼痛来警示，她曾在飓风之中找回一条命。

"你在台湾，你要这个房子干什么呢？"不休的问句，让她的眼神都聚焦在弟弟就快要燃尽的烟蒂上。

"因为我要搬回来。"

这一回，一琳清清楚楚地听见了野猫的叫声，掠过他们的窗外，尖锐、细弱，仿佛在重复这句话。

七、海边的屋子

隔日，一琳就把行李从弟弟家搬出来，也没想到这么快，母亲的死像一把手术刀划破纸面，带来了一条明确的切割，既然撕破了，就不由得不分开。

临走时弟弟给她微信发来一张照片，她点开一看，发现弟弟已经帮她把东西打包好，最后一箱，叮嘱她早点回来拿。

她特意找了一个弟媳休息，侄女上课的日子回弟弟家，她发现门口自己带的那双拖鞋也已经收进去了，弟媳给她开门，站在门口，一副不知所措的样子。

"姐，不是我叫你回来的。"

"没关系，反正我也有地方可以住。"

"他就是这样，我也劝不动。"

"你对他太好了。"

她在弟媳抽抽搭搭的声音里，检查了一遍自己的包裹，确定没有掉东西。弟媳还在说，一琳在心里骂了一句，不愿停下，于是很剧烈地将拉链拉起来，露出衣服的一角。

"不要这样，做个好人什么也捞不着。"一琳看向弟媳，对面人的脸慢慢扭曲变形，这是个除了善良什么都不会的人。一琳觉得无奈之余，又不得不继续发出凄苦的嘲弄。

一琳抱着行李，上了回乡的公交车，三十多个站，沿路的景色几乎没有变过，只是颠簸少了，从田埂一直开上山坡，最后到达海的对面。这条线路在她小时候就开了，读书时一周坐一次，为的是回家、返校，这条路上，她靠想象度过了许多时间。

选中一个靠窗的位置，她将头往后仰，感到一阵睡意，于是眯眼睡了一会儿，她的身旁不断地换人，时而被光滑的编织袋擦过腿，时而闻到浓重的土烟气息，吞吐着，侵扰她的疲惫。也有小孩，伸手去拉她的行李，一琳迷迷糊糊间，护紧了背包，将它压放在胸前。

车拐了个弯，将她的头倒向左侧，碰到旁人的右肩，她这才惊醒，连忙和那人说对不起，两人彼此看一眼，是一琳吗，那女人问。

一琳从那人脸上辨认出初中同学的样貌，知道是欣欣，她初中的好朋友。实在是糟糕，怎么偏偏在自己没有梳洗的时候碰见了。注意到一琳放在脚下的包裹，欣欣问一琳要去哪里。

回家看看，一琳回答道。两人扯起篇来，左右绕圈，不得要点。读书时欣欣最喜欢跟着一琳，像她的小跟班，学一琳的穿着打扮，也要攒钱买小卖铺里新进的彩色文具盒。欣欣的父母都是农民，知道一琳有个父亲在德国，因而极羡慕一琳侨子的身份。一琳为这忠诚的信任而感动，自然不会说自己更羡慕她有父母陪伴在身边。女孩之间总是会有秘密，不能分享的，只要她们仍然手牵手去洗手间，收发作业，友谊就已经算是坚固了。

欣欣还是没什么变化，热情，天真，岁月没有给她留下太多的痕迹，除了南方令土地干裂的阳光，使两个人脸上都冒出斑点。

那是兴港村，最近古建筑都翻新了，在做旅游点呢。欣欣手指向远方，一琳只能看到一众土色的荒原，农村自建的别墅冒出头来。那一边，一琳顺着欣欣的话看过去，是仿古的石头房子，漆过的玩偶立在庭院，一旁是大王椰，一边是七叶树，日式风格和欧洲装饰混作一团，象征着村委会发展旅游业的决心。

"我们的村子，据说是离台湾最近的地方，才六十九海里呢。"

"是吗？"

"他们还做了一排望远镜，投一块钱，就可以看到那边。"

欣欣拿出手机，给一琳看望远镜底下，缩成一个点的台湾岛。一琳推测那大概是中央山脉，台湾的背脊，朝天空微微隆起。

"我常常会想，你在那边过得怎么样。"

欣欣回忆起一琳回门的那场餐宴，多么盛大，鞭炮声一直响到陌生人的家里。于是问起现如今在台湾的生活，一琳实在是不愿欺骗那双真诚的眼睛，于是说自己在台湾过得并不好，因为要照顾母亲，也不得不辞掉工作。现在靠存款过日子。

"我打算回老家住一阵子。"一琳说。

"这样我们可以经常串门呢。"欣欣笑着，语言里听不出一点宽慰的意思，正是这样才让一琳觉得轻松。

公车仍旧朝前开，就要触碰到一琳最熟悉的那段回忆，老井，水沟，迎娶新娘时乐队吹吹打打，从村子里的主干道踏过，旁边是无尽的田埂。那时一琳能做的，只是透过房间里那扇狭小的窗户，看向外面的世界，于小小的脑海中残余一点欢庆的动静。

播报到站，一琳想要下车，却被欣欣拉住。

"这么久没见了，去我家坐一会儿。"

一琳笑着点点头，又坐下了。两家不过相距三百米，再往前走，已经能看到站台下候车的姐弟俩，欣欣朝外招手，男孩于是"妈妈"地喊叫起来，才知道小孩是在等欣欣。

一琳吃力地将包裹搬下车，欣欣已经抱起男孩，另一只手牵着女儿，带着一琳往家的方向走去。男孩看了一眼，很不好意思地别过头去，脸陷进妈妈的发丝。

"阿力就是比较害羞，姐姐呢，更活泼一点。"

那被称作姐姐的女孩吐了吐舌头。四人缓慢走上坡道，老旧的房屋朝后退，一些几乎要忘掉的人，又似乎重新从一琳的脑海中生长起来。欣欣告诉她，在校门口卖奶茶的姐姐已经结婚了，和老公一起去了日本卖炸鸡，文具店的阿伯已经过世了，怎么也没有等到自己的儿子回国。她们从前最讨厌的体育委员，去新加坡放高利贷，现在赚了几百万回来。她们目光所及，最高的那栋就是他新建的别墅，足足有八层。只是这三百米的路，一琳好像就把人家的命运都听了一遍，房子立着，人却不断在变化，她不由得开始想自己会是什么结局，在别人的嘴里又是什么样子呢。

欣欣话语不停，那种啰唆的语气令人察觉出女孩一下就变老了。一琳，那时候我们都很羡慕你呢，去台湾，在外面赚钱，寄回来给家人。现在整个村子，年轻人只剩下我和阿勇。阿勇，你还记得吗？你以前的同桌啊，他现在留在这里出海，是个很好的人。那年台风过后，好多出海的人都死了，阿勇的爸也死了。他在替他爸出海。

欣欣停下脚步，用手指道："到了，那边矮矮的，就是我家啦。"

欣欣的家建到四层，算是小康之家的力所能及，却始终够不到五楼的门槛，被别的高楼吞没。一楼是客厅，二楼才是卧室，一琳望向三楼，发现空空荡荡，没有铺地砖，甚至连杂物都忘记堆。

欣欣招呼她坐在一楼客厅，两人又聊了一会儿，孩子和她熟络起来，亲昵地喊她一琳阿姨。一琳从前不觉得小孩可爱，但这些孩子，仿佛两张欣欣的脸，长着欣欣的眼睛和鼻子，小孩身上有种水果糖的甜味，使她一下想起从前的日子。一琳为了逗小孩，使出浑身解数，最后唱起童歌。阿力虽然害羞，却喜欢抱着她的小臂，一个劲地摇晃，要她再唱一次。

天黑黑

要下雨了

阿公拿锄头去挖芋头

锄啊锄

锄啊锄

锄到一条小泥鳅

咿呀嗨哟真有趣

……

阿公要煮咸的

一　假如有深渊

阿嬷要煮淡的

俩人相吵弄破锅

……

再唱一次，再唱一次，孩子摇着她的手，欣欣在厨房做饭，铲子刮过铁锅的声音像是在伴奏，辣椒和蒜的辛香从推拉门里传出，一琳的鼻子发痒，打了一个喷嚏，泪水自然就流出来了，女孩去捏她的鼻子，阿力在笑，一琳也咧开嘴，很久没这样开心地笑过。她忽然也想拥有一个孩子，想将全部的爱放在别人身上，可惜医生早和她说过，自己再不可能怀上了。当捷哥不再需要一琳的时候，她真正放弃了爱这个念头。

欣欣的丈夫回来，见到一琳，很客气地打了声招呼，便去厨房帮忙把菜端出来。海蛎、鱿鱼、自家种的通心菜和一大盆的面线糊。小孩伸手去抓，嘴唇沾满了汤汁。欣欣丈夫是东北人，语气却很热情，两人经人介绍认识的。他先前做过劳工签证，去新加坡的工厂灌猪肉肠，干了两个月，嘴唇都熬紫了，拿到手的钱虽比国内翻了一番，却像拿命换来的，没什么意思。后来就随中介回来，发现福建气候温和，适合过冬，而欣欣热闹，声调黏腻，也许比猪肉肠更吸引他。

"刚上夜班，我负责把猪大肠往龙头灌。"

丈夫学着那手势，欣欣一下便脸红了。

"我越干越得劲，好像能他妈挣一百万，白天醒来，身上疼得像遭锤了，你知道为啥不？"

"工作强度太大了？"

男人撇嘴，自顾自地说下去。"那个老板，往车间里面灌纯氧。"

"纯氧啊，我操，老子和畜生有什么区别。"

"越来越离谱，不要讲了。"欣欣往男人碗里夹去一块鱿鱼，那青色的胡茬就乖乖张开，用力嚼着，一声不吭。

吃完饭，男人为孩子们调出动画片，欣欣拎着一琳的行李，将她送出门，临走时和她说，如果一个人住不下去，就来找他们玩，一琳答应了。

门在身后吱地关上了，孩子的笑声和父亲的斥责声传来，一琳没有回头，转身往没有路灯的下坡路走去。

她还记得路，很多时候她就是一个人走回家，如今还多了满包的行李，足够她一个人生活上一段时间。但总归有点空落落的。沿路的橙黄色窗格中，不断折射出交叠的人影。一琳想起那两个小孩，身上糖的香味，抱着自己软绵绵的触觉，好像整个秋天都躲进了她怀里睡觉，没有烦恼。

她诚心为欣欣高兴，从小没有心眼，也不费力的欣欣，找到了一个恰好的归宿。但一琳做不到，而母亲走后，她一直秉持的生活准则，似乎也断掉了，找不到目标。也是在母亲走后，她才明白自己是为了满足母亲的期待，才嫁到台湾去的。

一琳顺着记忆找到了母亲留给她的房子。那是一栋很小的平房，台风过后，用白色马赛克加固了墙体，反而变得新不新旧不旧的。四周的邻居早已经搬走，比大家都老的房子，没有亮灯，光秃秃地占着一段暗掉的岁月。这样也好，没有人认得她，也不会知道她曾如此热闹地离开这里，最后又回来了。

甚至没有上锁，绿色的门已经生锈。这使她有点心惊，不敢进去，独自睡在这里的第一晚，还不知道要怎么打发。她先是一推，怕有流浪汉住在里面，后来也觉得没必要，毕竟已经是自己的家。

一琳用脚一蹬，右边的门沉闷地一响，彻底打开，她走进这栋十五年没人住过的房子——满目野草。

原本是空荡的庭院，她记得，她和弟弟能够在这方泥地上打羽毛球，不知哪来的草籽，落在地上，野蛮地填满了空地。风吹来，有尿臊味，草叶变得蓬松，左右摇摆起来。

柴房、厕所都在，而屋檐下燕子白白筑好的屋巢，都再不见影踪，隔壁屋舍的枯枝掉落在地。

原来被台风吹遍，那夜过后，许多东西都会消失。

八、花盆里的信

往日在台北，她放了晚班，还会去大安区的小酒吧，和朋友喝上一杯，那边有 Livehouse，营业到两点的咖啡厅，牛头和空的玻璃酒瓶挂满墙壁，她曾经想象那日子如春风，被吹拂得鲜丽，足以将她身上每一寸肌肤，都换成新的土地。直到她喝酒开始胃部泛酸，酒吧里坐着更年轻的女孩子，衣服既露上面也露下面，她才觉得这样的生活好没有意思，看起来很自由，但并不知道在自由什么，只是每晚抱着酒杯，一个个空瓶地等待意识彻底模糊的瞬间。从酒吧离开，随着人们走回去的，总是地上的酒和呕吐物的味道。

整座村子醒得很早，睡得很早，夜里蛙鸣，白天狗叫，一琳按照村子里的作息，生活简单而有秩序。

八月底的夏末，沿海的气候温和，不时到了晚上会翻起凉风。天黑之后，一琳都待在家里，房子不大，住过十多年，倒也功能齐全，一间昏暗的厕所，湿答答的厨房朝东，两间房倒是堆得满满当当，堆满千禧年前的，被淘汰的垃圾和记忆。打扫是她每天做的唯一一件事，擦掉柜子里外的灰，丢掉虫蛀的大米，如果可以，她还想把厨房里那张沾满油污的洗水池丢掉，只可惜太重，她一个人搬不了。

她从网上买了不少装饰品，防水贴纸，仿金的水龙头，还有些假的盆栽，花了两千块钱。快递慢慢悠悠地到达她家门口，骑着自行车的年轻人，笑着说整个村子只送她一家人。她还买了新的马桶，再不用过那种过时的生活。房子慢慢新起来，算下来，她还剩下一万块钱。

院子里的野草，一截截地剪短，终于露出了裸露的地皮，欣欣给她送了几条番薯叶根，一琳随

一 假 如 有 深 渊

98

意种在旁边的土壤上，过几日竟然稀稀落落地活了起来，在地上爬行，没过半月，一琳便吃上了新鲜的菜苗。

她由此得到鼓励，开始修剪屋外的野枝，还有一盆母亲养的竹子，她记得是邻居送的，因为没人浇水，早已经枯萎了，陶盆却很重，占据许多位置。一琳蹲在地上，试着将盆底挪动，那花盆却是轻轻打了一个转，仍然留在原地。她又试着朝前推，推到布满青苔的地板上，于是花盆一下滑到底，碰到墙壁，猛地碎成几块。一琳叹了一口气，拿起扫帚，想去清理土堆，扫着扫着，她碰到了一个铁盒，是儿时吃饼干剩下的卡通铁盒，上面有几道划痕。一琳试着打开，发现里面有一堆钱，母亲和那个男人的合照，以及三张泛黄的信纸，她翻开来，认出是父亲的笔迹，连在一起是父亲初到德国的前三个月，他写着："钱不够，再寄一点。""我打算黑下来，你帮我凑齐，还差一万。""我换地址了，如果有钱，寄到这里，照顾好儿子。"

大概连母亲都已忘记，自己还在花盆里藏过这样的盒子。一琳试着相信母亲说的，其实是父亲抛弃了他们，母亲仍旧保留着他在德国获奖，就此黑下来的承诺，其实是为了说服别人。后来，母亲带着他们搬出了这个房子，再也没有留恋。

晚上睡觉时，一琳看着眼前的那堵墙，觉得上面有红色的字影游动，字字关于钱。当晚，她做了一个噩梦，梦见这面墙塌了，她被砖压在地上，丝毫动弹不得。

一琳想了两天，决心把中央的墙打通，使两个房间变成一个房间，她一个人住，一个房间便够了。

她很快联系到了一个装修队，工头带来两个男人，先查看墙面的状况，确定不是承重墙后，很快列好了打墙的方案，要一琳把房间里的东西先清出去，一琳说东西坏了也不要紧，他们于是盖了块布，打算从中间开始打，补碎掉的墙的费用需要额外收取，整体算下来需要五天，一共两千块。

一琳的一部分生活，是随着墙一起捣碎的。签完报价单，与工头约好第二天开工，当晚，她便用剩下的一部分钱，买了一张飞往台北的机票。

落地松山机场后，她回到自己在忠孝东路的出租屋。她从捷哥的房子里搬出来后，就自己租下这间房，只是偶尔等捷哥打电话来说要她，再回去捷哥在北投的公寓。她不喜欢这个小房间，外面是一个空荡，防盗门随时会松动的阳台。晚上会有重型机车驶过的追赶声。空调是老式的，合租的舍友是台湾本地人，总是嫌她早上起床做饭太吵，还会偷拿她放在冰箱里的芋泥蛋糕。

一琳要和房东商量退租的事情，房东并不愿意，执意要按照租期来，但听说她母亲死后，便也就退让地，说要扣掉押金的一半，又像赶霉运似的催她赶快搬走。于是一琳又将房间里的东西整理了一遍，丢了一些从淘宝转运过来的衣服，那些衣服让她想起被清理的地板，漂白剂和消毒液的味道，如今她再也不用做这些事情了。台北像一个贝壳，把所有的东西吞吐干净。她忽然感谢母亲留下自己的房子，让她有一个完全属于自己的空间。

她将自己在大安银行存的所有钱悉数取了出来，凑个整有五十万台币，将近十一万人民币，是她唯一的积蓄。这五年来酒店的工资，她都全部寄到家里，剩下的大多是捷哥的钱，她一边忍受捷哥的暴力，一边靠捷哥豢养她的生活。按家人的标准，捷哥或许真的让她在台北过上了"不错"的生活，只要挨得住痛，再也不必为钱发愁，再挨一年，也就要拿到身份证了。

一琳和捷哥约在青田街的一家面馆，捷哥第一句话便问她，为什么早点不回来。吃牛肉面的时候，捷哥会将眼镜摘下来，浑圆的脸上留下两道眼镜的印痕。捷哥趴在她身上摇动时，一琳常会盯着他脸上的印痕出神，一时看着像蛇，一时又像虫。

捷哥吃面吃得满头大汗，眼神亮亮的。听到一琳说自己母亲死时，捷哥把头一低，放下筷子，双手合十，做了一个祈祷的表情。

捷哥开始回忆起她的母亲，每次去她家，一琳的母亲都会给他做炸猪排，配九层塔。送她来台北的那天，还穿了一条红色的裙子。其实她现在生活得也不错，大概算让母亲放心。

别说了，一琳打断他。看见一琳面带愠色，捷哥又换上无所谓的笑容。为什么不能说，你已经拿到了你妈最想要的东西啊。

我这次回来，想和你离婚。一琳望向他的眼睛。离婚，你有没有搞错啊要不是我和你结婚，你凭什么申请台湾身份证，凭什么在忠孝东路的五星酒店刷马桶。现在时间还没有满六年，你他妈要和我离婚，最后什么都捞不到。我知道了，你想要钱是不是，你要我永远养你，这些年是有少给过你一分钱吗？

店内坐满吃面的人，人声鼎沸，盖住了捷哥的说话声，他谈起台湾离婚要付高昂的赡养费，一琳除了要钱，什么也不会，可他就是被她旺到破产。白雾的热气从中央厨房蔓延开来，红色的价格牌挂在墙上，身穿黄肚兜的服务员，端着面碗从食客中间穿行而过，四角圆凳冰凉，一琳坐在上面，总是感觉不舒服，不时挪动屁股，她听着捷哥噼里啪啦地骂自己，却又听不清，好像飘来沉重的惊叹号，纷纷砸在她脸上。一琳的离开令捷哥难堪，他仿佛看见那些原本死气沉沉的天使玩偶，一时活了起来，纷纷飞出那扇破产的工厂大门。

一琳于是将袖子拉到肩膀，卷起裤腿，站上桌面。她的动作惹来不少惊呼，服务员立马将餐盘放下，担心出什么事情，想要拉住她。

此刻的一琳，如同被一根银钩吊着，挂在玻璃窗前的肉，供路过菜场的人挑剔。她站着的身体上面爬满针孔和烟头的印记，还有她在那个台风夜留下的，膝盖上碗口大的疤痕。

"我问你，离不离？"捷哥抬头看她，瞬间被她吓到，冒出了担忧的表情，一把将她拉下来，连忙说可以，干，疯女人。

一琳从地上爬起来，拉了拉衣服，背起包包就出门了。沿路的行人看到她失魂落魄的泪痕，有人躲开，也有陌生人递过来纸巾，一个阿嬷拄着拐杖，颤颤地，从挽着的布袋里掏出一张纸巾，问她怎么了。

一琳抱住那个老人，那双树枝般干枯的手，于是轻轻攀上她的后背，轻抚她凸起的脊梁。听说一琳终于离婚了，对她道了恭喜，又讲了几句祝福的话，目送她朝日落的方向走去。

台北真的很小，什么事情都会碰到，什么人都会有，但还是会有无条件的善意，抚去她无言的悲伤，这是一琳曾经喜欢这里的原因，但离开后，她不会再想念这里的生活。

和捷哥约好办公证的时间，她把钥匙放在出租屋，就坐捷运去机场。一琳在台北有几个交好的朋友，直到在台北的最后一天，要走了，一琳谁都没有联系。大家都是漂洋过海来结婚的，为了一张身份证各有挣扎。听闻一琳离婚了，大家或许不知是要恭喜她，还是替她伤悲。

坐在飞机上，还未起飞，隔着窗口看，外面有几个安保人员，在冲着飞机拜拜，她满身轻松，也同他们挥挥手。

回到家，墙已经被拆除了，留下一个蛀牙般的边缘凹坑。

大概是没有见过一琳这么放心的客人，装修队把东西清理得很整齐，东西都蒙上白布，阻隔灰尘。这使一琳回想起带着病痛离去的母亲，明明只有一个月，但她好像已经历过许多事情。

弟弟不再和她联系，通过微信，她能看见弟媳偶尔会带侄女去附近的游乐园玩，侄女手上已经不再握着天使玩偶，而有许多新玩具。时间真要翻起页来，其实特别快。

九、讨海的人

汽笛是从海面拉近的，一艘船正从远方驶来，日光普照，码头站满等候的人。

终于等到休渔期，船员们将满载的船舱卸尽了，轻轻松松地回到乡里来。他们是讨海的人，半年在海上捕鱼的生活，使他们几乎忘记了土地的感觉，有时连家也想不起，生活里只有板房里潮湿的地板。

甲板放下，他们像鱼纷纷跳到地面，有的小孩冲上前，抱住父亲的腿。

阿勇的母亲，试着往人群中喊，声音于是一遍遍传下去，此起彼伏的阿勇响起。人群仿佛水流一样分开。男孩胡茬刚刚剃干净，已经被晒成太阳的模样，头上还有汗滴，朝呼喊的这头走过来。

船员的归来是村里的大日子，一琳不知，她在专心研究自己的房间。打通墙后，一琳拥有了一个很大的卧室，以及四面光秃秃的墙，视野宽阔，日子的紧逼一下被疏散了。网上订了两桶乳胶漆，一琳按照说明书，决定自己刷墙，她学着用旧报纸做成帽子，盖在头上，举着滚筒一遍遍地刷过她小时候乱画的墙面。她看见有自己画的，穿着公主裙的小女孩，那时她还向往爱情，还有理想中绒毛很长的棕色玩偶熊，她还写过"明天会更好"，在旁边仔细地画上一朵花。

隔着口罩，她闻见刺鼻的油漆味，一片片覆盖着她童年时代的心愿，化作没有痕迹的墙面。但一琳知道，这不是抹去，而是画出一片新的空白，提供给未来的无限可能。

她越画越起劲，像完成一幅名画那样，将这个空荡的房间一点点填成白色。

欣欣说阿勇讨海半年终于回来了，回村子休息半个月，要邀三个人一起吃饭。欣欣最终选中了镇上中心小学旁，开了三十多年的蜗牛咖啡厅。读书时，他们每周的零花钱只有五块，没有钱和勇气走进这样的店。老板是一对年迈的老夫妇，店里的装饰品不少都是老板女儿从国外二手集市淘回来的，旋转电话机，达利的时钟画，断弦的尤克里里，红绿蓝三色的面板中央，画有长发的尼尔杨。

老式电视机，旧轮胎，荒凉的铁链吊灯，装点出上世纪的风情，三人走进去，仿佛到了另一个历史时空，而布沙发的革料已经腐烂了，一片片凋落。没来得及用塑料膜盖住的木椅，显出虫蛀的痕迹。灯光是棕黑色的，老板躲进后厨。他们掀开帘子，发现是一间闷热的包厢。咖啡厅旁边是小学的商业街，卖冰饭和福鼎肉片，喇叭的叫卖声将咖啡厅里的音乐声割开一道剧烈的口子。

年代的错位，酝酿出一种荒诞感，使他们觉得自己好像在这里，又不在这里。

一琳快要认不出阿勇了，他长得不高，但四肢鼓鼓的，方型下颌刻画他的稳重，似乎将海洋给予的所有考验都经受住了，风雕刻了他的每一寸骨骼。阿勇坐在她对面，闻起来像海水，像鱼，偶尔像盐粒。和一琳碰上目光时，又会羞涩地躲闪开去。笑起来时，阿勇两颊陷进去的酒窝提醒一琳，这就是当时坐在自己身边的小男孩。

他们在咖啡厅里点了两份排骨饭和一份青椒牛柳盖饭，没有人养成喝咖啡的习惯。除却荒诞的装潢，这里还是他们熟悉的味道，走也走不掉的。

三人聊起高中生活，高中毕业后，阿勇在家待了两年，而后随着父亲的船队出海，一琳大学毕业后，一直跟着捷哥，反而是最不爱读书的欣欣，按照父母的期待，读完了研究生，毕业后考回家乡的村委会。往日最和善的语文老师，得了贫血症，每个月要自己跑到乡镇医院吊水，欣欣带孩子去看病时，也见过她几次，老得很快，呆呆地坐在铁椅子上，看着那一方小小的医院木门。

一琳和阿勇都有意避开自己现在的日子，只谈过去，过去带着遗忘的本能，可以美化，可以悼念。欣欣却是充满朝气的，她对现在有种简单的认知，旧改，拆迁，被敲裂的碎石会给她带来新希望，她觉得重建后一定是好的，自然替换是一种生长规律。一琳却觉得，很多东西拆掉了便拆掉了，代表着不合时宜，再也回不来了。

欣欣提到自己最近的工作，是帮村里组织送王船的活动。烧王船是闽南特有的祭祀活动，为海上和村人祈福，每隔四年才有一次。一琳记得最盛大的一次是小学二年级时，两岸小三通刚刚开放，不少台湾人返乡祭祖，村里造了一座比篮球场更大的杉木船，火烧了一整夜，以至家家户户睡前都能闻到烟味。今年活动，正好安排在阿勇出海后的一个月，村里提前准备许久，欣欣还请来市里有名的手艺人，设计出一个极奢侈的船头，绘满彩漆。

只是听到出海，阿勇的情绪便变得很低落，一琳察觉到，便将话题引到自己身上，向欣欣请教。欣欣热度不减，很快便将兴趣转到刷墙和装修上，阿勇不说话，一琳拍了拍他的肩膀，安慰道：别担心，今年一定是个平安年。

这一顿饭，一琳只记住了黑椒调料包的味道，极咸，令人觉得渴。欣欣骑电动车回家，三人在门口挥别。一琳不知道，转身离开的时候，阿勇走了一半，又折回去，一直看着她的背后，影子拖在地上那么瘦，他在咖啡厅门口呆呆地站了一会儿，直至影子转弯，消失不见。

花了三天，一琳才涂完了墙的两面，厚重的白色时常会闯进她的梦境，一口泉眼一样，源源不断地涌出水花，醒来咽喉疼痛，想是油漆的刺激。长期在酒店清洁，俯身、驼背造成的职业病又出来了，一琳的胳膊因此变得很僵，后颈酸痛，时常感到一阵针刺般的麻木。她于是给自己放了两天假，不做饭，外食，傍晚去海边走走。

九月是海鸥的时节，一琳走到村子外边的礁石小岛上，果然看到成群的白色海鸥，在海面盘旋，像酒店洁白的毛巾，甩开，扯平，漂浮。海鸥只剩头顶一点黑色，不时上下，在水面掠过几点波澜。走着走着，她发现了欣欣说的三座锡色望远镜，正立在岛中央的一座小亭子上，像候鸟一样，昂着头，骄傲地看着对岸。

一琳投下硬币，清脆的声音，暗示她是难得的游客。一格格调整，对焦，那片土地在视野中央清晰起来。刚开始只能看到山脉，眼前一片绿色，再往下压，左边有黑色的暗礁，海边的房子被涂作彩色，而后是无尽的海浪，往她的心里面倒灌进苦涩的海水。而眼前忽然一黑，望远镜关闭了。

铁色的柱体上，贴着一条标语："距离台湾六十九海里"。这计量单位近得亲人，但正是因为近，才始终保持着距离。她想到母亲，在云南的时候，好几次，她都能瞥见母亲隔着一段距离，认真地看向她。

十、送王船

回家的时候，她看见门口有人在等，大概因为敲了几次门却不开，那人显得有些困惑，不时往门缝内探望。

阿勇，一琳喊了一声，他转过身，手里还提着两条鱼，似乎是刚从海里捞出来，尽管被草绳捏着，还在尽力扑腾，亮着水的银光。

"听说你在装修，我想可能需要人帮忙。"阿勇抖了抖手上的鱼，颇有些不好意思地挠了挠头。一琳请他进去，鱼被放进脸盆里，随即游起来，一半斑白的墙面似乎也露出了笑脸。

阿勇给自己也做了顶帽子，抢过一琳手上的滚筒，从另一片空白开始。一琳靠着房子里唯一的、未被虫蚀的木椅，看着阿勇的手自如地像鱼一般游来游去。靠着靠着，一琳睡着了，醒来时墙面已经刷好了一半，比自己刷的更平滑、坚定。明明自己也能做的事情，却因为多了一个人帮忙，反而凸显自己的疲惫、劳苦。这种感受复杂，藏在陪伴里，却又说不清。

他们的晚饭便是两条鱼，一条炖汤，一条切成块，香煎后红烧，虽没有姜片，鱼却一点也不腥，阿勇吃了几口，便停下筷子。

"不好吃吗？"

"不是，在海上吃太多了。"他于是又拿起筷子，挑其中的香菜来吃。

"这是什么鱼？"

"鲳鱼，红烧做法最好。"

一琳一边问，阿勇一边答，说起他在海上夜钓，经常有小卷，石斑是上好的收获，乌鱼则不常见，要看季节。运气差的话，只能勾上一堆鹿角菜。

见一琳不说话，阿勇像意识到了什么，侧着头看她。

"不讲了，我的生活太无聊了。"

"不会，"一琳盯着他，认真地回答，"比我好多了。"

一琳于是听见了不同的海，他们如何追着台风眼跑，差一点就要丧命的经历，算起来也有三次。风暴中央原是黑色和金色交杂，连风都有形状，将导航旗吹成一个半圆的三角。下到南边的海域，男人通常会在当地的码头休息几晚，吃吃喝喝，但他们船长很严格，定了一项规矩，酒瓶子不能丢进船里。倘若玻璃瓶碎，对出海的人来说，是极大的禁忌。

"有没有碰过女人呢？"阿勇想了一下，很珍重地点了点头，语气认真，只有那一次。

大家带他去，每个人都找了，他不得不要，不然会被笑话，阿勇还想讲，似在告解，一琳却摆摆手，她不想听这么多细节。

阿勇休息的十天，几乎每日都来到一琳的家中，帮她刷墙，整理房间。屋子眼见着充满，生出毛茸茸的生活细节。阿勇粗枝大叶，却每次都为她带来新鲜的海味，或是自家晒的贻贝干，似乎想要长长久久地留在这里吃饭。一琳虽然有感激，但只为阿勇的热情添了一双实木筷子，和自己的筷子分开放在置物架上。她想阿勇迟早是会走的，两个人吃顿饭，再说些什么，便就足够了。

十月轮到告别。一琳知道阿勇明天就要乘船离开，她于是准备了两瓶高粱酒，上街买了一点卤味，更郑重地化了一个妆，尽管镜子是旧的，还是能照出她褪去的一点点明亮。

他们将桌子撑开，两瓣合在一起，坐在庭院里，落日染红了一琳的左脸。阿勇显然发现了她的热情，喝下两杯后，话也开始变多了，他谈起明天要出海，去很远的地方，他从第一次出海谈起，站到甲板上，其实他的腿在发颤，总觉得平静的海面下是漩涡。说到后面生出点悲伤，阿勇讲每次出海都很怕死，他爸爸就是出海死的，一个人死倒是没有什么，但他心里忽然有了挂念，又没有那么想去死了。

一琳伸手，轻轻抚摸他的脸、耳朵、脖子，她很理解那种在死亡边缘徘徊的念头，只要一个浪打来便会升起，又覆灭。

你会好好活着的，一琳说，今年不是有烧王船吗？会保佑你们的。她的脸在日渐变黑的光线里发亮，光泽逐渐笼罩整个人。阿勇看她，好像在看一尊雕像，他不得不鼓起勇气，用精干的手臂，一把将她搂进怀里。阿勇的呼吸重得就要接不住，她往后退，阿勇走上前，用手解她衣服的扣子，混合盐和沙粒的味道，让她感到一丝危险，又不可抗拒，终于在后退第三次的时候，她倒在阿勇怀里，几乎是很沮丧地，随着阿勇陷进床里。

他凑近一琳的耳边，浓稠的酒气忽地让她想起捷哥。

我们在海边建一栋房子，我家里还有地，阿妈只打算给我，还有走道那二十米也算我家的，不然你平时搭个棚子，卖个菜也好。阿勇一句接一句，像孩子刚刚睡醒，向母亲复述自己的梦境。章一琳没有打断，她躺在自己的床上，感受着余震无尽的疲惫。阿勇没有注意到她的失落，依旧在规划二人的生活。

我们生个小孩，好不好，阿勇摇醒她，要她睁开眼睛，看看自己。阿勇的眼睛里是有光的，看她的神色，好像在打量一条刚刚捕捞上来的鱼。一琳被他从大海里捞了上来，浑身湿漉漉的，房间里有她和他的汗味，隔夜的饭菜味，墙的缝隙散发出的油漆味。

等我出海回来，我们生个小孩，好不好？阿勇又问她一遍，这次势必要听到她的回答。阿勇不知道，章一琳没有选择，她只能苦笑着，点了点头，眼头蓄着眼泪。他以为那是喜悦，于是再次将她抱紧，几乎用铁棍似的力度缠住章一琳的身体。她一下又一下，作沉重的呼吸，像甲板上奄奄一息的鱼。

大概是在午夜，阿勇离开，一琳能听出他特意放缓的步调，关门的瞬间涌入一股夜的潮气。这一晚，两人其实都没睡着，一琳搂紧被子，她承诺阿勇要送他出海，却一直等到太阳升起也不愿起。她的电话不停地响，索性关机。她在床上躺至日落，身上还留有阿勇的气味，她本想洗个澡，还是算罢。

直至晚上，她才敢打开手机，因为知道阿勇已经离开。他给一琳拨来好几个电话，没有接通，又表示自己很喜欢她，再给她发沉重而炙热的告白，希望章一琳等他回来。最后一条六十秒的语音里，终于响起远行的汽笛。章一琳把手机一关，叹了口气。

阿勇走后，只有海记得，十一月要送王船。仪式在下午五时开始，村长发表讲话，有电视台的车来采访。欣欣坐在主席台上，熨得整齐的衬衫，耳环和丝巾都穿戴好，原本白皙的圆脸因激动而飘出两片红晕。看见台下的一琳，欣欣忍不住在人看不见的地方，用力朝她挥手。

王船早已停在祠堂前，杉木做的船体，画上年画似的祥云和神兽，船边等分插着许多彩纸扎成的人形，四色旗帜竖在船身的四个方位，舱内堆满金纸元宝。年关将近，一串红灯笼沿着桅杆，像是爬上了云。做完请神仪式，村长在船前点燃火盆，有家人在外出海的，排成一条蜿蜒的队伍，等着祈祷上香。

一琳站进人潮里，不知怎的就排到了队伍最前面。穿着红色绸衣的阿姨把香放在她的手心，温和地对一琳说了一句，回来啦。

这三个字，像音乐的尾音迟迟留在一琳的耳旁，那么轻巧，又充满怜爱，心底升腾起久违的感受。对啊，她用乡音答着，原本紧闭的双唇才松弛下来。回来之后，要去哪呢，一琳又没有目的地。她只得替阿勇许了一个愿望，希望他在海上平安。

男人们穿着红黄两色，嘿的一声将王船抬起，于村子绕行，巷道开始拥挤，响起男人的唱和与敲锣的声音，原本苍老的土屋仿佛醒过来，那些剥落的窗格、闭锁的门户里，纷纷探出好奇的脑袋，彩纸飞扬，降落在潮湿的泥土地上。

船行一周，回到海边，潮正要涨到最高点，落日以极快的速度下坠，夜色弥漫开来，而每个人脸上都燃着金光。男人们往船上浇煤油和白酒，黏稠的液体慢慢渗入，船被猛力一推，慢慢离岸，海洋也泛出酒意。

最热的时刻，他们点燃柴火，高高地举向天空，领头者一声令喝，一琳的眼前焰火连成一片，纷纷的火棍被扔到船上，火舌顺风而上，卷过雕花、金纸、人偶，很快烧到了灯笼顶端，将整座船包裹，好似金鸟掠过，成为海上最辉煌的一点。

他们同时感受着喜悦和灼热，被火光燃成红色的天空，砰地炸开许多种白色紫色绿色金色的烟花，于烟雾中变化形状。不断模糊的边缘让一琳晕眩，她往后退了一步，感觉自己正一点点被燃烧，变成气雾，不断地壮大，融入这天地之间。

一个有序的系统试验，探讨现代人的"技术依赖"

段子期（青年科幻作家）

　　如果人类移民到了外星球并解决了基本生存问题，将如何建立新的社会结构呢？在当今世界，有一种能源崇拜的现象，似乎只要拥有足够的能源，就能解决所有问题，垃圾问题也不例外。因此，全球各国都将能源问题视为国家的首要战略，积极在全球范围内寻找和开发能源。然而，在作者的想象中，即使在木卫城这样的外星环境中，能源的开采仍然会产生垃圾，甚至形成垃圾村。建立一个新的社会结构，就好比形成一个有序的系统，为了维持其有序状态，必须从外界吸收低熵的物质和能量，同时将高熵的物质和能量排放到外界。这与国家现代化的两个重要前提不谋而合：一是从全球的非现代化和次现代化国家和地区获取能源和资源；二是把垃圾送到那些地方去。这样看来，无论是在地球还是在外星球，形成和维持一个有序的社会结构都需要解决能源和垃圾处理的问题。

　　作者正是从能源的角度出发，依托现实世界的逻辑，在木星的卫星上开展了一个有序的系统试验。木卫上的人类基地分为木卫城、下都、垃圾村三层结构。木卫城显然更"先进"，从木星采氢（获得能源），与地球贸易（获得资源），再把垃圾送到垃圾村去。随着移民的世代更替，矛盾升级，木卫政府又设置了缓冲地带下都。小说中有句话："在垃圾村能看见木卫城，但是木卫城里的人是看不见垃圾村的。"是真的看不见，还是已经习以为常？现代科技为我们构建有序社会，提供便捷生活，因此，我们本能地相信科技能解决垃圾问题。

　　小说中正存在一个这样的技术英雄，章鱼博士。他的职业和人设很新颖，从一个海洋馆的章鱼饲养员到标本制作师，再到能够缔造科技公司传奇的技术型领导人——一个移民的英雄，却走上了科技财阀的道路。

107

然而木卫城的社会问题并没有得到妥善的解决，垃圾仍然源源不断地增加，比格人所代表的精英阶层，与思莫人所代表的普通人之间的矛盾始终存在。展现两个阶层的对抗，有很多种方式，如果面面俱到，小说可能会变成一篇社会科学论文，作者则巧妙地设置了"比格人的思莫孩子"这样一个群体的存在。

"比格人的思莫孩子"是一个很有趣的设置，这意味着即使精英也会有普通的孩子。在精英主义横行的时代，作为一个普通人存在的意义是什么？小说通过基因改造的设定探讨这个问题。王欣然患有线粒体肌病，无法正常代谢食物，被王桥植入了"微型能量系统"，才像正常人一样生活。而章鱼博士穷极一生在寻求技术升级的突破，在已经完成机械飞升之后，仍然想要追求更进一步的"系统升级"，于是千方百计想要找到当年奥斯实验室丢失的"微型能量系统"技术。在这样的背景下，反派开始了对主角的追逐。

王欣然的母亲王桥是精英父母的代表，她并不能接受自己孩子的平庸，不能接受孩子走向未知的人生选择，极力反对她成为一名采氢员，王欣然则努力挣脱命运的束缚。而普通家庭的精英孩子，也就是章鱼博士，他聪明、专注，因为肢体残疾，从小就获得了母亲所有的爱，但对他来说，所谓的优秀比爱更重要。基因改造让章鱼博士痛苦了一辈子，到最后他却是基因改造的最大拥护者，他可以成功地变成任何人：李秘书、马克·李，可是结尾处，在与王欣然决斗失败后，他终于想起了曾经的自我张小伟。

"章鱼算法"是章鱼博士的精神图腾。"多点分布式、高度自主"的机器算法，让章鱼博士高效地使用身体，也让他找到了活着的意义——拥有完美的外壳。即使生命转瞬即逝，只要进行了基因改造，就可以永远地活下去，从而得到幸福。对于王欣然来说，即使是不完美，会死亡衰老，也应坦然接受，优秀并不是得到爱的单行道。其实在这个世界观下，其他的人也可以有更多元的价值观，但碍于短篇小说的篇幅限制，本作对此着墨不多。

从写作技巧层面来说，世界架构完整，故事流畅，可以感觉到较为明显的创意写作风格；小说文本有很强的游戏性，能看出来作者在尝试把握类型文学与纯文学语言之间的平衡，但作品依旧体现了科幻小说与纯文学的节奏之间的兼容问题。小说中一些需要着重情感表达的地方节奏过快，如果将这篇小说拍成一部电影，那么一些场景会有一种突然开了倍速的感觉，比如说张小伟将委托人的女儿制作成标本、王欣然与司睿在木星开飞行器脱险、章鱼博士和王欣然最后的决斗……以中长篇的体量展开这样的情节框架，或许叙事节奏会更平稳。

作品展示：

贴云飞行

杨安楠

引

自美国 NASA 航天局在公元 2016 年观测到木卫二上有 200 公里高的水汽冰羽喷涌后的十年，地球科学家证实木卫二上存在液态海域，只是在 3000 多米厚的冰盖下。木卫二地面覆盖着充满裂痕的冰层，冰层因木星引力而持续起伏，除了海洋之外，与月球相差无几的木卫二还有大气层，这在太阳系超过 160 颗的卫星里非常罕见。不像地球大气中的氧，木卫二的氧是由于太阳光中带电荷的粒子撞击木卫二的冰质而生成的。同时，它的地表由硅酸盐岩石构成，更像是一颗类地行星。此外，地下海洋中的一种矿物质经过氧化，形成了以氯化钠为主要成分的"泻利盐"。

因此，木卫二以相对优势取代了火星和土卫，成为"地球移民计划"中的一员，但由于木卫二上的强烈辐射，且表面气温在零下 100 摄氏度以下，故地球联合政府决定派遣移民先行开拓一百年，通过"木气地输"计划为地球供给能源。章鱼博士带领奥斯实验室团队通过"泻利盐转化""电解海洋生氧"的方案，为先遣移民提供技术支持。移民利用核电池技术，通过"先行者"凿冰舰，依靠自身源源不断产生的热能融化冰壳，每下降 500 米，就将一个通讯中继器楔入冰层，链接木卫二与地球的通讯，接着，地球移民在这里建立了赖以生存的新家园——木卫城。

一、影子戏

很久以后，在王欣然贴云飞行躲进间歇坠落的氨冰晶时，这个淡蓝色的下午清晰地在她脑海里闪回，那是她第一次见到液态氢。一个和她一样高的绝热罐里，装着木卫城赖以运转的能源血液，液态氢。

在蓝焰炸裂前一分钟，母亲冲上去了，她举起灭火器喷向液态氢绝热罐的气口。

载着绝热罐的垃圾运输车在狭窄的小道上疯狂穿梭，人群推搡着纷纷避让，车径直地撞裂锁住的铁门，就要撞进堆满垃圾的厂房了，也许会撞上柱子，氢解离、脱碳，整个绝热罐断裂发生氢脆，然后燃烧，整个厂房都燃烧。气口的鸣声越来越微弱裂，其他处理员踩着车厢侧边纷纷跳了下来，滚落在地。

"王桥，你下车啊!"王欣然几乎是吼着嗓子。

母亲没有回头，她抓一道扶手的边缘，打碎玻璃，跳进驾驶室。运输车后轮离地，车身横向甩尾，划过路面，咯吱叫着，一路朝厂房反向疾驰。白色棚子上，"节会候场处"的字体在烈焰中皱缩。

糟了，糟了，伊典还没出来。

蓝色升腾。

火焰逼近王欣然的瞳孔，无声啸叫，她的耳朵一阵刺痛。

王欣然自小就知在垃圾村能看见木卫城，但是住在木卫城里的比格人是看不见垃圾村的。

对于不喜欢的东西，比格人会把它送到自己看不见的地方，这是人之常情。这样对待垃圾，木卫城也确如比格人所愿，干净、整洁、有秩序。王欣然掐着手指算了算，自比格人大规模地清理木卫城内的垃圾山，接着与思莫人签订垃圾处理协议，至今日刚好二十年。

王欣然抬头看向远处，新来的运输车衔着垃圾山的淡影，在村子的厂房前画了一个又一个灰圈，一旁是待排进焚烧日程的垃圾，上面摇曳着一株硫黄草。说是垃圾处理，倒不如说是垃圾转移。思莫人相信万物生生相克，变化是自然法则，不变才是异态。因此，将垃圾堆放在空地上，不要人管，

磁暴掠过，寒冰遮蔽，时间长了，也就消失了。

木卫城总有源源不断的垃圾运过来，它们没有名字，硫黄草、红山灌木合在一起叫"树"，盐晶饼干、分子冻肉合在一起叫"食物"。但是王欣然叫不出这些垃圾的名字，她只认识其中一些，可能是缺腿的浮椅、裂解的陶瓷纤维，它们是来自木卫城的畸变碎片，却无法拼出完整的城市地图。

但在王欣然生活的垃圾村，似乎没有垃圾这种东西，这里处理的物件都来自木卫城。思莫人吃剩下的饭菜，通常拿去充电喂热能蝠。思莫人穿破的防寒衣，一般用来制作保温垫、修补裂缝。不过盛充电食物的热容器打碎了，就有了偶尔要扔的东西，扔到厂房旁边的大路上，任运输车碾压。

运输车司机一脚踹开车门，跳下来，地上的尘屑飞扬，他吸了吸鼻子，咳嗽不停，接着拍拍身上的土。司机是典型的思莫人，和王欣然一样，圆脸，大脑袋，体态匀称，身高一米左右，不过他下半张脸蓄着一圈胡子，王欣然看不清他的表情，心想就叫他小胡子好了。副驾驶不紧不慢地打开另一侧车门，他脸上戴青色的面罩，站在车门一侧，静静地看着他。这位副驾驶手臂皮肤泛白，身高两米，是高大的比格人没错了，王欣然十分肯定，就叫他大白手吧。大白手摊开电子本，记录着什么，大概是这批小山的质量、密度之类的，毕竟更细致的成分要等厂房做完分析才知道。不一会儿，一辆舰船从木卫城的方向飞来，稳稳地停在垃圾山旁的空地上，舱门打开，云梯缓慢降落。

王欣然偶尔会想起在木卫城内度过的童年，那里比垃圾村暖和。有一次，她和父亲开穿梭艇去下都区，也就是另一个街区买速食。下都区靠近木卫城的边缘地带，由于未开发，防护罩外的寒冷仍会渗入边缘。艇的热保护层出了故障，氟聚合物气凝胶脱落，穿梭艇抛锚了，由于父亲的木卫城许可证到期，两人无法申请救援，父亲拆了艇上的热生纤维能源盒烧火取暖。

"不这样做，我们很快会冻死。"父亲说。

尽管王欣然从未在木卫城的核心区生活过，但她说话的时候一直都带着父亲有的木卫郊城区的口音，被称为"下都方言"。那时候，母亲还有一份令人羡慕的稳定工作，在奥斯实验室担任研究员，这份工作是外婆退休后，母亲接替的。不过从她这代开始，工作不再由亲属继承。这样也好，王欣然并不喜欢稳定的、一成不变的生活，她想像父亲一样，从村高毕业后，靠自己通过选拔，成为木星舰队的采氢舰员。

可是，自从母亲带她搬到垃圾村后，生活微妙转向。她有时候也会很羡慕母亲年轻时的日子，那是先遣移民的黄金时代。不像现在，思莫人在木卫城遭遇了很多限制，例如，每22天就需重新充值的氧气储值卡，而比格人却有无限的共享储值卡可用。氧气储值卡是用来购买水包的。整个木卫二上的氧气供应靠电解水，分离出氧气后放入可穿透胶质体罩，俗称"水包"。每个水包都有20升的水，一包水完全电解后所生成的氧气就足够一个人呼吸22天。没有水包，在木卫城行走可能会晕厥。

不过，如今对思莫人的种种限制，也有预兆的，像她儿时从母亲每天下班带回的工作笔记所读到的那样，奥斯实验室流传着人体改造的传闻——

2137年3月16日

今日冰层之下的气候格外严酷，整个防护罩外陷入了白茫茫一片，但也正是这种极端条件，让我们的研究有意义。今天，关于人体基因适应性，我们组有了进展，特别是"冰层源性神经生长因子"的发现，这可能是理解地球移民出现体质差异的关键。

2137年4月8日

春天在木卫二的冰层下几乎感觉不到，但是通过实验室的数据，我们可以了解外界环境的微妙变化。今天，我们组讨论了最新的研究结果，报告显示人体存在一个决定体型的关键基因——由于序列中一个碱基的差异，形成了思莫型和比格型两种基因变体，这正是决定人整体体格的两种基因。这一发现不仅增加了我们对木卫二移民群体适应性的理解，也为未来的基因治疗提供了可能。

2137年5月20日

冰层下的天气今日异常平稳，透过实验室的观察窗，可以见到稀薄的光线透射进来。在这样宁静的一天，我深入研究了冰层源性神经生长因子基因的影响，尤其是思莫型与比格型在生理上的差异：思莫型又被称为岩石型，能抵抗辐射及压力；比格型，又被称为冰川型，耐寒，身高更高，跳得更远，但在耐力方面比思莫型要差15%—20%。这样的差异是否能为我们适应外界环境提供新视角？

2137年6月3日

今日组会，我重点关注了其他组关于人体改造的最新报告。报告详细阐述了如何通过多基因重组来优化人类的体质，以更好地适应木卫二极端的环境条件……欣然最近总是睡很久，也不怎么吃东西，我有点发愁。

2137年7月19日

今天的实验室很安静，但我的心却难以平静。在翻阅了无数遗传学和代谢病理的文献后，我再次回到了欣然的病例上。我的女儿，竟然患有一种极为罕见的遗传性代谢疾病MECD——又称线粒体肌病。这让她身体无法有效地转换和利用食物中的能量，经常感到疲倦和无力，不仅影响到了她的日常饮食，也让她不能自由学习和玩耍，这对一个孩子的成长是如此的不公！

作为一名研究员，也是一位母亲，我深感无助，但又不能放弃任何希望。如果能利用我们微电组在能量高效系统领域的研究，或许能为欣然找到一条出路。我想到了一种全新的能量转换和供应机制，可以试试。

在接下来的几个月里，我可以把研究重心转向如何在人体内实现这种新的能量转换和供应机制。这将是一个充满挑战的过程，但为了欣然，也为了可能的科学突破，我愿意投入我所有的时间和精力。

——王桥，奥斯研究所微电系统组青年研究员

母亲的工作笔记至此便消失了，电子本的后面留下厚厚的空白页。关于人体改造报告，王欣然并不知道其中的细节，至于线粒体肌病，母亲也只是在她问起时简单带过，讲她做完一场手术以后就好了。而思莫人和比格人的起源，在垃圾村也无从考证详细的案头资料，后来她都是从遥远的新闻，或者好友伊典的口中得知，并将它们拼凑在一起。

伊典总在放学后，独自踏上村高的后山，钻入一个小型垃圾堆。她喜欢在这里捡拾废弃的核动力发电器和电解设备配件，点燃它们，静静盯着它们，看爆炸的火焰在她的瞳孔闪烁。然而，就在这样一个日常的下午，她的孤独被一个意外的访客打破——王欣然。

王欣然步履蹒跚，差点踏入一个裂解的陶瓷纤维片之中，锋利而致命。伊典眼疾手快地将王欣然拽入怀中。

两人目光交汇，伊典松开手。

"迷路了？"

王欣然看着面前的女孩，短发，瘦削，背着斜挎包，看起来不像典型的思莫人，女孩从鼓囊的包里挑出几根导能丝。

"谢谢学姐，我是村高新来的转学生，对这里不太熟。"王欣然歪头盯着伊典身后燃烧的能量核。"学姐一个人在这儿？"

"没什么。"伊典向后抛下手里的导能丝。

一阵噼里啪啦声，火焰在伊典身后扭曲，王欣然慌张不已，想要去叫人。

"少管闲事。"伊典不紧不慢地从包里拿出微型灭焰器。

但是火焰太大，引来了村高的户外监督，伊典拉着王欣然向后山深处跑去。伊典在废弃物处理区的边缘看到一个被遗忘的微型生态圈，决定在那里坐下来休息。这个微型生态圈，是用来模拟地球环境的，是先遣移民对家园的一种怀念。

"敢向课堂监督举报你就死定了。"

"不会的，学姐，我发誓我肯定保密！"

"逗你玩的，我都被开除了，随便你怎么举报我。"

伊典说到自己在村高的课上吃星域香脆饼，跟课堂监督打架被退学，回家以后被父亲骂，然后摔门而去，才来到这里时，王欣然捧着星域香脆饼吃得正香。

"真的好好吃，你怎么做的？"王欣然惊讶地问。

"做起来比较复杂，需要将恺撒草的叶片精细切割，然后用低温烘烤至酥脆。"

伊典跟王欣然讲，被开除的那天，她在学习台下悄悄地安装了一个小型热能转换器，为了买这个装置，她消耗了40张氧气储值卡。转换器能将环境热量转换为电能，用以制作她偷偷带来的星域香脆饼。星域香脆饼的主要成分是一种在木卫城附近野生的、富含营养的本土植物——恺撒草，这种植物经过特殊处理后，能释放出独特的香气。伊典还添加了少量祖传香料，父亲说是太爷爷从地球带来的。

每一片星域香脆饼都薄如蝉翼，却又香脆可口，带有微微的甜味和一股来自遥远母星的风情。

星域香脆饼的香气引起了同学们的注意，最终导致伊典被课堂监督记过，这件事情也成了她被村高开除的导火索。回到家后，面对父亲的责骂，伊典的内心挣扎又不甘，她开始假装上学。

"以后，你告诉我课堂监督在学习台上发布了什么考题，我给你做香脆饼吃。"

王欣然点头，两人并肩坐着。王欣然望着生态圈顶部的模拟星空。

"别看了，地球上才有真的。"

"虽然这些星星只是模拟出来的，但确实很美。"王欣然若有所思。

"它在垃圾堆里，早就被遗忘了。"伊典顿了顿，顺着王欣然的目光，抬头看向模拟星空，"应该有一颗是那该死的木星吧……"

光纤草路灯的余晖洒在两人的脸上，映出了她们微笑的轮廓。

王欣然每日返家的时间越来越晚，新结识的朋友伊典深深吸引着她，两人总有讲不完的话。后来，再寻常不过的一日，王欣然和伊典坐在后山的废旧浮椅上，王欣然作势咔嚓咔嚓地咬碎香脆饼，伊典的笑声在模拟生态圈的静谧中回荡。

据说，如果有人在你背后盯着你，你一定会察觉到，此刻，这样一种直觉钻入王欣然心头，她猛然转身，母亲正静静站在不远处，面色在昏暗的光纤草路灯下显得格外严峻，双眼冰冷如同遥远星辰。

"离我女儿远点，你不配和她做朋友。"王桥的脸色铁青，目光如冰刀般射向伊典，狠狠地掐住她的左肩，将她从王欣然身边甩开。

王欣然不明白母亲为何出现在此地，为何用那样的眼神凝视她们。伊典被这突如其来的声音吓得一愣，她抬头看着王桥，咬住下唇，默不作声。

回到家后，母亲独自坐在床边，凝视着窗外缓缓降落的人造光环夕阳。她的目光闪烁，似在回忆着什么。王欣然轻轻地走过去，想问她到底怎么了，却又不敢打扰她。

终于，母亲转过头来，看着王欣然："你真不知道伊典她爸是伊达？"

王欣然茫然地摇头。

"他和你爸一样，都是木星舰队的采氢员，但在你爸退役前的最后一次任务中，伊达操作失误，将你爸爸永远留在了木星上。"王桥的声音有些颤抖。

王欣然难以置信地愣在原地。她抓着母亲的衣袖,为伊典辩解。然而,王桥接下来的话却像一盆冷水浇在了她的头上:"你以为那天是伊典救了你?如果她不点燃那堆破烂,纤维片不崩开,你会有危险吗?别像你爸那样容易相信别人,要记住,妈妈才是最爱你的!"

王欣然怔怔地看着母亲,泪水不自觉流下,她夺门而出。

母亲一阵哽咽:"在这个破地方,只有相信我,你才能活下去!"

伊典,是王欣然愿意称之为自己"最好的好朋友"的人,伊典总问什么是"最好的好",王欣然就说,这句话是你先对我说的,那就是比好还要好。

一次,王欣然在后山低头看着脚边的碎片,对伊典说,听说木卫城的人认为这儿的垃圾都是他们不要的。伊典指着远处的一片垃圾堆,说这些可比他们的脸好看多了,她抓起一把浮椅叫王欣然坐下,王欣然称她是掘宝专家,总能在垃圾堆里找到乐子。

"没错!这可是我的天赋。"伊典挺起胸膛。

还有一次,王欣然的头发被同学用合成黏合剂粘住,她凌乱的碎发被黏糊糊地卷成一团,满脸泪水地站在教室角落。伊典听到呼救,毫不犹豫地走了过去,气愤地将那群女生打倒,接着用她随身携带的小型分子解离器轻松地处理掉了黏合剂。

"笨死了,打不过可以跑啊。"伊典轻轻地笑着,揉了揉王欣然的头发,用清洁喷雾清理掉了残留的黏合剂。"看,简单吧。下次记得叫上我,我会保护你的。"

"伊典,你觉得我们以后会怎么样?"

"无论走到哪里,我们都会一直在一起的。"

而如今,王欣然站在狭小的微型生态圈前,目光穿透舷窗,迷失在那片深邃而永恒的星空之中。木星,那颗巨大的气态行星,冷冽而疏离,仿佛是一个被诅咒的梦。

不过,自从马克·李接任木卫城主理一职之后,王欣然对于过去的一些记忆变得模糊不清。她曾经清晰地记得那些日子,但现在,记忆好像被一层淡淡的雾气遮蔽了。

王欣然记得,马克·李刚来到木卫城不久,就强调要尊重奥斯实验室的成就。他反复提,如果没有奥斯实验室提出的"泻利盐转化"和"电解海洋生氧"方案,就无法保障移民基本的生存资源——没有盐,没有氧气,更不用说建立起如今这座繁华的城市了。马克·李还强调,思莫人和比格人是通过自然选择,在木卫二这片土地上形成的独特人种。在她眼里,这些话语都是对她早已知晓却逐渐模糊的记忆的确认。

为了维护公共历史记忆,更有效地向地球联合政府汇报,木卫城的即时通讯站 momo 发布了全城公告,对研究奥斯实验室历史的学者、研究员及相关权益委员会施加严格限制。王欣然感受到了这一决定背后的决断和力量。在她的心中,这不仅是对过去的保护,也是对未来的一种期望,一种通过统一认知来构建更加稳定的木卫城的期望。

"技术更新必然有牺牲，"马克·李在就职演讲中说，"失败是一种选择。如果没有失败，就没有足够的创新。"

大白手和舰船渐渐隐没在远山的淡影中。小胡子朝着王欣然的方向走来。

他八成也是来参加节会的，王欣然心想。今天是垃圾村每年一度的庆祝节会，庆祝村子的诞生，祈祷未来的繁荣。节会在垃圾村最中心的广场举行，每家每户将家中囤积的草屑、谷壳、笤帚毛儿、铜丝、铁块等木卫城的圾物拿出来交易。节会的热闹往往伴随着助兴节目的表演走向高潮，这是节会的固定环节，即观看村高的学生表演的影子戏。作为村高的应届毕业生，王欣然自然也是表演者之一。

王欣然穿着影子戏服，拎起地上的木箱，掀开印有"节会候场处"字样的白棚，看见舞台监督两米的高个，梳着油头，扶了扶眼镜，接着背手，用他锃亮的新皮鞋"哒哒"地在舞台地板贴的定点标记上踩过，他踩这端，舞台的另一头木板微微翘起。王欣然脚底下的木板吱呀地叫，她深吸一口气，这段彩排后，就该她和搭档上台正式表演了。

"看影子戏喽！"有人在台下喊。

"急什么？都起开，没到表演时间呢，出去出去。"监督挥了挥手中的戏本，将人群往出赶。

"这是新来的舞台监督？"王欣然不明白，往常大家都随到随坐，甚至有人专门为彩排前来，在纱网前探头探脑，想看影子戏的幕后，怎么现在规矩改成赶人走了。

"王欣然！"一个熟悉的声音响起，王欣然循声找去，在角落里看见了一个短发，瘦削，背着斜挎包的身影。

"该上场了。"搭档走过来。

"要不你在这等我？"王欣然将信和星域香脆饼放在一旁的桌上，对着伊典，"我演完就来。"

王欣然跟着搭档的节奏，一步步走向舞台。她从侧面把木箱挪开，伸手在木板上拿出一块布，擦了擦手，才把布揭开来。

搭档打开戏折子："听说他之前在木卫城工作的，退休返聘到我们村高了。"

这出影子戏取自思莫人编撰的故事史《圾物录》，序章到尾声，总共三幕。王欣然和搭档表演每年的固定剧情——《章鱼博士》。搭档随鼓点的节奏开始讲道——

敞开的木卫城大门上，光辉流动，闪银色的门扉背后，电子纹理点亮，庞大的量子计算机阵列瞬变，木卫基地之外，炽热的蒸汽泄出冰面，浸透大地，孕育出硫黄草的金色海洋。

正殿的高台之上，皮肤苍白的长发男子明白，比格人和思莫人所经历的苦难，终究会被遗忘。

"停！"舞台监督迈到搭档面前，摊开他的戏折，指着第一个画着圆圈的地方，"这儿，不是苦难，改。"

"改成什么？"王欣然问。

"是比格人保护了思莫人，没有人遭受苦难，不然你们这些人早就消失了！"

我们这些人？王欣然苦笑，她的小学是在木卫城读的，当时她曾随母亲的工作调动，在木卫城内辗转读了很多学校，也许她学到的是真正的历史，也许不是。

二、适生者

王欣然记得父亲在时，在下都，为了购买分子冻肉、热能蝠等必需品的长队已消失，但是有一个队伍却只增不减——王欣然一家一直在排着，一直排到父亲离开。在奥斯研究院开展"大整顿"时，母亲被裁员，她和父母被迫从木卫城流浪到下都，一个介于木卫城和垃圾村的中间地带，靠近地表海洋防护层边缘。

王欣然和父母一直在等待迁回木卫城。而一切都要从即时通讯站 momo 滚动播报奥斯科技的产品"适生者"在地球上大受欢迎的新闻开始说起。

那时，木卫城的居民戴上纬镜，打开 momo 频道，便可在眼前的虚拟画面里看到，地球各地的粉丝们排着长队，等待拥有属于自己的"适生者"。

"适生者，一种专为未来而生的装置。无论是地球的大都市，还是火星的荒漠，'适生者'都能帮助您适应任何环境！"momo 播报员激动地介绍着。

画面切换到地球上的一家奥斯科技专卖店外，粉丝们一手持着"适生者"海报，一手拿着章鱼博士的自传——《奥斯传奇》。一位粉丝向摄影机展示新购置的"适生者"："千万不要买适生者创始版，实在是太太太好看了，创始版的标志太有个性了，现在入手绝对不会后悔！"另一位粉丝挤进镜头："感谢章鱼博士给了我第二次生命！"

王欣然也很想有一个自己的适生者，可惜这个产品只在地球发售——直到这一切被地球联合政府叫停。

奥斯研究所前沿实验室向地球报告经费紧张，联合政府派木卫二开发委员会审计研究所的财务状况，发现章鱼博士短期内招了大量计划外的员工，这些员工进入公司以后全部失联，章鱼博士称他们正在进行涉密研究，暂时不能与外界联系。联合政府展开激烈讨论，最终决定削减财政拨款，严令禁止章鱼博士将奥斯科技的利润作为前沿实验的科研经费，并要求他将现有的技术与地球上的其他企业分享。

奥斯科技的粉丝十分愤怒，在即时通讯站 momo 上建起意见墙——

"地球没有奥斯，不知道这些纬镜、机械臂、飞车价格会涨到什么样的程度，你可以不买奥斯，但你一定要感谢奥斯，有的人不感谢就罢了，还讽刺奥斯，良心何在？难道木卫基地的研究所与地球完全没有联系了，你们才高兴？"

"黑粉们，摸着良心好好想想！如果同样的性能比价格，同样的价格比性能的话，奥斯是不是完胜其他企业！"

"如果新科技行业没有奥斯的话，我不敢想象，地球的市场如今会发展到何种境界，而且奥斯产品的价格能让所有普通人都能买得起，这难道不是它的功劳吗？"

但奥斯研究所还是分崩离析了，章鱼博士也不知去向。木卫二和地球的关系剑拔弩张。研究所大量裁员，其中也包括王桥。然而，因为王桥是思莫人，王欣然的父亲是比格人，王欣然被称为"比格人的思莫孩子"。他们这些人被诟病有各种基因缺陷病，毫无办法。至此，木卫政府要求思莫人和比格人的生活严格分开，不能有交集，也不能通婚。

不过，2119年，木卫城法院裁决要求政府为"比格人的思莫孩子"提供经济支持，妥善安置。议会原本应在上个月讨论此事，但又从议程中将其删除了。如今，这一过程完全停滞，导致王欣然一家还在排队申请木卫城的公共住房，有近两千人在她前面。于是，她和母亲继续等待，住在垃圾村。

即时通讯站 momo 上一个不愿透露姓名的下都大学教授说："在木卫城，即使曾经杰出的科研工作者也生活在流亡中，这是'奥斯恐怖'。"他自称已接手王桥一家在木卫城法院的案件："许多人从出生后就在流浪。"

木卫城政府承认在章鱼博士领导下犯下了错，但随着新上任的马克·李试图将公众注意力集中在过去的辉煌而非痛苦上，应对这些罪行的后果变得越来越困难。

2091年，章鱼博士在执政的最后日子里，政府授权这些特殊家庭返回木卫城，并为他们和孩子提供住房。但在章鱼博士失踪后，木卫城短暂陷入混乱，政府几乎无力执行先前的政策，法律也被忽略了。

尽管十年后，木卫城的形势开始好转，马克·李出任领导人后，氧气储值单价飙升，人们对关注章鱼博士残酷统治所引发的问题也没有兴趣。因此，木卫城政府没有按照法律要求帮助特殊家庭重返木卫城，而是将这一责任转移给了中间地带——下都。

这导致了一系列的悖论要求：要获得木卫城的公共住房资格，特殊家庭必须首先在木卫城生活十年，其工资要低于最低工资，并且不能拥有房产。结果，为"比格人的思莫孩子"提供公寓的手续大都停滞了。

王桥曾住在木卫城核心区的一条街上。对于王桥来说，她的出身使她不得不直面"奥斯恐怖"。她的父亲出生于地球上一个富商之家，这样的身份被木卫城警察盯上只是时间问题。

王桥的父亲在木卫城中心的一幢公寓里被捕，当时她的父亲经营着一家分子冻肉加工厂。他被指控为"地球联合政府的间谍"，被送往矿山做劳工。尽管王桥的父亲很快从矿山中被释放，但他还是被赶出了木卫城。为了帮助王桥父亲这样的人而进行游说的援助会压力逐渐增大。历史学家尤娜在木卫城西北部发现了许多实验动物的残骸，这些都是章鱼博士时期，奥斯实验室丢弃的医疗废物。尤娜被判处三年监禁，许多人认为她蒙受了不白之冤。

王欣然一家重返木卫城也因此变得困难重重。

"马克·李政府想控制这个话题",尤娜对众人说道。她写过一本专著,论述移民基地的政府该如何应对历史上的不堪时期。"无论谁去做独立研究,都会是这样的下场。"

后来,马克·李声称对"奥斯事件受害者"的解决方案进行了辩论,却引发了一些议员的抱怨,他们认为章鱼博士时期的受害者及后代试图在木卫城福利房问题上插队。政府最终敲定了一项方案,让特殊家庭排上十年的队。

王欣然记得,母亲在远眺奥斯实验室的遗址,讲述这些往事时,说自己别无选择,只能继续努力带她离开垃圾村。而在王欣然做梦梦见木卫城时,总会想象自己迷失在熙熙攘攘的街头。

搭档划去了戏折上的这句话,力透纸背:"比格人保护思莫人免遭苦难的功勋,终究不会被遗忘。"

王欣然一把拉回搭档:"以前一直这么演的,大家也都知道,为什么要改?"

"叫你改,你就改。"舞台监督一脸恨铁不成钢。"要多读点书,扩大视野,懂吗?"

王欣然顿了顿,不情愿地点点头。

台上薄纱立起,纱网后两个人形影摇晃,踩着鼓点走进并且翻着跟头打起来。纱网后,王欣然舒展手臂,展开如木偶般的人形剪影,再以柔光将影子映在薄幕上。

台下人头攒动,母亲坐在第一排的亲友席,十分显眼,对她竖起大拇指。母亲现在只是一个垃圾危险品处理员,穿着芳纶混纺的水刺毡。她整天都这么穿着,王欣然只见她在睡觉前脱下来过。她难得来看自己的演出,王欣然表现十分卖力——

敞开的木卫城大门上,光辉流动,闪银色的门扉背后,电子纹理点亮,庞大的量子计算机阵列瞬变,木卫基地之外,炽热的蒸汽泄出冰面,浸透大地,孕育出硫黄草的金色海洋。

正殿的高台之上,皮肤苍白的长发男子明白,比格人和思莫人所经历的苦难,终究会被遗忘。

虽然在大多数人眼中,他就是个近似于机械的男人,凌厉的五官,银白的头发,右臂上有长长的疤痕,剖开来看是一片片金属微粒。可事实上,他并不属于比格人或者思莫人,对大多数的人来说,他是木卫城的创立者,只有少数人会称呼他为章鱼博士。

王欣然的表演结束,她站出来冲台下鞠了一躬,余光瞥向母亲,母亲目不转睛地看着舞台,随台下人一同吆喝道:"好!"

"不能忘记历史!"这时,一个洪亮的口号在台下响起。

"思莫人不能忘记历史!"人群开始跟着高喊起来。

"章鱼博士真的失踪了吗?"搭档看了看台下,小声在王欣然耳边问道。

搭档最近有些奇怪。王欣然记得,据搭档所讲,他父亲刚从木卫城回来不久,一进门便开始捡拾柜里的星际服和磁悬鞋,说自己换了新工作,在木卫城里可以多赚点钱补充家用,这趟回来告个别,要出远门了,也许很久都不会再见了。

"哪家公司?"

"一个矿物合成公司，"搭档挠挠头，"说创始人是章鱼博士，现在是卖矿石的，不过也卖一些介入器械，比如水膜导丝、碳纳米管什么的。"

"时间不早了，我要回去见伊典了，就是你刚看到的那个女孩。"王欣然说。

而此刻，王欣然靠在废旧的超合金墙壁上，心跳加速，眼泪模糊了她的视线。她无法想象如果母亲没有及时发现氢气泄漏会发生什么。

她抬起头，看见天空中的淡蓝色已经变成了灰色。厂房外聚集了不少人，他们在焦急地等待着消息。这件事情不会这么简单地结束，必须有人为此负责。

运输车司机，那个小胡子站起身，打开通讯器，似乎准备向上级报告这次事故。他深吸一口气，按下了按钮，却没有听到任何回应。

他再次尝试，仍旧无声。

王欣然的心沉了下去，母亲和伊典都再也不会回来了。

远处的工人已经支起围栏，王欣然狂奔到白棚下，她翻找着伊典的遗物，信已经被烧得扭曲，只剩下最后一角的字迹——

……木星的事，我问了我爸。我知道你不能接受，你不会接受我的解释。

祝你毕业顺利。

王欣然拿起信下面已经发硬变黑的香脆饼，很苦，很硬，她觉得自己像一只啃噬不可回收垃圾的电子老鼠，最终的结局只能是燃烧，烧成灰烬。

瞳孔还闪烁着倒立的火焰，王欣然不知何时已经呆坐在家中。

沙发轮廓毛边翘起，像母亲茸茸的碎发，总是打结，难以梳理。王欣然摸着草垛沙发，回想着与母亲的最后一面。

"妈，我看到了木星舰队招募信了。"

"不许去！"母亲神色紧张，语气严肃。

"为什么？去木星是我的梦想！"

"太危险了。"母亲沉默了一会，缓缓地说。

"爸爸可以，我为什么不可以？"

"我不能再失去你了。"

梦里，王欣然惊魂未定地看着母亲冲向那个装满液态氢的绝热罐。数年前的那场事故在她的脑海中闪现，父亲消失在了这个宇宙中。

妈妈，我也不能失去你。

房间的装饰和刚搬来时没什么区别。母亲总是善于将家里收拾整洁，甚至有一些家具还是当年她们在下都居住的时候用的，她也带过来了。她把工作服顺手搭在鞋子上，叠放到鞋柜里。厨房的餐具仍旧是两双筷子。

120

王欣然隔三岔五打扫房间，枕巾上，梳子上，洗手池下水口，她早已把母亲遗留的头发择干净。

时间长了，就没事了。母亲说过。

王欣然不是第一次面对离别，纵然母亲极度反对她离开家，去追求一些看起来不靠谱的舰长梦想。

要稳定，母亲说。

时间长了，就没事了。

三、章鱼博士

当章鱼博士通过量子视网膜扫描木卫基地时，无论将视线投向何处，似乎都能看见即将到来的毁灭景象。

黑暗的实验室，几个人被束缚在悬浮椅上，背对着出口，无法动弹。在他的后面是一堵墙，墙外刺眼的等离子光芒使实验室更加明亮。头顶是纵横交错的空气再生管，墙壁上布满能量输送管道，方正的控制台的影子投射在墙壁上，而被束缚的人只能看到墙壁上的影子。直到有一天，有一个人挣脱了束缚，逃出实验室。他看到了一棵生长在纳米土壤中的树，但这里的光波透射得闪烁刺眼，令他怀疑眼前的树并非是真的。当他的眼睛慢慢适应了外面的光线，他伸手摸了摸树粗糙的纹路。

他恍然大悟，马上跑回去告诉那些仍然被束缚在悬浮椅上的人：真实的世界在外面，这里只有虚假，只有影子。然而，当这个人将那些被束缚的人解脱之后，那些人打死了他。

"看来只在奥斯培养的试验品，还是不够成熟呐。"想到这里，这个男人用两根纤细修长的手指卡住量子视网膜，搜寻着整个木卫二的能量源。他的视野突然模糊，眼前出现了一片荒芜，但仍然散发着生命的力量，那股力量来自一个不起眼的思莫人，王桥。

章鱼博士咯咯地笑了起来。

此刻，周围的光束逐渐黯淡下去，因为海量的宇宙尘埃在量子缆中穿行，向此处汇聚，消耗了这片区域的能量，唯有城中央主控中心愈发光亮。

"嗡嗡嗡……"暗处的纳米齿轮旋转，蓝色金属边缘擦出火花，厚重的门扉闭合，虚拟投影被真实的实体取代，大门的光芒暗下，主控中心与外界彻底隔绝。

主控中心的长椅上，张小伟看向窗外，高楼闪闪发光，就像地球上的星星撒在了地上。一块巨大的全息广告阵正对着他的房间，惨白的幽光均匀地照亮了这里，奥斯实验室。

"小伟，你回来啦，妈妈想你了。"

很多年，很多年没有人叫过他这个名字了。自从来到木卫城之后，他叫章鱼博士，他是功成名就的企业家，是木卫城的镇守者，而只有他自己知道，那个曾在地球上，在水族馆喂养章鱼的饲养员张小伟，已不复存在。

张小伟看着母亲抬起眼眸。这么多年过去，岁月像是不曾在她脸上留下痕迹，她还是那么年轻、柔和，肌肤像是抛光的蜜蜡，纹理细腻。

自从在胸腔完成质子发动机安装手术之后，张小伟已经很久没有过心脏跳动的感觉了，不过没关系，机械飞升总算快要完成了。这时，一个微不足道的闪念浮现在他的脑海中：一个男孩和同伴在夕阳的田埂上奔跑，小小的心脏仿佛要跳出胸腔。

母亲正在家门口等他回来。他看着母亲慢慢蹲下，捡起一个从树上掉下的小小花苞，花苞上沾有一点点泥土，她小心翼翼地把花苞上的泥土掸拭干净，轻轻捧在手里，接着将花苞的梗叶埋入湿润的土壤中。

阳光洒在温暖的厨房里，他看到母亲正在炉子前忙碌着。他轻轻走过去："我回来了！"母亲转过身，脸上洋溢着温柔的笑容，拍了拍他的头："小伟，快去洗手，妈妈给你做了你最爱吃的红烧肉。"

模拟夕阳一点点沉下，四周越来越暗，张小伟感觉自己正被一点点从这个世界抽离到虚空之中。这个美丽的世界是坚固的，只要他愿意，这里的花苞可以永远不凋谢，这里的太阳可以永远不落下，所有的花都可以安然开放，不用担心会过早地被埋入泥土，只要他喜欢。

然而，美好的时光总是短暂的，画面变得昏暗起来，张小伟迟疑了，这不是现实模拟器投射的场景，而似乎是他的记忆？

他心情沉重地走进病房，看到母亲躺在病床上，她的脸色苍白无比，正痛苦地挣扎着。乳腺癌已经侵蚀了她的生命，每一次喘息都像是在跟死神抢夺时间。张小伟的心被无尽的忧伤填满，恍若坠入无底深渊。

母亲察觉到他的出现，努力地向儿子露出微弱的笑容。

"小伟，别担心，妈妈会好起来的。"母亲喘息着，艰难地说出这句话。她的声音微弱而颤抖，但仍然温暖。

张小伟走到病床边，紧紧握住母亲的手，眼泪止不住地流淌，但他仍努力克制地咬住嘴唇，想要紧紧抱住她。

"尊敬的章鱼博士，请选择。"此时，虚空中浮现出一个弹窗，张小伟眼前出现了许多长方形的选择框，其中一个按钮写着"复活母亲"。

在过去的日子里，张小伟从未敢碰那个按钮，生怕激起心中难以承受的痛苦。但这一次，他鼓起勇气，用颤抖的手指，轻轻地按了下去。画面定格在这个瞬间，一切都变得凝固，静止。

"妈妈，别担心，一切都会好起来的。"他摘下了脑门上的微型芯片。

章鱼博士正坐在长桌的一端，面无表情地抽着雪茄。一名科研人员战战兢兢地走进办公室，满怀期待地等待着他的回复。他小心翼翼地问道："博士，虚拟现实模拟器的质量如何呢？"

章鱼博士吐出一口烟雾，眯起眼睛沉默了片刻，然后赞许地说："做得非常出色。"男人如获至宝，脸上露出惊喜之情。然而，章鱼博士的脸色瞬间变了，但他的语气仍然十分冷静："你是不是在嘲笑我？"

男人愣住了，不敢开口。章鱼博士缓缓吐出烟圈，继续质问："你难道不知道，在地球上，我曾经是一个坐轮椅的废物吗？"

男人结结巴巴地回答："博士，我只是希望您能在虚拟现实里体会到正常人行走的感受，才修改了这个设计……"

章鱼博士冷笑一声，讥讽地说："自作聪明。"接着，他语气转冷："从今天开始，你被降职了。"

男人垂头丧气地离开了办公室，章鱼博士坐在办公椅上，他的目光深邃而锐利。

他永远不会忘记那些日子。在他还是张小伟时，每天清晨，当第一缕阳光还未穿透窗帘，母亲便已起床。厨房里传来锅铲的轻轻碰撞声，她忙碌地为他准备着营养丰富的早餐。不久，一碗热气腾腾的米粥便在他床前摆好。

他被母亲轻柔的声音唤醒，睡意蒙眬的双眼逐渐睁开。阳光透过窗帘的缝隙洒进房间，金色的光斑在墙上跳跃。母亲亲切地看着他。张小伟从床上坐起来，她搀扶着他，轻轻地将他移到轮椅上，耐心地教导他如何掌握轮椅的平衡，如何在各种地形上顺利行驶。

经过不懈的努力，张小伟逐渐适应了新的生活。这时，母亲为他找到了一份水族馆的工作——成为一名章鱼饲养员。这个章鱼可不是普通的章鱼，它拥有神奇的能力：能准确预测足球世界杯的胜负。

当世界杯比赛来临之际，水族馆内人山人海，游客们争相一睹神奇章鱼的风采。当工作人员将两个代表不同国家的小足球放入水池时，章鱼从它的巢穴缓缓游出，它的触须伸向小足球，仔细地摸索了一番后，最终将其中一个足球拖入巢穴。随着比赛结果的揭晓，章鱼的预测再次被证实准确无误。

由于这份特殊的天赋，章鱼成了水族馆的明星，吸引了越来越多的游客。章鱼的生活环境相当优渥，而张小伟也因为照顾这只神奇的章鱼而被游客亲切地拉拢着争相合影，他发现，没有人再关注他的双腿，人们甚至对他缓慢地移动笨重的轮椅显得相当有耐心。

然而好景不长，没过多久，神奇的章鱼便去世了。水族馆决定将这只珍贵的章鱼制作成标本，留作纪念。张小伟看着馆长为难的眼神，便知道，他没有什么不可替代的，但如果他就此离去，失去的不只是母亲费尽心思为他求来的岗位，更大的可能是，他很难再靠自己找到下一份工作了。

"馆长，请允许我纪念这位特殊的朋友。"张小伟决心学习制作动物标本。他抓紧时间，在图书馆查阅资料，观看教学视频。然而，进展缓慢。馆长无奈，母亲四处打听，为他求来了一位标本专家。

"保持尸体，剥离外皮，清除内脏，填充章鱼躯体。"专家指导他。

在专家的帮助下，张小伟逐渐熟练地掌握了各种工具。他学会了如何剥皮、去除内脏、制作支架和制模，以及用镊子和吹风机精细整形。

第一次处理鲨鱼的表皮时，张小伟的双手颤抖，额头冒出汗珠，他感到窝囊："我这样的人，真是废物。"

"慢慢来，你做得很好。"专家鼓励道。

张小伟觉得这项技能既像雕塑，又像绘画、美发和缝纫。他的技术越来越熟练，开始接受客户定制。客户多为无法接受宠物离世的人。每当看到自己精雕细琢的皮囊，张小伟十分满足：又是一个伟大的作品。

终于，他以制作宠物标本而小有名气了，直到有一天，一个男客户找上门来，要求张小伟为他的女儿制作人体标本，他希望还原女儿生前坐在窗边画画的姿态，因为那是她最可爱的样子。

"不行。"张小伟拒绝了男人。他记得专家曾告诉他，虽然可以用标本制作技术赚钱，但不能没有底线。

然而，这位客户依旧不依不饶，开出的价格越来越高。张小伟劝说他："与其做成标本，不如用其他技术将她以别的形式复活。"

男人叹了口气，说："我已经将女儿的意识上传，做成了数字生命。但是，如果现在的技术足够发达，我还用费尽心思给她做标本吗？"

张小伟沉默不语。

不久之后，母亲去世了，他似乎有点理解那个男人了，谁不渴望留住时间呢？他打电话给他，答应了给他女儿做人体标本的请求。

在一片寂静中，张小伟开始了这个前所未有的任务。他严谨地对待每一个细节，力求还原那个女孩生前的模样。张小伟借助自己精湛的技艺，将男人的女儿制作成了一件极为逼真的标本。男人拿到了女儿的标本，眼含泪光，感慨万千。他看着女儿的画画姿态，仿佛时间静止在了那个美好的瞬间。

章鱼博士看了看时刻表，过会他派去垃圾村的下属就会带回新的"标本"。母亲在世时，他不明白为何要制作宠物标本。现在，他明白了：让死物重获新生。

下属来了。章鱼博士和他一道缓步走进奥斯实验室的密闭空间，旁边站着的是那位负责指导村高演出《圾物录》的舞台监督老师。他看起来是个正常人，然而，在他扯下人造皮肤面具的瞬间，下面露出的却是残缺不全的机械体。

伊典躺在手术台上，双手紧绑，她竭力转动脖子，环顾四周。四面都是紧密排列的银色长方形金属柜，无法窥见实验室真正的样子。

章鱼博士露出诡异的笑容，说道："真高兴能见到你。"

伊典心中惊恐万分，却竭力保持冷静，她问："为什么要抓我？"

章鱼博士欣赏地看着她，伸向她的左肩，摸到一串突起的疤痕，"你身上有我要的东西。"

说罢，章鱼博士开始动手改造伊典的身体。一道道精密仪器从四周飞出，有如生物触手般围绕伊典展开改造。如果顺利，这将是他的机械飞升临床试验的第一次预演。

这是他期待已久的实验，章鱼博士的名号也由此而来。早在给章鱼做标本时，他便发现，章鱼有一个作为神经中枢的大脑，但是这个大脑只集中了全身神经元的 40%，其余 60% 的神经元分布在 8 个腕足内，8 条腕足可各自行动，信息无须经过大脑运算、决策，不用大脑指挥。2036 年，奥斯实验室的研究员再度更新进展，这是因为章鱼有腕足互联的"神经环"，如果将这种"多点分布式、高度自主"的神经环的运行机制运用到机器学习领域，制造出一套"章鱼算法"与主控大脑接口相连，那么"机械飞升"的介入式义肢便能在人类大脑下达一个命令后，自行计算当前肢体动作的权重，快速精准地摆出动作，提高人体能量的利用效率。

"纪念你，我的章鱼朋友。"

伊典痛苦不已，她的身体在每一次切割、拼接和接合中承受着巨大的痛苦。她咬紧牙关，强忍住哀号，心中只有一个信念：她要坚持住，找到机会反击。

在这无尽的恐惧中，伊典脑海中不断闪过村高的那场演出。要再和王欣然见面，解释当年那次任务的真相，仿佛成了她唯一的支撑。

章鱼博士凝视着伊典："告诉我，你们这群'比格人的思莫孩子'，在垃圾村的还有哪些人？"伊典心知王欣然也是其中之一，但她仅存的理智尚未被击碎，于是咬紧牙关，一言不发。

"你为什么要找我们？"她反问章鱼博士。

"因为我就是马克·李。"章鱼博士说。

随后，他按下一个开关，密闭空间上方缓缓降落下一个透明操作台，上面摆满了不同的人造皮革脸。章鱼博士戴上其中一个，瞬间变成了马克·李。伊典惊呆了。

章鱼博士脸色一变，说："现在你知道了我的秘密，是时候告诉我你的秘密了。"伊典宁死不从。章鱼博士给她看了一幅全息影像，上面是她父亲在下都区北山的矿厂劳作的身影，他的脖子上，绿色金属圆环闪烁着冷光。

章鱼博士说："只要我随机按下你父亲的编号，他就会瞬间消失。"伊典感到无法承受的压力，她不愿意牺牲自己的父亲，但也不愿意背叛朋友。

"如果我不说呢。"

章鱼博士哈哈大笑："我不知道你在坚持什么，好好想想你为什么会在这里。"

伊典的左肩一阵刺痛，她忽然想起昏暗的光纤草路灯下，被王欣然的母亲狠狠掐住左肩的瞬间。她咬着牙说："王欣然也是。"

接着，伊典感到眼前一阵模糊，关于自我的记忆像是被消除笔逐渐擦去。

四、木星舰队

王欣然望向窗外，每个建筑好像要穿过模拟天空一般。大楼外表光滑平整，每一个角落都被打磨得非常光滑，反射着已被削弱辐射的电子微光。城市中的街道宽阔平坦，由闪亮的金属板铺设而成。每一个路口都有巨型喷泉，水花飞溅在空中，宛如细小的水晶碎片。

木卫城的标志性建筑，那座庞大的星际航站，犹如一个巨大的圆形堡垒，由无数的弯曲支架支撑。这个航站吞吐着无数的航天器，地球来的货物就从这里登陆，木星上的液态氢燃料也从这里运送回地球。

王欣然行至城关，身为思莫人的她，被拦下进行二次盘查。她被带进了一间昏暗的小屋。在那狭小的空间里，她的双脚不自觉地颤抖。她知道，这不是一场普通的问话，而是一场不知何时才能结束的煎熬。

"思莫人？第一次来木卫城吗？"

"不是，小时候住这里。"

"为什么来木卫城？"

王欣然的心跳怦怦作响，她无力地靠在墙上。几个小时里，同样的问题被反复抛出。她已竭尽全力回答，但似乎无济于事。她不知所措，不知如何才能摆脱这困境。

突然，审讯员的电话铃声响起。他稍做犹豫，接起了电话。王欣然听到他沙哑的嗓音，却无法听清电话那头的声音。随后，审讯员的脸色变得古怪，他向王欣然点了点头。

"你可以离开了，"他说道，"让你久等了，很抱歉。"

王欣然小心翼翼地询问："请问，我为什么会被关在这里？"

审讯员耸了耸肩。"很抱歉，我不能告诉你。只是有人打电话让我放你走。"

王欣然满心疑惑地离开了审讯室，通过了城关。一路上，她不断回想那冰冷的审讯室。她不知道那个神秘人究竟是谁，为何要帮助她，更不清楚自己的身份信息有何蹊跷。

而在电话的另一端，李秘书正注视着一幅悬在空中的行踪地图。地图上显示，王欣然已在木卫城的城关停留了一小时。李秘书轻触刷新键，王欣然的标志终于开始移动。他微微一笑，按下一个开关。一个透明的操作台缓缓降下，上面陈列着各种人造皮革面具。李秘书选中一个戴上，瞬间化身为章鱼博士。

晨光从窗帘缝中溜进，斑驳洒在屋内。王欣然在暖阳中摩挲着睡眼，一天的序幕拉开。王欣然揉揉眼睛，今天要去舰队训练中心报道。她查阅手册，了解木星舰队训练营的内容：飞行程序、基础理论、体质、心理、航天采矿环境适应、救援、分系统操作、大型联合演练。

拖着行李，她步出房间，期待与忧虑在她心中打架，搅得她情绪翻腾。当她抵达训练中心时，那股庄重而紧张的气氛，让她不自觉地挺直腰杆。她急切地穿过那座宏伟的大门，眼前的一切让她震撼：高楼、先进的训练设备、精密的实验室……这就是她即将锤炼自己的地方。

体检、测试接踵而至，仿佛是对她身心的双重锤炼。但她凭借坚韧的毅力和充分的准备——闯过，证明自己有资格与那些出类拔萃的同伴并肩。被分到训练组，她发现每个人的眼神都如磐石般坚定，她知道，接下来的日子不会好过。

训练终于拉开了帷幕。

王欣然觉得身体像被一股力量紧紧包裹，肌肉紧绷，仿佛要爆裂。心跳如鼓，脖颈处热血沸腾。她闭上眼，深吸一口气，平复翻涌的心情。然后，她开始缓缓地、精准地做出预定动作。每一次训练，都仿佛是一场全新的战斗。肌肉仿佛在撕裂、在燃烧，经历极度的压力和变形，但她仍旧咬牙坚持，确保每一个动作都稳如磐石。

一次训练中，王欣然突然感到背后一阵冷风，紧接着一张纸被猛地贴上。她迅速转身，只见一群比格人正哄笑着。纸条上赫然写着"小傻瓜"。她尴尬地站在那里，嘴唇动了动，却什么也没说出来。

比格人的笑声刺耳尖锐，王欣然的眼眶开始湿润。当她试图撕下那张纸条时，一个比格人猛地推了她一把。她一个踉跄，痛苦地捂着被撞的胳膊。

"想成为采氢员？"一个比格人嘲讽道，周围笑声一片。

愤怒与无助涌上心头，王欣然挣脱他们，咬牙道："我不会放弃的。"

那个比格人更加嚣张地大笑，粗壮的手臂一挥，王欣然被推倒在地。她挣扎着想要起身，却被那只大手牢牢按住。她只能躺在地上，仰望那张得意的脸。

"怎么样，思莫人？天生就不行吧？你根本没资格进入木星舰队，只是个垃圾。"

王欣然内心充满了悔恨和愤怒，但她知道只有变得更强，才能改变命运。

"我一定会进入木星舰队。"她坚定地说。

比格人冷哼道："你再怎么努力也没用。"

"你会看到的。"王欣然毫不退缩。

擦干眼泪，王欣然站了起来，目光坚定："我会变强，进入木星舰队。"

从此，王欣然刻苦训练，挑战极限，不断进步。

"请写出这道题的答案。"

此时，一个问题出现在屏幕上。王欣然集中注意力，竭尽全力回答了这个问题。她的声音有些颤抖，但还是坚定有力。接下来，又出现了一个问题，然后是下一个动作，接着是另一个问题……

训练一直持续了将近一个小时，王欣然的身体已经湿透，肌肉也变得麻木。但她知道这一切都是值得的。

当离心机最终停下来时，她感觉自己像是一根松弛的弹簧，全身的肌肉都松弛了下来。她坐在地上，喘着气，好像刚刚经历了一场大战。王欣然走向旁边的控制台，按下了停止按钮。她的心跳正在逐渐恢复正常，呼吸也变得更加平稳。她靠在控制台上，深呼吸几口，感觉重新回到了太空舱内的安全环境中。

到前庭功能训练的时间了。王欣然又一次坐在旋转座椅上。这是她的第五次训练，她被蒙上了眼罩，而座椅在高速旋转中飞快地转动，身体在微重力环境下旋转，她头晕目眩，仿佛要被甩出去。这时，她听到旁边有人大叫一声。她抬起头，看到一个男生的身体在旋转的座椅上摇摇晃晃，看起来随时都可能晕厥。

王欣然用手摘下眼罩，一把扶住了他。

"我叫牛笛，很高兴认识你。"牛笛缓缓倾下身子，将手指扭在一起，故作爪子状抓起一瓶水，装作老式机器人一样动作迟缓，将水转到王欣然手里。他是个幽默的人，善于缓解紧张。

联合演练开始，舰队宇航员全神贯注。王欣然正在模拟航天采矿环境适应的任务中，她手中紧握着一把采矿锤，有力地敲击着采矿机器人。

就在这时，她听到了一声低沉的呻吟声。王欣然迅速地寻找声音的来源，发现牛笛躺在一旁，手捂着胸口，表情痛苦。

"怎么了，牛笛？"王欣然关切地问。

牛笛苦笑："只是有点不舒服。"

王欣然建议他去休息室歇息，牛笛点了点头，靠着王欣然的支撑，勉强站起身来。王欣然搀扶着他，带他走出了训练场。在走廊里，王欣然看到他的面色越来越苍白，于是加快了步伐。不一会儿，医疗人员赶到现场，将牛笛送往医疗中心进行治疗。当王欣然听到牛笛已经恢复意识，终于松了一口气。

最终选拔中，王欣然成功地被选入了木星舰队储备局，她成了第一位毕业于训练营并被选入木星舰队的思莫人。

"看到没有，"王欣然对比格人说，"我告诉过你们，别低估思莫人。"

一假如有深渊

五、捡垃圾

王欣然与其他新来的舰员一字排开，储备局局长刘阳缓慢地走过他们。在周围高大的比格人中，王欣然的身影显得格外瘦小。刘局长一个个地分配任务，当轮到王欣然时，他停顿了一下。

"欣然，你的任务嘛……"刘阳故意拉长声音，眨了眨眼，"就负责我们的垃圾运输吧！"

"这不公平。"王欣然有些不服，小声嘟囔。

刘阳听了，脸上的笑容更甚："哎呀，小姑娘，这世界上哪儿有那么多公平的事儿呢？你要是觉得不公平，那就努力让自己变得不可或缺，到时候，你就有资格谈公平了。"

王欣然听到刘局长的话，面色微微一沉，她心里不由得燃起了一股火气。她知道，因为是思莫人，所以在舰队中一直不被重视，但是她并不想自己的能力就因为出身问题而被轻视。她挺直腰板，回答："我相信只要努力，我能成为一名出色的宇航员。"

刘阳点点头，脸上的笑容收敛了一些："我相信你，欣然。但在此之前，先把手头的工作做好，每一份工作都有其价值，别小看它。"

王欣然默默地点头，她感受到了刘阳的鼓励和支持。虽然被分配到的是看似不起眼的垃圾运输工作，但她决定要全力以赴。

这原本是个简单的任务，她已经完成了无数遍，但今天，任务有了改动，她需要在两个小时内将垃圾从木卫城运输到垃圾村。这意味着她需要在原本的时间内完成两倍的任务量。

她迅速地跑到运输车旁，检查了一遍车辆设备。确认一切正常后，她将垃圾从储备局的垃圾堆中装载到运输车上。每装满一车，她就加速驶往垃圾村。在路上，她一直盯着表，心里默默地倒数着时间。

路途并不平稳，车子时不时地颠簸，让她手忙脚乱，但她仍然努力地保持稳定。

"加油，王欣然。"她不断地向自己喊着加油，要求自己尽快完成任务。

最终，她在限定的时间内完成了任务。停下车子，她紧紧地握着方向盘，身体微微颤抖。

时间一分一秒地过去，王欣然几乎已经放弃了对自己的期望，她感到自己的努力毫无意义，甚至不知道自己还能够继续坚持多久。但是，在这个时候，一个声音打破了她的沉默。

"需要帮忙吗？"一个高大的比格人走到她身边，面带微笑。

王欣然疑惑地看着这个陌生人。她从未见过这个比格人，却有一种奇怪的熟悉感。

"我叫司睿，我也在这里工作。"比格人主动介绍自己，"我看你一个人在这里分类垃圾，要不要帮忙？"

王欣然有些惊讶，但还是点了点头。

司睿看起来年纪比王欣然小一些，但是比起王欣然疲惫的眼神和干涸的嘴唇，司睿显得更有活力。她细心地教王欣然如何区分有用的废料和无用的废物，并在整理垃圾的过程中和她聊天。

"你喜欢这个工作吗？"司睿突然问道。

王欣然抬头看着她。"我不知道，我只是想做些有意义的事情。"

"这是很有意义的工作，"司睿说，"虽然看似微不足道，但每个人都可以为木卫城出一份力。"

王欣然点了点头。"你说得对。"

司睿微笑着看着王欣然，好像在说："你会做得很好的。"

"你也是垃圾运输员吗？"王欣然问。

"不是。我是捡垃圾的。"司睿皱皱鼻子，"我从小就很悲惨，父母早就不在了，只能靠在这里偷偷捡垃圾为生……"

王欣然看司睿一抽一抽的样子，想要伸手去拍拍她，又觉得不合适，于是小声说："你会做得很好的。"

"那你可以让我从你这里捡垃圾吗？"司睿猛然抬起她的头，王欣然才看到她并没有流下眼泪。

王欣然点点头。渐渐地，司睿教会了她关于垃圾的诸多见解，让她对这个任务有了新的认识。

司睿教王欣然将热能蝠的残骸分离，辨识哪些星际磁鞋中的磁铁可以回收，用于构造新的导航设备，甚至是那些表面上毫无价值的穿梭艇绝缘层，都能经过处理转化为保护居住区免受宇宙射线侵袭的材料。

在这一过程中，司睿并不只是在教授王欣然如何高效地处理这些星际废弃物，更重要的是，她在引导她学会在遗弃的角落寻找希望，学会在表面毫无价值的物品中发掘潜在的价值。

王欣然开始更加认真地对待这个任务，可这时，司睿突然消失了。与此同时，一起消失的还有王欣然的运输车。

而此时，章鱼博士的实验室内光线昏暗，只有中央操作台散发着幽蓝的光芒。章鱼博士此刻正全神贯注地调试着他引以为傲的创造物——电子狗罗伯。

罗伯的外形与真实的犬类无异，足以以假乱真。章鱼博士轻轻地抚摸着罗伯的头顶，低声对罗伯说："今天，我们要完成最后的调试，你准备好了吗？"罗伯发出细微的电子响应声，尾巴也随之欢快地摇摆。

调试结束后，章鱼博士从抽屉里取出一个精致的电子项圈，小心翼翼地为罗伯戴上。"这是你的新装备，"他解释道，"它会记录你的所有数据，并让我们能够实时沟通。"他的眼神中流露出一丝罕见的温情。

随着项圈的紧固声响起，罗伯的眼中闪烁起了新的光芒，仿佛在对新装备表示满意。章鱼博士退后几步，仔细观察着罗伯的反应。电子狗开始四处张望，动作更为敏捷，仿佛新装备为它注入了更高级的感知力。

章鱼博士走向一旁的控制台，开始输入复杂的指令。屏幕上代码闪烁，他的手指在键盘上轻快地跳跃。"现在，让我们来看看你的新本领吧，罗伯。"他轻声说道。章鱼博士按下最后一个键，屏幕上显示"测试模式已启动"。

"罗伯，启动追踪模式。"他命令道。电子狗立刻响应，它的眼睛迅速扫描了实验室一圈，然后稳稳地锁定在章鱼博士身上，缓缓向他靠近。他满意地点了点头，继续测试罗伯的其他功能，包括声音识别、物体识别以及情感模拟。每一项测试都证明，罗伯不仅仅是一台普通的机器，它已经具备了近乎真实宠物的行为与反应。

章鱼博士下一秒紧接着拔掉了罗伯的电源，实验室内回归一片寂静。罗伯 LED 眼里的光逐渐暗淡，机械身体失去了动力，安静地倒下。这个动作虽然突兀，却是必要的一步。

"罗伯，你该去寻找你真正的主人了。"章鱼博士点击面前的虚拟投影，"传送至：垃圾村。"

王欣然心头沉闷，司睿的不告而别让这段日子仿佛缺失了些什么。她站在凌乱的垃圾堆前，忙碌地分拣、归类。突然，她的目光被一堆残破不堪的废弃物中的一只电子狗吸引。那狗，光滑的毛发在昏黄的阳光下闪着冷光，蓝的电子眼在无声地凝视着她。

她停下手中的工作，走上前，小心地把它捡了起来。电子狗的体内似乎还有微弱的电流流过，她可以感受到那精细的机械结构在她手中微微震动。这不仅是个被遗弃的玩具,更像是一件失落的科技杰作。

王欣然深吸了一口气,抱紧了这只狗,将它带回家中。有空时她便会尝试修理,可它一直静静地立在那里,再多修补也无济于事。

已经来不及等王欣然去找司睿的下落,木卫城接连发生了多起液态氢罐失踪案,就连木星舰队派来调查案件的飞行员牛笛也离奇失踪。新一轮的储备局例会上,李秘书不期而至。

李秘书的到来,瞬间让现场的气氛变得微妙起来。他环顾四周,然后径直走向王欣然。"王小姐,您好。我是马克·李的贴身秘书,幸会幸会。"他温文尔雅地伸出手,与王欣然礼貌地握手。

刘局长打趣道:"哎呀,这么高级别的秘书来我们这小地方,真是稀客啊。不过,这么重要的案子交给思莫人处理,是不是有点………"他挤了挤眼,引得会场内一阵轻笑。

李秘书微微一笑,回应道:"2119 年宪法明确规定了对'比格人的思莫孩子'的支持政策。我只是来传达政府的立场,我们非常支持并鼓励思莫人在木卫城工作。"

王欣然感受到现场紧张的气氛,心中不免有些忐忑。她明白,李秘书的到来意味着这件事已经升级到了不容小觑的程度。

"请放心,我会竭尽全力的。"王欣然坚定地说,尽管她内心也充满了不确定。

"欣然啊,给你 24 小时的时间找到牛笛。要是找不到,明天的垃圾转运工作可就得暂停一下了。我相信你能行的,对吧?"刘局长眨了眨眼。

王欣然下定决心,无论如何都要在 24 小时内找到牛笛。

于是,她搜寻着木卫城的每一个角落,寻找着任何有关牛笛的线索。她走访了每一家商店,每一条街道,每一栋建筑物。时间一分一秒地过去,王欣然的压力越来越大,她心力交瘁。她不停地在即时通讯站 momo 上发送信息,寻求任何可以帮助她找到牛笛的线索。她累得连话都说不出来了,却依然没有找到任何有用的消息。

就在王欣然几乎失去信心的时候,她收到了一条神秘的短信。这条短信并没有提供任何有关牛笛的线索,但引导着她前往木卫城的一个偏远地区。没承想,去的路上,她的氧气储值卡被人从口袋里顺走了。

当王欣然冲过去抓小偷时脚下一滑,重心不稳,猛地摔倒在地。小偷趁机逃走了。王欣然站起来,拍拍身上的尘土,叹了一口气。

正当她准备继续寻找牛笛时,却发现了一件让她震惊的事情。她看见了司睿,她背对着自己,正在用自己的运输车装载垃圾。她竟然骗她。她悄悄跟在司睿身后,看她从垃圾车里找到可用的电子垃圾,一路走到垃圾村的"数码黑市"。想必她是要通过垃圾村的黑工厂让电子垃圾换掉外表变成新货,再将其卖给木卫城的进货商,赚取巨额利润。

王欣然心头一阵狂跳,原来这个女孩是如此狡猾。她的心中充满了矛盾,想要揭穿司睿的谎言,

131

但同时又不希望失去这个已经成为自己好友的人。

"你到底在做什么?"王欣然走到了司睿面前,神情凝重地问。

司睿愣了一下,但很快反应过来,脸上露出了一丝嘲讽的笑容:"哦,你发现了? 你准备怎么办? 将我交给警署监督吗?"

王欣然摇了摇头,她并不想把司睿交给警署。也许司睿是因为生活所迫,才不得已走上这条路的。

"我不会告诉任何人的,但是你不能再这样了。"王欣然说。

司睿听了,脸上浮现出一丝苦笑,然后也缓缓地摇了摇头。

"那么,这儿就是传说中的数码黑市吗?"王欣然环顾四周,好奇地问道。"这儿更像个杂货市场,专门交易地球上的电子产品和零件。"司睿随手拿起一块主板,"老式手机、电脑、处理器,你想得到的这儿都有。"她接着说:"买的东西是好是坏,有没有被修过,是不是偷来的,这些都得靠你自己判断。老板的话,信一半就好。"

说完,两人穿过了昏暗的通道,进入了垃圾处理厂的核心区域。那里的机器轰鸣不断,空气中弥漫着难以名状的气味,王欣然只觉得一阵恶心。司睿如数家珍地介绍着电子零件,带着王欣然穿过错综复杂的管道,最终来到一个堆满电子垃圾的秘密房间。

"这些看似无用的垃圾,在我们手里都能变废为宝。"司睿得意地说。

"卖给谁?"

"木卫城里的数码店,以前奥斯科技的绝版产品,比如说适生者,在木卫城是很有市场的。"

王欣然拿出录音笔。这时它已经存储了司睿的声音,包括倒卖电子垃圾的证据。两人的目光在空气中交错,紧张的气氛几乎能掐出水来。司睿面无表情地看着王欣然,嘴角微微扬起一抹讥讽的笑容。

"你想从我这里得到什么?"她淡淡地问。

"你的帮助。"王欣然直言不讳。

司睿挑眉,"你觉得我还能帮你什么?"

"帮我找到牛笛。"王欣然的语气坚定,"你这么神通广大,一定有办法,我需要你帮忙才能找到他。"

"好吧,我会帮你找到牛笛的。"司睿松了口气,"但是你需要保证,我不会被抓走。"

"放心,只要你和我合作,我会保护你的安全。"王欣然说道。

"那能修电子狗吗?"王欣然从包里拿出电子狗。

"可以试试。"

暗灯下,司睿和王欣然紧张地看着一位老板。老板戴着放大镜,小心翼翼地拆解着那只无法启动的电子狗。他的工作室里堆满了各种电子零件和废旧设备,空气中弥漫着焊锡和机油的混合气味。

老板眉头紧锁，经过一番仔细检查后，抬起头来说："这只电子狗的外表皮是真实的生物标本，内部使用的却是类似地球生物线粒体的供能方式。说白了，它就像一只真狗，只不过现在，这只'狗'已经死了，我无能为力。"

"我小时候得过线粒体肌病，但幸运的是，通过手术，我已经好了。我想，如果我们能找到当年给我做手术的那家医院，也许他们有能力救活这只电子狗。"王欣然说。

"那你还记得是哪家医院吗?"司睿说。

王欣然若有所思地点点头："具体的医院名字我记不清了，但我记得妈妈以前写过一本日记，里面应该有记录。我回家找找。"

老板站在一旁，满脸疑惑地插话道："恕我直言，王小姐，你为什么这么执着于救一只已经'死去'的电子狗呢?"

王欣然深吸一口气，声音略显颤抖："我生命中最重要的三个人都离开了我，而我连他们最后一面都没见到。这只电子狗，可能是我现在唯一能抓住的希望。所以，只要有一点点可能，我都会尽我所能去救它。"

老板听后，眼中闪过一丝动容，他默默地点了点头，没有再说话。

司睿则好奇地追问："欣然，你说的那三个人是?"

王欣然低下头，声音低沉而哀伤："是我的爸爸妈妈，还有我最好的朋友伊典。"她的眼中闪过一丝泪光，但很快又被她倔强地抹去。"好了，不说这些了。现在最重要的是找到妈妈的日记，然后联系那家医院。"

司睿也开始向她透露秘密，告诉她，自己也正在调查一些事情，想要找到一些关键信息。

"什么，你是说奥斯实验室的人体实验报告吗?"王欣然问。

司睿将手比在嘴巴上，示意王欣然在此噤声。

王欣然意识到时间紧迫，开始紧张地制定计划。司睿告诉她，失踪案的线索都指向了木卫城的某些秘密地区。于是，王欣然决定前往这些地区寻找线索。

王欣然和司睿穿着特制的防护服，进入了一处危险的液态氢储存地。这里的液态氢罐十分庞大，像是一个个巨大的钢制水桶。她们小心翼翼地搜寻着罐区。

在搜寻中，王欣然发现了一个奇怪的标记。她的直觉告诉她，这个标记可能与牛笛的失踪有关。于是，她们跟随这个标记的线索，进入了液态氢储存区域的深处。

在这里，王欣然和司睿发现了一条秘密通道。她们进入通道后，不久便听到了牛笛的声音。她和另一位舰员被困在了一个密闭的氢气室内。王欣然和司睿试图破解门锁，但是没有任何的工具，只能用身体撞击。

时间一分一秒地流逝，王欣然和司睿的手和肩都已经被撞得青紫，但依然没有成功打开门锁。突然，她们听到了门后的声响，知道时间已经所剩无几。

在绝望中，王欣然闭上了眼睛，专注地感受着这个室内的每一个细节，忽然想到了新办法，她让司睿拆下一个壁灯。他们将壁灯的灯丝拉成了一根细绳，然后将细绳塞进门缝中，并缠在门锁上，用力拉动。

经过多次尝试，门终于被打开了，而牛笛在门的后面躲避。

"尽快追踪我的液氢罐，否则会有下一场爆炸。"牛笛赶忙道。

王欣然一愣，问道："液氢罐？你的液氢罐怎么丢失了？"

牛笛皱了皱眉，说道："在我被绑架之前，我看到了几个人把我的液氢罐运走了，他们应该是与这个案件有关的人。"

王欣然跟随着牛笛的步伐，进入了一间巨大的仓库。这里堆放着各种各样的货物，但是最引人注目的是一排排的液态氢罐，每个罐子都印着醒目的标识。

牛笛向着一扇门走去，王欣然跟在他的身后，心里有些忐忑不安。他们进入了一个巨大的房间，房间里放着一个类似于发电机的设备，王欣然认不出是什么。设备发出的微弱嗡鸣声让人不寒而栗。

"小心，这里很危险。"牛笛提醒王欣然，然后开始检查设备。突然，一个蒙面人出现了，他手持一把闪闪发光的利刃，威胁着牛笛和王欣然。

"你们在这里做什么？"蒙面人的声音冷酷无情，透着浓浓的杀气。

"我们是来调查失踪案件的，有人偷走了液态氢罐，你知道吗？"牛笛试图缓和气氛，但是蒙面人显然不为所动，他手上的利刃越来越近。

王欣然感觉到自己的脖子上传来一股寒意，她咬紧牙关，不敢动弹。就在这时，她突然听到了一声巨响，整个房间开始震动，一块巨大的磁石从天而降，砸在了蒙面人的身上，他发出一声惨叫，失去了意识。

"你们没事吧？"一个熟悉的声音响起，是司睿。

"我们在这里，但是牛笛……"王欣然指向牛笛，他已经失去了意识，躺在地上。

"没关系，他只是晕倒了。"司睿检查了一下牛笛的状况，王欣然松了一口气，她感到自己的背后已经湿透了。

王欣然和牛笛去往储备局，她想申请延长任务时间，调查液氢罐的去向。刘阳却说这个任务不需要她了，让她和牛笛一起，尽快前往木星采一些氢回来。如果她能完成任务，并且是在返航者中排前两位，就能试用期转正。

王欣然握紧了拳头，她无法接受牛笛的调查任务被取消。她一直知道牛笛是一个非常优秀的调查员，如果让他们继续调查，或许可以找到更多的线索。但刘阳的态度非常坚决，他告诉王欣然，必须和舰队立即前往木星，采集新氢。王欣然不得不咬紧牙关，放弃了继续调查液氢罐的计划。

王欣然越来越觉得这一切的背后似乎隐藏着什么，她担心刘局长和其他高层官员掩盖了某些事实。她悄悄地跟着刘局长，靠近一个角落，居然看到司睿在和刘局长交谈，似乎是在谈论关于液态氢失踪的事情。

司睿神色略显不安，低声回应道："刘局长，请放心，我会小心行事的。"

刘局长点了点头，转身离开。王欣然趁机走到司睿面前，用疑惑的目光盯着她。

"司睿，你和刘局刚刚在谈论什么？"王欣然试探着问。

"哦，没什么，只是他提醒我们要小心最近液态氢失踪的事情。"

王欣然半信半疑地点了点头。

与此同时，在章鱼博士的宽敞办公室里，气氛异常紧张。章鱼博士问液态氢失踪案查得怎么样了，是不是地球方面派来的间谍，想通过制造社会动乱来影响马克·李政府的统治，但刘阳始终摇头。他站在博士面前，汇报着液态氢失踪案的调查结果。章鱼博士的脸色随着刘阳的报告变得越来越阴沉。

"你是说，因为氧气储值卡价格高昂，加上垃圾村管理松散，所以有人偷盗液态氢来私人制氧？"章鱼博士的声音中带着明显的怒意。

"博士，我认为开放私人制氧或许能缓解当前的液态氢失窃问题。"刘阳试探性地提出建议，同时偷偷观察着章鱼博士的反应。

章鱼博士眉头微皱，沉思片刻后缓缓开口："这样做虽然能暂时缓解问题，但并非长久之计。"他的声音略显沙哑，透露出深深的疲惫。

看来博士对他的建议并不完全排斥。刘阳趁机进一步游说："博士，您也知道，这也暴露我们现在对木星氢的依赖太重了，必须寻找更高效、更可控的能源方案。或许，奥斯实验室的那个微型能量系统，就是我们的出路。"

提到微型能量系统，章鱼博士的眼中闪过一丝光芒，但很快又黯淡下来。他叹了口气，说："那个系统……我无从下手。我曾深入研究过奥斯实验室的数据，但线索在王桥去世后就断了。"

刘阳拿出第一次液态氢爆炸事故报告，递给章鱼博士："博士，您看这份报告。我发现王桥曾多次放弃逃跑的机会，最后甚至选择了自杀。"他故意停顿了一下，观察着章鱼博士的反应。"您说，她的女儿王欣然，有没有可能是那个实验体呢？"

章鱼博士接过报告，快速地浏览了一遍，猛地抬起头："你是说，王欣然可能是解开这个系统的关键？"

就在这时，司睿急匆匆地推门而入，上气不接下气地说："博士……我刚得到的情报，王欣然小时候患过线粒体肌病，还……还做过手术。"

章鱼博士腾地站起来，脸上露出难以置信的表情："这太重要了！王欣然，她一定就是那个实验体！"

"博士，"刘阳缓缓开口，"王欣然现在已赴木星采氢。"他顿了一顿，似乎在等待博士的反应："若您不想那些深藏的秘密被揭开，我期望能得到您的支持，成为木卫城的下一任主理人。"

章鱼博士闻言，嘴角掠过一抹轻蔑的冷笑，眼中满是不屑："你以为你能以此要挟我？我早就猜到与王欣然有关，只是还未找到确凿证据罢了。"

刘阳的脸色瞬间煞白，但并未就此放弃，仍试图用言语动摇博士："即便如此，木卫城仍需要一个有能力的人来引领。而我，正是最合适的人选……"

"住口！"章鱼博士猛地一拍桌子，声音如同雷霆般在办公室内回荡。他瞪了刘阳一眼，厉声说道："你以为我看不透你那点小心思？你想趁机掌控木卫城，但我告诉你，门都没有！"

话音刚落，章鱼博士便按下了一个隐藏的按钮。紧接着，几名身材魁梧的机器人冲了进来，迅速将刘阳制服并带离办公室。随后，章鱼博士转身向实验室走去，从一个容器中取出了司睿的记忆芯片，小心翼翼地插入她的左肩。司睿躺在地上，双眼紧闭，脸上的表情扭曲而痛苦。章鱼博士静静地站在一旁，目光冷漠地注视着她："你作为司睿的使命已经结束了。你应该还记得自己是谁吧？伊典。"

听到自己的名字，那具躯体的手指微微一动，随后，司睿的眼睛艰难地睁开。她哀伤地、愤怒地望着章鱼博士。

"现在，"章鱼博士继续说道，"能前往木星拯救你的好友王欣然的，只有你了。"他深深地看着司睿："我想，你应该有很多话想对她说。"

六、浮伞游虫

终于要出发去木星出任务了。王欣然没有想象中的欣喜，她的心情很平静，甚至有些沉重。她将前往木卫二之外的空间站，接着乘坐运载火箭前往木星。

王欣然抬头，一道幽暗的蓝光在她面前劈开两道口，通往基地更衣室的大门敞开，牛笛背身站在中庭。似是听到她的脚步声，他转身，同时地面上弹出了一张操作台，他按下蓝色按钮。

更衣室的墙壁上弹出一块透明舱，里面装着一套土金色宇航服，外表严密，看不到一丝衔接口。王欣然爬进舱内，宇航服开始按照她的身材变形，包裹着她。她试图抬起手，却被勒得喘不过气。她的耳边响起提示音：即将装载完毕。王欣然眼前的投影屏逐渐清晰，左上角闪着绿光，写着"服内压力：32.4 kPa"。她再次抬起手臂，这次总算可以行动自如了。她走出透明舱，舰长领她来到透明幕墙前，王欣然看向窗外。

巨大的木星在两人面前转动，泛着波谲云诡的光，黄白色的条纹托举起一个个血红色的红斑。

"我准备好了。快速到降落点，勘测，采集，装备，返航，对吧？"

就要去爸爸曾经去过的地方了。

王欣然转头看向牛笛，他目光如炬，盯着天空沉默不语。

他点点头，向更衣室的出口走去。至门口，他突然停下了脚步，从衣服里拿出一副银色边缘、向内渐变黑的眼镜，转身走向王欣然，按下她的头盔，将眼镜戴在她的眼睛上。

"咱们只要活着回来就好。"

只是活着回来就好？可王欣然清晰地记得，在舰队训练中心日复一日的练习里，她总是被严格要求不能出任何差错。

巨大的运载火箭通过离子发动机产生推力，带着地效飞行器缓缓地离开了空间站的停机坪，然后向着木星飞驰而去。随着火箭加速，王欣然看见木卫二逐渐变小。火箭的推进器喷出强大的火焰，燃烧着巨量的燃料，让火箭以惊人的速度飞向木星。

当火箭的载人舱逼近木星的大气层时，它的舷窗开始颤动，轰鸣声也变得更加响亮。火箭穿过大气层的时候，火花四溅，周围的光线变得越来越亮。巨大的气压让人感到有些不适，身体仿佛被压在一座巨山之下。火箭的航向开始变化，开始飞越木星的大气层，此时飞船剧烈晃动，船上的所有人都不时被抛离座椅。一时间，王欣然的心跳加速，她十分担心飞船承受不住这样的震荡。

然而，在越过大气层后，飞船突然安静了下来，周围只有沉默的太空和远处的木星。火箭的推进器被重新点燃，向着木星的轨道再次加速飞行。

在这之前，它已经将地效飞行器脱离，落入木星的大气层。

地效飞行器是一个巨大的飞行平台，高高地悬浮在天空之上，宛如一座流动的城堡。它的主体为浅灰色和白色，周围点缀着金色和红色的细节。飞艇外形雄伟，顶部有一个巨大的半圆形穹顶，仿佛一颗耀眼的钻石。穹顶下面是一个宽敞的露天平台，可以停下 21 架小型飞行器。由于木星不存在明确的"海面"，降落是不可能的事情。拥有飞行甲板的大型开采平台就成了唯一的"漂浮城市"。这些地效飞行器可以像地球上的石油钻井平台一样，用管道深入更稠密的大气以获取液态氢。

飞行平台的下部是一个宽敞的圆形结构，分为几个层次，上面有许多圆形的窗户。外部还有各种各样的细节和装饰，包括圆形的机翼、垂直的尾翼和末端的金属装饰。

就要出发了，王欣然拉开飞行器驾驶舱门，卡扣坐定，一一拨动眼前仪表盘上的四个开关，操作台光幕上显示：超音速喷流就绪，已达最大反推力。她看向窗外，一架架飞行器逐一排开，圆形的金属喇叭口瞬间扩张，猛地喷出蓝色火焰。驾驶舱突然响起一串滴滴声，光幕上显示一个女生头像：司睿请求连麦。底下有一行小字留言："一起组队，安全到家，怎么样？"

王欣然双手握住操作台中央的变速器，一拉到底。操作台上放置的玩偶小树顶着爆炸头和一只画圆、一只打叉的眼睛剧烈抖动，她伸手摸了摸小树。

透过监视器，王欣然看到身后紧跟着一架庞然大物，前方两架蓝色尖嘴鸟，左右各一架形态诡异的大块头，四面夹击。

司睿还在起点，刚拉起变速器，她的讯号再次接入王欣然的驾驶舱："等下……"

飞行器开足马力从空间站的轨道飞出，一团团火球冲进木星大气层。

王欣然目光坚定，白蓝相间的氨云，交织着棕红色的硫氢化铵，在她面前卷成一圈圈漩涡，一些陨石碎片星星点点地散开在她周围。

一众飞行器在云层中时隐时现，纷纷左右避闪着碎片。一艘大块头在王欣然左前方直直地撞上碎片，接着在空中燃起火焰。王欣然拉动操作杆，一个急转弯避开了极速燃烧的大块头。众人驾驶着飞行器在云层中穿梭，王欣然向下俯冲，到达下层薄云区，视野陡然清晰起来，她紧接着拉动操作杆平稳向前驶去。

突然，一艘庞然大物从王欣然飞行器下方包抄了她，王欣然紧急抬升，她的飞行器底部和对方顶部擦过，身后的尖嘴鸟紧跟着俯冲，却在被超越之后，和另一只尖嘴鸟擦行双双毁灭。

穿过木星表面的云层，王欣然看见像触角一样的棕色岩石盘根错节，深不见底。氨云层凝结的冰晶体四处碰撞，不规则的冰晶像雹一样从天空掉落到下方的深蓝色海洋里。由巨大岩石柱连接而成的宽带纵横其上，在液态金属氢的海洋上浮沉。

王欣然前方没有一艘飞行器，她稳步前进着，在石柱间穿梭，躲避间歇坠落的氨冰晶。

这时，她面前出现光幕提示：速度 1609.344 km/h，舱外 –57.22 摄氏度，空气成分氢气 82%、氦气 17%。同时，王欣然右手手臂上的光幕显示：服内氧气 100%，加热器恒温 35 摄氏度。

这时，一阵氨云液滴大块滴落，与上升的水冰晶体在云层碰撞，迸出耀眼的金黄火花，击中了王欣然的飞行器尾翼。

飞行器左右颠簸起来，无论王欣然如何拉操作杆，机身始终稳步下降。王欣然面前光幕弹窗显示：油箱损坏，即将进入备用电池模式。

怎么回事？王欣然心头一紧。

透过监视器，王欣然瞥见后上方，一架多旋翼飞行器正紧跟着自己，仪表盘上的光幕提示：检测，500 公里内仅有一处漂浮落点，是本次带来的地效飞行器。她的碟形飞行器像是休眠了一般，稳步向着那处漂浮落点飞去。

一串滴滴声，王欣然的飞行器光幕上显示——司睿留言：上来，不然咱俩都得死。

"喂？"王欣然接通了和司睿的视讯电话。

"如果再继续直线开下去，最多十分钟你就会撞上岩石柱。"司睿紧蹙着眉头。

又一层黏糊糊的氨水冰雹砸了下来，闪电的亮斑飞掠云层。

多旋机翼下方的碟形飞行器内，王欣然看到面前光幕提示：检测前方有磁层与太阳风的相互作用产生的弓形激波，这是一条危险的辐射带，可能对飞行器造成损坏，请小心驾驶。她透过视讯电话，看见司睿正拉远方向控制柄，紧接着她的飞行器外层一阵震颤，司睿的广播传出嘀嘀的警报声，两人的光幕上同步出现红色方框：警告！您即将于 8 秒后遭遇高速风暴乱流！司睿面不改色，全力启动加速器，控制台两边的按钮一个接一个亮起，她拉高控制柄，注视着光幕上闪烁的倒计时，在愈发急促的警报声中按下红色的确认键。

王欣然看天幕外乱拥的云流和隐光的闪电，试图稳住呼吸。灯光在瞬间熄灭，驾驶舱倾斜到几乎翻转的角度，她被冲击翻滚到地上，应急灯亮起橘灯，她的视线有些模糊，看着天幕外昏暗不清的景象，闭上了眼睛。

不知过了多久，王欣然感觉有人重重地摇晃自己，她睁开眼，看见司睿正凑近看她。她紧张地喊："你怎么进来的？"

司睿将手里的宇航服递给她："等会儿再说，这是我的宇航服，你先将就穿上吧，有情况。"

王欣然张了张口，接过宇航服，进入透明舱，开始自动换衣。司睿默默转身，听着身后穿衣服的声音。

"谢谢你。"王欣然说。她想起司睿和刘阳的交谈，如鲠在喉。

王欣然戴上眼镜，拿起控制台旁的头盔套上。眼前的光幕闪出一个鲜明的橙色弹窗：受木星磁场辐射影响，您的基础代谢速率由 1Met 提高至 10Met，细胞修复能力显著降低，原因暂未查明。

"你也看到了橙色弹窗？"王欣然问。

司睿点点头："衰老速度剧增，即使在飞船内部也无法避免影响。"

王欣然身着舱外服，按开舱门环顾四周。两个飞行器上下贴合，由岩石柱支点上的网状安全绳牵引固定，在液态金属氢的海洋上漂浮。下面是几根巨大的长柱，突出海面的部分盘根错节，交叉在一起。

司睿出舱门，径直向下。王欣然跟在司睿身后，两人小心翼翼地绕开各种奇形怪状的长柱，从缝隙间深入。王欣然的视野里闪现一根长柱，倒挂成弯面。随着两人渐渐接近弯面长柱，周围气流的流速变慢，视野变清晰，王欣然看到了几个土黄色的身影。

一个舰队队员向他们招手，王欣然和司睿停在弯面表层，朝几个人走近，招手的宇航员走过来，一看就是训练有素的高大比格人。

牛笛也朝两人挥挥手，王欣然和司睿介绍完毕后，走到三个人附近，靠在一边墙上松了口气，牛笛跟在后面躺下。

"你们的防护服都有早衰的警示吗？"王欣然问。

一旁的三个人都在沉默，牛笛勉强一笑。"这是进入大气层之后的反应，无一例外。"

"要不我们直接返飞回空间站吧。"其中一人提议。

司睿摇摇头："在穿过水云层之后，游离的氨分子渗入飞船的隔热保护层，再返回已经不可能了。"

王欣然看向司睿，她猛然想起出舱时看到自己飞船表面受到了不同程度的侵蚀，司睿的多旋翼飞船却光滑如新。司睿没有回应她的目光。

"不过'浮游伞虫'这种生物可以帮我们抗击辐射带来的衰老。"牛笛顿了顿，"司睿告诉我们的。"

司睿不知什么时候坐了起来，看着他们，眼神游离。

"不过，你们怎么认识的？"牛笛一脸好奇。

司睿笑眯眯地看向王欣然，脸上满不在乎："结盟即智慧，王欣然小姐想法跟我一样，我们总是做搭档。"

几个人寒暄了几句，王欣然回飞行器拿自己的补给，准备分享给大家。等她出舱时，瞧见司睿将几个比格人叫到一旁，不知道在说什么，她靠在自己的飞行器外，目光游移，偶尔看向她。

"去抓伞虫吧。"司睿走过来拍了拍王欣然。

王欣然和司睿驾驶着多旋翼飞行器在液态氢海洋和云层流动的风暴之间掠过，两个人都穿着防护服，准备随时出舱。

"伞虫太小了。用碳基生物的方式观察另一个星球的生命，很困难啊。"王欣然说，"如果直接去勘测金氢的位置，采样后快速返回呢？"

"时间不多了，捉不到它们，可能你还没完成任务就死在这了。"司睿看了看防护服飙升的速率。王欣然想起牛笛给她的眼镜。她扣下头盔的启动按钮，戴上眼镜，光幕显示：检测到木星深层无线电信号，是否开启自动模式？

王欣然抬起左手，按下手腕的按键。

昏暗的远方、交杂融合的棕白色云层、从厚密云层里透出的电光和阳光，以及底下的深蓝色海面都为之一变。

整个世界成了一幅流动的油画，由交织混合的多色流线组成，能量剧烈的地方呈深浅不一的黄色团状逐渐向外扩散。

在一些大块的能量团下，点点白色微光悠闲地摇曳。

王欣然按开头盔，摘下眼镜，外面的风暴依然呼啸。她有些发愣。

有了眼镜的帮助，今天收获还不错。王欣然看着一袋浮游伞虫，总算是松了一口气。两个人的背影渐渐靠近散发着光芒的飞行器，舱门在他们的视线下缓缓打开。

王欣然跟着司睿熟门熟路地从缝隙里钻进安全区，手上拿着放在真空袋子里的浮游伞虫。

牛笛气势汹汹地走过来，一把抓住司睿，一脸愤怒："你跟他们说了什么？为什么那几个人突然回飞行器了？"

司睿没有吭声，牛笛一只手抵住司睿的肩，另一只手后拉握成拳，王欣然飞快抬手抓住他的手腕往后拉，止住他的拳头，接着站在司睿斜前方。牛笛挣扎两下，手臂动弹不得，于是松开拳头。王欣然顺势卸力，走到司睿前面。牛笛仿佛力竭，控制不住滑倒在地，闷声哭泣："那几个人，因为实验室的换气阀门出故障，处于真空状态，当场死亡。"

牛笛打开飞行器的录像，只见两个比格人的宇航服后端紧贴在一起，其中一人开启宇航服外部的返航按钮，水母型漂浮飞行器亮起灯光，整个机体浮出水面，机器下方伸出两根长而柔韧的带状长绳，稳稳停靠在其中一人的腰间两侧，卡住内扣。两人被绳子拉力牵引，飘向飞行器。

一个人眼里闪着光："我们有飞行实验室，如果可以培育出'浮游伞虫'，我们就能成为木卫城里新兴的生物学家！"另一个人皱眉："你能想到别人想不到？以前的舰员都没有这样做……"

王欣然看向司睿，她无奈摊手并作口型：我不知道啊。王欣然半蹲在地，试图拉起牛笛，"司睿一直和我一起，她不清楚。"牛笛搭上她的手，缓缓站起。王欣然扶着牛笛往前走，余光看见司睿伸手对牛笛作开枪状，她猛地回头，司睿迅速翻转手指，叠在一起，王欣然咬了咬嘴唇，也许是自己看错了。

送走牛笛后，王欣然回到飞船，打开舱门看到司睿的背影，她手里像是拿着什么东西。

"司睿？"

司睿转头，把手上的宇航服亮给她看："我进来检查宇航服，出了一点小故障。"

王欣然走近，看见两套一模一样的宇航服并排放着，上面是两人各自的头盔。

"我还顺便检查了你的宇航服，一切正常。"司睿说道。

"刚没找到你……得去勘测和定向爆破了。"

"现在去！"司睿笑眯眯地准备往舱门走，突然折返回来。"你这几天累不累啊。要不你休息一下，别出去了。"

王欣然站在舱内，看着牛笛举起捕捉枪，向巨大的悬浮类水母生物下方发射。网状的真空层包住一部分空气自动打结，被一旁的司睿接住。牛笛突然弯腰抬手来回抹眼睛的位置，司睿靠近几步。牛笛左手紧握捕捉枪，误触发射键，把他的下半身封住弹开。司睿随着牵引绳往下坠，砸在飞船的另一边表面上，王欣然急忙冲进去拿舱外服穿。

牛笛惊呼，"水，进水了……"

和氦气相溶的水不断从牛笛的头盔里滴下来，遮住他的眼睛和鼻子，他的视野一片昏暗，眼睛几乎睁不开，呼吸困难。

橙色弹窗出现：警告！警告！换气系统出现裂缝。

牛笛屏住呼吸，按下衣服上的返回键，牵引绳引着他往舱门飞回。

王欣然打开舱门，看见正在返程的牛笛，和在飞船另一端挣扎的司睿。王欣然按了按腰间的牵引绳，顺着飞船外舱往司睿的方向滑下。

王欣然在飞船外移动，听到"砰"的一声回头，牛笛在舱门前坠入云层。

提示音：氢气燃料池已装载完毕。

多旋翼飞行器升起，岩石柱边缘的小块岩石掉落，落入下方深不见底的深渊。

王欣然开着飞行器漫无目的地游荡着，看红棕和白色交融的云层。

王欣然驾驶着飞行器一路向下，下潜，潜入液态金属氢的海洋，仪器疯狂失灵。痛苦像海浪一样冲击着王欣然。仪表盘上的光闪烁不停，由琥珀色变成红色。

王欣然运行快速诊断程序，当结果从她闭着的眼帘流过时，她的心沉了下去。

加速器几乎失效了。

飞行器外壳的裂缝正在像冰面裂缝一样在扩展。

内壳还没损坏，但是压力正在增强，仪表盘上的压力指针狂跳。

最多五分钟，它们就会被压裂。

飞行器还在继续螺旋地下沉，它的舵叶控制喷流的能力太弱，无力停止它的下沉旋转。

七、地效飞行器

"完了。"司睿说。她听不见自己的声音。一米以外的王欣然也听不见。在同一时刻，司睿发射出了求救数据舱。

如果顺利的话，它们会等来救援。可如果不顺利的话……

"我们怎么办？"王欣然焦急地问道。她的眉头紧锁着，脸色苍白，仿佛已经预感到了即将到来的崩溃。

"我已经检查过了，坏得太严重了，只能用小型飞行器或者等待救援。"司睿无奈地摇了摇头，神情沉重。

王欣然深吸了一口气，必须要立刻采取行动了。"我们不能一直待在原地等救援到来，时间太长了。"

"我已经检查过了所有的选项，只有离子发动机能够使用，但是在大气层内，我们会被大气乱流摧毁。"

"那么我们只有一条路可走了。"王欣然毅然决定，启动平台。她们在大气层内遇到了狂风暴雨，巨大的风力让平台猛烈摇晃，仿佛随时都会摔落。

大家都处于昏迷状态，只有司睿还有点清醒。她不顾一切地拖着其他人，一步步艰难地往回走。

与此同时，王欣然快速地操作着地效飞行器。她的心跳加快，额头上已经布满了汗珠。但她知道，这是所有人唯一的希望。在飞行的过程中，她不断地调整高度和方向，保证平台的稳定性，同时又让速度尽可能快。

王欣然决心坚定，她们不能丢下任何一个人。她们必须在最短的时间内将所有人都带回去。在生死关头，不容丝毫的犹豫和拖延。

最终，在司睿和王欣然的共同努力下，所有昏迷的伙伴都被一个个拖上了返回舱。接下来，就要靠王欣然驾驶地效飞行器一路飞行，直到大气层的尽头。她们有一定几率成功地将所有人带回木卫城。这是一次艰难的抉择。

"必须坚持下去！"王欣然自语。她一手紧握着地效飞行器的方向盘，另一只手紧紧抓住座位上的扶手，狂乱高速的风暴吹得飞行器剧烈颠簸。地效飞行器因为之前的意外而严重受损，摇摇欲坠，像一只受伤的鸟，奄奄一息地在大气层中挣扎着。

王欣然的眉头紧皱，焦虑又恐惧，但她不能放弃。她用力控制着飞行器，试图让它再次爬升到高空中，但是风暴却像个无情的怪兽，一次又一次地将飞行器推向大气层的低处。

突然，一道闪电划破了黑暗的天空，紧接着飞行器猛地一颤，王欣然的身体被狠狠地震了一下，差点失去了平衡。她咬紧牙关，使出浑身的力气稳住飞行器。

风暴的力量越来越强，飞行器在剧烈摇晃中发出吱吱声。王欣然不断调整着方向盘，试图找到一个逃脱风暴的出路。她拼尽全力，飞行器终于爬升到了一个相对平稳的高度，但是她知道这还不够。随着飞行器不断上升，它的速度逐渐加快，飞行高度也越来越高。但是，王欣然能感受到，这个飞行器似乎到达了它的极限。

在接近大气层的边缘，飞行器变得不稳定，它开始晃动。王欣然寻找着更高的飞行高度和更快的速度，成功地突破了风暴的包围。她几乎耗尽了所有的力量，但总算成功了。进入木星的大气层，她松了一口气，但巨大的悲伤向她袭来。

"我再也见不到牛笛了。"王欣然啜泣。

"也许当年，你父亲就是和牛笛出了一样的事……"

"你……怎么知道我父亲的事？"

司睿不语。

"你到底是谁？"

八、奥利实验室

回到木卫城后，王欣然一直感觉心神不宁。

不久前，王欣然收到数码黑市的供货商给她传送的文件，这是一份来自地球的文件，是司睿托人找来的。她从地球联合政府方得知，母亲王桥在液态氢爆炸事件中失事的录像恰好存储在刘局长的办公室内，而现在她们只有十分钟的时间去寻找这个录像。

在木卫城的阴暗走廊中，王欣然的脚步声回荡，她的心跳如同战鼓，急促而有力。王欣然感觉自己被卷入了一场无形的风暴。文件揭露了她母亲王桥出事的真相，而这份真相只有十分钟的生命。

司睿一直以她那冷静而深邃的眼神旁观着一切，仿佛木卫城的混乱与她无关。她与王欣然形成了鲜明的对比——如果王欣然是不断旋转的漩涡，那么司睿就是静止的黑洞，吞噬一切情感。

监控画面上，刘局长痛苦地蜷缩在地上，呼救声不断传来。王欣然的心被狠狠地揪了一把，想要冲出去救他。

"欣然，别冲动。"司睿的声音冷静而坚定，"这可能是个陷阱。"

王欣然猛地回头，眼中闪过一丝怒意："你怎么能这么说？他是个活生生的人啊！"

司睿的眼神中透露出一丝无奈："欣然，自从被改造，我看待事物的角度不同了。我们不能轻易相信任何人。"

"那你就能眼睁睁地看着他死吗？"王欣然的眼眶微微泛红，"你什么时候变得这么冷血了？"

争执间，时间一分一秒地流逝。就在十分钟即将耗尽时，司睿突然喊道："找到了！"

录像开始播放，屏幕上的画面让两人的心跳都漏了一拍。那是曾经的伊典，正被刘阳局长紧紧劫持，面临生死关头。那一幕仿佛将时间拉回到了那个惊心动魄的时刻。

刘阳在录像中以章鱼博士的密令向王桥保证，他说，只要王桥死去，王欣然就会安然无恙。这句话像一把利剑，直刺两人的心脏。突然，王欣然的脸色微微一变，她认出了录像中的刘阳。原来，他们早在之前就曾有过交集。刘阳就是那个当初被返聘到村高的舞台监督，曾经与她并肩工作过。

王欣然转头看向身边的人，两人的目光在空中相遇。那一次含有深意的眼神交换，仿佛千言万语都在其中。她们读懂了彼此心中的震惊、疑惑和释然。所有的误会和争执在这一刻烟消云散。

"你看，这就是真相。"司睿的声音突然温和了些，她指着屏幕，"我们不能冒险去救他。"

王欣然在司睿的帮助下调取了奥斯实验室的文件，并发现了司睿的真实身份和奥斯实验室的阴谋。但她还有一个重要任务：揭露章鱼博士的真面目。

"该如何称呼你，章鱼博士，李秘书，还是马克·李？"

在这一刻，木卫城的阴影似乎被一束坚定的光芒切割开来，而王欣然和司睿站在真相的门槛上，准备迎接一切可能到来的风暴。

在木卫城的一个角落，隐藏着一个匿名的基地，它的掩体是一家矿物合成公司，但背后的真相却不为人知。这家公司的法人是章鱼博士，他看似是一名科学家，实则隐藏着一张黑暗的面孔。

这家公司的主要业务是稀有矿石买卖，并为木卫城提供部分技术支持。但这只是它的表面。它的高端业务则是介入器械产品的研发与销售，包括水膜导丝、碳纳米管等高科技产品。

这家公司真正的业务，是为那些有钱人提供介入式机械义体的正式版，而那些没钱的人则是使用测试版。但这背后隐藏着令人发指的秘密。章鱼博士打着"奥斯实验室"的名头，将地球初代移民作为自己"机械飞升"技术升级的临床试验品。起初，他想用基因改造的方法实现飞升，然而，由于技术复杂不可控，实验室造出了大量的畸变人，也就是所谓的思莫人。

每一次的测试都是一次冒险，每一位参与者都是他所谓的试验品，而他却置他们的生命于不顾，只为了获得自己所需要的结果。

章鱼博士的实验室的布局极为复杂，由多个小实验室和设备间组成，每个区域都有其特定的功能。实验室内设备琳琅满目，各种机械装置和电子设备密密麻麻地排列在墙角和桌面上，每一台都经过了精心调试，显示屏上显示着各种数据和统计图表。

在实验室的中心区域，有一台巨大的机器人，它的身体是由钛合金和碳纤维复合材料制成的，外观呈黑色金属质感，身高约有两米。机器人的头部有八只触手，每一只都能独立地活动，十分灵活。在机器人的背部，有一些外置设备和线缆，连接到机器人的控制中心。这个机器人是章鱼博士为研究人体与机器融合而打造的，它有着极强的计算和数据处理能力，可以快速地分析和处理海量的数据。

实验室的一侧，是一排高大的柜子，柜子里面摆放着各种各样的器材和实验用品，包括药品、化学试剂、生物样本，等等。这些物品都是奥斯实验室用来进行生命科学研究的必备工具。另一侧的实验室则是机械学研究的领域，里面摆放着各种高科技设备，包括立体光刻机、数字化控制系统、机器人工作台，等等。这些设备的作用是帮助章鱼博士完成对机器人和人工智能系统的研究和开发。

曾经被地球联合政府禁止的机械飞升技术，也就是将自己转变为机器人的技术，被章鱼博士在木卫二上复原了。他通过微创手术安装了CPU处理器，使他的大脑可以与机器体联接，并通过人类医生和介入机器人的辅助进行手术。

随着立体光刻技术的应用，章鱼博士的皮肤被替换成了模拟人皮肤开发的辐射散热系统。这种散热系统不仅可以快速散热，还能在极端温度下维持温度平衡。而通过钛合金植入手术，章鱼博士还将主板安装固定到自己的机箱中，使机器体可以更好地与大脑交互。

接下来，通过升级之后的立体光刻技术，章鱼博士的义肢被覆上自然皮肤的外表，并安装了拟质子发动机，为脑机接口和皮肤辐射系统提供能量。这个质子发动机可以直接将光能转化为化学能，并通过三羧酸循环和氧化磷酸化制造系统，为机器体提供能量。

最后，为了解决人体对外接义体的排异反应，章鱼博士还进行了静脉注射，将碳纳米管机器人放置在自己体内，以清除可能发生的人体排异反应。它们的外形仿照大肠杆菌，利用鞭毛的旋转尾巴驱动身体前行。

当所有机械飞升的部件安装完成后，章鱼博士获得了一个全新的身体。他的皮肤可以耐受极端温度，双腿义肢可以正常跳跃，其展开态可以反腿踢身后的物体。他拥有着超越常人的运动能力，并且自给自足。

王欣然疲惫地踏上了回家的路。当她打开家门时，却被一个人影吓了一跳。那是司睿，她坐在沙发上，静静地看着王欣然进门。王欣然惊讶地问道："你怎么在这里？"

司睿缓缓站起身来，严肃地回答道："我必须告诉你一些事情。"

王欣然的心猛地一沉，她知道司睿不会无缘无故地找她。她跟着司睿走到客厅，坐下来听她的讲述。

"我就是伊典。"

"我知道。"尽管早就发现司睿就是伊典，但当她亲口说出时，王欣然还是心情十分复杂。

"我是反向基因改造人，原本是思莫人，但被奥斯实验室改造为比格人。"司睿平静地说道，"奥斯实验室里的科学家们并不是为了改造人类而研究基因的，他们只是为了权力和利益而不择手段。"

王欣然的脑海中一片混乱，她想到了她的妈妈王桥，也想到了章鱼博士极力追杀奥斯实验室科研人员后代的事情。妈妈当初为了保护自己牺牲了，她用自己的生命保护了她的人生。王桥在研究微型能量系统的时候发现，王欣然出现线粒体肌病，是因为基因被人为编码篡改，进而发现了思莫人和比格人是被人为分化出来的人种，而这一切都是奥斯实验室做的。

她的心情越来越沉重，但仍不得不坚强地面对这一切。

王欣然跪在罗伯身边，检查着它的状态，只有她的微型能量系统能救回罗伯。

母亲王桥研发的微型能量供应系统利用纳米级光伏转换器和热电材料，能够直接将外部的光能、热能转换成电能。这一系统在王欣然体内，维持着她的生命。她轻轻抚摸着隐藏在皮肤下的纳米级光伏转换器，这些微小的转换器像是一片片闪亮的鳞片，将光能转化为她体内所需的能量。她闭上眼睛，感受着这些转换器带来的微弱电流和温暖的能量。

王欣然仔细地从她的小包中取出一个小巧的设备——一个便携式能量转换器，这是根据她体内能量系统的原理设计的。她知道，为了激活设备，需要利用她体内的加密信息。这些信息是通过特定频率的紫外光——400纳米波长激发来解锁的。这一频率对应的光能直接作用于王欣然皮肤下方的纳米级光伏转换器，激发了其中隐藏的分子水印加密信息。

王欣然调整了设备上的接收模块，使其对准自己的手腕。她的手腕下，正是纳米转换器的位置。她轻轻按下设备上的启动按钮，一束细微的紫外光穿透她的皮肤，触发了体内的加密信息。这一信息不仅包含能量转换的关键数据，还有动态生物反馈加密的解锁机制，确保了能量传输的精确与安全。

在紫外光的激发下，王欣然体内的能量系统开始工作，将捕获的光能和热能转换成电能，通过她的手的触碰转移到了罗伯的能量接收端。她观察着罗伯，希望见证奇迹的发生。

几分钟后，罗伯的LED眼睛开始闪烁，先是微弱，随后逐渐亮起。它的机械身体发出轻微的响声，缓缓地站了起来。罗伯似乎重新获得了生命，摇摇尾巴，发出愉快的电子音。

王欣然的脸上绽放出了笑容，她站起身，轻抚着罗伯的头部。

九、尾声

清晨，阳光透过木卫城的高楼大厦，洒向繁忙的街头。王欣然和司睿正站在木星舰队总部的高楼平台上，远眺着这片活力的城市。为了揭示关于比格人和思莫人分化的秘密，她们准备利用高速量子通讯技术广泛传播真相。

王欣然拿出一枚小巧的量子通讯器，它外形像一枚椭圆形的戒指，表面闪烁着诱人的光泽。司睿帮助王欣然将通讯器连接到她们的智能设备上，然后开始操控屏幕上的图标，准备发布信息。

在这一刻，木卫二的居民正在享受着自己的日常生活。有人在公园散步，有人在咖啡馆闲聊，有人在街头观看着虚拟现实的表演。而这些人的脖子上或手腕上，都佩戴着一个与王欣然手中相同的量子通讯器，这是他们连接整个木卫二的桥梁。

王欣然轻轻按下屏幕上的发送键，一条包含真相的信息通过高速量子通讯技术瞬间传遍整个木卫二。这条信息如同一道闪电，在人们的视线中划破了宁静的天空。

突然，每个人的量子通讯器都发出了明亮的光，紧接着，信息以三维全息影像的形式展现在他们的面前。人们惊讶地看着王欣然和司睿揭示的真相，关于比格人和思莫人分化的秘密被逐一呈现。

木卫二的居民纷纷停下了手头的事情，全神贯注地观看着这场意想不到的揭示。震惊、愤怒、不解的情绪在人群中迅速传播。王欣然在全息影像中出现，她的声音坚定而沉着。在全息影像的画面中，章鱼博士的身影也清晰可见。王欣然开始向木卫二的居民讲述这段骇人听闻的真相。

王欣然说："亲爱的木卫城居民，我是王欣然。我和我的朋友司睿在调查液态氢爆炸事故的过程中，发现了一个关于章鱼博士的不为人知的秘密。我站在这里，是为了让大家了解真相，了解我们的过去、现在以及未来。"

全息影像中，章鱼博士的实验室显露出来，画面展示了他在暗地里进行的基因改造实验。"章鱼博士设计了一个名为'机械飞升'的计划，试图将思莫人和比格人改造为具有更高智慧、力量和寿命的超级生物。然而，事实上这个计划将导致我们逐渐失去自我意识，成为他的傀儡。"

画面切换到章鱼博士身边的一台仪器，显示了比格人和思莫人初代分化的数据。"我们曾认为，比格人和思莫人之间的差异是自然选择的结果。但实际上，这一切都是章鱼博士精心策划和控制的。他利用高级技术改变了我们的基因，使我们分化成两个截然不同的种族。"

画面再次切换，展示了王欣然和司睿在实验室里摧毁关键设备的情景。"我们已经成功阻止了章鱼博士的计划，让他无法继续操纵我们的生活。然而，揭示真相只是第一步。接下来，我们需要团结起来，共同努力重建一个平等和谐的社会，消除种族之间的隔阂。"

王欣然的声音在全息影像中回荡着，她的目光坚定而充满希望。"木卫二是我们共同的家园，我们的命运紧密相连。让我们一起勇敢面对真相，共同守护这片星球，创造一个美好的未来！"

在木卫城主控中心的高楼平台上，王欣然和司睿与章鱼博士展开了一场激烈的决斗。王欣然手中握着一把光能震荡枪，这把枪能够将高能光子束集中成一道具有强大穿透力的光束，对目标造成严重破坏。

在激战中，王欣然利用敏捷的身手成功躲过章鱼博士的攻击，并找到了一个绝佳的射击角度。她瞄准了章鱼博士的要害，瞬间扣动了扳机，一道闪耀的光束直接击中了章鱼博士的胸膛。

章鱼博士瞬间被击倒在地，胸口冒出丝丝烟雾，他的眼中流露出无法置信的表情。伤势严重的章鱼博士挣扎着喘息，仅剩最后一口气。他痛苦地看着王欣然，眼中闪过一丝愧疚。

王欣然走到章鱼博士面前，目光坚定地看着他。章鱼博士艰难地开口说："王欣然，我……我错了。我一直以为我是在为人类的进步做贡献，试图创造出更完美的生物……但现在我明白，我一直在扭曲自然，破坏了你们的生活。"王欣然深吸一口气，低声回应："章鱼博士，每个人都有犯错的机会。你的才华和智慧原本可以为木卫二带来福祉，但你走上了一条错误的道路。即便如此，我们还是感谢你让我们认识到了真相，给了我们改变命运的机会。"

"你在告别世界之前，还有什么想见的人么？"

"张……小伟。"章鱼博士的生命耗尽，他闭上眼睛，永远地沉入了黑暗。

Achievements of Creative Writing Students

2020级创意写作作品展示

卢　梭

我们的致敬，

德劳内，他的夫人，奎瓦尔先生和我，

让我们的行囊自由通过天堂之门，

为你送去画笔、颜料和画布，

如此，你便可以在真正的光明中，奉上你神圣的闲暇时光，

就像曾为我画肖像那样，

去画那星星的面容。

——纪尧姆·阿波利奈尔，一九一零年，九月二日，巴纽公墓。

上　篇

自有"现代"以来，神话便与巴黎同生。巴黎城、巴黎人，对过往有种自毁式的决心，随时可以轻快地走入新天新地。高卢人在征伐前，将塞纳河畔的定居地付给大火；凯撒和后代们推倒、重建巴黎，无休无止地，一代代下去。最近的神话，由奥斯曼写就。他推平所有幽深的街垒，按照自身的见识，驱除污水与黑夜。林荫大道一望即穿。从此，街道不再为了通往教堂，街道就是最终目的。这个初春，旧世纪过去，人们刚从昨夜的苦艾酒与乙醚中初缓过神，大上落雨，磨坊流水声。圣心教堂旁，在蒙马特高地看巴黎，视线便是鸽群。脚下山丘空空，挑水工担着桶，走在泥路上，清水泱泱而出。往南，鸽群飞过山形墙的房屋，工厂烟囱，暗红色瓦片，双轮运货马车东奔西突，铁声丁丁；飞过尖顶与十字架，圆形顶棚，奥斯曼式的建筑虹彩焕发，广告牌矗立其间，百货公司橱窗反射着模特的影，装些镀金的锌制物件。鸽群看着绅士们脱下圆檐礼帽，在布洛涅森林，准备

150

决斗。这种易于伤感的怒气，在少年维特以后，还感染了普鲁斯特。自蒙马特往北，那片区域没有历史，既非城市，也不是农村。有些中世纪教堂，夹在灰黑的鳞状屋顶间，如在世的猛犸象。梯也尔城墙外的房屋，高不过三层，在阴黑中借煤灯度日，永远飘着土腥气。城外的一切，没有开始，也不见终局。

在城中，以战神广场为中心，周围的吉卜赛营地和棚户区正被迅速清除。眼下的万国博览会，将巴黎变成一艘舰船，二十个区，要托起整个西方文明。

我站在博览会入口处，一仰头，拜占庭式的半圆拱门就拔地而起。三十多米高的穹顶，镂出十字、酒壶、六边形、圆圈状的孔洞，阴影洒下来。中央拱门两侧是蜡烛样的尖塔。旁边栽着稀落落的乔木。我身旁，几个人站在门前，齐刷刷抬头望。拱门最上方的"巴黎女性"像睁着一双眼，不看地下的人群。她身高六米，长裙覆满鲤鱼纹，垂过脚面，上面的衬裙镶着乳白色的花边，由当时风头最劲的时装设计师打造。眼眶很深，右手缠着花环。我们这群人里，打扮最入时的，长了一个梨形脑袋。在我思忖的这几分钟里，他用手抹了五次头，好像他颅顶的头发已所剩无几般。他的上半身颇为奢华，西装熨烫平整，下半身却不修边幅。接着，他整了整自己的领带，又挪了挪坎肩上的手表链，扬声说：面前这个女人像，同时糅进了圣女贞德的特质与伤风败俗——先生们，这就是巴黎的女人啊。他身边的老头撇了撇八字胡，抛问道：这是什么意思，先生？梨形脑袋转了转，继而扬起他的尖下巴，一把揽过那老头，大声宣布：

"走！咱们逛街去！"

但队伍的行进方向，这时并不由梨形脑袋说了算。因为只要何塞在场，他就会成为领头者。何塞是我的朋友（他可能并不这么认为）。他个头并不出众，身躯有些胖，眼瞳漆黑，刘海几乎垂过眉毛。这七八个人，之所以聚集在此，就是为了何塞：他的画作，《最后时刻》，被选进了万国博览会，

陈国森

入驻"大皇宫"。何塞捏着他的欧石楠根烟斗,吹了两口烟雾。卢梭紧贴我站着,盯着我手上提着的小黑盒出神。盒体四方,睁着个圆圆的玻璃眼,侧面还有些旋钮。他戳了戳何塞:这黑盒子,据说能帮人画画哩。何塞笑了:卢梭,这黑盒子是美国货,小型相机,叫布朗尼。用这个帮忙?暗箱一样能做。他戳了戳身旁的珍珠:怎么样,布——朗——尼,这名字,像不像你养的贵妇狗?未等我开声,珍珠就答:贵妇狗还比它可爱些的。他似乎毫无让我用相机帮大伙留照存念的意思。

卢梭在队伍后面,跟上何塞,问他可有什么卖画的路子。这群人中,何塞是最早靠卖画为生的。刚到巴黎时,何塞的同乡主动把自己的一间卧室让出来,在克里西大街,给他住。此外,每月还付何塞150法郎,条件是要将新作的画全给他。起码,自此何塞不必忍饥挨饿了。何塞看了看卢梭,说,去拉斐特街找沃拉尔德吧。拿上我给他写的信。

卢梭又问,电动步道在哪?他说,十一年前的博览会上,自己就见识过这种步道的轻松,如今还想体验一回。梨形脑袋抢话说:我们在右岸,要去左岸的荣军院才见得到哩。我们几人挽着手臂,往西走去。大艺术宫就在入口西面不远处。路上,梨形脑袋谈他最近看的爱情小说,又讲起暴君尼禄。他从正修补墙壁的瓦工旁经过,嘴里嘀咕:泥瓦匠的确是种真正的职业,和写诗不同…… 他从衣袋里接连掏出两本书,要塞给卢梭。卢梭好像被这悬河般不绝的词句震住了,缓缓应声,还没等他说完,梨形脑袋就把书收了回去。他不停地掏书、递书,又收回来,大声地口占几句诗,身后的塞纳河也随这声音流去。他一个人忙得不可开交。

大皇宫全名"美术与装饰艺术大皇宫",在五十年前博览会的旧址上兴起。进了中央大厅,众人猛然一惊。天窗巨大,日头煌煌,光直直照在水泥地上,照在盆栽上——是种蕨类植物,连成趟,把空地分开。卢梭跟在队伍的最后,也进了大厅。我看着他发愣,知道他的意识又一次被塞满了:目力所及,全是白花花的大理石,被光照得发花。有些晕眩。受难状的人、佝偻的马、高踞石座上半程的智者、征伐的猛将、拥吻的爱侣、弹里拉的乐师。对我来说,细节过于丰富,已超出想象力所能统摄的极限,达致数学崇高。这些静穆的伟大,立在深黑色石座上,高的数十米,矮的半人高,一齐朝我压过来。周围的聒噪登时消失了,只剩一种低沉的嗡鸣搅扰着我。我和卢梭面面相觑。卢梭平生第一次看到如此多的雕塑麇集一室。他不懂古希腊的典故,也不懂高贵的单纯。这些东西对他来说太过庄严。他擦了下额上渗的汗,拿住劲,要迈步子。众人现在已朝南翼走去。大皇宫北侧是法国艺术家的作品,南侧则放何塞这些国外艺术家的画作。

涌入南翼的展厅,逛了一圈,大家发现了何塞的画。是幅肖像,泛着可怖的青色,约人高。卢梭在画前站定,问:这画的是?何塞指了指身边的梨形脑袋:他,阿波利奈尔先生。

"先生……可是,这一点也不像呀?"

"不要紧,他自己以后会慢慢像它的。"何塞耸了耸肩。

入夜后,乘移动人行道,每人付了40生丁,逛到电力宫。我掏钱时,钱包不小心掉到了地上,但无人注意。这是人气最盛处。游客大多穿藏青或黛黑的西服、大衣,在黑夜中,却被照得透亮。电力宫之宽广，连阿波利奈尔也要赞叹。其整体造型如孔雀开屏，中央的塔楼上立着雕像，擎起五万伏火炬，由宫内的发电机支撑。电宫前的巨大喷泉被彩灯染色，直接闪进阿波利奈尔的眼睛。整个电宫及广场，尽在雕像背后的电力环掌控内。那种光环，让人想起佛陀。阿波利奈尔兴奋极了：光之城！这他妈才是光之城。应该把这些弧光灯和白炽灯布满大街，布满每个角落，让那些油压煤气灯滚蛋吧！

卢梭撑不住了。他今年 64 岁，困意常比黑夜来得更早。他已经老去，但行为做派仍像刚刚进入童年。我和他都住普莱桑斯。丁零零，告了别，公共马车已到跟前。博览会上围绕他的，法语、意大利语、德语、西班牙语、英语一齐轰鸣，纠缠到最后彼此不分，简直是语言的战场，欧洲诸国在此齐聚，忘了从前彼此的怨怼一般。各类物什光辉四射，带着一种民主的允诺，让人们做梦，里面所有的好事体都待价而沽。

现在，万国语言的搏斗可以丢掉了。马车走的路永远同一，新奇与永远也在车辙间成为同一者。马鞭噼啪响，小窗方正，夜里的寒气，渗过头顶的白光，不断往前流。界柱和标识牌阻开车道与人行区。那些标牌叫把儿，一根根树在路上，让人从名字就能想起男人的把儿。没了这些界柱，司机就敢把车停到人的脚趾头上去。往南城，十四区的普莱桑斯。路很远，邻座母亲抱着孩子，小娃不停嘟囔，用腿连拍卢梭的膝盖，跟着马车的节奏。我们没有交谈，卢梭身体疲惫，我则是心中劳烦。不声响，转过去，看见蒙雾的玻璃。护墙栏杆旁隐着书亭，漆了那种旧长椅的深绿色。和市政人员玩了四百年猫鼠游戏后，书商们终于为它们争到了立足地。百货商场的橱窗有的暗了，金灿灿的光灭下来，行人开始快步赶路。一天快要到头。即使是巴黎，此刻也会暂时喘息一阵，为下半夜的浪荡子备好游娱场。摇晃，摇摇晃，声响渐歇，一片野花飞窗，又有人响了轻鼾声。服饰商的女学徒坐在另一侧，眼神越过奔跑的马臀，看着街上的丈夫。她双手通红，即使在寒夜里，也看得出一种幸福。跟这样的女人一起生活，或许三十年四十年也会过去。可是——

"停下，停下！"

"普莱桑斯到了，有换车的吗？"

"叮！"

"40 生丁！"

她卷起自己的方格纹包裹，迅速走下车，迈着碎步。脸又迅速地红了，同年少时被她丈夫的胡茬刺扎一样。踅进无名街，甩掉大道上的人群，再转，又转，走路像捉迷藏，碎石路出现了，然后是无花果树，慢慢地，佛手柑与苔藓玫瑰的味道也飘出来，也许来自一户贵妇人家。小路是不透明的，奥斯曼推平那么多街垒，遍铺大路，让巴黎变得可见、可读，也修整不掉这些匿名小道。孩子们仍然在纪念碑间玩耍，恋人还在小路上缠绵。法国的执政者对秩序与对称的痴迷已经入骨，但下一代人又总乐于推翻上一代的秩序。我叹了口气。

我跟着卢梭，从凡夫街下了车，送他回家。他年长我几轮，已到十分危险的年纪。走到路口，一群老头在咖啡馆乱糟糟地喝酒，继续走，嘈杂声又混着洋葱汤和腌酸菜的热气，断断续续的碰杯声。女人和孩子都回家了，紫罗兰色的房顶连成兽脊铺开去。街两侧以橡木镶边，又被柏油镀上光亮的金，没有砾块，没有砖和石头。它扭扭捏捏，是秩序与对称的反面。更远处，火车的汽笛微微响了下。他从口袋里摸了一会，拈出一把钥匙，十分认真地找到要用的那把。是种很普通的美国扁钥匙，挂在每个巴黎人大衣上的钥匙链里。房子高六层，用石头建成，已有很多年头，在爬山虎的网中隐约露出来，周围是一群缬草。楼里住的尽是工人，街区庞大，微薄的薪水让他们受着永恒的贫苦。一家子一年通常只能收入 1500 法郎，勉强够温饱。这些工人租下一两间房，但住几代人，或几户人家。楼中不供水，日用水要靠人力挑上楼，因此顶楼租金较少，往往住些穷苦人家。挑水既烦，更不可能雇工，便少洗澡，整日臭烘烘。既定模式是男人糊口，妇女养家。这依然很难实现。妻子往往也要做工，保证全家不挨饿。肥皂昂贵，只好用开水煮衣服，不断搅动，满嘴呼吸都是湿衣服的水蒸气，汗从发丝流到后背，流进股沟。使劲拧，把它们弄干！简直是受难日：从炉灶的火开始，结束在河边的木桶上。

人们已经安歇，楼道中便更显寂静。顶着黑，慢慢摸索上去，到二楼，推开门，点盏煤油灯，终于照亮房间。卢梭此处，虽然他刚搬来不久，但因聚会故，我已来过数次。房梁的椽子微驼，屋顶也有些弯了，只是用帆布盖着，看不出来。一块木板扣在四腿搭成的桌子前，桌上放了锡制的小口酒壶。脱掉大衣，不看时间了。我替他拉过薄帘，遮明日的光。嘱他躺到木板床上，扯过被子。一阵风从窗缝里渗来，吹起纱帘。道过晚安。他睡着了。

我退出来，大步流星，走去隔壁的家。

卢梭做画家已有七八年。从海关退休后，他的妻子也已去世。卢梭把孩子托给姐姐，自己搬来普莱桑斯的工人区。除了留了个"税老爷"的名号，他几乎两手空空。像所有从未征得事先同意而诞生的外号一般，"税老爷"带着我们亲昵而嘲弄的调调。人生的前四十年，他从未接触过绘画。一个晴朗的礼拜天下午，卢梭拿起画笔，在木架上开始了他的业余生涯。他从前是个"星期天画家"，只有周末可去游览写生，退休后，便成了全职。这些境况，蒙马特的艺术家们也都熟悉。大家都穷，只有身体与时间可供摆阔。唯一的出路，就是指望自己成为名人。几年前的夏天，卢梭推着手推车，穿过巴黎的大道，去拉斐特街的独立沙龙送自己的作品。河流宽广，塞纳河的暖风吹过来，空气也是碱性的。牛角面包、香肠、廉价香水、消毒水和法国烤鸡的味道，从这头蔓到那头。远处，白色蒸汽从高过屋顶处升起，铸管中嘶嘶作响。旧报纸做成风筝，公园里飞上晴空，上面是广告彩画。卢梭花了 1 法郎，让自己的画作进了门。本指望可以为自己的画带来些销路，但招来的是诸多谩骂。大家说，如果你想开心一下，就去看卢梭的画吧。他喜欢画仙境、密林、野兽，甚至那些庸俗的铁塔、气球、飞机，他也照单全收，一一笼进画里。

这时期，巴黎的艺术家们心里都憋着口气。在夜宴上约定，彼此将来要成名人，可转头就回到自己昏暗的破房间里。一个人要靠绘画博得大名，除了才能，背后还隐着巴黎成百上千的绘画教师、修画匠、青铜匠、画商、手工艺人。所有的天才都得来巴黎接受教育，莫奈、西斯莱、雷诺阿都是格莱尔的学生，而马奈则一生感念库图尔。像卢梭这种自学出身的画家，生来不应该在巴黎：我常常想，他或许属于非洲，或者什么"原始"地区。而我，只是一个摄影师，照片也不过是绘画艺术的奴仆。大名鼎鼎的波德莱尔早就这么说过了。

巴黎北部的蒙马特高地，南部的蒙帕纳斯，各是一大批艺术家的聚居区，南北风貌迥异。所有在那里成长起来的艺术家里，何塞是手头拮据时间最短的一个。他是我们的传奇。在蒙帕纳斯，乃至整个巴黎，画家们一旦有了钱，立刻摇身一变，搬进高级社区，看戏、骑马、照料花园。马蒂斯便是个样本。他们不是革命者，总体上属于优越的中产阶级。阿波利奈尔有次说：蒙帕纳斯的艺术家们全都是美国派头。可蒙马特的艺术家们，不是泡在贫穷里，就是泡在酒馆里。他们远离学院派，远离马蒂斯那种资产阶级生活。那么，怎样维持生计呢？巴黎此时已经是一架生产绘画的机器，它也展览绘画、贩卖画作。传统画家通往罗马的坦途，往往是进入美院，然后参加艺术沙龙展。从沙龙展出身，一旦获奖，作品就可能卖给名人，甚至能赚到国家的钱。沙龙和国家就是巴黎艺术的两个乳房，汩汩流着金钱的奶汁。在画家和这些奶牛中间，是那些神秘的有钱人：一些画商。他们各有脾气，在林荫大道和拉斐特街开画店、做买卖。由此，世纪初的拉斐特大街，几乎变成昼夜通明的沙龙画展，日夜可供。沙龙艺术展受学院支配，画店则起身市场草莽之间，它们偶尔会互相对抗。但这不要紧，画商完全可以不管那些大老爷们儿。即使卢梭在沙龙上频遭骂名，也不妨碍他乐呵呵地推销自己的作品。奇怪的是，价格从不由画家说了算，总得由别人来定。

卢梭拜托我帮忙，把他新完成的那幅画搬到画商沃拉尔德处，他要卖掉它。马车路上，卢梭跟我讲，上次，他按何塞的指引，到画商沃拉尔德那里，请他资助自己一笔钱财，购买颜料。我知道这个人。沃拉尔德刚满40岁，又高又胖，蓄着短须，光头，穿着大衣，脚上一双伊斯兰式的拖鞋，搁在桌子上，而他本人则常常在打盹。沃拉尔德画廊的橱窗是拉斐特街上最脏的，破烂报纸堆了一地，尘土从天上落下，覆满雕塑、画架。推开门，一张办公桌，一尊暖炉，几件马约尔的雕塑，一些油画反扣在墙根，还有些没来得及装裱的塞尚绘画。沃拉尔德就睡在狼藉之中，他对任何来客都显得没有兴趣。对于那些他看中的画家，沃拉尔德有拿破仑般的激情，要要征服对方的全部作品，但不讲什么礼节。他几乎不签合同，只凭口头商量做交易。画室里，对话经常是这样的：

"我买。"

"您买什么？"

"全部。"

那天初去，卢梭叫醒他，说明来意，信誓旦旦地保证，这幅画绝对会比其他的好。沃拉尔德问，为什么呢？答：因为我会画一个真正意义上的巨人。比一般画上的人物要更加震撼。说着，他掏出带有何塞签名的介绍信，上面写着：

卢梭，我的朋友，拉瓦尔人。年轻时迫于生计，选择了一份收税员的职业，未孚艺术的呼唤。近年，几经磨难后，他才踏入艺术之门。他完全靠直觉作画，几乎自学成才，仅受过克莱门特等人的零星指点。卢梭最早的两幅作品送香·埃吕西沙龙展出，次年，作《嘉年华之夜》《自画像：肖像—风景》……他的绘画风格颇为独到，高更和毕沙罗也曾称赞他对于黑色的运用。请您相信，他永远不会忘记您这样的画廊主与出版商所给予的帮助。

何　塞

沃拉尔德读完了信。卢梭问：您看如何？

沃拉尔德一动不动。

"起码，看在我的态度上……我的态度，还令您满意吧？"他对谁都是这样，一团和气。

沃拉尔德抬起头，看了他一会儿。

"我对您西装前领的样式不满意。"说着，沃拉尔德付了他一些票子。

我看着这幅半人大的画，画作总体青绿色，一位吉卜赛女人蹲在画面下方，身后丛林卧着一头睡狮，一盏橘红的圆日高悬，一架巨大的银灰色飞机横亘天空。这看起来与其他画作并无不同。不知沃拉尔德会如何评价。

沃拉尔德从睡眠中醒来："您反复强调，您要画一位巨人。"

"的确如此，先生。"

"但我怎么也看不出来。"

"请您仔细看看……"卢梭走到他的画前。

"您看，这是一位吉卜赛女人。"

"当然。"

"她正在蹲着，先生。"

"这我也看得出来。"

"那么，如果她站起来呢？"

"站起来？"沃拉尔德一时没反应过来。

"是啊！如果她站起来，她不就大了吗？而且比寻常人大许多，毫无疑问是一位巨人！"

沃拉尔德彻底怒了。他显然没有理解卢梭的幽默。

卢梭的脸涨得通红，他想接着解释，但沃拉尔德开口了：

"100 苏。"

"先生，您认真的吗？这个价格只够买六公斤猪肉啊。"

"不然您只好把它搬回家了。"

卢梭戴上呢帽，道了谢，我跟他一起抬起画，出了沃拉尔德画廊。时间差不多五点钟，阳光斜照，打到路边一溜阳台上，栏杆弯曲成藤蔓状，一字排开，将大道切得笔直，列阵行军般，望不到头。

他又要窝回自己在普莱桑斯的家。日复一日，这样回到屋中，迎接煤油灯光。天花板上的绿帆布，常年经煤灯和渗水折磨，已经破损。单身汉的住所都不繁缛。一间画室，最中央是取暖炉，烟囱伸到墙上。墙面挂满小画，和各种小巷。房间里有四五张椅子，各色式样：油木扶手椅、粗木马扎、靠背木椅、短沙发。靠墙处摆着一架钢琴，上面铺了蕾丝布，放些石膏像。两个画架，摆在炉子两侧，脚跟的箱子放着颜料与调色盘。后面摆着一条长沙发，黑色蒙皮，是上任屋主留下的，他覆了一层毛毯，遮住破损。这房间，早晨是二十世纪，过午回到中世纪，入夜，天地一片混沌。然后，清晨降临，再一会儿下午就过去。但还要起床，即便今日如畴昔。灰色与灰色的日子。房间采光差，早晨，有时漏下一撮小而精致的阳光，片刻的闲喘，卢梭就站到那边，拿起小提琴，预备接受这悠扬弥漫的氛围。这时间，寂静有得一延展的势头，屋外的缅草小小矮矮，转头闲眺，其实楼群相握，灰绿墙砖面似酡颜，薄俗，并无什么可看。

卢梭挪来一块木板，借着弱光，用笔蘸了颜料，写下几个大字："教授发音法、视唱练耳、小提琴、绘画、素描、油画，价格低廉。"他从前在一家成人教育学院教过音乐。有天，学院颁下了一枚荣誉勋章，给了卢梭。勋章很小，紫色蔷薇花状。过了几天，他才发现搞错了：勋章是给学院里另一个卢梭的。由于无人向他索回，他便将它别在自己的西装翻领上。要开办音乐私塾，这勋章刚好用得上。他摸出锤子，在门边砸进块长钉，把牌子挂了上去，喃喃着要借下次宴会宣传。眼下，吃饭要紧，明天未必还有香肠吃。突然一股悔劲儿上来，他不该那么固执地拒绝沃拉尔德。后来的事，是我在宴会上听他告诉我的。

我们分别第二日，他又回到了拉斐特街。

"您改主意了？"

"我没得选，先生。"

"很好，卢梭。70苏。"

卢梭呆住了："难道不是100苏吗？"

"为什么是100苏？"

"您昨天……"

"那是昨天。明天，它可能值两千法郎，但或许20生丁都不值！"

卢梭的脸又一次涨得通红。捏了捏自己的翻领，把呢帽拿下，沉默了半响。

这晚他饿了肚子。第三天，他又去了画廊。

沃拉尔德一见到卢梭，立刻从办公桌前抽出身形，迎上去："今天我心情不错！"

"这是什么意思？"卢梭心里暗喜。

"意思就是说，50苏。"

卢梭说不出话，他认输了。

卢梭每周做两次荤杂烩。把莴苣、胡萝卜、一丁点儿炒过的猪肉条、菠菜倒进一锅，加好酱料。配农夫面包，用便宜的黑麦粉和自制酵母做成。有时面包上抹点黄油。吃一次，连锅带剩余的食物就推到床下去，这便是一周的口粮。每回，杂烩的味道飘出窗，楼里的穷人便来敲门。自从卢梭搬来，这就成了惯例。楼里的工人，周末拮据时，也会过来。如此，做一次杂烩，也只够他吃两天。开办私塾后，由于他的宴会，以及与蒙马特艺术家的联系——其实主要是因为何塞与阿波利奈尔这帮人，学生也未断过。什么都教，一次30个苏，刚好够买一斤黄油，或两斤猪肉。来客有学生，也有跟他一般大的老人。他从不发火，即便学生的弓法走形、音准飞散，得到的也只有微笑，及两句劝导。卢梭也把自己的画卖给本区的画商和同住的居民。附近的农民、管道工、切割工、咖啡馆老板，都买过他的画。100生丁到50法郎，丰俭由人。他告诉我，自己一周只花15个法郎：面包1.5个法郎，牛奶50苏，猪肉1法郎；房租要匀出7.5法郎，煤油30苏；洗衣80生丁，取暖80生丁。这样大约还余出30苏，用来应急。

俭食节流一周后，卢梭就给朋友们发请柬。对他来说，宴会事小，重要的是席间的交游。不止收到请柬的人，三教九流皆可为座上客。面包店老板、杂货店老板、蒙马特"洗衣船"的居民，都会前来。宴会一般定在周六的下午，天黑即歇。他在请柬上列节目单，一定要大书"艺术家晚会"五字，而后一一排开：钟铃花（玛祖卡）、蔷薇花（华尔兹）、婴儿（波尔卡）、天使之梦（玛祖卡）、克雷芒斯（华尔兹）、塞西利艾娜（波尔卡）。伙食材料自备，或资费平摊。他扯一张木椅，坐在门口，迎接新客，派头像回到了做海关税员时。来客诵一首诗歌，或唱两句小曲，便可入内。屋内摆了一排椅子，整整齐齐，给大家坐。来客人数不定，多可十几人，少则五六人。最常来的便是阿波利奈尔他们，住在洗衣船的居民。阿波利奈尔比何塞来得更多。早年，为了生计，他什么都干过。写过黄色小说，藏在男士大衣与女士的裙底才卖出去。替些成名作家代笔，也是情爱小说。为大学生写博士论文，关于毕希纳与大革命。诗人们大抵都如此过活，为新闻报刊执笔，或在时报上写些短篇杂讯，也有人作艺术专栏，或如阿波利奈尔这样杜撰黄色小说，但不用真名。他来到这里，一定要吃东西。除了带血的肉外，什么都吃，内脏与糕点尤甚。还有雅各布，也是常客，岁数不大。他的法语有西班牙口音，随何塞来到巴黎，住在一处院子深处，开门正对一排排垃圾桶。他也写作，用值2个苏的笔，每日牛奶泡米饭。他的收入大部分都给了煤油灯，常抱怨煤油比大米贵。晚会上，他的滑稽表演惹来最多笑声。何塞也常来，但不怎么讲话。他本在西班牙，因为觉得家乡憋督，想远游透一口气。一透就是十年八年。何塞把落脚点选在蒙马特高地的"洗衣船"。阿波利奈尔请他给自己的诗配画时，他不管写了什么，手头拿一张就给过去。诗人有时收获一张草图，有时是张肖像。但上面都有签名，这就足够。阿波利奈尔、雅各布这些人，常在何塞住处碰面。在他的居处"洗衣船"，蒙马特住民们日日举宴，光景和卢梭这儿全然不同。他们即兴化妆，排演戏剧，把珍珠的小狗挂起来，制造声响，有人狂吼，作鬼怪状，不时大笑。从城南来的穆瓦尔，敲肚皮模仿大提琴，用笔杆敲自己的牙齿，将自己武装成乐队。我则在天色尚好时，偷些天光拍几张照片。一切喧嚣停歇后，他们围在酒精炉旁，煮豆角，谈诗、文学与艺术。若实在疲倦，或错过回家的火车呢？也不要紧，扯张临时床垫，或出门到阿姆斯特丹街上，寻旅馆过夜，第二日再发愁生计。

这帮蒙马特居民，从城北来到城南这片相对僻静处。宴会起始时，卢梭迎完宾客，取出小提琴，为大家演奏抒情歌曲。这里没有天才，只有税老爷和他亲切的朋友们。

起初，宴会往往以提琴曲为主，稀稀落落几人跳舞。慢慢地，大家谈起自己手上的行当，场面就热闹许多。何塞不喜欢任何第二职业，他说：我必须表达，绝对不能有任何屈从。给报社作画不可忍受。其他人没有这样的底气，干脆把话题扯到画商上去。大家讨论沃拉尔德，说他越睡越发财。又骂他两句，说这人实在狡诈，一切以生意为上。卢梭抱怨起自己在沃拉尔德那里碰的钉子，几乎生起气来。阿波利奈尔说，这帮人都各有各的脾气，比报社编辑难对付得多。他劝大家何不一起写诗。何塞嘲弄他的诗又臭又长，还自鸣得意。雅各布学起沃拉尔德那睡得半懵的样子，大家都兴奋起来。何塞讲起他最近认识的一位画商，称她为"了不起的女性"。贝尔特·韦伊，视力很差，个子矮小，但看画的眼光一流。是因为她买了何塞的大部分作品，才得到这一夸赞吗？不清楚。何塞继续讲，她要拿放大镜看画，且据说赚得很少。她住在画廊里，在维克多-马赛街。那个铺子比沃拉尔德的还要简陋，绳子在上方拉成网，用晾衣夹夹着画。她用30法郎一幅的价格买何塞的画，偶尔会高些，但不超过50法郎。贝尔特还让第九区的警察局长吃过亏。她在泰布特街的画廊办展，将莫蒂利亚尼的裸体画面朝大街，摆满橱窗。那晚来客如云，窗内的行家闲庭信步，窗外的路人被一排裸体惊得失语。他们叫来了警察，继而警长也来了。警长命令贝尔特，将这些裸体画撤掉。她立刻拒绝了。警长愤怒到了极点，冲着她大吼：我现在命令你，摘下这些该死的垃圾！贝尔特声音不改，问：为什么呢？答：因为是裸体，这些…… 他嗓门已经哑了！贝尔特最终还是关了画展。何塞讲起警长的窘态，仿佛是自己愚弄了他一样。说到兴起，他手中的短烟斗颤了几下，阿波利奈尔给他点上，矮胖的身躯上升起些烟。

卢梭从他的锡制酒壶里倒了些酒，敬给在座的客人。他开始吹嘘自己服兵役时，在墨西哥的见闻。他说，自己一路做到了中士，在军队里兼职乐手，在长官指引下，把德赫城从内战中拯救了出来。阿波利奈尔从未去过热带，好奇，继续追问。卢梭起身进画室，取出前日刚画好的一幅画给众人看。画以暗绿色为主，是低视角看去的热带丛林，一切都淹没在暗绿色里，右上角唯一的空处给了太阳。剑状灌木布满前景，中景则加上了状似莲荷的花。左侧有张沙发，一个长辫裸女侧卧着，右边的乳房被垂下的头发遮住。她看向画面中央，那儿两头豹子正蠢蠢欲动。豹子的眼珠画得极圆，瞳孔中央点了亮黄，显得有些迟钝，又对女人充满好奇，全无凶意。背景的丛林与果树中，隐着黑人乐手，头发很长，男女莫辨，红黄相间的条纹裙裹着身体。树杈割出的空隙间，还露着大象的鼻。

所有树叶的轮廓线都极为清晰，有些连叶脉也清清楚楚，光影过渡平均、顺滑，有种曲线般的精确。众人哪里见过这样的景色。大家纷纷说好。何塞盯着那俩豹子出神。这种瞳仁的画法，已和儿童简笔画无异，但为何呆滞中还有浓重的好奇显出来？他还在想，阿波利奈尔已经清了嗓，即兴作诗了：

> 卢梭，你从未忘记
> 阿兹科特的风光
> 丛林是芒果与菠萝树
> 猴子掏空西瓜，血红的瓜瓢遍地
> 那里的人们
> 枪杀金黄色的大王
>
> 你作的画，都是墨西哥眼见之物
> 香蕉林接近无限，太阳火辣
> 你，一名英勇的兵
> 敢于用自己的便服
> 从海关那儿换取古代的骑兵甲胄

"这幅画我买了。"何塞说。

他掏了5法郎买下了这幅画。借着酒劲，卢梭一下子搂过他，想说什么，可说出的话都糊成一团，大家一个字也没听明白。

卢梭从未去过墨西哥，更没参加过什么战争。这些画作，依据的是他从前博览会上看过的热带风光画。参观那场博览会的副产品还有个剧本：《1889 年博览会之观赏》，写一家乡下人进巴黎，其实好俗气。卢梭信心十足，将剧本送往法兰西剧院。最后得到拒信，几个字："贵作演出，耗资过大，鄙院实难承受。"

散席往往近傍晚，云层炭黑，卷往天边，工厂的轮廓漫漶难辨，融进青灰的夜，平原更为空旷、辽阔。火车被路堤掩盖，上面种满洋槐与白蜡，尘埃卷起，偶尔吹成天边一朵云。人们稀稀落落地离开，天也正好黑下来。卢梭累时，就会裹衣躺在画室的长沙发上。早上醒来，心情愉快，开始画画。

他有时画一些幻想画，悬崖、沙漠、水车磨坊、风雨中的船。我在画室见过他作画，那几乎是公共场合，人人都可以去。他画风暴时，眉部肌肉紧蹙，感到自己心中的紧张，还是要画，受不住时，低哼一声就向窗前冲去。平复一些后，又回到画架前，继续把剩下的煤色添到阴影处。他喜欢堆积简单的色块，来表现深度。学院派认为赭石色沉稳且高贵，但他不用。卢梭的调色板干净明亮，偏爱靛青、石绿、绯色。往往靠直觉构图，因此透视有时会走形，他只是想：这片树叶应该朝这个方向弯曲，枝叶就密布画面，后面潜伏无数不可见的豹与象。画面稳定，人物被包裹进危险中。他用重复装饰，一排排燕尾服，一条条肩带，模样一致的花朵。有时，他不给人物画阴影，悬空一般，树木也没有阴影，仿佛舞台造景，又在异世界中。

突然有一日传来消息，卢梭被捕了。我去到蒙马特打听境况，慢慢拼凑出，起因全在他的一个学生皮尔罗处。阿波利奈尔告诉我，他去警局探望了卢梭，得知了情况，正在为他找律师。皮尔罗三十岁出头，在法兰西银行莫里斯分行做职员，负责出纳。他问卢梭能否帮他开一个户头，但不要用自己的名字。声音很轻，似在窥伺。他是断定自己的老师不能拒绝。卢梭疑惑：为什么不用自己的名字呢？皮尔罗把声调改得严肃，告诉他，这是为了保密，因他正在进行一项非常机密的项目，不可外泄。我们都知道，对于自己的学生，他向来信任。不如说，他对任何人都不怀疑心。动心琢磨别人，对他来讲过分累心。这样的人，往往做派似好好先生，实则也真如好好先生。他待人言物皆笑盈盈，永不知拒绝为何物般。然而，笑面后是深深的被动，别人一推，他便前进。后退也不由主观。往大处说，是果核中自为宇宙之王，往小了看，是果核随风随水逐流。石头一般，封起自己，太阳一晒便热起来，秋雨吹打，就寒缩下去。人们对人之个性的封闭往往痛恨，觉得这类人物大多自私无情，实际上呢，恰恰因这自封，因对自身之外的兴趣的缺失，他们反倒对一切宽容。

皮尔罗说，托他帮忙，实在因为看他可靠，不会轻易泄密。卢梭最终答应下来。这个老头！问皮尔罗，要如何做呢？对方一一交代，下周四去西边第八区的福煦大街上，快到布洛涅森林公园处，有家兴业银行。拿上我给您的证件。记得，一定要步行！行踪以隐秘为要，这都是为了任务的完成。您到柜台上，告诉他们，新开一个户头，按流程走。"第八区是富人区，总统府也在那儿。"阿波利奈尔向我补充道。

皮尔罗告诉卢梭，为了安全，明日起他便不会再露面。请他将新办的户头号寄到德-马里尼街，一收信，就会有一笔款项汇入。过五日，去银行把钱提出，等他登门拜访即可。我已能想象到，他交代完，呼一口气，倚在木椅上，四下松快，卢梭却凝了眉头。突然被委以重任，又有些兴奋，久未参与游戏，好像身在墨西哥，将上战场的兵一般，且他觉得自己必会得胜。想到这儿，浑身又舒展了，脸上一团红晕。我心中暗骂，人太轻信与天真，则易被伤害。真不知他这一生是如何过到现在的！

他被捕那日早上，有人敲家门。正是送牛奶的时候，卢梭去开了门。来人是两个司法警察，穿着便服。亮出证件，请他走一趟。阿波利奈尔如此跟我讲：

卢梭疑惑："是什么事情？"

来人说："您难道不清楚？"

他摇摇头。

"把衣服换了，跟我们走吧。"

画家回到卧室，脱掉睡衣，浑身发抖，他动作比平时快了很多，但怕得晕头转向。老头自己讲的时候倒轻松。但我知道，没有什么比他那时候的影子更脆弱、更易损的了！投影转瞬即逝，光源来自更远处。他把扣子扣好，伸起胳膊，把大衣抖进来，抻下脖，拐棍、呢帽一一归位。时间无限延长了。他的脊背直了，把小提琴放进琴箱，靠墙放好，而后走出去。

他被押至奥菲弗尔，司法警察总署。一路上，押解人拒绝回答他任何问题。这并非我们职责所在。两位警察说。最后，公共马车上的声响也消失了，无边的沉默弥漫。

面对询问，他反复重复，自己对一切一无所知。

"皮尔罗，他是您的学生。没错吧？"

"什么？"

"皮尔罗。"

卢梭想起了这位银行职员。但他仍不认为这是所谓的"犯罪"。

"您确实不知自己的犯罪行为，但这不能免罚。我们试试为您申请预审程序。当然，不一定成功。您要清楚，一般来讲，您这种小案件是犯不着再劳烦检察官去申请预审的。"

"我会受到什么处罚呢？"

"起码，轻罪法庭。"

"还有吗？"

"判刑。"

打听到消息，心中并不十分忧虑。被骗上当，自有公义主持。只是他的的确确要受一番苦了。回普莱桑斯，我拎着相机，出门登台阶，上高地。人很多，被夹着走，一步一阶往上挪，谁也超不过谁。黑压压接着黑压压。突然之间，已到顶端。心里高兴，又觉得欣喜，周身松松垮垮，一股神气传来，头顶蓝天，奥斯曼式的圆顶露一角，往上看梧桐树枝，冒着绿。不曾意识到刚刚被人淹没着，此刻却觉出轻松，是脱离苦海了，从低地上来了，一切又重新开始，感官复又运转。就从树干投在台阶上的阴影起，嘈杂声响也变化，在空旷中显出清新。还没看到车，但生活已经开始沸腾，夏天就要来到。心跳得更快了，不是因为台阶。"必须停下！"心里如此命令道。没人注意到自己，即使为了头上的蓝天，也不应继续赶路。往四周张望，四面八方的路，条条通到脚下，不知该往哪里走。刚刚的境界淡化、消失了。有时，我也去万军林荫大道，那儿富人来往，如看西洋镜。午后的热浪与日光砸下来，像铁皮一样，人人目眩。周四，我经过时，看见地上冒出了一个小阁子间，带着玻璃罩盖，头翘在地上。一百多号人围着，有些人低头看表。我瞟了一眼，心里疑惑。过一点，阁子间的门旋开了，浓重的松脂味冲上来。我干脆跟着那一百号人走下木制台阶，进入一片凉爽天地。原来是车站。买过车票，捏着端详，紫色长方形票面，背面有一座教堂。杂酚油的气味钻进每个人的鼻孔，是木材防腐剂的味。电灯的光不亮，颜色也冷，人像鱼遁水一样，钻进地底。沥青步

162

道铺向黑暗，两侧是水泥铺成的沟槽，底部铁轨闪亮光。三列木制车厢已停好，红蓝配的巴黎市徽点在车厢壁上。二等票乘客坐第一节。第二节的红色真皮座席留给一等座。火车开动，进入隧道时，巨大的电火花打亮乘客的眼，出现阵阵惊呼。一些洞口带着光闪过了。车厢里有人念起票上的字，嘟囔着站名：马约门……阿根廷……第一站是阿根廷！说着，车开始减速。外面有人喊着站名，荧光烁烁，车内一个短裙女孩惊叫：这是香榭丽舍！有人说：从马约门才出发八分钟！另一个妇女说：这压根不叫时间。还有人应：世界上可没有比这更快的了。最后，我们在文森门下了车，陌生人们对这趟自西向东的旅程表示满意，将票放入木箱里。列车腾空了，慢慢滑行，隐没进硕大的圆形站房后。爬上台阶，走出玻璃罩，发现满目异象：圆烟覆着方砖，炭黑色的气流冲上天空，低矮的屋顶覆住贴了铁皮、油毡的作坊，暗红色瓦片盖在茅屋上，平原疲惫地卧伏，并无尽地延展。树叶满是灰尘，热风吹过。我们还是回去吧。有人说。于是，返回地底，二十七分钟后，重新拥抱巴黎。

后来的情况，我们都知道了：预审并没对他的情况做什么改善，仍决定先将卢梭羁押起来。他被控为侵占公款的协同犯，准备上轻罪法庭。如此，他领了衬衣、毛巾，还有床单、被子，被关进11区13号。房间阴黑，墙上的灰泥层已剥落，有些模糊印记永久地留在石芯里，黑色的血，黑色的字句。在此期间，得知了消息的我们已开始行动。蒙马特艺术家们不忍这样的人因轻信而遭牢狱之灾。阿波利奈尔想为卢梭的声名造势，走遍林荫大道与拉斐特街的每家画廊，进门便问：有没有卢梭的画？对方疑惑。这正中下怀。接着说：如此杰出的画家，你们居然没有收藏！画商们从未听说过卢梭，心下觉得被愚弄，把他们轰了出去。雅各布与阿波利奈尔继续奔走，我偶尔也和他们同行。踏过种种石板路，路过酒商的柜台，遭突降的大雨，闪入咖啡馆躲避。注意到卖栗子的小摊，火炭冷静，灰褐色粗布下文火烧着板栗。办公地和门房的缝里飞出些逸事，关于谁的外遇，精确到地点、钟时和分秒。巴黎的流言编年史，就是在这样的围裙和口袋间编出的。在阿波利奈尔长久的奔走呼告中，商店墙料的赭石色，与门框发白的栗色融在一起，店名也在风雨吹打里变浅，变成杏绿、浅黄或发灰的白。舞厅里乐队轰鸣，女人们戴着八扣长手套，摇摆腰肢。路人在电话亭中接取来自剧院的声音，时兴电话戏剧，听筒中正读到墓碑上的铭文。又是一个夜晚，富人家的女仆讲出主人的欲望、婴孩早熟的癖好。洗衣女工用绸巾包住头，轮换着手，用肥皂洗，用木棒反复捶滴水的衣服。一些动作变小了、放慢了，世界在雾中，那些人说着，就不见了。索勒街往上走，柳树街通往墓园的转角，是狡兔酒馆。我和阿波利奈尔、雅各布、何塞等人在此处聚集，预备商讨对策。酒馆只开在夜间，招牌是只兔子，戴着红色领结，从铁锅上跃过。酒馆通体砖石结构，被草木围绕。室内昏暗，顶上用铁丝吊一盏煤油灯，笼上红灯罩，照出暗黄的光。墙上一具硕大的基督雕像盯着众人，旁边是郁里特罗的画。老板名叫弗雷德，有头驴，叫洛洛。天冷时，就把洛洛牵进来，尾巴上绑上画笔，让它在这堆穷画家和诗人间走来走去。何塞要了一杯鸡尾酒，用樱桃汁、中国白酒和石榴汁配制成，这里人人都爱喝。瘦瘦高高的雅各布看到墙上的基督，跟朋友们讲起他受默示的事：那天我到家，和往常一样，放下包，到处找我的拖鞋。就像那些富有的资产阶级一样。我弯下腰，再抬头，突然发现墙上有一个人！有一个人，在墙上！有一个人，他落在地毯上，一阵电闪雷鸣，我浑身衣不蔽体，躯体都落到了地面上！我立刻就跪下来，泪水不止。我不知道发生了什么。他身后是一片风景，我以前画过那儿。而这个人，穿着鹅黄的真丝长袍，神采安详。他落到我身上，我动弹不得。我觉得，面前这个人向我揭示了一切。等我看向他时，只听到了两个字：生，死。

我适时打断了他，表示，耶稣并不能从法官手里把卢梭救出来。

最终，我们为卢梭找到了吉耶梅律师。吉耶梅当时在卢瓦尔做另一组案子。他们通了个电话。话筒里，卢梭大声吼叫，仿佛发了狂。吉耶梅让他小点声，自己听得见。

"你能听见我？你……但是别人听不到！"

"当然能，电话……"

"真是蠢！"卢梭气冲冲地打断他，而后把听筒放进手心，"我在同卢瓦尔的人讲话，卢瓦尔！那么远！我不喊你们怎么听得到呢？"

开庭日，法警把卢梭从号子里提出来。我们就在庭外等。他被送到一方隔间中。吵嚷声透过墙壁，轰进鼓膜。其实声响不大，只是人专注过分，听得什么，都像宇宙间的动静。房间里叮铃铃响了，卢梭出来，两个法警关门，跟他上前，其中一个打了个哈欠，透出日日重复的烦倦。厅内窗帘紧遮，看着厚实，其实透光率很低；空气不畅，世界变小了，角落消失了，目光与铁证都集中在不清不楚的判席上。辩词已经备好，钟正敲十二点。他坐下，这时在旁边看到了久未逢面的皮尔罗。我心底气极，不知该说什么，卢梭也扭过头去，不看他。皮尔罗穿着囚衣，那衣服过于肥大，把他全部包了进去。他努力翘起手，不让衣袖把四体全部蔽住。他恐怕深知自己理亏，也未敢招呼，只是把手紧紧地贴上大腿。

何塞坐在听席的第一排，旁边是阿波利奈尔，我则坐在最后一排，心想，这两个不同规模的胖子，背影一样严肃。雅各布坐他俩后面，穿着件布列塔尼牧羊人的披风，灰色粗呢面，红法兰绒里子。他戴着单片眼镜，眼球的焦点肯定一如既往的模糊。所有人一声不响，他们周围还有几个从蒙马特来的人。此外，再不见什么生面孔。律师吉耶梅走进来，跟何塞耳语两句，其间笑了两声，阿波利奈尔状如逗号的眉毛竖了起来。走廊上一阵阵骚动，一个胖老太婆，头上插着硕大的花，从另一端的民事庭里走出来。隔壁已审结了一桩遗产案，看状态出乎意料。戴花的老太婆反复问律师，怎么弄成这种结局，怎么事情如此。律师只是盯着她头上的花，眼神比雅各布还要缥缈。她摊开两条胳膊，准备理论，其时恰好挡住身后另一方的律师，不得不让路。那名律师大步流星，领带上佩一颗上等蓝宝石，浆硬的前胸嵌进背心里，背心上挂着条赤金表链，表链上系着小饰物。他稍使手段，将老太婆的财产尽数转给了一位富商。那位商人提前付了他两百个金路易。他谁也不看，很快消失在长廊里。

吉耶梅穿着法衣，转过来交代卢梭，切莫主动讲话，答问时能短则短。卢梭应下来。阵阵椅子响动，检察官、推事、法官，夹着卷宗走进来。房间一头是高台，可以俯视大厅，高台中央一方绿呢桌，背后三把橡木扶手椅，上面雕着花纹。右侧是检察官的写字台，对面远远的是书记官用的小桌。各方落座，瘦高的执行吏大步走到高台下，清了嗓，长叫：开——庭——中间椅子上，穿红衣的人宣布审讯开始。法官衣领上镶着金丝，又有高台加持，威严已经溢出法庭，感染了一旁的执行吏。他们面前的桌台倒比较清净，摆着几支铅笔、钢笔与墨水瓶，还有一些干净纸张。庭长翻了一下自己的几个文件，念过起诉书，分别问了吉耶梅、执行吏与书记官一些问题。传讯证人时，卢梭听到阿波利奈尔的名字，还有雅里、雷蒙等人，是他的学生，以及曾吃过他荤杂烩的工人。他们就在雅各布后面坐着，卢梭疑心，自己刚刚怎么没看清楚。他不知这种场合的规矩，眼球便跟着说话的嘴转，一时在吉耶梅那里，过会又去庭长那里。庭长问到皮尔罗，他的律师答了几句，其间，卢梭第一次听明白事情根由：皮尔罗看中他的轻信，以他为手段，转移了银行1500法郎的资产。自己在这当中，就是个脏手套。对皮尔罗的提问很快结束，事实清清楚楚，庭长一年要作数十这样的判例，再无什么好说。他做了一通发言，而后把脸转过来，对着卢梭。先生，请您站起来。他从座位上弹起来，紧张地仰脸看，随即又把目光低下来，不动了。您的姓和名是什么？亨利·卢梭，答道。您做什么工作？从前在外城税关做二等书记，退休以后做画家，现教授音乐与素描。庭长眼睛低下去，开始看面前的文件。他不想再行这种琐碎的程序，问话时，仿佛一具打字机，而纸张无穷无尽。时间继续下去。一边看下一节的文件，嘴里一边继续：您多大年纪？六十四岁。结过婚吗？结过，妻子克莱芒斯，前些年病逝了。又问：有过违警或者其他轻罪、重罪先例吗？卢梭惊慌起来，声调拉高，急答：万万没有，您怎么要问这个，我除了前几年偷过邻居二十五法郎，也得到了谅解未被起诉……您没有受到处罚？庭长随口追问一句。没有过。您被控1901年4月2日至4月28日期间，在兴业银行布洛涅分行假立户头，替您的学生皮尔罗转移法兰西分行莫里斯分行的1500法郎公款，您承认犯过这一侵吞公款的罪行吗？卢梭顿时精神一扬，指了指旁边：罪行！这是他的罪行，我现在已看明白，是我受蒙骗，法官大人，您应该再给他加一等诈骗罪才是！最后落声了：请坐下。而后证人一一上场，从边门出来。按吉耶梅的意思，他们的中心便是证明卢梭的性格天真，受皮尔罗蒙骗。卢梭听着他们一一讲述，觉得并非什么要紧事，尽是些日日可见的琐碎。

吉耶梅拿出一幅卢梭的画，画的是炮兵队。丛林前的草地上，十三名炮兵，加一名队长，围着炮架站着、盘腿坐着。其面部表情全部统一，只是五官有所不同，统统蓄卢梭式的厚八字胡。这便是他早先的计划。法官不解。吉耶梅说：这就是卢梭天真性格的最好证明。这时，卢梭急不可耐地转身，大声问：你说完了吗？我可以离开了吗？执行吏立刻打断，示意他安静。轮到卢梭为自己辩护时，他说了一句：

"您如果判我有罪，对我来说并非不公。但这是艺术的不幸。"

最终，皮尔罗获五年刑期，罚没1500法郎；卢梭被判监禁两年，但缓期两年执行，罚金100法郎。

"谢谢您，庭长先生！为了表示感谢，如果您愿意的话，我给您画张肖像吧！"

审讯结束，我们走出法庭。登上车子时，又有夏天的气息传来。孩子们从台阶旁的栏杆滑下，还没加速，已到尽头。流动商贩挂着烟斗卖：东方样式的、海泡石做的、欧石楠根做的、烟锅做成水手脸谱的。何塞肯定会买上两支吧？这样想着。池塘闪着光，报童叫卖日报的声响划过第八区，一天又到头了。酒馆边的公鸡在叫。木偶剧场的班主把硬纸壳做的钟拨到下午，而后退回小屋，停门落锁。巴黎的伤感气息这时从郊区铺散进了内城。走上高地，走上蒙马特那样的小丘，便再也用不着自己生活。巴黎的一切，在近昏的时候都被看见。酒杯上的唇印，院落里泼出的马尿、灌木丛里睡着的工人，他的细棉布衬衫解开了，海狸河边一个戴鸭舌帽的男人走过。只要看这些就够了，只要看。在这之后，将是另外的生活，是剧院里的泡沫漩涡，是催眠师、梦游者、预言家、涂满陶土的房间、治疗隐疾的特效药广告。是种闲荡的生活，是本雅明笔下拱廊街的生活，是稀奇古怪的、蜷伏在斗室或大院中的生活。是近于从无限去观察的生活。谁都不可能拥有，但谁都巴望着。影子开始滑动，幽蓝的煤气灯——亮起。在天暗下来之前，人们离开了公园。

下　篇

蒙马特高地，七叶树秃掉了，显出凄惶。何塞的情人，珍珠，坐在画室二楼的木床边。推开深棕色的麻质被单，她两手撑住身体，身上撒满西普香水味。屋内墙纸剥落，生锈的铁火炉烧着。黑烟丝、煤油、麻油味混在一起。房间里只一盏煤油灯可供照明，隐约认出一个脸盆，里面丢着毛巾、黢黑的香皂。另有一把草席椅子、几个画架、几张画布、乱扔的颜料管，还有盛满稀释剂的玻璃皿。角落里摆了浴盆，里面无水，只有几十本书。一只黑色木箱充作椅子，立在浴盆前。对面的妇人穿着波点上衣，麻布长裙垂坠到脚边，喂她的四只白鸡。石子墁在窄路上，再往西，不见尽头，无目的地蜿蜒。珍珠想，这些前赴后继来到拉维尼昂13街、来到洗衣船的艺术家们，如果看看法国南部的风光，看看阿尔勒的黄房子、向日葵，会不会得到些不同的灵感？夏天时，何塞在房间里赤条条地作画，如果有人敲门，只能得到一堆臭骂。但如今是冬季，他早晨便不起床，裹在被子里取暖。糕点铺的人到来，便让珍珠高喊：

"我没法给您开门！我没穿衣服！请您把蛋糕放在门口吧！"

这是拖欠款项的好办法。前一天订好糕点，要求上门送货，翌日如此推脱即可。等手头有了结余，再将账单付讫。在狡兔酒馆，何塞等人也用画作抵扣酒钱。这是常有的事。

再过两小时，何塞的宴会就要开始。今晚的宴会为卢梭筹备，但他一筹莫展。今天是11月21日，礼拜六。他定错了食物送达的日期，晚了两天。酒店变不出他要的食物，说什么也不行。暮色混着雪粒，笼罩蒙马特高地，他此前所有的兴奋——消散。靠鸦片舒缓吗？早已不奏效了。去年，一窝回洗衣船的画室，他就取出煤油灯、烟斗与鸦片烟盒子，吞云吐雾。这在眼下是时髦。一些从中国或印尼回来的海军军官卖这些好物。只需要去小田街的一家杂货店，往柜台上拍25法郎，告诉他：要一个小盒子。就会收获一整套让时间唱歌的用具。珍珠抻长身子，躺在床上，饮柠檬茶，吸鸦片。喜悦充满房间。这并非狂喜，也不带一种宣泄的急迫，它只让人心跳加快，让人在惶然中体验幸福，唯恐它消逝。喜悦就是喜悦，一种画笔、烟斗、方桌都会有的喜悦。在这喜悦里，所有人都可以大声喊叫，也可以不发一言。什么都不会失去。一切都是永久。去年，洗衣船的一个德国人，也是画家，叫维热尔斯，吸了乙醚、印度大麻与鸦片后，用麻绳送自己去见了基督。何塞从那时发誓，再也不碰毒品。但珍珠与阿波利奈尔他们还在吸，至死不渝。

现在，他干望着床边枯坐的珍珠，终于明白，今晚没有阉鸡、羔羊舌、苦艾酒与鹅肝酱了。可盼望的，只剩烧酒、炉灰，以及铺天盖地的灰尘与空气。

"是不是又下雪了？"何塞问。

"是的，"珍珠说，"可能会下一夜吧。"

这场宴会的主角，税老爷卢梭，几个月前刚刚免除了一场牢狱之灾。但这不是宴会的主要事由。何塞主要是为了一幅画。他不久要搬离这儿，今天也是最后一次正式的聚宴。为了这晚，他将卢梭的那张画放到工作室最显眼的位置，取代了他的非洲部落面具收藏。上月底，他在蒙马特殉道者街，苏利埃的废旧品商店里发现了它。即使是对何塞这样的画家，苏利埃也毫不信任。那日，他带着一束鲜花，来到洗衣船，请求他画上一幅，因为他已应了顾客，但没有库存了。何塞说：画不了，我没有白颜料了。苏利埃说：您要那玩意有什么用呢？答：您就不能预付我一点钱，让我去买一点吗？

"请您忘了它吧，那太俗气了。"

第二天，苏利埃回来洗衣船，取走了那幅没来得及晾干的画，留下了20法郎。这是加急价。也许是上天回馈，那天在苏利埃的画廊，何塞发现了一幅肖像，靠在人行道上，一看就是卢梭画的：一位没有阴影的夫人，站在阳台上，瞳孔中的黑色填得很实，反而显出一股茫然，人物的注意力在此中断了、被悬置了。她右手拉着树枝，左手食指与中指间夹着一支白花。背后是模糊的山群、麻雀，近景处的波西米亚窗帘一直垂到方格地砖上。人物的黑裙从颈下铺到脚面，黑得看不出一点层次。苏利埃注意到他看得如此入神，便凑上前讲：买了它吧，能给您带来好运！您拿回去，可以在上面画别的。如果您画一幅花，我以同样的价格再买回来！

何塞掏了5法郎，把它抱了回来。他没有动这幅画。从这些画里，他感觉自己可以找到走出学院派的方法。何塞把画摆得很高，以便抬头就能看到。未经同意，没有任何人可以打扫他的工作室。随处一走，便能踩上一脚颜料，到处可见黑非洲的面具、乐器，以及打碎了又乱拼上一般的家具。还有无尽的瓶瓶罐罐、再生地毯、旧画框。所有物件里，最动不得的是灰尘，因为掸子会让灰尘落到未干的油画上。如此，还不如让它们自然坠落，各自安分。同巴黎所有年租四五百法郎的地方一样，洗衣船没有天然气，没电，全楼只一个水龙头，及一个简陋的蹲厕。这里住满曾经无名，而今也无名的人。但何塞不在其中。何塞皮肤露着淡褐色，算半个胖子，黑发长且直，常穿一件从旧金山带回来的蓝毛衣，双眼清亮，里面住着魔鬼。他是个聪明、自负的人，生命中大部分时间都异常多情。阔佬们风闻何塞名声，沿着蒙马特山坡向上攀登，不惜自降身价，与穷人为伍。他们打着买画的幌子，实则虎视眈眈这些模特。富太太们进来洗衣船，刚踏出私人马车，肮脏的斯巴达厨房、原始的生活风俗、在风中颤抖的煤油灯，就又将她们吓了回去。

今天，这间位于洗衣船二楼的工作室，门上写的是"珍珠在阿桑家"。何塞刚搬来那日，抄起粉笔，在一人多高的木门上涂："诗人会晤处"。何塞的朋友，艺术经纪人魏坎勒记得，这些深蓝色的岁月里，门上用粉笔写过的话还有："我去酒吧了""马诺罗来过"和"女人在吊床上"。那些日子，何塞经常一面光着脚，一面提裤子来迎门。后来，这里变成了"画家聚集地"，因为他遇见了珍珠。他俩首次见面，在拉维尼昂街的喷泉附近，后来又在洗衣船一楼的水管处相遇。珍珠喜欢何塞的嘴唇，以及大地般宽厚的鼻子，里面透着些粗俗。但何塞又长着一双女人的手。她身上有一种精神头，让他想一遍遍地画。何塞喊来阿波利奈尔，两人花了一整天，将地板、墙面，甚至天花板都扫除干净，并擦掉了"诗人会晤处"几个字。他邀请珍珠晚上来房间里坐坐。她被屋里科隆香水、松节油、煤油和氯酸钠的味道熏倒了。直挺挺地倒在了床上。心跳得很快，嗡嗡响，外面的蓝天已经变暗，洗衣船里的热浪从指缝流出，又溅到地上，一会声响消失，停滞的空气重新流动，复又平静下来。何塞曾和珍珠分开，一周后，圣诞节来临前，坐在弗雷瑞斯街共进晚餐时，她原谅了面前这个人。那天晚上，不知为何，在刺槐下的雨停息时，在一个阴郁年代的尾声，他俩互道了抱歉，并在之后无风无浪地过了四年。那时，他俩还在吸食鸦片。珍珠告诉朋友：我们总想体验些新奇感觉，想度过一些让时间开口说话的夜晚。他们在一个数学家的家中体验印度大麻，何塞陷入了遮蔽天日的黑暗，他变得歇斯底里，拍着桌子，吼叫着是他发现了摄影术；他声称，有一堵砖墙将会妨碍他，阻止他理解新颖艺术的秘密。阿波利奈尔分身了，他发现另一个自己身处妓院。萨尔蒙在劝想象中的妓女从良：请您与信仰紧紧拥抱吧！请您拥抱它……

眼下的冬夜，落雪，蒙马特已很冷，接到邀请的三十多人大多已在路上。何塞的宴会，没有一次不热闹。洗衣船的年月里，凡人们能记得的，是每次都喧嚷得壮观异常。时钟已过七点，天色转往醉黑，昏暗的室内保持着密林般的凉爽。何塞已经想到，当这位比他年长三十七岁的客人到达洗衣船时，发现宴会被迫取消，所有宾客都跑到蒙马特红灯区中作乐的场景了。他略显肥厚的嘴唇又开始颤动。红灯区就在蒙马特脚下，已大名鼎鼎，唤作红磨坊。另一个红灯区在布洛涅森林附近，是普鲁斯特们的地盘，并非穷人可染指处。容忍屋制造性幻想，也吞噬男人和女人。自督政府时期起，妓院得全靠警局容忍才能存在，因此得名"容忍屋"。对主人来讲，先得出卖过自己的身体，才有资格拿别人的肉体做生意。警察局长调查选址、卫生、照明，及屋主的既往经历。最理想者，是女儿继承母亲，孙女继承祖母，代代相承。年龄三十往上最好，如此情欲已熄，不易蠢动。屋内楼梯、过道与门厅的灯，自永远至永远都应长明不熄。一家容忍屋至少要有两名妓女，招牌只能使用大字门牌号码，且不得超过六十厘米。这都是规矩。它们在贡吉埃堡，成为梦幻之地，也出现在马赛港，成为贫穷的娼寮。东南西北，其名称千变万化：妓院、窑子、封闭屋、社交屋、下处、遗憾工厂、无邪者的避难所、慈善机构、恶习地狱、情欲仓库、疾病收集处、水晶宫、伊甸园、玫瑰别墅、水晶宫。宫殿们落户玛德莱娜教堂区和歌剧院区，地毯厚如奶油，松软沉默，仆人也不发一语，一切动线都经准确安排，大门用两重，包了皮革，铺上垫料，隔绝声响。马车在专门中长驱直入，一进穿顶，门即关闭。女仆系着围裙，过厅贴满墙布，领你穿过暗门，走楼梯，进入楼梯拐弯处的小客厅。这是等候室，为使上下楼的寻欢者不会迎面相逢。进入大客厅，选过中意的女孩，又是地毯、过道、楼梯、镜子、鲜花、吊灯、油画。终于走进卧室，大多是满壁黑天鹅绒或镜子的房间，开始云游。在蒙马特，容忍屋则坦荡磊落，灯光照亮小窗，遮光帘也只放一半，女人的面孔直直冲向大街。容忍屋封闭，制造秘密，但在售卖欢愉上，又对所有人敞开胸怀。窗户便是封闭屋的招牌。不能裸体凭窗，便为窗户装长链锁，或装床帘、用铅白涂抹窗玻璃，总之硬要违抗警方规定。非利贝公馆又是另一光景，房里布满古龙香水味，带着老房子的潮湿霉味。客厅在二楼，有钢琴和吧台，以及许多深深的沙发。客房整洁，除床之外，有一梳妆台、一个脸盆。床用胡桃木，涂清漆而非木蜡油，藏在镶滚边的黄窗帘底下，百叶窗把光线滤下来。一切慵懒自在，让人想起家，是睡前晚祷的少女卧房，而不是妓女与嫖客的放荡之所。最下等的封闭屋，一般直直朝向喧闹的街，开在旧城防工事区或港口，也在近郊。侍应生问来客：您要什么酒？姑娘们横陈在长椅上与顾客交谈，穿着透明的薄衣，露着乳房。石砖地板上满是锯末，烧酒味弥漫，大理石桌上堆满人们吵出来的声响。这是工人、士兵和水手的乐园，他们建立爱情、彼此殴斗、谈吐直接。妓女们靠茴香酒或烧酒维持工作，往床上一躺，又开双腿，任凭使唤。少女与老妪狭路相逢，老的戴上假发髻，脸上涂白粉，掩盖年龄。女人们围着大理石桌，在一包堆成小丘的马里兰烟草中搜罗，卷成自己的烟。从蒙马特到布洛涅，一西一北，妓女的命运也如云泥别。在巴黎，妓女是一份职业，而非身份。她们是不服从者，是微观秩序的破坏与建立者：在裙摆之间倒转统治与奴役的关系，自身亦处在这种倒转中。跑马场上的红桃王后、海滨浴场上的妇女、博览会入口的雕像、梅里美街四处巡视的鸨母，都是巴黎女性。风月场上的她，有千万个名：快乐女郎、黑暗的维纳斯、流莺、半水獭、快活的单身女、咖啡馆女郎、流动姑娘、卖春人、艺妓、横卧的、陪夜女、不交际花、侯爵夫人、床上的女皇、爱情殿中的偶像。她们并不张扬自己的职业，但警察、医生和道德家反复提醒她们。她们理解性欲的机制，体会到其苦涩才是职业的起始。巴黎就是个妓院，姑娘、私娼、登记在册者，遭受痛苦，却少有沉落底层。她们并非孤苦伶仃，起初，是加油工的女儿、家具商的女儿、酒馆老板的女儿，是珍珠工人、女佣人、舞女、乐师；后来，是媒婆、兜售脂粉的女商贩、母亲、林荫剧场的职业观众、贪婪的地毯商将她们引入窄门。在此之前，她们已反复将自己献奉给了相识的青年。从此，有的上升，有的跌落。一旦下去，便是深渊，再无万里前程。对一名女郎的最大侮辱，是咒骂她：滚回蒙约尔街！在那儿，妓女有性命之虞，穿着睡袍，在长冬中挨冻，最后死于谋杀或殴斗。进了这里，便再无归处。她们会在疲劳与酒精的围攻下变得呆傻，瘫在软凳上等客人离去。既已沉落，砸向她的，便是真空的引力、飞涨的混乱、一切悲伤的念头，使她再也离不开这种生活。那些出租屋没有家具，楼梯也被虫蛀，底层是咖啡馆、酒吧，满是发蜡和人尿的味，老鸨身躯健壮，直接拽行人的袖子。这些女郎永远是未完成的，她们相对于卫道士与小说家来讲，都是不透明的暗箱。她们是孩子，也是疯子，逃遁出理性规则，于是被人们错置进一个自主领域，认为其自成规矩。其实这只是非理性状态，常人接受不了，名之以疯狂和荒诞。人类诞生之初便是混沌，如今人们却忍受不了混沌。一切都在她们身上搅成一体，什么都不固定，上一秒闷声，下一秒就大叫。她们不停说谎，保卫自身的安全，抗拒一切结晶的事物，以致最后自身也变动不居，连最细小的事也要歪曲。她们掌握裙子的权力，她们的声音无不充满金钱。在剧院里、在高级包厢里、在舞台上，她们迫使出纳倒空钱箱、商人掏出钻石、资产者奉上家庭。她们佯装引诱，实则自身才是货物。她们不服从男人，为情人制造意外与失衡。银行家、商人、贵族、政客，乐于炫耀对她们的占有，并要众人皆知，现身赛马场、赌场、招待会。但她们也不落下风，会保持长久沉默，或带着快乐摊开一件软绸，穿上红色的缎带。不给任何许诺，即使对方开了价钱，也不动如钟，精准控制他们落网的时机。在另一世界，她们酗酒、害怕警察、被刮走积蓄、在桥洞下过夜、染上天花，或升往天堂。何塞每去红磨坊，都会见到这样的女人。她从前是皇后，如今讨几个生丁买朗姆酒。染着发，脸上扑了粉，帽子奇怪，上面挂了一块毛丝鼠皮，几根鸵鸟毛，垂到肩膀，像印第安人，也显出她的穷苦。她把全身家当捆在身上，摆出名媛气派，但使人望了哀伤。人们说，她从前坐拥公馆、马车与仆人，早晨十一点起床，而后洗三个小时的澡，用牛奶、香水保养皮肤，理发师上门来，闲聊、打趣；用一个小时穿衣，去布洛涅森林散步，参加沙龙开幕。人生将尽，她在咖啡馆的露天座位间歌唱，去蒙马特的酒馆给人算命，缩进潮湿的阁楼。她的好友，每晚拉响她从前崇拜者的门铃，要来几个法郎。

珍珠每两分钟便走到门口，看安迪是否来了。安迪。何塞还在担心你不来了呢。晚上好，安迪先生。珍珠边开门边讲。安迪看到，何塞的屋子杂乱不减往常，墙边堆着破布条与草稿，画架上满是颜料，靠墙反着放的画，画上阿波利奈尔硕大无朋的鼻子，炉前的灰，地毯上的扁头画笔、粗炭条，装水的浅口白陶碗，一幅画上的女人睫毛长在了鼻子上。除了卢梭的那幅画，何塞显然什么都没布置。

何塞见了，马上拉起安迪，冲出摇晃破旧的洗衣船，到蒙马特街上，进行最后时刻的食物采购狂欢。同时，珍珠踅进隔壁雅各布的工作室中，用她能在厨房里寻到的所有东西，做了顿米饭杂烩，外加一盘冷肉。珍珠说，那是她从西班牙学会的海鲜饭。珍珠疯狂地将一切切碎、搅拌时，稍晚些到的胡安得到准允，正收拾着何塞的工作室，好让来客有地方挂置衣帽、大衣。总是这样，当何塞加入进来时，所有腐朽之事都以画家奇异的指向生长。即使是这场宴会。何塞称它为"卢梭之夜"。对他而言，卢梭的绘画已经超越了对自然世界的描绘，进入了超自然的领域，因此，他总怀疑卢梭有一条直达冥界的通道。

阿波利奈尔和卢梭一同到，税老爷脸上满意而茫然。三十多位客人已就座。阿波利奈尔弯下腰，以他惯用的、极具戏剧性的姿势敲了敲工作室的门，太阳神下凡一般将它推开。薄雪打霜在卢梭的灰呢子大衣上，被雪冻硬的皮靴与木梯相撞，碰出咯吱声响。寒冷来自高纬度，从他衣服皱褶中溢出。卢梭从一团黑暗迈进另一团昏黑。跨进工作室时，满屋的人在煤油灯的影下向他欢呼、鼓掌。大家齐齐注目。他左手拄着手杖，右手拿着小提琴，这位身材矮小、头发花白的画家激动得迈不开步。阿波利奈尔与魏坎勒上前，半推半拉，才将他引到工作室腐朽的橡子下。橡子上系了些树枝和树叶，天花板上也满是树叶。他浓密的八字胡不停甩荡，因这盛大的欢迎仪式，双颊一直红到了前额，和他冻红的双手相衬。他额上的几道皱纹已很明显，挑起的眉尖下，目光有些迟钝。卢梭特地将头发顺得异常齐整，从中间分开，弯曲着梳向耳后，拱出两团凸起。珍珠捧来一只水晶盘，上面摆着三只郁金香形的高脚酒杯。她为卢梭与何塞斟满了酒，动作谨慎细微。三人各拿一杯，同时举起，向这个夜晚致敬。一杯酒下肚，他那原本就不强的自知之明变得更淡了。卢梭脸上带着骄傲与难为情，走到何塞为他准备的王座上。王座用一把颤颤巍巍的老木椅做成，带着简单的椅背，放在黧黑的木箱上。椅后是一面红旗，与几盏灯笼。旗上写着："向卢梭致敬"。中央的一个三角画架上，安放着何塞刚买回来的那幅肖像，画周围饰了彩绸和花环。他摘下自己头上的呢帽——那是他艺术家身份的象征——将装小提琴的箱子搁到地上，而后坐进那把木椅，笑得比以往任何时候都灿烂。

餐桌上一块长木板，用支架撑起来，拥挤，摆满各色食物，由何塞与安迪扫荡得来。火炉烧得像发光的南瓜，让人觉得此地还与窗外风云变幻的世界相连。主菜是珍珠杂烩而成的海鲜饭，盛进深如脸盆的盘中。盘沿有荷兰芹小枝点缀，一眼望去，知是珍珠的手笔。碧绿的陶瓷叶形盘中，摆上葡萄干与杏仁，另一只陶盘里，无花果堆成小山；二层蛋糕被巨大的圆盘托起，表面涂满黄油；桌上遍是老式深棕色的玻璃酒瓶，印着锈色的残枝玫瑰，酒瓶里装了烧酒、红葡萄酒，还有些白葡萄酒。这都是来客赞助，它们将餐桌装点成酒的森林。桌子中央，点着一根白烛，幽幽照着亲近它的宾客。不远处，放了两排矮胖酒瓶装的黑啤，还有一桶水。这桶水原是在浴盆旁的。巧克力与糖果从锡纸上拿下，被撒在桌面四周。桌子两端，还各摆了两盘果酱馅饼。有几个苹果与橙子滚到了地毯上。此刻残杯倾倒，狼藉满盘。房间里乱作一团。布拉克坐在桌子中间，把叉子狠狠地戳进那个蛋糕里，他最喜欢干的事就是切蛋糕。

"嘿，艾利斯，你要蛋糕吗？"他问，"把这块带草莓的给你如何？"

"不了，我不要。留给你自己吃吧。"

"萨尔蒙，你呢？"

"随便你吧。我不要草莓，布拉克先生。"

阿波利奈尔得了开饭的号，挺胸凸肚，把腰带一松，扑了上去。他要攻打那份菠菜馅挞和酱烧鸡。他抻直脖上的餐巾布，张开衣服的假领，双手抓起一块鸡肉，刚刚花两法郎在楼下餐馆里买的。

他一口接一口地啃，嘴边沾满肉屑，笑得合不拢嘴。二十年前，布瓦尔与佩居榭大抵也是这样对付酱烧鸡的。突然，他站起身来，说：

"等等我！我必须去茅房解个大手！"

他轻车熟路地走到楼下，即使闭着眼，他也能准确地摸到蒙马特的每一处厕所。重新回来后，他不再吃东西，但喝了口葱头浓汤，就开始饮酒，帮助消化。

卢梭坐在王座上，看着大家用嘴与胃进行扫荡，等克雷尼兹的开场白结束。屋内艺术家们的碎语塞窣，他听着，但无法读解出具体含义。一切声响铺天盖地倒在他颅顶上。卢梭仍没从刚才的欢迎仪式里缓过来，这声响，使他已渐衰老的大脑更加迟缓了。为了打起精神，他整了整衬衫上系着的领结，抚了一下上面的蔷薇勋章，提醒自己的身份，然后看向克雷尼兹。湫隘的小屋里回荡着克雷尼兹的歌声，不算动听，并且，毫无疑问是首愚蠢的歌。阿波利奈尔走到卢梭跟前，满身滑稽地向他鞠了个躬，足足九十度，而后，献了一首祝酒词，腔调优雅，他以惯常的大嗓门说道：

让我们为我们温文儒雅的卢梭祝酒。为他的康健、欢欣、幸福干杯。让我们祝愿卢梭的艺术之途顺利，并愿他的作品可以永远卖一个好价钱，愿他在我们心中永远受尊敬、受热爱。Vive！Vive Rousseau！[1]

所有客人都站起来，手持酒杯，看向卢梭，目光似含温情，又带醉意。他坐在那里，激动得落泪。由阿波利奈尔带头，一遍一遍地，三十多位客人齐声呼喊：

Vive！Vive Rousseau！

Vive！Vive Rousseau！

Tchin-tchin！[2]

齐整整的声响，震撼着卢梭不太灵光的耳朵。他看着面前这些年轻的艺术家们，仿佛那声响不是为他喊的一般。卢梭捏着酒杯，努力从夹层中掏出方巾，去拭脸上涌出的泪。何塞站到一旁，看上去甚是高兴。阿波利奈尔和萨尔蒙开始诵诗，如他们在卢梭家的宴会上一般。布拉克找来餐叉，敲起空瓷盘，声响清脆，以柔板行进，将屋内嘈杂的低频声响清理出秩序。他这样打着拍子，唱道：

你将会把我忘记，你将会把我忘记。

---

1 意为"万岁！卢梭万岁！"。

2 大约等于中文中的"干杯"。

在灯影下，所有剩下的生命都沉睡。

它们将会沉沉睡去，

与时针一起，沉默的一切，

你为什么要离开？

你为什么要离开？

你为什么要离开？

一旁的阿桑跟着布拉克的节奏拍手。安迪则挥舞起他手中的叉子，仿佛正指挥着全屋的响动。作为给何塞租下了洗衣船对面的第二间工作室的人，他自信有这样的资格——连何塞前几天寄给安迪的卡片上都写道："工作室已准备好。等您到来。"

阿波利奈尔煞有介事的祝酒词过后，卢梭逐渐被遗忘在了他的王座上。所有人都开始饮酒。不断有人过来给卢梭敬酒，一杯接一杯，木然的卢梭，这位天真的艺术大家，为这些略带愚弄的奉承高兴不已，几乎要从王座上跌下来。这时，玛丽仰面朝天，把自己砸进长沙发里，而布拉克刚把蛋糕放在那儿。接着她坐起来，浑身满是奶油，开始乱舞，把所有人身上蹭得黏糊糊，惹恼了珍珠，二人扭打在一起。身边的人一起上手，才分开她们。

大家向卢梭敬酒，而后各自走开。克雷尼兹刚刚吸完鸦片，拿起肥皂就往嘴里塞，一下子倒在地毯上，嘴里发出含混的声响，假装发癫痫。萨尔蒙从埃布罗河畔的霍尔塔赶来，醉醺醺地，他吃掉了艾利斯帽子上的装饰花。加洛斯盯着卢梭一动不动，明年夏天，加洛斯会在南方之行中溺水死去。还有阿桑，她须发全白，在蒙马特开饭店。代理检察官格兰涅也在宴会上，他穿着灯笼裤疯狂地走来走去。阿波利奈尔跪下，请求艾利斯与莱维唱印第安歌曲，没被应允，激动中，他将莱维衣服的纽扣扯了下来。雕塑家布朗库西举起手里的面包片，在何塞面前晃来晃去，一年后，正是他将卢梭的墓志铭刻在了碑上。而何塞本人，躺在许多红酒瓶上一动不动。两三对穿着晚礼服的美国情侣碰巧闯入，挣扎着保持住一副正经面孔，马上被这阵仗吓了出去。医生格尔曾为何塞诊治小伤寒，正将卢梭的小提琴斜跨过他的膝盖把弄。吃海鲜饭的托勒，他是一个富裕甜点师的儿子，刚刚出狱。

除了格特鲁德、艾利斯与哈丽雅特没有饮酒，和大部分客人一样，卢梭也醉了。他眼含着泪，瞌睡起来，轻声打着呼噜。夜海磅礴，屋内散发着温热安全的气息，卢梭偶尔被窗缝渗进来的寒气惊醒，他眯起眼睛，自顾自地唱几句歌，很快，又再次睡着了。

何塞从红酒瓶堆上爬起来，起身走到屋外。他退到窗口的凹处，听得屋内客人慢慢安静。何塞伸手，轻弹了下窗玻璃。雪盖满整条拉维尼昂街，布满皱褶的土路，已被抚平。雪也落在一旁的圣心教堂尖顶上，屋中传出盘子碰刀叉的声响，清脆欲碎。阿波利奈尔骤然大叫两声。隔着木墙，他隐约听见珍珠和安迪交谈肾炎的事儿。身体因酒醉颤抖，神志显出混沌。如果这时，一人出去散步，沿着河边，走到阿桑的饭店，走过桥和公园，走到曾光顾的妓院，必是快意事。这时节，烤栗子的人收了铁皮鼓、手推车，哈巴狗也不见，北欧人回北欧，东欧人回东欧，皆因受不了寒苦。冬天无止无尽，除了亮着的路灯，靡资巨万，也要在隆冬日向世界宣布，这是光之城，巴黎的身份。

珍珠拿着杯红酒出来，她也醉了，看着何塞。她讲起科克托，刚刚他不小心吹灭了蜡烛。又说到他的卖画生意。那人一直很警觉，常常准备好出高价，好竞争过对手。何塞答：这人眼光不错，就买画而言。比沃拉尔德强，但不及韦伊。他有沃拉尔德的野心，但缺韦伊的果断，这却是成功画商的必备。

去年，科克托一口气买了何塞40张画，于他而言，是猛然纾困。何塞继续讲，哄骗这种人容易极了，你只要指一幅画给他，说此画已经有主了，他一定会让步。虽然他动不动因为20苏争半小时。他从夹克内层的口袋掏出上次争来的20苏，而后又放回去，用硕大的锁针扣上。他仍注视着窗外，没有动过。此时，屋里传来小提琴声响。是卢梭在演奏他的助兴曲目。有人站在拉维尼昂街暗处的雪地里，仰头承接飘落的音乐，暗室里烛火摇晃。外面空气澄明清澈，远处的响动，被雪盖过，消掩不见。何塞开始侧耳听那演奏。他想起卢梭吹嘘自己作战的场景，据声称是在墨西哥，与马克西米利安皇帝的军队。不少画作，也是因着战争的缘由画的。但卢梭从未离开过法国。蒙马特的艺术家们都知道这事儿，只是不戳穿。或许其他人将卢梭看作活宝，但何塞是真的尊敬卢梭。至少他自己如此信着。他对卢梭画里的那股天真劲着迷，也不允许别人当面嘲弄他。莫蒂利亚尼的妻子有次嘲笑了卢梭，何塞立刻把她轰了出去，再也没准她进过自己画室。

卢梭拎着他的儿童型小提琴，并没有人要求他演奏。他拾起微弯的琴弓，左手拿力，将弦按在指板上，拉起他的助兴曲目，首先响起的就是他最喜欢的：

《哎哟，哎哟，我的牙真疼》

卢梭将这首曲子拉得跳脱异常，他不时加入一些拨弦，好在持续的乐音的中断中，填进些幽默的空白。

德兰和阿桑从屋内走出来，一推门，缝隙开得更大了。走廊里的风灌进去一些。德兰从自己兜里掏出一块樱桃木圆雕，举给何塞：是我的新作，看看。珍珠应道：把门关上吧，屋里人会着凉的。何塞挡住了要去关门的阿桑。他捏起德兰的木雕，仔细端详：一个坐着的人，扬着头颅，但没有眼珠。赭红、赭黄与白色相间，上半身与头颅并不讲比例，也不重视肌肉刻画，全照着想象来。卢梭开始拉起他自己作的曲子。何塞认了出来，是《克雷芒斯》。曲子用旋律小调写成，有种爱尔兰式的哀婉。他在揉弦，指尖的颤动带起弦的颤动，传向琴体，音色也变得温暖异常。在一串音阶因下行而转回自然小调的当口，他似乎从酒醉中醒了。旋律的声响朦胧、低沉，他头颅微倾眯起眼，拉着，拉着。煤灯摇晃，随着音乐，宾客们的面容都模糊成了远处的风景。脚步、裙裾，在这个夜里纷纷攒动。那也是一片声音的海，夜晚细碎的低语。屋里的热气，从烛火的外焰处散开，氤氲在人哈出的白雾里。雪似乎停了。随着三拍子的节奏，屋内的人渐渐两两成对，开始跳舞。暖黄的烛光辉映，把影子放大到墙上、天花板上。广场上的雕塑，黑暗里它立在街道与楼房之间，静静呼吸，纹丝不动。珍珠待在走廊的暗处，试图捕捉屋中渐渐宁息的对话，卢梭现在脸上一定笼上了红晕。屋外喊喊喳喳的低语引起了安迪的注意。他正从门口走出来，挽着夫人的臂膊。怎么样，礼拜六会客日是个还不错的设置吧？安迪问。这是他向何塞提的建议，省得他每天画画时都被打断。唔，何塞将脸转向珍珠说：这完全是向她妥协的结果。和你设在礼拜六的那个会客日不一样。我有时一点也不想看见你们，我的朋友们。或者说，今晚，我也很高兴你们能来。安迪问：能让你只花一下午处理完所有社交，然后专心对付你的作品，那不好吗？答：我也不知道。至少现在，我们还能一起喝个下午茶。但以后，谁知道呢。也许下个月就没人来了。不过我会在那之前搬离这里。我不知道这种东西有什么意义。珍珠看了何塞一会儿，而后对安迪说：他总是这样。何塞，连餐厅里挂的画……那种彩色石印画，我跟你打赌，只有门房包厢里才会挂那种东西。

何塞已经走神了。他没听见珍珠说什么。外面的雪又下起来，这次更大了。街上光线微弱，刚被踩出的脚印已消失。也许因为黑夜，也许因为又下起来的雪，何塞在二楼，已看不见行人经过的痕迹。灰色的天幕好像沉落了，动起来了，在远处的树林间，在山谷中间。风起来了，卢梭的音乐还在继续。圆舞曲似乎永远不会终结。或许因卢梭不想让大家的舞步停止，他便一直那样拉着。安迪继续向珍珠传授他的礼拜六会客日待客之道。早在一年前，他就在自己的画廊中定了礼拜六集中会客的规矩。他是何塞画作的主要购买者之一，也常在生活上资助他。你的肾炎怎样了？安迪问珍珠。最近好些了。前些天吧，在霍尔塔时，我痛得无法坐着，大部分时间都得躺在床上，连衣服都缝不了。有时便血。何塞因为这种事恼火极了。问他：你们俩吵架了吗？珍珠答：他……或者说那次吧，没有。吵架是很平常的。我们经常吵。昨天我骂他，连痞子都要比他这样的艺术家强。一旁的何塞听见，说：痞子有他们的大学，可艺术家没有。珍珠回讯：你以为你很风趣，实际上只是蠢罢了。珍珠顿了顿：你，你唯一自称的特点，就是你是个早熟的小屁孩儿。何塞耸了耸肩膀，他决定放过珍珠。德兰拽起安迪的胳膊，喊他听听卢梭拉的这首曲子。安迪说：你没听出来吗，他一直在反复同一个段落。隔一段时间，就倒回去，再拉，再回去。德兰说：喏，回旋曲就是这样的吧。安迪说：他明明拉的是圆舞曲。对方应：回旋曲、圆舞曲，又不是只能要一个。答：也许吧，我不太懂。你看他们跳得多开心。德兰问安迪：你呢，你这是玩得不痛快吗？安迪答道：向你保证，从没这么痛快过。但没消化干净就跳舞，有点吃不消。德兰又问：你注意过没有？卢梭一旦碰到什么烦恼事，他的脸就会变紫。对方答：没有，除了你，恐怕没人会在意这种事。

布拉克举着他切下来的大蛋糕到处溜达时，卢梭的曲已经停了。人们四下散开，阿波利奈尔端着一盘果酱馅饼，分送给每个客人。这当然是布拉克的主意，他还说，可以给馅饼上抹上蛋糕的奶油，但阿波利奈尔拒绝了。玛丽不小心将果酱馅饼碰掉了一个，遭到几句嘲弄，周围的人笑起来。布拉克将带草莓的那一块切下来，送给卢梭，一定要他吃下去。分完第一轮蛋糕后，又开始分第二轮。布拉克一边喝着红酒，一边故意把奶油吃到嘴角上，逗玛丽开心。阿桑静静地坐在桌边，谁来搭讪都不理，喝着她的黑啤酒。艾利斯有些撑着了，她绕着餐桌转来转去，走路摇摇摆摆，莱维一个劲儿地请求她好好坐着，因为她总是挡到他的路。大部分人小声地说着话，微弱的话声，在屋里被墙壁不停反射，最后变成一场庞杂喧哗的嗡鸣。

有一会儿，卢梭的椅子后面的灯笼着火了，蜡油一滴滴地落在头顶上，凝成发冠。他醒来时，以为那是他自己的圣光。蜡烛继续燃烧，有人爬上椅子，有人攀上桌子，各想办法灭火，最后阿波利奈尔冲过来，一碗水泼过去，将那个灯笼浇灭了。

安迪和何塞一起进来。卢梭看到何塞回来了，便站起身。他的眼睛几乎睁不开了。也许是因为上了年纪，精力耗尽得格外迅速。今晚是他最开心的一个晚上。脸上的皱纹，相比初到时，也舒缓了许多，从他泛红的脸颊来看，冬天的寒冷已从他身上褪尽。他一边走，一边整理自己的大衣下摆，何塞扶住卢梭，听见他说：

"我们是这个时代最伟大的两个画家，你是埃及风格，我是现代派！"

何塞一时没有听明白他的意思。不过那无关紧要。安迪过来打圆场说："走吧，卢梭，该回家了。"

"可是，大家还没尽兴哪！"

"走吧，卢梭，大家会尽兴的。太晚了，我们送你回家。外面的雪又下大了。"安迪压低了声音说。

"我们怎么回家呢？"卢梭问。

"坐马车，卢梭。"

卢梭由阿波利奈尔扶着，和待在走廊的珍珠、德兰、阿桑一起走出工作室，走向下楼的木梯。梯子发出嘎吱嘎吱的声响，好像随时会断裂。卢梭非常小心，不让自己摔倒。五个人多多少少都有些醉了。大家筹钱，为卢梭雇了一辆马车，去送别。

卢梭一直在抱怨地都被冻硬了，他的鞋总打滑。花了好长时间，德兰与阿桑才把他扶上去。阿波利奈尔随后也爬了上去。卢梭坐好后，车夫将毯子盖在他们两个人的膝盖上，俯身问他们要去什么地方。阿波利奈尔执意将卢梭先送回家，但卢梭不愿让他绕路。珍珠与阿桑顶着斜刮过来的雪，站在檐下就车夫的路线争论了好一会儿。卢梭不时把头从马车里伸出来，告诉他们不要讲了，阿波利奈尔先行下车，然后就让车夫顺路将他一路送到家。直到最后，阿桑才大起嗓门，对车夫说：

"您知道普莱桑斯吗？"

"知道，女士。"车夫说。

"那好，您就把车赶到普莱桑斯，然后，另一位绅士会告诉您该去哪儿。我有说明白吗？"

"明白了，女士。先到普莱桑斯。"车夫说。

"那您就去吧，"阿桑说，"好了，卢梭，谢谢您给了我们一个愉快的夜晚。晚安，卢梭。"

"晚安，阿桑女士。"

"晚安，德兰先生。"

"晚安，阿波利奈尔，再见。"

"晚安，再见。"

"旅途愉快。"

"大家晚安，一路平安。"

"晚安，再见。"

何塞没有下楼，他站在二楼走廊的窗台，朝下看着这一幕。屋内的嘈杂在他身后，逐渐微弱下来。外面的阴云安静地积聚着，如在谋划一场远古仪式。已近凌晨，空气的流动变得迟缓。寒冷越来越重。雪还在下，几乎将全部天空覆盖。何塞伸展了一下胳膊，哈出一口苦艾酒的味道，甘醇、浓烈。那阵酒气混着干燥的冷气，让他感到一阵头晕。黑夜极大，吞掉画布的灰烬与天国乐声。他一直望着。卢梭的马车远去，轱辘将厚重的雪地压出一道车辙，很快，灰黑色的印迹又被新雪覆盖。何塞看见有人站在楼下，摘下礼帽朝他挥手，像是卢梭，离他越近，越是模糊。在他身后，所有的景象都无比锐利，所有的颜色都被大雪抹平。他看到东南方向的圣心教堂、塞纳河，雪像往常一样落在那里，落到河边的堤岸上。黑暗位于巴黎的深处，在落雪的宴会夜，仿佛也钻进温暖的斗室，但散发着安全而温热的气息，像暖流，将所有人裹挟其中，可以就此沉沉睡去，各自安眠。

何塞看见酒宴结束，众人散去，混杂着今晚的拉拽与争吵声，所有人都遁进屋外的雪与黑夜。巴黎的夜晚开阔而阴沉，阒静。小丘广场空空荡荡，长椅上空无一人。云散开了，但夜却变得更低、更沉。楼群紧密，彼此相握，被雪覆盖，却无比空旷。风硬邦邦地经过。一些巨大、幽深的去处正在等待卢梭，它们已准备好一涌而出，漫过老旧的画笔，漫过他曾在那里叹息的火炉。何塞望着卢梭已经消失的马车，它消失在前方的黑暗里，如从未存在过。

有个人，大概是隔壁教堂的看守，走过来，朝这群人望了望，又走开了。他已见过世间所有神秘的事，不觉得这有何惊奇。珍珠的声音突然响起。

余 生

陈笑宇

一

　　玻璃门上附着一层厚厚的雾气，银色的不锈钢质门把手上挂着几滴水珠，看起来湿滑极了，我正想要伸出手推门，门却自己打开了。悬在门顶的铃铛发出碰撞的响声，"丁零，丁零"，在门外的夜色中荡开，我跟着铃声走出门外。"确实醉了"，我心想，走起路来身子左一摇右一晃，可是摇晃得十分规律而有节奏，虽然画出了一道波浪形，却也是一道非常规整的，指向前方的波浪形，"好像也没醉"。已经是深夜，公交末班车也结束了一天中最后的使命，到了这座城市最安静的时段，身边连行人也不见几个，只有一盏盏照着街道的街灯还在证明着它的存在。

　　我继续一摇一晃地回家，"还是醉了"，我竟感觉不到我的双腿，只觉得脑袋臃肿极了，身体的重心似乎全部转移到了脑袋上，我的身体是在跟着我的脑袋前行。一辆自行车从我身旁经过，骑车人发出一声尖叫，我扭动脖子转过身体看向他，他惊诧地瞪大双眼注视着我，双脚却没有停止蹬踩，"咚"的一声，连人带车撞在了路灯上，一阵回响从路灯的底部一直传到顶端，发散在略带寒意的空气中，也钻到了我的脑中，激得我的颅内刺痛急了，我顾不得那个摔倒的行人，又扭动脖子转回身体，继续将前进的波浪线指向回家的方向。

　　日间工作的市场在我的右侧，此刻已经拉上了厚重的卷帘门，封闭所有的出入口，变成了一个四四方方的巨型铁盒，在这个巨型铁盒里，安置着一个一个的小方块，其中西南角的一个小方块是属于我的，那是我的鱼铺，今天没卖出的鱼此刻应该正静静地躺在池里，吸着制氧机放出的氧气，安逸地睡着吧。希望明天可以把它们卖给一个好人家，毕竟餐桌才是它们的归宿。"喝得太多了，都有透视眼了！"卷帘门像是不存在似的，整个市场被我一眼望穿，卖豆制品的阿光的铺子，卖干货作料的大强的铺子，卖水果的老徐的铺子……前进的波浪线被市场强大的磁场吸歪了，我重新修正角度。市场旁有一条曲曲折折的巷子，极其狭窄，只能容两个人并肩走过，若是有两辆电动车迎面遇上，难免要发生些擦碰，所以巷子的每个拐角处都挂着一块凸面镜。不过此时整条巷子都被我一人所拥有，无须注意是否有行人车辆通过，大可以左一摇右一晃地通过。巷子的每一道弯折只有一盏昏暗的小灯，勉强可以照亮夜间的路，好在月色还算明亮，可我的视线却模糊起来，随着我的前进，眼前的道路变得越来越狭窄，我极力控制着自己摇晃的幅度，生怕被坑坑洼洼的水泥墙面刮伤皮肤，到了最后一个转角处，巷道已经收窄到难以通行，我停了下来，想要揉揉自己模糊的双眼，却发现根本够不到自己的眼睛，我尝试低下头，脖子却像是消失了似的，只能将眼珠向下转动，看到眼眶黑黑的轮廓。

"醉了，彻底醉了！"当我清醒地意识到自己醉了的时候，我才察觉到事情的诡异之处，这本就是相互矛盾的两个状态。

既然向下无果，我便转动眼珠向上看去，凸透镜里除了一条巨大的鳙鱼，什么也没有。我变成了一条鱼？

"喝糊涂了！"我用力眨了眨眼，忽然一阵眩晕失去了意识……

当我再次醒来时，已经是第二天中午，睁开眼后盯着宿舍双层床的上铺床板发了很久的呆，我的脑袋依然因宿醉而感到昏沉，鼻子中传来一股酸臭味，我艰难地爬起床，这才注意到床边的一摊不规则的呕吐物，再看了看自己的衣服和床单上，也被喷溅到了一些污物。由于身体的虚弱，我暂时无视了身体的不洁，下床穿上拖鞋到卫生间取了拖把来，将地面重新回复整洁，随后脱掉上衣扔进了洗衣盆。四月的上海温度还算宜人，光着膀子并不觉得冷，我插上热水壶的插头烧了一壶热水，在搪瓷杯子里扔了三颗大姐从新疆寄来的灰枣，冲泡之后待水冷却下来一饮而尽，胃部的灼烧感终于缓和了一些。看着袋子里所剩不多的灰枣，我感到一阵懊悔："应该只泡两颗的。"

带着混乱的头脑和疲惫的身体洗好床单和衣物，我已疲惫不堪，靠坐在床边。

陈笑宇

"幸好最近房东没有招人合租，不然这一晚要被人骂死了。"我的嘴里嘀咕着，脑袋轻轻撞击着背后的床柱，想要将昏沉的头脑唤醒。但转念一想，这不过又是一个普通的宿醉的夜晚而已，只是昨天的那个梦实在诡异了些，我竟然变成了一条鱼。

在床边靠坐了一会儿，还是觉得身体不适，我收拾了一套换洗衣服，决定去市场旁的澡堂子里泡个澡，洗脱一下身体的疲惫和不堪，然后再去市场工作。

工作日的中午浴室里的人不多，我挑选了个离浴池入口最近的柜子，三两下脱下衣物丢了进去，不到两分钟，我已经全身赤裸。推开塑料帘子，一股浓浓的水雾袭来，瞬间蒙住了我的视线，我挥手拨了拨眼前的雾气，"很好，我的手还在，我不是一条鱼"。我被自己心里的想法逗笑了，慢慢走到热水池边，坐下身子，将我的两条腿泡了进去。浴池里的水呈深绿色，我一直也不明白为什么会是这样一种颜色，倒有些像我老屋后的那条小河里的水，也是这样的绿色。待慢慢适应了温度，我将整个身子泡了进去，热水将我紧紧地包裹着，没有留下一丝缝隙，一阵窒息感伴随着疲惫感涌了上来，我闭上了双眼，想起了一个很久很久以前听说的故事……

二

我的三哥余启连天生体弱，日常生活都由大姐余启青和二哥余启草照顾，父亲余大海在村里当会计，母亲吴梅忙家中的农活。冬日晌午，父亲在村里上班不在家中，母亲在田间做农活，家中只有姐弟三人，那时我还没有出生。阳光正好，三姐弟在老屋后的河边嬉戏，大姐余启青先没了兴致，爬上靠着屋墙堆起的草垛，将有些散乱的辫子拆开，重新编织了麻花辫。启草和启连依旧兴致勃勃、活力无限，绕着祖屋跑得满头大汗。看着两个弟弟跑得上气不接下气，启青在草垛上喊道："你俩别跑了，歇歇吧。天儿这么冷，等会儿回了汗，你俩可就要冻着了！"

"暖和着呢，冻不着！"启草并没有停下脚步。

启连也学着哥哥应和着："冻不着！"

兄弟两人又追逐了一会儿，终于没了力气，靠在了后院里唯一的一棵桑树下。

"出了一身臭汗，回去妈又要骂了，我可管不了你们！"启青看着靠在树下的二人，说完就躺倒在了草垛上。阳光柔和而又温暖，启青轻轻闭上眼皮，橘色的瞳中世界很快就让疲惫的她进入了梦乡。

"哥，我跑不动了。"启连不知何时已经爬到了树十上。

"歇会儿，歇会儿，我也跑不动了。"启草一屁股坐在了树下，胸口随着呼吸不断起伏。

"好热啊，我身上都出汗了。"启连扯着黏在脖颈上的衣服抱怨着。

"你看，姐在草垛上睡着了。"兄弟二人相视一笑，似乎又有了力气，站起身来提着步子悄悄走到了草垛边，启草指了指草垛旁的一株狗尾草，启连点了点头，将中间的草芯拔了出来递给启草。

草垛足有一人高，启草踮着脚，伸长胳膊将那珠狗尾草插在了启青刚刚编好的麻花辫上。启青的麻花辫编得紧实，那狗尾草也立得稳当。启连靠在草垛底下，看着启草踮起的脚跟重新落回地面，启草拉起启连的手，两人一阵小跑躲到了河岸斜坡下，启连的视线里这才出现了兄弟二人合谋的成果。启青睡得很熟，黄色的草垛上，一身深蓝色的麻布衣裳，黑黑的辫子铺在脑袋旁，上面插着一株嫩绿色的狗尾草，随着风慢慢摇曳。

"哥，我难受。"

"怎么了？"

"有点喘不过气了。"

启草将手掌伸进了启连的后背："衣服全都湿了，吸在身上能喘得过气来吗？"

"那咋办呀？"

启青看了看身后泛着微光的河水："把衣服脱了，我带你下河游泳，衣服就放在岸上晒晒，一会儿就干了。"

"游泳！"

"嘘！小声点，别把姐吵醒了！"

"噢噢噢。"启连压低声音回答。

不一会儿，兄弟二人就脱了个精光，将汗湿的衣服铺在河岸的枯木上。启草先下了水，启连站在洗衣石上，蜷缩着身子："哥，好冷啊！"

启草已经下了水，河水并不似看起来的那么暖和，启草也被冻得打了个哆嗦，两腿紧紧并在一起。

"一会儿就不冷了，哥抱你下来。"启草将半个身子浸在水里，张开手臂一把抱起启连，随后慢慢朝着河水深处走去，河水一点点没过启草的腹部、胸部，也一点点没过启连的大腿、屁股。启草的水性极好，这得益于父亲经常带他下河游泳，对于冬天的河水，启草并不陌生，但这却是启连第一次下河。由于启连从小体弱，大海从没有带启连下过河。虽然冰冷的河水强烈地刺激着启连陌生的身体，可第一次下河的兴奋感给予了他足够的心理支撑。启连伏在启草的胸前，双臂搂着哥哥的脖子，双腿夹在哥哥的腰上，身子紧紧贴着哥哥。尽管身上裹着启连，启草依旧游得自如，不一会儿，发热的身体已足够抵御河水的寒冷。

"老三，抱紧些，哥要加速了！"启草一手划水，一手轻轻拍了拍启连的后背，可启连并没有做出回应，原本紧搂着启草脖子的双臂似乎还松了些。

"老三？老三！"一种强烈的恐惧感从河水深处猛地刺进启草的身体，启草用左臂裹住启连的身体，右臂和双腿奋力地划水，探出水面的脑袋大声呼喊着："姐！姐！姐！"惊慌之中，启连突然失去平衡，紧裹在一起的一大一小两人同时没入水中，撕心裂肺的呼喊声也被河水吞没，天地间的平静只一刹，启草和启连又重新出现在了河面上。

"姐！"

草垛上的熟睡的启青突然惊醒，猛地睁开双眼……

"你就是这么当大姐的？让你照顾两个弟弟，现在两个弟弟都进了医院，你说说，要我怎么说你好！"赶到医院的余大海一见到门外的余启青就骂了起来，随后就冲进了病房。吴梅紧跟着也到了医院，看着门口哭成了泪人的余启青，拍了拍她的肩膀，也进了病房。病房中，余启草正躺在病床上，双手抓着床单，满脸尽是眼泪和鼻涕，余大海抓着一旁护士的手臂："护士，我儿子怎么样？"

"大的没事，小的正在抢救。"

听到护士的话，吴梅一下子晕了过去，余大海看着躺在床上的余启草："等你弟弟出来，我再找你算账。"

然而，从抢救室中退出来的，是余启连的尸体，老三最终因为心脏衰竭不治而亡。二哥说，三哥是父亲最喜欢的儿子。二哥虽然身体健壮，但是读书方面始终不是块好料，成绩平平无奇，大姐虽然成绩优异，可父亲重男轻女的思想十分严重，对于姐姐的优秀，父亲并不放在眼里。三哥则不同，作为老余家的第二个儿子，三哥虽然天生体弱，却聪明伶俐，余大海觉得他以后读书一定也是块好材料，是老余家出人头地的希望。可如今，这希望还没长成就彻底破灭，余大海心中的一团火也被熄灭了。余大海将老三意外过世的责任大半算在了大姐的头上，小半算在了二哥的头上，毕竟就剩这一个儿子，余大海还是狠不下心来。在家中本就不受重视的大姐，之后的日子过得更凄苦了。

余启连下葬后，余启草一个人在河边坐了许久，看着绿色的河水，他的内心如天旋地转一般，眩晕、恶心的感觉不断翻涌，接连在河边呕吐了三四天后，余启草暗暗发誓，这辈子都不会再靠近这条河。

三

"喂，醒醒！"我的脸上感到一阵疼痛，睁开眼，发现自己躺在更衣室的沙发上。

"老余，怎么在浴池里都能睡着啊，昨天又喝多了吧？"

我回过神来，才看清说话的人是浴场的搓背师傅老刘，立马赔了个笑脸："可不是，昨晚又喝多了，都梦见自己变成鱼了！"

"要不是我发现得早，你差点闷死在里头！那就真成鱼咯！"

"蒸鱼甲鱼的，你是想吃鱼了吧！下了班来市场找我，我给你剁上一条大鱼，报答你的救命之恩。"

"还是你懂我！"

老刘年纪长我许多，在这老浴场已经打了十多年的工，一直是搓背师傅，说起来也算是我的同乡。得亏平时给别人搓背，身上的肌肉还算结实，不然像他这年纪的老头，一个人估计没法把我从浴池里拖到沙发上来。

换好衣服，告别老刘后，我回到了市场。

"昨天晚上市场停电了，快去看看你的鱼吧！"刚刚走进市场，卖干货的大强就跑到我面前来。

一想到前天刚进的一大批鱼，我心中顿感不妙。大大小小的鱼全部养在一个不大的玻璃缸内，停电一晚意味着制氧机也停了一晚，那么多鱼肯定缺氧，不好！掀开盖在盆上的隔板后，果然，大多鱼都翻了白，没了动静。平常一个盆里顶多放上三四条鱼，断电一晚也不打紧，可现在盆里挤着十多条鱼，大多都已经没了活力。刚刚洗完澡的轻松感顿时烟消云散，我赶忙穿好靴子和围裙，从玻璃缸里挑拣了几条生命力顽强、还没翻白的鱼出来，剩余的只能全部宰杀好摆在一旁贱价出售。好在有些客人信佛，会专门买刚死的鱼回去，免得承受杀生的罪孽，加上价格低廉，也算是一举两得。

因为卖价便宜，今天的鱼倒是销路很好，晚上老刘来找我时，已经全部卖光，给老刘准备的鱼也已经剁好放在了一旁。

"老余！"远处传来了老刘的呼喊。

"老刘来了！"

"今天生意好啊余老板，都卖光了。"

"大难不死必有后福嘛。"

"你这算什么大难呐？"

"那还不是因为老刘你出手相救。"

"走，上你家吃鱼去。"老刘提了提手里的黑色塑料袋，袋子里发出叮当的响声。

"不能喝了，不能喝了，昨天喝多了，你又不是不知道。"

"反正鱼也卖完了，耽误不了事了，怕啥？"

"那，那少喝点也行。"

收拾好铺子，拉下电闸，我和老刘一起回了我的出租屋。

出租屋是个废弃的二层小楼改建的，一楼空置着，二楼有一间卧房和一间卫生间。我在一楼的空房间里放了台电磁炉，一根接线板从二楼吊到一楼的窗台，这样偶尔可以自己做点简单的饭菜。鱼已经在市场提前处好，烹饪过程也并不复杂，只是最普通的家常做法。烧好鱼后，我从筷子架里抽出两双筷子，快步爬上楼梯回到了房内。

等我回到二楼，老刘已经开好了啤酒放在桌上。

"特意放了老家寄过来的花生米，尝尝。"

"那要等鱼冷了，结了冻，吃鱼冻花生米才过瘾呢。"

"那你明天再来，明天就可以吃鱼冻了。"

"想这个味道想了很久了。"

"来，喝酒。"

酒瓶碰撞，一股泡沫从瓶颈中溢出，随后很快破掉。

"你多久没回家了？"老刘用筷子夹起一颗花生米。

"快三年了，你呢？"

"我都十多年没回去了，家里老人早就走了，我还回去做什么，房子塌没塌都不知道。"

我只知道老刘十多年前就来了上海，却不知道他十多年没有回过家。此话一出，我愣住了。老刘比我年长二十岁，二十年后，我会不会也和别人说出今日老刘和我说的话呢？也许会吧。我也三年没有回家了，不知道屋后的那片鱼塘如今是什么样子，老屋会不会漏雨。想想也好久没有给家里去个电话，嘘寒问暖一下。自从大姐和二哥离家之后，家中就只有我一个孩子，父亲的脾气也没那么暴躁了，母亲的话也越来越少了。到我离家之后，估计家里除了夏天吊扇的嗡鸣和冬天柴火的噼啪声，再没有什么多余的声音了。

"想什么呢，喝酒。"

"喝。"我下意识地应着，眼眶中的温度微微有些上升。这一晚没有喝太多酒，先前的混乱思绪始终牵扯着我的大脑，和老刘一人一瓶啤酒下肚，吃了半碗鱼后便送走了老刘。回到宿舍，我躺在下铺，上铺漆黑的床板像是一个黑洞，一点一点将我吸了进去。

四

1964 年的夏天，我出生了。

"哇，哇，哇……"伴随着一阵哭声，老余家的第四个孩子出生了。

"是个男孩儿！"产婆看着青紫皮肤满身是血的娃娃。这已经是她帮老余家接生的第四个孩子了。父亲余大海在房门外听见了产婆的声音，表面看似平静，可嘴唇的微微颤抖还是表露出了他激动的内心。

产房外同样等待着的，还有父亲的一儿一女，我的大姐余启青、二哥余启草。大姐背上的竹篓里还装着刚刚打来的猪草，根须上拖着的泥土从竹篓的缝隙里一点一点散落下来，像是正在倒计时的沙漏，弄得余启青满屁股都是泥土。是二哥一路小跑到田里，告诉大姐母亲将要生产的消息，姐弟二人一起从田里赶回了家中。对于我的降临，大哥的脸上透露着兴奋和期待，而大姐的表情则并没有那么轻松，她攥着手中带着泥土的镰刀，大拇指的指甲一下一下扣着木质刀柄上的裂缝，"咔嚓"一声，一根木刺被从刀柄上抠了下来，划破了大姐的手指。大姐满是泥泞的手指上涌出一股鲜红的血液，顺着黑色的泥泞流淌下来，滴在地面上。

"又是个弟弟。"大姐在嘴里嘀咕着。

"是啊，又是个弟弟。"二哥如释重负般地舒了一口气。

大姐扭头看了一眼二哥。二人的对视之中，传递着完全不同的心思。

"启草，我准备去新疆了。"

"新疆？"

"对，邻村的阿姊去年就去了，她一直问我去不去呢。"

"新疆可是好远的地方。"

"是呀，够远了。"

二哥当时并不明白大姐为什么要去到那么远的地方，还是后来才想明白的。在我出生后，大姐如愿坐上了前往鄯善县的火车。

在父亲的偏爱和母亲的照顾下，我平平安安长到了八岁，此时姐姐已经在新疆结婚成家了。二哥对于父亲对我的偏爱，也并没有感到任何不公，相反，这让他感到一丝轻松。

"哥，教我游泳呗。"

"我不会。"

"我听别家孩子说，你和爹都会游泳，且游得好着哩！"

"不会就是不会，不许下河！不，离河远点！"

"爹也不教我，你也不教！为什么！"

"哪有那么多为什么！"二哥的眼神忽然变得严厉起来。二哥很少如此严厉，我也不再缠着二哥让他教我游泳，门外的刁中一，我的童年玩伴，正在用布鞋底捻着土地上被晒干的鸡粪，一踩、一旋，一小坨黑绿色和白色的混合物便与黑色的土地融为一体。

"走，中一，咱们玩儿去。"我拽过正在找寻下一坨鸡粪的中一，跑到了屋后的院子里。由于我家老屋和中一家的老屋靠得很近，屋墙中间形成了一个巷道，两家将一些日常的用具挂在自家的墙上，自家没有的便可借用对家的。两家都在墙上用木桩架起简易的棚子，下起雨来，两边的雨水顺檐而下，便会交汇在一起。从巷道穿过时，我瞥见墙上挂着的捞螺蛳的篮子，突然心中有了想法。

"中一，咱们到河边捞螺蛳去，怎么样？"中一听了，咧开嘴笑了起来。篮子挂得高，我即使踮起脚来仍够不到，干脆趴在地上撅起屁股："中一，你来够。"

中一明白我的意思，扶着墙踩在了我的背上。我慢慢站起一点身子，却因力气不够而摔倒下去。

"中一！"我站起身后慌忙转过头看向摔在身后的中一，只见中一四脚朝天倒在地上，脑袋上扣着捞螺蛳的网子。

"哥，我够到了！"中一的声音从篮子里传出来。

见中一没事，我将篮子从中一头上摘下，随后将他扶起。

"走，下河！"

我和中一穿过巷道来到后院，扶着后院里的那棵桑树，脱掉鞋子和裤子堆在树下，光着脚丫走到河岸边。河岸边只有一棵被雷劈死的杨树，树枝横七竖八地烂在河岸上，只剩半截树干光秃秃地插在地里。河岸和水面形成了一个斜坡，高度不过两米，我和中一二人蹲在河岸边，一点一点挪动双脚接近水面。

"河里的水好凉呀。"水面没过我的双脚，我不禁感叹。见中一还在斜岸上蹲着不敢下水，我抬起脚踢了一下水面，一道水浪冲在了中一的身上。

"好凉！"

"你不下来，我自己捞螺蛳了。"我一手抓着篮子上的绳子，一手将篮子甩了出去，由于力气不大，篮子只扔出一米多远。待篮子沉底，我慢慢拉动绳子，将篮子抽了回来，等它露出水面，却发现里面除了两三根水草外空无一物。我心中感到不服，又尝试了两次，结果依旧是竹篮打水。见努力无果，我壮了壮胆子，朝河中走了几步，河水慢慢没过了我的肚子。中一见我向着河中走去，心中急迫，终于迈出步子踩进河中。水下的泥土比岸上的柔软得多，也滑得多，他不敢再继续向前，冲着我喊道："哥，别再往前了！"

半个身子没入水中后，我感觉自己轻了很多，慢慢沉浸于这种变得轻盈的过程，全然没有发现自己已经远离河岸，听见中一的喊叫声，这才回过神来停下脚步。由于脚下使不上力气，我又向河岸退了几步，站稳之后，用力将篮子甩了出去。篮子在空中划过一道曲线落入水面，随后慢慢沉底，见手中的绳子不再下沉，我慢慢抽回篮子。

"有了！捞到螺蛳了！"篮子浮出水面，里面除了水草外，还有三四个螺蛳躺在里头，我兴奋地举起篮子朝着中一晃了晃。

"成功了！"中一也兴奋地喊了出来，"哥你快回来，让我看看！"

为了确保篮子不没入水中，我双手举起它一步一步朝着岸边挪去。中一见我回来，便爬回了河岸，河岸上的碎石和杂草扎得他面目有些狰狞，刚刚对下河的三分好奇和七分恐惧占据了他全部的神经，使他无暇顾及脚底的刺痛。随着身子慢慢露出水面，我的双脚移动得越来越快，靠近河岸时，我用力一跳，想要直接跃出水面，可脚下湿滑的泥土却让我又一次失去平衡。这一次，我向斜前方倒去，篮子被摔到了倾斜的河岸上，而后翻滚两圈落入河中，我的身子则重重拍在了河岸上，一阵短促的眩晕感从大脑传来，我抬起头晃了晃脑袋，看着翻滚入河中的篮子，无奈地用拳头捶了下泥地。

"哥，你的腿！"中一在河岸上喊道。

"腿？"我心中纳闷，这才回过头看向自己的下半身，却见自己的小腿上戳出了一根根细细的木刺，而小腿的下方，是一根翘起的朽木，我一时傻了眼。又一阵眩晕感袭来，我晕了过去。

模糊的意识中，我感到鲜血不断从小腿流出，顺着斜坡汇集成一条红色的线流入河中。依稀听到河岸上的中一"哇"地一声哭了出来，撕心裂肺般的哭声在天空与河面之间回荡，传入了屋内的余启草耳中。余启草听到后院的哭声，一种不祥的预感一闪而过，后背猛地激起一丝凉意，立马冲出屋子跑到了后院……

自那天起，我变成了跛子。而二哥的脸上也在没有出现过轻松的神情。失去了姐姐的庇护，所有的罪责自然落到了二哥的头上。

一年后，年满十八岁的二哥应征入伍，也离开了老余家。自此，父亲的四个孩子，只剩下我一人留在家中。

五

一条不到六米宽的河，带走了三哥余启连，又废了我的一条腿。按理来说，父亲余大海应是对这条河恨之入骨，可令谁也没想到的是，1978 年个体户可以承包鱼塘后，父亲放弃了会计的工作，主动提出想要承包鱼塘。唯一能够想到的联系，可能是与父亲年少时曾经跟着爷爷一起养过鱼有关，父亲的好水性也是来自爷爷，爷爷过世后，父亲才到大队做会计的工作。在承包下鱼塘后，父亲随即将屋后的河东西两向围了起来，圈出一块鱼塘。从此以后，父亲几乎每天的生活都那条河密不可分，我则跟着父亲一起打理鱼塘，三代人之间达成了一种奇怪的传承。一条水泥船，几张渔网，一池塘的鱼成了我的全部生活。除了鱼塘之外，父亲还在镇上租下一个摊位，自此在镇上拥有了第一家鱼铺。

吃着父亲每天鱼市收摊后剩下来的碎鱼块，我一天天长大，在学校学习了数学之后，我开始在鱼市上给父亲打下手，做一些杀鱼、称鱼、算账的简单活计。进入青春期后，我的身体开始发育，心理也产生了变化。我的目光从每天在父亲手中挣扎的鱼身上转移到了买鱼的女人身上。年纪大些的女人身后跟着年轻些的女人。但我并不敢光明正大地直视她们，只敢从自己眯起的眼皮缝中偷偷打量一番，视线在某些凸起的部位停留片刻，可脑海中却浮现不出任何遐想，毕竟要想象出自己没见过的东西总是有些难度。日复一日，我变得越来越好奇。

这一日，鱼铺来了一位买鱼的姑娘，比我从前见过的都要美上一些，姑娘挑选着鱼，我则站在一旁偷偷看着姑娘。姑娘似乎察觉到了身旁的目光，将夹在鬓角的发卡取了下来，柔顺的短发从耳边挂下，遮住了一旁晃动的眼神。我察觉到了姑娘的反应，迅速收回目光，待姑娘挑选好鱼，我将鱼从水里钳了出来，一手将鱼按在案板上，一手拿着刀，刀刃逆着鳞片挥动，飞扬的鳞片反射日辉，穿过密密的黑发捕捉到姑娘的瞳。姑娘扭过头去督促道："快些弄好吧。"

听到姑娘的催促，我对刚刚的偷窥行为感到愧疚，将鱼拖到了房柱的阴影里，自己也跟着藏了进去。鱼血顺着木头砧板的缝隙流淌，新的血覆盖了旧的血，鲜红遮住暗红，然后凝固，变得更深、更暗。

清理干净后，我将鱼打包好，低着头将目光尽量压低，向前递过袋子。我心里清楚，这座小镇上没有哪个年轻姑娘会看上自己这个满身鱼腥味的臭小子，更不会喜欢上这个走路一摇一晃，像只鸭子的跛子。

到了收摊时，一条翻了肚的大鱼还在水池里躺着，嘴巴无力地一张一合，生命以肉眼可见的速度从躯体里流逝。我紧紧盯着那条鱼微微晃动着的身体和张合着的嘴巴，走到水池前扣住鱼嘴，将那大鱼提了出来，举到面前仔细端详了一番，随后关上了鱼铺的门。

黑暗的鱼铺内吊灯亮起，我的手中拿着一双筷子，将两根筷子分开一些间距后从鱼嘴中插入，旋转几圈后挑起拔出，鱼的内脏被裹挟了出来，鲜血瞬间从鱼嘴和鱼鳃中流出，也在我的体内迅速地流淌。我将还在挣扎着的鱼按在桌案上，一手脱下裤子，扶起已经充血膨胀的下体，对准鱼嘴插了进去。血液和黏液的混合起到了很好的润滑作用，进入非常顺利，生命力还未散尽的扭动使得我更加兴奋，我慢慢加快了速度，很快，一股热流倾泻了出来。暗黄的灯光下，我裸露着下体站立着，黏稠的血液混杂着另一种液体顺着我的大腿流了下来，淌进黑色的塑胶靴子里。桌案上，一条被掏空肺腑而后又被填充的鱼大张着嘴巴，彻底地死去了。

鱼铺内一阵死亡的宁静，能够发出声音的似乎只有吊灯里那短短的钨丝在电流中的轻微跳动。片刻的喘息后，我取来了一把砍刀，一刀一刀，一刀又一刀，将那大张着嘴巴的鱼剁成了无数碎块，装进了黑色塑料袋中，随后拧开水龙头，将水管对准案板，一边冲洗一边用刀刮，直到案板上无论浅红还是深红的血迹都被清洗干净才停手，木头案板薄了一层。

收拾好后，我走出鱼铺锁好门，拎着那袋碎鱼朝家中走去。这一夜的天空中挂着一轮弯弯的月亮，发出银色的光，像是一柄快速挥舞的刀留下的尾迹。野狗趁着月色四处搜寻食物，我将碎鱼倒在路边，袋子顺手扔在了一旁，而后径直回了家。我的身后很快聚集了一群野狗，大快朵颐起这份特殊的美味。

到了家门前，母亲给我留了门，但思绪凌乱的我并不想回家，轻轻带上门后，我来到屋后的河边，将全身的衣物脱光叠放在桑树下。月光下，我赤裸着身体走到河岸边，登上小船划到了河中央，随后在船边慢慢将下半身泡进河水中。冰冷的河水刺激着我的皮肤，也彻底逼退了我炙热的血液，我的肌肉从足尖开始一点点溃缩，我的下体变得麻木，失去知觉，最后整个人蜷了起来，向前翻滚没入水中，慢慢沉至河底。随着身体的下沉，肺部的空气被一点一点挤压出去，河面上浮出一个个气泡。直到耗尽体内的最后一点氧气，我才从水下出来，在桑树下沥干身体上的水，穿好衣服后回到了家中。月光从天窗透射进屋内，我躺在床上，透过天窗看着那弯弯的月亮。远处传来一声声狗吠，恍惚之中，似乎有无数只野狗在啃食我的身体。

六

在鱼的陪伴下，我度过了青春期。

一日，去田里的路上，母亲撞见了乡里的媒婆李妈，二话不说，搂着李妈就往家中拖。

"李妈，你给上上心，四儿年纪不小了，该给他寻门亲事了，帮帮忙，帮帮忙可好啊！"母亲一边拖着李妈，一边笑盈盈地说。

"小梅，小梅！你别拽我了！不是我不上心，启庸这……"李妈话到嘴边，又收了声，脸上摆出了尴尬的笑容。母亲拖拽李妈的步子停了停，手上的劲儿却一直没松，脸上的笑容稍见凝固，而后又灿烂起来，继续拖着李妈往家去，"四儿可是个好孩子，腿坏了人不坏。我是他娘，我最清楚，怎么就没有姑娘能相中的呢？你再多瞧瞧，多找找！"

拖拽间，已经到了余家门前。

"李妈你在门口等我下，别走啊，千万别走！"说着，母亲就快步溜进了家中。李妈见母亲松手进了门，转身就朝着远处悄声离去，等母亲提着两条草鱼追出来时，李妈已经跑出好些远。

母亲并没有作罢，立马追了上去："李妈，慢些跑，鱼都追不上你了！"

最终，鱼还是追上了李妈，两条鱼的付出让母亲心安了不少。可日子一天一天过去，媒婆连一个姑娘都没带来，和鱼过着日子的我早已习惯，并不指望媒婆能够带来什么好消息，只是可惜了送去的那两条草鱼，连点水花都没溅起，就潜进水底不见了身影。说得好听些，老余家的日子过得平静极了，生活的枯燥似乎是对一个平凡人最大的认可，足够平静，也足够平凡……

又过几日，村里大广播通知晚上七点在桥东广场播映《阿Q正传》。

在那段枯燥的年岁里，露天电影是极少数我也可以从中获得一些乐趣的活动。下午四点，我早早收了铺子，囫囵吞了两口家里的凉粥就到广场候着。我挑了根离荧幕不远不近的电线杆靠着，周围已有几个后生蹲在路牙子上占位置。我摸了摸身上的口袋，从上衣兜里摸出包香烟，给那几个后生一人甩了一根过去，后生们笑脸盈盈地接住。

有个后生走到我身边，掏出火柴盒凑到我面前："四哥，我这儿有火。"

我将烟叼在嘴里，皱着眉头眯着眼睛打量着眼前的后生，心想着："这帮小子，今天倒老实，以前一直瘸子瘸子地叫着，这会儿还知道叫四哥，不容易。"我伸出手掌来捂住快要燃尽的火柴，把脸凑过去，怎料后生却一抬手，把我一头蓬松杂乱的长发给点了。

真应了那句"天干物燥，小心火烛"，火苗在我蓬乱干燥的头发间嗖地一下燃起，我胡乱地用手在头顶拍打着火苗，所幸没有造成伤害，却还是烤焦了一片刘海。后生见状拉着同伙撒腿就跑，留下了一串刺耳的笑声回荡在焦黄的天空中。我一瘸一拐地追了几步，那只跛腿自然是跑不过这些健全的后生，眼见追不上，我只能随手抄起路边的一捧干泥巴块朝那暮色中狠狠地扔了过去，泥巴块砸在地面上裂成无数碎块。我"噗"地一声吐出嘴里未点燃的烟，冲着前方骂了两句脏话，声音被空旷的广场分解，似银针入海，泛不起波澜。

等呼吸平静下来，电影也开始放映了，我扭头回去走了两步，又转过身回来，弯腰拾起刚刚吐掉的香烟，弹了弹烟屁股上沾染的泥土，想要重新塞回嘴里。"一根烟不便宜，不能浪费了。"

这时，刁中一刚从镇上的钢丝厂下班回来，远远看见我被后生捉弄的一幕，快步追赶了过去，但奈何他们已经跑没了影，只得作罢。他跑回我身边，一把拍掉了我手里的香烟，重新抽出一根递给我。

"干什么，烟是好的！"我还是弯腰捡起他拍掉的香烟，把他递给我的那根新的夹在耳朵上，咬住了那根旧的。"电影刚开始，来得正是时候。"

"晚了点。"中一也点了一根烟。

二人一起回到了我最初选好的那根电线杆靠着，一绺焦发在我指尖捻碎，散在了风里。这一夜，空中少有星星，月光也被云层遮蔽许多，使得影片的播映效果好了不少。待电影结束，天已经黑得彻底，空旷的田野上见不到一点亮光，人们带着板凳在淡淡的月光下四散而去。

"先回吧。"我小声对一旁的中一说。

"那你也早点回。"中一拍了拍我，回家去了。

我的目光依旧停留在幕布上。工作人员正在拆除两旁的架子，空旷的广场上夜风侵扰而来，平整的幕布上出现了一些皱褶，像是水波荡漾。直到幕布被完全拆除，我才回过神，取下耳朵上夹的那根中一给的香烟，还没送到嘴边又垂下手，想起了些什么，快步朝家中走去。屋门照例虚掩着，多年来母亲已经养成了给经常晚归的我留门的习惯。我绕过家门，穿过巷道来到了鱼塘边。河面上的小船一如往常般静静地在河岸边等着我，我解开船绳，一只脚踏在船上，一只脚用力蹬了下河岸，随后立即收回，船头划破水面朝前驶去。我躺在船板上，摸出火柴"呲"地一声，茫茫黑夜中亮起一团火苗，也许是今夜少有月光的缘故，这小小火柴的火苗燃得熊熊。

此刻，河床成了一盏油灯，河水是灯油，小船是灯芯，我托举着火苗，燃烧黑夜。火苗熄灭后，黑暗中只剩下一个红彤彤的火点，随着呼吸忽明忽暗。片刻之后，又进入了漫漫长的黑夜。

七

我看似平静的内心很快就被二叔余二河彻底打破。

重新唤醒我的自然不是二叔，而是二叔过年前带回来的一个外乡女人，一个漂亮的、年轻的陌生女人。这个女人并不是我的二嫂。从二叔的口中，我得知这个女人叫作"wen lan"——暂且把她叫作"文兰"，至于这两个字到底写作什么，二叔没说过，我也不得而知。

文兰在家住了七天，我的心也被吊了七天。可七天里，我并没有和文兰说一句话，在文兰的认知里，我也许不仅是个走路一瘸一拐的跛子，还是个不会说话的哑巴。

一天深夜回家，推开半闭的屋门后，我发现厕所的灯还亮着，以为是母亲起夜又忘了关灯，便前去熄灯。待靠近厕所时，却听见厕所里传出水声。这大半夜的，能是谁在厕所里，在干吗呢？在好奇心的驱使下，我提起脚步慢慢走近。厕所由泥墙和瓦片堆砌而成，建在屋子的西北角，除了厕所的功能外，由于空间较小，不容易散失热量，冬天也被用作浴室。

来到厕所前，水声变得清晰起来，不难分辨出有人正在里面沐浴。

"难道是？"一种令人兴奋的猜测浮现在我的脑海里。此时，窗口飘出一股我从没闻到过的香味，我在外墙上搜寻了一番，找到一处透出光的墙缝，蹲下身子向里窥去，两条洁白而光滑的大腿出现在了我的面前，我又蹲低了些身子，将目光向上斜去，丰满圆润的两瓣曲线进入了我的视线，那是我从未见过，甚至未曾想象到的近乎完美的曲线，一滴滴水珠从其上加速下滑，随后跌落进我的心湖之中，激荡起一圈圈涟漪。强烈的好奇心驱使我不顾伦理道德继续向上窥去，然而美好的画面戛然而止，一条粗长的红色疤痕赫然出现在眼前，从后腰一直延伸到左肩，若是够深的话，足以将身子斩成两截。我没忍住发出一声惊叹，屋内的人察觉到，大呼一声"谁！"，我一个趔趄向后退去，不偏不倚踩在了墙边堆叠的旧瓦片上，在惯性的作用下倒下，一脚踩进了身旁的粪坑里。慌乱之中，我抬起脚来便想逃跑，可腿抽出之后，棉鞋却还陷在那堆糟粕里。顾不上捡，我拖着跛腿一摇一晃地跑了出去。等文兰穿好衣服追出来，已经不见人影，只有墙边被剐蹭出的新泥和坑中的一只旧棉鞋。

我绕过老屋逃到河边，跳上小船解开绳子，将船撑到西边桥下的阴影中躲藏起来。侧坐在船边，我将踩进粪坑的右腿泡在河水里，刺骨的冰凉立刻透过皮肤钻入骨骼。我没有收回腿，而是闭上眼感受着杂质从皮肤上剥落，慢慢沉入水中。我盯着幽幽水面伸出手臂，在即将触碰到水面的一瞬间，又收了回来。当晚的月虽明亮，却被石桥遮挡了大半，我将另一只脚也泡进了水里，黑夜将河水上色，隐匿了膝盖下方的不足。气温逐渐下降，水面的温度正在接近冰点，慢慢将水面之上与水面之下封成两个世界，水面之上的，是一位完整的青年。

我狠狠扇了自己一个巴掌。偷窥并没有给我带来任何快感，而那条长长的伤疤却真真实实地砍在了我的胸口，我感到肺叶被砍破，整个人如同泄了气的皮球，瘪了在船板上。夜晚的凉风轻轻将船儿从桥底推送出来，我平躺在船板上，两条腿像是船橹似的插在水里，却决定不了船行的方向。

那夜之后，我更加不敢面对文兰，总是绕着、躲着。过完年，二叔带着文兰离家回了南方，也离开了我的脑海。临走前，文兰和父亲、母亲告了别。我自然是不敢出现在文兰面前，也不配听她和我道别。这日，我只是躲在屋墙后，看着文兰消失在转角，才从嘴中挤出了"再见"二字。

文兰自然是没有听到，毕竟，一个哑巴怎么会说话呢？

文兰离开后，我的生活又一次回到了常态，鱼塘——鱼市——家，三点一线的生活。直至一天夜里，媒婆李妈敲响了我家的大门，我的生活才出现了新的变化。

"姑娘来了！媳妇儿来了！"母亲听见了门外尖亮的嗓音，立刻起身披上外套来到门前摇开了门闩。见是李妈前来，母亲的心里乐了起来，拉着李妈进了院子，二人就在院子中攀谈起来。听见动静的我趴在窗口开始偷听。

"隔壁村贾家有个姑娘，年纪比启庸小一岁，她家有个大哥，来找我说媒，我看启庸的年龄合适，这就推荐给了人家，人家也挺满意的，你看时候带启庸去见见。"

"那太好了，我明天就带着启庸过去。"

"那我就跟她大哥说，明天你们见见面、聊聊。"

"姑娘家住哪儿啊？"

"她家在……"

约莫一小时后，母亲才送李妈出了家门。

第二日，父母便带着我去到那姑娘家中。路上母亲告诉我，那姑娘名叫贾珍，据李妈介绍，贾珍是外乡人，父母早亡，家中只有一个哥哥，名叫贾明，常年在外地打工，这次她哥哥贾明特意从外地回来，张罗着要给贾珍说媒。

从余家到贾家大约十五里地，父亲提着两条精心挑选的大鱼，母亲提着新剥的花生，我的手里捧着两只用网袋装着的西瓜。贾家的房子地处偏僻，周围没有邻舍，只有几块散落的田地围绕。田里的稻子插得东倒西歪，长势不及一旁的野草，任何种田的农家路过见到此番景象，应该都会投来鄙夷的目光，就连父亲这个渔户见了，也感到诧异不已。贾家的屋子比我家的小得多，不大的内室里放着一张挂着白色纱帘的床，木质的框架上挂着两条颜色不一的毛巾，床上铺着的是一条中间被洗褪了色的浅粉色床单，床头放着一个铰链断开的木柜，应该已经无法正常开合，木柜的上盖斜在箱体上。父母和贾明交谈时，我在一旁打量着屋内的陈设，总觉得这屋子有着说不出来的异样。堂屋的陈设则比内室更加简单，只有一张破旧的八仙桌和两把椅子，再无其他物品。如果不是屋内还算整洁，甚至会让人怀疑这是一间无人居住的屋子。

交谈下来知道，贾明一直在南方打工，所在的城市离二叔不算太远，平时妹妹也跟着他住在南方，贾明觉得带着妹妹太拖累她，还是想安顿好妹妹，让她嫁个好人家，过上安稳的日子，不用跟着自己在南方漂荡。父母对贾明的说明表示赞同，并且贾珍长得也算漂亮，二人很喜欢。我在一旁没有出声，一是因为羞涩，二是因为想起了文兰。我的脑海中又出现了那晚偷窥的画面，仍旧心有余悸。告别贾珍兄妹后，我们回到了家中。父母表示对贾珍很满意，问我的想法，我只点点头，母亲的脸上露出了笑容。

后来又去贾珍家走动了几次，便定下了亲事。1989 年，我成婚了。

这日，鱼市收摊回家，贾珍，我的老婆，已经躺进了被窝，我匆匆洗了把脸，便也宽衣钻了进去。自成婚以来已有月余，我们却还没有行夫妻之事。贾珍一直抗拒和我的身体接触，起先我也觉得，是该给她一个适应的时间。对于自己的身体缺陷，我也总是自卑的，面对贾珍的拒绝，我选择了保持沉默。在床上平躺了一会儿，我闻到了一股熟悉而又陌生的味道，在这股味道的刺激下，我的心跳却越来越快，身体也越来越兴奋，我翻过身俯在妻子的身上，想去亲吻她，可她却一把将我推离。

"你身上全是鱼腥味，去洗洗。"

我的双手撑在妻子的脑袋两边，妻子的双手则抵在我的胸前，看着妻子别到一边的面庞，我心中的潮水退去一半。双手凑到面前闻了闻，并没有闻到鱼腥味，又扭过脖子闻了闻自己身上，依旧没有闻到鱼腥味。可妻子始终没有转过头来。我还是翻下床出了门，来到井旁打了满满一桶水提上来，随后一股脑浇在了身上。井水不算太凉，却强烈地刺激着我的皮肤，两侧的肋骨在呼吸的作用下快速伸缩，像是正在呼吸的鱼鳃。待身上的水淌得差不多了，我又打了一桶水，抓起井边的肥皂搓了搓手和脸，又闻到了那股香味。我抓起肥皂送到鼻子下面，原来香味的源头正是这块肥皂。我笑了笑，原来如此……回到房间后，我没有再继续之前想要做的事情，而是平躺在了床上。妻子同我一样平躺着，我们都没有说话，静静地盯着天窗外的星空，等待着夜晚慢慢流逝。

与我成婚后，贾珍以肉眼可见的速度变得丰腴起来，仅过了三个月，便与和我成婚时判若两人，脸蛋鼓了起来，肚子也微微隆起，没了少女的模样。

"鱼吃多了，营养跟上了就是不一样。"母亲总是拿妻子越来越圆润的身子打趣，我和妻子之间未行夫妻之事的状况母亲并不知道。下午贾珍来了电话，贾珍在电话前连连点头，不知道是又对她做了什么吩咐，我去问她，她也不说。到了夜晚，等我回到家中时，妻子已经上了床。我洗漱后也宽衣解带，掀开被子一角，露出了妻子洁白的身躯。我看了一眼妻子，妻子抓着被子捂住了脸，我又掀开了一部分被子，露出了被子下更多的身体。一股热血慢慢涌上了我的脑袋，我迅速钻进被窝，将身体贴紧妻子，感受着妻子身体的温度。随着身体越来越兴奋，我趴到妻子的身上，一番尝试后，我完成了一次与在那个昏暗的鱼铺里完全不同的进入……

九个月后，我的妻子生下了一个健康的孩子，我还没有想好孩子的名字，我的妻子就带着孩子永远地消失了。爱情在我的生命中画上了句号。直到那个大雾弥漫的清晨，我也没能找到她们……

八

再次醒来，面前依旧是那个黑色的床板。回忆翻腾了一整夜，我像是进入了另一个倒行的时空，慢慢退回了年少的自己。一阵寒意从我的右脚袭来，我起床看了看，右腿一直裸露在外面，没有盖到被子。我揉了揉右腿小腿上的疤痕，抓起被子将它遮盖了起来。

起床洗漱后，我骑上停在楼下的三轮车，前往江临市场进鱼。三轮车后装着两个大塑料箱，每次进货都是刚好两箱，一般可以买上四五天。装满两箱后，我骑着三轮车回到市场。装鱼之前，三轮车骑着比较轻松，装满鱼后，连鱼带水有好几百斤，我的右腿不太能吃力，每次只能站起身子靠着重量将脚踏压下去。说来可笑，我就是骑上三轮，也是一瘸一拐的模样。

回到市场，将鱼一条一条装进玻璃缸内，打开制氧机，新一轮的工作算是正式展开了。

"24 块 6，收您 24。"

"这袋子怎么是破的，都漏了！"

"您别急，这是我故意抠破的，把水漏干净了再称重，不然您吃亏了不是。"

"滴滴答答的，我怎么拎回去哦！"

"外头还要再套个袋子呢，您放心。"

"还算实诚。其实我在你这儿买鱼很多次了，观察了你很久，整个市场就你杀鱼动作利落，处理干净，人也实在。"

"看您眼熟，知道您是老顾客，谢谢您支持！"

"伙计，你多大了？"

"今年整四十了。"

"卖鱼多久了？"

"卖鱼？哈哈，卖鱼卖了一辈子了。"

"真准备就在这儿卖一辈子鱼？"

"就这个条件，好不容易租个铺子，攒了些回头客，反正是饿不死了，多的也不敢想。"

"铺子租金不便宜吧！"

"是啊，再过两个月合约到期，又要付租金了。"

"有没有兴趣换个地方卖鱼？"

"我这儿大多都是回头客，卖个脸熟，换个地方又得从头开始。我也不是小伙子了，拼不动了。"

"江临市场你知道吗？"

"江临市场谁不知道，不瞒您说，今天的鱼就是我早上去江临市场批发来的。"

老头看着我，用手指戳了戳自己的胸口。

"意思是您在江临市场做买卖？"

"我在那儿开了个水产铺子。"

"那可是好买卖！我在江临市场进货好几年了，怎么从来没见过您？"

"我一周就去个两三回，遇不到我很正常。"

"看来您是当老板的，不在店里也正常。"

"这回有兴趣了吗？"

"可能……"

"唉，称条鲫鱼。"话音打断了我还未说出口的话。

"您稍等，我先称条鱼。"

"有空可以来江临市场找我，我姓辛，走了。"

老头儿朝市场门外走去，背着身摆了摆手。

"您慢走。"我看着老头儿的背影消失在市场门口。"鲫鱼要杀吗？"

"杀，弄得干净些。"

"好嘞，您放心。"

辛老板的出现在我心中的草原上点了一把火，我沉寂的内心又有了一些冲动。原本我已经适应了市场的生活，节奏不快不慢，有条不紊，可收入也非常有限。除了养活自己外，每个月可以存下少量的存款，可面对上海日益高涨的房价，这些存款显然是不够的。

三天后，我卖完了这次进的鱼，挑选了一身得体的衣服，骑上三轮车前往江临市场，想要见一见辛老板，不知能否遇上。从出租屋到江临市场大约有七公里路，三轮车不快，我也骑不利索，大约要花上一个小时。也许是春天到了，这条走惯了看腻了的路，今天却显得与往常大不相同，树枝的嫩芽比以往的春天多些也嫩些，道路两旁种的花开得比以往大些也艳些，就连两旁的人流都变得热闹了，遇上几个常买鱼的主顾，也都笑着和我打招呼。

辛老板的海鲜铺子是江临市场最大的一家，辛老板全名叫作辛尤力，也是江临市场有名的人物，到了江临市场一说找辛老板，立马就有人给我指路，我毫不费力就找到了辛老板的店铺。事实证明我的运气不错，今日辛老板正好在店里。和辛老板攀谈了一个下午，辛老板说，他觉得现在的年轻人太过浮躁，不能委以重任，自己身边也没有得力的助手，长期不在店里，他始终放不下心，可自己年纪大了，没法凡事都亲力亲为。辛老板说，他在江临市场进货时，就已经注意到了我，挑鱼的眼睛毒辣，对鱼的价格也拿捏得准确，杀鱼更是一把好手。这些我自认做得不错，辛老板夸奖时我也不谦虚，拍着胸脯承诺如果在辛老板的铺子工作，一样会保持这样的水准。再后来，辛老板简单问了问我的腿的情况，我和辛老板讲述了那个让我瘸腿的故事。辛老板的眼神中流露出了一些温情，但言语上没有过多的表述，只说我一人在上海打拼不易，我明白他的意思，笑着摆摆手，没有把这当作一件苦难的事情。

就这样，我正式成了辛老板的员工，辛老板给我开出了一份很丰厚的工资。由于市场铺子的租期也将要到期，我干脆提前转让了铺子。和旧市场告别后，我来到了江临市场工作。辛老板的铺子里大多是些学徒，都是年轻的后生，他们见了我，都喜欢叫我一声余大哥，我已经年过四十，比他们年长许多，这么叫也说得过去。

为了不辜负辛老板的信任，我每天早早起床，骑行一个小时来到市场开门，将海鲜铺子当作自己的铺子来经营。有个难题摆在了我的面前，原先我只卖河鲜鱼虾，对于辛老板主营的海鲜的品种和价格，我并不熟悉，所以在市场关门后，我会拿出随身带着的笔记本，将铺子里有的海鲜都临摹下来。虽然画画的水平十分糟糕，甚至换作别人根本认不出我画的是什么，但就是靠着这样的方法，不过一周时间，我已经熟悉了市场上的各种海鲜，能够熟练分拣新鲜的和不新鲜的。一个月的时间，我已经完全适应了海鲜市场的节奏，将铺子经营得井井有条。一个月后，辛老板很少再来市场，他的信任也给了我很大的信心。

九

来年九月，各个海域开捕，铺子迎来旺季。在我的悉心经营下，铺子销量一直稳居市场榜首，我和铺子的其他伙计相处得也很融洽，有了一些威信。

这日，辛老板来铺子里闲逛："店里最近忙得很吧？"

"最近的海鲜肥美，买家多了许多，不过大头还是那些酒楼，忙得过来。"

"事情丢一丢，交给年轻人吧。"

"您这是有什么别的任务交给我？"

"记得你和我说过，有机会想去看一看大海，对吗？"

"这您都记得！"只是在一次闲聊中，我和辛老板提过这么一嘴，没想到辛老板一直记着。

"卖海鲜的，不能没见过大海。回去收拾东西，明天和我一起去威海。"

收拾好行李后，我跟着辛老板坐上了前往威海的火车。

"一直不知道原来您是威海人。"

"在上海待得久了，我自己都快忘记我是威海人了。这次两个老伙计约着趁还动得了，最后出一次海。机会难得，就把你也带上，让你见识见识大海的魅力。"

出了火车站，辛老板的两个好友已经等在了火车站门口，我们坐上他们的车子，直接前往渔港。

"后勤物品都备好了，船就停在港口，我们直接出发。"两人中留着白色八字胡的一位说。此人名叫姚宏伟，威海本地人，和辛尤力同岁，两人是高中同学也是多年的老友。

"船上的几个都是得力的年轻人，干起活来干净利落，你们不用费心。"另一位留着长发，看上去比辛尤力要年轻许多的说道。此人名叫姚鲁，和姚宏伟同村，年龄比辛尤力和姚宏伟两人小十五岁，是两人的忘年交。

"你们办事我放心，这位小兄弟是我在上海的好帮手，跟着我们一起出海。"辛尤力向两位老友介绍余启庸。

"两位老哥哥们好，你们叫我小余就行。"

"他俩是老哥哥，我可不是，我应该不比你年长几岁。"正在开车的姚鲁从内后视镜看了看后排的余启庸。

"哈哈哈，"辛老板拍了拍我，"老哥哥小哥哥的，都是哥。"

"小余你晕船吗？"姚宏伟从副驾驶座扭过头来问我。

我想了想自己的那条水泥小船，笑了笑说："以前没坐过船，不知道。"

"那你肯定得晕船，记得每顿少吃点，不会吐得太厉害。"

"哈哈哈。"车厢内又响起了笑声，我也跟着笑了起来。

车子驶入渔港，港口两边只零星停着几艘渔船，大多都出海捕捞去了。在旺季，靠岸就是一种损失。在渔港内绕行了几分钟后，车子停在了一艘舷号为鲁威渔0508的渔船前，那是一艘450匹马力的中型船，船身长28米，漆着蓝色的油漆，在淡蓝色的海面上上下起伏着。一根粗壮的缆绳将船头和岸连接在一起，随着船体被海浪不断推离又送回，缆绳绞杀缆柱发出一种特殊的摩擦与拉伸的声响。

车子后备箱内装着二姚在接站前买的两箱水果，我和姚鲁两人一人抱着一箱跟着辛尤力和姚宏伟上了船，其他日用品和干粮吃食都已经提前送到了船上。这艘船原本是姚宏伟的，退休后交到了他的徒弟赵飞手里，现在赵飞是这条船的船长，船上还有两名水手，刘一明和叶传，都是赵飞的得力干将。随着一声汽笛鸣响，我们一行七人开启了一次意想不到的海捕之旅。

"风浪太大了！"叶传看着驾驶舱内的气象仪。

六个小时的航行后，鲁威渔 0508 号已经进入公海，天气的突然变化是所有人都始料未及的。海面的狂风掀起一阵阵巨浪，深黑色的海水如一道幕墙般倾倒下来，重重地拍击在甲板上。夜幕降临，加之雨水的干扰，海面的能见度非常差，姚宏伟只能依靠丰富的驾驶经验掌舵，驾驶渔船朝着一波波海浪冲击而去。作为一艘中型渔船，0508 号的抗风能力并不强，船头被海浪高高抬起，随后又俯冲而下，剧烈的晃动使得船舱内紧紧贴靠在墙边的我眩晕不已，脚下的船板不停地变化着倾斜的角度，我发力不均的两腿很难找到平衡。在又一次海浪的冲击下，我失去了平衡，脚下一软摔了出去，幸好刘一明眼疾手快，一把扶住了我。常年的海上捕捞作业让刘一明练出了一身肌肉，只一只手便将我稳稳托住，随后又将我按回墙边。

"靠紧了，双腿微微下蹲一点。"刘一明看着面部表情扭曲的我说道。

在刚刚的失衡中，我右脚上的拖鞋被甩飞了出去，如今也顾不得捡起，那只黑色的拖鞋就像是一条刚出水的鱼，随着船舱的摇晃而四处蹦跶，最后不知滚到了哪个角落里，没了踪影。我只得光着一只脚，半蹲着身子靠在墙边。可对我而言，半蹲并不是一件容易的事，那条萎缩的右腿如今没了鞋子更难以发力。好在风浪只持续了片刻便退去，海面很快又恢复了平静。

"够刺激的，好久没遇上这样的风浪了！"赵传说。

"天气预报上这几天都是晴天，怎么会有这么大的风浪？"我扶起被掀翻的椅子坐了上去。

"大海之上，一切皆有可能。"叶传在一旁收拾着洒落的物品。

二姚和辛老板则没有说话，已经多年未出海的他们再一次被大海的魅力所深深吸引。在收拾好风浪造成的一片狼藉后，二姚和赵、刘、叶五人来到后甲板准备起捕捞网，船舱内留下了辛老板和我。我依旧在缓和着自己的情绪，第一次出海便短暂地见识到了大海的疯狂，这与我此前撑着小船在平静的河面悠悠飘荡的感觉截然不同，但我丝毫没有感到恐惧，相反，加快的心跳使我兴奋。辛老板坐在船舵前看着我，双手交叉到了胸前，嘴巴微微动了动，却依然没有发出声音。

"下网！"

随着姚宏伟的一声令下，船尾的两个巨大的捕捞笼被投向海中，绞盘在铁链的带动下快速转动，在捕捞笼砸到海面后，速度渐渐慢了下来，捕捞笼很快就消失在了深黑色的水面下，只有一根看似空悬的铁链斜插在水中。

"下网了，等明天一早收网，你就可以见识到刚刚出水的海鲜了，那可不是市场里的冻货能比的。"辛尤力终于开口说了话，说完就走出了驾驶舱，回到下层的舱室里休息去了。我渐渐缓和了情绪，心中充满了对于明天早上收获的期待。我站起身子在驾驶舱里寻了一番，却始终没有找到那只拖鞋的踪影。搜寻几圈无果后，只得作罢，光着一只脚走出驾驶舱，来到了船尾。

"可以啊，这都没晕船，有点天赋！"姚宏伟把手搭在了我的肩上捏了捏。

"多亏您的建议，吃得少，所以不晕也不吐。"

"明天一早就可以煮海鲜吃了，就怕我们这儿的吃法你吃不惯。"刘一明脱下手上的胶皮手套塞到胸前的口袋里。

"人家也不是外行，还能吃不惯吗？"叶传已经将身上的胶衣脱下，挂回了一旁的柜子里。

"都累了，回去休息吧，明天还要起早。小余，你也早点休息！"姚宏伟示意赵、刘、叶三人跟着他一起回船舱。

我在船尾找了一处凸起坐下，摸出一根烟。海面虽然平静，风却也比陆地大得多，我转动身子找了好久，才找到一个避风的角度将烟点着。烟点着得慢，燃得却极快，一根烟似乎我抽了一半，海风抽了另一半。一口烟雾向前吐出，却被海风吹回了脸上，熏得我眼泪都流了出来。由于烟燃得过快，火点很快烧到了烟屁股上。手指感受到灼热的温度后，我迅速将烟蒂弹了出去，一个小小的红点在黑暗中划过一道曲线，落入海面无了影踪。海面是一片极致的黑，只有捕捞笼架子上的两盏探照灯照着近处的海面，向远方望去，两个月亮挂在天空，群星点缀四周，拼合成了一幅极度对称而又边界无限的画。

又抽了一根烟后，我回到船舱进入了睡眠……

正在睡梦之中，外面突然响起了警笛的声音，高频的鸣叫将我吵醒，舷窗外闪着红蓝相间的灯光，一艘船已经靠到了鲁威渔 0508 号的旁边，船上的喇叭用一种听不懂的语言不知喊着些什么。过了一会儿，船上的七人都醒了，纷纷穿好衣服来到了甲板上。那艘像是海警的船只将一根带扶手的横梯搭在了两船之间。

"师傅，这是什么情况？"赵传将脸凑到姚宏伟耳边。

"哼，估计是那边的人又来了。"姚宏伟冷笑着。显然这种情况他不是第一次遇到。

我全然不知发生了什么，站在辛尤力的一边，见辛尤力没有说话，我也没有发问。这时，另一艘船上出现了一个穿制服的人，身后还跟着几个和他的制服略有不同的人，几人排成一列从横梯上走了过来。

为首的人用听不懂的语言说了几句，见七人没有反应，回头示意了一下身后的一人，那人走了出来，用蹩脚的中文问："中国人吗？"

"你们是干啥的啊？"刘一明向前站了一步。

为首的那人将手搭在了腰间的枪套上，狠狠瞪了刘一明一眼。

"你们已经非法进入我国的海域，我们要对你们进行收缴查处！"这句话倒是说得十分熟练，几乎听不出什么异样的口音。

"这里明明是公海，怎么就成了你们的海域了？"叶传在后方嘀咕道。

为首的人一挥手，后排的几人突然从背后取出机枪，将枪口对准了我们。姚宏伟见状，将刘一明从前面拉了回来。见到机枪指向我们，我不自觉地想往后躲躲，可见辛老板依旧自若地站定，我也站定了脚步，立在原地。

"我们接受处罚，请便。"姚宏伟让出了身后的舱门，对着为首的那人说道。

那人和一旁的翻译站在原地，指挥身后的人进入舱室，不一会儿，那群背着枪的人就从舱室抱出了一个又一个盒子。

"原来是伙儿海盗。"我在辛老板的耳边说。

"他们可没有海盗讲理。"

"他们不会真开枪吧。"

"这点倒是比海盗强些，他们只谋财，不害命。"

待箱子被搬到另一艘船上后，一个背着枪的人在为首那人耳边说了几句，随后又列队站在他的身后，显然是在告诉他，船舱内的洗劫工作已经全部完成。与一旁的翻译交谈了几句后，翻译冲着七人喊道："把衣服都脱了！"

"他娘的，衣服也要？"刘一明没忍住吼了出来。

"照做，别惹麻烦。"姚宏伟说着，已经脱起了衣服。我们也跟着脱起衣服，最后每人身上只剩下了一条内裤。两个背枪者上前将我们的衣服收了起来，扔到了自己的船上。

"捕捞网，收回来！"似乎是公式一般，那个翻译又张开嘴巴机械地吐出几个字来。

刘一明和叶传只得走到捕捞笼前启动机器。随着铁链一点一点收回，捕捞笼慢慢浮出水面，笼子里满满地装着各种海货。待笼子被提回船上后，刘一明打开了捕捞笼的后盖，里边的海货被一股脑倾倒在了甲板上。随后，另一侧的捕捞笼也是同样的过程。两笼海货覆盖了整个后甲板，我看着各式各样的海货出了神，一旁的为首者脸上露出了满意的笑容。在一堆海货中，还混入了一只海龟，正静静地趴在甲板上，嘴巴里还衔着一条小鱼。背枪者们拿起一旁的篮子装起海货，随后一篮一篮运回了他们的船上。叶传趁他们装鱼的功夫，一把抱起海龟扔回了海里。

"你在干什么！"翻译又说起了蹩脚的中文。

叶传将双手举过头顶一脸无辜地说："没干什么！"

为首者似乎觉得已经收获颇丰，并没有翻译那么激动，待海货全部运送完后，指挥背枪者先行回到了他们的船上，随后嘱咐了翻译两句，自己也回到了船上。

"现在，立刻返航！"扔下这句话后，翻译也撤回了船上，随后梯子被收回，红蓝灯光远去，消失在了海面。

深夜的海面气温极低，七人已经光着身子吹了许久的海风，冰冷的甲板将我们光着的双脚冻得没有了一点血色，在那艘船驶离后，他们迅速跑回了船舱内。

"土匪！简直是土匪！"刘一明破口大骂。

"连他妈的泡面都搬走了！"叶传看着空荡荡的船舱。

"遇上了算咱们倒霉，老年月这样的事经常发生，我以为过了这么多年日子变好了，他们也不会再干这种事情了，没想到还是老一套。"姚宏伟盘坐在凳子上，"幸好凳子没给搬走。"

"你运气够好的，第一次出海就遇上了。"辛老板看着我。

"好不容易出海一趟，海货没了就算了，衣服都被人扒光了。"我无奈地摇了摇头。

"好了，抓紧返航，吃的全被拿走了，再不回去得活活饿死在海上。"赵飞坐到舵前掌起舵，"师父，你们都回舱里歇歇吧，到了我喊你们。"

经过了一夜的折腾，每个人都精神疲惫，纷纷回舱休息去了。我坐在驾驶舱的木凳上没有回去。"我熬夜习惯了，不睡了。"赵传点了点头，驾驶着鲁威渔 0508 号朝着出发时的渔港驶去。回程并没有遇上出发时那样的恶劣天气，但海风却大了不少，船摇晃的幅度大了许多，但经过一夜的折磨，我的肚子早已空空如也，并没有太过强烈的晕船的不适感。在船舱的晃动中，一个黑色的物体从船板上滑了出来，刚刚好停在了我的面前。定睛一看，正是先前丢失的那只拖鞋。我无奈地笑了笑，捡起拖鞋套在了自己的右脚上："没想到你成了幸存物！"穿好鞋后，我站直身子，光着的左脚和穿着拖鞋的右脚反倒极为和谐地达到了平衡，黎明在舷窗外的东方渐渐亮起……

十

威海之行结束后，辛老板几乎全权将店铺交予我管理，自己背上背包环游中国去了。我每月只需要结算好利润之后让辛老板知悉即可，钱款分发好伙计们的工资后，全部又投入店铺的运营。就这样，我成了江临市场最大的海鲜铺的店长。

这之后的两年，是我人生中最成功的两年。我租了一间很棒的单身公寓，三轮车也换成了电单车，不再需要亲自送货，通勤更为便利。两年多的经营也使我在江临市场获得了很好的声誉，周边大大小小的酒楼几乎都会找我来订货，我也有了一个新的称呼，"余老板"。

然而，家乡的一通电话又将我重新拖入了那一条绿绿的小河之中。

这一年，母亲已经吃不下饭菜，每每咽下几口，就又会呕吐出来，身体变得瘦削、虚弱。原本由父亲照顾母亲，还勉强能够支撑，可一日，父亲在骑车去镇上的医院取药的途中跌下了田坎，撞到了脑子，从此之后就变得痴痴傻傻，失去了自理能力。我是在一个平常的午后接到刁中一的电话的，在此之前已经与他多年没有联系。当分辨出电话那头略有些熟悉的声音是中一时，我既惊喜又好奇，以为是老友有事相求，却没想到是中一的母亲委托远在国外的中一找到了我的电话，告知我父母的情况，而几日来，都是中一的母亲在照顾我年迈的父母。

知道了父母的情况，我一下子慌了神，虽然在江临市场是个小小的余老板，可我这条"鱼"在上海这片汪洋里却翻不起什么波浪，等把母亲接来上海，挂号、预约、排队恐怕已经为时已晚。我向铺子里请了假，将工作委托给助手，带了两身衣服，便回到了多年未回的家中。

老屋的那扇木门紧闭着，我从屋后的河岸边绕道而行，通过和中一家共通的那个巷道，来到了侧门。中一家的侧门开着，我家的侧门也开着，两个四四方方的院子中间连出了一个通道。进到院子中，那两棵年迈的银杏树依旧是那样年迈，可枝梢上挂的叶子确是新的，有的大些，有的小些，嫩绿的，透亮的。阳光斜照在院子里，屋檐下的轮椅上坐着一个歪着脑袋的背影，略有些不同，却还是熟悉的。我后来庆幸，没有第一眼就看到父亲那失了色的面容，那丢了神的双眼，我想我是承受不住的。我走到了父亲的背后，正了正父亲头上的绒线帽后走进了屋内。

"启庸回来了。"说话的并不是我的母亲，而是中一的母亲。我后来感到失落，我多希望那个叫出我名字的是我的母亲，可那时母亲已经说不出来话来，甚至张不开嘴，连一个像我名字的嘴型都做不出来。

"姨，我回来了。这几天真是辛苦你了。"中一妈坐在母亲的床边，床头柜上放着一碗满满的米粥，粥煮得很稀，几乎没有几粒米，只有浅浅的米汤色。床头柜旁是一个垃圾桶，桶里的垃圾袋上挂着几滴模糊的水珠。我没有勇气抬头看向母亲，只是低着头看着中一妈的手，她的手中还拿着一把不锈钢的勺子，在白炽灯的照射下映出银光，透出刺骨的寒意。

"姨，交给我吧，您回去休息休息。"送回中一妈后，我重新回到房中，坐在母亲的床边沉默着，良久，我才鼓起勇气抬头看了一眼母亲，她原本丰润的皮肤变得瘦削、干瘪，枯瘦到令我感到完全陌生的面容还是彻底击溃了我的防线……

晚上，我在母亲的床边打了地铺，方便夜里起来照顾母亲。夜晚比我想象的安静，母亲似乎也睡得踏实。窗外下起了小雨，听着雨点敲打天窗发出的熟悉的响声，我很快进入了梦乡……

"启草，来帮我烧柴！"母亲在厨房喊着。

"来了。"余启草丢下作业本跑到厨房，坐到了锅膛前。土质的锅台里燃烧着捡来的枯枝，余启草一边看着母亲搅动锅内的稀粥，一边往锅膛内添加柴火，保持稀粥冒着不大不小的泡泡。

院子里种着两棵银杏树，棵棵都需三四人才能合围。七岁的余启庸和五岁的刁中一在树下用铁锹挖着泥土。天气干燥，树下的泥土如水泥般坚硬，两个尚无铁锹高的孩童自然是挖不动的。余启庸心生一计，脱下裤子朝着面前的泥地尿了起来，刁中一也跟着脱了裤子，只是他并无尿意，着急地嘴里哼哼了两句，随后才尿出来。有了童子尿的湿润，泥土变得松软些，两人又扛起铁锹挖了起来。铁锹的挥动并不是什么活计，只是娱乐的消遣。

房顶烟囱里的烟轻了些，余启草正坐在锅膛前，脸被膛内的柴火烤得通红。

"怎么又挖不动了？"余启庸自问。

"哥，我尿不出来了。"刁中一将裤子褪到一半，站在了原地。

"不用尿了，这是挖到树根了。"余启庸把手里的小铁锹对准土里裸露出来的树根用力一扎，随后站起身子，弯曲双腿蓄了一股力，用力朝着铁锹顶端踩下去，"咔"的一声，婴儿小臂粗的树根被铲断，铁锹一下扎进了土里。

刁中一见状，又重新提起了裤子："哥，你真厉害！"

"快，继续挖，等二哥回来就该吃饭了。"

这时，院墙外响起了另一个女人的声音："中一！中一！回来吃饭了！"

未见其人，先闻其声，过了一会儿，才见中一妈一边在围裙上擦着刚洗净的双手，一边从隔壁院子走来。

"你看，你妈都来喊你了，这坑才挖了这一点，连我的小腿都埋不进去。"

"咱们继续挖，我还没饿呢。"刁中一和余启庸两人搭着话，头也没抬，继续蹲在地上挖着土坑。他们也不知道挖出个土坑来埋什么，在那个年代，全家都凑不出一件宝贝来，更别说他们两个小娃娃，只是觉得有着用不完的力气，把浅色的土翻成深色的土，在地上留下一个属于自己的坑，也是一点小小的成就，是他们改变世界的一小步。也许是他们挖得太过专注，并没有注意到头顶的天空，密密黑黑的云层不知何时压了下来，空中悄悄响了几声雷，并不引人注意。

母亲掌起了厨房里的灯，光线透过一扇不大的窗子，正好照在了土坑上。雷声过后，一阵重重的潮气从远处的大地爬了过来，爬上了余启庸和刁中一的后背，藏在田间草丛的幼蛙被潮气引诱了出来，趁着夜色在大地上蹦跳着，肆无忌惮地穿过余启庸和刁中一的身边。

"哥，要不咱抓只青蛙埋了吧，青蛙在河里游得那么欢，可能会憋气，你说在土里是不是也能憋气！"

"那就抓一只试试，这小坑埋只青蛙够了。"说话间，刁中一已经抓了一只青蛙攥在了手里。

"你攥轻点，别给捏死了。"

"嘻嘻。"刁中一一边笑着，一边吸了吸已经挂到了嘴边的鼻涕，随后就把青蛙丢进了土坑里。还没等两人捡起铁锹重新盖土，青蛙就从土坑里跳了出去，消失在了黑暗之中。

"有了！你再抓一只。"说完，余启庸就跑了出去，刁中一又在身边抓起了青蛙。等余启庸跑回来，刁中一的手里又攥了一只青蛙，余启庸手中则拿着一只红色的塑料袋。

"来，把它丢进塑料袋里。"等刁中一把青蛙丢进红色的塑料袋，余启庸将袋口扎好，丢进了土坑里。

"这下跑不掉了。"红色的塑料袋像个吹了气的红色气球，躺在土坑中，有个黑色的小点在里面胡乱地跳动着，红色的气球跟着一晃一晃，像是在期待一阵风，把它带到天上。

"噗"、"噗"，余启庸和刁中一拿着铁锹将刚刚挖出的泥土重新填进坑里，红色的气球瘪了下去，很快消失在黑色的颗粒中。

"好了，可以吃饭咯！"

"吃饭咯!"刁中一吼叫着跑回了他家,余启庸也跑进厨房,两把铁锹被扔在了院子里。

等吃完饭,天空中已经下起了大雨,母亲将碗泡在锅里,柴火的余温将锅里的水加热到了舒适的温度,余启草也回到了房间。余启庸则蹲坐在厨房外的墙边,看着墙缝上攀爬着的蚁群发呆。父亲余大海来到了仓房门前,门锁挂在门栓上,钥匙还留在锁眼里,门虚掩着,那是下午启庸打开的。仓房造得矮小,说是仓房,其实不过是余大海用一个旧门板和旧砖靠着屋墙围起来的一小处空间,里面堆放着家里务农用的工具。余大海推开门,取下挂在墙上的蓑衣和斗笠,披戴好后走到院子里,捡起了被丢下的铁锹,又看了看被翻开的新土,已经被雨水冲得烂成了一摊烂泥。余大海用脚将土平了平,随后将铁锹放回仓房,锁上门取下钥匙放进了口袋。蚂蚁在继续爬着,余启庸看得专注,屋外的雨声、屋里的洗碗声成了背景音,接连的黑点在灰白的墙壁上移动,像是时钟在走,只是单向而不循环。

灯光熄灭,世界彻底被交到了夜晚手里。余启庸躺在床上,闭上双眼,雨声像是一层细密的棉被盖在他的身上,包裹着他,带给他安全感。他喜欢听雨声。很快,余启庸就在雨声中进入了梦乡。梦中蛙鸣四起,跳动的蛙群如潮水将他吞没,慌乱之中,他抓住了一根绳子,上方一个巨大的红色气球将他带离地面,上升、再上升,他低头望向地面,蛙群仍在下方不断聚集、重叠、攀升。随着持续的上升,黄色的气球变得越来越大,天空中落下一把巨大的银色勺子,划破了气球,"嘭!"的一声,气球爆炸,他向下坠去,一只巨大的青蛙从破碎的气球中出现,一口将他吞进了肚子。一片黑暗之中,他听到了一声声鼓点,密集沉闷,像是演奏着死亡的序曲。

余启庸从梦中惊醒,窗外的雨声变得震颤心魄。他突然想到了什么,跳下床冒雨冲到院子里,雨水已经将覆盖着的泥土冲洗掉,露出了洞中的红色塑料袋,雨点打在塑料袋上,发出如鼓点般的声响……他走上前去,解开红色的塑料袋,里面是一只瘦削的、干瘪的、像是活活饿死了的青蛙……

十一

第二日醒来,我叫了一辆网约车,带着母亲前往市里的医院做了一次全面的检查,最终被确诊为食道癌晚期。院方已经给不出任何治疗建议,就算住院治疗也是遭罪,只能勉强延长生命。

回到家后,我在床上辗转反侧,难以入眠,无助之中我只能想到一个人,我的二哥余启草。自从二哥余启草参军入伍去了北京后,便很少与家里联系,准确地说,这样的联系在我的小腿肌腱断掉的那个下午,就也跟着断掉了。二哥不敢再面对父亲,也愧于面对母亲,参军后只是隔三岔五汇款回来。后来二哥在北京结了婚,婚礼也没有邀请父母前去,就连我也没有受到邀请。只听说二嫂家境优越,二哥算是做了上门女婿,入赘留在了北京。我想,也许二哥在北京能帮上忙。

犹豫再三,我拨通了二哥的电话。告知了二哥家中的情况后,电话那头是长久的沉默。"你来一趟北京吧。"随后电话被挂断。

第二日,我将父母托付给中一妈照顾后,带着母亲的检查报告坐上飞机前往北京。机场到达出口处，二哥一眼便认出了我，远远地喊着我的名字，我们四目相对，相互打量了很久。此次相见，我们两人都不再是少年模样，二哥的头发白了许多，但面色红润，光看容貌，可能比我还要年轻一些。

"庸儿，老了。"

"快五十的人了，能不老吗。二哥，你倒是越来越年轻了。"

"头发都白了大半了。咱妈……"

我摇了摇头，没有接上话，兄弟两人并排走出机场，坐上了二哥的车子。

"这是我能找到的最好的医生了，让他看看咱妈的病还有没有解决方案。"出了机场，我和二哥直奔医院。

"报告带来了吗?"

"都带来了，您看看。"

专家摘下眼镜，将报告举到面前仔细观察了一会儿，又叫来了另外几位医生一起商量着什么，我和二哥站在一旁静静地等着，观察着专家的神情，想要提前知道些信息。但专家从头到尾都是一脸的平静，过了不知多久，聚在一起的医生们散开，专家重新戴上眼镜说:"从报告来看，你们家乡医院的诊断没有问题，的确是食道癌晚期，目前没有什么很好的治疗方案。"

"医生，您再帮我们想想办法吧!"我只觉右腿一软，身子伏到了专家的办工作桌上。二哥伸出手想要扶我，腰却没能弯下来。

"你们要不把病人带过来，再重新做一次检查，看看情况是否有变化。"专家的眼神在我俩身上跳动着，最后定格在二哥的脸上。

"医生，您告诉我们，这样的检查报告准确率高吗?"二哥问。

"只能说，误诊的情况会存在，但是概率非常小，如果你们坚持，也许会有奇迹。"

"可我母亲年纪已经很大了，而且现在状况非常不好，身体很虚弱，恐怕经不起这样的折腾。"

"你们母亲的病拖得太久了……这样吧，你把病症再和我描述一下，描述得仔细一点，或者你让我和患者通个电话，如果病症也符合，那么结果就比较明显了。"

……

从诊疗室出来后回到车内，我和二哥并排坐着，默不作声。

"庸儿，我这边走不开，妈的情况这么严重，总得有个人回去照顾。"

"哥，我知道。"

"要不……"

"我心里有数，你在北京好好的，我先回了。"

车内一阵沉默。我扭过头看着窗外北京的街景，和上海的截然不同，但这种不同之中，却有着相同的一种感觉，我说不上来是什么感觉。大楼外墙反射的阳光刺进我的眼中，一滴泪水条件反射地流了出来，我背过二哥抬起肩头蹭了蹭脸颊，抹去了那一刻的悲伤。

不一会儿，车子停在了机场前。

"票我给你买好了，家里情况紧，就不留你了。"

"是，不能一直麻烦中一妈。"

"喏，回家的机票。"

"我回上海，不回家。"

二哥愣住了。

"上海的事情还没处理完，我得回去把那儿的工作了结了。"

"哦，那我去给你改签，抓紧把事情处理好。"

看着机场里穿梭的人群，我不禁想起了十多年前第一次坐大巴去上海的情形，周边是一样的人流，却是不一样的我。

"改签好了，到家记得给我打电话。"二哥的手中递来一张机票。

我从车内钻了出来，站起身子，将背包挎在背上，二哥拉了拉我的背包，拍掉了上面的一层薄灰。

"拉链没拉好，我帮你拉上。"二哥说着。回到上海后我才发现，二哥在我的背包里放了厚厚一叠现金。

"谢谢哥，走了。"

"去吧。"

二哥朝我挥了挥手，随后坐回了车内，吩咐了司机两句后，车子启动驶离机场，一团淡灰的尾气被拖得很长，像是一口吐了很久的烟。

十二

回到上海后，我先行去了江临市场，准备将市场的工作交接一下，原本在旅行途中的辛老板也专程赶回了上海。

"情况特殊，我也不留你了。"

"谢谢您。"

"也谢谢你。"

没有过多的交谈，交接好工作后，我和辛老板告了别。回到公寓，我将行李全部打包好后，快递寄回了家中。

一些带不走的，就留在了那里。

我拖着拉杆箱一步一晃走出小区，低头看着水泥地面上一个个向后倒退的颗粒，脑海里幻想着周身的时光慢慢倒流，回到一天前，回到一月前，回到一年前，回到十年前……

当晚，我带着一部分的自己坐上了回家的大巴。

再次回到家乡，在照顾父母之余，我重新张罗起了屋后的那片鱼塘。只是多年没有打理，屋后的河面长满了绿色的浮萍，反观桥西的河道，被人承包用来养高邮大麻鸭，河面的浮萍被鸭子吃得一干二净，鸭子在水面欢快地游动。那条水泥船已经被河边的植被覆盖，船头脱落了一大截，船舱内是浅浅的污水和苔藓，还有树上飘下的落叶。简单清理了包覆在船身上的植被后，我将半截船沿着河岸拖出水面，翻转过来倒出了里面的污水和落叶，买来铁丝和水泥，沿着断裂处重新修复船身。连着几日的阳光都很猛烈，暴晒之后的小船焕然一新。我在河的东西两向拉起旧渔网，将河面分割开，连绵的浮萍密实极了，小船推下水后几乎没有了漂动的空间。我从仓房拿来钉耙，站在船头，扬起双手，一钉耙扎在了浮萍中间，随后奋力向上一提，可那些浮萍根茎交错，紧紧相连，而我下盘不稳，用力拖拽下险些将自己拖下水。思索之后，我回家取了把镰刀，又从屋顶的房梁上抽出一根细长的毛竹竿，将镰刀绑在竹竿上，然后重新登船，先将浮萍间相连的根茎割断，随后用钉耙叉起割断的浮萍，再将船儿向前撑行一段，再用镰刀割开，钉耙叉起，船儿撑行，如此反复，一片一片……

等河道清理完，我买来鱼苗，又在东西向的河道两旁换上新的密实渔网，将鱼苗投入了河中。

然而，鱼苗还没有长大，母亲的病情已经恶化到了接近终点的阶段。原本就身形瘦小的老太太如今已经瘦得像一张纸一般，只有一层薄薄的暗黄的皮肤附着在纤细的骨架上，萎缩却依旧褶皱。母亲的生命已如同悬丝，而父亲每日坐在轮椅上消磨时光，神志一日比一日模糊。

这日喂早餐粥时，母亲用尽力气从嘴边挤出了几个字："你姐、哥、回。"喂下去的粥没有一粒米进肚子，全部吐了出来，只有一点米汤流到了胃里。我明白了母亲的意思，勉强喂完这小半碗粥后，拿出手机坐在母亲的床头，准备给大姐和二哥打电话。

我先拨通了二哥的电话，那头回复了一个字，"好"。

第二通电话，我打给了大姐。

"喂，庸儿啊。"

"大姐，是我。"

"之前给你寄的枣儿还有吗？最近在上海怎么样啊，听说现在你可是余老板了。"

"大姐，我回家了。"

"回家了？怎么好端端的，突然回去了。"

"你也回来一趟吧。"

"怎么了这是，难不成？"

"妈不太好，你快回来吧。"

"好，收完这一季的葡萄我就回。"

两通电话叫回两个离家几十年的亲人，我只觉得手中的手机变得格外沉重。

两天后，我接到了大姐打来的电话。

"喂,庸儿,我买了今晚的火车票,到徐州中转,三天后到家。"

"好的大姐,二哥已经到家了。"

三天后,大姐余启青时隔四十五年重新回到了家乡。记忆中的泥墙老屋早已被推倒,在原地重新盖了砖房。大门敞开着,门下的轮椅上坐着一个两眼无神的老头,呆呆地望着地上的树影。

"大姐!"二哥正好从房里出来,一眼就认出了阔别多年的大姐。

"启草?"

"是我,大姐。"

说话间,大姐走到了屋檐下。斜坐在轮椅上的父亲盯着眼前这张陌生的脸,片刻之后忽然嘴唇翕动了,随后开始发了疯似的喊叫。我被父亲的叫声惊动,也走出屋外。

"庸儿,大姐回来了。"二哥在一旁说。

出现在我眼中的是一个留着灰白短发的女人,有着和我一样宽阔的额头,高高的颧骨,有着和二哥一样的高鼻梁,两道法令纹从鼻子两翼蔓延到下嘴角,虽然许久未谋面,我却仍感到十分亲切。

"大姐。"

"哎。"

"咱妈呢?"

"在房里,床上躺着呢。"

二哥在一旁安抚着神经错乱的父亲,我带着大姐进了屋内。

十三

这一晚,老余家五口重聚在一个屋檐下,距离上一次的相聚已经过去了整整四十五年。

这一晚,大姐和二哥守在母亲的床前,我陪父亲睡在另一侧的屋内。这一晚,云层又密又厚,天空中只留了一道缝隙,月光独独照在老屋之上……

"大姐、二哥、三哥,你们等等我!"

金色的稻田间,四个少年正在奔跑着,他们年岁相仿,一旁年轻的父亲正在耕种,母亲坐在浅灰色的银杏木板车上用草帽扇着风,田间的水渠里淌着灌溉用的清清的水流。清晨的阳光下,金色的稻田无边无际地铺开,姐姐和哥哥们跑得很快,余启庸落在最后,只能看见他们的背影越跑越远。突然,世界开始慢慢向上倾斜,余启庸双脚用力蹬踏着,追赶前方的姐姐和哥哥们,看着他们依旧平稳而快速地向前奔跑,而自己脚下的地面却越来越倾斜。余启庸慌张地回头看向身后的母亲,却发现板车上的母亲不见了踪影,只有停留在原地不断缩小的板车。慢慢地,麦芒逼近到了余启庸的眼前,将要刺进他的眼球,远处的世界消失在麦穗的遮挡中。余启庸渐渐被麦穗吞没,身后的世界像是沙漏里的细沙倾泻进了无尽的黑暗之中，他只能手脚并用奋力向前，不，是向上爬行。世界几乎成了一道垂直竖立的墙。余启庸的每一步都要费尽全力，全身的血液似乎都聚集到了腿部，一种异常的引力将他向下拖拽。余启庸的两只脚插在泥土里，一只手扣着泥土，一只手抓着麦苗，像是一只壁虎一样，吸附在一面金色的墙上。麦秆依旧垂直于地面竖立着，麦芒却好像变成了锋利的刺刀一般割破了他的脸，他的胳膊，还有他的腿。他感觉自己快要被割裂成无数个碎片，血液从全身的伤口中喷涌出来，在金色的墙面上形成了一道红色的瀑布，倾倒进一片黑色的湖泊，血液的流失使一股极寒的冰冷从皮肤传递到大脑。几步之后，余启庸已经精疲力竭，汗水和血水模糊了他的视线。迷蒙之中，他似乎听见大地的心跳声，周围的方块田野从金色变成黑色，从黑色变成绿色，从绿色又变成金色，色彩的交替越来越迅速，很快，三种颜色的变换已经分不清先后，融合在一起扭曲、旋转，头顶的阳光也被卷了进来，随后交融在一起，全部掉进了沙漏似的坠落中。一片混沌肆意地倾斜……渐渐地，混沌有了形态，变成了水，似银河落九天般的水，将余启庸从混沌之中冲刷了出来，一瞬间坠入水底。此时他已经快要晕厥，在失去意识之前，他觉得后背被一股力量托起，慢慢将他带到了水面，等他再睁开眼时，天空中挂着一轮弯弯的月亮，他的脑海中一片空白，仿佛获得了重生一般的清澈。

"庸儿，妈走了。"半梦半醒之中，我的耳边传来了二哥的声音，我猛地睁开眼，冲进母亲的房间。大姐正坐在母亲窗边的板凳上，脸上是比僵直的皱纹还要平静的面容，双眼盯着床上面色惨白的母亲。我在门口停了下来，扶靠在了门框上，二哥站在我的身旁，用胳膊揽着我的身子。

母亲的后事办得简单，七日后，大姐和二哥分别启程回了新疆和北京，家中只剩下父亲和我。

第八日清晨，天空起了大雾，能见度不足两米，坐在门前轮椅上发呆的父亲似乎被茫茫的白雾恍了神，嘴里呜呜呀呀地大叫起来，双手也跟着胡乱挥舞。我在一旁安抚了好一会儿，却不起作用，只好推起轮椅带父亲绕着院子走几圈。可父亲却始终未能平复下来，于是只好推远些距离，将轮椅推向了后院。越接近河边，父亲的吵闹声越小，直至被推行到河岸，他才安安稳稳地坐在了轮椅上。湿重的雾气导致河岸边的土地变得非常泥泞，轮椅推行十分困难，加之我的右腿无法发力，前行变得异常艰难。气温的上升并没有使雾气散去，反而让雾气变得更加浓厚。不知是雾气的原因，还是推动轮椅太过疲惫，我的视线变得越来越模糊，浓雾之中似乎出现了几个人影，但很快又消失不见。过上一会儿，这些人影又再次出现，我只觉得熟悉，来不及仔细分辨，它们便又消失了。

泥泞的土地上推行轮椅并不是一件简单的事情，我有些体力不支，不得不站在原地喘息。我轻轻揉捏着大腿，耳边突然传来了婴儿的啼哭声。在一片浓雾之中，很难分辨哭声的来处，我将轮椅停靠在桑树下，双手罩在耳边仔细辨认，这才发觉声音来自河面。不曾多想，我迅速脱下身上的衣服，一个猛子扎进了河里，冰冷的河水中，婴儿的啼哭声消失了。一片浓雾中，我似乎进入了另一个时空，周围的一切都消失了，慢慢地，我觉得自己也消失了……

昆仑奴

常心睿

一

大历五年，又是一个无聊的夏天，长安城暑气逼人，狠戾的太阳逼得路旁的叶子打了卷儿，楼台上的屋瓦似乎都晒出一层滚烫油光，叫鸟雀不敢稍栖。这样热的天气，路上行人寥寥，商市不振，街鼓不兴，大唐的心脏就这样大喇喇地暴晒在烈日之下，几乎要萎靡地缩成一团。

这样叫人讨厌的天气，却是磨勒最喜欢的时候。磨勒半裸着身体，只着一短裤，汗水淋漓，一身黑肌肤更像是刚上过漆似的晶透，短发鬈似海螺，左耳坠着一只大金环，显出主人对他的爱重来。磨勒在跑，像脱缰的马那么跑，像撒欢的犬那么跑。他厚实的脚掌在发烫的路面上飞快地起落，丝毫不觉得烫，反而好像是吸收着长安城无限的热力，使他跑得像一阵无可阻挡的风，搅弄着长安城滞涩的空气。只要他愿意，他可以永远不停下。可惜，他不得不停下。

磨勒等了半炷香的时间，他的主人的车驾才赶到。驾马或御车与磨勒竞速，这是主人崔生最喜欢的竞技游戏之一。崔生出身博陵崔氏，虽在科举上一无所成，但凭着世家恩荫，在长安挥金如土，又虚荣好攀比，凡同朋友交游应酬，必要炫耀自己的骏马与爱奴。磨勒也总是不辜负他的期望，脚力竟总是更胜骏马一筹。这时，磨勒露出骄傲的笑容，期待着主人的金鞭会轻轻地搭上他的肩膀，以示鼓励。青骢马则在一旁懊恼地打着响鼻。

"没想到这奴子看起来笨拙不堪，却如此迅捷善跑。倒叫我输了你一根金铤子。"说这话的人是崔生的朋友田怀。田怀是魏博节度使田承嗣的子侄，为人奸猾又颇有野心，然而田承嗣正是炙手可热，自然不将什么远房子侄放在眼里，自己又文不成武不就，倒是日日盘算前程，搔尽了顶发，只得用幞头小心遮掩起来。天气暑热难忍，幞头又不透风，田怀的秃头顶瘙痒难耐，此时却羞于在崔生面前挠头，又输了这么一遭，面上龇牙咧嘴，好不难受。崔生以为他是心疼金子，倒愈发得意起来："好马必得伯乐赏识，异士拜于君子门下。我这奴子奔如骏马，力大如牛，全长安也只此一个了。"

二

只有这么个无聊的夏天才能把这两个无聊的闲人凑作一堆，又准备作一番无聊的消遣。此时二人已登上了彩舟，泛于曲江之上。酒过三巡，二人更是放肆调笑，见崔生面如红霞，酒意正酣，田怀心思一起，于是说道："贤弟，我今日见磨勒才知世上有这样的奇奴，但我也有一宠婢，乃是一胡姬，舞胜飞燕，歌似莺啼，唤为雀娘，虽然称不上是天下无双，却也是世所罕有的了。"崔生一听，色心大起，拊掌称是，连连催促田怀唤出雀娘一见。

原来，雀娘本就跟在田怀的一众奴婢之中，侍立在旁，只是她身量较一般女子更为娇小，被田怀遮挡去大半。雀娘一袭素纱青衣绿罗裙，梳乌蛮髻，攒金雀钗，身无环佩，只系一水色丝绦，项上却挂了整副珍珠璎珞，想来舞蹈时又会增添许多声色。她虽作汉女打扮，却不似中原女子，眉眼坚毅不见羞涩，鼻高唇薄未含笑意，双眸如翡翠，碧绿中透着寒意。正是酒热情浓的崔生，竟在这双冷眼下骤然一凉。崔生再凝神一瞧，却只见雀娘拜了一拜，低眉敛目，全不见方才的凌厉眼风。

"雀娘这样的人才，自然不可如一般舞姬一样平地起舞。"田怀嘴角捻起几分笑意。

"竟是能同汉时飞燕一般在水精盘中起舞吗？"

"水精盘虽小，却平稳易立。我有一金鼓，鼓面如盘大，鼓身却似半球，人若勉强立于其上，则摇晃不能站立，而雀娘不仅能够稳立于上，还能翩然起舞如履平地。这又算不算天下一奇呢？"

于是崔生命磨勒跟随田家奴仆抬来金球鼓。鼓虽不大，但内里以黄铜浇筑，外镀黄金，却也百斤有余，只见磨勒单手托于掌上，直如小儿捧碗般轻巧。确是一雄壮力士啊——看到这一幕，连主人崔生也不免心惊了。

常心睿

檀板一响，琵琶与胡笛相和。

雀娘足尖点地，飞身跃上斜置的金鼓，左脚正落在鼓面中心，右脚狠踏翘起的鼓沿。雀娘腿如玉柱，而腰似软罗，绕柱而旋，一折一错，一仰一俯之间，金鼓竟在她的舞步下渐渐正了过来。雀娘皓腕翻飞，世间唯愁捉不住，身轻而跃，只恐飞去逐惊鸿。更妙的是，满身的珍珠璎珞，竟如串珠的丝线断了一般，随着她的舞动活了起来，琵琶弦弦声催，则珍珠愈动愈急，有如雨落青江，露滚荷叶。檀板渐停，琵琶声消，雀娘舞毕，风消雨歇。然而这一场春朝急急雨，已尽湿了酷烈的长安天。

"此女有如天人，兄得此佳人，真是让小弟羡慕不已。"

"诚如贤弟所说啊，雀娘有如天人，因此我得此婢后常常感到不安，这样的福气哪里是我这样的凡人可以消受的呢？恐怕会折损福寿啊。"

"田兄这样忧虑，小弟做些什么才能为兄分忧呢？"

"如果说天下英雄有能够配得上这样的美人的，恐怕只有魏博节度使田将军了吧。我有意将雀娘进献给田将军，但独献美人或显单薄，金银俗物田将军也未必看得上眼。必要一绝世珍宝，才配与此美人共献啊。如若田将军收下了我们的礼物，凭借我的几分薄面，亦可解贤弟的仕途之忧啊。"

崔生听到此处，又不禁勾起许多科举场上的伤心来，被酒意一激，竟几欲落泪。他急忙道："兄待我一片诚心，叫小弟好不感激。只是这金银易得，珍宝难求，况得是田将军看得上眼的，普天下又有几件呢？贤兄尚不可得，愚弟又往何处求取呢？"

田怀正等他问出这句话来。广德元年，吐蕃进犯，皇帝仓皇之下撤出帝都，长安城陷入一场浩劫。田怀在战乱之中，救了一女子，将其收为妾室。这女子原是兴庆宫宫女，曾侍奉过玄宗。田怀从她口中得知，兴庆宫内搜罗天下奇珍异宝无数，藏置处极多，安史以来几经劫掠，却仍有宝物遗存。而其中最为珍贵的莫非大食国进献的国宝阳燧珠，传言此珠大如鸡卵，红如火焰，热胜日光，曾悬于武后的明堂之上，匠人将其嵌在蟠龙口中。玄宗即位后，则将其藏于兴庆宫，只是与其他珍宝不同，阳燧珠藏于兽苑中一阁，有狮子守护，凡人不可近。田怀觊觎阳燧珠已久，无奈天下竟无能与雄狮一搏者，直到今日亲见这昆仑奴，贼心又起，心下便生了一番盘算。

田怀将原委掐头去尾地向崔生交代了一番，恐将崔生吓退，于是隐瞒了狮子之事，只极力渲染献宝后前程如何锦绣，等等。"若是有贤弟的昆仑奴相助，何愁此事不成？"

"纵然磨勒奔如飞马，攀似猿猱，气力如牛，也难以越过重重宫墙，躲过金吾卫的巡查啊。"

"有诗曰：'帝城不禁东流水，叶上题诗欲寄谁。'素来有宫女以红叶传诗，红叶掷于宫渠，则顺水而下流出宫城，这岂不说明宫内龙池或以暗渠连通兴庆宫外的龙首渠。而昆仑奴原居南海之国，善沉潜，常采珠，正可以顺渠而入宫城。至于金吾卫，贤弟大可不必担心。兴庆宫不是今上的居处，战乱后无力修葺，多为太妃等后宫所居，守卫并不甚严，兼兄之奴身手矫健，岂有不得的道理？"

崔生在田怀的鼓吹之下果然心神激荡，连畏惧也忘记了，一口答应下来。二人更是痛饮几大杯，庆贺今日的盟约。田怀又唤雀娘献舞助兴，他红着脸大喊："嗟，婢子来！"雀娘依然冷冷，只上前见礼，复登上金鼓献舞。

羯鼓三声如军令，琵琶声骤起。

不同于初舞绿腰之翩然，雀娘直舞起刚健的胡旋来。她双手一举，以掌和拍，脚下有如生风。罗裙旋开，层层叠叠，有如七重莲开；璎珞相击，如聆佛宫梵音。琵琶催，左旋千匝，右转万周，如回雪飘摇转蓬舞。羯鼓下，足击金鼓，疾如车轮飞驰马蹄奔。在旋转之中，她的每一片裙裾都利如刀刃，她也不再是身如侏儒的女子，而是纵横沙场的将军，几欲用她愤怒的锋刃搅碎这个世界。恍惚间，崔生听到兵刀相击之声——

"磨勒救我！"

几乎是同时。雀娘皓腕一翻，露出袖底的匕首，随即飞身旋起，朝田崔二人的方向击去。此刻剑意透骨，寒如三冬，同舫外的烈阳盛暑竟是两个世界。而这一刻之前，崔生想是被此寒意所激，本能似的感到了杀机，只是却未想到这杀意并非冲他而来。

磨勒不得不动。磨勒双膝一曲，双掌猛击地面，借一击之力弹跳出去。这一跳如蛙之捕蝇，纵然雀娘如鸟雀振翅，也及不上这一跳的迅疾有力。磨勒仅以手抵挡，其双掌如铁，与精钢匕首相击，竟似有金石之声。雀娘被这一挡撞偏了，而田怀此时吓得魂飞魄散，身子一软向崔生侧倒去，倒避过了这一击。

雀娘见一击不中，旋身而走，意图破窗而出。磨勒再次跳起，右手袭向雀娘背心，雀娘察觉，闪身相避，谁料磨勒那只黑沉如铁的左手，却一把抓住了雀娘的脚踝，直将雀娘摔至舫壁之上，雀娘身轻骨脆，霎时如琉璃坠地，骨骼尽碎，一口鲜血吐尽，也就断了生气。死去的雀娘仍是娇小如鸟雀，鲜血染透绿罗裙，竟如她生前最后一支胡旋般艳丽，仿佛一朵跌落枝头的红牡丹。

磨勒蹲下身来，轻轻摇了摇雀娘。他小心地擦着雀娘脸上的血，血像胭脂一样晕开了，雀娘显得比生前冷冷的样子要更美丽，磨勒有点高兴，嗓子眼里发出一些谁也听不懂的含糊的声音。他摘下自己耳上的金环，金环很大，而雀娘很小，于是磨勒只能将金环套在雀娘的手上。

惊魂未定的田怀看到这一幕，竟是把剩下的半条命也吓没了，跌跌撞撞地向后爬。好在崔生反应过来，安抚道："田兄别怕，磨勒虽天赋异禀，却是个心智不全的哑巴，他不知道什么叫作杀人。况且他最是温驯听话，决计不会伤你。"

"那，那这是在做什么？"田怀仍是声音发颤。

"磨勒想什么，谁也不懂得。但我想——大概，他是有些喜欢雀娘吧。"

此时不过申时，暑气仍炽热难消。而画舫之内，浴血昆仑奴抱着胡姬的尸体痴笑，只露出森森白牙来，旁边瘫坐着一个个几乎魂飞魄散的人，冷汗浸透单衫，竟也不知到底是身在鬼界还是人间了。

三

田怀回家后大病一场，磨勒在他眼中简直比食肉啖血的野兽还要可怕，令他想起来便冷战不止。但想到曲江一宴不仅没有取得阳燧珠，反而赔了一美婢进去，田怀心中愈发恨上了磨勒，全然忘了磨勒对他的救命之恩。渐渐地，田怀的恨与贪又渐渐超过了怕，他传书崔生，牢骚之外，嘱咐崔生吩咐磨勒三日后深夜潜入宫城窃珠。"万望事成。"田怀写道。他心里却想，不成也是好的，磨勒被狮子咬死或被金吾卫刺死那也解恨。但一想到磨勒，田怀不禁又是一个寒颤。他唤来管家安排送信，顺便吩咐把府里所有异国奴隶都发卖了。无论是磨勒还是雀娘，到底都是可怕的，如恶鬼，如野兽，总归没有一点人的样子。

磨勒出发以前睡了一觉，做了一个美梦，梦中雀娘仍然在金鼓上跳舞。不同的是，这次磨勒自己也在跳舞，他一手捧着金鼓和金鼓上的雀娘，一边跟随乐声起舞。雀娘穿着鲜红的纱裙，不停地跳着胡旋。他们跳了很久很久，久到鼓声都停了，跳累了的雀娘躺在他的手心里，像一只刚出生的雏鸟。但渐渐地，她的罗裙变成了羽毛，双手变成了两翼，她最终飞了出去，飞向大如金盘的月亮，飞到了万重山的后面。

梦醒后，磨勒有点高兴，又有点失落。但他并不懂，他甚至不懂他刚才是做了一个梦。

崔生用青绢为磨勒裁制了束身衣，以便夜行，又吩咐了磨勒三遍进宫以后如何找到兽苑所在，磨勒拍拍自己的脑袋，示意听懂了。崔生心中有些没底，但想到往日里，磨勒跟随他走马认路倒也很快，况且凭他的身手，谁也困不住他，于是也就安心地放他去了。

田怀所料果然不错，磨勒顺利从龙首渠潜入兴庆宫龙池，在草丛隐蔽处上岸。磨勒需要再沿西寻一夹道，夹道最深处有一废弃的角门，必然已经上锁，此时磨勒就需逾墙而入。宫城内墙并不高，凭借磨勒之力就能够轻松越过。磨勒潜行在树荫之下，没有碰到任何一个卫兵。他并不知道他上岸的地方正是在龙池东岸，沉香亭旁，玄宗曾在此遍植牡丹与贵妃同赏，李龟年在此奏过琵琶，亦不知大唐最伟大的诗人李白，正是在这里写下了那首"云想衣裳花想容"的名篇。他只是踏着荒草与瓦砾，趟过去。

几乎不费任何力气，磨勒就找到了兽苑。他翻过一道道墙，又打开一道道门，看到了许多空空的笼子，有的很小，有的很大，但他无法猜测其中都锁过哪些动物。或许是来自康国的豹，来自林邑国的犀牛，甚或是来自真腊国的大象。那些巨兽都消失了，连脚印都未曾留下。那些更小型一些的动物反而还留有痕迹，羚羊的头骨，或者散落的孔雀羽毛，就藏在那些破砖烂瓦之中，但也并不会有谁为之收殓。

正如磨勒不会想到自己会遇上狮子一样，狮子也没有想到它会就这样对上磨勒。

这是兽苑的最后一扇门，最后一堵矮墙，就像礼盒打开到最后一个——狮子和它守护的宝物就在这里。磨勒推开那扇半朽的门，就正对上狮子那炯炯发亮的眼睛。它是天宝七年，吐火罗国进贡大唐的一头雄狮。

它已经不是雄狮了，二十五年，几乎是一头狮子的寿命极限了。它享受了别的狮子永远不可能享受的尊贵供养，它经历了其它同类或许永远不必遭受的苦难和饥饿，但它还没有死，它正沉静而警惕地盯着这个危险的访客，像一个真正的年老的智者。

磨勒知道他要取的阳燧珠就在狮子身后的屋子里，他必须要经过狮子。他看得出来，这头狮子又老又饿，它引以为豪的鬃毛几乎掉光了，饿得只剩一副骨架。它俯卧在门前，沉沉地呼吸着，却连尾巴也懒得动一下了。磨勒不想惹它，是出于一种说不出的畏惧。磨勒知道自己可以击倒它，但依然惧怕它。他所站立过的门口，四处散落着尸骨，有的可以分辨出是人的胸骨或头骨，而有些已经被嚼碎了。这或许是妄图冒犯它的人的尸骨，最终都成了它的食物。畏惧使磨勒的脑中产生了他自己都不能理解的想法——也许这一整座珍兽园，都葬送在了狮子的肚子里。

他只想绕过去。磨勒从矮墙飞身而上，攀至屋顶，揭开屋瓦，跳到屋里的梁上。磨勒依然迅捷，这次却放缓了自己的呼吸，以免被狮子察觉。他凝神静听，感觉屋外没有任何动静，才慢慢顺着柱子滑下来。磨勒这才发现，这间屋子原本就是亮的，却不是因为烛火，整间屋子照在温暖明亮的红光之中，正是阳燧珠发出的光亮。凭借着它的光亮，磨勒足以看清屋内的每一个角落。难以想象，这间屋子仍保持着天宝年间的样子，地上是波斯织造的氍毹，墙上挂着阎立本的《职贡狮子图》，另一边则悬金线彩织挂毯，是文殊师利骑狮的纹样。桌案上又摆着金银玉器及珊瑚等物，竟是一个也未打碎，可见这二十年来，狮子从未踏入它守护的领地一步。而在阳燧珠的照耀下，一切器物，乃至沉积的灰尘，无不浸没在这怀旧的光芒之中。若是任何一个经历过盛唐的人看到这些东西，恐怕莫不伤感落泪。但是唯独磨勒，是这世上对此最无动于衷的人。他眼中只有那枚嵌在梁上蟠龙嘴中的阳燧珠罢了。

磨勒攀上梁柱，想取出阳燧珠，甫一触碰，却感觉指尖一烫。他缩回手，又尝试再次触碰。这次，珠子温暖又温顺地躺在他的手心里，仿佛刚才那一烫只是幻觉。磨勒把珠子放进靠近心口的口袋。他几乎要全身而退。

但只是几乎。因为就在这一刻，狮子撞开了房门。

慌忙间，磨勒摸到了崔生给他防身的匕首。屋子促狭，并无空间可以周旋。他和狮子都清楚，自己必须一击而中，失败的后果只有死亡。磨勒和狮子此刻是那么近，几乎能从对方的瞳孔里看到自己的倒影。狮子没有咆哮，没有示威，只是瞪大它那双灼亮的双眼瞪着磨勒，躯体弯如满弓，随时准备奋力一跃。磨勒凝神屏气，等待一个机会。这一击就在电光石火之间，狮子四脚凌空的一瞬间，磨勒飞跃而起，将匕首插入它的脖子。轰然倒下时，狮子甚至没有发出一声呜咽，莫非它也是个可怜的哑巴吗？磨勒抽出匕首，等了一会儿，血才溅到他身上。狮子已经被苍老与饥饿榨干了所有，甚至，连血也流不出。

当狮子的血淌过他铁一般的双手时，磨勒骤然感觉到心口在发烫。也许是阳燧珠的热力吧——那热力唤起他生命中从未体验过的感情，他想到那天他赤脚跑过滚烫的朱雀大街，他想到那天叫整个长安城都偃旗息鼓的太阳，他想到他怀里的雀娘，她的血那么热，溅了他一身，他想到那天梦中雀娘蜷在他手心的温度。他感到胸膛里有什么如同洪水一般汹涌，他感到有什么要从他的喉咙里冲出来，他感到有什么尖锐的东西刺了进去。

磨勒感觉到心脏，感觉到狠狠一痛。

听说，在阳燧珠从这个世界消失的那天，长安城一百零八坊的人都听到了一声惊天动地的狮吼。

红气球

丁子茗

那天，在医院花园里见到李尔时，他正聚精会神写着一封信。疯长的紫藤萝遮住我大半身影，他头也不抬，却精准辨认出是我，并叫我停下。

他问我——要走了吗？这么早就离开，不会不甘心吗？

我回答这并不是值得留恋的地方，我宁愿分解进土壤，让千百个植物根系在我身上休憩，所以千万别把我放进骨灰盒。说完，我讨好地问："你会安葬我的，对吧？"

他笑了，不置可否，告诉我今早他收到了父亲的死讯。

"他早就该死了。"虽然这么说，浑身的颤抖还是出卖了他："但我认为，世界，应当包含了所有的可能，就像一颗被打碎的玻璃球，碎片映照着不同的画面，但仍能拼成一颗。只要等得足够久，碎片就会收拢起来，爸爸妈妈都会回来，而我也会回到童年，最幸福的时刻。"

大颗眼泪从他眼中涌出，而我只是嘲弄："所以你要等下去是吗？等待着真相……再一次……"

之后的事我已经记不清了。李尔穿着条纹病号服的灰白身影飞速模糊，而我在草木芬芳中迅速超越了回忆，抵达另一个世界。是的，不久之后，我就死了。

【沙漠上，太阳将升起的时刻：

您想问自己为什么会在这儿？唯一能确定的是，我们正被困在这儿，不知来由，不知去处。您想问自己要去哪儿？这里是死者的世界，您的终点站，也是返程的起点站。很高兴遇见您，我是以利亚。】

最初，只是顺从混沌的流动，逐渐，身周的热量凝成一层膜，将我与外界越来越清晰地分隔。因过量光线而打战的眼皮挣扎，我终于睁开了眼。

天空如一颗被太阳灼亮的深蓝石头，沉甸甸压下，歪七扭八的土丘和沙地皆受照拂，现出不含杂质的金色。没有人造物的世界，无处不在阳光直射下显出神圣之相。

"欢迎来到死者的世界，我的旅客，感觉还好吗？"声音来自刚刚对我说话的那个，以利亚。

假如有深渊

216

风声清脆，浓蓝的天幕下只见几个草团翻滚，哪儿都没人影。有东西在右手中指上颤动，我抬起手，上面有一枚戒指，粗糙的合金戒托上镶着一块石头，随处可见的那种，暗灰色，表层有些细孔。

声音从戒石中发出："嗨！我在这里。在这个地方，别只会使用眼睛。"

我迟疑开口："戒指在说话？你是刚才那个，以利亚？"

"没错。"

我屏住呼吸，在脑中搜寻——回忆是一片空白："我为什么会到这里来，我死了吗……我是谁？"

打量周遭，并无可能前行的方向。地平线连绵的砂金色像咬着自己尾巴的蛇一样循环移动，那边界时明时暗，如像素块闪烁。我似乎处在一个无法细看的世界，只感到一阵茫然。

以利亚："朋友，这里从天空，到大地，都是一位死者的领域，某人的灵魂重新分解成细小颗粒，组成了这里。看天空中间那颗红色的圆球，它是太阳。太阳就像心脏，万物因阳光照耀而有形貌，人们的目光也赋予了世界色彩。

而您的心脏正如朝阳，在天边等待升起——这是您出生之前的故事。现在，您要启程返回生者的世界，与人世间由生到死的旅程一样，走完由死到生的路途。在画布上重新绘制的前提是盖住旧的画，制作一个新人类的方法是，找到那个旧的人，并与其告别。"

"就是这个，给。"戒指上冒出一点荧光，随后一封信躺在了我脚边。我认出来这正是李尔在写的那封，他的病号服和阴沉沉的笑在记忆里浮出，我感觉他是个极重要的人。对，和我很亲近过也说不定，但无论如何，我都想不起他的其他信息了。

信封上写着"予我的双胞胎妹妹、灵魂的右半侧——李子夜"。正当我想打开信时，脚下的砂砾自动分开形成黑洞，这封信自己飞了进去。

丁子茗

以利亚："这是一封委托信，正是这封信让您出现在了这里，它会出现在终点，向您解释一切的缘由。

您需要在承载了死者记忆的灵魂废墟中探索。越高层的记忆离死亡越近，向下行走，看见的记忆则更接近于童年。旅途终结在废墟底部的出口，在那儿，您会找到它。世界将重新颠倒，沙漏一样，死与生，生与死。而您将重新回到秘密里，去选择成为谁。现在，闭上眼，戒掉对视觉的依赖，我将指引您。"

我依它所说坐下，垂头抱紧了膝盖，闭上眼睛。起初，声音变得明晰，我听见砂砾中细小的风，它们涌动着，缠绕在意识上。渐渐地，一串脚步声剥落掉周遭杂音，向我逼近。不可思议的是随着脚步逼近，我通过对声音的想象看到了它，一种以想象为载体的目光，让我更加清晰地看见了脚下的粒子，它们或许并不是砂，灰白、冰冷，而光洁，粒子们各有自我意识一样，从那向我飞奔而来的脚印处四散跑开。脚印之上，逐渐现出一点人形……

以利亚突然勒紧了我的手指。我睁开双眼，感官恢复正常，又坐回了热砂上。

我问以利亚："刚刚似乎有谁在走向我，我仿佛看见了谁，但不清晰。"

以利亚指挥我挖开脚印处的土。让我松了一口气的是，挖出来的不是什么怪东西，而是一个小信箱。箱里有五个信封，收信人是李子夜，这些信的边缘都像被火燎过，无一例外。我拆开了最顶上那封，信中滚落出了一块植物标本。"这是什么？"

"迷迭香。"以利亚回答我。

"有什么特殊意义吗？"我拿起轻嗅，干燥的灰尘味中隐约透出人工甜香。

"悼亡，同时……"以利亚的音调越来越沉，侧影在日光下摇晃，像浓长睫毛下露出了阴郁一瞥。我展开信纸：

2015/3/18

为什么你走之前不来找我啊？子夜！我会救你，告诉你一切都会好。为什么直到离家出走你都不告诉我发生了什么？无论你在哪儿，都要记得，我们三个永远在一起。我们的梦想会实现，一起买一栋雪白、崭新的公寓，一起养很多猫猫狗狗，让它们一辈子都幸福。

你猜校报是怎么说的？高三一班李子夜同学因与父亲吵架离家出走，至今下落不明。他们说你青春期叛逆、心理素质脆弱，号召同学引以为戒，加强心理素质，要心态开朗，及时调整自己，不要极端，还说你对不起其他人的爱。

可笑吧，子夜，人怎么能这么恶心。这些人哪儿来的傲慢，明明什么都不了解，却摆出一副高高在上的架子，在那里假装惋惜或鄙夷。这群人一直这样，所以才会陷入不幸的循环。他们应得的，但我知道你不该，子夜，只有你不该再承担任何不幸。

那天晚上到底发生了什么？你打电话过来，却一直沉默，我只能听见你的呼吸声，非常急促。突然你说你刚刚杀死了你爸，接着就挂断了电话。我不知道该怎么做，但比其他所有念头都更清晰的是——我要站在你这边，无论你要做什么，处理尸体、逃跑，还是自首。凌晨一点，当我来到你家门口时，门开着，里面什么人也没有。你在哪儿？为什么给我打了电话却不等我？

第二天一早，我又跑去你家，看到你爸爸分明活着。他很狡猾，一直不正面回应我的问题，最终只告诉我你带着妈妈离家出走了。

我知道你一直想离开，但是，你不会抛下我和范宁的啊，对吧？李子夜，为什么你在电话里不回答我任何问题？我现在整夜整夜地失眠，闭上眼全是你在哭。子夜，你在哭什么……我观察你父亲六天了，你们离家出走后，他一点也不伤心，或许他以为自己解脱了？还有祝悦尔，她竟敢……我会一直看着他们，所有辜负过你的人。你永远不会被抛弃。

范知宣

撕开第二封信，里面滚出一小块干泥和碎花，是紫色风信子。

2019/8/16

昨夜不知何时入梦……床头灯仍亮着，陷在枕头中恍惚间若魂魄飘上窗台茕茕孑立，看着床上躺着的女人莫名悲伤……不愿相信自己已远离那段时光……窗外下起了雨……或许只是我在梦里，时间回到最初我在雨中哭泣，因为裙子沾了泥不敢回家，不知不觉走到在你家屋檐下。你叫住我，告诉我以后怕被打的话，可以去你家躲着，无论什么时候……初次见面，子夜，你成了我最特别的朋友……

我坐在水泥台阶上和你一样捡起粉笔涂画，妈妈看见了一定会骂我，但那时我突然因身上的泥点欣喜，觉得自己像燕子在雨中飞起来……那是我第一次感到自由……逃离自视高贵的家人，我本能地被你吸引，至今记得那时你像只骄傲小猫独守领地，光照亮你琥珀色眼珠微微发蓝的虹膜，我妈说你营养不良，头发黄棕也是这个原因，但你仍然很美，你妈妈甚至比你更美，有几次你让我帮忙把她绑起来，我很惊恐，这么美的人为什么会疯呢？

发完疯，她在椅子上一动不动，像玉雕观音，子夜，很多年前我就隐约担忧你和你妈妈仿佛是不该在这片土地上生长的奇花异草，但我相信你一定活着，只是藏在远方等着给我们惊喜……你说过！我们会摆脱所有束缚离开这里，再不坠入不幸的轮回！

那天午夜，你突然跑来跟我告别，说你要摆脱这一切去远方，我送你上火车，约定好未来重逢，我们心中分明满是希望，你说我们一定会再相见，一定会，我亦如此祈愿……十五岁，混乱又甜美的年纪，也许做了错误的决定，但我们本不该承担这一切。我们那时都只是孩子，为什么没有人去告诉我们不该这么做呢？

从那时起过去几年了？我的生活已经断裂……昨夜我终于梦见了你……我已记不清你的脸，也许是身体的自我保护防止我再陷进那种毁灭性的痛苦。梦中我们仍穿着高中校服，你邀我和知宣拜访你的新家，打开楼门我们兴奋地问你住几层，你却带我们走进地下室，越来越模糊，越来越昏暗，里面潮湿、黑暗、软黏，你告诉我："在这里。"

一霎惊醒，窗户没关好，潮风吹了进来，这些并不重要，让我号啕大哭的是窗台上的花盆不知何时掉到了床上，而你说的那个柔软湿润的东西……是泥巴……

范 宁

我问："信的署名是范知宣、范宁，一个姓氏，她们有血缘关系吗？"以利亚回答："的确，她们是表姐妹，不难看出她们和李子夜是朋友。但这些是日记，我是说，只是这些人对自己说的话罢了。"

接着我打开了下一封。信封内没有干花，只有一张满是灰渍的小纸条：

2015/3/16

我在窗台边看到了子夜　她拿着我送的哨子在吹　很久之后　她停下　弯腰　招呼我过去　告诉我　妈妈又要被送人了

我得帮帮她

李 尔

是李尔的信。以利亚告诉我，范知宣在李子夜房间的窗外发现了这张纸条，但之后她调查了很久，也没有发现李子夜社交网络里有叫李尔的人，或许是谁的化名。

下一封里面有一枚胸针，图案是一条红蛇缠在同样鲜红的玫瑰上。工整的字迹与字帖类似。

2015/3/17

今天终于听到了个好消息，李子夜出事了。说是离家出走是吧？真有骨气就别再回来啊，笑死了，只有我看清了她的真面目，两年前就看清了她骨子里的虚伪。疯子的女儿好意思指点别人的出身，不管怎样都比她强千百倍！说什么和父亲吵架离家出走，明明是名声太差读不下去了，大家都认定就是她偷的胸针，她一跑倒是坐实了。真惨啊，这是她应得的，贱人就是要一辈子被人踩在脚底下哦。

李子夜，那些年你伤害过我的，现在可远远没还完呢，如果你真有诚意，不如死在外面吧，这样我也许会原谅你~

祝悦尔

"这篇就完全不同了，是李子夜的仇人吧，反派角色？"

以利亚回答："在高中时期算是仇人，但没有反派角色之说。这些人或许有好有坏，但并不代表正派或反派。每人只是从自己的角度叙事，沿着自己的生活轨迹观看。"

还剩最后一封信，这封信上面按了市殡仪馆的公章。

2023/3/8

尊敬的各位领导、各位来宾：

　　首先我代表我们家，向前来参加我哥哥李平追悼会的领导、长辈和亲朋好友们表示衷心的感谢！感谢诸位百忙之中前来参加这次追悼会。今天，我们以沉痛的心情相聚在一起，缅怀李平同志，并依依不舍地送他踏上前往天国的路程！

　　李平同志生于1970年，是一名光荣的党员，也是我们工人的典型代表。他的一生，是勤劳善良、默默奉献的一生。他每天就就业业，完成在纺织厂的工作，为人正派，忠厚老实。他一生尝遍了生活的艰辛，因为他太善良，被别人骗婚，花好几万彩礼娶的老婆，婚后才发现是疯子。但他依然没有放弃他的家庭，含辛茹苦地照顾着女儿，他崇高的品德值得所有人的尊敬。虽然到今天，这对母女也不知道在哪儿，但她们一定会后悔自己的所作所为，没能和这么崇高、善良的人做最后的告别。

　　李平同志于昨日在纺织厂家属院昏过去，无病无灾地走了，医生也没检查出什么病来。有算命先生在他小时候说过，他是天上的仙童下凡来历劫的，我们家人相信，我哥哥已经位列仙班，要回去享清福了。我们应当化悲愤为力量，学习李平同志的高风亮节、优良精神，继续为党、为国、为民，奋发图强、努力拼搏，以此告慰他的在天之灵！在这悲痛欲绝的时刻，让我们一起说一句：李平同志，您一路走好！

这封信里还附了一张被揉皱的报纸。日期2023年，头条新闻是老农在山中发现一具穿戴整齐的女尸，经法医检测，死者因窒息死亡，年龄在三十五岁左右，被发现时已经死去八年，DNA库比对暂未有结果。

五篇都看完后，我整理了一下时间线。根据祝悦尔的叙述，李子夜2015年3月17日失踪，案发时间大概就是3月16日晚上。李尔的信没标明时间，但应该在李子夜离家出走之前。之后2019年，范宁记录了自己的梦。2023年，李子夜的父亲李平死了。同年，发现一具八年前死去的女尸。

而在离家出走之前发生的有：李尔说李子夜的妈妈要被送走，祝悦尔说李子夜偷了别人的胸针。在李子夜离家出走的那天晚上，范知宣收到了电话，但她没见到李子夜。而范宁提到了那天晚上的告别，李子夜和她见面了？

以利亚："您已经看完了？这五封信是旅程开始的序章。现在，让我们前往承载了死者李子夜记忆的灵魂废墟。您听说过收脚印吗？死后，鬼魂会依次拜访生前曾去过的地方，寻找它留下的脚印，以收回留在人间的全部印记——跟随脚印的指引吧。"

一条通往地底的楼梯出现在我眼前。这条楼梯的尽头被黑暗吞没，不知道延伸到何处。脚印指引我顺着楼梯走下去，但没走几步，楼梯轰然瓦解，我直直地坠了下去。此时，沙漠上的景象已如外太空的星辰一样隐匿，我穿越地底，却再次坠入青空，天与地如同不断翻转的沙漏。身侧，蓝色饱满如漆，云彩蒙着均匀的光点，向下望去，流动着无数细碎色块的深渊看不到尽头。

深渊中狂乱涌动的碎片向天空溅射，最终包裹住了我。平安降落——或许称不上降落，碎片以我为中心聚合，贴住后背的连成了地面，其他碎片也迅速找到了位置并完成拼接。

现在，我躺在了水泥地上，四周横平竖直摆着课桌，墙上用油漆写了"2015/建明市实验中学高三一班"。这些课桌上贴着名字，李子夜的桌子在最后一排靠窗位置。我站起身，环视周围，没来由地感到熟悉。

墙顶的大喇叭开始播放轻音乐，接着是一段电子女声："同学们，上课时间马上要到了，请还在外面的同学尽快回到教室。"喇叭吱吱怪响几声，又继续播报：

【各位同学务必遵守以下规则，以确保你们的安全：

一、学校里没有动物，如果您看见了动物，请不要理睬它们。

二、学校里有精神病人。如果被当成了精神病人，请尽量隐藏自己。

三、学校里有休息时间，当休息时看见了与自己相像的人，请尽快走开，不要理睬。

四、学校里有杀人犯，且不止一个。当您遇见时，请不要保持沉默。

五、学校里没有哨子，听到哨声后，请及时离开。

本次播报到此结束。请同学们和谐相处，携手共度美好校园时光。】

以利亚："一个提示：您用我去触碰物品时，可以读取物品上附着的记忆，这些记忆也许会帮到我们。我们需要推断出事件的真相。异变的内核一般是谎言，破解谎言后，怪异就会消失。"

依以利亚所说，我在李子夜桌上随便拿起一个橡皮，把戒指靠过去，闭上眼，一段影像开始在脑中播放。

【记忆片段（橡皮）：

2014/3/7

安静的教室里，学生们低头做着试卷，连纸页翻动声都格外清晰。

"喂，你不是要橡皮吗。喂，喂！"

我转过头，同桌盯着我，眼睛瞪成了倒三角形。他在喊我吗？可是我没问他要橡皮啊。橡皮飞越过道，落到我脚下。"快捡，快捡啊。"他用气声催促，班主任的黑皮鞋踢踏作响。他几乎在低吼了："快捡！"

在我弯腰之前，班主任就把橡皮捡了起来。橡皮内塞了一张小纸条，我不知道上面写了什么，或许他想作弊？但我不做那种事，不论他怎么愤怒地瞪着我都不，绝不。】

我问："这段画面里的女生是李子夜吗？"

"是的，毕竟这里附着的大部分是李子夜的记忆。不过，这种异变废墟像黑洞一样，有时与废墟主人相关的人或集体的记忆都会被吸引进来。"

以利亚话音未落，一声轻飘的"喵"从远处传来。那声音让我打战，刚刚播报过的话仍然清晰——"学校里没有动物"。仿佛为提醒我，猫叫声逐渐大起来。我捏紧了戒指，但以利亚不为所动，一副等我自己处理的样子。

一只黑猫从后门探出头，一双橙黄的大圆眼睛与我对视。余光看去，那猫似乎没什么攻击性，趴在门口，只是眼睛眨也不眨地盯着我。我尽量镇静，装作无事发生，继续探索。

【记忆片段（水杯）：

2014/5/15

"拿过来，快拿过来。"一阵嬉笑声，"装好了，你拿回去吧。"

"呀——真脏。"

"快点快点，别被她发现了。"

随着上课铃响起，我回到座位上。今天怎么有好多人回头看我？有点不好意思。为了掩饰害羞，我打开水杯喝了一口。那味道难以形容，非常奇怪。课堂上爆发出一阵哄笑。

"厕所水，她喝了厕所水。"在笑声中，有人小声交头接耳。】

我："好典型的校园暴力。李子夜因为橡皮事件拒绝作弊而被欺负了？"以利亚说它也无法确认这些记忆的前后因果，于是我又继续对桌上的多个东西进行读取。

【记忆片段（碎纸）：

2014/5/19

美术课，我趴在桌子上向窗外看去，一个纸飞机突然扎到后脑勺。那些人狞笑着，我不懂他们是什么意思。把纸飞机打开，上面画了一个拴着狗链的裸女，发型和我一样。我把纸飞机撕碎扔出窗户，趴下身子，把头藏在胳膊中间。

记忆片段（发圈）：

2014/5/22

午休，一天中最轻快的时光。教室里只有我一个人，在蔚蓝天空的陪伴下一边做题一边小声哼着歌。快上课了，嬉闹声从楼梯口传来。我放下笔，装作趴在桌子上睡觉。听见有人朝我这边来，我往窗台边靠去，缩紧了身子。

头发突然被向上揪住，我像萝卜一样被拔了起来。那些人面带笑容："干吗反应这么大，给你扎头发呢。""真开不起玩笑。""哎呀没事，我们跟你开玩笑呢。"他们四散离开，最终被留下的，只有我尴尬的泪水。

记忆片段（伞）：

2014/9/23

晚自习下雨了，我没有带伞，心不在焉地望着窗外。那些同学聊得火热，我只能在座位上装作学习。要锁门了，我慢吞吞地收拾书包。雨似乎没有变小，几道细细的电光划破天幕。

"给。"一把伞被扔到桌上，我一直低着头，所以没看清是谁。一把蓝色碎花的折叠伞，我不敢把它拆开，里面会不会有整人的机关呢？我提着伞走到门口，又还是转身把它留在了讲台上。回家的路要走半小时，在路上，我认识了一只和我一样湿漉漉的小猫，希望它能活下去。雨从头顶流入我的眼角、耳朵和嘴角，回到家时，浑身都被冷雨沁透，我简单包扎了一下受伤的手。睡梦中发烧，半夜醒来，发现爸爸还没回家。妈妈睡得正香。我独自坐在沙发上，寂寞像棉被盖住我，回想初中那些安宁的夜晚——宁宁，阿宣，我好想你们。第二天，忍着发烧去上学，发现那把伞已经不见了，希望是伞主人拿回去的。不管怎样，还好没人来问我索要那把伞。

记忆片段（刀）：

2014/9/23

原本是为美术课买的刀。独自走进雨幕，校门口挤满了等着接孩子的家长，我的同学们消失在车辆里。周围只有我一个人没打伞，别人的目光令我羞耻，于是我走上一条平时不常走的偏僻小路。越偏离闹市，路越昏暗。一只黑猫本来在围墙上行走，突然停了下来，似乎在提醒我不要再向前。可惜那时我一心赶路，把它丢在了身后。没过多久，两个混混打扮的青年与我狭路相逢，他们的脸缓慢清晰，被灯照亮。我屏住呼吸、脚步加快，但他们拦住了路。僵持几秒钟后，两人问我借点钱花。

我不认识他们，但我清楚要怎么做。先亮出美工刀。威慑力不足。于是我毫不犹豫地向手掌划去，把血擦到脖子上。那两人似乎被吓住了，侧过身，让出了一点空间，我飞似的穿过缝隙向前跑去。】

此时，黑猫仍在门口缩成一小团。见我不理睬，它又喵噢地叫起来，声音呜咽可怜。它的叫声令我突然出现了奇怪的反应，头痛欲裂，眼前画面解离出各色光点，天旋地转。小黑猫的身形也在膨胀的色彩中变化，我看见它抽条成了衣服湿漉漉的女孩，扒着屋门却不敢进来。她的神情害怕极了，仿佛不知什么东西在追捕她，随时都准备逃跑。那刻只有一个声音在我脑中回响——快救救她。

我开口："干吗一直躲在门口，快进来吧孩子。"

话出口后，我瞬间清醒，视力也恢复正常。哪来的少女，分明是猫。而黑猫已经起身，拽着猫步走进来。

我敏锐地感觉到了危险，起身离开。然而刚跑到门口，门就哐地自动关上了。一抬眼，发现门玻璃上出现一行字："考试马上开始，请同学们回到座位坐好。"

我惊异地再次打量这个教室，仍然只有我一个人。但不知什么时候，地上出现了垃圾，黑板上的字写写擦擦，桌子上出现课本，每过一阵就会有集体翻书声。

李子夜的桌上冒出了一个橘子，它的皮正一点点碎开掉在地上。黑猫对橘子很好奇，跳到桌上嗅嗅闻闻，但下一秒，它就从桌上摔了下去，似乎被看不见的东西打了一巴掌。

以利亚："有客人来见您了，闭上眼，他们就在您身旁。"

闭眼之后，我的视野位于教室中央大灯位置，可以在天花板上看清每一个角落。在这个画面里，所有板凳上都晃动着黑色人偶，这些人偶由灰屑、沙子和各种垃圾组成。只有李子夜的桌前，坐着一个男孩，他胸前戴着一枚红宝石胸针，正不紧不慢吃着橘子。他看向我，从他的嘴唇张合中，我读取到那句话："还记得我吗？我是李尔。"

一阵响声惊得我睁开了双眼，再次闭上眼后，却再看不见李尔了。是一支钢笔，它在李子夜桌上敲了两下，提醒我那里有张试卷，考试开始了。我呆滞地问以利亚："所以我要干什么，考试？在死人的精神世界里做高考模拟题？"

"唰唰、唰唰"。粉笔动了起来，不一会儿，黑板就被歪七扭八的各色标语占满：在考场上，没有弱者的眼泪，只有强者的天下，不像牛马一样落后，要像野狗一样战斗！！！不苦不累，高三无味，不拼不搏，等于白活！！！生命之中最快乐的是拼搏，而非成功；生命之中最痛苦的是懒散，而非失败！！！决战高考，改变命运，拼一分高一分，一分成就终生！！！吃得苦中苦，方为人上人！！！人生最宝贵的财富不是金钱，而是你所经历过的磨难！！！

"咚！咚！"钢笔又重重敲向桌子，我连忙握住它做起了试卷。正当埋头运算时，一个黑点落在了卷子上，我捻了起来："这是什么，黑砂？"

地上的砂变形成许多只手紧紧缠住我的脚，让我一步也无法离开。不断上涌的砂又勒住了我的胳膊，使做题都困难起来。它一直向上，随着逼近耳朵，我听到了在砂中翻涌的微小声音："李子夜啊，也就会死读书，除了考试什么也不会。""我看她挺笨的，也就高一还能撑一下，回头成绩就掉了，你们等着看我说的准不准。""你们看，她果然成绩掉了吧。""李子夜作弊了，我早知道她是这种人！"接着，是一个喋喋不休的中年男声："你为什么不是第一名，你心思用哪儿去了！我辛苦上班供你吃供你穿，你就这么回报我？我这辈子就是被你们母女毁的！"

吓得我大喊："我要离开这儿，以利亚！"

"正在尝试从当前位置脱离——尝试失败。看样子我们已经被卷进了一段固定流程里，只有按照规则完成才能脱身。请您继续考试，我会尝试帮您驱散黑砂。"说着，戒指一闪一闪发出强光，黑砂在戒指发光时退散，光灭时又重新禁锢住手臂。我可以趁着戒指亮起的时间写字。这题应该选……C。选择正确，答案下出现了对号。但紧接着，黑砂黏住了选项C的位置，上面浮现一行字——我这辈子就是被你们母女毁的。

下一题选D。同样的事情发生了，D选项被遮蔽，变成了——考试都考不好你这样子对得起谁。

我放下笔："以利亚，到底该怎么做？这样根本没法完成考试。"

以利亚提醒我，这支钢笔附着了一段未读的记忆，或许会有帮助。

【记忆片段（钢笔）：

2014/10/9

考试即将结束的提示音加剧了胃痛。还有十五分钟，试卷上好多空白，继续考——不管怎样都得继续——考试是唯一的出路。

我颤抖着从书立缝隙掏出小抄。没事，老师不会想到，毕竟我成绩还不错，不过从前几名滑落到中游而已，老师不会防备我的……爸爸已经失望太久了，如果再没有好成绩……我要拿第一名。妈妈需要我，我要拿第一名。这不是作弊，因为我必须、必须，考下去……】

李子夜作弊了？翻看她的成绩册，两年的成绩都记录在里面。从稳定前三最终落到三十六名，这个班不过五十人，情况其实比记忆里更糟。地上有一板胶囊，它的记忆告诉我，李子夜偷偷去小药铺买了抗抑郁药，她不敢去学校的心理健康中心，更没钱看心理医生。以利亚提醒我，根据扫描，这些药属于来源不清的劣质产品。

顺着钢笔的记忆，在李子夜原本藏小抄的地方，我发现了一张写着答案的纸条："以利亚，我要照着这个答案抄吗？"

"我无法预测此事的后果，只能由您自己做决定。"

根据黑板上的考试时间，还有两分钟就要收卷。秒针每转一下发出的"咳哒"声，催得我心烦意乱。照着小抄写完，每题都正确。但这张试卷比原本的多出了两道题，顺着黑砂的移动，我一点点读出题干："是、谁、偷了、班长、的、胸针？"

"A. 不是我，B. 不是我，C. 不是我，D. 不是我。"

莫名其妙。我随便填了个选项上去。接着黑砂完全覆盖了这道题。

最后一题，我清晰地看见了："谁是杀了她的凶手？A. 李平，B. 李尔，C. 李子夜，D. 以利亚。"答案区早已写好了：ABCD。

大喇叭里又响起音乐："本次考试到此结束，请同学们放下手中的笔，停止答题。"

李子夜的桌子上出现了一个小东西，我拿起看，正是李尔胸前的那枚红宝石胸针。

【记忆片段（胸针）：

2014/4/10

早自习下课后，"班长，这是真的宝石吗？""当然了，班长什么时候用过假货。""这是你主持校庆晚会时要戴的？"一群人堵在班长的座位旁。我去接水，绕不开他们，只能请求让一下。班长看到了我："子夜，你也要试试吗，你戴这个肯定好看。"

我本想拒绝，但第一次见到那么美的东西，不知该怎么形容，凝固的红酒？我想不出比这更高级的东西了。

一假如有深渊

226

我接过胸针。那是一朵永远盛放的玫瑰，比我见过的所有东西都更美丽。我喜欢所有美的东西，以前的妈妈、天空、树木、云朵——但它们都没有这种奇异的光彩。那一刻，我突然被一种能带来闪亮笑容的愉悦所感染，止不住地颤抖起来。

午休时，班里只有我一个人，作为离家最远的走读生，中午既没法回家，也没有宿舍。爸爸最近想让我转住宿生，但一旦不常回家照看妈妈，妈妈可能会再次被他送走。

我如往常一样伏在桌上，却难以入睡。红宝石在不远处闪烁，班长竟把它忘在了桌上……午后的漫长寂静中，风从远方送来与树叶和鸣的微弱哨声，我还是睡去了。

下午，班里到处传："班长的胸针丢了。"有人总回头看我，但我真的没拿。班长说她自己不该忘在桌上，被陌生人看见拿走也有可能。我梦游般度过接下来的日子，学习，回家，心不在焉。有时候，一些瞬间，我会产生幻觉，疑心自己真的拿走了胸针。反复问自己，我确定我真的什么也没做。

周末，爸爸久违地给我买了新衣服，是高档橱窗里，我路过时都不敢看一眼的那种。穿上那条裙子时，我才发现自己的身体已发育过，脸庞也变得更像妈妈。爸爸说这条裙子花了他好多钱，比我衣橱里的其他衣服加起来更贵。

他很久没照顾过妈妈了，看在裙子的份上，我可以原谅他。

周末读书活动，我第一次穿着校服之外的衣服亮相，紧张得快要吐出来。但我想让他们看到，我不像他们说的那么穷。并没有像预想一样收到称赞，同学们的眼神变了，他们的声音大了起来，不再遮掩："是她偷的吧。""肯定是她。""不然怎么可能穿得起……"

"不是我。"不知向何人解释，没人听我解释。

"果然是她。"无论走到哪儿，都有人窃窃私语。欺凌，言语和行为接踵而至。即便如此，我告诉自己朝向目标努力就好了，我要上好大学，拯救自己和妈妈，其他事都无关紧要。我不能懦弱，不能哭泣，我不能、我必须……】

我捶了捶头……李尔是李子夜的双胞胎哥哥，胸针为什么在他身上？我回想李子夜的成绩单，一开始很稳定，在某个点开始下滑。起初幅度较小，后来呈现断崖态，但当时我并没留意。是的，很可能发生过什么，高一的胸针事件也许就是转折点。在此之前，班长甚至对她很友善，那时她的气质远比其他记忆里明朗。

我还记得祝悦尔那封信，字里行间透露出知情的意思："大家都认定就是她偷的胸针，她一跑倒是坐实了。真惨啊，这是她应得的。"

所有反常都值得注意。首先，不知道谁在李子夜午睡时拿走了胸针，之后，一个让孩子从小捡表姐旧衣服穿的父亲突然买了昂贵的新衣服，女儿最终因此被误会。父亲为什么突然对这个家来说过于贵重的东西？真的有这么多巧合吗？

"衣服，我们得找到父亲送给李子夜的衣服，以利亚，它很重要。"从思考中回过神来，我重新开始张望，寻找更多可读取的东西。

似乎是为了提醒我它的存在，黑猫大声叫了起来，好像在示意我跟它走。它跳出窗外，沿着窗台走掉了，身后留下一串银白色的脚印，竟像是人的足迹。以利亚示意我跟上它。

我爬到了尚可行走的窗台上，向四周眺望。天色亮如水晶，从天顶向底部逐渐变暗，颜色变化极度均匀，如打印好的贴画。贴着楼底的地方暗至深黑，但无法找到地平线，因此没法辨别底部的黑是陆地还是虚空。

沿着猫走过的痕迹，我在建筑物外墙的小路上穿行。

这座建筑并不工整，窗台密如鱼鳞，高低错落。大部分墙体的材质是水泥，有些是玻璃，还有木头、石子制作的部分。跟随猫脚印一路向下，我向窗户里面张望。这些房间的分布太过诡异，它们的存在不符合物理定律，房间内的空间似乎有无限可能。我从身旁的窗台看见了狭长海岸，远方地平线上飘过一群白鸥，向下去，接下来的窗口里却是狭小的自习室，再向下走，是教学楼露台、杨树林和小巷的拐角，它们交叠在同一个空间，无法解释却并行不悖。

我在自习室靠窗的位置上看到了书，《五年高考三年模拟》被掀开，上面布满了大大小小的豆腐块笔记，空白处画了一个卡通小人，旁边写着一个名字——李尔。

猫的脚印在下一层停住，那是一个露天阳台，杆子上晒着许多女生衣物。打开玻璃门，屋内摆着两张双层架子床，中央并排两张长桌，桌上放了杂物与书籍，课本的封面显示现在是初中二年级下学期。应该是四人宿舍，值日表上写了她们的名字：李子夜、范宁、范知宣、祝悦尔。

李子夜的柜子里除了一套替换校服，一件印着建明市纺织厂的大红 polo 衫，再无其他衣服。柜中摆了一堆石头贝壳手串、千纸鹤叠纸、七彩糖纸星星等自制玩意儿，还有个做了一半的木头鸟屋，角落里，同样印着纺织厂 logo 的红布袋装了一套木工设备。其他人的衣服则挤满了柜子。通过面料对比，能感觉到范宁的衣料最好，祝悦尔衣服的质量则参差不齐，大部分略劣质，但一小部分质地极佳。

突然，我想到了，为什么李子夜的父亲送她的裙子那么像祝悦尔的风格？于是我一件件翻查祝悦尔的衣物，最后在角落里发现了那条裙子。

【记忆片段（连衣裙）：

2014/4/8

"悦尔，老板娘说这些衣服自己女儿穿着大小不合适，让我带给你。"

"这也信？明明是人家大小姐穿剩下准备扔的。"

"唉，这么好的衣服！有得穿你还挑什么，你也大小姐脾气啊，没有小姐命，先得小姐病。"

祝悦尔沉默着把裙子丢进洗衣机，上面沾着别人的香水。本来是再平常不过的事，但是那天，邻班的朋友突然跑过来跟她说："大新闻——我们班班长的红宝石胸针丢了，你猜是谁偷的……最大的嫌疑人就是李子夜，你那个初中舍友！"

短暂兴奋后，祝悦尔冷静下来，虽然流言四起，但人们还在用"可能"来讲述这件事，李子夜未被定罪，似乎其他人还在犹豫。为此，她决心要做些什么。她喃喃："李子夜，你应该知道，没人能让我受辱后全身而退。"

祝悦尔想起李子夜说过父亲有买彩票的习惯。她伪造了一封彩票机构回馈老用户的感谢信，并在裙子外包装写上"赠品"，装在一起投进了李子夜父亲工作地点的绿皮邮箱。当李子夜穿着这条不属于她的昂贵裙子现身时，就是她被定罪的时候。】

我："这么说，造成李子夜不幸的就是祝悦尔？"

以利亚补充："如果您足够注意之前的记忆，就会发现在胸针事件前，李子夜的身边已危机四伏，很多人对她的态度难以界定。但胸针事件的确有直接影响。"

"或许吧。但我很好奇，她们是初中室友吧？才十几岁的孩子，为什么会结下这么深的仇？"

我继续从祝悦尔的物品中寻找答案。

【记忆片段（芭比娃娃）：

2011/5/17

祝悦尔从小都梦想成为芭比系列里那位真正的公主。要美丽、善良、优雅，要做蛋糕最顶上那颗被糖浆包裹的草莓，永远在聚光灯下接受别人的羡慕。

只有一点阻碍。她爸爸的确每天开着豪车，可惜只是司机。

班里一直传着关于她的小道消息，比如她爸爸接她回家的车又换了一辆，或是她昨天戴了香奈儿的墨镜。对这些消息，祝悦尔从不回应，只甜甜地微笑。

宿舍里其他几个人对她态度微妙。范宁假小子做派，隐约有些傲慢，花钱大手大脚，但从不提起家庭；范知宣精明强干，总挂着皮笑肉不笑的表情。祝悦尔有些忌惮她俩。剩下的李子夜干干瘦瘦，身形像个小孩子，但成绩优秀。她们三个亲密得很，从小就认识，李子夜总像小狗一样在她俩后面跟着。祝悦尔暗中思忖，在这里生活，总得多留个心眼，小心什么时候就被摸清了底细。

晚饭后正是看剧时间，祝悦尔突然从书架上拿下一本字典："这是礼仪老师上周布置给我的作业，顶书半小时，锻炼仪态和平衡能力。"

其他两人没有理她，只有李子夜怯怯地接话："还有礼仪课？不愧是大小姐。"

"哎呀，都说了别这么叫，"祝悦尔一把揽过李子夜，"姐妹，和我一起练吧？"

李子夜应声，也拿起一本书放在头顶。看到李子夜被书压过更显杂乱的鸡窝头，祝悦尔取来梳子和护发精油，细细地将她打结的头发梳开，再用精油揉搓枯草一样的发尾。李子夜眼眶发红，拉着祝悦尔说，她想起来很久以前，妈妈也经常给她梳头。

祝悦尔的笑僵在脸上，想着这笨蛋又在说什么，你妈可是远近有名的疯子唉。但她还是大度又优雅地摸了摸李子夜的头。"圣人论迹不论心——"祝悦尔想，"我是一个善良的公主，对吧？"

记忆片段（眼镜）：

2011/5/29

祝悦尔不喜欢眼镜，戴着会让眼睛变小。即使近视了，她也装作视力正常。但初二那年测视力后，妈妈还是给她配了副黑框眼镜，又丑又廉价。祝悦尔只在家中看书时会戴。

一个周末，祝悦尔正躺着看综艺，妈妈跟她吼："收拾一下，今天你爸老家的人来吃饭。"听到来者是爸爸的农村穷亲戚，祝悦尔连眼镜都懒得摘，打了个招呼就准备回房间。突然有人用力捶门，客人示意不要开，但门框甚至都在抖动。怕引起邻里间闲话，祝悦尔一溜小跑去开门。来人让祝悦尔惊叫出声："子夜，你怎么来我家了？我告诉过你我家的地址吗？"

"你们认识？"客人很不耐烦，"这李子夜，是我大侄女，姐家的孩子，按辈分得喊悦尔叫姨。"

祝悦尔摸了摸眼镜，下意识地想摘下它，又明白这个动作显得更露怯。李子夜则慌乱地跑下了楼梯。

祝悦尔站在门口，无助地推了推眼镜。这里是空调厂家属院，三十年未翻修的老房子。是的，她知道，一切全完了。她甚至不敢找李子夜，求她不要说出去。

初中剩下的日子里，祝悦尔换了宿舍，避免和从前的舍友接触，也逐渐淡化大小姐做派，再不谈起家庭。直到某个临近毕业的日子里，同学们在课间叫嚷：

"热死了，这空调早就没法用了，学校还不给修。"

"没办法，学校就是这么抠搜。"

"听说三班有个家长给学校微机室捐献了一批新电脑，咱班也有祝悦尔啊。"

"对了，祝悦尔有钱！以前不是传她家开空调厂的吗！"

"不求多，就捐我们班的可以吧？你们家不是很有钱吗，你爸忍心让你这么热啊？那么有钱还抠，你是不是觉得我们不配？"

在祝悦尔打算装作被吓哭的时候，李子夜站起来说："不是的，以前的传言都是假的。悦尔的爸爸是在空调厂工作，但他是老板的司机，也是工薪阶层，你们不要逼悦尔了。"

那是祝悦尔度过的第一个无眠夜，每次闭上眼睛，她都会想起一句新的嘲笑。泪水积聚在枕旁，她第一次有了想要杀掉某人的念头。】

我："嗯……祝悦尔当然算不上什么好人，但她在身份暴露前都努力保持善良，她很虚荣，但也没想以此获得什么，只是想被人关注和羡慕。但是，李子夜那边发生了什么，为什么要像疯了一样跟着她舅舅？"

于是我翻开李子夜的柜子，开始搜索记忆。

【记忆片段（纺织厂红布袋）：

2011/5/20

初二的一个周五，我放学到家后没找到妈妈。

妈妈喜欢小鸟，她的最大消遣就是在窗台上撒一把小米，看鸟儿飞过来。附近的野生鸟类都不怕妈妈，在她面前安心吃食，一旦我过去，鸟就会飞走一部分，而如果爸爸回家了，鸟儿们就会提前离去。我想在墙外树上装一个鸟屋，这样无论白天黑夜，妈妈都能随时看到小鸟。毕竟爸爸在纺织厂工作，装备一应俱全。我从附近捡来木板边角料，敲敲打打，很快出现了鸟屋的雏形。但我还没做完，妈妈就消失了。

我问爸爸，妈妈去了哪儿，爸爸只说不知道。最后还是奶奶松了口："你妈被送回娘家了，又找了一户人家。"爸爸有一个相亲对象，我不了解，也不关心。早知道会有这一天，但我还是错信了他。我们曾约好等我上完大学之后，他再放手不管我们。

妈妈就这样被当作一个东西送走了，她或许还不如眼前的这些鸟儿，至少它们没被捉去卖钱。木头鸟屋就搁置在那儿，没有妈妈，鸟儿也很喜欢往我家飞。看着围着自己啁啾的小鸟，我想：连你们也忘记她了吗？我拿起铁锹，朝那些无情的鸟儿砸去，从此，再没有鸟往我家落了。

我走回屋中，告诉爸爸，如果妈妈不能回来，那么我和他之间总得死一个。

记忆片段（剪刀）：

2011/6/25

我未去过姥爷家，在漫长的童年里，我一直以为妈妈是孤儿。经过许多天纠缠，父亲终于告诉了我姥爷家的位置。

我直直在姥爷家门口跪下，一边磕头一边请求他把妈妈还给我。周围聚过来一圈看热闹的村民，姥爷姥姥黑着脸想赶我走。之后在村民的解释下我才搞明白，母亲不在这里，她已经离开这座小城，嫁去遥远的北方。姥姥说母亲过得很好，她的新丈夫老实又正派，与她两情相悦。

我是怎么爬上公共汽车回家的，我已经不记得。刚刚发疯被姥爷打了一顿，但是，还没有结束。妈妈，只要有我，你永远不会被抛弃。

我打听到舅舅在城里有房子，平常住在那儿。不会结束的，我捏紧了兜里的剪刀。无论舅舅去哪儿，我都不会让自己被甩掉。今天是我跟踪舅舅的第十六天，他很烦躁，时常黑着脸警告我滚远点。而我只是掏出一把巨大的剪刀，修一修耳旁碎发。舅舅说他要报警，我说欢迎。舅舅跳起来说他们家没做任何违法的事，我妈是自愿的。于是我继续拿看白痴的表情看着他，掏出剪刀，又修理了下另一边的碎发。当晚舅舅有重要饭局，怕我跟过去闹事，终于给了我一张小纸条。上面是妈妈新丈夫身份证上登记的地址，在遥远的北方。

我揣着纸条往家走去。终于能睡觉了。夕阳昏沉，我想把整个世界剪成碎片。

记忆片段（车票）：

2011/7/7

我原本不打算告诉其他人妈妈失踪的事，但忍不住告诉范宁，她是唯一一个能和我抱头大哭的人。

范宁知道意味着范知宣也马上会知道，一通电话后，两人飞快赶到我家。我掏出笔记本，上面写满了寻母计划。上面标出各种可能出现的突发情况及应对措施，计划好了可供躲藏的地方和逃跑路线，还同好心的邻居阿姨要了些衣服，方便乔装打扮。然而钱是个问题，我甚至连往返车票钱都凑不到。范宁主动说如果缺钱她会解决。我们的家只有一墙之隔，但我住在九十年代建的纺织厂家属院，范宁住在一墙之隔的别墅中。

她们坚持和我一起去。我本以为自己只会有一张硬座票，却拥有了三张连在一起的车票。车门打开那一刻，她们抓紧了我颤抖的手。这是我第一次出远门，但只要有她们在，恐惧就会离我而去。

记忆片段（望远镜）：

2011/7/9

范知宣跟家里谎称自己要外出打工，她的父母都很支持，让我不必担心。但范宁谎称参加绘画集训班才能逃出来，如果再不回去，她的父母很快就会发现。那时范宁是否被允许继续和我做朋友都不一定。

纸条上的地址并不精确，在老市区边缘的一个城中村。这里租客很多，为我们提供了便利。没人会关注我们是不是本地人，毕竟总有来自五湖四海的穷人在这里短居。但不能走进小区大门，新面孔的频繁出入总会引起注意。我提前选定的观察点是不远处的购物中心。我来到楼顶，在一个偏僻处装作看风景，范宁放哨，一旦有人靠近，就提醒我们藏起望远镜。我知道妈妈唯一的爱好就是喂鸟，于是观察着附近鸟群的起落。

我收了一批刚捕到的野鸟，全在小区附近放生。观鸟计划并非一无所获，我在地图上标出了三个可疑地点，虽然前两个都是误会，一个发现是树上有鸟巢，另一个是鸟儿在吃野草籽。还剩最后一个，这是我观察一周后犹豫间标出的地点。鸟群的聚集并不明显，但具有时段性，固定在每天上午十点前后，比其他情况更可能是人为投喂。

观察几日后，我发现这家人上午总不在家。撬开这种老式门，我已得心应手，不到半分钟完成。小心地压住脚步走进去，看到一个女人坐在窗台边上——真的是妈妈，即使伤痕累累，我仍认出了她。

她不知道是不是完全傻了，脸上有许多伤疤，头发多日没洗，蓬乱纠结。还好这家人没怎么防备妈妈逃跑，只用麻绳绑住了她的一只脚。拿不准这家人会不会报警，但根据之前舅舅的口风，我推测妈妈和这个"新丈夫"并没有领证……应该就是买卖人口。他们真的敢报警吗？我握紧了镰刀。无所谓，哪怕回家后只能继续带妈妈逃亡，我也不害怕。

记忆片段（镜子）：

2021/7/13

带着妈妈顺利上车后，我们终于忍不住哭和笑，许久的疲惫一扫而光。我还没反应过来自己到底做了些什么，只是埋头哭泣，原来我已经不像小时候那样无力。

大巴中途路过传说中的一线城市，我还未去过，怔愣看着窗外如外星般的景象。我突然疑惑，为什么有人出生就属于这种地方。

看见玻璃上映出的自己，我突然羞愧。但范宁指着外面说，我们以后一定会搬到这种地方，共同买一栋大房子，生活在一起，永远不再回故乡。"……真的吗？"我从没想过这种生活可以属于我。范宁的眼睛在阳光下波光粼粼："当然，我们什么做不到？子夜，你可是英雄。"

她的话让我羞得转过头去，却看到玻璃上映出的我的脸，与年轻时的妈妈越来越相似，同样的美丽、机敏，但更加坚定。我攥紧妈妈的手："妈妈，一切都会有希望的。"

到家后，我同样用铁丝撬开门，一手拉着妈妈，一手拿着镰刀走进去。爸爸坐在沙发上，我只一言不发，阴郁地盯着他。那一刻我突然明白——我已是亡命之徒。

就这么僵持了半分钟，爸爸低下头，擦了擦眼泪。他平静地说："回来了。"】

搜完李子夜的记忆，我继续翻看剩下两人的："奇怪，为什么范知宣没有能读取的东西呢，她应该也是个重要人物吧？为什么有关她的信息那么少？"白白浪费时间后，我去翻找范宁的记忆。

【记忆片段（毛绒小熊）：

2011/7/15

范宁的妈妈在小城是有头有脸的人物，大院长大，体制内工作，不仅受人尊敬，还总能得到些秘闻。对于范宁和子夜的友情，她总持放任态度。即使范宁跑到外地半个月帮李子夜找妈妈的事情败露，她也没说什么，只有范宁爸爸一个人气得跳脚。

范宁知道这绝不是妈妈的正常反应。在妈妈照例说完晚安准备关灯出门时，范宁叫住了妈妈，问她为什么这么反常。妈妈说，因为她觉得子夜实在可怜，和子夜的妈妈一样。

接着，她说起一段已不被提起的往事。原来李子夜的妈妈也曾在建明市实验中学中就读，且成绩极好，是冲刺清华北大的种子选手。然而世事难测，在高考之后，同学们听说这位寒门贵女发挥失常落榜，很快就疯了。但在学校里，有另一种流言在小范围传播——她的高考录取通知书被人偷走了。这个流言很快沉寂下去，老师们也只有在举反面例子的时候才会提起她，告诫其他孩子要坚强，面对挫折时要保持良好心态。

"流言说的是真的吗？"

范宁妈妈沉默片刻，并没有直接回答："你小学的时候，从北京回来给你带了礼物的金阿姨，你还记得吧？我小时候和她是邻居，她比我高一级，跟李子夜妈妈同届。她从小成绩一般，最后去了北京读名校。都说她高考心态好，超常发挥，谁又知道真假呢？李子夜的妈妈有一次跟我们说她家里很穷，如果不是自己成绩特别好的话，爸妈早让她辍学嫁人去了。但在她疯的第二年，就听说他家在城里买了一套房给他弟弟结婚。"

范宁听完很难过："妈妈，如果我们家也很穷，你们也会卖掉我的高考录取通知书吗？"

"瞎说什么。"范宁妈妈走出房间，关上了门："咱家永远都不会穷到那个地步。"

黑暗中，范宁抱紧了小熊，不知道妈妈是真没听懂她的意思，还是连撒谎哄她都不愿——那不是她想要的回答。

记忆片段（脏裙子）：

2010/7/16

爸妈总说范宁要是和小时候一样就好了。童年的范宁穿着爸妈选的小裙子，留着他们喜欢的长发，连微笑的弧度都和妈妈一样。

他们说一切都是为了范宁好，她要成为一名"淑女"。爸爸妈妈说父母对孩子的爱都是一样的，只不过表现形式不同。但不论什么事情，弟弟总是先被照顾到。每次因一点小错被训斥时，范宁真的很疑惑，为什么爱的表现差别会那么大？

范宁努力保持被大人喜爱的样子，虽然有时候会偷偷溜出去玩耍。四岁那年，她去买棒棒糖，但半路突然下起暴雨，裙子湿透了，还因为摔跤沾了泥巴。范宁知道回家一定会挨打，在雨中哭着徘徊，既不敢回家，又不敢离家太远，不知不觉就走错了路，走进隔壁的老旧小区。等回过神发现不知道身在何处时，她哭得更撕心裂肺了。最终，她被一个素不相识的小孩领回家躲雨，两人从此成为彼此最好的朋友。这就是范宁与李子夜的初遇。

父母说范宁上初中后变得叛逆是因为进入了青春期，等成年后就会好转——他们把范宁说得跟生病了一样。范宁爸妈是有文化、明事理的人，至少他们以此自诩。不论范宁说什么观点，他们都以年轻、幼稚来概括，好似他们经历过的一切都合理，应该作为人类社会永久运作的规律。

那天，当范宁问新房子写了谁的名字的时候，明明只是随口一问，结果爸爸却黑了脸："不给你弟弟还能给谁？"

范宁决心剪掉头发，改变笑的弧度。她想做一个被自己喜欢的人。】

范宁的东西翻找完毕，这屋里的信息应该收集得差不多了。顺着猫的脚印，我打开了宿舍门，在建筑内部穿行。顺着千奇百怪的楼梯向下，最终抵达了楼门，猫的脚印在这里消失。门上贴了一张铅笔画，上面画着一个小骷髅，在追一只小黑猫。

【记忆片段（黑猫）：

2008/11/16

在很小的时候，我曾养过一只黑猫。后来它不见了，至于为什么，因为时间太久，我已经记不清了。

"黑猫是扫把星"这种传言，小时候我从来不怕。爷爷奶奶有时也这么叫我，如果传言是真的，那我们也算同类，有什么好怕的呢。六年级的一个午后，我在学校里看见一只黑猫，它时不时从花坛中露出一点头，一看到有人接近就逃跑。

"猫咪，小猫咪。"我发了疯一样地追着猫跑，可惜它很快不见了。傍晚回到家中，正做晚饭时，黑猫神奇地又出现在窗外。失了魂一样，我急匆匆追着猫出去，没注意到妈妈走进了厨房。

猫见我追过来，又开始往远处跑，距离把握得不远不近，每当我以为自己能追到时，它都会跑远，当我想转头回家时，它又停住，一双大眼睛无辜地看着我。这样拉扯了一小会儿，我的脑中冒出一股迟来的恐惧，往家里奔去。门已经关上了，我一边敲门一边大喊："妈妈！妈妈！"

我闻到了焦煳的味道，听到了妈妈的尖叫。神智断了线，我只能不断重复地敲门，门不会开，门永远不会开了。在昏厥之前，我的记忆里只剩下那只黑猫。妈妈给我讲过潘多拉的故事，我永远不该打开那个盒子。

我是被邻居叫醒的，这时大门早已打开，没人告诉我屋内发生过什么，但燎黑的灶台证明了烈火曾焚烧此地。妈妈捡回了半条命，满身烧伤，从医院回来后每天都被锁在小房间里。她的精神状况急剧恶化，正常的时间越来越少，接近一个完全的傻子。再也愈合不了的伤疤挂在她的皮肤上，让每一个看到的人心生畏惧。

爸爸一如既往，保持悲哀又平淡的表情，大概因为他也内疚于让孩子承担了这种生活。但我在人们眼中看见了那个词，那个梦魇一样纠缠我一生的词——"扫把星"。

记忆片段（骷髅）：

2015/3/16

我爱这个世界。

我叫李子夜，市重点高中三年级就读。能帮你从人群中迅速认出我的是贫穷，如果还有几个同学和我一样，那么，靠瞳孔中颤动的恐惧来找我。我时常小心翼翼缩着身子，屏住呼吸，不让晃动的厄运找到我，它每天都在我身边巡逻。我想要活下去。

在我童年时，母亲非常漂亮，我常在她疯病发作时把她绑在椅子上，然后静静地端详。嘴角不断留下的唾液和泪痕交相辉映，浑然无神的大眼睛雕像一样望着远方。她这么漂亮，发疯时也是受难的观音。不发病时她叫我妹妹，偶尔给我梳头、编辫子，小学门口卖的七彩发夹，她喜欢让它们错落如蝴蝶装饰在我发上。梳完后，她突然叹息："我马上要去上大学了，谁再来给小妹你梳头啊？"

我不在乎爱是什么东西，也不在乎自己有没有它，我只是不能失去我的妈妈。家是我的领地，妈妈是我温顺的臣子，世界上只有我爱她，或许她也爱我。

至于爸爸，他是被哄骗和妈妈结婚的，等发现妈妈是疯子时，我已经躲在她肚子里了。我有点害怕，他在我出生前肯定很多次想杀了我，出生后可能也有几次。

但每次问他，他都暴躁而执拗地说自己并不恨我，也不恨任何人。我知道他怀有慈悲才没舍得扔掉我们。可他也无法掩藏他的仇恨，我们俩像长久缠在他身上的咳疾。每当他想哭，就会剧烈咳嗽，装作因咳嗽而流泪，擦几下后拿起一份报纸，状似无事发生。在这里生活的人要学会举重若轻，将顶在头上的痛苦平均分配、保持平衡，如此才能走得远些。

爸爸在书柜上摆了个小小的木佛，有时我会端杯茶和它坐一会儿，问它："小佛啊小佛，真的有因果报应吗？那偷了我妈妈录取通知书的那家人死光了吗？"它从不回我，因为它不是什么佛，只是一个同样可怜的、被切成碎块的小树罢了。

他有时无法自控地对我吼叫："我这辈子就是被你们母女毁的。"我知道他说的是真话，我不难过，因为我不爱他。但对于他的爱，我仍有些渴望。

我真的想活下去，虽然我对身为"李子夜"的一切感到疲倦，忍不住希望与那些不说话的东西融为一体，想象将自己的身体渗透进土地，像影子覆盖影子般咻地消失，从此成为树的一部分，地的一部分，成为四处乱飞的虫蚁蝴蝶，成为每天在妈妈身边吃食的小鸟。

每天清晨我都爱抬头望，月亮还留着浅白残影，也许我的灵魂会在太阳出来前消散——我本没有姓名，我是偶然与随机性的孩子，星辰凝结的尘埃，是宇宙为观赏它自己而创造的眼睛。

我已经厌倦于扮演这个叫"李子夜"的人，人类终生生活在自己的幻觉里，我真的是她吗？她所经历过的一切造就了她，但我为什么要一直成为她？】

"我们最终还是到这儿来了，子夜。"这声音是李尔。我看见他抱着小黑猫，从门外向我走来。外面正是我与他告别的地方，我想起来——是建明市精神病院。

他打碎了楼门上的玻璃，递给我那封信。信封里有一枚红宝石胸针和一张信纸，纸上只有一行字："不要相信记忆。"

【记忆片段（另一个宝石胸针）：

2015/3/9

快毕业时，李子夜决定私下里约班长谈谈，向她解释胸针的事，虽然很难，但她必须证明自己的清白。

班长冷着脸赴约，在李子夜解释了一番后，她越来越惊讶："你知不知道学校走廊有监控，要调出来给你看吗？午休期间根本没人进过教室，一直只有你一个人。我甚至没告诉别人这些事，也没有要你赔偿，你为什么非要撒这个谎？"

李子夜平静地坐着："不是我，真的不是。"

班长马上起身离开，李子夜紧紧拽住她："你别生气，我知道你丢了胸针很伤心。虽然真的不是我，但我没看好它，我也有错，我会再买一个给你。"一星期后，班长真的在座位上发现了那枚红宝石胸针。她仔细端详，好亮的宝石，和她之前买的盗版不一样。胸针背面刻着品牌名。

班长愣住了："等等……这个不会是正版吧？"

李子夜知道爸爸的钱放在什么地方，但在这次之前，她没擅自拿走过。买胸针花了两千多块，她盘算着假期打工应该能还上。如果爸爸问起来就这么回答。可是快高考了，一直打工，成绩怎么办？作弊吗，能在高考时作弊吗？

没考上大学的话……不，她没法想象，但她清楚知道会有那一天。

世界滚雪球般地变糟，不停依靠新的谎言苟延残喘，直到业火焚烧。没有希望了。李子夜越来越不想看见妈妈，她总是痴呆地流着口水，提醒李子夜犯过的罪行。李子夜想——自己每天为疯子活着，活着本身就够疯了。

三年前，她以为自己能成为英雄，一切还有希望，如今这被证明是一时幸运带来的幻觉。李子夜是一个扫把星，为所有人带来不幸，是不配得到任何好东西的扫把星。她因诸多谎言出生，妈妈是她唯一的希望。她无时无刻不恐惧，因为她那么弱小，外面晃动的庞然大物随时能毁掉妈妈，因此她不能懦弱，不能泄下气去。可她怎么能不泄气，她只有命这一张底牌，拼命的含义是除此之外一无所有。

黑暗逐渐在静默中吞没了房间。爸爸回家后打开灯，李子夜平静地跟他说了关于胸针的事，像在聊晚餐吃了西红柿鸡蛋。父亲看上去也并不生气，两张木然而悲哀的脸，他们都累极了，再经不起一点折磨。

爸爸点燃一支烟，冷静地告诉她钱不用还，人从家里滚出去，住到学校里，明天她妈妈会被送去精神病院。

李子夜来到窗边，她静静地躺下，并听见远方传来尖锐哨声。】

"看完了吗？"李尔提示我把注意力转移到他那里："你还记得吗？这个……"他一边说着，一边掐紧了黑猫的脖子，那小东西呜咽了一下，很快在他手中死掉了："是谁杀了它，还记得吗？"

黑猫的尸体落到地上，李尔转身走了。然而四周却突然响起了猫的哀鸣，在这声音中，建筑开始不住抖动。

以利亚："现在已经到了解除异变的最后期限，我们需要找到使异变产生的那个谎言。"

我："谎言？可我还什么都不知道啊。"

"您已经知道了很多，想一想那些没被重视的细节。即使我们看到的全是真相，组合起来也必定有矛盾之处。"

李尔是李子夜的双胞胎哥哥？现在我已经不能相信这件事，矛盾点太多了。班长说午休时并没有人出入过教室，拿走胸针的就是李子夜无疑。但为什么李子夜仿佛真的不记得此事，胸针又出现在李尔身上？有一种情况可以很好地解释此事，那就是精神问题。他们俩是同一人，而李子夜的人格不记得李尔做过什么。

信中反复出现的哨声，似乎像一种人格切换的标志。那么，3月16日当晚到底发生了什么？

为了不把母亲送走，李子夜一定得做些什么……李子夜化为李尔，或许是为了弑父。范知宣收到的电话就是证明。但第二天，父亲重新出现了，且毫发无损。那么受害者是？

母亲。

即使很难理解李子夜的行为动机，但"李子夜杀了妈妈"可以很好地解释后来发生的事。真正再不见行踪的只有母亲。如果是父亲送走或杀了她，李子夜绝对会报警或者自己报仇。如果李子夜带着母亲离家出走，那为什么范宁见到李子夜独自上了火车？

而如果母亲死了，有两个人会为她报警。如果杀死她的是她的女儿，那么为了保护李子夜，没人会报警。

"所以，谎言就是，"我想起那张试卷上的最后一题，"李子夜杀死的，是她的妈妈。"

废墟在瞬间解体，这里不再受重力控制，建筑物支离破碎，悬浮空中，无尽头的黑暗里偶有光点闪烁，仔细看，那是李子夜的记忆片段，短暂亮起后永远消失。一行银白的脚印在前方亮起，以利亚向我喊："快，出发！"我顺着脚印走上一条通向出口的路，坍塌和爆炸声不断在身后响起。最后存留的记忆是，妈妈正在为年幼的李子夜梳头，她们长得真像啊。

"所以，为什么李子夜杀掉的是她妈妈呢。"我仍然不理解，"她一生都在为保护妈妈而拼命，按照逻辑来讲，这说不通啊。"

以利亚说："听说人类社会也有母亲在自杀前杀死孩子的这种新闻，根据其他灵魂废墟得出的结论是，这些母亲未必恨这些孩子，相反，很有可能把他们视为活下去的最大动力。人类并非完全依照逻辑行事的种族。"

我思索："或者说，李子夜杀死的不是她的母亲，而是她活下去的最后一点可能。既然李尔是实现她真实欲望的存在，他的行为反映出她真正的愿望也许是……自杀？母亲在自己自杀后没人照顾，一定会受尽屈辱，因此选择一起死亡，这倒是可以理解的做法。对李子夜来说，无论选择哪条都是死路，但杀死母亲是最差的一条。她跟范知宣说杀死的人是爸爸，也许面对这样懦弱的自己让她很痛苦吧。"

"人类难以得到自己的真相，你们的灵魂构造决定了这一点。"以利亚给我一个未吹过的红色气球，"您记得我曾说过，在这里，您会发现秘密。"

以利亚逐渐变透明，从我手上消失。与此同时，风声从四面八方传来，从指尖开始，我看见我正化为砂砾回归天地间。气球底端的孔打开，吞吃重新散成颗粒的我，我就这样被吹进了气球里。

以利亚的声音从远方传来："重新让您的心脏升上天空吧，我的旅客。"

现在，气球摇摇晃晃地升起，飞到天空中央，像太阳一样照亮世界，并看到了下方全景，它知道了那个秘密。这并非完美光滑、按照一套规则运行的世界，而是一片混沌，诸多可能性交叠在一起，没有一种方法能完整观测。因为想要观看，就要选择姓名。

可以选择成为任何人。是的，故事中的"我"可以选择不同的姓名。

结局的第一种可能性，如果"我"是李子夜。

逃出精神病院后，我在前往远方的火车上醒来。光点如蜻蜓乱飞进窗帘间隙，所有事情仍未被记起。我坐起身，单纯因苏醒后的奇异景象而喜悦。打开窗，天空如一颗被太阳灼亮的深蓝石头，沉甸甸压下，歪七扭八的土丘和沙地皆受照拂，现出不含杂质的金色。没有人造物的世界，无处不在阳光直射下显出神圣之相。就在这一刻，我突然对天空有了某种渴望——忘掉自己是谁，李子夜或李尔。快逃！要在记起之前逃跑，笑容消失前逃跑。

我想起小时候最爱打的水漂，吹起口哨，向窗外跃去，让自己的身体跟石子一样划出抛物线，风声猎猎，天空熔化包裹住视野。我仍不知道自己在哪儿，万物之上，太阳在升起，死亡在另一段循环的开始迎接我。

半空中，我因最后一个念头而流泪：妈妈还在家里等我，可她会原谅我吗？

第二种可能，如果"我"是李尔。

知宣姐姐抢走了我的小说，责怪我为什么她写进去了。我说这是精神病人的东西，没人会信的。

知宣姐是我的心理医生，也是我唯一的读者。但我是个不配拯救的病例，患上了与精神分裂并存的梦游症。第一次知道是在四岁那年，我的黑猫被人杀死了，我四处问是谁干的，结果妈妈定定地看着我，告诉我——就是我。可那时我应该躺在小熊图案的枕巾上，睡我的午觉。早在学会父亲的语言之前，我就学会了猫的语言，它是我的好朋友，我怎么可能杀了它呢？后来父亲带我四处看病，但梦游症依旧没有好转。

多年后，我突然想起来重新调查此事。问过许多人才知道，在我杀死我的猫之前，父亲正准备把它送人。从那之后我就在害怕，有一天会不会伤害到……现在我多大了？好像已经二十五岁了，因为精神问题高中辍学后，再没见过父母。对于母亲，我有些极恐怖的回忆。但妈妈，那不是我，而是子夜时分的我做的，不，我仍不确信我做过些什么。

因为我是一颗被打碎的水晶球，所以世界早晚有天会像我一样，艰难地，在梦中走向过去，并抵达新的世界。

第三种可能，我就是我，一个虚构角色。

是的，很明显，它是个故事。故事里，李子夜尽力让生活变得美好，但她的努力正如西西弗斯不断将巨石推到山顶，她和母亲的命运是一种不幸的循环。

故事取材于真实事件，一切源于一次盗窃。妈妈在大学录取通知书被偷后精神失常，她偶尔清醒，大部分时间心智如幼儿。家人让她和外地人相亲，外地男人婚后才发现真相，或许因为孩子已经在妈妈肚子里了，他最终选择接受。

女儿出生后，他或许有过短暂的喜悦，但更浓重的是疲惫。女孩被送去农村让奶奶抚养，到学龄后接回城里，常年住校，没什么人关注她，只知道她晒得黝黑，衣着邋遢，成天一个人在操场跑来跑去。现实没有那么多戏剧性情节，人们平淡而努力地活着，女儿考上了当地最好的高中，父亲也在单位稳步晋升。

平常的一天，女儿离家出走了，事情并非毫无预兆。有人说她青春期叛逆，有人说父亲对她成绩要求太高，还有小道消息说她一点零花钱都没有，因行为古怪而被孤立。对于他人的询问，父亲一概只说报警了还没消息。女儿失踪后不久，妈妈也在一个晚上离开了家，她说要去找自己的女儿，一瘸一拐出了门，在街头漫无目的地走着，呼唤着，消失在夜色中。几天后，母亲在邻市被好心人送到了警局，谁也不知道像孩子一样的她怎么度过这几天的。之后父亲工作如常，独自照料疯病加剧的妻子，他的烟瘾变大，越来越沉默。多年后，在旁人默认事情已无转机时，女儿回家了。

父亲小心翼翼地问她这些年怎么过的，她反问父亲，离家出走后她住在朋友家中，让朋友给父亲打了电话，整整三天她都在等人去接她回家。最后她独自离开，坐上前往远方的火车，感到非常羞耻。

没人再提起当年的事，就像什么都没发生过。之后女儿去了外地工作，过年回去看爸妈一次。这对老夫妻变得虔诚信仰上帝，丈夫常骑电动三轮车带妻子去教堂，他说那段日子里他每天都向天主祈祷，结果天主真的庇佑了他的女儿，让她重新回到他们身旁。

或许为了纪念，女孩把这段故事写成了小说。也许小说没有撒谎，生活有许多版本，但我们最终还是得停在面前这个，不是吗？

假如有深渊

傅　晓

一

每次来我的房间，雨晴总是侧坐在床边。她用食指搅动起床单，捏出一个小帐篷，随即又一掌拍下，床单复归平整。我总是很忙，有时也是假装在忙。雨晴缓缓走近我，步伐轻得像猫。她说："抱一抱，把你的能量传给我。"我停下手里的活儿，压下电脑屏幕，或者给平板熄屏。我曾经浏览过一篇名为《如何与双向情感障碍患者相处》的文章，上面提到首先要做的，就是不把他们当作病人。

雨晴的话，就像她的名字，时而狂风骤雨，时而又晴空如洗。我常常不知道应该如何回答雨晴的话。

"地球在受苦。你看，外面的蚂蚁都跑到我们家来避难啦。"

雨晴走出我房间。她坐在窗外的小院子里，盯着地上一行排着队"避难"的蚂蚁。那是她上午没吃完的一颗桃子，雨晴把它搁在地上，说这样就会招来很多精灵。雨晴说的精灵就是蚂蚁。

墙外的梧桐叶子也落在了院子里。雨晴一片片地捡起它们，叠好，再摆放整齐。我们住在乌鲁木齐南路一间上了年头的老房子里，院子外面是一条安静的双车道马路。每当汽车压过去，声响沉闷。只有井盖被震松时，墙外会传来清脆的声音。雨晴喜欢那样的声音，"真正的生活之音"。几年前，她在帝国理工大学数学系毕业后，硕士转专业学起了音乐制作。或许，比起进入大银行做一名体面的金领，她的确更适合成为大家口中那类"纯粹"、浪漫的艺术家。雨晴家里有实力供养，而她刚好也足够有才华——我还听说，有一些艺术家在精神疾病发作时，反倒能创作出许多惊人的作品。

雨晴讲，她和科尼常常都从大自然中得到保护，"自然界的小精灵"。生活在上海这样的水泥城市里，自然风景并不算多，但她和科尼总是有自己接触自然的方式，他们在城市的街道散步，逛各种公园，买来许多植物放在家里，还兴致勃勃地给墙外那株梧桐起了名，叫作"飘飘"。我问是漂亮的漂吗，雨晴说不是，飘零的飘。一开始，我不太相信这名字来自HSK4级仅勉强过关的科尼——他觉得那株梧桐树并没有像其他树一样，整齐地生长在街边的绿化带里，而是立在靠近我们小院的墙角，他说："它很有个性，但也孤独。"

科尼是雨晴还在英国时便已经暧昧上的"男嘉宾"。一个在伦敦的中国留学生，和一个在上海的英国留学生。据说他们在照片墙上互道了持续一年不间断的早晚安，最后雨晴去年"毅然"回国，才终于走到了一起。当我第一次听到这个故事时，也曾经很真实地羡慕过雨晴——一个能坚持给你说一年"晚安"的男人或许不难遇见，但如果在这个基础上，还能加上持续一年的"早安"，那至少能够说明一些不一样的事情。"能够坚持早睡早起，他最起码是一个有事情要做的人。"雨晴这样说时，眼里充满了笑意。

而我也是到了很后来才明白，像科尼这样即使经过了疫情，还依然选择留在上海的白人留学生，其实多少都有点古怪吧。他们大多在复旦、华师大修着人文社科类的专业，并不繁重的课业使他们拥有大把时间，在这座东方都市里纵情享受生活。几年过去，他们渐渐爱上了这里，发现自己过去的某种骄傲早已经在不知不觉间，被这里的广袤和一种更具性价比的繁华所瓦解。可这瓦解是未曾预料过的，他们不由得感受到一些类似于孤独的、暗灰色的情绪。

科尼选择排解这种情绪的方式是短暂的出离。"需要找到一个地方重新发现自己。"留下这句话后，我们很快从照片墙看到他在海岛打上"cozy living"标签的生活：他在万宁市的日月湾练习冲浪，在石梅湾学习潜水，还住在一个绿树丛生的山庄里。站在阳台上看晚霞，天空显得空旷，橙色与红色散漫地安睡在那蔚蓝天空的画布上，情绪像墨一样被泼在大海里。而在他身后，那庄园中的树木几乎都是绿色，但是深浅不一，相互掩映在视线里。热带的植物嘛，总归比上海要更加茂盛。告别上海后，科尼真的深入了他心心念念的大自然。正是站在这方小而美丽的阳台上，他用一通视频电

话向雨晴提出了分手。

　　并不能说他真的绝情，但雨晴的确因此每天哭闹着自杀。她还用半是命令、半是恳求的语气请我去陪她。也是直到那时，我才终于发现，原来雨晴有着长达六年的精神病史，还先后在伦敦住过两次精神病院。我和雨晴曾经是彼此初中阶段最好的朋友，两个成绩普通、长相更普通的小城女生。那时候在学校里，我们几乎做什么事情都黏在一起，直到后来她在高一时搬去了英国。回国后，雨晴摇身一变成了沪上著名的地下电子音乐艺术家，我们的人生显然早已不在同一个轨道上。当时恰逢毕业，虽然有些担心像自己这样的普通人，或许并不适合住进那样具有艺术气息的家，但我还是义无反顾地搬了进去。我从学校宿舍搬出来，住进这间连着小院的次卧，这里本是她和科尼练琴、录歌的地方——还没毕业就能住这么好的房子，我不知道这算不算得上是一种幸运。

　　每天都需要给雨晴悄悄喂药。雨晴父亲托人寄来的快递总是只写我的名字，我偷着在房间拆开包裹，将喹硫平、利培酮的包装都撕掉，再拿出去下在饭里，或者甜饮料里。有时，我会弄不准下药的剂量，吃了我做的擂椒蛋炒饭，雨晴直接趴在客厅的地毯上，睡着了。雨晴和我都是湖南人，自从发病以后，她的嘴不仅变得更毒，口味也越来越刁。本帮菜再也不吃了，说是又咸又淡，颜色也不好看。雨晴喜欢我做的擂椒蛋炒饭，两只大青椒在油锅里煎熟，再用木槌捣碎，最后拌在蛋炒饭里。"找到了小时候的味道。"

　　雨晴的父亲通过电话找到我，夸我很仗义，能够这样"无私"地帮助雨晴。他说自己最不愿看到的是，女儿会像前两次一样住进精神病院——最后一次被送进医院，雨晴因为没能续上签证而被英国政府遣返，父女关系从此更为冷淡——这当然只是他一人的说辞，在处于发病的状态下，雨晴也曾几次提起那家伦敦的精神病院，却更像是一个乌托邦："每天都在画画和唱歌，护士喂我吃药就悄悄扔掉，当时我满脑子想着回国和科尼谈恋爱。"雨晴身上的新故事超出了我想象的边界，在陪伴雨晴的日子里，我发现只要一提起科尼，雨晴的情绪便会变得高涨。她的声音会颤抖起来，眼神则逐渐转为锐利。此时我不再与她继续交谈，而是想办法让她冷静下来。冷静、平静、安静……这一类词汇也是雨晴父亲打来电话时最常提到的。"雨晴最近还冷静吗？吃了药会让她变得安静吗？你们天天吃外卖，又是油又是盐，这对她保持平稳的情绪不好的。"

　　这位年过半百，在生意场上却正"午富力强"的单亲爸爸，曾经因为给家乡修桥登上过我们小城的晚报。富裕的男人到了这个年纪，却没有妻小在身边，本该千方百计将这独生的女儿哄回家去宠着，但因为雨晴的病，多少有些伤了"体面"，倒不如就花点小钱，让她远远地在上海的出租屋里住着。他还说："我知道的嘛，你们女生都喜欢住在那种推开窗就能看到梧桐树的房子里。"关于伯父口中所说的梧桐树，我没有纠正他的是，其实我们家门口种的那些树并非梧桐，而是法国梧桐，一种学名叫作"二球悬铃木"的行道树。因为与传统梧桐树形状相似，又种在了旧法租界，这种树才被称作法国梧桐。当时我心里想着，或许伯父最希望的只是，他的女儿能在这间"推开窗就能看到梧桐树的房子"里平静地接受治疗，直至痊愈。或者哪怕不痊愈也没有关系。他对我说："房子很大，住得下。每个月，我还给你开工资。"在电话的另一端，我保持着凝固的笑容，回答他："叔叔，不要紧，即使没有这个，我也很愿意照顾雨晴。"

当然啦，我这样做，不能说完全没存一点私心，因为我期盼着博文有时候也能过来帮忙照顾一下雨晴。博文在报社工作，刚入行的青年记者，志向远大，现实却有点蹉跎。两个月前，他聘用我成为他的实习生，即使没有任何报酬，我也坚决答应了下来。博文每次来家里都会带上一板养乐多，我会撕掉瓶盖，抿一小口，再把利培酮掺进去，对他说："拿给她喝。"不仅是下药，他每次来都会待很久，我们在厨房做饭，把塔可、咖喱鸡端上餐桌。饭后，我们总是会玩一会儿游戏，偶尔博文会提议看一部电影。当他把灯关上时，投影仪在客厅里散发出块状、平行的光。细小灰尘在我们的头顶抖动，像无数颗星。我坐在沙发上，博文靠着墙，雨晴则倚在我的大腿上，多么愉快温馨的一家人。有一件我们心照不宣的事情是，客厅那盏投影仪的出光孔中，散发出来的其实并不是什么浪漫的小行星。灰尘就只是灰尘。

"你们家像另一个世界。"

"所以每次从你们家出去，我都要花时间来自我疗愈。"

"就，有时候待着还挺不想走的。"

我在微信上回复博文："那你不如直接搬进来。"博文没有回复，手机那端的他，大约只是笑笑。他一定不知道吧，每一次他提议看的电影，我都早已经看过。我在豆瓣上默默关注着他的账号。怀抱着某种奇异的爱慕，我监视过博文标记的每一条"想读""想看"，在他看完那些书和电影之前，我总是抢先看完。博文交代给我的工作并不繁重，主要是整理采访录音和寻找受访人。有时，在给博文寻找受访者这件事中，我体会到一种近似于绝境翻盘般的成就感。从小红书、微博、知乎、豆瓣、领英、推特、照片墙、脸书里，我孜孜不倦地寻找着那些需要被找到的人。"甘肃地震中的遇难者家属""齐齐哈尔体育馆坍塌事件中的女排姑娘""被困缅甸的中科院博士"……总之都是一些紧跟时事热点，又隐匿于社交媒体之间的普通人。

每当我发现，仅仅只是坐在床上，拿着一台手机，就能找来那么多鲜活的、充满着表达欲的人时，都感到格外高兴。那不仅仅只是因为完成了一项工作，更多的是，因为这件事，我和远方的人们产生了联结，还让他们得以说出自己的心声。给博文做实习记者这件事，是一件至少看起来还算善良、正义的事情。也许，这个世界并不会因为我们所做的工作真的变得有多好，但最起码不会变得更糟，这便是一切的意义。可吊诡的事情也正出现在这里，因为摸不准自己究竟是好人还是坏人，我决定从今往后都只做好事。同样，因为摸不准自己对雨晴的感情到底是喜爱还是嫉妒，我便心甘情愿地当起照顾她的第一责任人，至少把主动权掌握在自己的手里。

所以，当博文问起，作为一个还未完全踏入社会的小姑娘，为什么我肯承担这么大的风险，同意搬过来照顾一个精神病人时，我对雨晴父亲开了"工资"那事绝口不提，只是告诉他我和雨晴从初中开始，就一直是彼此最好的朋友。这么说也并没有错，如果除开雨晴在英国的那九年。

"雨晴离开中国后，我也一直和她保持着联系。"

"哦，那你们的感情真的很深。"

只有互联网和我自己知道，我一直说的联系，其实仅仅是点赞。雨晴出国以后，我不过是从QQ空间转战到朋友圈，连续订阅着她精彩的海外生活。雨晴在挪威的林中小屋和帅哥喝咖啡，在东伦敦和嬉皮士们一起站在街头抽烟，还有一个视频，她说是在跟一个tinder网友在巴黎"面基"。在那位性别不明的网友的镜头下，雨晴用俯冲的姿势，向广场中央那成群的鸽子堆跑过去，鸽子们四处逃散。远处的斜阳因为镜头逆着光，我看到雨晴身后那一排米色艾欧尼亚立柱的上方，散发出沉谧的光圈。

她比中学时瘦了很多。不得不说，到了欧洲以后，雨晴的五官也变得比过去洋气起来。她肯定是做了一些医美项目。但当我仔细点开那个视频反复看时，发现雨晴跑起来的样子是那么活泼、明艳，就连说英语时，音色也变得跟以前不太一样。在雨晴身上，这种和过去截然不同的面貌令人感到惊讶，她举手投足间透露出一种在过去的中学时代我们都不曾有过的自信。说实话，在那一刻我是真的有点羡慕雨晴，很想亲眼看看，她到底变成了什么样子的人。或许，我其实也可以是那样的人。

二

几个月前，刚住进雨晴家时，我做的第一件事情是找工作。根据网上学来的"三招教你美化简历"教程来修饰过去的经历，让人觉得未来自己也能在职场上做出点"了不起的事情"。只是我没有料到，现今找工作竟然已经变得如此艰难。我一连面试失败十几次，很快就丧失了自信心。问题大约是出在了自己身上。一开始觉得，或许是因为自己没有在邮件中写上对HR的祝福，"工作顺心""Hope you best"那一类，他们肯定也觉得我不够重视这份工作吧。后来又开始怀疑是发型出了错，我天生沙发自来卷，又不会打理，会不会是因为这个，才导致面试官们觉得我不够认真仔细？

总之，到了最后一次面试时，那位给某家奢侈品牌做公关的漂亮姐姐，脸上化着两条凶狠的冲天眼线，语气却比想象中温柔，她在视频电话另一端询问我住在哪里。"哦，一号线坐几站就到我们公司楼下了呀。"我笑着说是的呢，真好。没过几秒，她说："你的情况我了解得差不多了，想问问你对我们公司还有什么想问的吗？"啊……差不多了，比想象中要快，我一时语塞，却也没有忘了在慌乱之余，语调清醒着反问她。其实你们并不想要我的，是吧？

没有人需要我，我一直隐约知道，只是在经历了这一系列失败之后，我才明白，原来那竟是一件真的事情。晚上，我在雨晴家那间连着小院的浴室里洗澡，想起母亲打电话来时评价雨晴的话："她是她父亲身上的寄生虫。"母亲平时说话语速极快，但那天罕见地没有继续说完。我在心里模仿她那隐没在口的后半句：雨晴固然是她父亲身上的寄生虫，如今我在雨晴的身上寄生，实则是一条寄生虫身上的寄生虫。想到这里，我不由得打了一个寒战，在雨晴家洁白而崭新的淋浴喷头下，我紧紧夹紧双臂，感受着短促又漫长的时间静静流淌过去。当我低下头俯瞰，水珠正在双脚边弥散开，浴室里雾气蒸腾，一切都消失于其中，只有我赤裸着身体，依旧还是那副样子。

也许是我太过自怨自艾，起码雨晴是需要我的，当初她在刚回国时，也是第一个找到了我。"带我逛逛魔都。"那时雨晴这么讲，让我很有心理负担。虽然在上海已经生活了快七年，但我一直只是住在学校里。每一次，有朋友或者亲戚来上海，我也只知道带他们去外滩。"喏，江对面就是陆家嘴。"外滩有人提供专业的留影服务，我却总是用手机给朋友们拍照。我说那些都是专坑外地人的，忘了自己也是外地人。

"那还有什么能玩的？"

"城隍庙？田子坊？大悦城上的那个摩天轮，大概也能算个景点。"

雨晴觉得这些地方都太无聊，最后和我约在了一个叫作"深渊"的地方见面。"果然是要去酒吧。"雨晴纠正说，那不叫酒吧，而是俱乐部，放地下电子音乐的地方。我飞快地从搜索引擎里查找"地下电子音乐"，却发现在弄懂什么是"地下电子音乐"之前，我得先知道什么是"电子音乐"。

"总之是很好听的音乐。"

为了防止我太过丢人，雨晴很快传过来几首歌。我点开播放键，慢慢地从寝室的床上直起身。在耳边那高速、畅快的鼓和贝斯声中，我逐渐感觉到中学时代那种应考似的紧张——去见一位多年未见的朋友，也的确很像一场重要的考试近在眼前：如何搭配衣服，如何抛出话题，如何保持微笑，又如何在适当的时机跟对方说出再见。这些年，我在有限的社交活动中，逐渐摸索出一些适用于"展现自我"的表情，却找不出跟这件事类似的参照。对方毕竟是雨晴。

雨晴也有读过我的朋友圈吧。上完高中，我就离开了湖南，在上海大学念书——拼尽全力后，我能上的最好的大学。老家的亲戚们都没听过这个大学，问我"上海哪个大学？"，我一遍又一遍地重复说"上海大学"，直到他们疑惑的眼神渐渐转圈。每个城市都有以它的名字命名的大学，"这个大学想来也不算太差"。我本科念完念硕士，念了硕士还想念博士。母亲却打电话告诉我，如果我再读下去，她就真的要"活不下去"。母亲说的话不一定认真，可我还是因此哭了一整晚。本科毕业时，我顺利保研上了本校的创意写作专业。如今硕士也快要毕业，却不知道该如何去迎接扑面而来的，充满奇幻与"创意"的人生。

十年前，父亲过世后，留下了七八箱子书在家里。我曾把那些书全部倒出来，按照自己理解的门类整理，再把它们全都搬进了我的房间。那些都不是什么了不起的书，甚至有很多只是父亲读中文师范学校时用过的教材。在湖南小城，父亲的普通话说得出众，北方语调，上声得得饱满，前后鼻音也分得足够清晰，这让父亲顺理成章地成了一名"普通话测试员"，比在学校开小卖部的母亲又多了一笔收入。父亲总是有办法赚到一些外快，只是没用来贴补家用。他用它们买了很多书，那些书后来成为我在家里打发时间最主要的消遣。

发现我喜欢看书，母亲也曾一度表现得很高兴，她去新华书店买了几套书送给我。"影响普通人一生的十四本书""中学生必读的十大世界名著"，还有一套书，叫什么名字我早已忘记，但是它的封面上写着一句话："阅读，是最低成本的成才方式。"原来母亲其实也在用她自己的方式，来帮助我在日后"成才"，只是这个"成才"的价格，最好能够再实惠些。除开那一次，母亲再也没有给我买过什么书，因为她发现，那些书并没有让我成才，至少学习成绩没有提高，而我的视力却一天差似一天。我央求母亲带我去配眼镜，这让她更生气："早知道就不该给你买那么多书！"我知道，母亲并不喜欢书，就像她不喜欢爱看书的父亲。爱看书的，因为突发心梗去世的，使她一朝成为单亲妈妈的父亲。

第一次戴上眼镜时，我的近视度数就已经超过了500。母亲带着我在小城的眼镜店里货比三家，最后选中了一副紫色全框眼镜。那位售货员说："女孩子嘛，戴紫色的好看。"母亲冷笑着付了钱，拿起那副耗费了她半个月工资的眼镜，亲手为我戴上。"贵重物品，你以后要好好保管。"我迟疑着点头，想告诉她和售货员，那并不是紫色，只是蓝得不太明显。一副眼镜，根本也算不上贵重物品。

那副"紫色眼镜"我戴了很多年，直到读大学时，才终于因为做家教攒下了换眼镜的钱。我看上了一副黑色的单框，金属质地，虽不防辐射，重量却很轻。还记得那位热情的售货员将手搭在我的双肩上，仔细看了足足五秒，最后总算笑着说："你的脸型比较丰满，建议挑选一些深色的框架，或者直接佩戴隐形眼镜。"售货员的话让我感到难堪，我火急火燎地付了钱，直到回到宿舍，才算真正定下心来，拿出镜子做一番检查。这是一张陪伴了我二十年，我却并不熟悉的脸。在那一刻，有种特别强烈的懊悔感突然袭来。一直以来，我长久经营着这一副身体，不过是用它去做这个世界教导我应该去做的事情，但从未想过自己的心中究竟渴望什么。在不自觉中，我的头皮开始一阵阵发麻，嘴唇微微抖动起来，只好强迫自己不再继续想下去。

再次回想起和雨晴在"深渊"的第一次见面，当时我们俩都喝了酒，所以很快便破除了尴尬。不同的是，我是真的想要缓解尴尬，事先往喉咙里灌了很多酒精，而雨晴则是因为爱喝。那天她穿了一身黑色，皮衣加皮裙，一头蓝色短发，嘴唇上还涂着口黑。站在她身边的我仿佛来自另一个次元，我有些后悔自己只是穿了衬衫和牛仔裤——尽管我已经戴上了隐形眼镜——见朋友时的最高规格。用不起日抛隐形眼镜的我，从抽屉里找出过去只在开学典礼时佩戴过的半年抛隐形眼镜，它咯得我眼球发红，一脸委屈，看上去有副好脾气。

"深渊"的门口贴着许多海报。酸性的、复古的、画着骷髅头的、画着椰子树的……它们都胡乱地贴在墙上，一张覆盖着另一张。我跟着雨晴从楼梯处往下走，小心地打开手机闪光灯。眼前黑漆漆一片，楼板在震动，当闪光灯照到雨晴的脚下时，我发现我们正走过一堆建筑垃圾。一抬头，便看到许多穿着奇装异服的人站在舞池里，他们的头发跟雨晴一样，染得五颜六色，服装也不分四季。各种文身与穿孔，各种帽子与面具。这让我联想起在小红书上看到的那些模特，自称为"艺术家"

的小众网红。他们有着小红书里粉丝在五位数以上的人才会有的那种自信——一点儿也不在乎被人注视，因为知道自己足够时尚。

雨晴看出了我的窘迫，拍拍我的肩："放轻松，他们并不吓人，大家都是来这里'锐舞'（rave）的舞客。"往高处看，空调出风孔释出洁白的冷雾。在昏暗的舞池里，我认真地呼吸着，空气里混杂了电子烟、酒精、香水的味道，我一时间觉得有些怅然若失。雨晴牵着我的手挤进了舞池最前排，我却屡屡被人挤出来。"只要跟着音乐节奏摆动身体就行了呀。"在拥挤的人群中，我看到雨晴自由地舒展着自己的肢体，充满女性魅力。不知不觉间，我独自踱步走出舞池，在吧台买了一杯叫作"粉红内裤"的调酒，很快经楼梯来到了马路外面。

我正蹲坐在人行道旁走神。突然，一个背着巨大山地包的男生朝这边挥手，像是认识我。我于是拿食指指向自己的胸口，是在和我打招呼吗？他兴冲冲地说："对，就是你。但是请等一分钟，我先买一瓶啤酒。"我兴奋、疑惑地在那一分钟里等待，假装"很有态度"地嚼起杯中吸管。路边有人看过来，我感到我的手上缺少了一根点燃的香烟。他们会认为我是一个善于交际的人吗？其实我总是觉得自己上一秒做得不对，没办法自如地跟很多人交谈。时隔九年未见，雨晴身上的变化大过了我来之前的想象，在"深渊"的马路外面，这座城市里我并不熟悉的千百个地方之一，一种异乡漂泊的苦楚涌上我的心头。一秒钟之内，我快速想到了过世的父亲，也想到了母亲。

那个男生提着一瓶朝日啤酒走到面前，问我叫什么，我慢慢地说出自己的名字，他自我介绍说叫郑博文。显然，我们并不习惯像美剧里演的那样，第一次见面便互道姓名，于是尴尬地对着彼此笑。那笑更多是在笑自己——现在摆出努力的样子记住了那名字又如何？反正明天也会忘记。他却突然说："我在学校见过你很多次，食堂、校医院、草坪。你跟学校里其他的人不同，即使背着书包，走路的样子还是这样拽拽的，就好像看不到身边的人。"

我从来都没有在镜子中见过自己走路的姿势。听到他的话，想起自己过去也曾好奇过，如果真有一台摄像机立于头顶，那我看起来会是什么样子。曾经以为那大概率只会是一副瑟缩、猥琐的身影，而博文却说我"就好像看不到身边的人"。在大马路上，眼前这位看起来腼腆、实则很大方的男生很快从身边站起来，他故意扮丑地扭来扭去，还笑称这就是我走路的姿势。但我并不觉得生气，只是如他一般笑着问："你是不是觉得我那个样子很傻？"他快速地答说不是，当时觉得我一定是一个"有趣的人"，于是想着下次见面要打招呼。那一会儿已经到了四月，夏天很快要来。南丹东路上车行如流，马路对面的写字楼上亮着美甲美睫、棋牌室的霓虹招牌，让人想到十几年前日剧里最流行的街景。不知不觉间，我咬碎了杯中的吸管，看到眼前那些明亮的白色车灯一齐射向前方，它们统一一闪而过，再无其他。

博文的招呼的确是打了，在我们都已经离开校园以后，在这个距离我们学校十三公里的叫作"深渊"的奇怪地方。我俩看起来都不像是会经常出没在这里的人。他介绍说自己是周末过来拍照兼职，还问我："你呢？"我说自己是来这里见一个多年未见的朋友。也是这时候我才想起，雨晴还在楼下的舞池里。坦白讲，那一晚，我的确是在认识了博文以后，才终于有了底气再次走下楼梯。"深渊"的楼梯上并未粉刷墙漆，凹凸不平的水泥点子，像是刻意做成小刀的模样。我能看清眼前的路，却故意拿手撑着墙面。远处灯光高频闪烁，随着我们走得更深，楼下的音乐声也越来越大。博文走在前面，一步、再一步，他突然回头，想起什么似的问起我的专业。我回答说是中文系，在电子音乐的掩映下，他夸张地发出一声庆贺般的赞许，接着又问："那你在中文系具体学习什么呢？"

"写作。"我说。我感到我的耳后根在变红。

"天哪，那你是一个作家！"

尽管已经预料到他会有如此反应，可我还是更加无地自容。总是有点怕被人知道，每天在学校里，我学习的内容仅仅是写小说。那听上去是一件太过奢侈的事情，甚至有点荒唐，好像不应该发生在我这样的人的身上。低头看，手中"粉红内裤"的玻璃杯已经被我的双手捂湿，千百个小气泡在杯子外壁紧紧团聚。我们迎面撞上了正上楼寻我的雨晴。我慌张又不失友好地向他们介绍了对方，随后三个人并肩一起走下楼梯。

雨晴在"深渊"里"如鱼得水"的样子看起来好酷。在吧台前，我们看到她热情地与一个额头上文着图案的光头小哥打招呼，在没有扫码付款的情况下，她端回来两杯金汤力。她不是用"走"，而是蹦蹦跳跳着回到我和博文面前，奶着声音说："请你们俩喝，为友谊干杯！"而这才是那天晚上让我真正感到震撼的一刻，我没想到，外表上已经变得这么"酷"的雨晴，声音竟也会在男生面前不自觉变嗲，字音还略微拖长。回国后的雨晴，身上的自信到底源自哪里，那种自信又是否是一种真实的、来源于身体内部的自信，我仔细想着这些。忽然，舞池里传来一阵尖叫，灯光散发出短而刺眼的白光，据说是一位从柏林来的明星DJ上了场，我们很快被人群冲散。

在舞池的后方，我茫然地盯着地面走神，发现楼板正因为音乐声微微震荡。有一只手掌闪过了我眼前，我抬起头，雨晴正在朝我眨着眼睛："怎么又发起了呆？"我猛地回忆起十几年前，雨晴第一次走向我的那个下午。那些时光伴随着舞池中巨大的音浪，从脑后一声接着一声席卷而来。

三

读初中时，我曾经是班上最早戴上眼镜的同学之一。并不是想要在人群中故意凸显自己，但是看起来跟别人不同，这让我既兴奋又恐惧。直到某一次开班会时，我才第一次知道，班上很多同学都在背地里叫我"紫色田鸡"。那时候我并没有感到委屈，觉得这也不能全怪那些同学，我长得普通，却戴一副颜色那么出挑的眼镜。后来，我选择不再主动去参加任何班会。

雨晴便是在这时候走近了我的课桌。我抬起头，听到她畅快、利落的声音："你的眼镜很好看，这其实不是紫色，只是蓝得不太明显。"还没等听完这句话，我便已经决定要和眼前这个体态偏胖，留着短发，又老爱穿阔腿裤的女生成为朋友。班上的男生们都不喜欢她，而她也总是像我一样独来独往。在过去，我不是没有注意过她，只是当时还以为像她这样的人，或许根本就不需要朋友。至于那时候雨晴在我心中的印象，我曾猜想她可能只是想穿裙子却又不敢穿真正的裙子，才每天都穿上被男生们取笑为"大萝卜裤"的一个奇怪女生。这一天的午后阳光正好，雨晴像天兵降临般站在了我课桌前，时间在我们头顶短暂地静默，旋转着化为片刻永恒。我在心中给自己增加了一些勇气，郑重地抬起头，裂出一个笑容，对她说："谢谢，我觉得你也很好看。"

在中学时代，我和雨晴曾是班上两个看起来最孤单的女同学。与其说我们是因为欣赏对方的才能或魅力成为朋友，不如说我们只是因为都没得选才走近了对方。几个月来，雨晴的病情在我持之以恒的"呵护"之下逐渐有了好转，而我开始频繁地在夜晚前往"深渊"，常常是独自一人。我总是不看"深渊"公众号里的活动简介，就直接在购票小程序上买了门票。我知道的电子音乐历史和DJ都太少，根本不清楚自己喜欢什么类型。那些轻快的、活泼的house音乐和罗马尼亚minimal常常让我感到身心舒展，但那种节奏强劲、鼓点混而不乱的breakbeat也会让我感到一丝丝灵动。事实上，陌生的电子音乐与"深渊"这种地下场景总是给到我一种稳健的安乐。在"深渊"里花货真价实的钞票购买的每一张门票，都被我用来换取某种对于自己身份的认同。从现在所不熟悉的事物中，找到和过去生活里相似的参照，这原本就是我长久以来最为擅长的一件事情。

在"深渊"，我照着雨晴的样子去打扮自己，换上黑色紧身衣，涂上眼线。看着镜中那个一下子变得"很凶"的自己，我一点也不觉得好笑，而是感到庆幸。原来我也可以用英语自然地说出脏话，当有人经过时摆上一副"无所谓"的表情。站在吧台前，我总是请酒保往酒杯里多放一些冰块，享受冰块放进玻璃杯子那瞬间发出的一声"叮咚"——我感到，我的生活似乎正在被那"叮咚"慢慢瓦解。"深渊"这地方并没有什么我认识的人，所以也不会有我不想见的人。倚在吧台上，我装作不经意地打量身边经过的人们，那些颜值高、品味好，就连发质也很优秀的年轻人，花很多时间想象他们的生活。他们早餐的营养成分，他们的口头禅，他们十八岁时收到的生日礼物，他们的睡姿和性爱。心血来潮时，我也会打开手机，在社交软件上给那些陌生人传裸照，不是因为想跟他们上床，只是觉得那样很"正常"，好像我也处在某一条具体的社会语序里。

手机屏幕亮了，横幅提示有一个距离仅一公里的男生正在社交软件上给我打招呼。我点开他的主页看，发现竟然是博文。我并没有在社交软件放自己的正面照片，只是一些从相册里胡乱贴上的图：学校里黄叶盛开的银杏树，一抹照映在玻璃楼上的夕阳，几张只露手或侧影的自拍，一首来自某个极端女权主义艺术家的诗歌，她的名言是"女人这一辈子要经历过一百次性高潮才算完整"。当要离开吧台的那一刻，我极速地想到这位艺术家，嘴角不禁带笑，同时庆幸自己并没有将她那条大胆的论断放上主页。我跌跌撞撞地从吧台前的人群中挪向厕所，认真检查起自己的妆容。因为手机上的那个男生说："舞池里人太多，不如一起到外面聊一聊。"

发现来的人是我后，博文以一种娴熟，甚至是豁达的语气叫出了我的名字。那声音听起来，就好像他在故意展示，即使只是一面之缘，在过去了两个多月之后，他还依然能记住我的名字。"你跟上一次相比，变得好像有点不一样了。"我只好笑着坦白自己是在模仿室友雨晴的妆容。而在听到我提起雨晴之后，他很快表现出不可思议："原来你是那位沪上著名地下电子音乐 DJ 'Queen Qing'的室友，真不可思议，你们看起来是那么不同！"我问博文："咦，原来雨晴在上海这么红？""对啊，从前年开始，她就是'深渊'的常驻 DJ。"听到博文的话后，我的嘴不由得张大成一个浑厚而惊慌的圆。

原来雨晴早在两年前便已经回到了上海。我不禁好奇，是在经历了一番什么样的思考之后，她才在去年选择通过微信对我说出那句话："我最近回国了，正好你也在上海，带我逛逛魔都。"当晚，困惑的我将雨晴和我身上发生的所有事情一股脑告诉了博文。令我没想到的是，在一阵短暂的沉默之后，他没有表达对雨晴说谎的愤怒，也没有因为向我戳穿真相而感到愧疚，只是提出一起去家里看看雨晴。我们很快打了车，在午夜，网约车带着我们驶离"深渊"。汽车从徐家汇公园旁边经过，我注意到，那些植物在路灯的照映下，反射出某种带冷调的白光。六月已到，衡山路上安静如画，偶尔有人手挽手从人行道上经过，他们大声地叫和笑，昂首向前，像是什么也不怕，晚风轻轻拂过他们的背影。

回到家后，我们发现雨晴在不久前刚点燃了一只线香，此刻正端坐在自己的卧室里冥想。家里已经很久没有人来过，她似乎察觉到了什么，对于博文提出的一切与她有关的话题都避而不谈，而是兴奋地冲进我的卧室，将我过去写的一些短文章和诗歌拿给博文看。"她正好在找工作，不如你收她做实习生？"博文只是随便翻了翻我的文章就说了"好"，那让我有些失望却又感到高兴。我飞快地从他手中抢过我的文章，从冰箱中拿出一瓶朝日啤酒，换给了他。

如果到这里，便是整个故事的结局，或许后来发生的一切都能显得更加容易一些。那天博文走后，雨晴问我高兴吗，终于找到了工作。我回答说高兴。虽然这是一份没有报酬的工作，我说服自己接受是因为知道自己只能选它。如果被母亲知道我情愿干这个也不肯到便利店打工，去付出真正的体力上的劳动，她会气得跳脚，骂我又懒又馋。事实上，在向博文求职之前，我已经做好了心理准备。今年二十四岁的我，从来没有谈过恋爱，白天喝黑咖啡，晚上吞褪黑素。打过两针新冠疫苗，三顿饭全靠闺蜜，春夏秋冬四季都迷迷糊糊，五官长得普通，做起事来也总是六神无主。当我想抛开简历不谈，认认真真总结自己的生活时，才发现真的也就只有这些。网上说女生总是越努力越幸运，可我似乎逐渐明白了那句话的欺骗性。如果生活真的有真相，那也应该是越努力，越好笑。

就算没有工资又怎样，反正我也不愿再去刻意地经营人生。成为博文的实习生后，他给我发来了许多长篇访谈录音，我需要做的是将录音转写成文字，并更改其中的错别字，重新分段，再给相似的谈话内容起一个小标题。刚开始我常常做不好这件事情，不是听不懂那些录音里天南海北的口音，而是不知道该怎么起标题。语言多么复杂啊，怎么做得到每隔几句话，就强行为它们赋予某种意义。做这项工作的我，不知道是不是有些太过残忍。为了使行文连贯，让自己转译出来的文字稿可以被博文直接采用，我常常自作聪明地加上很多关联词：可是、但是、然后呢、尽管、就、即使、也……直到有一天，博文发来一段至今听起来还是很动人的语音。

"其实你不用加上那么多关联词，叙事是以词语的形式邀请我们重述自身，因而也是一种重塑。以后还是多用用名词和动词吧，爱用关联词是因为总是希望被他者看到，这映照出你还不够爱自己。"

博文的声音，怎么说，有一种从容不迫的安稳。那时候，我还不知道自己早在"深渊"第一次碰到他时就已经喜欢上了他。我只是一遍又一遍地点开博文发过来的那枚绿色矩形语音条。"爱用关联词是因为总是希望被他者看到，这映照出你还不够爱自己。"难道真是因为不爱自己，所以这些年里我都一直在被关联词牵着跑？可是，可是，然后呢？我总是在关联词里徘徊：可是，即使，也，这些关联词牵着我走进父亲留下来的语言世界，继而又进入中文系。这些年，我似乎一直只是生活在自己模拟出来的、某种束缚着想象的空间里，也许我真正需要用关联词控制的其实并不是文字，而是自己的呼吸。

在午夜，博文的声音通过手机转化为电流，温柔地流淌进我的耳朵。我索性打开电脑，点开他留给我备份的语音文件夹，一个一个点开，反复聆听他的声音。当我在文件夹的最底部点开一个名为"乌鲁木齐南路"的文件时，才发现原来博文每次来我们家都会留下录音。我浏览起那个文件夹里一篇刚开了头的文章《当我与精神病人同住》，里面尽是对我和雨晴家里装潢、一日三餐、争吵与欢笑的描绘。当晚我辗转难眠，直至天亮。

发现那件事情后，我开始有意识地计算博文出入我们家的频率。一周大概两次，他常常在周六或者周日上午过来，那是我前一天晚上去过"深渊"之后，在房间里补觉的时间。我在房间里装睡，实则倚着门仔细听外面他和雨晴的交谈。都是一些日常化的问题："谁给你做的昨天的晚饭？""她经常在周末晚上出去？"有一天，我突发奇想："如果你真的这么想写我们的生活，那我就再给你增加点素材。"在博文来之前的一天，我暂停了给雨晴"下药"，希望雨晴在第二天能够表现得"更像"一个精神病人。果然，看到雨晴情绪起伏的样子，博文逐渐延长了留在我们家的时间。我总是在中午一点后推开房门，为他们准备晚饭，预备着享受当晚的温馨时光。在厨房，我边择菜边幻想那客厅里的两个人，都是我最亲爱的家人，生出一种很幸福的感觉。可以为我的家人做饭，我体会到一种从未有过的安定。到后来，我干脆停止了给雨晴的药物治疗，即使我仍旧领取着雨晴父亲开给我的"工资"。

出事那天，正是我回学校参加毕业典礼的日子。那天我起了个大早，出门买早饭回来，想到过一会儿博文会来，我将雨晴最爱的拿铁咖啡放在了床头，便放心地出了门。在骑单车去地铁站的路上，我遇到了刚从海南回来的科尼。"雨晴必须去看心理医生，说句实话，我觉得你也应该去看！"得知几个月来我都在悄悄给雨晴下药，他感到不可思议。他觉得最好的办法是送雨晴去精神病院："那里有最专业的人士，他们知道应该如何保护和照顾雨晴。"那会儿是夏天的早晨八点，阳光已经有些刺眼，即使是站在梧桐树下什么也不做，人也会流下一身的汗。春天时，科尼抛下雨晴去了海南，几个月不见，他已在海岛晒出了一身小麦肤色，此刻正霸道地将小臂倚靠在我的单车龙头上。

"你不应该承担这本不属于你的责任！多么荒唐！"就像科尼始终认为心理医生会对所有人都有效一样，看着眼前科尼的大声疾呼，我意识到有一些道理或许只有中国人才能懂。"cozy living"，在一轮又一轮的争论中，我突然想到科尼那条点赞量颇高的动态，于是问他："还没有问过，你在海南一切都过得还好吗？"听到这里，科尼愣了一秒，继而缓缓摇起了头，他用让人快要听不见的声音说出了一句直到今天为止我也没法忘怀的话："怎么可能会好呢？你相信吗，在现在这样的破坏之下，总有一天，我们将迎接更大的破坏。"有一阵轰鸣在我耳畔升起，我好像听懂了，但又假装没有听懂他的意思，强行将共享单车转过弯，甩下他的胳膊，继续往地铁站的方向骑去。

下一次再和科尼见面，是在上海精神卫生中心住院部的走廊外面。和我偶遇后，出于不放心，科尼径直去家里看望了雨晴。连续几天没有服药的雨晴，一醒来便见到这位令她朝思暮想的人，情绪飙升到了最高值。博文向我讲述了当他进入家门时，看到雨晴全裸着身体，将科尼锁在洗手间的场景。雨晴声嘶力竭地叫着："这下你就再也离不开我了！"她的脸庞涨得通红，大声呼叫的同时有泪水从眼眶滑落。博文急忙拨打了120电话，和科尼一起将雨晴送进了精神病院。当听到消息，匆忙赶到精卫中心住院部时，我从电话里得知了雨晴的父亲将在两小时后到达虹桥机场。那一天，所有事情都发生得太快，宛平南路的街边艳阳高照，医院内部却显得有些清冷。我坐在医院走廊的长椅上，博文拿着一支录音笔走到我面前："你是不是早就知道，其实科尼和雨晴并不是在英国，而是在中国认识的？"我呆呆地看向窗外，又转过头来，没有说话，只是恶狠狠地瞪向他。

我跑出医院，拒绝了博文的陪同，独自回到乌鲁木齐南路的家。在雨晴父亲还没来之前，我想要再打扫一遍家里。在路上，我回忆起和雨晴、博文一起玩游戏时我曾问过雨晴的一个问题："你有没有想过，你这一辈子是为了什么而活？""当然是真爱啊，傻瓜。"当时，雨晴过于敏捷的回答使我立即后悔问了这个傻傻的问题。现在我却意识到，在我的生命里，似乎总有一种真实但隐痛的东西被习惯性地忽略。因为忽略，我总是抗拒，因为抗拒，我变得浑身是刺。可是这个道理我知道得太晚，已经发生了很坏很坏的事情。我终于走进和自己房间相连的小院，看到墙外的那株法国梧桐"飘飘"依旧长得青葱。我向上仰视，墙壁高耸，尝试着跳起身，但什么也没能碰到。我将椅子搬到了桌子上，爬上去，踮起脚，终于摘下几片梧桐叶。

下午的阳光正好，七月的风吹过头顶。墙外那株并非梧桐却总被叫作梧桐树的二球悬铃木"飘飘"，就像是这间屋子的一个严厉且忠诚的哨兵。它以挺拔的身姿朝天起立，枝丫探入小院，静静俯视着我的头顶。当我再低头看时，手中叶片的纹路蔓延出了画面，正和我的掌纹融化成为一体。

房 间

刘涵玉

在上海，以真总能看见山。山的影子，就在窗玻璃外面。窗玻璃上，灰尘一绺一绺铺开去，成了那些山的骨骼，或血脉。四五道山影，延绵开去，忽而成黛蓝，忽而发黑发青。山是一片一片的，被云雾切割或吸收，有时是一个点，有时是一抹，有时全然看不见，融进铅灰色空气里，茫茫一片。可她知道，那大片的白后面，是山。在这个城市，能看见山的，是不是只有她。以真打开那款叫春天的交友软件，发布了动态。评论有各种字眼，如她所料，也有大量问题。却见一条好友申请，昵称是阿南。交友答卷问题上，每一个都只填了句号，只有备注是句子：做个游戏吧。她点了通过，也没问对方，是什么游戏。互联网上的信息，发出来了，便跟那人没关系，跟她也没关系。

不上网课的日子里，以真收好电脑，退出 classin，四处找抹布，想要擦那些玻璃。抹布是尹东采购的东西，置放在鞋架第三层。尹东消失后，抹布没再碰过水，干苴苴的。她攥在手心，仿佛握住了干枯的人的皮肤。灰尘绺子被抹去，山也没了血管，应该会消失吧。她试了几次，搬来尹东买的板凳，踩着，屈肘能碰触到天花板，从山头，往颈项，入肩，进胸与腰，抹至脚踝，却见几道山越来越清晰，生长出汗毛似的树。漫山的树，沉醉的绿，浓厚的青。她不甘心，捏紧抹布的边，按到玻璃上，拉出一道道印子。有一棵树便是这样脱离了大片的碧色，四周只有低矮的草。树的周围是两三指的空白，处在最右边那道山影的腰部之上。一道道印子，借着自然光线，方能看清楚力道。以真盯着那棵树，将抹布握成一团，感受到一股牵引的力量，想砸过去。却听那树的叶子窸窸窣窣。恍惚间，似乎是人声：你试试看，能不能擦掉我，我们。

当然能。她心里想着，却打开高德地图，看着柔和的蓝色圆点，冒出探头探脑的尖尖，虹口。手指缩放，上海，再捏一下空气，上海变得小了，成了拇指关节似的一块。再往外看，那棵孤零零的树快乐地抖动着，带动漫山遍野的叶子，哗哗哗，哗哗哗。

阿南的消息来了，是上次通过申请后的，隔了漫长的时间才蹦出来，没有寒暄，只是简单的邀请："有时间带我爬那山玩玩，我只去过佘山。"以真忍不住，在聊天内容的牵引下，敲出来："什么游戏。"阿南说:"愚公移山。"她想起那条动态下的许多字眼,似乎每个都可以同样送给阿南。她在"傻逼"和"神经病"中纠结许久,最后发送了一个字:"好。"倒不是为别的,她登录的是尹东的账号,主页中,兴趣、读书、电影、职业,等等,拼凑出来一个大学文学教授的形象。有心人若是结合 IP 定位,也许会识别出尹东其人,带来麻烦,尽管他已消失一周。文学教授当然可以发送"傻逼"或"神经病",但尹东不行。她的尹东不行。她退出来,盯着尹东两个字。尹东的真名叫什么?她记得那三个字的样貌,大理石般的质地,静默地躺在她心底。尹东说过,汉语是有视觉冲击的,可她读不出来,哪怕在心里。尹东和那个三字之名,哪个是真实的,哪个是网名,谁能证明?没人可以。想到这儿,涌起的酸涩就淡了。随着那三个字溜走的,是那个人的女儿和太太的名字,也不是尹东的。

四处环顾,这套房,也是尹东租的。两间卧室,两张床,厨房,洗手间,窗户统统朝南。套房不大,七十六平方米。需要写作的日子,尹东便独自住在西边卧室,故事完成的时候,才打开房门来找她。想起写作,他们是这么认识的。以真是读会计学的,却有几篇小说发在了《远山》期刊上。尹东是那期栏目的评论者,经由编辑联系了她,说她对文学的感受很扎实,天生吃这碗饭的。尹东还说,她应当实习,在文学和艺术行业生存,不要离开这些东西,不要屈服于那些财务数据和办公软件。尹东还说了什么?说写不出十万字,不能离开这房间。她开始找手机。尹东说,写不出来就去生活,待在这房间好好生活。她举起手机,对准窗玻璃。

入夏的上海灰蒙蒙的,山倒是黛蓝色的,比晴天时的浓绿好看很多。以真拍下一张,两张,各个角度。天空与群山的宽度与高度,在镜头里生长、变换,山脚下的大马路上,车流如滚起来的肥皂泡沫,车灯的暖光,映衬着天色的冷光,老城区漆红的房子成了夹心。她触碰圆圆的白点,保存生成的图片。打开"春天",阿南的消息上吊了似的,摇摆在手机屏幕上方,一条接一条,手机壳是

刘涵玉

绳索，消息迅猛地吊下来，被像素拉去安葬。她没有看那些消息，单单发送了五张图片，对应五道山影。层叠山影如花苞，中心的那粒较为遥远，却模糊，也深。只有一点，一个尖尖。

阿南秒回："挺好看的。"

"什么好看？"以真说。

"山。"

"有几个山？"

那边显示"正在输入中"。以真凝视着五张照片中大块的铅灰。良久，阿南说："教授，山的量词是座。一座山。你要是问我世界上有多少座山，我也跟你说，只有一座山，它们组成了一座山。"

以真捏紧了屏幕，这才往上划拉，认真打量阿南发的消息。也是图片，是狸花猫，灰黑棕三色交汇。

"你在宠物店工作？"

"不是，我是学生，海大的学生。"阿南说。

"你们能养猫？"

"学校里的，我是爱猫协会的。你养猫吗？"

以真不养，却想起来，这房子里应有一只狸花猫。尹东刚租下这公寓后不久，去年冬天，十二月二十五号。那只猫蹲在热水器上，探头探脑，不知顺着哪根通风管道上来的。小母猫，五六个月大，没做绝育，乳头却很硬。她记得母猫在尹东的手心里，尹东拉着以真的手，触摸那成排的硬块。隔着水一般的光滑皮肤，母猫微弱地喘着。以真不喜欢猫，不喜欢任何动物。可那次触碰，让她后来没有反对尹东的主意。他们没有送走它。尹东说，主人不负责任，营养过度，也会死，那便给它换个主人。

以真突然站起身，拉开卧室门。有什么东西被踩得崩坏。穿过门厅、厨房，推开玻璃门，是呦呦最先出现的地方。热水器上没有，她开始学猫叫，顺便打开壁橱和水龙头附近的所有柜子，没有。匆匆回到门厅，她看到了深凹下去的纸壳子，讶异快递盒与外卖盒如此多。酸腐味太重，她踩着比萨盒、绕过奶茶杯，一路来到洗手间，没有。那便只有最后一个房间。尹东的书房。生命关天。她推开门的瞬间，却希望看见有人在敲字，或是在书堆里抬头看看她。她走过去，顺着肩背，抱住他。尹东思路中断的时候，喜欢她这样做。

两道房间并不彻底隔绝，中间只是竖起长块的磨砂玻璃。也许更早时，这里是个大卧室。尹东租后，改变了格局。她在东边的房间，有时巴巴地望着尽西的窗玻璃，能看到西边房间的一些静物，以及尹东的头发，浓密的，茂盛的黑，交融了淡蓝的玻璃，混着床头灯、室内灯和自然光线，那毛发变换颜色，时而发黛，时而是青。她低头便可瞧见。她需要判断好时刻，若那青黛伏在桌上，一动不动，便是入了瓶颈。她便过来，看着这黛色或青色的影子，出现在她胸口。有时刹不住车，她便拉着他躺到床上，听他喃喃自语。她从不插话，只是听。

尹东有比较多的原则。这房间里一定要放一张照片，那是个在国际高中读初一的女孩，齐肩短发，眉如月棱，丹凤眼，一颗圆滚滚的细小的痣，隐在眉峰处。他们亲密时，女孩的照片扣下去。他们常常并不真的做爱，只是折腾，由着那些潮湿的草地的气息，充盈夜晚，却停在最后一步。他们兴之所至，只占用夜晚的一半。或者，一半的夜晚。在那一半的黑夜里，世界上只有他和她，隔着薄薄的衣物，气息交融。也许那女孩的照片便是这功用，允许尹东保持着他需要的平衡。这平衡，以真不需要，却也尊重。她二十四岁，要的不多，没什么要克制，不像尹东，比较辛苦。他要不停地去洗手间，她也不问，需要睡眠时，各回各的房间。尹东消失前，问了她一个问题，没有性，爱情能有多久。他经常抛给她这样抽象的问题。她反问他，我哪知道什么是爱情。反问的瞬间便后悔了，尹东似乎离她远了几步。而她要被赶出这公寓，回到海大商学院的学生宿舍，再也没办法被推着写作。她依偎过去，那是唯一的一次，他们度过了完整的夜晚。

随后的一天里，具体时期，记不起了，天与天，都一样，没有差别。尹东说，他被要求作为教师代表，去海大研究生公寓送水果和牛奶。水果和牛奶已被行政系统安置好，尹东只需过去。她记得自己生闷气，很担忧，担忧尹东出了这门，再也回不来。后来倒是回来了，不过尹东用毛巾、衣物，将东边的房间缝隙封死了。

"缝隙会传递噪声，空气会让我烦躁，我的小说在收尾了，等你也写够十万字了，我们再见面。"

现在想想，从那时到现在，那房间倒是有过声音，窗户连着窗户，振动波及她这里，已是细微，是蝴蝶之翼扑闪，却在长久的寂静里格外出挑。那是很重的一声响，从五楼之下的地面返上来。楼下是救护车。她心里一动，但同时收到了尹东的消息，不要探头看。

也许是呦呦，也许那是呦呦。

那声响，是三天前，还是五天前……在这房子里待久了，时间只是显示屏上的数字，四个阿拉伯数字，被一个冒号组成排。日升日落，是景象，与时间无关。她与他度过了多少夜晚，多少，不知道。

就像她也不知尹东是何时离开的，房间里没有电子设备，没有安妮·卡森的诗集，没有与海大有关联的工作文件，没有推理出他真实身份的物品。以真曾发消息给房东，犹豫要不要报警。可她的文档有六万八千字，不到十万，她不想等他回来发现，自己没有达到他的要求便出了这房间，徒生争吵的麻烦。

房东爷叔在微信里说，租金又续了半年。在以真看来，这情分也续了半年，他只是周游去了。没什么担心的。

短短的一会儿，以真似乎感知到了呦呦的去向，忽而觉得呦呦并未存在过呢，就像玻璃外面的黛青山色，也许自己也没有存在过。阿南三通语音电话，灰色图标，显示已取消。她犹豫要不要拨回去。

"我养猫。"她回复。

一只新的语音电话，频频摆动躯体。她拒绝。消息蹦出一个又一个。

"我们之间只有 171 m。"

"142 m。"

"97 m。"

······

"做个游戏吧。"阿南再次说。

"傻逼吧。这山移不了。"

"当然移不了。这次游戏是，你待着不动，我来找你。看我能不能找到你。"

"神经病。"

"春天"很强大，以真知道，是北京顶尖高校的学生创业的产品，克服了一些交友软件定位不准的问题，增添了变声、变脸功能，及大量 AI 账号。有时用户不知，聊天框那边是不是实体的人。VIP 服务更精确了。尹东充了 VIP，将账号交给她，是那次外出回来后。

以真退出去，看阿南的头像，不知何时设置成了她拍的山。有一瞬间，她直觉阿南是尹东。这不过是尹东为了写作，在玩弄她，在获取"经验"，等到"阿南"敲门，门口站着的必定是他，他拉着她，让她具体地讲自己的感受，那些在他看来，具象的、珍贵的、并不虚无的、属于文学的感受。在他们不见面却隔着一道墙生活的数天里，在他不再给她发消息的这段日子里。他应是希望她思考那个抽象的问题：没有见面，他们的感情能存续多久。他料到了她自己能意识到要思考这个问题。是这样的，她自觉，他知道。那黛青山色绕在她胸前，偶尔在脑后，侧侧脸，瞧得见。那些夜晚的一半里，他常常从后面抱住她，听她讲自己的经历。她知道尹东需要什么样的细节，悄悄加了虚构，挤压橘子汁液似的，挤着自己。他从不问真的吗，只是问，然后呢。她的感受，常常作为情感内核，被包裹在他的小说里。

72 m。

45 m。

心跳声张扬起来。阿南头像下的距离越来越短。她好像从来没看过阿南的主页。兴趣、读书、电影，也有安妮·卡森，尹东常提及的诗人。再细看，主页竟几乎一模一样。以真回忆初次加到阿南时，他的主页兴趣栏里，有一些是剧情类游戏，《荒野追踪》《奇异世界》，等等。阿南的关注和动态倒没有变，仍然有游戏社区，动态里，仍有近两年里的游戏记录，角色样貌是女玩家。点开一两张角色图，放大，酷辣风，短发齐肩，眉宇间有英气。她往下看，划拉几张，想不起来在哪里见到过那些脸。放大，辨认脸颊、眉眼。心跳声越高昂，手头越细腻。

32 m。

21 m。

她退到主页，回去看动态。距离近了。慌张扔掉手机，起身拉开窗户，看视野里的山影，成了一段一段。云雾绕在山的颈项和胸前，山色的蓝和青不见了，只剩下了黛，越来越浓重，是黑。她跑到隔壁房间，拉开窗户。云雾仍在吞噬，山只有一抹了。可正如从前，她知道那大块的灰白之后，有山。她不知道自己在做什么，怎么就又来了这房间。她确认了，这房间的窗户是紧闭的，不是拉开一寸两寸的。

尹东要回来了。她要把自己的创作拿给他看。她要得到他的肯定。她要在他的照护下，继续读书。她要继续跟远在云南的爸妈演戏，自己在上海租了房子，只是为了日后工作挣钱更方便一点。尹东说过，她适合继续读书，如果有条件。

她打算跟尹东说，他们是爱情，但不要破坏什么秩序。尹东想守护的，她可以一起守护。想到这里，她轻松了些，回到东边房间，重新拿起手机。游戏女玩家的脸，经由指尖缩小后，特征倒是清晰了，眉峰处一颗痣，月棱眉，丹凤眼，嘴角浅笑。她忽然不安起来。

10 m。

阿南发来消息："在几楼？"

手机不能要了。她使劲摔向窗户，摔向那些薄薄的山的影子，树的轮廓。这手机是尹东送的，他有时说，她像他另一个女儿。屏幕渗出星星点点绛紫，闪烁，晕染，仿佛中毒。以真又跑过去，用力按，画面如黑白电视机般，打不开了。是内屏漏液。她心里涌出快乐，切断了对这手掌大小的长方形机器的依赖。自由了。

谁也别想找到她。哪怕是十米。

以真打开笔记本电脑，双击了"春天"，登录。页面箭头在循环，系统加载消息良久。进入聊天页面，点进阿南主页，轻击手机图标。阿南的手机型号出来了。她冲出房间，扭转门锁，发现门锁本身便上着，甚至因了她的力，积灰被蹭掉些许，有松动的意思。又将所有的外卖盒、快递盒、垃圾袋堆在一处，那堆积的形状像地图里的上海，抵着门口倾斜下来，纸壳塑料爆竹般糜烂开去。

敲门声响，两下。尹东与她约定过，会敲五下。以真捂住耳朵，盯着电脑。阿南传送来一张照片，是方才的那只狸花猫，窝在鞋盒里，睡着了似的。背景是她熟悉的门。

"呦呦，你认识吧，我爸拍给过我，五月份那次回家给我送东西，顺便把呦呦送给我了。"

以真不回复。阿南便继续说。

"是我让爸爸回家来的，回我们家。我妈住院了，我家只剩半根玉米，我不会做饭，没吃的。"

"对不起。"

"房租是我妈续的，半年到期后你就走吧。她一直感谢你们的，没有你们，爸爸没灵感的。没作品，就没钱。"

"你只有离开，离开这房间，山才会消失。"

……

这些信息如鬼魅，如母子，是长长短短的虫子，爬上了树的枝杈，横在她胸前。她顺着枝杈望过去，是那棵树的粗壮的枝干穿破玻璃。山真的动了，山影紧贴玻璃，还在喘息，气息是黛黑的，裹挟着湿气，弥漫着。而山的咽喉中心处的一粒点，分拨开去，露出三道影。原来不止五道山，只是在窗前遥望时，离得太远，太朦胧，看不见。

脚步声溜远了，房间寂静着。以真看见自己起身，穿过廊道，扑过去开门，是跋山涉水般的，在巨大的轰鸣与腐烂中拽走门锁，像无尽的日夜里的臆想。走廊那些规整的防盗门，如住进来的那天，切割得整整齐齐。刚来时是欣喜，心安，此刻不知多少时间淌过，她忽然好奇那些门里是什么，是不是人。

那些门竟纷纷开了，望过去，门前站着无数个女孩，延伸开去，到了尽头，是模糊的影，黛黑的影，从晦暗没入熹微光线里，只凸显出珊瑚红条纹睡衣轮廓，侧着，对称，齐齐看向她。是两颗黑珠子，不见底，没眼白。她终于迈出一只脚，落感软绵绵，应是盒子里的尿垫，上下摩擦。那只狸花猫盘着身子，盯着她，也是两颗黑珠子，良久从喉咙深处，传来一声低沉的"啊"。是的，是它。以真想起来了，呦呦在这房子里时，他们一直纳罕没听过猫叫，推测它没见过其他猫，不会叫。房间里只有看不见的动物喘息，是结实的"啊"，喑哑地、短促地流转在无尽日夜之间。

少年游

Achievements of Creative Writing Students

一、细雨

> ……春天，
>
> 横线纸上的沃野。
>
> 我审视你试卷空白处，未默出的绝句。
>
> 待填的词汇与浓黑墨痕，
>
> 皆因真心如铅重。过分纯粹，
>
> 腐蚀彼此姓名。
>
>
> 来日分明字迹未改。
>
> 而春天了无踪迹。

——姜沉璧日记《无题诗（节选）》

2016 年 9 月 23 日

白岁坐在我右边，隔着过道。我有些烦他，因为下课总是有好多女孩来找他说话，说的都是些无关紧要的事儿：什么周末去哪个场子打羽毛球啦，上周在英文补习班有什么八卦啦，暑假的时候又撞到谁和谁在一起啦这类新闻。因为座位太近，我被迫听了许多他们聊天的内容，很干扰我。我是个很懒的人，下课不喜欢到教室外面去，只爱坐在座位上，沉迷在一本又一本小说中。我正在读《娜娜》，左拉干净有力的话语间隙忽然插进来一句"我就说，他们两个根本就不认识！还不是因为王家宇！"——这感觉真烦人。我讨厌现实生活中庸俗低微的东西闯进我耽溺其中的珍贵的文学世界，

261

所以在很长一段时间里，我都对白岁有很深的看法。他在班里被称为"妇女之友"，那些男生总是半带轻蔑半带嫉妒地这么提到他。男生的嫉妒与女生的不同，女孩的嫉妒心是星星点点的，男孩的嫉妒却呈片状，总要找个集体的靶子，否则不足以凸显那种普遍公理般的雄性优越感。白岁在某种程度上成了班里男生暗暗发泄不满的对象，但谁都知道，他们讨厌他，可都想成为他，因为许多女孩子喜欢他，包括最漂亮的那几个。我虽然在仗义心上比较偏向白岁，可在现实的校园生活中，我对他没什么好感。我只欣赏聪明灵慧的人，白岁却带点滞钝——他是个不看成绩谁都会觉得他是好学生的人——干净整洁，生着一双仿佛很乐于求知的眼睛，永远不迟到，永远不犯错，轮到他的小组做卫生时，他总是比别人做得彻底，然而知识和他之间似乎有一层蒙蒙的屏障，他尽管认真地听课、做笔记，几乎从不请假，分数却并未高过。我因此有些优越感——我很懒，可我的成绩很漂亮。

他对考试结果不佳的事实好像也不是很在意，仍旧一天到晚地和女孩子混在一起，或许他也知道，男生都不那么喜欢他。白岁虽看起来是个贾宝玉式的角色，却没有贾宝玉一样的灵秀，只是生得比别人好罢了。我虽很烦他带来的吵闹，对他这个人倒不算太讨厌，因为知道他脾气好，为人又比较慈柔——轮到他收作业时，他从不会把没交作业的人名记下来交给老师，这一点很得大家感激。我和白岁并不很熟悉，那几年我沉迷文学，完全活在自己用书堆成层层墙壁的世界内部，压根儿没有抬眼看过周围的人。我感兴趣的不是教室里的情愫暗流和成绩单上名字的垂直平移，甚至也不是与稍大些的外部世界相关的东西：比如外校朋友、偷偷游荡的暑假、补课班里的轶事传闻。那些年我沉醉于乔治桑、科雷特、博尔赫斯、狄更斯和话本小说、唐宋诗词，我迷恋欧洲历史和唐传奇，对故事的贪婪如守财奴见到金币：我的桌屉里塞满小说，古今中外各异的时空、不同语种的人名被我压缩进一只沉重的书包里，我背着它们来来往往——习题集和干巴巴的教材是不配进入其中的。我只想要已逝的世界和它的故事，离现实无比遥远的往昔，而不是非谓语动词和立体几何——这些

所有人都能接触到的知识没有意思，不能满足自我观念膨胀的处于青春期的我的渴望：我想要独树一帜的品位和故作姿态的特立独行。我不爱学校，学校是集体主义观念占据上风的牢笼，我必须想办法钻个洞出来透气。

或许因为长久地逃避集体，我感到自己被教室里的世界日渐边缘化。我的自我意识蠢蠢欲动，不能容忍这样的忽视，然而要如何吸引他人的注意力是需要方法的，我用从书中找到的奇巧智谋，很快找到了捷径：好好学习。高二分科后，我沉迷于做一个好学生。在学校里，分数是最轻巧有效的资本，能带来许多好处，我开始学会享受它带来的虚荣的满足，装作闲云野鹤地做出最咬牙切齿的努力。发现自己对此得心应手后，我很快就停止了在成绩上的付出，就像人总是瞧不起简单的事，所以享受了舒适之后转而想找点苦吃——我又回到了自己在白日梦中构筑的世界，每晚临睡前至少花一小时来幻想，内容往往由最近看过的小说来定。后来我不满于此，开始自己编故事，但我从未将那些故事写下来。我真的很懒。我的故事来得快去得更快，它们漂浮在无所依存的想象中，像雨后的水洼，一个下午的阳光就能晒干它，不留痕迹。但我不在乎。

我的成绩果然下落了一些，这没什么关系，还不至于太难看，引不起他人的注意，我依然活在一片如午后瞌睡般朦胧刺目的白中。幻想占据的时间越来越多，我的白日梦也做得越来越专业。这一段时间我沉迷艺术史，每晚能梦见一座相同的博物馆，我一直被困在放满面具和木乃伊棺的埃及馆里出不来。困在那儿的时间越久，我越了解馆内的藏品，它们排列的顺序和色彩成为很长一段时间里我上课走神的内容。我本以为这个梦会像噩梦里的螺旋楼梯一样漫长无尽，白岁突然的出现打破了它。

这天下课，白岁照旧和坐在前排的几个女孩聊天，说的是隔壁班一个男生的事，我对空气翻了个白眼，可能被他捕捉到了，上课前他凑过来，好声好气地问我："你这周每天看的那本书叫什么？"我心想他可真多事，有那么多女性朋友了还嫌不够？再要发展一个我？但我还是回答了他，他看似很郑重地点点头，说回去他也要买一本看。我把那本书给他："我已经看完了，你拿着看吧。"他有些惊讶的样子，可能因为我平时从不和其他女孩一样对他那么和蔼，见我忽然送他书，他非常意外，说了谢谢，忙接过书翻开看。那本书是巴尔扎克的《邦斯舅舅》，我非常喜欢，再想不到会送人的，可那天就那么送了他，有些莫名其妙。回家后我有点后悔，但我是个要面子的人，当然不肯要回来，那样显得多小家子气。我没说什么，周末又去书店买了本相同的回来。可巧从书店回家的路上，我迎面就遇上了白岁。他背着羽毛球包，迎着秋天黄昏金黄的光线皱眉走着，到跟前，他看见了我，站住脚："你去做什么了？咦？你怎么又买了这本书？"我道："帮朋友买的。你去打羽毛球了？"他点点头："和六班的陈雨岚她们几个，我今天偶然听说你们还是初中同学呢。"我和陈雨岚的关系非常平常，因为我一直不大喜欢那些太沉醉于和男孩子交往的女孩。我道："我们不是很熟。""看得出来，你们不是一类人。"白岁站在建筑阴影中说。我听他这么说，心里很满意，我可不想被归于那类女生的行列中。她们太爱异性，太溺陷于庸常的校园生活，太在意外表。她们尽管美丽，却缺乏创造性，她们的一切都完全按照校园里这套评价体系进行，我是个远离集体的叛逆者，我害怕她们拥有的那些质素。

白岁说："你喝汽水吗？"我本想摇摇头说不，可他已经走进街边的便利店里，买了两瓶荔枝味汽水出来。他递给我一瓶，我接了，说了谢谢。其实我不喜欢荔枝口味，觉得这种纯粹的甜实在让人恼火，尤其在暑热还未散尽的秋日黄昏，更是甜得让人不耐烦。可白岁似乎很喜欢，咕咚咕咚地就喝光了。我们回家的方向在这一段正好相同，于是就一起走着。我问他有没有看那本《邦斯舅舅》，他说："我看了一点，就是这书的印刷字号太小，我看得很慢。""是有些费劲，但这家书店只有这个版本。"白岁回头看了一眼那家书店，问我："你经常来这里？"我点头："从小就来，这是我最喜欢的书店。"我从不和别人谈起这家书店，因为我总觉得这家书店是属于我的，我不想和人分享。可白岁这人很奇怪，他有植物式的温良，让人想和他谈论一切，不必担心他会做出任何出于恶意或嘲弄的审判。他笑道："那以后，周末我们一起来这儿看书吧。"我对他突然的邀约感到很吃惊，我是个内向的人，邀请别人做什么之前要思虑很久，根本不可能像他这样直接随口说出来。可我转念一想，他只是说说，或许不过是表达礼貌，就像大人们说"什么时候一起吃饭"这种话，听了也就是听了，不必往心里去。

上了天桥，白岁站在栏杆边看路上涌动的车流，我问他这有什么好看的，他道："是没什么好看的，但看见车都往那边开，总觉得自己也在动。""你怎么和小学生一样？"我说。他有些不好意思地笑了，从栏杆边的台矶上下来："你这人不爱说话，好像一直在冷眼旁观。你在一边，我老担心自己是不是做错了什么。"我听了，有些惊讶，就问："真的么？其实我只是爱自己胡乱想点什么，都是最没意义的事，怎么会评判别人呢？"白岁低着头走路，他很瘦，宽大的短袖在光线渐暗的黄昏的风里鼓起来，越发显得他的存在影影绰绰，有些神秘。他说："其实我早看出来，你有点讨厌我，所以那天你送我书，我很吃惊，觉得是不是我想错了。"我心里一震，没想到看着略迟钝的白岁倒是有点敏锐——我的确挺烦他，但这种烦不含有嫌恶的意思，只是觉得他的思想行为和我的生活系统不兼容，由此生出了点烦躁的不习惯罢了。我道："哪儿有的事？咱们之前根本还不熟，要是熟了，你就知道我这人本身就是这样，不是那么喜欢和人来往而已。"

他点点头，接受了我的解释。"我要去那儿坐公交车回家了，周一见。"他指了指马路对面的站牌。我因为心虚，这会儿努力表现出一个微笑。"再见。"

从这一晚后，我再没有梦到过埃及馆，倒是常常梦到这个下午天桥上的声音和光线。

白岁和我渐渐熟悉起来，他知道我不是一个多么爱聊天的人，课间并不打扰我看小说，只是自行在我桌上那一大堆书里寻出一本来看。我喜欢他这种一般男生没有的细心的体谅，对他的烦渐渐少得多了，也开始理解为什么女孩子们喜欢他。可因为他和陈雨岚她们关系太好，我对他还是带着一点提防——我对朋友的选择非常审慎，我害怕高中女生的普遍性的世界会侵袭到我的空中楼阁，我害怕自己也迷恋上明星照片、烫头发、发绳和小装饰品、言情小说一类的东西。我从未看不起那些，我只是知道，幻想的世界是相当脆弱的，现实的力量会摧毁那些薄脆的泡泡，可它们是我真正的栖身之所，我最关键的组成部分。离开了书和幻想，我将真正一无所有。

或许正因为我实在太难打交道，白岁对我反而比对别人都上心。他是个在社交中无往而不利的赢家，在我这儿没得到通行证或许让他有些不甘心，我能看出他总是希望了解我。但我实在是个怪胎，一向不爱具体的人，只对观念上的人感兴趣。我只迷恋旧小说和绘本里遥远沉重的世界。这一年，我深陷于艺术史，最喜欢在一幅幅插图中沉沦，我盯着那些铜版画很久很久，直到看清里面每一寸内容：光的缝隙、烛台阴影、服装褶皱、窗子、水果静物、暗流涌动的爱情……古老深沉。凡是远离当下生活的，都会让我着迷。我还迷上了写诗，在句子中疯狂塞入各类典故，每一句诗都像是长了过多果实的树枝，艺术性被典故和生僻字生生压弯了，但那时的我洋洋自得，渴望炫技的心在写这一类学人之诗中得到了巨大的满足。

有一天白岁照例在我桌上找书看，却拿到了我写诗的本子。他问："这是你写的还是摘抄的？"我脸红了，嗖地一下从他手中抽回本子。他看到我这个反应，就挠挠头说："你的诗好难，我都没看懂。"我道："我随便写的。"白岁说："你有发表过吗？"我十分傲慢地说："没有，现在的杂志都很烂。"白岁点点头。他从不反驳我说的话，这很难得，这年龄的男生都是很爱逞强的，但白岁好像对别人的话一向很信任。他又要我给他推荐诗集，我胡乱说了几个名字，不外乎是博尔赫斯、艾略特、米沃什等几个我平时看得比较多的。这时有个人探头探脑地从后门走进来拍了我一下，我一看是韦绛珠，就笑道："你吓我一跳，鬼头鬼脑的。"

我和韦绛珠从小就认识，关系很好。她是浙江人，五年级时随做生意的父母来了玉京市，转入我所在的小学。因为家离得近，我们很快就成了好朋友。她是个聪明但完全不用功的女孩子，本来成绩很好，但因为小升初时的怠惰，去念了个不大好的初中，三年间荒废了学业，中考成绩自然很差。好在她父母有钱，交了一笔不菲的借读费将她塞到我们八中来，我们就又成了同学。她上高中后依然不好好学习，在平行班里混着，每学期都换一个男朋友。绛珠微胖，这一点点胖反倒增添了她的美，她生得像个粉团子，唇红齿白、乌发洁肤。我们在走廊上聊天，她嘻嘻笑着问我："你旁边那个男生是叫白岁么？"我点头："你认识他？"她摆摆手："我们班魏可心和崔馨月都喜欢他，我知道他。白岁的确是长得好帅——你们凑那么近聊天，一定有情况。"绛珠是个沉迷于高中女孩宇宙的人，她的世界基本由扮扮和恋爱组成——这两者实际上本身也是一体。她总告诉我许多学校里的八卦，我的所有新闻都是从她这儿听来的，这会儿听她在这儿胡诌，我狠狠敲了一下她的脑袋："不说你是我们12级的娱记都委屈你了。"绛珠捂着头，气得要打我："我还以为你开窍了呢！还找了个帅哥，没想到你还是钻到你的书堆里。你看书也就罢了，看的都是考试不考的。"我十分清高地从鼻子里哼了一声："我才不看那些俗东西。"绛珠朝我翻了个白眼："我姐姐今天过生日，我妈叫你来我家吃蛋糕呢。"我和绛珠因为从小熟识，年年她的姐姐弟弟过生日，她父母都会叫我去。我道："行呀，放学咱们一块儿走。"绛珠说完，一溜烟又跑回了她们班。这一年她喜欢上我班里一个艺体生，我刚瞧见他进了教室门，不然绛珠这个话多的家伙一定缠着我说些有的没的直到打上课铃，不会这么脚底抹油地跑了。

这天轮到我们组值日，放学后，我和白岁负责黑板和教室地面的卫生。他把黑板擦递给我："你擦黑板就行了，这个轻松，我去打水拖地。"我道："没关系，咱们一人两组就行。"白岁靠在讲台上笑道："今天我路过走廊，听见你和你朋友说，你们要去哪儿过生日，所以你擦完黑板就快去吧，好好玩一下。"他的善意简直像上一代人的，特别纯粹质朴，我心里有些感动，就说："没事，不差这么几分钟——你知道我急性子，做什么都特别快。明天我回来给你带她们家的零食。"他点点头，提着桶到水房涮拖把去了。绛珠在门口探头探脑地走进来，表情莫测地笑着说："没想到白岁这人这么随和，我们班那几个长得好的男生都忒不像样子了，被女生惯得厉害。"我望着白岁消失的走廊口，低低地说："是啊，他人很好。"绛珠急着回家去热闹，一直在我旁边催促，她个子比我低许多，走来走去真烦人。我把她推到门外，很快弄好了讲台上的卫生。白岁提着水回来后，我们一起拖地，绛珠这个外向的人开始和白岁讲话，一聊发现有许多共同好友，更是收不住话口袋子，没完没了地攀起亲来，再不催我走了。"好了，咱们去你家吧。"我戳了戳绛珠。她非常热情地对白岁说："你也一起来呗！我们班好几个人都去，你都认识的，还有你的好朋友陈雨岚呢。"他有些惊讶地说："陈雨岚也认识你姐姐？""是啊，所以说世界真小。她们以前一块儿学过长笛。不过我姐姐也就比咱们高两级而已。"她一阵风样地将我们两个都撺掇到了她家里去。这天果然热闹非常，虽是绛珠姐姐的生日，绛珠的朋友来得比她姐姐的正经陪客还多，好在大家都是十来岁的人，混着闹也有些趣味。我向来有些怕人多，闹了一会儿后就有些厌倦了，但碍于情面也不好立刻回家，只好一个人坐在窗边沙发上，玩着桌子上她姐姐的各种东西。我随手翻起一本言情小说，神色凝重地读起来——在心里一边骂一边看，觉得写得极烂，水平差得吓人。可就这样，我兴致勃勃地读完了，觉得很过瘾，然而还是很鄙薄这本书。我坐着吃蛋糕，白岁端着盘子在我旁边坐下，说："你这块蛋糕怎么这么大？绛珠偏心你吧。"我很得意地说："那自然，我在这堆人里怎么也是元老级人物——我和绛珠十岁就认识了。"他道："你们两个性格相反，怎么做朋友的？"我便说："有时候，太像了反而玩儿不到一起。其实我和绛珠看着不是一路，但内里是很像的，比如……都爱乱想。"他笑了，没说话。

"你的朋友好像都是女生？我从没见过你和男生在一块儿玩。"我问。白岁低头思考了一下："是啊，也不知道为什么，我和女生成为朋友好像更容易——尤其上了高中之后。但我也是有男生朋友的，我跟七班的蒋风临关系很好。"我低低笑了笑，他问："想起来什么好玩的了？"我说："你喜欢男生吧？一般女性朋友多的……"我还没说完，头上就吃了个栗子。白岁指着桌上那几本耽美漫画书说："你平时也不看这些书啊，怎么和陈雨岚她们一样，总说这种有点病的话。"我瘪了瘪嘴，很不在乎地靠在沙发上继续吃蛋糕。过了一会儿我道："你还不去陪陪你的朋友们？"他摇摇头："不要紧。"白岁蹲在地上研究绛珠姐姐的CD机，往里面塞光盘听音乐。绛珠走来道："一会儿我们去KTV，你们俩去吗？"我赶忙摇头："千万饶了我，你知道我最烦那种吵闹地方，一会儿我就赶快回家。"她笑说："我知道的，所以才来问你，别人我根本不需要问，大家乐得去逛逛。"白岁道："我也不去，一会儿我和沉璧一块儿回去，我们顺路。"绛珠点点头，随后悄悄朝我挤眉弄眼一番，我知道她的意思，赶快将她赶走了。

天早已黑了，西天上还留着一部分秋日夕阳的色彩，像浓浓抹着一片橘金粉的颜料。我和白岁走在寂静的林荫道上——我和绛珠从小在这一片儿长大，念高中以后我因为搬了家，所以很少来了。今天和高中同学一起走在小学时代走过的路上，我有种时间错乱之感，像有时候做梦的内容，各不相干的人混在一起，非常没有逻辑。

这一天我发现，白岁并不是个话很多的男生，他只有和别人在一起时才变得健谈，那种健谈其实出于对他人情绪的照顾，他在人际交往上是很熨帖的，有着女孩子那种细心。秋意渐深，风里有很淡的桂花香气，我想到即将到来的冬天，打了个冷战。我家没有暖气，冬天早起简直是无比的煎熬：哆哆嗦嗦地穿好衣服、洗脸刷牙后，要穿过沉黑的楼道走到电梯间，在寒风中瑟缩着赶快奔向学校。晚上回到家里，房间里如同冰窟，写作业时手指都打战，睡觉永远不敢脱毛衣。我因此非常痛恨冬天。但在文学的世界里，冬天是如梦如幻的，我仇恨现实的冬天，但迷恋观念中的冬天。我非常喜欢《布登波洛克一家》里吕贝克的冬日，大雪和易北河如梦似幻，在华丽大宅的壁炉跟前，那样的冬日午后才像样子，只可惜我并不生活在北德的有钱人家里。我要在冰寒的房间里起床，穿着被笔水点染的校服一路打着呵欠走到学校去上课。

白岁忽然说："今天晚上真感觉冬天要到了。"我发现我们想着同一件事，心里就有些温暖的怅然，我对他说："冬天真不好受。"他点点头，扭头看着我："我觉得春天是最好的，但我花粉过敏，到春天其实最难受。"我笑道："你看着的确是个很娇脆的人，会让人觉得你很容易对什么过敏。"他有些疑惑："娇脆？那不是说女孩子的吗？"白岁让人觉得他又笨又不笨，他有时会用这种有些迟滞的目光看着你，问一些很没必要的问题，拉低了相互熟悉的速度。我没有说什么，只和他在这条长长的林荫道上继续走着。我们走到了启明路，在路口他说："我要从这儿走了，明天见。"我说了再见。他走进一个极破旧的小区里，我有点难以置信——白岁长得很好，不免让人觉得他一定家境优渥，否则怎么会有那么明洁的面孔和飘洒的气度。然而这会儿我很清楚地看到他走进了这个很老旧的家属院——他的家里也没有暖气吧？对我和白岁来说，冬天是不是一样难熬？本身我对他没什么特别的感觉，可自从知道他有着可能比我更差的家庭背景后，我忽然产生了挥之不去的对他的共情心理。那么，别人知道这件事吗？在学校里，大家都是欺贫爱富的，可同学们那么喜欢白岁，他家真实的经济状况大约没人知道？不过他倒很坦然，似乎一点也不在意我知道他的住址。白岁这人貌似没有一点虚荣心，这一点和我不一样，在我淡泊的表象下，其实有着最功利主义的欲望。我渴望外界的夸赞和肯定，但我不会承认自己为这些做出过努力——我给那些诗刊都投过稿，无一例外全被拒稿了，我不会说出投稿的事，而是喜欢用懒惰作为借口掩盖失败的勤奋。

刚回到家，外面就下起细雨，蒙蒙的、蛛网似的，在路灯下发亮。一场秋雨一场寒。萧瑟的气息是对冬天的预告，据说这年冬天极冷，十年未有。我摸着发冷的玻璃窗，想象冬日早晨的黑暗，像一块永不融化的冰——多年的寒冷积聚，那会是怎样的考验？冰凉的洗脸水、怎么穿都不够用的衣服、六点钟的闹钟响、黑暗的楼道、永远拥挤的电梯、孤独和很久后才降临的白昼。在最冷的那些日子里，电梯间昏暗的窗子外，不期然就能看到雪。冰寒轻盈，在漫长忙碌的生活中，雪或许是最好的安慰，冬天唯一的装饰。可我仍旧恐惧冬天。

　　我关上窗，薄薄的细雨被挡在外面，桌上码着一厚摞书，我思考今晚该沉溺于哪部故事。后来我选择了《漂亮朋友》，和杜洛瓦一起进行巴黎探险。十九世纪的热闹灯影里，我得到了莫大安慰，窗外细雨也显得浪漫。

二、春夏薄梦

　　……说真的，我不觉得你有想法是什么错误，我们高中的人都太现实主义，把理想说得什么都不如，其实我很爱听你给我讲的那些历史轶事、诗歌、小说……都很有趣，我从没和别人聊过这些。你知道的，我是个没什么计划性的人，也没有你那么有想法，我是有些过分随便。用我奶奶以前说我叔叔的话来讲，就是"吃饱了混天黑"，生活没有秩序和目标。认识你以后，我知道了好多以前没接触过的东西，我从不知道历史可以这么有意思。你给我推荐的书我都逐本读了，觉得很好，现在我很想去别的国家看看——以前我老觉得，待在玉京不就够了吗？和你熟悉之后，我才发现之前自己生活在多么狭隘庸俗的世界里。你总说你太爱做梦，可是我觉得，做梦的人应该很幸福吧？譬如我，我很少做什么梦，就活在最踏实的现实生活里，一切事物的质地都这么清晰，没有一点想象力，多没趣啊。上回你说，春天想去冷山那儿看看，咱们可以一起去吗？我对那一带是很熟悉的，因为小时候常去。沉璧，你想考哪所大学呢？要是我的成绩能像你一样好该多好，这样我们将来还能在一起聊天。我以前不知道目标为何物，但和你接触多了，不免就生出一点暂时达不到的想望，我觉得这是我的进步。

　　沉璧，祝你新年快乐！

你的朋友白岁

2014 年 1 月 20 日

　　吃完一大盒好时巧克力后，寒假结束了。我的物理作业完全没写，这没关系，在文科班，理化生三科的东西是无人在意的，因为和高考无关的一切都无人在意，管他是什么，无论是废弃的学科还是秘密的渴望，不能反映在七百五十的总分中，就都没有意义。我们生活在一个极为注重效率和作用的世界中，一切关于舒适和幸福的事都要等到那个万年不变的期许"高考后"再做，而眼下的生活，必须是刻苦用功、吃苦耐劳，必须是不舒服、不惬意、不自由的，否则未来就会灰飞烟灭，一生在十八岁后就结束了。我是个懒而自由主义的人，不将这些老派的威胁放在心上，自然也不听从学校里古老的训导。我一得空就到处闲逛，所以我认识学校里所有猫，知道阅览室里有哪些有趣的旧杂志，我喜欢沉溺在八九十年代刊物的世界里，那是一个文学的时代，人人会读诗——即使是写的很差的一些诗。我喜欢八十年代的天真淳朴，刚刚解禁后的稚拙的活跃。我梦想那个全民追求美和纯真的世界，诗人梦在那个年代是被鼓励的，是有可能的，是值得尊重的。不像现在，人人只想学理科。我痛恨物理化学，不是因为我对它们有什么有理有据的看法，而是我知道，我甚至无法征服最初级的习题。可我偏巧生在这个时代，我简直痛心疾首。

白岁的化学学得还不错，所以我有些不理解他为什么不去读理科。他告诉我他物理不好，数学也平平，念了文科还过得去，要是真学理科，一定考不了像样的大学。当然，这些观点并不来自他本人，而是老师和家长的看法。白岁这人和我几乎是两个极端，我极为固执己见，谁的建议都无法打动我；可他的人生规划却完全是他人影响下的产物，他似乎对一切都看得很淡，偶尔露出的一点点自我意识也很有限，像风里的花香，丝丝缕缕的，只消往前走几步就完全散逸了。我有时候笑话他是个空心人，他似乎不以为意，觉得自己的世界由周围人的想法填充并不是什么坏事。也是，否则我们怎么熟悉起来？如果他也是个自我意识强烈的人，他怎么会这样信任我的世界的正确性与迷人之处？空心的白岁。我却开始喜欢他脸上淡寂的神情，他的温厚可爱、赤裸天真，他容易满足的心性……对我这样野心勃勃且倨傲不恭的人，他的存在是非常互补的安慰。

可是，白岁好说话、容易相处、随和温柔，所以朋友实在太多，我就恨这一点，他周围总是有那么多的人……一想到这个，我就不想和他做朋友了。他太好看，太温文尔雅，因为这个，我一直有点嫉妒他，也可以说，有点恨他。因为我太明白自己相貌平常，成绩也不过是中上，从未考过第一名，没有在高中这个社会里可依傍的过人资本。可同时我对理想自我的期许又是那么高、那么远，这中间落差太大，我总是腾起又摔下，反复在幻梦里得到幸福，又在现实中被孤独与失败打击。我浑身伤痕，而白岁俊美明慧、柔和宁静。他对我越好，我越是恐惧得想躲开，可我不能躲开——他太好了，他一定会上前追问我原因，可这原因是能说出来的么？他不会懂的。他在俗世的宠溺中养成了简单甜美的性格，他不会看懂我精神上的病理切片。我阴郁的敏感是白岁所不能明白的，尽管我总指望他能明白。

高二第二学期，我们搬了家，新家和白岁家离得更近了。这间公寓很大，大而无当，简陋的家具放进去，屋子根本如同仓库。白墙白地砖，初春在房间里显得比冬天还寒萧。依然是没有暖气，我不敢想象下一个冬天该多难熬，但好在春天要到了，夏天在不远处等着，到时候光热会穿过南窗，在室内营造出明炽的氛围。管他什么深冬寒月，夏天的气息会淹没一切，包括对冬天的记忆。

三月，植物的气味满世界漫溢。最开始是迎春花，明黄的枝条从外国语大学临街铁栅栏里伸出来，像许多热情邀请的触角。接下来是易凋的红叶李，它们刚一开花，我就已经想到凋落时的颓势，那些苍白的小花瓣在我眼中很不牢靠——今天在枝头，明日就会融进泥里，它们经不起一场小雨强度的变故。好在令人沮丧的红叶李凋落后不久，樱花季到了。玉京市有许许多多樱花树，三月中旬，满城绛红雪白，呈汹涌之势，有风来时，远看如颤动的粉红巨浪。樱花开得太不节制，凋落时极为仓促，如盛筵后的狼藉。四月，日光骤暖，我最喜欢的紫丁香开了。紫丁香总给我一种幽暗的印象，我想了想，是因为念小学时，母亲总带着我在傍晚散步。每次走到大学院内开着紫丁香的小花园边，天色就已经完全暗了下来，我永远是按照气味辨别出它所在的方向。连同这气味存在的，还有母亲紧握的手，紫丁香因此给我一种安然稳当的感觉。许多童年春天傍晚的记忆巩固了这印象：暗夜幽香，嗅觉的记忆。白天我在学校，没机会见到那树蓬勃茂盛的花，毕竟我和母亲共度的紫色往昔都发生在放学后，一天的尾端。只有周五我能真正看到紫丁香，那天放学早，散步时天光尚好，我得以借着春日黄昏的余晖观察它的花瓣——很优雅，细碎的精致。花身修长，四花瓣密布枝头，香气是我所喜欢的，淡而芬芳，不像别的花香气那么纯粹，丁香的味道是复杂的，能从中辨出许多种香味：葡萄、铃兰、玫瑰、书墨……我喜欢它的神秘，庄重典雅、古老高贵。我花了很多时间细细嗅闻它的气息，尤其在雨后的日子——深浓浅淡的紫色香气里，幽幽环绕着淡绿的雨气和白色的阳光气味，还有一点点棕色的泥土冷腥。紫丁香令我着迷，我采摘了许多花在一只小纱袋里，渴望保留它们，随时沉醉进四月的浓香。可惜春神悭吝，从不允许我预支下一个丁香季的香味，那些干枯的花朵很快就香气散失，只剩下抽屉里的灰尘味道。紫丁香败后，就没什么可值得期待的春季花朵了。到五月，蔷薇的暖香昭示渐浓的夏日气息，舒适的温暖渐渐成为酷烈的炎热，不过我心里总是高兴的，我喜欢除过冬天外的所有日子。

白岁花粉过敏很严重，整个春天他都戴着蓝色的医用口罩，但作用似乎不大，他不停地挠鼻子、揉眼睛。三月末，他如新年贺卡的赠语上说的，要陪我去冷山玩。我见他过敏严重，不肯他去，白岁却很倔强，一定要和我去看公园山上的花树。他说了好久，连我也听得不耐烦了，就同意了这周末去。我叫上了绛珠，因为她老早就约了我去公园拍照——绛珠舅舅在日本做生意，这次回来给她买了台很好的索尼数码相机，她一直急着想用一用，可惜平时在学校没机会。前一段她说要去冷山拍植物和鸟，我想恰好可以一块儿。我们在植物园门口集合，白岁不知道绛珠要来，看见她时明显感到很惊讶。我没告诉白岁，因为我们都不是话多的人，只有我们两个的话，一路上恐怕会有大段的沉默——总是这样。叫上绛珠来，气氛会正好，她是个聒噪但不令人烦厌的人，一个可喜的话口袋子。有她在旁边，我觉得很舒心。

绛珠走到白岁跟前，举着相机笑道："你在这儿正好，你们男生对这些东西很明白，这功能我还没研究透呢。"白岁便拿过那只相机，和她探讨起摄影技巧等种种事情，我走在旁边安静地听着。一路上日光铺地，上午十点钟，我最爱的时分，一切都还没正式开始，晨光照耀的世界，尤其春天，愈显得宝贵明洁。我们在植物园里轮番玩儿绛珠的相机，南苑有一片丁香园，是白丁香，不是我钟爱的紫色，不过绛珠很喜欢这儿，她让我和白岁给她拍照。绛珠和白岁都生得白，鼻梁高，脸盘儿又小，十分上相，怎么拍都好看。绛珠看着自己的照片，感到很满意，她兴奋地说："你们两个站到那儿去，我给你们拍张合影。”我知道自己不好看，很拒绝照相，但拗不过他们俩，只好很拘谨地站在一棵非常美的白丁香树前和白岁合照，绛珠咔咔咔连摁了好多下，看了之后还不满意，她噘着嘴说：“沉璧，你怎么总是闭眼睛，这下我数三二一，你可不准闭眼。”我只好听命。“三！二！一！”一阵噼里啪啦的快门响，绛珠又拍了许多张。她给我们展示照片，高清相机镜头下，我越发丑了，和一旁的白岁与身后的白丁香花形成了难以接受的对比，这照片要是裁掉我，那真是美轮美奂。白岁和白丁香都洁净隽朗，美得惊人，照在他身上的春光也分外明亮柔和。我虽然在精神的世界里相当自高自大，但也知道在外貌与俗世生活的评判体系里，我的层次非常不值一提。只要不面对外部世界，我时时刻刻都得意满盈，可一旦接触到现实生活的部分，我的自尊就呈现出不堪一击的质地，豁啷一声就粉碎。白岁的存在时不时提醒着我可厌可怖的现实的存在，他给我广阔无垠的世界带来一堵堵不期然升起的墙壁，我不知道它们何时出现，但在他身边，我就有这种受伤的潜在可能性的预感——那时我并不懂，那些令我疼痛的墙壁的存在其实并不因为他，只因为我玻璃般的敏感。

我对相片当然很不满意，拿过相机就要删，只是绛珠拍了太多张，删也来不及。她将相机夺过去笑道：“你这人就不爱照相，我偏不让你删，很多年后都是特别好的纪念呢——你到时候就哭着求我要吧。”她说着就给白岁细看那几张照片，他们仔细地看着相机屏幕，两人的头凑在一起，我站在他们对面，觉得这两张脸真美丽，他们在外貌上可般配，是可以贴在照相馆玻璃橱窗上的，又自然又好看，一举一动都有意思。我忽然很失落。

白丁香园后是一片室内荷池，绛珠眼睛一亮：“沉璧，这好像咱们以前在外宾馆后院见的小莲池。”我道：“几乎一模一样，都是这种四瓣花形的水泥基池，一看就是八十年代统一搞的。”

我小时候住在大学路那儿，绛珠家那条街尾处是外国语大学外宾馆的后门，放学后，她总是要我陪她去那儿玩。那几年我着迷于画画，根本不想和她乱逛浪费时间，总是急着回家画我的漫画。可架不住绛珠冰雪聪明，深谙人性的弱点：她总是对我进行精准的利诱——有时候给我买零食；有时候送我她新买的文具。我虽不断推拒，往往还是被她一阵风样地哄到她家那一带去。她有她父母那种商人的敏锐与审慎。绛珠不肯按时回家，又怕她妈妈发现，所以拉着我在绝不可能遇到家长的地方出现——要是被绛珠妈妈发现她不写作业在外面瞎晃，那一阵雷霆电雹绝不是她受得起的。所以在那几年，外宾馆后院就成了我们嬉戏的绝佳基地。那座宾馆是几十年前建的，灰色苏联式主楼，高四层，楼下种着不少树。正对着主楼有一方水泥小莲池，直径不过三米多，里面有些圆形大盆，栽着不少荷花。旁边的矮楼里住着大学里的外教，我们在院里吵闹，并不怕他们，因为知道外国人对小孩都是很宽容的。夏天，我们躲在梧桐树的浓荫下聊天，绛珠很好动，就是说话也不肯静静地坐着讲，一会儿跑到那边儿去看虫子，一会儿又下到小莲池里折人家的荷花。初夏，阳光炽烈的放学后的黄昏，她挽起裤脚，站在小莲池里独自嬉戏，手里擎着几支开的最好的荷花。我胆子小，每次只是站在远处，生怕池子里的水弄湿了衣服，回家不好交代。像她那样公然地攀枝折朵，在我看来简直像触犯了天条一样可怕——那些年，稍逾矩的事我都绝不尝试，我只想要大人们的表扬。这会儿看着温室里的小荷池，我立刻就想到多年前她站在池中擎着几朵极大的荷花的样子。

　　白岁因不知这一段历史，一脸茫然地瞪大了眼睛听我们两个聊那时的典故。我对绛珠说："也不知道余濠现在在哪儿念书呢？"余濠是她小学时喜欢的男孩子，性子温柔腼腆，成绩与外貌都只是微微胜过普通人一点点。在十一二岁最是活泼好动的男孩子中，过于好静的余濠显得太没有生命力了。他很沉默，在我看来有些苍白无趣。他不得老师的喜欢，也没有考过双百，更没有当过班长或者任何一门课的科代表，这样的男孩子也会有人喜欢，我觉得很不可思议。当然，更不可思议的是，喜欢他的人竟是绛珠——行事风风火火，总是做一些没规矩的事的绛珠，居然喜欢余濠这样的男孩。他们两个比我们两个更是一对反义词。我和绛珠至少还有一些隐性的相似之处——比如都喜爱幻想，沉迷于一切漂亮的东西。可余濠却是那么孱弱苍白，带着点微微的病气。不过，一向行动力强的绛珠在这件事上没有做出任何努力——在学校里，她甚至没怎么和余濠讲过话。她的喜欢似乎只停留在我们小莲池边的谈话中，落不进真正的校园生活里。或许对绛珠来说，许多事停留在想象当中就够了，她没有我那么功利，非要把观念的愿望变成现实的存在：摸到真真切切的奖状，得到写在卷子上的好成绩，那一切才算数。绛珠看似热烈，内里却是很平淡的；而我虽装作冷静，事实上很贪功求名。不管什么，一定要能得到荣誉才做——哪怕在喜欢男孩子这件事上，我的爱也非常趋炎附势。那时我着迷于孩子气的优越感，着迷于做一个好学生，所以，和我关系好的男孩子必须是同我差不多的，要品学兼优、彬彬有礼，也要志大心高、朝乾夕惕，总之，要有理想同时又审慎，永远好学上进，不要出丑，不要成为反面教材。后来我变了许多，但那时的特质也留下了许多，总之我还认得出当年的我，在心理上不至于非常隔阂。绛珠却是等比例长大一般，依然坦诚放肆，还是那个站在小荷池中的女孩子。

　　她走到池边，手叉着腰，黑而密的头发在阳光下面闪闪发亮——学校规定不能披发，可她这样很好看，绛珠因此总是找机会不扎头发，和纪律老师斗智斗勇。一到放假，她的头发永远这样垂在肩上，的确是非常漂亮。绛珠抬起一只脚踩在贴了绿瓷砖的池沿上，回头对我说："我听咱们同学说，余濠回江苏老家了。你记得么？他父母是画家，都是南方人，他来咱们玉京上学是因为他爸妈当时在玉京美院当老师，大概后来又到南方去了。"我问："我不太了解他们家的情况，不过余濠画画确实非常好，每次他画的手抄报我都特别嫉妒——我那几年真虚荣，老是拼命练画画，想着超过他。"绛珠笑道："你就是好胜心太强了，现在你变很多了。"其实我没怎么变，只是更擅长藏起这一份争名夺利的欲望，听她这么说，我很高兴，说明我藏得好。不过绛珠素来是个粗心大意的人，她对我心里最内圈的世界是完全不了解的，但这不妨碍我们之间的友谊。我太敏锐细微，要的就是她和白岁这种稍带点糊涂的朋友。

　　白岁道："你们别说小学的事了，我一个都不明白，像猜谜。对了，植物园马上逛完了，一会儿咱们去哪儿？"绛珠听了这话，立刻又兴奋起来，她是个玩不够的人。"看了一上午植物，累死了。咱们吃东西去。"白岁有些疑惑地说："你不是刚才说今天来主要是去冷山拍照吗？""这里面热死了。"我往温室门那儿走去，"白岁，别信绛珠，她是个没定性的人，说什么随时要改的。"我们走到外面，这会儿已是中午，气温越发高了。说着我们就走到植物园后街，这儿是一片别墅区的背侧，街道清洁幽静，能听到低低的、有些咿哜难听的小提琴声——不知是哪个小孩在练琴。我们三个慢慢踱步到就近的一个商场跟前，绛珠看见一家日料店，嚷嚷着要吃这个，我和白岁面露难色，因为知道这儿的饭一定极贵。绛珠家境好，她父母手里又散漫，在经济上很宽松，我和她的消费水平从来不在一个层次。她到底撺掇我们进了店，我只点了一份最便宜的素面，白岁要了份寿司，仅此而已。绛珠知道我们两个的情况，就自作主张点了一大堆东西让大家一块吃。她很大方，在请客吃饭这件事上有着令人难以抗拒的热情。绛珠爱吃，可周围的人要么像我和白岁那样受困于经济，不能吃；要么就是像她姐姐那样，对食物天生没兴趣。绛珠对美食的体验探索因此总是得不到满足，所以对吃这件事长期怀有孜孜以求的渴望。我喜欢这里的三文鱼，肉质鲜香绵软，寿司的米也是颗粒分明，豚骨拉面的热汤和肉片亦是绝妙——我现在也羡慕起绛珠，她真是过着随时有鲜肥滋味之享的生活，而我缺乏在美食上钻研的条件，很少感受到口腹的满足。她对食物的刁钻要求其实与家庭习惯有很大关系：绛珠父母都做得一手好菜，南北方菜系都熟稔。每次在她家吃饭我都觉得很高兴——上回她妈妈烧了松鼠鱼，绛珠噘着嘴说味道不及之前的，可我吃着觉得鲜美极了，真不知道她有什么不满。在我家，食物只是起不让人饥饿的作用，我家人都不大会做饭，一日三餐都粗淡至极。我现在明白，我瘦只是因为没有条件好好吃，要生在绛珠家，那我恐怕不会像她一样，仅是微胖而已。

这家日料店里人不少，我们隔壁桌的男女似乎正在相亲，还在相互自我介绍的阶段。绛珠生性爱八卦，侧着耳朵听谈话的内容，手里的烧鸟都忘了吃。白岁一直很沉默，好像在深思什么，我有些好奇，就笑问："作业没写完吗？这么发愁？"他犹豫着在我耳边低声道："沉璧，我没这么多钱买单。这怎么办呢？"我小声对他说："原来你在想这个，我也没有这么多钱。但绛珠刚才已经付过钱了，你放心吧。"他点点头，还是很忧愁的样子。我可以理解一个男孩子，尤其是一个从未有过局促时刻的好看的男孩子的自尊心，于是装作完全忘掉了这件事，扭头和绛珠一起语言尖酸地评论起那两个相亲的人。

到冷山公园时已经是下午两点，这天游人很多，大多是来赏樱的。绛珠举着相机拍个没完，虽然构图光线没一个看得过眼的。她这人是浮萍心性，对摄影的热情完全出自新相机，不出意外，过一段时间她就全丢在脑后了。可能又会迷上什么新的歌手，拉着我在全城音像店间穿梭，疯狂地收集专辑。她的零用钱实在太多，不找一些挥霍的由头，或许会将她的世界挤爆炸。过了一会儿，绛珠有些厌烦了，她看着屏幕上几百张几乎雷同的樱花图哼了一声，不满说："真没意思，都一个样。早知道今天我们去打电玩了。"白岁从她手中拿过相机开始研究。我对绛珠说："电玩城有什么意思？公园里好歹还有东西看，那儿吵死了，又全是烟气。"她忽然踮脚趴在我肩膀上问："我记得以前你们家隔壁住了一个念高一的哥哥，他不是暑假时总带你去电玩城么？你们现在还一起去吗？"

我想了想："好些时候没去了，我搬了家，他现在又有了女朋友，当然不和我去了。"绛珠很失望皱眉说："他长得还挺帅。"她不死心地拍了拍我："说不定已经分手了，你改天问问。"我只好点头答应。还没回话，她的眼睛已经瞄到了坐在树下野餐的一个穿着三中校服的男生身上——绛珠的世界是必须要有恋爱的，即使没有正式的恋爱，也不能少了恋爱的可能性。她最大的快乐源于吃和爱，她的灵魂构成坦率单纯，又很炽烈，有着孩子气的旺盛精力，这是我学不来的。

　　白岁这会儿玩相机有些入了迷，他忽然转过身来给我和绛珠拍照，我没反应过来，他已经咔咔按了好几张。他怕我按删除键，就将相机递给绛珠："你看，刚才那一幕不拍就真的可惜了。"我们俩朝屏幕上看去，只见绛珠正拉着我的胳膊笑，而我目光无神地望向远处，背景是大片樱花林，角落里还拍到了那个三中的男生，他正看着绛珠的背影。这情景被绛珠看见了，她喜色满面，得意地咯咯笑。绛珠比我矮不少，照片上她显得灵动活泼，一张脸让赤粉的花朵映得现出红晕；而我高瘦呆板，站在那儿像一棵大笨杨树，只是直直的。绛珠就是连双眼皮的形状都比我的更好看，我的眼角略有些朝下，双眼皮又太窄，睁大眼睛时与单眼皮无异。不像绛珠的，线条清楚，眼尾部分更宽，显得目如春水。白岁忽然开始不停地打喷嚏，他忙从口袋里拿出医用口罩戴上。我道："哎呀，都忘记你花粉过敏了。"他摇头道："不要紧，刚才拍照片拍的起劲，完全忘记了。每年春天都是这样，关系不大。"樱园后是冷山，春天夕阳里，花树远山的景比正午时更漂亮。绛珠向来没耐心，不肯等到那时候，这会儿就催着我们走："咱们回去吧，看了一天花啊树啊的，没意思。"我虽有些不舍，但想到白岁过敏，还不如现在就回去。

　　我们决定去绛珠家玩。她父母去了临市考察项目，弟弟在她叔叔家，屋子里大约只有绛珠的姐姐在。我们到她的房间里去，她打开电脑，插上相机内存卡，邀我们一起看今天的照片。我起身去洗手间，绛珠叮嘱我到二楼去，因为这一层的马桶抽水坏掉了，修的人还没到。我上了楼，隐隐听得到人讲话的声音，或许是绛珠的姐姐在打电话，我知道她住在二楼主卧。主卧临楼梯边有扇窗子，我从洗手间出来，往里瞄了一眼，想知道姐姐究竟在不在家，需不需要打招呼。窗帘没拉，我猛然看到她赤裸的身体。姐姐正背对窗子，面朝床尾站着。我脑内轰的一下。我知道我应该快走，但双脚却站定了，继续看着她轻盈白皙的身体。她站立的重心在左脚上，右脚轻轻勾着左脚踝，摆出一个很有诱惑力的姿势。她的身体真美，我洗澡时也站在镜子前观察过自己的身体，可我的皮肤没有这么无瑕，双腿也没有这样流畅纯真的曲线。她的大腿上有适度的肉，处于纤瘦与丰腴之间那个微妙的平衡点，带着淡淡的粉红。我心跳如鼓，安静的二楼，我几乎能听见自己沙沙作响的眨眼声。这时，我忽然看到穿衣镜旁的帘后闪出一个男人——不是男孩子，而是一个成年人，总之绝不是姐姐的同龄人。他看起来至少二十七八岁，或许三十岁，我不知道。他生得不好看，正用含义暧昧的目光看着她，黝黑的手放在她左臂上，另一只手我看不到，但我知道他一定正在抚摸她的胸部。她很温顺地站在那里任他抚摸——我感到一阵恶心，但无法停止震惊中的窥视，因为这男人有些眼熟——我忽然想起他，他是绛珠的小表舅。我正呆呆地思考着这件事，就看到他猛地一把抱起她。

她的大腿肉在他指间微微溢出，我能想象到一会儿他放手后，留在她身体上的指间红痕。她发出轻轻的咯咯笑声，姐姐的声音和绛珠很像，我浑身一抖。现在他们躺在绛珠姐姐过生日时，我和白岁坐着聊天的那张长沙发上。小表舅将姐姐压在身下，他的身体开始有规律地撞击。我抑制不住想吐的冲动，踮着脚尖快速跑回二楼客卫。呕吐的过程很漫长，我泪水横溢，脑子里不是刚才那两个人，却是上午的一片片粉樱的色彩。她的身体，她的臀部的色彩。我吐得更厉害了。恶心，无尽的恶心。我该说出这件事吗？一想到这，我恶心得发抖，像吃下一块肥腻的过期肉。他们为什么不拉上窗帘，姐姐难道不知道楼梯口可以看到房内么？还是他们拿准了今天家中无人？我洗了脸，又认真地洗了手，然后走下楼，路过那扇窗子时，我抑制不住复杂的心情朝内望了一眼，他们站着，她被他顶在墙上，她的目光正对上我的。我惊愕地捂住嘴，她微微眯着眼，对我淡淡微笑了一下，那种满不在意的表情是相当惊人的。

几年前，我和绛珠念小学时，姐姐在我们学校的初中部上学。她是个瘦瘦的漂亮女孩子，总是换男友，属于那种学习不大好，但实在很时髦的初中女生，方方面面的潮流她们都能跟得上，流行的游戏、小说、化妆品，她永远什么都有。绛珠受了姐姐的影响，经常买一些小女孩很眼馋的但略略超龄的东西，比如一些不算太过分的化妆品：指甲油、眼线胶笔、润唇膏和睫毛膏；当然还有言情小说，一般是郭敬明或明晓溪的各种书。她经常带了这些书来和我坐在树下看，我们谈论里面的人物，也谈论学校里的人，虚构的人和现实的人搅和在我们的谈话里，两个世界的边缘交融。我和绛珠的聊天向来是没有边界的。她有时候尝试着用姐姐的化妆品，我仔仔细细地观察她如何使用它们，修饰她那张本就非常漂亮的脸。我虽然爱美，但是没绛珠那么先锋，我感兴趣的东西还处于小学女生的时间轴末端：比如凯蒂猫发夹、带着塑料珠的皮筋。绛珠在各个方面都比我时髦得多，这我很清楚——我一向是个有些老派的人。她给我讲她姐姐的种种恋爱经历，谈论品评初中部的男孩子——中学生在那时的我们眼里是非常成熟而老于世故的，他们很酷，会去游戏厅和网吧，在学校里堂皇地恋爱——不像小学部的我们，大部分人仅是悄悄地暗恋。我们向往着有一天成为中学生：周末三五成群地出去逛；一进校门就急不可耐地脱掉校服外套，露出自己的新衣服；女生会打耳洞，假期去拉直头发。我们向往那个很酷的世界。绛珠因为有姐姐的影响，相当于提前上了个初中部时髦生活的预科，她告诉我现在最流行的歌的名字，给我讲韩国男团成员参演的电视剧剧情，带着我走上看偶像剧的道路。绛珠姐姐是我非常崇拜的人，她是我们所有新鲜娱乐信息的来源。在很多年里，我怀着一种赤诚的真心爱着她，她脾气很好，只是太淡然，我对她示好，她置若罔闻，在她面前我总觉得自己被忽视和轻视，多年来如此。现在看到她与这样的人如此亲密，我分不清自己是妒忌还是恼火，总之我很受伤，我不知道自己在受伤什么，姐姐从未真正将我当作什么重要的人物，尽管我欣赏并崇拜她那么多年，非常殷勤地帮她各种小忙。这都算什么呢？

我皱眉跑下楼。"你怎么去了那么久？"绛珠努努嘴，我受到的冲击太严重，暂时还无法回应她的话。我不讲话，斜靠在扶手椅上思考一些事。白岁正翻着一本地图册看，绛珠戴上耳机，开始打电脑游戏，和那边的玩家相互诅咒。我看着天花板上的玻璃小吊灯，心里的惊愕依旧，她身体和声音的线条、色彩，她带着快乐的颤抖和任人摆布的甜美乖顺。我又想到那个男人的双手，他捏着她像捏着待宰的母鸡的脖子，好像随时准备将手中的她提起来杀掉。我又感到一阵恶心，但这次没有想吐的冲动，我只是控制不了自己嫌恶鄙夷的表情。白岁从书中抬起头："你怎么这样子看着我？怎么了？"我从混乱的思维中回过神来，忙辩解道："没有。"我仰面躺在绛珠的床上，没再说话。

天光渐暗，白岁问："我们什么时候回去？"我道："不如现在就走吧，绛珠打游戏打得正起劲。"我们走出门，回到熟悉的昌明街上，生活一下子变得有序而清晰，平常的空间安慰了我。那离奇的不可理喻的瞬间没有了存在之所，它如此反常、令人恐惧，即使只是作为夹在生活缝隙当中的猎奇画片也无法让我容忍。白岁拍了拍我的胳膊："我和你讲话呢，你怎么一直心不在焉的。"我问："你说什么？"他很无奈，然而很耐心地对我说："我说，我送你回家。"我点点头。暮色四合，路灯因为年纪很大，光线暗淡得几乎如同不存在。黑暗中，我又想到了姐姐的身体。或许，她不过是想对谁展示她的身体，那样的美是需要被看到的。但是，何必？我不能理解绛珠姐姐的世界。我从未理解过。那双迷离的、美丽而放纵的眼睛是故事的核心，我对这件事的思考和回忆不能绕过它。这双总是一副无所谓神气的眼睛，我是很熟悉的。我的世界太有序，太条分缕析，我不会明白她故意为之的混乱和放纵，她的放纵不同于其他高中女孩。绛珠姐姐的行为好像只是出于天真的满不在乎，她似乎事事都想尝试，不管好的坏的。但尝试也只是尝试，她的心是玻璃制的，可能会被打碎，但不会被轻易污染。小表舅没有污染她的能力，我知道。我想了想，觉得放心了一些。可我为什么这样为她担忧，担忧更深一层的堕落的可能？我关心她么？或许吧，看在那美丽身体的分上还是其他？

到了楼下，白岁对我说："周一见。"

我误闯了一个疯狂的世界，瞥见了一个充满刺激性的切片。这时白岁的存在就显得十分寡淡，没有色彩也没有味道，一杯放冷的水，三十多度的水。但他的无味在某种程度上安慰了我，就像数十年不变的明云路。他们的存在都是平常生活的有力证据，牵拉我的思绪早日回到最普通的轨道。回到家，躺在床上，我在想象触摸她身体的感觉，那是富有弹性的，充满了青春想象力的身体，白皙得像新鲜打磨的象牙，温和莹润，指间的压力会促使它产生局部的变形。她的表情尽管谦卑恭顺，目光却有着不可亵渎的傲慢。她真矛盾。我当然比小表舅更爱她，只是我的爱是她不需要的东西。我闭上眼，试图在黑暗之中一点点收回我在她身上的爱与记忆。

三、萨克斯

……而我爱你的认真，

赤诚如七岁时

为节省一枚硬币

做出的全部努力。

铜镍合金，手掌上的银色月亮。

"世上不会缺少平庸的诗人。"你说。

唉，他们浪费了春天和夜晚霞光的余烬，

将太阳锻造成论克出售的黄金。

我走过那些秘密的幽径，

随后用落雪覆盖脚印。

去过的每一处地方，我都听见你

未说出口的饱满黄昏。

我划出界线然后修补，损坏的云霞。

再拿出扳手和铅笔，

检查并记录月亮轨迹的机械原理。

葡萄的季节总是迟迟不来，

我们却不小心走进

灰色的一月。

隆冬正在发酵已使用的时间，

连同我们储存坛中的葡萄。

晶莹微酸。

白日梦深深网住我们，以许诺的谎言。

——姜沉璧日记《暮春（节选）》

2014 年 4 月 23 日

    我不知道白岁会吹萨克斯，因为我了解他的情况，那样的经济不足以支撑他学习任何乐器。但这一年全校文艺汇演，他却走上台吹奏萨克斯，曲目是《卡萨布兰卡》。我不知道他要表演，过了好一会儿才发现台上的人是他。我对任何集体活动都是漠视的，文艺表演之类的事在我看来不过是一群高中生里最爱表演逞能的人炫技的大杂烩，没什么值得上心的。总之我永远不会是其中的一员，我什么也不会，也都不想会。

    白岁在台上的表情很淡然，似乎已经习惯了别人的注视。如今我和他太熟悉了，已经忘记了他是个受欢迎的男孩子，有他自己的那一份风头。他在台上很迷人，于是我又想起来了，我们不一样，高中是他的王国，但不是我的。我嫉妒他，同时又有些看不起他。我认为我的才能是伟大的，需要很多年的酝酿才能爆发；他的才能则比较浅显易懂，早早地就会得到周围人的夸赞和认可。他人缘那么好，好得让我生气，可同时我又对这一切不屑一顾，认为这些人的簇拥不过是庸俗的成群聚党，毫无意义。可是，这会儿伴着音乐的声音，他吹奏萨克斯的样子实在太过美丽，我讨厌他完美流畅的侧脸，讨厌他漂亮的高鼻梁和黑浓的头发——这一切真是浪费。我又恼火起来，我真想知道生得好是一种什么感觉。我的五官无味至极，镜子里的我只是一个再普通不过的人，可我观念中的自己如此高傲，这种高傲照了镜子，心里也是会有裂痕的。距离太远了。我真恨白岁那么好看，他是个不聪明也不具有灵性的人，他的头脑是轻而无用的杨木，做什么都不够格。可他的样貌却这样超逸，所以他的愚笨会被当作善良，胆怯会被认为是谦虚，缺乏上进心会被理解成踏实可靠，乏味会被褒扬为天真纯粹。可我的一切自认为出色的东西都因为平凡的外貌被打了折扣，呈现出来的样子不及藏在我内心中的一半。白岁的萨克斯技术也不过如此，我听过更好的。这会儿我实在很嫉妒他，我从没这样出过风头；可另一方面，我又暗暗得意，因为我们关系是这么好，他总是很在意我的想法，那些女孩子想方设法要结识他时，我们已经一起出去玩过许多次了。在冬天的街灯下面，白岁和我走回家，他经常轻轻地吹口哨，那时我就听过这首《卡萨布兰卡》。他在纷飞的雪花下面说过许多话，也哼过许多其他女孩没能听到的音乐。夜晚茂盛的孤寂蓬勃生长时，我们打很长的电话，他让我讲我写在草稿本上的小说给他听。其实他的脾气实在是很好，人又相当善良，我为什么要嫉恨他？

文艺汇演后的礼堂像一座寂静无人的博物馆，刚才的喧闹似乎只是昔日的幻影，现在，下午六点，一切不复存在。我留在这儿打扫卫生，今天按照学号而不是座位做值日，所以白岁不在。他已经回家了，这天我们没有一起。我将地上的纸屑和几只空饮料瓶扫到一起，鼻腔里净是扬起的灰尘气味。座椅和舞台如此黯淡，我回忆刚才白岁吹萨克斯的场景，幽幽的黄色的舞台灯光，萨克斯琴身金光闪烁，如此刺目，他的脸上是柔和的寂静。我知道自己一直喜欢那种寂静。可现在，音乐成了记忆，礼堂成了陈列馆，下午的喧阗无迹可寻，他这人也不在这儿。我不由得悲从中来。清扫了所有座位过道的地面，我和其他几个同学将清洁工具放回礼堂后台的杂物间。初夏，天黑得晚，一扇小窗外，能看到天空奇异的色彩：下方是玫瑰红，往上依次过渡出橘粉、灰绿、淡蓝和浓蓝，一弯银色月牙镶嵌在淡蓝那一层色彩中。树影和建筑的影子都黑蒙蒙的，街灯的光线比起月亮和旁边的金星差得远多了，我想象着一会儿孤独的回家路，淡淡忧愁中夹杂着难言的怅惘。黄昏的天空很美丽，只可惜稍纵即逝，像下午的音乐、不持久的热闹、流动不可依的情感。

我走出礼堂，此时天空的颜色变得更浓丽，是黑夜来临前最后的绮艳，我心里充斥着暗暗漂游的复杂的悲哀。礼堂到校门口的墙面拐角那儿，一个人闪身出来，我吓了一跳。白岁提着装萨克斯的乐器包，淡淡微笑着说："打扫卫生的人早都走光了，你怎么这么慢？"我望着他，飘忽的哀痛中升起一阵甜蜜闪烁的欣喜，我道："我比较慢。""扫个地也这么认真？我在这儿等你好久了，没有进去帮你扫地，因为礼堂里有几个有些烦人的人。"我听着他的解释，没察觉自己已经微笑了。其实，这会儿他说什么我都会感到快乐，他温柔的安慰更让我感到不寻常的欣喜。我在出乎意料的快乐中微笑着，脚下的路也显得善意柔和，一步一步都是推心置腹的温柔体谅。我们一起走回家，像平常任何一天一样，惯常的相处又回来了。短暂的失落后是令人惊喜的补偿，这天黄昏实在美丽。白岁一路上都反常地很安静，我们走了好几百米也没有讲话。这一段路灯开得很晚，这会儿还没有亮，街上格外昏暗，只有马路上喧闹的车流成为真实世界存在的证据。他的脸时不时被迅速驶过的车灯照亮，这时的他比在台上时更显得梦幻，超出了日常生活的逻辑，因为这时的他，在我的思想里是属于我的，共度的时间也是我个人故事中的经历，不能与任何人分享。夏天要到了，花粉过敏的季节结束了，樱花和紫丁香的回忆都过去了太久，我和未来离得更近些。夏天，房间内没有可恨的寒冷，也没有漫长到几乎占据全部的黑暗。夏天总是舒适的，在空调的嗡嗡声里，汽水冰块撞击杯壁的声音里……当然，蝉鸣也必不可少。四点多天就亮了，纯澈的光线让世界凸显出最清晰的一面，没有速朽的花朵，浓绿是持久的。上学路上有两排树龄五十年的高大梧桐，浓荫中走过许多代学生念书的清晨与黄昏。夏天，多么坚定，阳光、微风、暴雨、昏昏欲睡的教室里的两点钟、楼上音乐教室里传来脚踏风琴带着灰尘味的乐声。放学后我和绛珠去买雪糕，她喜欢牛奶味的，我嫌腻，只喜欢纯水果味和绿豆味的。我们在湘文路口分手，她朝南走回家，我朝西。回家后我喝奶奶煮的加了百合的八宝粥。我还不知道，有了白岁存在的夏天是什么样的。毕竟我们是分科后才来到同一个班，此前我并未见过他。白岁安静地走在我右边，我低头，看着他的白色球鞋和黑裤子，这时我才注意到他的穿着，这一整天他在我眼中都是梦幻的幽灵，不含有任何普通人应有的材质。他穿着一件华夫饼格纹的米色毛衣；长方形的红色校徽别在领口，路灯下反射着金属硬光；外面是一件他总穿在校服下的黑色牛仔夹克，这天不用穿校服，这件外套少见地现出全貌。白岁总喜欢穿黑色衣服，可我印象里的他一直是灰白色，有些湿漉漉的灰白。

我问他："你什么时候学的萨克斯，我都不知道你会这个？"他换了只手提乐器包，侧过脸笑道："其实很偶然，你一定想不到。"我将手插在校服口袋里——今天其实不用穿校服，但我自己的衣服没几件好看的，穿出来反倒显得寒酸，因此还是穿着又大又宽的校服外套。我知道因为我瘦，这样子好歹能显得我更高挑些。

我动用自己经常编故事的经验，想了许多理由出来，可惜没一个站得住脚的。我道："我还真是想不出来，你告诉我吧。"白岁道："你知道我妈妈开早餐店，就在理工大学那儿，上回你不是还吃了她做的煎饼么？"我点点头："是啊，做的真好吃。"白岁笑道："其实我妈以前一直给人家做保姆，后来攒了些钱才自己开了小店。我上小学那会儿，她给大学区那边一户人家做育儿嫂，那家条件很好，屋主是音乐学院的教授。那些年我爸爸很忙，我妈有时候不得不带着我去那儿做工。有天也是巧，张教授的小侄子来了他家，他侄子比我大一岁，我们立马就一起玩儿开了。他侄子跟他学萨克斯一年了，但吹得很差，张教授就给他指导，我在旁边看着。他们休息的时候，我问那男生能不能玩一下他的萨克斯，他同意了，结果我一下子就吹出来了他们刚才学的曲子。从那以后我就跟着张教授学吹萨克斯，条件是我妈妈的工资每月要少一半，权当是学费。我妈想了想，觉得我有这方面才能，少赚些也值，况且张教授平常的学费我妈全部工资都不够，这是看在我有点天赋的情况下才打折的。教授对我很不错，但他也知道，我家境太不好了，走音乐这条路不现实，吹萨克斯只能当爱好培养。"

我听完，觉得这件事比我编的所有故事都好听，我道："竟然是这样——不过我真的觉得，你要是考音乐学院的话，一定前途远大得很。"白岁叹了口气："我也想，况且你知道，我学习成绩不怎么样，在念书上和别的聪明人比不了，要是走音乐这条道，说不定还能走得通。只可惜，外部条件太差了。"我心里生出对他的悲悯，虽然悲悯一般都是从高往低来的，我家境和他差不了太多，有什么资格产生这种感情？可这感觉如此强烈，这会儿我真恨不得自己是个什么大富豪的孩子，能立刻甩出一张卡来，叫他去追求梦想。

我们一块走着，这条路是主干道，车声人声熙熙攘攘，生活气息震耳欲聋。晚霞已经消逝，暗蓝的天空上不再有刚才的辉煌色彩，我忽然很感念白岁的坦诚。其实如果他不说，没人知道他家境那么差，他有种洁净从容的高贵气质，且温和知礼，根本就是家境优渥的孩子的样板。我只是有些不明白，在学校里这样受人喜欢的白岁，为什么会来和我这种人做朋友。谁都知道学校里有一套复杂而分明的等级制度，大家基本只和与自己差不多的人一起玩，就比如和白岁关系好的陈雨岚，她的好朋友就是我们班的周梓文，九班的方琪蕾和六班的刘伊萌，她们都是漂亮时髦的女孩子，像绛珠姐姐那样，有许多的追求者。白岁按理说也应该和六班七班那几个特别样貌出众的男孩子交朋友才对，几个好看的人做朋友，会让他们的魅力都更大些，这是高中社交体系中的一种策略。所以大家总想向上交友，和更好一些的人一起玩，顺带提升自己的身价。我虽觉得这些事很俗气可笑，但某种程度上也是可以理解的，这就像图书馆里的书籍分类——总不能把托马斯·曼和明晓溪放在一起吧。可白岁不往高处走，反倒弯腰下来和我一起玩，好像他没什么选择一样。我知道我在班里属于有点怪的那一类人，我像在杯底无法融化的咖啡渣一样，是需要被过滤掉的，在集体中，我也被排斥在主流之外。我很感激白岁的友好，对自己一直在智力上鄙夷他觉得很惭愧，他没在外貌上看不起我，我反倒心里默默地评判他，这实在很不好。况且，他一向对我这样坦诚，什么都肯给我说——白岁对我讲过，他从不和另外几个女孩子说他家里的事。想到他对我的信任，我倍觉温暖。我一向以为自己是个不需要他人的人，活在自己的世界里就很足够了，但和白岁成为朋友后，我再次感到了日常人际交往的温暖——像回到小时候，每天和绛珠一块上学的那些日子。我念小学时是个很怕孤独的人，后来变了这么多，自己回忆起来也觉得不可思议。

走到我们要说再见的路口，白岁忽然对路对面一个女人叫道："妈妈！"我望过去，正看见一个提着超市购物袋往回走的小个子中年女人。她走到马路这边来，我向她打招呼，她微笑着点点头。白岁的母亲和我一直以来想象中的差距很大，我以为他妈妈一定很漂亮，因为白岁生得这么好。他妈妈脸上的确能看出许多白岁五官的痕迹，可这一套五官放在女人脸上却不好看了，或许是比例出了差错？像是像，就是白岁身上是优点的，在他妈妈那儿就成了缺点：比如单眼皮、过分高直的鼻梁、线条太峻切的下颌。他母亲穿衣不讲究，打扮处于朴素和俗气的交界点上，可见白岁那种天生的好品位并不来自母亲。真所谓"老蚌出明珠"。我现在感到，人能得到什么，实在很仰仗运气。

我回到家，第一件事就是在播放器里下载了《卡萨布兰卡》。

四、仲夏日记

……其实从前，我没想过会和你这样熟悉。我是个很矛盾的人，各种不相容的特征在我身上相互攻讦，我的内心因此没有一刻安宁。我很羡慕你的平静，好像什么都不能打扰到你，什么都不能试图俘虏你。你上回说我是个很有自我的人，不在意别人的看法，前半句是真的，后半句却并非如此。我很敏感，敏感到我自己都觉得烦闷的程度。我很在意别人的看法，只是装得很豁达，其实人家的话老是翻来覆去在我心上不停辗转。我的自尊心强，可学校里没有什么能让我的自尊受到抚慰的事，所以我总有难以摆脱的无力感。白岁，我看到你有那么多朋友，从来很羡慕。我不爱和人交往，是因为害怕人际交往带来的潜在伤害，我体验过那种伤害。友谊带来的痛不是剧烈撞击的疼，而是星星点点的刺痛，每当我觉得一切都很好时，不期然的刺伤就出现了。我太敏感，又太不坚强，慢慢地我发现，远离人群就不会受伤，所以才迷上了独来独往的生活。这种日子高效、冷静、无害，有利于深沉的思考——即使我的思考并未带来什么。

冬天那么快就结束了，我感到轻松的同时又觉得不可思议。认识你之前的冬日无边无际，每个早晨都是冰冷的煎熬，是你让时间变快了。或许是因为我知道，穿上衣服，背上书包走出门，到学校去就会看到你——其实不必等到学校，咱们虽然很少约好一起上学，可路上总会遇到。昏暗的天还没亮的七点钟，你的脸上带着新鲜的倦怠，好像对即将发生的一切都有微微的不耐烦。我们在笔记本上写指数函数与对数函数的随堂练习题，在英语课上着急地补物理作业……你现在似乎只对地理感兴趣，一有时间就研究那本小小的地图册，你熟知所有经纬线上的内容，我问过你大溪地的位置，你说得非常准确，我说那是我最想去的地方。我问你想去哪儿，你一直没给我答案。你是个脚踏实地的人，好高骛远从来不是你的习惯，可我总是往上奔，从不停止我那些华而不实的想象。我像脱了手的氢气球，地上没有任何牵引力拉我下去，可我现在觉得，你成了我在地面上的锚点，我再不切实际，到底不想去你视野外的空间。白岁，我不知道你为什么喜欢我，连我自己都很清楚，在学校里，你有许多更能满足虚荣心的选择。所以，其实我们在一起消磨的时间，对你而言也有一样的重要性么？你知道我秉性孤介，可在你这儿，我竟怀有一种善意的低微。本来我对现实毫不用心，是你叫我开始注意到日常生活的存在，在此之前，每个日子于我只是盛放乱梦的容器，星期一或中秋节，我不在乎，它们只是玻璃杯一样滑溜溜又冷冰冰的东西，透明的存在。我将它们摆放在日记中，每只杯子里都放着质地色彩不同的想法。时间在我这儿只是清楚的幻觉，它是客观的、工具性的玻璃杯。

这张生日贺卡实在写得不像样，根本不像正经生日的祝福，我原本买了一张很精致的祝福卡片，封面印着萨克斯。可惜我没打草稿，前几个句子写得坏极了，可见一腔真诚的写作呈现的效果并不一定好——词句不通，字儿也写得不好看，我的字要是能和你的一样漂亮就好了。所以我用了这张朴素无聊的信纸，不过好处就是能多写一点，供你无聊时候读，让你更无聊，哈哈。我给你买的小蛋糕好吃吗？我专门拜托表姐帮我订的，这家店的甜品非常难买到，不过我很幸运，订到了最后一只黑樱桃味的。虽然明天就见面了，我还是觉得有好多话要说。你实在很有耐心，肯一天到晚陪着我聊些有的没的。你说你从不过生日，我觉得难以置信，我们家虽情况并不比你强，我爸妈还是会给我办点仪式的。我每年都盼着过生日，每到那一天，我虽然不说什么，但心里很高兴。那么，今天你高兴吗？白岁，愿你想要的都拥有，得不到的也实现。

对了，上回你吹的那首新曲子，能让我再听一下吗？我本来想试试看自己能不能找到名字，但实在找不到。

沉 璧

2013 年 6 月 26 日

我妈妈的性情柔软丰沛，质地像熟透的水蜜桃——其实颜色也类似，暖而柔淡的黄粉色。她在生活表象中呈现的，是微带毛刺，但十分甜蜜温柔的果皮果肉部分，让人想到仲夏的热情，极度繁盛的季节。可我看到的，时常是苦涩坚硬、表面充满褶皱的果核部分。她的内心自然如桃仁般珍贵，可那是纯属于一个人最深处的领地，我不能直接接触到。

向外一点或向内一点，我都可以看到她最容易相处的方面，可偏偏现实生活的距离和角度给我呈现的，是棕色的果核。她柔软，所以不稳定；甜蜜，所以有些过分乐观，时常几近亢奋。母亲的情绪没有持中之处，她要么湿淋淋的，一脸眼泪；要么极为温柔，轻易就会妥协，是个万里无一的好脾性人，西方童话里的母亲那样。我爱她，因为太爱，所以给予了太多共情的颤动的心，我的痛苦随她的情绪摇摆，像飓风中来回弯折的树枝。我以一种孩子气的忠心，几乎完全站在她的一方，正因如此，我负担了一个成人的沉重情绪，我出谋划策、时常劝慰，所以我的安全感失守，因为看到了我依赖的母亲自身就是需要依赖的。她是个被迫成为主导者的人，她渴望的是有力而慷慨的男人，可惜没能得到，因此养成了独立奋斗的习惯。尽管有些小小的成效，她内心积怨颇深，因为知道自己拼命挣扎出的一切同时也是不被保护和溺爱的明证，所以骄傲之中带着赌气，这两种情绪在时间的酵母中酿成了深不见底的委屈。她有用不尽的自我哀怜。每一次痛哭都从中舀出一瓢，但存量太多，再多眼泪也不能彻底泻净她茁壮的忧郁。

这一年，父母之间的不和仍难以调和，他们保持着一年两到三次规律的矛盾争吵，我对这一流程太过熟悉，早已失去了想要做些什么的企图。他们两人的不同是难以忽视的：质地、大小、形状、喜好、脾性，全都处于崎岖艰涩的不和谐中，然而他们的人际关系与经济利益盘根错节地生长在一起，彼此都不能分割清楚，只好带着宿命般的心碎不断定期折磨彼此。连我这个旁观者也有悲哀的预感：谁都无法脱开网劳，因为他们缺乏一种轻盈的坚决。在这一点上，他们倒是少见地相似——母亲是一颗摇摇欲坠但永不下坠的沉重的大桃子；父亲则如同永无更改可能的深冬寒树，保持着可靠而执拗的形状。他的枝头不可能生出桃子来，即使有，也是一根绳子系上去的，乍一看不错，却经不起一米内的审视。这一点谁都知道。夏天，他们又陷入无法逃脱的、起因不同的大小争执中，空调冷静的嗡嗡声里，我关上房门，依旧看我的书。我心里充满了摇荡的悲伤，稍不留神就会洒出来。我打开书，沉溺在遥远已逝的、在地理和时间上都不可触及的世界中。我的栖身之所。真正的生活是不堪的，谁都一样。

我和白岁在暑假的黄昏散步。下午他要帮他妈妈洗菜、切菜、揉面，做许多早点摊的准备工作，六点后才有空出来。那时，最炎热的正午已经过去，我们从一堆高考复习题中短暂逃离，一起去外面漫无目的地走路。我们从古德街出发向南走，有时向东，更少的时候朝西，但几乎不往北边去，因为我们都对城市南部更熟悉。我最喜欢去景江公园，那儿毗邻富人区，街道与空气都非常洁净，不过白岁说那里太安静了，让他有些不安。白岁比我要喜欢人的声音、生活的声音；而我喜欢少有人迹的地方。平时我爱待在家里，暴雨和大雪来临时，我才会非常想出门。暴雨和雷电将城市变成自然力量居上风的存在，平时人类的活动覆盖了一切，唯有极端天气来临时，我才能闻到纯粹的自然气息，神秘不可知的、有极大威慑力的气息。下大雨时，白岁是一定不肯出门的，我给他发信息，我们到家附近的奶茶店里一起写厚厚的数学模拟题。高二的最后一次考试，我的数学意外地考得很好，可我其实有许许多多不会的东西，但白岁总觉得我什么都知道，他向来认为，我会考上很好的大学，我们不会念同一所学校。我不知道怎么反驳他的错误印象，只是我明显地感觉到自己在学业上逐渐力不从心。

我对考试越来越排斥，看不进去曾经可以认真研究一整夜的各科习题。我体会到一种难以抗拒的失败预感，但不知该告诉谁。上一回我考得太好，大家只会认为我在进行反面的炫耀。

八月底的一天，绛珠忽然告诉我，他们家要搬回浙江了，我很愕然，问是不是因为她高考要回原籍所以现在必须离开玉京。她摇摇头，只说父母在老家那儿瞅好了新的生意，其实这一年过年时就有打算要回南方，只是玉京的一切还没打点好，所以正好趁着高三开学前回，这样绛珠就能直接在原籍念高三，可算是一举两得。我很难接受这事实，我和绛珠从小一起长大，我知道我和她的关系比她和她姐姐的还要好。我们虽百般不舍，究竟拗不过强硬的命运。她告诉我，高三暑假她还会再回来一趟，那时我们还能一块儿出去旅游。我们想到高中毕业的暑假，不禁生出许多美好而理想化的想象。在满地堆着的打包箱中，我们一起讨论去海南玩的种种计划。她因为快搬走了，这一晚留我陪她一起睡，我们在绛珠淡粉色的房间里彻夜聊天，到后半夜，我们困得睁不开眼睛，嘴上还拉扯着那些已发生的未发生的事。绛珠留下了一箱子东西给我，里面有几本画册和故事书，是她舅舅从日本带回来给她的，我一直很喜欢，那时候她不舍得送给我，现在因为要离开了，就非常慷慨地全部当作给我的礼物。除了书，还有些别的东西：一套英式陶瓷茶具，绛珠妈妈要她给我的；一只新的 swatch 手表，是绛珠给我预备的今年的生日礼物，我十一月过生日，那时她早已回去了；还有其他一些小东西，一只信封里装着一沓照片，用橡皮筋捆着，我拆开看，原来是我们和白岁一起去看樱花那天拍的。绛珠笑道："我知道你们两个现在好得很，所以专门用我姐姐的照片打印机打出来给你作纪念。"我靠在床头，和绛珠一张张细看那天的留影，我和白岁的那几张照片没一张算得上好看，它们是对生活过分真实的记录，不含任何艺术性的镜头加工——绛珠的摄影技术实在差。但我知道自己还是会很认真地保留它们。

我和绛珠说了一夜的话，第二天起床，两人都双目浮肿，表情苍白。因为整夜未睡，回家路上，我的头脑清醒又混沌，明知是梦却醒不来的那种感觉。世界失了真、变了形，我赊欠的睡眠会在午饭后找上我，我在等待它。

阴郁上午，天空的颜色像一尾不新鲜的死鲤鱼，灰中泛白、滑溜沉重，可见是要下雨了。回到家，我将自己和白岁的照片中看起来稍好点的一张夹进日记本，然后坐在桌前，对着渐暗的天光发起呆。困意袭来，我趴在摊开的英语试卷上睡着了，直到奶奶敲门叫我吃饭。饭桌上，我的父母以僵硬的沉默应对彼此，很明显，他们还未从上一场争吵中和解，当下正处于冷战阶段。我感到婚姻的悲哀，可我的整个存在都诞生于这悲哀。

我想到白岁。在父母的痛苦面前，我内心隐藏的甜蜜带着歉疚的自责，不该这么快乐，但我无法不这么快乐。

下午，我开着风扇学习。电费太贵，我只会选择在心情最好时开空调享受一阵子，为我的愉悦锦上添花。快乐的浓度如果足够高，就能维持很久，回忆时连带着也感到喜悦。仲夏，可以穿着轻便的衣服走在洁净坦荡的阳光底下，可以舒展地活着，不必忍受早起时室内的冰寒。八月，白岁和我在奶茶店里分享一份冰激凌，我们拿着一本往年的报考指南，挨个点评上面的学校。我们都想去北京，都喜欢地理而讨厌政治，爱代数胜过几何，会沉醉在偶尔做出一道圆锥曲线题的得意中。我们在奶茶店的固定座位是靠墙的那张大桌子，我带了剪刀和索引贴来，将地图册上的重要图表剪下，分门别类地贴在打了章节标签的活页本上。我的所有本子都有不同的用途，每一种颜色的荧光笔也有等级分明的不同重要性。我偏爱一切有秩序的事物，我的世界必须保持稳定而上进的条理性，就像我用不同字号写下的计划。我不能失去内在的整饬，它们是我的生命结构，我内在建筑的龙骨。白岁却有些糊里糊涂，他总是忘记带需要用的东西，笔记永远缺乏宏观结构，他只是在弯腰捡拾目所能及的知识，从不抬头审视整片田野。即使到了现在，高三前的最后一个夏天，他依然这么不疾不徐，有时候看似很努力，可我知道他只是在配合我，他知道我志大心高、目空一切，因而对自己要求很多，他就和我一起做题、背书。白岁的爱一向是以陪伴而非干涉的形式存在的，这是我喜欢和他在一起的原因之一。不过，他自己对正发生的一切依然带着份淡淡的漠然，即使他也是这场大考的参与者。在仲夏溺爱般的包裹中，我们享受着熟透杏子般甜蜜微酸的深黄色午后。六点半，我们往启明路走去，一路上谈论明年即将到来的新高考改革，猜想马航失联的真相，我们聊起绛珠，都有些想念高二时在她家度过的那些下午，我们还谈论学校里的人，男孩子和女孩子，我说起陈雨岚她们时，心里其实带着微微的妒忌，毕竟他们曾经关系那么好，而陈雨岚么……又实在很漂亮。她那天穿了一条限量版的网球裙，全年级的男孩都在看她，难道这样的美都不能打动白岁吗？或许他只是和其他男生一样，以伪装的高傲藏起内心深处的暗涌的喜爱，或许他会很想吻她。我忽然想到，我们虽进行着所谓的恋爱，却从未有过任何肢体接触，只有话语的交流和目光的试探。这足够吗？我一向也明白，我可资被爱的部分，或许只有思想，我的外貌是乏善可陈的，这自不必说。但我渴望与白岁牵手或拥抱，渴望他的双臂可以绕过我的背，在皮肤上留下接触的温度。我一直孤傲且坚定，这是我头回感到自己期待一个男孩子的保护和欣赏，我想触摸他的头发和脸上的皮肤，但我不想主动发起这样的动作，我希望他对我能有相同的渴望。

白岁正在做一道三角函数题，草稿本上的演算过程写满了半页纸，但依然没有找出有效的解题方向。这道题很难，我也不会，但我很少像他那样，表现出一种愚勇的坚持：他会带着不会的题辗转在班里问同学，我从不那样，我不愿将自己不会的暴露在他人面前。白岁这人连一点虚荣心都没有，坦荡如一汪深泉，清澈见底，照之令人胆寒——我没办法那么真诚。面对外部世界，我用从前受伤的经历不断劝诫自己，要保持一定距离，要学会掩盖弱点，我用这些方法安然度过了高二，我想我还会继续这么做。白岁的坦荡是会得到欣赏和认可的，他长得好，长得好在高中就是最了不起的通行证，和辉煌的考试成绩有着同等的重要级别；如果我那样，只会叫人觉得我只是单纯的笨而已，我恐惧"笨"这个词，这是初中时代留给我的噩梦。

我们又写了很久的题，窗外天色渐黑，这时我听到外面下起了雨，雨滴在奶茶店的沿街罩棚上哗剥作响，白岁之前说这种声音像他妈妈在油锅里炸东西，我当时觉得他的比喻很怪，这会儿才发现果真如此。不过能把这两种声音联系到一块儿的，也只有白岁了。他连比喻都这么毫无诗情、脚踏实地。我停下笔道："下雨了？"白岁从那道依旧没有解出来的数学题中抬起头，望着我说："我妈妈今早走前还告诉我，下午有暴雨，我给忘记了。""我们再学一会儿吧，没带伞。"他道："还是赶快回去吧，过一会儿雨还要更大的。"他将外套披在我头顶，自己将书包抱在怀里，冲进雨中。雨太大，我们来不及道别。

回到家，我换上了干燥舒适的睡衣，靠在床上背地理书。雨果真越来越大，这会儿如水幕一般，呈倾泻之势。我看着搭在椅背上的白岁的外套，很希望他这会儿也坐在我的房间里。湿淋淋的冷风冷雨的世界，我们可以安全地蜗居在紧窄温暖的房间里，享受干燥的靠枕和一杯热果汁。我发信息给他问他在做什么，他很快回复了，还在写那道数学题。他的执拗像夏至日的阳光，充满了漫长明亮的耐心。白岁没有让我忘记现实中的种种可厌之处，无论是优绩主义盛行的校园内冷酷的分数金字塔带来的自尊挫伤；或在家庭内部，父母卧室里传来的因种种原因产生的争吵和随后的冷战带给我的隐痛。这些都还在，只是生活的种种烦难都被他的存在稀释了、弱化了，只剩下朦胧的，然而铺天盖地的喜悦。

天色昏暗，到晚间，雨越发大了，外面噼里啪啦，雷暴的怒音在高空中时隐时现。我跪在窄小的单人床上，打开窗闻雨的气息。湿润、凉爽，带着淡淡的夏日腥气。雨滴飘进房间，在窗台上留下许多碎裂的水珠。夏日，如此直接纯粹，暴烈的阳光和密急的雨，没有什么需要等到明天，也没有什么需要隐藏或修饰。我躺着，将地理书摊开盖在脸上。现在，我依然总是会陷入不固定的幻想，不一定和白岁有关，但幻想的世界终究是有他存在，即使不在每一帧画面里，他到底占据了相当沉重的剧本分量。我想到他时，记忆里会出现一种微苦干涩的木头味，是小时候咬中华铅笔尾端时，口腔里出现的那种味道。他改变了我的生活，整个生命的地图。在此之前，我是孤独而沉默地瑟缩在教室后端的寂寞梦游者，学校生活对我而言不过是不得不应付的世俗任务。我的灵魂像一片春天的叶子一样夹在书页里，两侧紧挨着铅字，合上书后我的心就留在那儿，从不肯出来。我沉迷于地中海的历史和幕府的兴衰，还有发生在西欧和大唐的种种奇遇。历史、哲学、文学，它们背后的世界是花招绣带、柳拂香风的仲春，进去了就再不想出来，有无尽的明光和香气。现在，白岁的存在大过了那个世界——其实我明白这是一种形而上追求的降维。可是，在爱的世界里，白岁居于中心，沉甸甸又金光闪闪。我最喜欢他的眼睛，黑玻璃一样深邃柔和又晶光闪烁，我用我最擅长的幻梦给他镶边，他在我心中日益美丽。后半夜，我睡得不大沉，隐隐听到暴雨渐息，一整夜不均匀鼓点般的雨声过后，世界终于恢复了日常的寂静。破晓前的黑暗中，我伸手推开窗，潮湿的气息钻进房间里，温柔凉爽，我预感这是天气极好的一天，心里充满了被许诺的喜悦。我拿过手机，有一条白岁的未读消息，我忍着没有打开，因为喜欢这种猜测他文字内容的心情。我想延宕这种未被揭示的快乐，专门起身洗漱换衣服过后才打开。里面只有两个字，是昨夜两点发来的，他说晚安。我怀着不真切的喜悦打开参考资料，开始证明一道立体几何题。

阳光果然很好，雨后的阳光更好，到处是发亮的浅浅水洼，街道两边建筑的玻璃都光亮刺目，雨的痕迹会在两天内迅速消失，但世界已被洗濯干净。全新的、洁净的城市。下午，我照常问白岁要不要出来，他说有事，我便独自沿着平时常走的那条路散步。这天我不想去景江公园，就在太清路口转向东，朝大学区走去。路过一处老小区，我不知为何朝内望了一眼，忽然看到白岁从一栋楼后很快地跑了过去。我疑心自己看错了，于是踱进小区，仔细望了望，发现果真是白岁。我心里一惊，不知他在这里做什么，同时又感到一阵复杂的、还来不及分析清楚的伤痛。他说没有时间出来和我散步，是因为要见其他人吗？住在这座老旧小区里的是谁呢？我压制不住好奇心，往白岁站着的地方走去，他在二单元门口张望着，好像在等谁。我回身躲在楼侧，悄悄看他。过了一会儿，一辆印着某个电器公司商标的小货车开进了小区，他迎上前去，一个中年男人走下来，站在车后卸货。

我有些看不懂了，这是在做什么？我便喊道："白岁！"他很愕然地看着我，过了好一会儿才道："沉璧？"他扭过身，帮中年男人背一台大冰箱上楼，我在一旁静静看着，仍是不明所以。白岁对我说："你等一会儿。"他扶着那人背上的冰箱，两人一同上楼去。我站在单元口，很分明地听到了白岁叫那个中年男人爸爸。他背着几百斤重的冰箱，很艰难地一点点挪动，白岁扶着冰箱底部跟在他身后，表情沉静。他们花了很久才走到二楼。

我倚墙等他下来，能听到他们在二楼沉重缓慢的脚步声。他爸爸看着年纪很大，大约是常年体力劳动造成的苍老，我猜测他的真实年纪其实与我父母差不多。我知道白岁家情况不好，可实在想不到坏到这样的程度。到这时我才明白了平时白岁厌恶并恐惧花钱的原因。十来分钟后，白岁下了楼，表情是幽幽的寂静，那双黑玻璃一样的眼睛变得比平时更深沉，我们半晌没讲话，过了一会儿他才道："你怎么到这里来了？"我拍了拍袖子上的墙灰，做出不在意的语气说："我出门溜达，刚在路边看到你在这儿，就过来和你打个招呼。"他点点头，大约猜想着我会问他什么，解释似的对我说："我也打算咱们今天下午去外面走走的，但我爸爸来送货，我不放心，想跟着他，也能帮上点忙。"他说这话的时候，语气少见地急促，脸也红了。他即使不是个有虚荣心的人，到底也知道这样的家庭境况实在太糟，即使被我这个非常熟悉他一切底细的人知道，面上也有些挂不住的。我怕他多想，便道："你是该来，这样叔叔也能轻松点，换作是我，我也会这样的。"他点点头，努力挤出一个用来安慰我的笑容。"我爸爸一会儿就回工作的地方了，咱们一块儿回家吧。"他望着我说。我笑道："好啊，正巧昨天你的衣服我也该还你，我已经洗了。"我们说着便一同往回走。

白岁一脸汗水，我递给他纸巾，他道了谢，一路无话。快到古德街，白岁忽然道："现在，你是完全知道我们家的情况了，除了你，再没有第二个人。"我心里一阵感动，就低头嗯了一声。到楼下，我对他道："咱们一块儿上去吧，反正我爸妈都认识你。"他挠挠头笑道："我一身汗，这么狼狈，算了。"我点点头，知道他是爱干净的人，没有再邀他上去，只是很快取了衣服给他送下来。白岁道："对了，上回我借你的笔记还在我那儿呢，你昨天不是让我给你拿去，我给忘了，不如到我家去取吧，咱们顺便在楼下喝瓶汽水。"我说："那很好，我还没去过你家呢。"他笑道："不是我不愿意请你去，是实在一般人接受不了，我也怕丢脸。"我忙安慰他道："咱们之间不用说这些。"他叹了口气："现在我反而心安了。以前咱们和绛珠在一块儿玩，她家条件好，我老害怕出丑，怕让你们两个知道我父母的不容易，从此可怜我，我最害怕人家怜悯我。虽然在学校里我和好些人关系不错，那也只是看着而已，我一直担心别人知道我的真实情况。你上回给我写信说我没有虚荣心，其实我不是没有，只是没条件有，况且我也不愿意装，没有就是没有，还不如坦诚点。只是我也不能太过于坦诚，学校和社会没什么分别，一个人的事最好不要让所有人都知道。"白岁这番剖心的话让我思绪翻涌，我笑道："你说得很对，是这个道理。我明白的。"他笑着看了我一眼，又低下头去，沉默了一阵子后说："……我也明白的，你很了解我。"

白岁家所在的小区很糟糕，这是我一早就知道的事，但进来了我才发现，里面的情况比我以为的还差。他的家在最角落那栋楼的一层，楼道里昏暗无光，声控灯是早已坏掉的。这是一座五六十年代的小区，现在基础设施已破落不堪，外立面是因为这些年市政工程刷白了，但只是表面功夫，里面全然是个好几十年前的破旧世界。他用钥匙打开门，是老式的双层门，外面那层门是金属栅栏式的，后面覆着一层卷翘碎裂的窗纱。进了门，里面依然极暗，不开灯几乎看不清一切。白岁打开灯——是需要拉绳的那种，我只在小时候见过，这灯不过是一只晃悠悠从天花板上垂下来的暖黄色灯泡，把一切都照得更显恓惶凄恻。没有客厅，入户处是宽一米多，长两米的窄过道。白岁的房间是靠里面的那间，我走进去，只见家具几乎都是捡来的似的，分明是被人淘汰的样子，好在都很干净，看着并不可厌。他请我在床边坐下，因为没有多余的凳子。我这才发现他平时用来学习的桌子原来这么窄小。同时，我又感到熟悉的、隐隐的快乐，他肯让我进入他最秘密的世界，这样的信任是很让人感动的。我看着回身在一只陈旧的木书架上找笔记的白岁，恨不得以全部的爱意和世上一切好东西包围他。他将本子递给我，微笑着说："我去换个衣服，身上觉得黏糊糊的，很难受。夏天真是讨厌。"我正想说要不然开会儿空调吧，但发现房内并没有，头顶只有一台老式电风扇。白岁拧开风扇，随后去浴室冲凉换衣服，我拿着他的历史教材读着，房间里热而闷，我打开窗，外面是垃圾站的臭气，我明白了窗子紧闭的原因，连忙关上。白岁的起居空间如此触目惊心，连体面也算不上，然而这样破败的环境中长出了他这样的人，好像一种戏剧化的对照。

他换了衣服出来，淡蓝的纯棉短袖，裤子是学校发的夏季校服裤，一身衣服都很旧，可挂在他身上就非常好看。我能闻到香皂的气息，纯粹的碱性香，没有任何花草气味的参与，成分单纯的白色香味——白岁的味道，平易近人而温和洁净。我们坐在床边聊天，说着上一次考试的事情，他还是稳定在一百名以后，而我考了前二十。虽然我内心深处潜藏的野心远不止前二十，可我自己也明白，上回的成绩其实已经算是我如今实力的超常发挥，下一回保不住的。白岁一向对我有着超过我实际水平的看法，他觉得我非常聪明博学，要是再努力一些，考前十名也不是什么问题。其实我很清楚自己的边界，比如我的政治和数学都不怎么样，缺乏必要的天赋，只是靠对学校课程亦步亦趋才能考个差不多过得去的分数，我的上限是可预见的。不过白岁对我当然不会有这么深的了解，他认为我很有潜力。他总是这样。他的心理习惯与我正好相反，他将别人看得很高，将自己看得很低，即使有那么多人的喜欢，他仍然不清楚自己的优势，或者说，他丝毫不信任自己的优势。

屋里太热，热得让人不耐烦，我额头出了薄汗，从口袋里拿出纸巾来擦，白岁有些抱歉地说："很热吧，我送你回家。"我点点头，拿着笔记站起身，白岁望着我，不动声色地牵起我的手，他的手心潮润滚烫。

八月末，学校恢复了校内补课，我和白岁又回到了拥挤的教室里，每天下午不再有时间到处游荡，我们埋头在半米高的教材和辅导书中，用各种颜色的笔记录着那些不断被遗忘又不断被提醒的知识。最该努力的时候到了，九月近在咫尺，一过九月，高考就成了全部，再没有遁身之所。现在，必须要面对排名、好大学、未来、查分系统、一本线、专业选择……一切被认为最严肃的目标。可是，我的心被其他事占据——比如夹在参考书中的那只小粉镜。我开始注意自己的容貌，并希望能够美化它。我从未审视过自己的样子，但现在，我开始期待变得美丽的可能性。如今我会想，如果我的鼻子再高一些，皮肤再白一点，双眼皮再明显一点，会怎样？我偷了一些妈妈的面霜，放在一只空了的眼霜瓶子里。每天晚上，我对着镜子仔细地观察自己的脸，研究需要改进的部分。我还买了一小瓶粉底液和一支眼线笔，悄悄试验化妆品的效果。但因为此前毫无这方面的经验，打扮后的我比毫无修饰时更难看。我沮丧至极，白岁多么好看啊。他五官的色彩与线条都是浑然天成的漂亮，和他相比，我的脸好像纸质粗劣的油印试卷一样无趣无味。但我一向不乏毅力，还在坚持探索外貌美的提升方法，做一切高中女孩两年前就开始做的事。我脱离了从前的我的世界。

在学校里，本来无人注意到我，可现在因为我和白岁的关系，大家忽然开始对我感兴趣了，许多主动的好奇心凑到跟前来。我每周都要回答不少与之相关的问题，而我发现，自己并不讨厌这种感觉，因为这都是与白岁相关的。这是我第一次体验到现实中虚荣心的满足。过去，我沉浸在遥远的虚幻世界里，从未在意过学校里的事，现在我才渐渐理解了，为何大家都如此在意日常生活中的一切，因为现实的快乐浓度更高。现实中的一切不像幻想一样容易飘散，在实打实的快乐中，我将从前的世界渐渐抛到脑后。我开始对发绳、双眼皮贴、服装和面膜感兴趣。晚上我不再吃饭，而是喝提前放在冰箱里的蜂蜜柠檬水，我开始在意自己在他眼中的样子。我没注意到，我离自己曾经热爱的一切都更远了，普鲁斯特厚蕾丝窗帘般的世界不能再网住我；乔治桑的爱情故事也不再是我睡前溺陷的场所；被我暂时遗忘的体积最大的事物是英国历史，那些朝代与国王的名字先是一个个随着前行的步伐从脑中被震落，再是成规模地遗失，最后仅存一些少量的贿赂了时间的，最牢固的内容，它们零零星星，已不再具有任何知识性的意义，仅是过去的遗迹。我很难再耐心地面对一道需要细致分析的自然地理题，它们曾是我在学校最感兴趣的东西之一。现在，我的生活呈现出明显的指向性：白岁和对外貌美的追求。我没注意到我的世界慢慢变得很小，它本是无垠的想象与沉默的思考共同搭建的完整星系，现在却坍缩进一面小粉镜中：我仔细观察自己左右脸不对称的部分，小心地拔掉多余的眉毛，试图用小夹板修改刘海的形状，我想要试图缩小自己与白岁在这方面的差距，但得到的是更多的挫败。

开学前的最后一次补课，我和白岁一起回家，我懊丧地扯下了新的发圈——反正白岁不会在意，我的努力是无意义的。我去奶茶店里买东西喝，我们趴在柜台上，等店员做好两杯黑糖奶茶。在搅拌机和冰块的声响中，白岁低头瞄了一眼我系在手腕上的淡绿色发圈道："你戴这个挺好看呀，怎么摘下来了？"我没说什么，对着奶茶店的水龙头微笑。

五、第一轮复习

我不明白女孩子面对性时的心理矛盾：倨傲而恐惧。她们倨傲，是因为从社会的角度看来，她们是性的施予者；她们恐惧，是因为社会文化告诉所有人，性行为是男人最乐此不疲的追求，女人随时要承担被用后即抛的风险。我厌恶这种充满了性别不平等看法的陈腐思维，也厌恶这种关于施与受的想法，我讨厌这世界总默认女人是消极的、被动的、无力的，在日常生活中，性行为对女性来说是一种"受骗""吃亏""被玩弄"，这些词语令我感到恶心，女人似乎天生要被放置在物品的行列里，像商店里的东西一样——一旦被得到手，再放到市场上去就要打对折，女人不能被撕掉那层覆于其上的塑料膜，否则就成了"二手的""陈旧的""不值钱的"。历史上多的是为了防止女人逃脱男权社会强加给她们的命运的防范机制，这些机制规模庞大而复杂细微，充满了各种不同的奖惩措施，女人必须将自己放置在全部的被动句中才行，"被爱""被欣赏""被审视""被骗""被抛弃""被强奸""被情杀""被侵犯"……失去了主动性自然没有好下场，被字句相比起把字句来说，自由度可太低了，主语永远不是语法结构上的那个词，而是隐身在其后的秘密操纵者。我讨厌这样。这世界分明是厌女的，可明面上却无人肯承认，它通过授予女性一些鸡毛蒜皮的利好，安慰并哄骗我们：你看，你的地位多么高啊。手中攥着一切资源的男人则默不作声，继续在暗处静静打量被放在火上炙烤的女人。我不明白，牵扯到异性，女孩们总是被天然地视作弱势的一方，或许是由于体力差距悬殊？那么，男人在大象和狮子面前岂不是也应被看成低级的、软弱无力的、可玩弄的、应受保护的？那么，是因为女性是怀孕风险的承担者么？可这仅仅适用于处于两性关系中的男女，并不具有普遍的社会性。

　　我从未将自己看成社会意义上的女性，我的心是无性别的，男女只是生理意义上的标志。女孩不应被习俗和传统继续哄骗，至少我绝不要这样。要主动地进犯、勇敢地冒险，要敢于竞争，要探索无极的未知，要敢于失败、敢于受挫，要走出去，要自发地开始游戏。最重要的是，我绝不要将自己摆在潜在的受害者的位置上——尽管愚蠢的生活会引导女孩们这样去想。这是巨大的陷阱，一旦进入防范"被骗"的游戏中，你将成为永远的客体，失去主动的力量。

——姜沉璧日记（节选）

2014 年 11 月 21 日

　　九月，我的父母毫无意外地再次和好了——这样的结果我早有预料，在成长中，我积攒了与此相关的太多记忆，它们构成了帮我做出正确判断的经验资料。我已经明白了，成人世界的运行离不开诸多杂质的存在，其中充满了妥协、让步、自我安慰、视而不见、敷衍和容忍。我厌恶这些生活的沉渣，它们不像厨房与浴室中的肮脏角落，可以靠定期清理维持洁净，婚姻与家庭生活中的碎屑和死角积重难返。我在冷眼旁观中发现，普通人的一生不过是无意义的熵增过程，其中充满了各种不经意的能量耗散。在型号不同的混乱妥协中，一切轻盈的最终都要负重，清晰的都会逐渐模糊，最晶莹的心也会氧化，随后锈迹斑斑。

　　盛夏结束了。往年开学前，我会和绛珠去美院附近的文具店里买书皮，那儿的书皮样式最多，好看的自然也更多，我们喜欢那些新学期前的准备工作，因为那总是和买东西相关：文具、辅导书、崭新的教材……就是最讨厌的物理书，封面簇新的样子也很让人喜欢。现在，绛珠回了南方，我在学校里几乎只剩下白岁。她告诉我她很不适应在浙江老家的日子，经过这么多年在玉京市的生活，绛珠已然成为一个完全的北方人了，她已经忘记了南方黏腻漫长的夏天和无处不在的宁波年糕。她告诉我她很想念我们曾在外国语学院附近吃的那家玉京菜小饭馆，那道茴香苗的小面皮是绛珠的最爱。我很想念绛珠，我忽然想起妈妈很久前对我说的一句话："当你意识不到什么东西的重要性时，试试看在你的生活中去掉它。"绛珠和我互相陪伴了太多年，这种友谊几乎成为不可见的东西，我们从未想过分离。继续多年来的黏性似乎是板上钉钉的事，容不得一点质疑。可绛珠回家乡这件事发生得太快，我甚至没意识到它已经发生了。现在，囫囵咽下的东西开始慢慢在胃里产生反应——秋初的黄昏，我思念绛珠的心情越来越沉重，远远胜过了从她家离开时那个盛夏清晨的忧愁。

我最恨九月，玉京一入秋就是连绵一个月的雨。我讨厌秋雨，奶奶说"一场秋雨一场寒"，最可厌的冬天已蛰伏在角落，随时准备出来宣威逞暴。昏暗的六点钟，奶奶房间里传来低低的电视声，父母不在家，我坐在自己狭小的房间里，消极而无可奈何地等待冬天降临。我知道自己应当鼓起勇气面对即将到来的冬天和一切与考试相关的挑战，可是，我的心如今成了其他一些事的寓所：在高考资料占据我房间里的空间的同时，我的头脑却在邀请与考试几乎完全相反的事进来。我继续装作勤奋，表现正常，我一向擅长隐藏自己，扮演一个普通的高三学生实在没有任何难度，我很轻易地就在这场游戏中成功了。只不过我的心越飘越远，在疲惫与兴奋交织的情绪中漂离我原本所在的大陆，到遥远的荒岛上。这儿空无一人，我可以织造一个完整的、无人搅扰的幻想世界。

我就是这样度过第一轮复习的，随后又是第二轮，我在远离校园中的一切时，校园中的一切也在远离我。被遗忘的知识伸出爪牙，成群聚党地报复我——在成绩单上。可这时，我对这些事都很不在意，它们的报复于是有了延迟性，没能立刻起效。

深秋初冬，我和白岁继续走在曾被夏日浓荫覆盖的街道上，奶茶店是很少光顾了，我们有时去图书馆学习，因为他越来越受不了哪怕一点点声音的干扰。和我如今糊涂的松散不同，白岁对待高考的态度日益虔诚，我很理解，他害怕失败，因为太痛恨目今的生活，他一定要改变它。白岁爸爸九月中旬生了场病，再不能做搬运工的活了，现在全家就靠他妈妈的早点摊维持生计。白岁的日子非常艰难，我很理解他的辛酸。他努力到了再不能前进一点的程度，我们不再谈论看不见的未来或书中的故事，放学路上，沉默代替了大多数谈话，有时我拿着历史书边走边看，帮他考每个章节的背诵内容。白岁的眼睛还是黑玻璃一样，只是其中流动闪烁的光点渐渐熄灭，换成了纯粹的成绩上的野心。他是个没怎么用过力的人，从前虽看着过得去，是个好学生，可我始终看得出，他心里并没什么金榜题名的宏图大志；现在，他忽然变得极为实用主义，这让我喜忧参半。谁都知道，他应该这样的，而不是像我这样——念高三后，我的成绩一路滑坡，离人数稀少的顶峰越来越遥远，深陷年级中段，半天爬不出来。白岁的选择是对的、有益的、目光长远的、心怀理想的。谁都知道，高考是个宏大至极的词，由这两个字引申出的一切都有着不必解释的重要性：高考是命运的转折点，高考是改变人生的一场考试，高考是寒门学子跨越阶层的唯一机会……这些话颠来倒去，说的都是同一个道理，听久了实在叫人恶心。但我们就生活在那么狭小的世界里，日子像一条漫长的、直直通向高考的管道，管道之外的真实世界是不必知道的，也最好不要知道。我企图溜出去，到旷野与悬崖上，然而阻碍我的除了堆积如山的习题，还有爱的牵绊和脆弱未来的威胁。

这年冬天来得很早，十月末，我已经嗅到来自冬日深处黯淡的冷气，秋天总是太短，好像只是一套宏大古典乐曲目中匆匆的过门，仅为迎出后面多乐章的正曲。我喜欢秋雨结束后的日子，冬天还未到，气温是适意的干冷，落叶的脆响和午后斜淡的阳光让我想起很多年前的日子：我十岁左右那会儿，母亲在外国语大学的成人教育学院做兼职老师，绛珠家离外国语学院很近，我等妈妈下课时常常跑去找她玩。印象里总是秋天，我们穿着毛衣在学校的花园里逛，绛珠不守规矩，总喜欢攀枝折朵，一如她后来放肆地在外宾馆摘人家的荷花。绛珠和我踢毽子，有时候跳绳，更多的时候是漫无目的地走路，我们将大学里的角角落落都玩遍了，最后一站总是学生服务中心，我们花一块钱在那儿买零食吃。我的生日在秋天，所以我总很期待这个季节，只要阴雨连绵的九月一过，空气就萧爽干净，美好的十一月就不远了。我会过生日，能吃到黑樱桃味的奶油蛋糕，还能穿着新毛衣去上学。这一年我的生日过得十分潦草，倒不是因为高三太忙，而是由于绛珠不在。我本不是个擅长玩乐的人，身边没有绛珠，我握着大把时间也不知该做什么。那天我和白岁一块儿在楼下奶茶店里分了蛋糕吃，他送了我一套世界各地书店的明信片，非常漂亮，现在我总在学习间隙对着那套明信片上的书店照片发呆，幻想自己去了那些地方。那天过得还算开心，可我实在很想念绛珠，也不知道她最近在浙江过得怎么样，她妈妈国庆期间收了她的手机，我联系不上她。

高三的第一次期中考试结束了，我考得糟透了，父母很为我的情况忧心，他们没料到上了高三后，我的成绩不仅没像之前一样稳步上升，反而是节节败退。然而，他们是秉持美国式教育理念的人，觉得自由和放松非常有必要，从不逼我，这在某种程度上造就了我，但在功利的世界里，这其实对我无益。我的失败环环相扣，预言了最后的惨淡收尾。

这天放学，我和白岁去他家取我的数学练习册，那天自习课他和我坐在一起，不小心将我的那本带了回去。上次来他家是在夏大，那时我们还有许多用以四处游荡的黄昏可挥霍，现在却必须争分夺秒，衡量每一次休息的代价——当然我知道，这不是我，是白岁，我正耽溺在旷日持久的白日梦中。

白岁的爸爸去了南方打工，他妈妈现在除了卖早点，还在大学城那儿做夜宵，为了多赚钱供他念大学。白岁大多数时候一个人在家，房间里寂静得只能听得到楼上邻居吵嚷打架的声音。"他们每天都在吵架，不知道有什么好每天这么折腾的。"他指着天花板对我说。墙壁很薄，隔音非常差，我凝神细听，能清楚知道争执的内容。"这样不是很影响你学习吗？"我问。"我戴耳塞。"白岁叹了口气。他在床沿上坐下，一把拉了我过去坐在他旁边："暑假咱们一起去哪里玩儿吧，我真想去海南。"我笑道："你怎么和绛珠一样，她也说高考完要和我一块儿去海南呢。到时候咱们三个一块儿去吧。"白岁道："我现在每天也就是靠想想考试后的日子高兴一下了，不然实在累死了。"我点点头，不知道该怎么对他表达我如今强烈的厌学情绪，白岁正处于拥有昂扬斗志的顶点，我不想有任何负面的表达。

他低下头，双手捂脸，肘部放在膝盖上，我看着他的样子，幽幽的喜悦又丝丝缕缕涌上来。他是学校里样貌最美丽的男孩，所有人都喜爱谈论的白岁，他是属于我的。白岁抬起脸来看我，双目疲惫，因为夜以继日的学习，他现在有点轻微近视，眼神没有从前那么亮澈，但昏沉沉的朦胧里，又带着点不可知的脆弱，我很想爱他。白岁起身坐在桌前，从书包里拿出眼镜盒，戴上那副样式最朴素的金属眼镜。背着灯，他的脸看不清楚。但我知道他的样子：驯顺、良善、不出错、小心翼翼、柔和、淡蓝灰白、瘦而高、香皂味。我定定地望着白岁，不知道他正在以怎样的表情看我。地上堆着许多试卷和习题，还有其他版本的教材，一摞摞，像画册里卢浮宫广场的矮柱，不过场景比之自然仓皇得多。我们坐在床边，淡淡的香皂气息，白岁用双臂环着我的肩膀，我们在枕头上第一次吻彼此。房间里光线昏暗，悬在半空的灯泡被不知哪里钻进来的风吹得前后微微摇摆，昏黄的光线也就开始摇摆，在墙壁上留下深浅不一的光影，像飘飘荡荡的沙金色的透明帘子。白岁闭着眼吻我，我们沉溺进新鲜陌生的、然而危险的、禁忌重重的激情当中。我没有阻拦他，我的好奇也在慢慢伸展，在他淡蓝的格纹床单上。然后，他的身体和格纹床单一起限制了我，我有些窒息的同时又感到安全。薄棉被下的黑暗中，他沉重的呼吸声变得鲜明。白岁抓着我的双臂，我们在还留着洗衣粉皂香的床单上不断陷落。因为害羞，我们都没有看彼此的眼睛。我闭上眼，和他一起钻进高压生活中偶发的突破口里。他瘦，但很有力，比我想象的要有力得多，我的胳膊上留着他的指痕。白岁抱着我，他的吻在我脸上留下看不见的印痕，我记着每一处位置。

夜晚寂静，楼上的争执不知何时停下了，大概就在我们褪下衣物时。白岁起身关掉灯，我们彻底沉进突然的黑暗。屋子像海底世界，没有光线，四周都是潺潺流动的时间的声音。他的双手放在我身体上，炎热而小心翼翼，带着试探的紧张。我们很久没有讲过一句话，此刻语言是沉重的累赘，我们享受着无言的馈赠，彼此唇印的礼物。慢慢地，最初的黑盲过去，我渐渐能看清眼前空间中的一切了，朦胧而清晰，我的心也很清晰。白岁正垂着眼睛看我，我抱着他的脖子，我们的心都在狂跳，黑暗里能感受到暴雨一样密集的鼓点。起初我感到痛，后来还是痛，白岁变得很陌生，他失去了平日温柔的恭顺，呈现出极富攻击性的一面，可是我很迷恋他新鲜的冷酷。他将一件薄长袖垫在我身下，以防床单上出现会被父母发现的血迹。我听从他对我身体的摆弄，安静地、消极地、幸福地躺在他的床上，被动地接受一切降临。白岁的美貌在夜晚被放大了，他的双眼不再像黑玻璃，而是镶在白玉上的黑曜石，深处暗光涌动，像星夜下涨潮的海。然后我们紧紧拥抱，他吻了我的眼睛，先是右眼，然后是左眼。我吻了他的鼻尖。

他送我回家，我的身体还在隐隐作痛。我在思考怀孕的可能性，我们站在天桥下低声讨论了一会儿，他转身去了药店，我吞下一粒白色药片。我们都没有再说什么，他送我到楼下，我对他说：

"再见。"他抱着我说:"再见。"我能感到他胸腔的震动。

我回到家写作业,发现我们都忘记了数学练习册的事,我想起来了,我的书还放在桌子上。他倾身吻我之前,我是打算取到就离开的。

六、春天到来之前

......我害怕没有付出就得到的享受,我不信任好运,我无法沉醉于未经挣扎就到来的春天。我以为自己不在意这一切,现在看来,我将自己估计得太过洒脱,事实上我性格中还是有大量难以摒弃的犹疑。寒假结束后的第一场考试,我考得很好,但我知道这是单纯的运气,我在考场上猜答案的每一道题都对了,这种好运是不可复制的,我无法在高考考场上做到同样水平。我只信任勤勉的自己,一旦我开始懒惰,结果就会变得极差——我一直认为自己的命运有着一位极为严格的监督神,我稍有驰纵,他就会施以惩罚。唯有极度刻苦,我才能得到一些小小的闪光的奖励——我曾得到过,然后又彻底地失去了一切。

我讨厌被考试左右的人生,我的性格弹性太大,努力时极努力,敷衍时没人比我更敷衍,我渴望自行主宰的自由,可我要面对的是无尽的考试和测验,没有一场是可以蒙混过去的。其实并非是因为白岁,我对这一切忽然都如此厌倦。我想去巴黎,我讨厌说教和现世的意义。但离我真正能去巴黎,大概还有许许多多年。我讨厌这种进退两难的感觉,可我也知道,是我自己造成了这一切,又怎样呢?......

——姜沉璧日记(节选)

2015 年 3 月 20 日

有了那次经历后,我和白岁的关系变得复杂了许多,我这才知后知后觉意识到性关系的麻烦之处。我们说话少得多了,取而代之的是更多的肢体接触和充满了相互理解的沉默。白岁每晚送我到小区门口,我们躲在西墙后的黑暗里拥抱,我越来越渴望与他身体的接触,无论是否包含性行为。我希望得到来自他皮肤的温度,一次又一次。从那之后,我对他的依恋变得更深了。真是奇怪,无非是一次身体的深层接触,怎么就造成了这样大的改变?我的思绪不听使唤地全部涌向有白岁存在之处。每一天,我陷入更长时间的幻想,现在不仅是在睡前,在数学课上,在作文课上,在老师讲着等高线与季风气候时,我都在想那个暗夜中的拥吻和身体的彼此探索,我不可控制地回味着他对我身体的进犯和占有,回忆那些场面让我微微发抖,有些像那时甜蜜而痛苦的战栗。寂静的夜里,窗帘外透过一点蓝色的光线,他的脸上出现少见的冷静的柔情,他的鼻尖触碰我的脸,然后他抚摸我的大腿并分开它们。我的白岁。

我们带着对彼此存在毫无疑问的接受和认可,继续共度着所剩不多的高中岁月。课间,白岁随意地将手臂搭在我肩上，晚自习我们总是坐在一起，老师来了也不分开，大约因为我们看起来是绝对乖顺的学生，所以至今没有老师叫我们去谈话过。我们的父母更是对此一无所知。我妈妈不认为我和白岁有什么特别的关系，在她眼中，白岁不过是个英俊的、有些女孩儿气的男生，总是和姑娘们混在一块儿，没什么大出息，因而不需要提防。也或许，老师根本没看出来我们在交往，白岁在学校里备受师生喜欢，而我只是班级里的游魂，胳膊下夹着不同的历史书和小说，如同一个没有身份的旁观者，从不参与集体的一切。但白岁总是那么主动而勤勉：他帮老师拿作业，替有事的同学值日，是全年级都知道的社交明星。不过现在因为我，他和异性朋友的来往少得多了。他总和我待在一起，这让我感到很安心。白岁长得太好，谁都不觉得他会喜欢我，可现在谁都觉得他的确适合我，我们形成一种分寸刚好的反差，大家先是觉得惊异，再后来是接受，如今是认可。我像是连接上了白岁的移动热点，开始习惯性地自动使用他的数据和流量。他的好人缘成了我们两个的公用账户，我开始毫不顾忌地享受他带给我的社交信誉。

　　冬日渐深，圣诞节，白岁买了只平安果给我，苹果包着红色玻璃纸，装在印着麋鹿的圣诞红包装盒里。我将它放进桌屉，头一回体会到一颗苹果带来的喜悦。我最讨厌的水果就是苹果，那么无趣的闷闷的甜味，有时吃到品种不好的，又涩又硬，更是让人讨厌。但这是白岁送的，自然和其他苹果不同，我决心将它永远保存起来。这天班主任盯自习，我们不能换座位坐在一起，白岁传纸条给我，上面写着："放学后咱们去杏园路玩一会儿吧，那儿有好多过圣诞节的人。"我写了"好"传回给他。下课后，我们沿着古德街向北，走到琴亭路东转，一直朝杏园路走去。平安夜，处处都是人，白岁这天似乎心情很好，他笑道："最近学习太累了，好久没出来玩一会儿，今天晚上的气氛真好。"我点点头。我每日都神游天外，压根儿没用功过，这会儿出来玩对我来说和平时没什么分别，我体会到的快乐也就没有白岁那么强烈。我们随着人流往城市广场走去，一路上灯明火彩，圣诞的温暖氛围包裹着整个城市，我没过多久也开始感到激动了。我们牵着手走路，要不是背上沉重的书包，其实和普通的大学生情侣没什么分别。我开始想念大学后的事，以后的日子，谁说得准呢？白岁会和我因为距离慢慢疏远吗？想到这个，我刚活跃起来的兴奋劲儿又被兜头浇了盆冷水，瞬时冷却下来。白岁兴致很好，他走到路边买了两只冰激凌，我一边吃着抹茶冰激凌上的奶油一边说："咱们要是不能在一块儿上大学怎么办呀？"白岁思索了一会儿，对我说："那也不要紧呀，这些事现在都是说不准的，就算不在一起，我的心你是知道的。"他握着我的手放进他校服口袋里，里面有东西扎手，我掏出来，发现是一张贺卡。我还没仔细读就被白岁夺走了，只看见了落款处"雨岚"两个字。我很惊讶，因为从未怀疑过白岁和其他人的关系，可这突如其来的事实将我震慑了，我站在那儿，定定地看着他。"你这样，是什么意思呢？"白岁沉默着没有说话。泪水迅速在我眼眶中满溢，摇晃视线里是圣诞节明亮糊涂的灯光。他道："我不想让你难过。"我抬手抹了眼泪，冷笑道："说得倒很好。"我扭头一个人往家走。他在后面追着我，只是人太多，他一时也过不来。过了一会儿，白岁拼命挤到我旁边来，叹了口气对我说："你看吧，其实在学校里我就想扔了，又害怕她看见也难堪。"我夺过那卡片一看，只见上面写着："白岁：我很怀念咱们什么都能说的那会儿，肆无忌惮地和你聊天真是太好了，现在你很快乐吗？希望如此。我知道我不该在这个节点对你说这些话，可今天是圣诞节，我的生日，我还是想告诉你，我很喜欢你。到现在也是。高一的时候，每周末都能和你打球的日子实在是太让我开心了，我还以为这样的生活可以一直下去，只是现在你身边有了别人，自然没有我的位置。但我希望有一天，我们还能像以前一样好。雨岚。"我看完了，心里酸涩难耐，我哭着往家走，白岁一把拽住我，将我拉到他怀里。他三下五除二就撕掉了那张卡片，丢进垃圾桶中。我在一边墙角那儿蹲下身，忍不住大哭起来。他在我身边站着，手摸着我的头顶。我哭累了，停了下来，他陪我一起蹲下，将右臂放在我肩上，淡淡微笑道："你看，我就说你会难过吧。倒不是怕你看见，你刚才也读了，实在是没什么，今天过圣诞，我想着叫你高兴点才说一块儿出来，没想到反而让你哭了。"我抹了抹眼泪，依然很恼怒嫉妒地说："惦记你的女孩儿倒是多得很，我算什么？"白岁皱着眉，硬将我拉起来："胡说八道。"他牵着我往家的方向走，到了小区门口，白岁在路灯下抱着我，什么也没有说。"白岁……"我仍然很心痛，但不知如何表达自己受伤的心。他将下巴放在我头顶，安慰我说："我都明白，你的心我都懂。我要是喜欢别人，早都喜欢了，可是，你不是别人，你和别人不一样。"我靠在他身上，闻他校服上的洗衣皂味。这香味很稳定，就像他这个人一样，碱性的、纯粹的、坚实可靠的。我忽然对他说："我想去你家。"他听懂了我话中的暗示，于是点点头，牵着我从一条小道向前走去。

　　我们躺在他的床上。这天的床单是橡皮粉格子的，白岁告诉我这套被单原是他小姑的，她去了南方工作，一应生活用品都给了他家。这床单很柔软，能感受到女性的气息，我脱掉衣服躺在被子里，身体微微颤抖，自上次后，我们再没有这样过。我很期待，我期待他像剥开糖纸一样掀开被子，审视我裸露的身体然后享受它。白岁的房间里也是高三的气息——地上散落着各科复习资料，那些矮柱般的书堆还存在着，现在更高了一些；床上放着几本文综的背诵材料，历史教材坚硬的书脊硌着我的肩膀；墙上到处贴着地图和英文语法总结，这房间里充满了一个十七岁男孩的上进心和对远大前程的期待。但这会儿，短暂的失控露了头——压力太过分，我们逃避它的方式也就十分大胆。白岁吻我，口腔里还是刚才那只香草冰激凌的味道，我想到陈雨岚的小卡片，余妒未散，我紧紧抱着白岁，非常赌气地沉默着。他的双手放在我肩膀上，我闭上眼睛，沉溺在现实与白日梦的交界点。

　　可厌的冬天。没有暖气的房子里，空气都是冰冷的，我坐在桌前写作业，手指几乎打战。实在太冷，整个人无法舒展，我没有耐心做完眼前这道数学题就躺上了床。我在被子里回忆着刚才的一切，尤其是他的手指划过我皮肤时，我不可控制的战栗。我忽然想到，我已经很久没有看过小说了，也不再对广阔的世界有什么强烈的好奇，我几乎成了白岁的附庸。可他呢？他却一直如此坚定，没有因爱而改变方向。我又坐回到桌前，开始写数学题，可是落下的太多，知识现在开始报复我。只有六个月了，我已经错过了第一轮和第二轮复习，我的头脑像空荡而杂乱的储藏室，放着各种已在时间中汽化的内容和其他一些落灰的考点。我在爱中遗忘了一切，但陈雨岚的卡片让我知道，白岁或许并不质地坚实，我尽管并未再表现出什么，但已触知了其他的一些可能性。毕竟我很清楚，他的爱不像我的，他的爱是有边界的，不会出了理智范围，不会影响到一字一句的复习。我的爱浓度和广度都太惊人，我难保不溺亡其中。或许我已经溺亡其中，只是离宣判脑死亡还有一会儿。

我现在稍清醒了一点，其实倒不是为那张卡片，而是我沉浸在梦幻的想象中太久，已经触及了这场梦的边界。我意识到一切现实生活中的材料都不可能无限延伸下去，更何况和一个十七岁高中男孩的爱。它太有限、太切实、太狭小，也就像他那张窄窄的单人床一样，我不能伸展自己，不能舒服地睡去。沉酣的美梦只能在我自己的床铺上发生，我的房间比他的有更多想象力。白岁的生活太过实际，沉甸甸的，没有任何轻盈的成分。我到现在才意识到我的爱大半由白日梦组成，而这是我手造的部分，与白岁其实无关。但我已为此付出了代价，尽管我对待考试一向傲慢，现在也体会到了它的威力——它让我失去了选择权。我用来纯粹地去爱的时间没有用在背课文和做题上，现在，试卷上的分数越来越刺目，我眼见着要被发配到那些名不见经传的大学里去。要怎么做呢？我的经历现在是所有学校里的教师们喜爱讲述的那种失败寓言的集合：我先是滥竽充数，然后亡羊补牢，最后一败涂地。我现在发现，爱其实并不一定让人坚强，它事实上使人软弱。爱的致幻特点应被写进最悚动的故事。爱让我的世界失序，我的整洁、有序、条分缕析的世界不见了，我不记得在忙乱中将它随手塞进了哪个抽屉里，现在我所处的，是一个甜蜜但混乱的空间，这不是我的世界，我在寻找出去的通道。

春天要到了，最先开的是迎春花，然后是红叶李，然后是樱花。白岁的花粉过敏症又要犯了。我没有先将一切献给冬天，现在，我不会得到那些花朵。去年春天像是已经过了一万年那么久。黑暗的高三长冬像一整个地质学年代。我渐渐从梦中苏醒，看到的却是末日前的荒芜，我的光明未来不知何时飞远了，现在我只体会到强烈的对失败的预感。我的父母很久没有吵架，奶奶也甚少看电视，所有人都害怕打扰我，但我应如何在夏天对他们解释自己这长达大半年的灵魂出窍？我知道自己无法给出一个让他们的爱和体贴有所回报的答案。最重要的是，我即将面对自尊的挫伤，可我其实不肯落于人后。

我想念紫丁香的气味，复杂的幽幽的紫色夜雾。黄昏过尽，声音与色彩都暗了下来，只有气味缠绵。朦胧清凉，脂粉气的清幽，带着淡淡水气。多年前的春日傍晚。四月，那时我的未来已渐趋明晰，爱的方向大约也可预测。紫丁香的季节。

七、夏日

快速行进的时间扬散了

春日的粉末。

紫丁香的遗迹。

我渴望预支仲夏夜水晶般

纯净的柔情。

因为，

能看见的大都太冷峻，

我需要分量适宜的安慰。

冬夜，你炙热双手

触摸我闭合的双眼。

我听见金属白银般的声音。

钥匙转动，

时间逃逸。

它清点并细数，

我们淡绿灵魂里春天的数量。

而其后赊欠的自由

成为随雪片飞动的秘密。

碧绿的词语、

深蓝的吻。

记忆损毁，废弃的乐园。

你曾以未填词的歌

安顿我的自由。

岁月间隙，我寻找你的音乐，

随引子缓缓穿过四季。

偶回头，

惊觉过去其实是

你未打开的那本书中

一场沉默的细雨。

——姜沉璧日记《细雨（节选）》

2015 年 10 月 23 日

高考越来越近，白岁变得十分焦躁。其实他的成绩一次比一次好，已经呈现相当光明的趋势，但他太怕失败，这种重压下过度的谨慎造成了许多精神上的不安。四月末，一切最喧闹的已经过去，夏天的气息铺天盖地，教室里是温暖的寂静，只有书页翻动的声音和近在咫尺的自由轻轻的召唤。我徒劳地补习落下的知识，跟跟跄跄地不断摔倒在高考前的最后几局游戏中。五月过后，空气越发清澈，照在桌面上的阳光也刺目热情。梧桐树的巨大叶片翠绿浓密，树荫下的日影如流水一般，我和白岁走在光影斑驳的林荫道上，谈论着即将结束的高中时代，商量着夏天去浙江找绛珠一起旅游的具体内容。晴朗的五月，天空下，城市的轮廓淡寂洁净，在冬天缩小的一切现在都变得广阔起来，生活的空间也变大了，大到目之所及也不够的程度。已经可以听到蝉鸣，对八月的预感让我对未来生出淡淡的期待，我知道自己不会得到好成绩，但除那之外，自然还有些其他事。世界很可爱，如果没有高考该多好。

我还是尽力复习了一个月，然后和白岁一起走上考场。我们不在同一个教室，而是隔得很远，每考完一门他就站在校门口等我，我们一起回去，路上都一言不发。考完英语，一路上都是学生们带着微微兴奋的聊天声，我和白岁谈笑着走回家，几乎不能相信这一切已经结束了。原以为遥遥无期的高考就这样成为过去，我很久都回不过神来。

初夏，我们在无节制的自由中厮混了一个多月，成绩下来了。我的分数和平时的模拟考试相比甚至更差，但白岁考得很好，非常好，从未有过的好。他可以去那些他平时甚至不敢想的学校。我为他高兴，但痛苦的预感已经占领了我的世界。我的成绩太差了，差到我几乎丧失了所有的选择权。黯淡的落幕让父母也提不起精神来，他们即将面对的是惨淡的对比：和同事孩子的；和朋友孩子的；和亲戚孩子的。我能想来他们的失望，但我无能为力。尽管我的高三整个是以恬不知耻的态度混过去的，这会儿我却觉得非常疲惫，比刻苦的白岁要疲惫得多——其实紧张后的放松是让精力回弹最快的方式，他已经从一整年的辛劳中渐渐恢复了过来。我知道他现在很快乐，他考了个出人意料的高分，他父母没想到，他自己也没想到，现在他不必焦虑了，他不仅没有失败，还获得了他人艳羡的成功。他或许是可以改变命运了——不是或许，而是一定。白岁的故事是寒门学子最喜闻乐见的神话，我已经替他看到了他耀眼争光的未来。

我们的心情差异太大，于是结束了长达一个多月天天见面的高黏度日子。五六月的晴朗结束了，七月，雨水变得过分丰沛，时不时就是暴雨。我不再有去年此时对雨的喜爱，只感觉烦闷。我和绛珠打很久的电话，她邀我去浙江，我很想找她，但现在我心绪恶劣，还是等过一段吧。这天下暴雨，白岁忽然打电话来，说他想见我。我推说天气太差，改天再见，他却很坚持，一定要见我。我们仍旧在奶茶店里见面，就像高考来临前的那些日子。他说他知道我心情不好，所以想让我高兴点。我淡淡地说："高兴是需要理由的，哪儿有糊里糊涂的高兴？"白岁道："可我见你每天都窝在家里，这样下去还行吗？"我因为太没有安全感，于是冷笑道："你考得好，当然愿意出来见人，我可没有那么好的条件。"他望着我，眼神里是辽阔复杂的失落。"我知道，你比我聪明，一直以来都比我学习好，现在这样你当然觉得很难接受，我不觉得这是你的问题。沉璧，你要相信一次考试改变不了什么，要是高考真的可以决定一切，那大家从十八岁后就都别活了，反正结局已经定了。"我靠在椅背上，垂着头沉默。白岁恳切的声音是有些安慰效果的，可我这时出于难堪的妒忌，非常想要激怒他，便道："聪不聪明的有什么用，等到了九月，你到北京上学去，周围都是比我聪明的女孩儿，到时候你哪里能想起来我是谁？还别说她们，就是现在认识的人里，这些女孩我都还打发不清楚呢。你这两周可高兴了，一堆人围着你，你也就是今天无聊了才想起来我。"我说完便转身走了，还将他之前买给我的手链摘下来摔在地上。白岁没有跟上来。

八月，绛珠的父母要回玉京办事，她随他们一块来了，要见我。我们坐在从前外宾馆的小莲池边聊天，绛珠考得也不好，但她从来不在意这些事，不像我，我是假装不那么在意，真的失败了，我比谁都痛苦。绛珠走了一年，整个人瘦了许多，她笑嘻嘻地告诉我，自从减肥后，喜欢她的男生变得很多，她现在的男友是个学萨克斯的音乐生，已经被上海音乐学院录取了。我听到萨克斯三个字，心里充满了无尽的苍凉。绛珠道："真巧，咱们喜欢的男生都吹萨克斯。"我早告诉了她我和白岁最近的情况，但绛珠一向觉得我跟白岁是会长久下去的，所以压根儿没听进去。我叹了口气："我又高兴，又伤心。他去了北京，可真是前程远大了，和我不一样的。"绛珠有些恼火地说："姜沉璧，你怎么这么没出息啊，咱们上小学那会儿，你多有自信啊，后来是怎么了？他不过一次考试考得比你好，可我这个旁人都知道，白岁这人没什么灵气，你比他要有思想多了，怎么这会儿又说这种话？难道只有他找更好的，没有你找更好的吗？"我很感谢绛珠对我的高看，但那时我实在太过忧郁，不能走出自己亲手搭建的死角。绛珠和白岁一样，这个夏天都心情非常好，她高兴地给我说关于那个男孩子的一切，我懒懒地敷衍回应，实在提不起精神。绛珠陪了我三天，到第五天，白岁来找我们，他和绛珠很久没见，两人很愉快地谈着各种事，绛珠还让白岁评价那个男孩子吹奏萨克斯的视频，白岁笑道："让我这种业余的评价专业的，很不合适。"他们两个都正兴头上，那天聊了很久才散去。这几天，我的心情渐渐平复了些，我们三个又重修旧好，聊了许多开学前一起去海南旅游的事。我问起绛珠的姐姐，绛珠告诉我她在上海的一所职业高校学动漫设计，她找了个年纪大得多的男友，绛珠的父母被气得要死。我正猜想是不是绛珠的小表舅。绛珠姐姐是那种招惹起来很轻易，但心里很冷淡的人，她的冷淡绝不是专门做出来的，就是无情的天性，一直如此，对谁都一样，我曾为此很受伤，所以感觉深刻。

我和绛珠挽着手走路，在她原来的家附近到处游荡，我很喜欢这种漫无目的的闲游。白岁在后面跟着我们，笑道："你们两个比绛珠和她亲姐姐还好。"绛珠点头："连我妈妈也这么说。"我对白岁说："就好像《邦斯舅舅》里面说的'一对榛子钳'，老是在一块儿。"白岁疑惑地说："什么？"我问："咦？我不是给过你那本书。你没看吗？"他想了想道："想起来了，上高二的时候你给我的。但不知道为什么，我拿回去之后一直没有看。不过我今晚回去就看。"白岁现在很怕惹到我，他知道我总是不高兴，现在像个病人，谁见了我都让着我。这种怜悯让我很恼怒，但我没法说什么，我的失败是众所周知的。

八月，我们都拿到了录取通知：白岁去北京读名校，我到南方念一所名不见经传的大学，绛珠就在浙江本省，读的是和她姐姐在上海念的层次差不多的学校。大家都有去处，宏大的理想和谨慎的规划都落回地面，只是高低不同。

黄昏，我在白岁家和他躺在床上，我心里有悲哀的预感，却不能道出。白岁却很乐观，还在说以后的计划——他去南方找我，我可以到北京见他，我们一学期至少能见两回，寒暑假就更好了，反正可以一直在一起。我虽不完全相信，但因为还很在乎他，就哄着自己信任这一切。不知道为什么，高中刚一毕业，我们就变得成熟多了，白岁不再是那个穿着校服的高中男孩子，他那种有点滞钝的淡泊慢慢消散了，取而代之的是一个全新的白岁：对未来充满期待的、渴望更多来自生活的正反馈的、乐观而昂扬的白岁。其实我喜欢的，是他沉稳而满不在乎的样子。高考的成功激励了他，白岁可不仅仅是一个早点摊主上高中的儿子，他会有更多新的身份，样样都比这个更光明宏伟。我侧身躺在白岁的床上，渴望复习那个冬夜意外的开始，现在怎么都不是当时的样子了，那时他脸上的表情如此迷人，寂静而朦胧，现在日光太强，一切都太清晰时，我反而不能接受了。我的白日梦也有做完的一天。

八、九月

我知道你对我们上大学不在同一个城市这件事有很多顾虑，但我想说，只是地方不同了，我们的相处还是和从前一样，况且以后可以聊很多不同的东西。以前我们住在同一条街上，过去的十七年都是没有分别的，现在既然有了新生活，接受它不就好了？我知道你不满意，这是完全可以理解的，但你要相信自己，你的才能不会因为去了配不上你的环境就自我磨损。沉璧，一整个夏天你都闷闷不乐，现在秋天到了，你该高兴点，马上你就十八岁了。这才刚开学，我已经期待寒假回去见你了。

——发件人：白岁

2015 年 10 月 29 日晚 19:24

盛夏已经过去，我们最终没有去海南，就像我潜意识里预料的那样——他们在兴致勃勃地讨论着其中的细节时，我已经预感到其中各种冰冷的不可能，尽管来路不明，力量却很强大，阻碍着我们理想化的出行。九月，南方的高校开学晚，白岁已经去北京一周了，我才动身去报道。父母送了我去，毕竟这是我头一回离家。一路上我没有半分欣喜，爸妈因将这当成一次旅游，反而都心情不错——这个夏天一直这样，周围所有人都很开心，除了我。我渐渐接受了这一切，开始在新的环境中安顿下来。我又沉浸在新的白日梦里，现在自由多了，我可以无限制地做梦，可说来奇怪，明明到了更远的地方，我的幻想却比在玉京市时要狭窄得多，况且大多都关于白岁。我很想念他，我总是不断地反复细看他发来的在北京的照片。他的日子真明亮，九月，北方的空气淡寂萧爽，不像这儿，什么都湿漉漉、黏糊糊，像我每晚流在枕头上的眼泪。我想念白岁，我想念他身上的皂香和他那总是好脾气地微笑着的表情。我的白岁。

我和绛珠、白岁三人的聊天群里，又出现了关于规划寒假去海南旅行的谈天，他们两个对这件事似乎特别放不下，非得真正实现它不可。我看着他们一句又一句地计划、争论、畅想，心里只有萧索的苦涩。我的高中结束了吗？我总觉得这事儿欠一个可感知的结尾。和白岁一起散步的夏日黄昏，不过隔了一年，却像上辈子的事。白岁也不是白岁了，他谦虚的真诚和沉默的善意现在成了外向的大方，这对他而言，当然是好事吧。他更好看了，他身边会出现许多个陈雨岚。但想到寒假，想到再次回到古德街，我还是有许多期待。我怀念一切旧日的东西，尽管当初我那么想逃离。我不再想去巴黎，我只想回家。秋意渐浓，我们的联系渐渐少了，无论是和绛珠的和还是和白岁的。十一月我生日，绛珠打来电话邀我夏天去浙江玩，白岁则希望我下个国庆节去北京。我答应了，还做了相应的计划，我有序的世界正在慢慢回到我身边，我有平静的预感。我渐渐从痛苦中恢复，又开始在图书馆里写起月度和年度的计划，我的索引贴和活页本帮我建立起每一门专业课的知识体系，我又变回那个胳膊下总是夹着小说和艺术史书的人——混乱终究是短暂的，即使声色迷人，我还是要回到灰蓝的冷静中，在头脑中整理朝代更迭的史料，在每一段时间的缝隙里分析未来的走向。我还爱着白岁以及和他相关的一切，但在南方度过的每一个日子都像一场薄雾，将他的形象变得比昨天更模糊一些。或许是太过潮湿，我的记忆也变得湿黏，想不起那个整肃干爽的白岁。我对他的印象吸收了太多东南沿海地区的水分，受了潮，随后慢慢变了质。十八岁无声无息地降临，毫无诗意，目之所及只有南方初冬依旧的酷热，临近十二月，这儿热得如同夏天，我失去了分明的四季，一切都不一样了——地理空间的力量太惊人，从前我不会懂的，原来书上的世界如此孱弱。不过我还是想好了，应当乐观地生活，暑假我要去台州找绛珠，下个秋天去白岁那儿。我还是想抓住我的昨日，它比当下美丽多了，我要延续十七岁时的理想，应当继续爱。

那时我还没意识到生活冰冷的强度——后来我们再未见过。

画　梦

王抒维

一

　　张恒不敢相信，如今油画界的泰斗齐大海，就是对面轮椅里的秃顶老头。他的眼睛依然明亮，唰唰翻阅张恒的作品集，双手双脚却止不住颤抖，病情比新闻中还要严重。三月初春，他身披厚厚的毛绒家居服，坐在这座乡下小别墅的客厅里，笨重的红木家具已经掉皮。房子坐落的位置曾经是小村最繁华的地段，后来修建国道，居民纷纷迁进城市，只剩下两三户人家。

　　齐大海的妻子是他以前的学生，比他年轻近三十岁，平时疏于保养打扮，素净的一张脸上，眼袋、细纹一览无余。她给客人倒茶，柔声询问道："您好像不是齐老师的学生，也想不出哪里见过您？"

　　张恒身上租来的正装西服有些拘谨，他起身鞠躬，双手接过茶杯："我曾在一次活动上有幸见过齐老师，非常仰慕。"他顺着齐太太的问话，一一回答学画时间、师从何人，趁氛围热闹，顺势讲起更多自己的事情：美院毕业后，白天在便利店打工，晚上画画，父亲一直要求他回老家，但他依旧没有放弃艺术梦想……

　　齐大海翻完作品集，随手甩到沙发上，妻子走过去捡起来，拍拍他的手。张恒装作没看见齐大海深皱的眉头，仍旧保持得体的微笑。他马上切入正题说，今天特意来毛遂自荐，希望老先生多加提携。

　　齐太太和丈夫四目相对，互相眨眨眼睛。她问起张恒在北京上学的生活。夫妇二人长居乡下，喜欢这里安静的氛围，生活用品都是开车去往镇里采办。他们对如今的网络办公很排斥，便问他愿不愿意留下当秘书，帮忙远程对接艺术品市场的工作，食宿全包，工资另发。于是，张恒就这样住了下来。

　　第二天，看见齐太太推着轮椅，夫妇俩准备进画室，张恒自然地跟上，齐大海回头说："你不用进来。"张恒愣住了。太太连忙打圆场，让他去回复电子邮件。晚饭后，太太特意单独嘱咐他，老师需要安静的作画环境，以后都不用进画室。每逢星期一、星期三、星期五，他们整整一下午泡在里面，同进同出，出来后立即锁门，钥匙收进太太的手包，随身携带。张恒觉得自己好像一个闯入的小偷。

暗度陈仓不成，干脆明修栈道。齐大海在阳台侍弄仙人掌的时候，或者周末晴天，夫妇俩准备出门采风之前，他都试着主动请求大师指点，可齐大海没有任何理睬。总是齐太太接过画册，指出几处改进，而到了第四次、第五次，齐太太家务繁忙，张恒识趣地默默走开，再不提画画，埋头于邮件和电话中。

虽说这是张恒的第一份正式工作，但对他来说，好像比画画更容易，仅用了两天，便回复好积压半年的邮件，还顺利对接了北京一个画廊——齐大海五月份即将在北京开办展览。除了一间用以工作的书房，张恒还有自己独立的卧室，简朴的原木风格。但与齐大海夫妇同吃同住，昼夜不分地在同一个屋檐下，总归有些压抑。

刚开始，张恒还与夫妇俩一同在餐厅吃饭，坐在齐太太下手。后来。三人的相处氛围日益僵硬，齐太太又是左撇子，两人夹菜夹饭难免碰撞，张恒便故意错开吃饭时间，回自己的卧房里独自进食了。父亲又发来微信："我们给你找到一份老师的工作，赶紧回来吧。"张恒没有回复，默默长按选中，点了删除键。

二

为了接下来北京的画展，张恒接连两周没有休息，与画廊协商好活动细节，与媒体确定下十几篇公关报道。星期日终于得空歇一歇，他一大早就和齐太太讲明，要开车去镇上采购必需的生活用

品，然后逛逛商场，晚点回家。阴云笼罩着坑坑洼洼的柏油路，天气预报说，即将有一场大到暴雨。他要多买一些生活用品了。

正在超市挑选，手机提示音响起，收到画廊的新邮件，对方为了配合"五·四"青年节，策划腾出一个展位给齐老师的学生，作为新生代画家推荐进入市场。齐大海隐居多年，早就没有正式的学生，身边比较亲近的年轻人只有张恒。他又燃起了小心思，放下手中新上市的草莓，赶紧结账回家。

走遍整幢房子都没人，大概夫妇俩又在后山采风，张恒想，毕竟自己是提早回来的。一抬头，已经不自觉地踱步到画室门口，他试探地按了按画室关闭的门。秘密花园的围墙上，竟然真的裂开一条缝隙，阳光轻声低语：进来，快进来。张恒轻轻进入。沾染着彩色颜料的深黑色天鹅绒窗帘遮住了大部分阳光，几个发灰的石膏头像毫无规律地摆放，废弃的草纸和画笔散落一地。角落有一个矮小的柜子，上面摊满素描本，张恒随手翻了翻，照原样放了回去。书架上，还有一些陈旧的古龙武侠小说、两副黑框眼镜。

画架在窗户旁边。张恒屏气走过去，看见画布上有一个年轻的男子，神态滑稽可笑：肩膀佝偻，脑袋歪斜，右手食指向上指，眼神却瞟向左下角瞟去，好像嘲笑什么人。那男人五官和着装并无奇特之处，但张恒明白，画的就是他。窗外，一道闪电划过，然后雷鸣声怒吼而来，轰隆隆、轰隆隆，暴雨提前来临。张恒忍住怒火，想了一会儿，绕过画架，大大打开窗户，然后掩上画室的门离开。

大雨倾盆浇了两三个小时，直到傍晚雨停，齐氏夫妇才回到家。不一会儿，太太把他叫进画室，齐大海几乎要从轮椅上跳起来："你进来过？"张恒否认，环顾画室，看见油画被暴雨浇透，只剩下一团团模糊的色块，大吃一惊。他好歹知道作画耗费的时间和精力，没想到被雨淋得完全无法修复。"可能是我出门太着急，忘记锁窗户。"太太努力用平常语气解释。

"去他妈的画展，老子要退休不干了……咳咳咳……"齐大海狠狠敲打轮椅扶手，太太连忙上前检查他的身体，厉声说："只差一幅画，赶一赶肯定来得及！"

张恒找出画廊的新人展位策划案，递给太太："我房间里正好有几幅以前的作品，说不定可以顶上。"齐大海想要说什么，被妻子的眼神打断，便把头扭向一边，默默啃手指头。太太沉吟片刻，让张恒先休息。张恒料想大局已定，却不知为何开心不起来。大雨吵了一晚，张恒躺在床上，反复翻看自己的作品集，直到凌晨吃下一片褪黑素，才渐渐入眠。

三

第二天早上，张恒强打着精神来到画室，齐太太正欣赏一副落满灰尘、却保存完好的油画，对他解释道："用它来填补展位吧。"张恒心里一沉，再三追问，才得知这是齐太太学生时代的画作，结婚做起家庭主妇后，一直放在地下室。

他慢腾腾地给油画做清洁、拍照，暗暗期待再出点岔子。齐太太随口与他聊天，最近生活怎么样啊，有没有继续画画啊，新作品还顺利吗之类。"有件事，我和齐老师挺不好意思的，但还是得告知你。"太太抿了抿嘴唇，"这段时间辛苦你了，帮我们做了许多事。我和老师商量过，确实很多事务，还是希望找一位专业经纪人来……"这时，她的手机响起，收到新邮件："画廊也满意，邀请我们一起去北京参加开幕式。先忙过这一阵子吧，其他的事回来再说。"

张恒希望自己理解错了，太太没有要辞退自己的意思，可事实并非如此。他现在就是一支秃了毛的画笔，没有任何使用价值。画展开幕式上，数十位艺术家和媒体应邀参观齐大海的新作，太太的画也博得一致的赞扬。她被一圈宾客簇拥，时而偏头倾听，时而放声大笑，仿佛娇羞的妙龄少女。荣誉不仅是男人最好的滋养品，也是女人的。

张恒审视那幅藏在灰尘里十几年的画，构图和意境并无惊人之处，为何艺术市场如此青睐？画廊策展人来与张恒应酬，张恒试探着问他，策展人眯着小眼睛说："画技嘛，也就一般般啦，大家给老先生一个面子而已。不过有一点小细节倒是挺有趣的，齐老师左撇子，以整体构图和细节处理偏左侧出名，而太太呢，有几分先生的画风，但看得出来是右撇子，构图偏右，二人正好相映成趣。"

张恒又对照齐大海的画研究半天，果然太太是右手画的。但仔细想想，无论吃饭、喝水，还是梳头发、推眼镜，太太都是用惯左手的，为什么她现在要改呢？这时，张恒的腰部被人拍了拍，回头往下一看，是齐大海。老先生眼神疲惫："送我回宾馆吧。"他简直是蜷缩在轮椅上，张恒想。今晚是属于他的荣耀之夜，成功的画作、才华横溢的妻子，人生中最心爱的被广受赞扬，但无法承受长时间、高强度的工作，卸下社交面具的真实的他，不过是个遭受病痛折磨的普通老人罢了。

突然，张恒想起画室的画架要站立才能平视，反而一旁的书架矮得多，周围没有椅子，仿佛看书的人……自带轮椅。

四

还是那间客厅，张恒仍旧不敢相信，对面容光焕发的齐太太，是艺术市场冉冉升起的新醒。开幕式以来，主动上门的记者和经纪人多出好几倍，其中有不少直接与齐太太合作，现在他们叫她孙老师。一位沉寂十几年的匠人终于获得承认，他为她高兴。但他又马上说服自己，这个女人为了一己私欲欺骗大众，难道不是应该谴责？

张恒摆弄他的行李箱，准备与夫妇二人告别，但还是想最后试一次。他偷偷做几次深呼吸，向太太坦白之前破坏画作的真相，太太看了看他，没有说话。张恒舔舔嘴唇，继续说道："更重要的是，我还发现画架其实很高，是齐老师无法触及的高度。"

太太终于停下打字的手指，看他。"你想要多少？"她的声音隐隐有些颤抖。张恒愣了一下，然后明白，是问他要多少钱。他摇摇头解释说："我只希望自己的作品能像您一样，参加一次齐老师的个人画展。请给我一次机会吧。"

"你是一个很好的人……普通人，在艺术创作上……"

"没关系，"张恒不愿再听到任何挫败的评价，强行打断道，"您和老师只需稍加提携，接下来的事情不劳您费心。"感觉气氛紧张，张恒脱口而出："曾经人们说您是齐老师的学生，年龄和身份都不搭配，如今不也相濡以沫，离不开对方。"刚说出口就后悔，真是愚蠢的玩笑。

齐太太瞪他一眼，脸上鄙视的神情，将张恒打击得支离破碎。其实一直以来，这个女人也看不起自己吧，毕竟真正画下自己丑态的可是她呀。他没有心情进行第二次谈判，嘴硬放狠话："五十万。"

太太的眼神渐渐空洞，继而是胜利的得意。她低下头继续处理起工作，冷静得像一尊雕像："好。"张恒认得女人的那种眼神和语气：打定主意，不会再变，前女友分手时，也是一模一样的神情。那时他无力给她未来，只能各奔前程，而现在，甚至连他自己都无法全身而退。

五

又是大年初一，张恒和家乡的朋友们喝酒聚会。夜晚乌黑的天幕上，红色的绿色的白色的烟花砰砰怒放，然后消失不见，无影无痕。

"老张，怎么毕业后待了三四年，突然想回来了？"一个久未联系的朋友挥舞手中的猪蹄问道。

"家里托人给找到一份工作，就回来了。"张恒眼神闪烁，敷衍回答。后来，他只收到十万的银行转账，但谁都没告诉，也一分未动。"在初中当美术老师，晚上和周末给艺考生补习。""你说你，多好的工作，当时非得去搞什么艺术……"被人撞一下胳膊肘，朋友马上改口，"回来了就好，工作又稳定，还能照顾爹妈。"

"哈哈哈哈，对啊。"突然爆出一串震耳欲聋的鞭炮响，搅得人听不见说话声。张恒趁机大笑，给朋友们一一满上酒。一圈七八个人招呼完，刚好鞭炮结束，他举起杯子喝道："干！"

藏　着

王　晴

在世界地图上，东城甚至没有小指甲盖大。它的主干光洁平整，几个新楼盘的夜晚只有零星几盏灯会亮起。如果你不掰开它的缝隙，去看东城的犄角旮旯，很难想象这个人口堪比欧洲小国的城市到底将人都藏在何处。

没人能准确定位大井头村，这是一个像对角巷一样的地方。你得先沿着东城的一条主干道靠西从南向北走，在不分昼夜都闪着五彩的"和风度假酒店"灯箱旁边停步，左转，拐入那条不算寂寥的小商业街，在街道西侧，新华书店和美宜佳中间，被熟悉的人一指，你才能发现这里还夹着一个水泥路入口，这便是东城万千个隐身巷之一。从入口进去，大井头菜市场先声夺人，它每天吐纳着刚从城郊摘下水灵灵的叶菜，凌晨运送的满身恍惚的家禽，还有生猛地被对半切开仍在案板上挣扎的水产，比这城里每个早起的人都精神。东东的妈妈在市场门口开了十几年的小卖部，店面比东东还要年长几岁。她兼做商铺出租中介，和大井头市场一起见证着周围的人事流水一样起落。最难做的是对面那家商铺，它从租书铺变成永昌音像，变成西装成衣制作，再变成潮州牛肉丸。几个月前，潮州牛肉丸的老板欠款离开，店铺好久才被挂上新的招牌，慧惠西点。卖鹦鹉的泥鳅佬每周都来找东东妈买一份六合彩报纸。他偶尔说两句，对面风水唔好，做唔长生意。东东妈是贵州人，不会说白话，点点头，暗自数了数他笼子里还有多少只鹦鹉。

慧琪找到东东的时候，他正一个人坐在死井的边缘生闷气，脖子涨得几乎要和脑袋一样粗。慧琪伸出手指小心翼翼地点点他，觉得他下一秒就要爆炸了。东东不耐烦地把手一甩，转头见到是慧琪，才不好意思地泄了气。他们本来说好了这周末一起玩捉迷藏，东东却先行消失了整整一天。慧琪好不容易才想起来刚到时东东曾带她去的秘密基地，七拐八拐钻到了后花园，果然在那口被填了的水井旁边找到他。这儿对她而言陌生得很，慧琪有点害怕。

东东躲在这里，已经像一只海胆一样怄气又放松无数次了，他从早上开始就等着妈妈出来找自己，然后他再躲在这，理所当然地生气一番。但正逢周六，市场的人流是平时的几倍，东东妈甚至根本没发现东东不在家。太阳已经偏西，东东一天没吃饭，肚子猛叫，仍犟着不肯回家。慧琪问他为什么生气，他只是摇摇头，不说，慧琪只好陪着他。

后花园慢慢变得金黄，蚊子也多了起来。一阵阵叫声从很遥远的地方传来："琪琪，食饭喽！琪琪——！"那是慧琪的外婆在找她。外婆刚被接来大井头，人生地不熟，慧琪怕外婆迷路，赶快大喊："姐婆！我同东东系哩度！"半强迫半劝诱地把东东拉了出来，两人一起去找外婆。

回家的路上，东东气没有怄完。他觉得没等到妈妈哄自己就出来了，就像游戏先行输了一样。他还有点恨上了慧琪，但这个扎小辫的女生浑然不觉。外婆正问着慧琪期中考成绩，她在老家一向是前几名。慧琪瘪了嘴，不肯说，外婆问她，无考好？慧琪只说试卷不一样。外婆又问，老师讲课好无好？慧琪点点头，说，比屋企个边好好多。外婆听了，很疼人地笑了笑，用她皱皱的手牵紧了慧琪，说，讲得好就好。慢慢适应，无考好都无关系，只要做人堂堂正正，就好叻啦。她看看东东，因为不会说普通话，只好摸摸他的头，用很蹩脚的广普说，细民仔，你都要乖乖的，机不机道？东东只听懂了要乖，沉默地走着。慧琪被外婆的话逗笑了，很大声地说，东东仔，我外婆说，你要乖乖的，知不知道？东东恍然大悟地哦了一声，忽然也有点想笑。

他们在菜市场门口分了手，慧琪左拐进了慧惠西点。对面，东东妈的打骂声传来，说他一天到晚在外面疯，不会帮家里算账。东东磕磕巴巴地辩解。慧琪一家人隐约听得几句。东东跑出小卖部，吼着，鸟死掉啦！都是你！我和嘉晖哥哥捡的那只鸟，你说有禽流感，不给养，叫我放外面放外面，鸟就死掉啦！东东妈拿着衣架追出来，喊着，郭城东，等你爸爸回来收拾你。她把衣架往地上一摔，慧琪正喝着汤，听到那"啪"的一声，忽然眼泪就滴了下来。爸爸问她怎么了，她摇摇头，说，无事，就系觉得好丢架。

饭桌上，爸爸神秘兮兮地告诉慧琪，他给她买了一支钢笔。妈妈数落一通，说她成绩考成这个

王　晴

样子，还用什么钢笔，净会乱花钱。而后，她问起办证的事情。爸爸皱眉，说正在联系人。他有一个老同学在工商局，刚好明天同学会，他吃饭的时候问问。妈妈沉默一会儿，试探着说，海明，我听哩度滴人话，钱唔好收埋，人先唔使匿埋。爸爸脸登时冷了，说，我唔信我地按规矩做生意，申请唔落一个牌照。妈妈便闭嘴不提。

晚上客人少，妈妈打算过一会儿就收档。慧琪跑到面包柜前，一个个数还有什么面包。她忽然说，我想要滴零花钱。妈妈瞪她一眼，说，供你食供你着，你要零花钱做乜野？慧琪有点生气，说同学都有，正要吵起来，门口却多了一个人。对面的小卖部阿姨跑来给了个眼色，妈妈一下变了脸，把身子探出去看了看，而后压低了声喊，海明，海明，搬灯箱。

卷帘门放了下来，爸爸把灯箱搬回来后，立刻把大灯都关了。屋里只剩下后窗漏进来的光，慧琪眨了好久眼睛，才渐渐看清楚家里人的轮廓。外婆很惶惑地从后厅出来，伸手把慧琪抱过去，一下一下地拍着她的背，说，琪琪无惊，琪琪无惊。慧琪原本不怕，却被外婆抖得心慌。

窗外漏进来的灯光变得零乱，街上有人低吼，还有狗在叫。几根直条的灯柱从后窗射进来，爸爸低低地挥着手，示意大家藏到收银台后面。嘈杂的声音越来越近，慧琪屏息蹲着，觉得好像溺水。

隔壁几家都被一一查了过来，忽然"咣"的一声，一个硬物打到了慧琪家铁门。"有无人？有人开门！"铁门被撞得震天响，整扇门波浪一样抖。又是"咣"的一下，慧琪被吓到，一声变了调的叫唤从鼻子里溢了出来。

"嘘。"爸爸抱过慧琪，做了个噤声的手势。撞门的声音越来越响，他见后窗的手电筒撤掉了，就把慧琪抱回后厅，说，琪琪乖，我地又来捉迷藏，捉迷藏的时候要点算？

慧琪眼泪汪汪，也学着做了个"嘘"的手势，爸爸笑笑，压低声音讲故事逗她。他一边晃着慧琪，一边说，从前有座城，城里有条村，村里有间铺，铺头仔度有个小朋友同大朋友。有一日，大朋友同小朋友讲故事，讲咩故事咧？

这个故事慧琪听了很多遍，好像世界上所有的故事都可以被它讲完。她闭上眼，顺着讲下去，距讲，从前有座城，城里有条村，村里有间铺，铺头仔度有个小朋友同大朋友，有一日，小朋友同大朋友讲故事……

"小朋友同大朋友讲咩故事？"

慧琪一遍遍地重复着这个故事，外面的空气终于安静下来。随着对面小卖部亮起了灯光，街上的店铺犹豫一下，也纷纷跟着把门卷起来，打亮了灯。爸爸抱着慧琪去把灯打开，一瞬间的白炽把人都刺得头疼。慧琪忽然说，爸爸，你睇，我手掌的纹路就好似哩条村甘。哩个系大井头村，哩个系对面菜市场，哩个系后边后花园。滴泥就系纹路度行紧的小人。只要我一合翻手掌，我地就收密咗，唔见嗮了。她疯回来之后没洗手就吃饭，现在手掌一打开，手纹里全是黑泥，爸爸打开水槽给她冲手。慧琪笑嘻嘻地说，人都冲走了，半响，她又看着自己的手，若有所思道，爸爸，点解人长大左，滴纹路唔会被填满咧？

爸爸说："因为啊，手掌一直会有手纹，就好似城里一直会有村，村里一直会有铺，铺头仔里一直会有小朋友同大朋友甘咯。"

第二天一早，铁门又被撞得咣咣响，妈妈神经紧张地从铁门的防盗孔往外望，只能见到一个小小的脑袋。她把慧琪摇醒，问她是不是和东东约好了今天要做什么，不要总是迟到。慧琪一肚子起床气地跑去开门，只见东东立在门外，顶着两颗肿眼泡，看起来是哭了一夜。他见到慧琪就笑了，炫耀说妈妈昨晚答应了他只要期末成绩好，今年过年就给买一只小鸟。他兴冲冲地扬扬手里的《黄冈小状元》，问慧琪能不能一起写作业。慧琪抱着书包和他跑去秘密基地，出门时还顺走了两个奶油包。

后花园的布置很怪，从大井头村的一条小路劈开，穿过长满藤蔓的走廊，在尽头就会撞上一个假山，好像有人刻意放在那里堵路。假山旁的池塘早已干涸，爬满了青苔。慧琪跳下池塘，绕到假山后面，再撑着池塘边缘爬了上去，那口被填了的井就孤零零地藏在这个角落。时间还早，两人都没有心情写作业，慧琪分了一个奶油包给东东，坐在井沿一边吃一边问，为什么这里会藏一口死井。

东东耸耸肩，说，池塘过去一点还有一口井，停水了大家就去那边打水。可能一开始挖了这口井，然后觉得来这儿太麻烦，就填了吧。

没人会发现这里吗？

只有泥鳅叔叔知道，一开始就是他带我来的。

泥鳅叔叔可能是唯一一个知道全村小路的人。他除了每周三要去东东家买报纸，其余时候都挑着自己的鸟笼，神出鬼没。东东总蹲在小卖部台阶前，眼巴巴地看着泥鳅叔叔笼子里的动物，大部分时候是鹦鹉，偶尔会变成兔子、小鸭或金鱼。慧琪家隔壁的阿姨不喜欢他，在村里的麻将桌上一边搓麻一边说他阴阴湿湿，像泥鳅一样。泥鳅佬就这样被传叫开了。东东说，其实他一直很想再看一眼小兔子，但泥鳅叔叔很久没有卖过小兔子了。

慧琪有点害怕泥鳅叔叔，但她更不喜欢隔壁阿姨。阿姨在慧琪家旁边开奶茶店，还摆了几台电话作公用电话亭，她身上总有香水混着热汗的味道。慧琪写作业的时候，她喜欢嗑着瓜子在旁边指指点点，说这字写得好看，那字写得丑，一说一边把瓜子皮喷到地上。她的电话亭总有几个固定的熟客，他们一唤"电话西施"，阿姨就笑盈盈地扭身回店里去了，别人打完电话，她还会咯咯笑着让买一杯奶茶。妈妈说她好像有个六年级的儿子，但从没在店里见过。

他们才学了没多久，就恹恹地不想再写。慧琪索性把本子一放，和东东一起去看活井。活井离后花园的另一个小门近，偶尔有人来往。慧琪趴在井沿往里看，黑咕隆咚的井水里，映出她的一张白脸，看起来很是惨恻。

身后忽然有人喝她，慧琪一惊，差点就想栽到井里去。她扭头看见隔壁阿姨跨坐在一辆小电动上，把手两边挂着好几袋青菜。阿姨披着新拉直的黑发，脸刷得比平时都白，眉挑得高高地骂："你们这两个小朋友真是不听话，怎么跑到井边玩，要是有人吓一下怎么办，掉进去谁来救？"

慧琪不想理她，说了一句要你管。

阿姨气得说，井里死过小孩的，她待会就要去和他们妈妈告状，这么没礼貌，还在井旁边玩水。

慧琪又惊又怕，瞪她一眼，掉头就往村口走。妈妈向来不许她去后花园乱玩，说那里危险。她的心怦怦跳，怕阿姨真的去和妈妈说。

东东抱了他们俩的书包跟上来，说，西施阿姨好凶。

什么西施阿姨？叫她东施啦！

东施？东东摸不着头脑。

你作业没好好写吗，《小状元》附加题上说，东施效颦啦。这种脑子，怎么考试，怎么买小鸟。

你吃枪药啦？

慧琪不说话。

你不要生气，我请你吃小布丁，好不好？

东东虽然是小卖部老板的小孩，但一向谁的客都不请。嘉晖哥哥因此总骂他小气鬼，喝凉水。他带着慧琪绕到了新华书店旁的美宜佳，在门口的雪柜里掏小布丁。

你家没有雪糕卖吗，为什么要出来买？

我妈不给我乱请客。东东踮着脚很费力地翻着，快到冬天了，雪糕卖得慢，东东想起妈妈每次装货的时候都会把新雪糕压在最底下，再把旧的盖在上面。他想挑两根新的。

慧琪正耐心等着，忽然被一个人抱了起来。是爸爸。他参加完同学会回来，心情很好的样子，问慧琪怎么跑出来了，想不想吃五羊雪糕。慧琪猛点头，爸爸就给她和东东一人买了一根，而后他想了想，也给自己挑了一根。东东被领回家的时候，东东妈妈见他手里拿着雪糕，怪不好意思地凶他，家里明明什么都有，怎么还跑外面吃东西。爸爸笑眯眯地说，没关系的，他今天跑了个大单，可以请全菜市场的人吃雪糕。东东妈妈语调都高了，说，哟，就要变成大老板嘞，东东快谢谢叔叔。东东没顾上听他们说话，眼睛完全被泥鳅叔叔笼子里的兔子吸引了。泥鳅叔叔这周来得早，挑了两笼兔子和两笼鹦鹉，蹲在小卖部门口吧唧吧唧地吸筒烟。他右手手背有道疤，一直伸到袖子里。吸了一会儿，他把筒烟立在一边，抬起黑瘦的手去逗鹦鹉，东东整个人都看呆了。

泥鳅叔叔慢慢抬眼，看了看慧琪，问道，哩个系你细佬？

爸爸说是，让慧琪叫人。慧琪不想叫。泥鳅叔叔又问，几年级了？慧琪说，二年级。东东搭话说，我们是同班同学！他并不很留心地点了点头，吸口烟，对爸爸说，生意唔好啊，老细。滴兔仔要系再无人买，就要卖比市场当肉兔了。爸爸问慧琪，想不想养一笼小兔子，慧琪眼睛一亮，兴奋地猛点头，以为爸爸就要把兔子买下来。但爸爸犹豫一会，说，仲要问问你阿妈。

妈妈果然不同意买兔子，她看不惯爸爸大花洒的样子很久了。她一讲话，就喜欢翻旧账，说除了伺候全家人吃穿，她还要养一笼兔子。李海明就你是好人，要救兔子也要救店铺，怎么这么容易被人骗？当时爸爸签店铺，听了店主的话，一个人签了好几年租约。现在店里的牌照还没有弄齐，好像每天就只有她在担心。妈妈自己把自己说生气了，炮火一扫，问慧琪作业写得怎么样，现在就要检查。慧琪一下慌了，发现书包也不见了。爸爸一时不知道要哄哪个，便让外婆带着慧琪出门找书包。

外婆牵着慧琪躲在门外，听他们讲话。慧琪听到爸爸悄悄说，阿周依家都系度做紧金属加工，距应承左同我签单，签左就有哩个数。妈妈还在生气，爸爸就说，我唔系有个同学系工商局做咩，距讲喔，食品牌照申请的人多，要分批次的。下一批发得多，新年前后就可以发落来。我地耐心滴，反正签左十年，等一阵啦。妈妈松动一点，说，你个同学，要唔要送滴野比距？爸爸脾气一下上来了，说，再都无讲哩滴，旁门左道。

慧琪小声问外婆，姐婆，牌照到底系咩？外婆说，有左牌照，我地就可以好好做生意，下次来人，再都唔使匿埋了。

大井头的日子终于也变得不那么新鲜。慧琪普通话说得越来越好，妈妈总要外出办事，让慧琪帮着外婆看店。她答应慧琪，只要期末考了前三名，就给她零花钱。慧琪现在数学作业做得很快，吃过晚饭，她就跑到前厅来了。外婆还在低着头一下一下地按计算器，慧琪向柜台扫一眼，就能对着客人报账。外婆直夸乖孙女，问她什么时候考试，慧琪说，听日就期末考了。

东施阿姨忽然一脸着急地跑了过来，问，婉娴呢？外婆粤语普通话交杂地说，她趁门了，不在。阿姨一把扯过慧琪，说，你和外婆说，我家里来了一个客人，不方便招待，能不能在你们店住一晚？外婆听慧琪说毕，脸色不太好地从口袋里摸出几块钱，让慧琪去找东东他们玩。

慧琪和东东在美宜佳那挑雪糕，嘉晖哥哥也来了，跟着蹭了慧琪一根雪糕。三个人舔着雪糕晃回小巷，转进门的时候却都呆住了。街上乌漆麻黑一片，有人胡乱挥着手电在跑，把黑夜撕成几块三角。过了一会儿，后花园那边亮起一点橘黄的光。

慧琪想到是查牌照的人又来了。妈妈出去办事还没有回来，爸爸出差，家里只有外婆一个，她急得立马跑回面包店。外婆不知道什么时候把铁门拉了下来，还紧紧锁上。她在外面拼命敲门，里面一声都不应。她喊着，姐婆，开门，姐婆，我是慧琪！门冷冷地立在那儿，什么声响都没有。身后跑来两个人影，慧琪越来越紧张，僵在原地跑都不会跑，一只手搭上了她，她一声尖叫，倒把来人吓了一跳。一盏手电被从下往上打开，黑暗中猛地出现一张明暗不定的脸，一个粗哑的声音从那嘴里冒出来："慧琪，开门，我是嘉晖。"

慧琪被吓得肺都疼了，一屁股坐在地上号哭。东东和嘉晖哥哥慌了神，忙把手电筒关了，问她为什么哭。慧琪让他们快走，不然警察就要来抓人了。她是走不动了，警察要抓就抓她好了。他们摸不着头脑，怎么劝都没用，东东忽然想起了什么，说，哦，我知道了。她以为这是来查牌照的。只是停电而已啦。

慧琪闻声，半信半疑地想问个真切，但她哭得一时收不住，抽抽搭搭地问，只是停电吗？东东很讨人厌地高声叫道，对啊，停电。胆小鬼，原来你怕被人抓走啊！嘉晖哥哥说，难道你不怕？来人的话，你家不一样卷门帘？东东不笑了，说，妈妈说，我们牌照下来了，以后就不用卷门帘了。他伸手想把慧琪拉起来，却被她负气地推开，自己一骨碌爬了起来。嘉晖哥哥觉得自己把一个小女孩惹哭了，心里有点愧疚，蹲下身诚心诚意地和慧琪道歉。

大家停电为什么要出来？慧琪擦干净眼泪，问嘉晖哥哥。

停电了也停水啊，笨。东东抢答。

要去活井那里打水吗？慧琪背转身去，不看东东。

不然呢？东东继续抢答。

那为什么后花园还亮着灯？

东东答不出来了。嘉晖哥哥说，那是备用发电机。他忽然想起来什么，说，带你们去我的秘密基地，现在一定可好玩了。要不要看？

嘉晖哥哥领着他们也往后花园走去，慧琪还担心外婆，在后面拖拖沓沓地跟着，东东也走得慢，他怕嘉晖哥哥说的是自己的秘密基地。他们惯常走的花园大门晚上关了，只能走经活井的小路进去。因为停水，满村的人都排着队要汲水，小路上热烘烘的都是人的味道。慧琪和东东在大人脚下挤来挤去，听见头顶几个叔叔在争六合彩数字。一个叔叔激动得很，说肯定是红的，彩报不是写着，上周开蓝，这周开红。这周彩报头图都是红色的公鸡。一个熟悉的声音应他，东施阿姨笑着说，小军哥，你怎么比我还天真，彩报怎么可能给你真的信息，不然人人都是大老板哦。东东妈妈也同意，她说，她从不看彩报，但总是能中。大家都在追问东东妈妈怎么中的，她却缄口不说了。

慧琪讨厌听他们讲六合彩的事，妈妈说这些就是赌博。他们总算挤进后花园，喧闹的声音立刻小了，只偶尔飘进来一两句。嘉晖哥哥咬着雪糕棍，哼了一声，说，他们都不是好人，尤其那个女的。慧琪问他说谁，嘉晖说，白得现在还能看见脸的那个呗。慧琪扑哧一笑，觉得和这个一直不熟的哥哥达成了隐秘的同盟。东东问他，你是说东——西施阿姨？她不是你妈妈么？嘉晖猛地向前走，说，我才不要她当妈。

慧琪觉得自己刚刚笑错了，不敢再说话。东东见状，便岔开话题，神秘兮兮地说，我知道我妈妈都看什么中的。慧琪问，什么？东东看看四周，说，泥鳅叔叔。

泥鳅叔叔每周来买彩报只是一个幌子，东东有一次看见他妈妈把一沓彩票和钱藏在报纸下，一并递给泥鳅叔叔。东东说，她总会悄悄数泥鳅叔叔笼子里的动物，按数目和种类分颜色，基本都能中。慧琪瞪大了眼，说，中很多吗？东东摇摇头，说，十块二十块。

嘉晖哥哥笑了，说，这和这没有关系的。

东东涨红了脸，说他亲眼所见。嘉晖哥哥看他一眼，想说什么又停住了。他们走到假山旁边，东东不想暴露自己的秘密基地，停住不愿再走。但嘉晖哥哥却手脚并用爬上了假山，说，你们上来啊。

他们跟着爬上山。假山不算很高，但掉下去还是会摔断手脚。嘉晖哥哥让他们小心，说，本来没有这山的，几年前这儿有口井死了个小孩，大家忌讳，才用山挡住，井也填了。外面重新挖了一口。慧琪心里一激灵，走到边缘想看看那井，却只见到村里人蚂蚁一样排在他们脚下，分不清谁是谁。活井旁边亮着一盏路灯，每个来打水的人都被提醒小心，不要掉下去。慧琪仔细辨认，终于在队伍中间见到一个花白头发的人，那是外婆，她放下心来。

东东妈妈也见到了外婆，外婆还是不会说普通话，他们鸡同鸭讲地寒暄几句，便不再说话。东施阿姨凑近了东东妈，问她，西点店原来那个，潮汕牛肉丸的，去哪儿了？慧琪听到自己家的名字，微微把头探出来。东东妈说了句什么，东施阿姨问，找到了？东东妈说，林哥说还没。年底了，要收债的。

慧琪回家的时候电已经恢复了，街上重新漏出熟悉的灯光。她见到有一伙人从拐角跑过，跑在最后的隐约是泥鳅叔叔。店门还是关的，她敲敲门，喊了两声。小门开了，里面匆匆伸出一只手，把慧琪拉了进去。

店里放着一张行军床，后厅传来洗漱声，有个陌生人背对着慧琪在洗脸。已经十一点多了，妈妈想骂她怎么那么晚才回来，但门外又一阵脚步声。妈妈让慧琪噤声，趴在铁门防盗眼上往外看，等脚步声过了，她才转身回来。慧琪问她，咩事？妈妈说，叔叔都玩捉迷藏。慧琪听到这三个字就紧张，问，我哋又要捉迷藏了咩？妈妈安慰地摸摸她的脸，说，唔使，哩次我哋唔使。你快去训觉。她甚至忘了让慧琪洗澡。

慧琪爬到二楼，扒着临街的窗子往外看。街上游荡着几个穿黑衣的男人，每人手里都提着根棍子。泥鳅叔叔走在他们前面，手里握着小刀。几个人从拐角处跑出来，和泥鳅叔叔说，林哥，人没找到。泥鳅叔叔挥挥手，带着人向慧琪家这边走来。慧琪越来越怕，这群人走到店外，敲响了隔壁电话亭的门。

妈妈上楼的脚步声传来，慧琪赶快往床上一倒，装睡。等她睁眼时，已然是第二天了。她忽然想起今天要考试，抹了把脸就冲出门赶校车，楼下的行军床已经消失了。

外婆那晚去抬水，把腰伤到了，这以后妈妈便让她歇着不要乱动。东施阿姨变得和妈妈亲近起来，她不再去小卖部那边买彩票，天天拉着妈妈说话，还撺掇她去转角的升升发廊烫了个红毛卷。烫发回来后，慧琪简直要认不得她。妈妈倒很满意，说，年后牌照就可以批落来了，大家执抬下，可以过个好年。

爸爸连着几周都忙着应酬，除夕那天，他提着两箱腊肠和一箱红酒回来，说是公司发的。送礼物意味着真的放假了。别人家都早早地贴上对联，爸爸说这个要留给他来贴。他叫慧琪站远一点给他看对联贴得齐不齐，妈妈给爸爸扶着竹梯。要是矮了，慧琪就叫"升官"，爸爸就把对联举高一点，要是高了，慧琪就叫"发财"。有人来菜市场买菜，停下来看他们贴对联，夸一句掂水。

东施阿姨也走近，嗑着瓜子看他们贴对联。她和妈妈说，最近生意好啊。

妈妈笑笑说，还行。

爸爸一边贴对联，一边问她，最近彩票怎么样啊，有没有中大奖？阿姨说，好久不买了，这些东西来来去去，赚不了什么。妈妈点点头，说，还是好好做生意有钱赚。明年牌照下来了，就更好了。

阿姨忽然想起什么，说，她收到风，这一批没有名额的店铺，明年就更难了。她和妈妈是一起去交材料办牌照的，现在还没有等到后续。妈妈扶梯子的手松了松，竹梯猛地向后一滑，把后面的椅子带倒了。妈妈供神用的白切鸡本来放在椅子上，现在滚了一地的灰。

他们都隐约觉得这不是一个好兆头。妈妈的脸蒙上一层灰意，东施阿姨蹲到地上，把鸡重新放盘子里。她说，对门的小卖部老板托了林哥他们，打了个尖，牌照就要下来了。

爸爸贴好了对联，一言不发地夹着梯子回店。东施阿姨还拉着妈妈不停地讲话。

"嘉晖他爸就是犟，他前几天找到我的时候，我心里就想明白了。要是我和他一样犟，嘉晖就待不下去了。我还好，嘉晖怎么办，回湖南老家哦，还是跟他去搓牛肉丸？嘉晖在这里上了好几年学了，本来成绩就不好，回去更跟不上的。"

妈妈问她，一个牌照要多少钱，东施阿姨说，"婉娴，你刚来的时候我怎么和你说的，钱不藏着，人不藏着。这话不是我说的，泥鳅——林哥说的。我现在越来越明白这个道理了。牌照多少钱，你这里的生意多少钱？你不为自己想，也为小孩想想，你看我们这条街，做得最长的是谁，对面啊。"她向着小卖部的方向努努嘴，说："他们要不是林哥，一个贵州的，怎么做得比你们广东的都长久？你不要以为你会说白话，你们和他们，不是一帮的。"

年夜饭的时候，爸爸开了一瓶红酒，说是老同学送的。慧琪也尝了一口，即使长大后她想起来，这也是最甜的一口酒。外婆祝了慧琪学业进步，爸爸妈妈生意兴隆后，就先上二楼躺下了。她的腰越发不舒服，妈妈说年后也要带外婆去看看。她整晚都拧着眉头，想了又想，还是问爸爸，要不要去找林哥聊聊。

林哥，条泥鳅佬？爸爸喝得有点醉，舌头打结。

无礼貌，琪琪会学的。你就问问人地生意点做，距系度甘耐了，黑白道都走，多少比我哋知道多滴啦。

你听隔离个女的讲的？距见到个男人就靠上来，连距的仔都体距唔起啊。自己无本事，未霖住靠人咯。

妈妈还想说什么，爸爸说，婉娴，你信我最后一次。老周哩次送我箱红酒，仲比埋定金，够诚意了。我地按规矩，等多一阵，等开年，我订单的钱落来，铺头牌照落来，系未么事都无了，仲无欠人情？我地点做人，琪琪都会学的。他很少讲这么多话，这次是把底牌都铺开了，亮亮堂堂一手。妈妈终于被说服，眉眼带了点笑意。爸爸喝完最后一杯，醉醺醺地和慧琪说要表演魔术。他拉过公文包，掏出一捆百元大钞，把钱往空中一撒，说，琪琪你睇，花钱花钱，钱花钱花。

日后海明想起两千零五年的初七这天，只能想起一串手机铃声。初七是人日，要吃生菜粥，寓意合家平安，出入顺利。婉娴特地起了个大早煮粥，但粥还没煮好，他就接到老周的电话。那边声音催得急，他只好顶着一个没吃早餐，还有点低血糖的脑子准备出门。慧琪听到爸爸说，那我现在先把货提出来好了。婉娴想问问他这么早出门干什么，但是高压锅响了，她跑进后厨关火，再出来的时候，海明已经走了。

老周和海明拼命解释，说他知道这是放假的最后一天，这个单子公司也研究了很久，本来想年后再好好慎重做决定，但是总公司忽然传出人事变动的消息。他的上级如果要调走，那这条线又要重新开始。海明说，理解理解，你们合资企业，不容易。签单的时候他算了算自己的提成，老板说百分之十的分红，可以抵整整一年的铺租了。老周签完单子，还问了他一句，家里生意好吧？海明说还可以。老周大概结束了一项任务，心情好，放松下来很诚恳地说，小明，我们两个老同学，交交心。这边生意不好做的。海明说他知道，单是牌照，他就申请很久，比他跑一个单子还难。老周说，老林不是也在工商局吗？他有个弟弟，就管那一片的，你打个招呼。海明应付着。老周还说，他弟弟不容易的，年轻的时候欠钱，被砍了一刀，手背上留了老长的疤。小孩要是还在，可能和你家的一样大。海明头有点晕，肚子一阵响，老周邀他一起吃中饭，他想着要回家喝粥，说有机会再合作。

那天天气特别晴朗，还有点热。快到家的时候，他想，要给慧琪买只兔仔。琪琪来之前就想养小动物，依家仲偷偷储钱想自己买兔子。个泥鳅佬唔知去左边度，好几日无见人，可能翻屋企过年了。婉娴忽然打来电话，他接起来，却没听到有人说话。电话那边传来咣咣的敲门声，还有人声闷闷地传来，说，个门口贴左对联的，肯定有人。过了一会儿，他听到隔壁电话亭老板的声音，她说，他们回老家过年啦。里面没人的。

海明奔回家里，街上的店铺除了他们一家，还有广西人开的发廊店，别的都开着门迎客。升升发廊门口贴着"十五开业"，他想，一阵我都要贴一个哩个。婉娴日日讲牌照牌照，今日签左单，可能可以等距开心滴。他绕到后门，敲半天没人开门，只好自己找钥匙进去。但还没进门，婉娴的电话又来了，她说，妈腰骨痛到麻痹，刚刚送去医院。

医生说老人家的腰椎神经被挤压很久了，老人家不知道是怎么忍过来的，现在才来看病。脊椎的地方开刀很棘手，必须现在住院。慧琪牵着外婆的手，她躺在病床上，现在看起来好一点，还反过来安慰慧琪，说，琪琪乖，姐婆无事。婉娴和海明说，她要回去打包点粥过来，出门走得急，什么都没带。海明知道自己要稳，让婉娴待在这儿，他回去拿粥拿衣服。

这一天最后一个电话是婉娴打出去的。她接到海明的电话时，不知道发生了什么，海明只是让她快回来。她让医生帮忙照顾一下妈妈，牵着慧琪回了店铺。海明见到她时，用比她想象中平静得多的声调说，我哋要把铺头转租出去了。她问，点解？咩时候？海明说，依家。他们都没有力气出门，婉娴打通了东东妈妈的电话。

慧琪出门找东东妈妈拿合约，这份表出得如此快，好像早就放在抽屉里，一直等待出场的这一刻。东东妈和慧琪说，其他琐碎的事情还很多，你让爸妈有空的时候再来处理。东东跑出来，胳膊上停着一只鹦鹉，给慧琪炫耀。慧琪问他，你知道期末成绩了吗，不是考好了才能养？东东说，无所谓的，我求了好多遍，她就给我买了。

店要很快腾出来，他们收拾东西收拾到半夜，四处找不到车，最后是隔壁阿姨开她的小电动，把慧琪和婉娴送回医院看外婆。隔壁阿姨想了很久，问，为什么这么快要走？婉娴说，海明签单，被人骗了。他要赔全部利润金。

慧琪站在小电动前方，把两只手裹得紧紧的。她第一次以这样快的速度认识这个小巷。所有的店铺都飞快地向后拉伸，变形。人睡了，但灯箱还亮着，在她眼里糊成一团五彩斑斓的黑。她忽然见到泥鳅叔叔，挑着两笼兔子，两笼鹦鹉，从一个小巷里出来，又钻到另一个小巷里去。

阿英（节选）

韦 月

一

蹚过一条银链子般缠缠绕绕的清浅小溪，是层层叠叠的水竹，走过曲曲折折的泥泞山路，是一望无际的石林。时间留下的石灰岩独峰，是雨后地底窜出的乳笋——不，该是"刀山火海"中那一片片锋利的刀，将平整的土地割得千疮百孔。石灰岩山就像劣质羊毛衫上起的球，裹上了千奇百怪的树丛灌木，钟灵毓秀却是永远都算不上的。

再往前走几十里，被繁茂的枝叶迷了眼，扯开树枝眯起眼用力得眉头都皱起来，才能看到那半山腰的枫叶村。

说来也怪，这南方边陲的小山村，是没有什么枫叶的，却偏偏叫这样一个充满北国情调的名字。但大抵这村里的人是不会思考这样的问题的，饕餮才是一等一的大事，吃饱了才有力气干活，能干活才有本事娶老婆生娃娃。

阿英却是不喜欢干活的。脚上踩着弟弟穿烂的蓝色布鞋，夹脚的布磨得指头生疼，边缘都被路上的石子刮得要破不破的，身上的衣服倒是干净得很，没有农村小孩的汗味和泥土味，凑近了还有皂荚和阳光晒透的暖融融的植物清香。她常常缠着村子边上竹林子前旧瓦房里的独眼人覃老头，要听他讲"从前镇上有个恶霸……从前村子里……从前……"，覃老头关于从前的故事可多了，却总喜欢跟阿英谈"以后"，谈未来，谈一些感觉还离得很远的事情。

譬如这天，覃老头裹着硬邦邦的棉衣躺在泛着油光的石头凳上，空气中还有一丝丝油腻得令人反胃的味道。他用呕哑气弱的声音说道："英英，以后，以后你可一定要离开这个村子，以后日子还长得很呐，你，你去到大城市里啊，千万别留在这个山疙瘩哩！"覃老头不仅瞎了一只眼，还不良于行，但阿英知道，覃老头从前可是一名教师咧！教的国文、算术，在镇上再有名不过，锅里稍微有点余粮的人家都费尽心思想送家里的儿子去他那儿学点东西，反正学什么大家也不知道，总归是能做个文化人。送腊肠的，送柴火的，送挂面的，送鸡蛋的，送桑叶的，每每门口都有个皮肤黑黑的庄稼人牵个半大的皮小子点头哈腰，笑容里是不曾客套过的尴尬和渴望。

说到底覃老头也不过是个读过些书的农民，从来不自诩文化人，什么乱七八糟的读书人架子啦，拜师礼啦，挑三拣四啦，通通是没有的。请进屋子里，喝杯凉茶，摸摸脑袋轻声问小孩的名字，这个学生就是算认下了。

后来，覃老头没有学生了。再后来遭了罪，躲到这鸟都飞不进的枫叶村，一躲就是后半生。也只剩下阿英一个人听他说从前那些老掉牙的故事。

覃老头的眼神永远那样复杂，既浑浊又明亮，既痛苦又平和，仿佛一个破败掉漆的摆钟，听那声音总以为它下一秒就要散架了，却不承想撑了那么多年。

"哗啦啦——"拉开生锈的老旧铁门，手上沾染了棕黄的铁锈碎渣和刺鼻的气味，踩着布满裂痕的瓷砖上到三楼，穿过一条长长的阴暗走廊，空气里氤氲着潮湿的霉味，在尽头处右拐，有一间开着门的公寓。桌子上摆着两个透明的塑料杯，杯里装着黄绿色的茶水，冒着的热气还一缕一缕地氤湿杯壁。吵哄哄的狭小空间安静了不少，却还是有那么一两个聒噪的阿母喋喋不休。粤语原该是悦耳动听的声调，从那两个阿母的嘴里说出来总感觉尖锐刺耳。

"阿英很勤快的叻，什么家务都能干的啦，又善良，好得很！"阿母说着用手肘顶了顶阿英的胳膊，但阿英仍是呆呆的，只对秦叔和平姨说了句"叔叔阿姨好"，就不再言语。这是小欣第一次见到阿英，千娇百宠和千疮百孔，好像不曾相见才合该是理所当然。小欣把这一瞬间刻在了脑子里，就像热乎乎的油墨印在报纸上，被人摩挲翻动，字的边缘渐渐糊成一团，却仍可辨认。她记得那天下午，闷热的天，老旧的城中村里不平整的布有狗粪的破石子路，嗓门聒噪的阿母牙齿上有一层黄黄的牙垢，和那个瘦弱地缩在的确良衬衣里的阿英。就连她身上的那件衣服想必都是阿母送的，衣服

里的绿胸罩格外扎眼。

平姨打量了会儿阿英，她的脸上显出不健康的黄黑，黄是暗沉沉的透着黑气的黄，杂乱干枯的头发被一根粗细不均将断不断的棕色透明皮筋捆着，清亮的眼镜不知被从哪儿卷来的雾气蒙上了一层荫翳，就像不甚透明的毛玻璃，影影绰绰看得出个大概的轮廓，却看不清内里。

"不然我们还是再看看吧？"平姨悄悄扯了扯秦叔的衣角，不着痕迹地小声讨论道，她不太满意阿英的木讷与瘦弱。人总是这样，总喜欢高喊一视同仁，生而平等，可在市场上挑选苹果时大家都懂得先选那只又大又红还带有果香的，就像是挑选保姆都要选一个聪明伶俐又能干活的一样。

秦叔微微皱了皱眉头，似也对阿英的单薄和漠然稍显不满。"诶呀诶呀，她就是这个样子的啦！但心眼实，没什么想法，说什么就做什么！呐呐呐，你们不是想给姑娘找保姆嘛，也看看姑娘的意思啦！"阿母实是人堆里混的老泥鳅滑不溜手，哪儿有泡泡哪儿有泥洞，摇一摇尾巴就知道往哪里钻。一看这两位的犹豫和不语，便知二人心中所想。"欣欣你说对不对呀，你想不想让这个阿英姐姐陪你玩，送你去上学呀？"阿母向小欣伸出那只带着金手镯的手，想摸一摸小欣的脑袋。

小欣拽着平姨的衣角躲到了身后，不说话也没有任何动作，就是直愣愣地看着坐在一旁的阿英。空气中的沉默总是莫名的不合时宜，割裂了情感与语言，让所有期待化为灰烬。

就在平姨打算说几句漂亮的客套话时，小欣拉上她的手，对她说："妈妈，就让这个姐姐来陪我玩吧。""这……"平姨本来心里就不愿意，随即目光移向秦叔，询问他的意思。秦叔看了眼小欣，便对平姨点了下头。

"那好吧！谢谢你了周姐，这里是介绍费你收下，"说着平姨从包里拿出一个对折的牛皮纸信封，里面鼓鼓胀胀的，"让阿英去收拾下行李吧，我们坐一会儿就带她回去了。""好好好，你们先喝口茶，我让她去拿行李，坐啊欣欣，口渴了就喝口茶。"阿母边说着边起身拉着阿英的胳膊进到隔壁房间。不一会儿她们就出来了，阿英提个浆洗到看不出颜色的中号布包，皱皱的能看出里面的东西并不太多。

回家的路上，平姨一直在跟阿英讲话，不是问她会做什么菜，就是交代她平日来要做什么，不能做什么。阿英只是静静地听着，时不时回复一句"好的阿姨"，便再无其他。平姨的眉头皱得更加厉害，刚想说些什么，被一旁的秦叔拉住了。她低头看了眼牵着自己手的年幼的女儿，舒了口气后不再言语。

岭南小城的白天总是格外的闷热，直到傍晚时分才稍稍舒适，夕阳将四个人的影子扯得细长，好像四根直直的电线杆，却只三根有电线相连，另外一根孤零零地立着，光秃得是连麻雀也扑不上去的。

小欣觉得自己好像多了些什么，玩伴算不上，说是姐姐又不太对。除了爸爸妈妈外，大概又是一个一回头就能看到的存在。但小欣拥有的东西还有很多很多，她并不会在意那在之后很多年里，一直多出来的关心。

二

夏日的午后总是闷热难耐，种满了芒果树的街道是南方小城特有的，因此空气中增添了一缕若有若无的芒果甜香。小欣住的大院里有一棵老老的枇杷树，它已经快结不出果了，盘虬的树根上头是被小孩们用蜡笔涂满幼稚图案的树干，树皮都被刮得几欲掉落。

阿英却很喜欢这棵枇杷树，覃老头那破破烂烂的茅屋后头就有几棵茂盛的枇杷树，是阿英亲自照料过的，每年清明后都能背一个小小的竹篓上覃老头家摘枇杷。那几棵枇杷树的叶子上常常沾着清晨的露珠，碧绿中又带点水灵，风一拂过就摇摇头摆摆手，发出"沙沙"的声音，总忍不住说话似的，和大院里那棵沉寂无声的截然不同。阿英摇摇头，试图将那几棵枇杷树的影子甩出脑海，它们却重现不断。

不知不觉，阿英来到小欣家已经两个月了。她知道秦叔做菜很好吃，知道平姨喜欢喝炖得烂烂的冬瓜汤，知道小欣讨厌喝牛奶，知道平姨的母亲俞婆是一个祥和的老太太，知道该什么时候起床准备早餐，知道如何将家里打理得干净整齐，唯独不太知道如何与人相处。平姨常与俞婆叙话，无外乎"找了个不会讲话的保姆"。

阿英每每在空闲时发呆，倒也不是厌恶劳作，只不过是习惯性地保持静默不语的状态。凡此几次，不免被主家嫌弃。譬如这时，秦叔正在跟她讲如何烹制酸甜排骨，怎么调汁和控制时间。末了秦叔问她一句："这样做你明白了吗？"阿英目光呆滞，回了句："啊？"秦叔顿时就噎住了，忍住了上位者骂人的冲动，只叹了口气便不再多言。到了晚些时候，秦叔和平姨在卧房里私语，说到阿英，秦叔少见地露出了些无奈又恼的神色："我讲到口都干了，她就回我一句'啊？'，我真的不懂点办才好咯。""好了好了，消消气，阿英还算勤快，主要是小欣她不怕阿英，就这样吧，以后你再多教教她。""我还要多教教她？是她在教我怎么气人吧……"这样的私语到了后头渐渐就少了，就像黑夜总要向白日妥协，鸟妈妈要向巢里嗷嗷待哺叽叽喳喳的幼崽妥协一般，秦叔和平姨除了向阿英的木讷和寡言妥协，将一肚子不知如何吐出的闷气压下去之外，无可奈何。

阿英像是病房里躺着的"植物人"，僵直着身体瘫在床上一动不动，听得到外界的声音，却无法对此做出回应。与其说是身体上的僵硬，不如说她的心如同大院里那棵被孩童涂满色彩的枇杷树的皮，干枯皲裂荡无生机。但倘若有人能停一停脚，提盆水浇一浇这棵老树枯藤，来年说不准能长出翠生生的叶子，结出甜溜溜的枇杷。只可惜这样的等待太久了，从清晨到日落不过短短十二个小时，但对很多事物来说，确是沧海桑田，倒也不全是时间上的距离罢了。

窗外的麻雀在叽叽喳喳地细语，天底下的事情就没有它们不知道的，从隔壁张阿姨的儿子出车祸瘫痪在床，嘴巴却还能喋喋不休地抱怨，到楼下刘先生的父亲是一个有着暴力倾向的精神病患者，对面楼的白色鹦鹉总会在睡醒的午后对着空气大喊："老板你好，老板你好……"但它们对阿英一无所知。它们看到阿英头上绑着的橡皮筋是在大院门口的流动摊贩上花五毛钱买的，阿英身上的衬衣是批发市场十块钱两件的廉价货，阿英总是在早上九点去大院三条街外的渡头菜市买菜。但阿英是无言的，沉静的，甚至是冷漠的。它们到现在也不知道阿英来自哪里，家中有几口人，年龄生肖。有关她本人的，如同马车跑过沙石堆，扬起阵阵尘土，挥洒到不知何处。

有时小欣会跑到大院中央的小花园里荡千秋，有时又躲在石滑梯背后偷看阿英的慌张，但两人总归是渐渐熟络了起来，阿英不多时也会跟小欣讲几句闲话。

这天，阿英跟外婆从渡口菜市买了几斤猪肉回来，准备晚上混着时蔬来炒。刚刚经过小花园，难得看到小欣提前放学，正跟同学在玩一些小孩子的游戏。小欣碰见阿英，喊了声"阿英姐姐！"，阿英朝她看了过去，问她："跟我一起回去吗？"小欣赶紧摇了摇头："先不，先不，玩一会儿再回去！"阿英想着时间还早，提醒小欣再玩十几分钟就该回家之后，便先离开了。小欣今日疯得像囚禁在笼子里大半年的狼狗，一出笼就恨不得跑个几十来回，吐着舌头，身上的毛都被风刮得像倒竖的雪松似的。小欣玩得正在兴头上，连汗湿了后背也毫不在意。这可是稀罕事，往日里她可是头一个受不了热的，嚷嚷吹风扇的声音总是大院里最大声的。院子里飘散着孩童的欢笑声，家家户户的窗子里冒出吱吱作响的肉香，还有软乎乎的米饭味，勾得人走不动路，这是万家灯火在这滚滚斜阳中的世俗味。

正当邻里的几家已经烧完菜，开始净手享用普通而温馨的晚餐时，小欣家里的气氛却有些不同寻常的紧张。临近夜晚，太阳已经悄悄消失了，小欣却还没有回家。

"她下午放学之后你没去接她回来吗？"秦叔的语气焦躁又不客气，"现在都快7点半了，你也不给我们打个电话！别愣着了，赶紧下去找小欣啊！"说罢放下夹着的公文包，跟在一溜烟儿就冲下楼的平姨后面。阿英慌了神，但僵惯了的脸上却没有什么表情，她跟小欣的关系还是很好的，小欣虽然有些调皮，却从未让她难做过。此时没料到会出这种事情，她连忙跑去大院里的小花园看看小欣还在不在。

小花园里除了矗立着的石象滑梯，老旧生锈的单双杠和几个光滑圆润的石凳外，空无一人。傍晚的凉风吹动花园里的巨大榕树，树干上的须和细细的叶子和着微风婆娑摆动，响起"沙沙哗"的声音。那棵榕树可大了，五个人合抱都抱不完，大小不一的树根虬结在一起，又粗壮又有些莫名的恐怖。

"阿英姐姐——"一声微弱的呼喊传来，阿英忙四下张望了会儿，却仍旧没看到小欣的身影。要不是听得真切，她真要怀疑自己是不是担心过度出现了幻听。"阿英姐姐，我在上面，我害怕……"阿英猛一抬头，看到小欣像只八爪鱼一样手脚并用缠在一根粗粗的树枝上。小欣的面色发白，眼泪鼻涕在脸上糊了一团，小腿处因为扒着树干太紧有些擦破皮，蹭出一条条的红痕。

"阿英姐姐快抱我下来！呜呜哇——啊——啊——"小欣看到阿英，绷了许久的情绪突然爆发，又恐惧又委屈又害怕又无助的心理在一个孩童的脸上展现得透彻，需要通过哭闹来获得安慰。"别哭、别哭，我抱你下来。"阿英笨拙的话语配上麻利的上树姿势，倒显得她特别憨厚可靠。小欣所在的树干也不算特别高，爬上去的时候没什么感觉，但一要下来的时候，这个高度对一个孩子来说就有些危险了。阿英手脚并用，三两下就爬到了小欣所在的树干，两只脚左右踩踩寻找稳当的落脚点，随即伸出手一把把小欣从树干上抱起来。但小欣实在紧张太过，身子都有些僵硬，阿英从后钳住她的腋下，小心翼翼地拉过去的时候，小欣的一双腿还交叉盘在树枝上，抖了抖才松开。抱过去后，小欣又像只有粘片的玩偶似的，紧紧粘在阿英身上，手脚都紧紧挂着，头都不带抬的。阿英一手环抱着小欣的腰，一手扶着树干，慢慢地挪到了地下。

"爸爸！"刚落地，小欣突然朝阿英后面张开手大声叫道。"呜——呜——爸爸、爸爸抱！"小欣在被阿英抱下来的时候已经止住哭了，一见着爸爸就又带上了哭腔。等秦叔快步走过来，阿英正要把小欣递过去给秦叔，没想到他根本不接。小欣哭扭着要落地，脚刚沾地就想扑上去，却"啪——"的一声被什么东西抽了一鞭子。阿英这才看到秦叔面色铁青，嘴角沉得像两边各挂了一只装满水的木桶，手上还拿着一根青绿色的拔光叶子的柔韧树枝，显然刚才已看到阿英从树上把小欣抱下来，还顺便挑了根树枝做鞭子用。

小欣被突如其来的鞭子吓蒙了，呆站了好一会儿才大哭起来，脏兮兮的双手不停地抹着眼泪。"说！你爬到树上去做什么？你知道现在几点了吗？玩那么晚不回家，你知道我们有多担心吗？"秦叔怒道，边说边用树枝抽了几下小欣的腿。"爸爸别打了，我错了，哇呜——呜——"小欣怕极了，原本就被挂在树枝上的恐惧折磨得不行，现在又被一顿不由分说的抽打抽得魂都掉了，就也顾不得许多，一边哭着一边冲跑回了家。

当天夜晚，家里没有饭香，没有翻动报纸的声音，没有电视里演员说话的声音，只有一阵鸡飞狗跳和相互埋怨，秦叔和平姨不满阿英没看管好小欣，小欣却恨秦叔不分青红皂白的抽打，阿英的晚到和被教训时妈妈在一旁的无动于衷。小欣被结结实实地抽了几十鞭，腿上都是一道道粗粝的红痕，有些还出了血，像一排排流出滚烫岩浆的火山，又疼又麻，还热热的。小欣跪在书房的门外，小小声的抽泣声伴随着哭噎，她不明白为什么自己受欺负了还会被罚，明明是大院里几个顽皮的男孩骗她爬上了树，他们玩着玩着却忘记拉她下去，到点了就各顾各地回了家。小欣满含委屈地等，等阿英姐姐来找她，等秦叔平姨来抱她回家，却等来了不可思议的另一顿委屈。

有时候，磨难可以锻炼一个人，也可以毁灭一个人，端看他的内心是否足够坚韧。人们总道磨砺使人成长，却共同忽略了磨砺带给人的伤害，在短暂的几十年里，如同蜻蜓翅膀上被顽童抓过的褶皱，蜻蜓在逃出生天后依旧能无恙地飞翔，却在每一次振动翅膀时都隐隐作痛，又好似按在心上的小钩子，随着心脏的跳动挂拉出血淋淋的口子一般，外表上看似毫无异样，个中痛楚却只有自己知晓。

三

人的成长不总是一个渐进的过程，有的是潭底的龟，慢慢悠悠地一点点地捱年份，捱到一定岁数了也就长成了，有的却是那晨光中的朝菌，刚刚探识到洒在身上的阳光、树影和周围的泥巴，还没来得及看向更远更高处的丁香，就消失了，小欣当是后者。罔论那生长的方向是好是坏，总归是长了。

自从上次小花园那事之后，阿英长大了，小欣也是。阿英能够感觉得到，小欣开始变得孤僻和冷淡，往日叽叽喳喳个不停的小嘴，现在总像被外婆家的缝纫机过了一道似的，低着头玩着自己手上的玩具，不言不语。秦叔和平姨却欣慰极了，他们自豪于自己的严格教育，把一个皮小孩换成了安静的小淑女，不吵不闹，不蹦不跳，连表情都少了许多。他们认为这是孩子长大该有的表现，是沉稳了，冷静了，成熟了，可一个七八岁的孩子，哪儿有什么沉稳冷静成熟可言？他们为此奖励了小欣许多套玩具，乐高啦，玻珠跳棋啦，橡皮泥人啦，还有毛茸茸的布玩偶啦，都是小孩眼中的真命佳人，得到了要一生一世珍惜的样子。

"谢谢爸爸妈妈！"小欣每次得了礼物，都会乖乖地、甜甜地说上一句。平姨开心极了，在她眼里，小孩子是上天给的宝物，是故事中的天使，她其实内心深处是很想生二胎三胎的，可惜现实不允许。她每每看到婴儿和三四岁的小孩，都要上去逗弄一番，同时内心又抱有遗憾。可她却从不知道，她真真确确是雾里看花，不管怎样都是美的。小欣自打一出生，白日醒来不哭不闹，见人见笑，晚上吃饱就睡，从没有过晚上闹人的情况，连哭都只因为平姨忘记给她换尿布，这世上再没有比小欣更懂得心疼母亲的孩子了。长到三四岁，圆乎乎的笑脸，配上清脆甜软的嗓音，再扎两个冲天辫，再可人不过。

小欣再大一些后，一开始也如男童般调皮，小嘴儿叭叭个不停，又喜欢扒拉东西。但沿着婴孩时期的印象，却总还是乖顺的。后来在秦叔的"严格教育"下，又恢复到顶顶安静的样子了。平姨最喜欢听她那些个姐妹的夸赞，诸如"你家小欣不哭不闹，又能自己写作业，别提多省心了，你可真行，怎么生才能生出这么一个宝贝呀？"这样的话，平姨早已听到麻木，刚开始还会谦虚几句"哪里哪里，你家那个还不是……"后来干脆也直接应下了，假装这一切都是她两公婆教育有方的结果。

可只有阿英知道，这是不一样的，小欣原本不该长成这个模样，她该是快活的，自在的，洒脱的，喋喋不休的，如百灵鸟一般。她唱起歌来灵巧又动听，她跳起皮筋时发丝跟着一上一下，像在树林间起舞的俏皮精怪，她的小小脑袋里该有属于自己的世界，有时夏风拂过，她会幻想自己是芦苇丛中最高的那只，摇来摆去，还会有不存在的衣裙被风扬起，像电视剧里的小龙女一样。这样的小孩才该是宝物，是天使，是上天给予的恩赐。而不是像现在这样，坐在地上，扮演着长辈们心中的乖小孩。

"嗒，嗒，嗒，嗒，嗒嗒嗒，嗒嗒嗒嗒嗒嗒……"小欣最近迷上了玩玻珠，那种玻璃制成的，中间会有赤橙黄绿蓝作为标记的珠子，小小一颗，冰凉冰凉的，但有着玻璃特有的重量和质感。这原本是像下棋一样，带个装珠子的五角星棋盘，得有个人对弈着，你一步我一步，看谁先将自己的珠子拱到对方的地盘上去。但阿英很忙，不是做饭就是做家务，要么就是陪小欣的外婆上街提东西，秦叔和平姨更不必说，白天忙得脚都不沾地，夜晚回来只想舒舒服服地靠在沙发上休息。小欣只能把玻璃珠都抠出来，装在一个小盒子里，把扫帚的那根杆子拆下来，竖在地板上，再把珠子从上面塞进去，让它顺着杆子砸到地板上，发出"嗒嗒嗒嗒"的声音。这样做的乐趣除了小欣谁都理解不了，其实小欣自己也不知道这有什么好玩的。

"小欣啊，你可不可以不要这样玩呢？这样做会发出很大的噪音，爸爸妈妈上班都累了，能不能让爸爸妈妈休息一下呢？"小欣玩得正起劲的时候，平姨终于耐不住玻璃掉落到地板上的尖锐嘈杂声，禁止了小欣的这一活动。小欣心里的委屈和反抗顿时就如同黑夜里的一只兽，张开血盆大口吞噬掉了所有的乖巧和平和，但她没有反驳妈妈，安安静静地把杆子一提，平放到地板上。但原本杆子里塞满了珠子，这样轻轻地一提，所有的珠子失去了桎梏，争先恐后地从杆子里逃出来，报复似的狠狠摔在地上，嗒嗒声此起彼伏，还夹杂着玻璃碰撞的刺耳音调。平姨皱着眉头大步离开了客厅，小欣在这滴滴答答的玻璃珠跳动声中，得到了难以言说的快乐。

"阿英，等会儿你收拾一下这些珠子，收起来别让小欣发现了。"平姨转身低声跟阿英嘱咐了一句，就拿着毛巾洗澡去了。

"阿姨让我收起来，你先出去别踩到滑倒了。"阿英走进客厅跟小欣说了一句，小欣不情不愿地拖沓着脚上的拖鞋，回了自己跟阿英的卧室。阿英拿起杆子对着扫帚扭了几圈，再拿了铲子过来将地面上的玻璃珠扫进去。扫干净地板上的，她又趴下身子，侧着头，凑近去扫茶几和沙发底下的，边边角角都勾了一边，就怕小欣又窜进去拿到珠子乱砸。收拾完后，阿英连额前散落的头发都没拾掇，就先把这些珠子倒到一个用完的洗衣粉盒子里，塞到卫生间的洗漱台下。这里是小欣的活动盲区，她从来不会关注卫生间里的任何一个柜子抽屉。

就这样过了几个风和日丽的下午，阿英重重复复地干活、休息，小欣也安安生生地放学回家写作业。这天，阿英下楼到大院里的小菜市买了小半个墨绿色的冬瓜，拿回来削皮洗净后切成像扇面一样一块块的薄片，冬瓜片散发着新鲜瓜果特有的清甜味。锅里是剁好腌过做底味的半肥瘦猪肉丁，被水煮沸过两次后，阿英用漏勺滤掉浮起的沫渣，将冬瓜片倒进去，再放点葱、姜，一小勺三花酒，盖上盖子，煮到冬瓜片变透明了，像琉璃般净透，打开盖子挖两勺盐，一小爪鸡精，再下个小巧的土鸡蛋，用筷子捞上一捞，关好火，冬瓜汤便做好了。阿英取出一个干净的大瓷碗，把冬瓜、鸡蛋和碎肉用勺子舀进碗了，再用抹布罩着锅，把将汤倾倒进瓷碗里。

"阿英姐姐——"小欣突然扑上抱着阿英的腰，泛红的眼眶里是比熟透了的冬瓜还要剔透的泪。"别动别动，我倒着汤，小心泼到你身上。"阿英有些着急，刚刚煮出来的汤汁要是浇到小欣嫩滑的皮肤上，少不得要烫红烫伤。阿英立马把锅放回灶台，把抹布往水池边一抛，扒了扒裤腿净手就抱起小欣走到书房门前放下，一本正经地对小欣说："你不好好写作业，叔叔回来会生气的。""我写完了，阿英姐姐，我想玩玻璃珠，我想玩，你给我玩一会会好不好？爸爸妈妈回来之前我就不玩了，我就玩一下下，一下下嘛！"小欣抱着阿英，眼泪蹭在她裤子上，委屈得鼻子嘴唇和脸颊都红红的，抓着阿英的衣缝裤缝扯来扯去。

阿英其实是很心疼小欣的，小孩子的心总是最干净的，阿英对她好，她对阿英也好，阿英是把小欣当作自己妹妹在照顾的，这时候总舍不得让她受委屈。

"好吧，那你就玩一下下，我炒完这碗菜就收了。""阿英姐姐最好了！我不要爸爸妈妈了，要阿英姐姐。""嘿，别乱说！哪里能不要爸爸妈妈呢？"阿英说着，洗了手从卫生间里掏出洗衣粉盒子，把玻璃珠倒在洗衣服的小盆子里，拿到外面客厅给小欣。小欣早就拆好扫帚拿着杆子等在那儿翘首以盼了，阿英一放下盆子，小欣立马用手在玻璃珠堆里搅了一搅，听着"哗啦哗啦"一大堆珠子碰撞发出的声音，兴奋极了。

她立起杆子，疯狂地往里面塞珠子，一颗接着一颗。上次让她发现了新的玩法，这会儿就效仿起来，等塞得差不多了，就猛地提起杆子，让玻璃珠顺着杆子一大串地跳出来，响起一水儿的声音。小欣这样玩了十几分钟，地板上传来"笃、笃、咚——"的声音，小欣一停它也跟着停下，便没在意，快快活活地玩了几把。那头的阿英，为了让小欣多玩会儿，将这盘竹笋炒肉做得慢吞吞的，洗笋切笋都细细地来，仿佛这笋上不是乳白色的纤维都要一根根洗掉似的。

这天小欣玩得热热闹闹的，连晚饭都多吃了几口，倒让秦叔和平姨高兴不少。就这样，一连着几天，小欣都能在放学之后偷偷摸摸地玩一回玻璃珠。也不知道这样的玩法到底是怎样个有趣法，大抵小孩子的心中总是与我们不同的罢。

只是奇怪的是，每当小欣开始玩玻璃珠，没过一会儿地板都会传来沉闷的"笃笃"声，小欣年幼无知，阿英又忙着做菜，这声音就这样被生生无视掉了。直到下一周的周三，有个年轻男子敲响了小欣家的家门。

"你好，请问有人在吗？"那个穿着整齐衬衫的年轻男子，礼貌客气地敲着门，阿英警惕地从猫眼里打量他许久，到底是没看出什么毛病，阿英便把猫眼上的一块挡板打开，只露出小小的一块，问道："有什么事吗？""你好，是这样的，我是你们楼下的住户，这一周一直有玻璃珠掉地上的声音，我父亲的身体状况不太好，受不了这样的声音，可以请你们稍微注意一下吗？"年轻男子一口气把身份来由说得清清楚楚，又十分礼貌得体，毕竟是有错在先，阿英连忙答道："不好意思啊，家里小孩不懂事，今天就收了。"那年轻男子道了谢，便下楼去了。

阿英原以为这是件小到不能再小的事情，便没有同秦叔平姨提起，谁又知道，这样小的一件事，在后来带给了阿英巨大的伤害。童子何知，朦朦胧胧尚不能明辨是非的时候，总会因为自己的顽皮淘气，给身边人带来或多或少的麻烦。

四

自从那天被楼下的邻居上门投诉后，小欣的玻璃珠被彻底没收，藏到一个她找不到的地方去了。小欣又变得沉默寡言，闷闷不乐的样子。阿英虽然心疼，却也知道不能让她再打扰邻居的生活。

渐渐地，小欣也习惯了没有玻璃珠的日子，那种委屈失落的情绪也随着丰富的生活被淡忘。但小孩子就是这样，你剥夺了一项她的爱好，她定得找到下一样中意的事物才能罢休，才能彻底忘却上一样所带来的种种感受。而此时的阿英，也一天天地话多了些，甚至能时不时地跟小欣说些闲话。

但谁也没料到，小欣对玻璃珠的喜爱会那样执着。阿英发现她时不时会将家里的乐高小人拿出去，夜晚放学也没见回来，也不知道她把乐高带去学校做什么。但转念一想，无非是小孩子之间的无聊游戏，阿英便没放在心上，更何况她本来就是一个没什么想法的人。

可对小欣来说，这是一等一的大事！班上或者同一个年级的玩伴，总会有那么几个也玩玻璃珠的，而且他们手上的玻璃珠有的比小欣家里的还要大颗，足足有鹌鹑蛋那么大，拎起来也沉沉的，活像跟外公一起看的电视剧里的那些珍珠或是还魂丹。她眼馋极了，想让那些同学借她玩几天，但同学并不乐意，她想来想去，便想出用家里的乐高积木换。一个黄色积木小人换两颗珠子，一幢小小的红白积木房子换五颗珠子，虽然大小不一，但看起来也是流光溢彩，莹莹的在太阳底下折射出璀璨的色彩，就像是锁着小孩子们的万千想象似的。

小欣有着超乎常人的耐心，但其实小孩子是最受不住诱惑的，就像看到好吃的蛋糕一定要先偷偷尝一口，才不辜负上面漂亮新鲜的奶油。小欣慢慢地囤着玻璃珠，等到红的黄的橙的绿的蓝的都集齐，业已过去大半个月了。这大半个月里，阿英默默地忙着她的事，还领到了秦叔平姨发给她的工资，拿到街边的商铺里买了一件心心念念的的确良白衬衫。这在当时可是时髦，那部《情深深雨濛濛》里依萍上下班时穿的就是那么一件白衬衫。

当然，阿英是不能随意看电视的，小欣的表姐盈盈却是最喜欢看琼瑶的剧。盈盈比小欣大个五六岁，正是少女初长成的时候，开始看琼瑶剧，注意班上那些成绩好、长得好的男孩子啦！虽然差个五六岁，但小欣跟表姐的关系却很好，盈盈隔三岔五就会来小欣家小住几日。关系好虽好，但盈盈跟小欣也少不了争呀吵呀的，特别是在看琼瑶剧还是看武侠剧这个问题上。家里有三个人，阿英总会被拉进来表态，没有大人在的时候，阿英也会说"我不怎么看武侠剧"，不过就是也想跟盈盈表姐看琼瑶剧，这可把小欣气了好多回。

"谈恋爱有什么好看的，咿咿呀呀的，还一天到晚哭来哭去。"小欣失去电视控制权后，总要哝哝呱呱几句。"哎呀，你还小，你不懂，你就会跟爷爷看那些打打杀杀的，无聊极啦！"盈盈表姐总不会在口舌上居于下风。

阿英跟盈盈表姐开始津津有味地看起来，依萍在大雨中去找她爸借钱时，哭得稀里哗啦的，阿英和盈盈表姐在屏幕前边也跟着哭，好不凄惨。小欣却拿出一个装满玻珠的白色塑料袋子，偷偷摸摸地数着珠子的数量，还要轻轻拿轻轻放，不发出声音，以免引起阿英姐姐的注意。

南方的夏天长得像看不到头的山间隧道，但那时候的人却并不怎么觉得热。拿一把焦黄的蒲扇扇扇风，傍晚去楼下的流动卖瓜车称一个拍起来咚咚响的墨绿色黑美人西瓜，再把它扛回家放进准备好的水桶里冰镇。待到夜晚，凉风习习，不论是下楼跟邻居在昏黄的灯泡下下象棋，聊聊天，注意脚边飞来飞去的蚊子，抑或是去到旁边的公园里散步，嗅那略带点水草腥味的潮湿的晚风，走过一株又一株垂湖的绿柳，回到家后都会把冰好的西瓜切成片，大口朵颐，这便是来自夏天的温柔。

小欣慢慢从上一次的打击中恢复过来，却也只是话多了点，再回不到开朗快乐的样子。她总会趁阿英下楼买把葱、买瓶酱油的时候，玩那堆收集来的玻璃珠。小孩子的世界充满了成年人难以想象的乐趣。因为阿英下楼的时间不长，像从前那样玩是一定会被发现的，所以小欣把她的游戏改进了。她拿来了一个盆子，再拿出学校配的塑料小笛子，那笛子的孔比扫帚杆要大一些，但也短了很多。她把笛子举在盆子前面的上空，还特意曲了个斜斜的角，把珠子从笛子里塞进去，珠子就会落到地面再弹进盆子里。这回她可是一颗一颗地放，若是有哪一颗不听话，没跳到盆子里，她就大手一压，抓住那颗调皮的珠子，重新塞进笛子里。玩的时候，耳朵也细细地听，一旦门外传来上楼的脚步声，小欣就飞快地把盆子里的玻璃珠倒回塑料袋里，再把塑料袋和笛子塞进书包，把盆子放到茶几底下。销毁证据之后，才会听到钥匙转动门锁的声音，这一套动作屡试不爽。

阿英和小欣就像抖动胡须的猫和偷偷藏匿花生的鼠，那鼠每次都用爪子刨一坌泥巴将自己的洞口封得严严实实的，一丝味道都不让飘出去，饶是这猫再机灵敏锐，也找不到那只藏了花生的鼠，鼠躺在洞里肆无忌惮地用那两颗长长的门牙撬着壳，品尝那裹着红皮的脆嫩花生子。

连着好多天，小欣都偷偷玩着这个游戏，乐此不疲。

阿英却做起了曼妙的梦。也不知是不是受到电视剧的影响，什么《青青河边草》啦，《情深深雨濛濛》啦，《春光灿烂猪八戒》啦，凄美泣血的爱情总是惹得女子幻想或期许。哪怕没有含情目、柳叶眉，也并非书香门第、钟鸣鼎食，更罔论惊才绝艳，好像只要沾惹上"爱情"二字，一切就都不重要了。毕竟，这是天底下最不讲道理，最没有缘由的事情了。人们不会相信河水可以倒流，但却对爱情深信不疑，这本身就是很有趣的。年轻女子大抵都会幻想某一天跟盖世英雄一见钟情，可却不明白，"一见钟情"这个东西本身，从来不是美丽的意外。

老人常说门当户对、媒妁之言云云，但延续几千年的老传统一朝被视若糟粕，像废纸一样团巴团巴就往纸篓里一抛，世间所有纷纷扰扰都是那轻飘飘的云，挥一挥手就散了，人人都可做起辛德瑞拉的绮丽之梦，脚上穿的粗麻布鞋也能泛着璀璨的光。就算傍晚下班回家独自做饭吃，搅一搅碗里的南瓜粥，却也很香甜软糯。

阿英觉得她的日子应该要越过越好，最好能攒下一笔钱，等小欣长大了，就出去做点小生意，再找一个知她爱她的真心人，生个可爱伶俐的孩子，一家三口这样了此余生，倒也不错。她的思绪越来越远，就好像窗外那一排鸽子，叽叽咕咕地说着些杂乱的、隐秘的私话，又三三两两地扇动翅膀，支撑着自己圆滚的肚子飞向落日的方向，模样看上去还懒洋洋的。正巧，夏季末尾的晚霞可真不赖，从纱窗朝外望去，深金色的光铺满阿英的整张脸，因为过瘦而有些突兀的棱角都被柔化了不少，这真是一个女子最好的年岁呀！不管怎样看都是生动的、鲜活的、充满朝气的，哪怕她心里囤积了一潭死水。

另一边的景象却充满了不愉的气氛，连在光线中活动的尘屑都死气沉沉地往下掉，说话人的口水随着粗俗的话语连连喷出，让空气都被染上了一股恶臭味。

"我拎根杆上去敲死那个小野仔，一到晚上就滴滴滴，滴你老母我顶你个肺……""爸爸爸，你消消火，人家还小不懂事，你食尽饭出去散散步就完啦！"原是楼下那个穿衬衫的年轻男子，看到自己父亲情绪激动太过，说着话就上手抄了根竹棍，连忙一边手握住竹竿，另一边手搭在父亲的肩膀上，似是安抚又是劝哄，"我过两日再上去跟他们家家长说一下，那个秦叔不就是前面那个单位的经理嘛！我见过他几次，还算是好说话的，我去跟他说，爸你先冷静一下。"

衬衫男子姓何，名叫何平，倒也不是爸妈爱好和平，只不过她妈名字中带个平，两口子又没什么文化，就顺便起了个这样的名。他的脾气倒也衬他的名字，平平无奇，但也够平和，有个这样的父亲，还能养出一副好言好语的性子，真不容易。

"我迟早扳死楼上那个小野仔！"气不过的何父哪怕坐了下来，还是恶狠狠地踢了脚边的凳子，说了这句话。何平随即也叹了口气，不知如何是好。他爸原本就是个炮仗性格，一点就爆，年轻时没少跟人打个头破血流，后来娶了他妈妈，他妈妈是个柔柔弱弱的样子，话说大声一点就会发抖，跟对面楼那只胆小的鹦鹉似的，倒让他稳下来不少。谁承想，前些年妈妈突发癌症，与病痛搏斗了十几个月，还是抱憾去世。何父突遭打击，再加上原本的性子压制不住，竟有些疯疯的苗头了。不单是自己会说些神神道道的话，还有一些暴力倾向。但何平的新家也在大院里，时不时就过来陪他吃个饭照顾则个，倒也没什么大事发生。

希望楼上的娃娃早点收了这恼人的玻璃球，不然爸爸也不知道会怎样个生气法。

"唉。"

小欣却毫无知觉，她仍旧沉浸在自己的生活里。早上起床要坐到阳台上，让阿英给编两根长长的辫子。小姑娘臭美得紧，一定要梳得整整齐齐的，一根乱毛都不能有。阿英坐在她身后，她坐在一张小小的三脚木凳上，这里望望，那里瞧瞧。窗台上的金银花又开了三四朵，地上的牵牛花顺着防护网一点一点地缠绕上去，最上头长出了一颗小小的花苞，对面楼的那只白色鹦鹉又在喳喳地聒噪"老板你好，老板你好"。每一天都在这个地方梳头，但小欣每一天都能看到不同的新奇事物，或许这就是孩子们快乐的缘故吧？

五

　　一个日头很大的秋天上午，阿英陪外婆去渡头菜市买菜，这几日新出了肥美的螃蟹和田鸡，但阿英并不懂得如何处理精细的螃蟹，便买了一串田鸡外加茄子、葱蒜之类的，还有外婆填进菜篮里的糍粑馒头，满满当当的。

　　阿英一路往家走，一路想着晚上的菜谱。田鸡等下午再处理，早了会不新鲜，昨天没吃完的空心菜跟冰箱里冻着的罗非鱼一起干炒了罢，再剁点碎肉做个红烧茄子，配上生菜汤，等秦叔回来肯定还要弄个什么大菜，下午做这些就够了。

　　正正要跨上六楼的台阶，阿英突然听到一声大喊"站住！"她被这声音震得吓了一跳，有点发慌地回头，看到五楼的一家打开了门，出来了一尊"怒目金刚"，那老大爷穿着一身领口处有些起球和破洞的白马褂，肩腋处泛着油腻腻的黄色，下身穿着一条宽大的被浆洗得有些发白的绿色迷彩裤，脚上踩着一双粘着土的黄色塑料凉鞋，面上眉毛倒竖，眉尾寡淡得像是滴在脸上的两滴淡墨，鼻孔却很大，说话的时候被嘴巴牵动着鼻毛一动一动的，眼睛也带点浑浊的锋利，花白头发全向后梳，却有几根不听使唤的油油地掉落在两鬓，整个人看起来就是一个狠家伙。

　　"请问，有什么事吗?"阿英有些胆战地问道。

　　何父全然不解释，走出门站立了几秒钟，瞪着阿英，突然就迈出腿三跨两步上前扯走阿英的菜篮，干枯褶皱的手像鹰爪一样一把钳住阿英的手臂，拉到五六楼相连的走道上。阿英一被他扯了菜篮就惊恐不已，但性格使然，她害怕的时候是一句话也说不出的，连救命都喊不出口。就这样被拉到走道上，阿英才稍微晃过了神，带着哭腔问何父："你想干吗?！我、我喊人了啊！"

　　"你喊啊！你喊你老母！"何父一上来就是一句粗话，看起来行为也不太像常人。"你家那个野仔子，吵！吵！吵！睡都没得人睡，你喊啊！你今天不给我道歉你别想走！"何父又气又急，在几句没有逻辑的话语里，阿英才知道是因为小欣把楼下的住户吵到了，就反驳了一句："她的玻璃珠我已经收起来了，哪里还会吵？""收？你收你老母！讲什么话？晚上吃饭就滴滴滴滴，看我不拌死她！你喊她出来！"

　　阿英这时早已害怕得发了抖，面对这样一个不太正常的老头，打又打不过，家里也没人在，阿英看着散落一地的菜，不知道该怎么办才好。这时何父一用力令阿英甩跪在地上，一脚踩在菜篮里的西红柿上，溅出的汁水扑到阿英最喜欢的那件衬衫上。"你就跪在这里给我道歉，跪到我让你起来为止！"

　　这个大院已经算是老住宅区了，楼道里没人打扫，地上都是些碎石尘土之类的，阿英这么一个咕咚跪下去，裤子里的膝盖都被擦破了皮，她想站起来反抗。却看见何父不知道从哪里顺来一根杆子，阿英吓得抱着头发抖，她以为何父要把这杆子落到她身上。但何父并没有，他知道打人是犯法的，他只会用威压欺负一个手无寸铁的姑娘，就像顽童去田间玩只会用石头砸那些无家可归的流浪猫一样。

"一天到晚就知道滴滴滴，滴滴滴，吵都吵死了！野仔父母都不管，你就替她给我道歉，今天跪了还不算，往后我见你一次要你跪一次，你跟别人说，我下次就拎把杆子敲你！"何父说着说着还作势拿杆子往阿英身上晃了晃。阿英就这样在凶神恶煞的何父面前跪了一早上，鼻涕眼泪一直流啊流，流到阿英那身干净的白衬衫上，哦不，不干净了，衣摆处还有泥痕和干了的西红柿汁水。

楼顶的角落住了一窝燕子，是小欣和秦叔搭的窝，最开始是一只燕子妈妈在这儿筑了巢，却被风雨打湿了，缺了个口，夜晚两只还不会飞的小燕子就摔到楼下摔死了。小欣跑下楼去上学的时候差点儿踩到，看清楚是被摔得血肉模糊的小燕子后，小欣难过非常，闹着要秦叔给小燕子搭个牢固的巢。后来巢搭好了，且越变越大，由最开始的两三只，变成了现在的七八只，叽叽喳喳的，还有浓厚的鸟屎味。

"啪——"一道破空声传来，阿英身上被浇了一团尚带余温的鸟屎。燕子是视觉动物，看到鲜亮的颜色就会忍不住排泄，阿英跟何父的动静又闹得太大，把窝中安眠的燕子闹醒了过来，一飞出窝，就掏人心肺。

阿英也不敢大声哭泣，只一抽一抽的，不停地流着泪，脸都因为缺氧被憋红了。她心里藏着一颗种子，刚刚破土发芽，努力直起还卷在一起的芽，嫩到透着点黄色的叶子还没有抽出来，就像用翡翠雕刻的那样，有些色泽不均，又有些害羞似的。这颗芽刚刚淋到了些阳光，还陶醉在温暖的触感中，却被一根细细的丝线缠绕一圈，然后用力一扯，齐齐截断。窗外也突然乌云密布起来，阴沉沉地要下一场倾盆大雨才满意，风一吹，倒是一阵冷暖相掺的感觉。那厚重的乌云，就像又沉又实的棉被，一罩在头顶上便让人喘不过气来。没过一会儿，便下起了暴雨。雨丝像一桶桶长条的银针，直挺挺地插到地里，还有的被风一搅和，斜斜地飘进楼道里，阿英的袖子便被飘雨打湿了。

楼顶漏了雨，一股一股滑到一个凹陷处，再从上空砸下来，砸到一处积了厚厚的灰的角落，砸出一个圆圆的坑，四周还被弹起了一道黑薄的水壁，是一只漆黑的兽的嘴巴，一张一合，一张一合，吞噬着些什么。阿英直勾勾地盯着那个被水滴砸开的地方，那只吃着黑尘土的兽，也是在把阿英的希望一口口地吃掉。

何父突然想到家里还晒着衣服，连忙窜回开着门的屋子里，走之前还恶狠狠地对阿英怒道："我见你一次要你道歉一次，别以为就这么算了！"阿英等他走后，慢吞吞地站起来，膝盖已经被楼道里的碎石硌出细碎的伤口，她默默地捡起菜篮子，收拾了一下，掏出钥匙开门进屋，换洗了一下。把还能用的菜捡了出来，简单地做了顿午饭。

"阿英姐姐，你眼睛怎么肿肿的？"小欣回来后，好奇地问了阿英一句，阿英也不答她，放好筷子后说了句"吃"，就安静地扒起了饭。

这之后，阿英又被楼下的何父"罚跪"了几次，其中有一次何父走的时候，不知是有意还是眼盲，一下子撞到了阿英，阿英支撑不住就连滚带摔跌到了五楼的楼梯口，她哭得很厉害，却也没说什么，何父似是看不过，回屋后重重地摔上门，也没说话。

阿英这时才想明白，什么向往和祈祷都是假的，是迷惑人眼睛的。谎言都是被虫子吃空内里的荔枝，看着鲜红的壳子，想着这里面的鲜美和清甜，一打开却是恶心的白色果虫和被吃剩下的几丁果肉。越是甜蜜，越是美妙的梦，越是如此，这是生来便注定的，我命由我这一套从来不会降临在她这样的平凡人身上。阿英抱着腿，回忆着她这二十一年的人生，活像是专门来人间受苦的。她只这样想着，却不知这苦是甩不掉的，连绵不绝的，是虾肉里粘连不开的虾线一样，绝不会轻易地怜惜她。

她原本是很伶俐的，这会儿更是一下子开窍了，她知道她不配，倒也不是这个秋天不够凉爽，叶子黄得不够彻底，菊花开得不够尽力，而是她好像，并没有参与这种美好的机会。

小欣家对面门住的也是户一家三口，却不太光彩，因此常年闭门不出。对门原先也是经理级的人物，有着正常的家庭，跟老婆生了个乖巧可爱的女儿。后来不知怎么的，勾搭上了同单位的一个寡妇，家里就离婚了，孩子判给了她妈妈。作风不良在当时可是大事，但对门的男主人毅然决然地跟那个寡妇结了婚，结果结了婚后寡妇生不出孩子，两人就不知道去哪儿抱养了一个儿子，那儿子有些呆呆的，生活自理都成问题，却特别喜欢打牌。长到一二十岁了，工作也没有，就懂得一天到晚下楼去跟人玩牌，一次输个三五块，人家也乐意跟他打，他也乐意输。后来不知道听哪儿的人说，这夫妻两个是跟人贩子买的儿子，这孩子的父母可能也是有点不光彩，不然好端端的怎么会卖儿子呢？但对门的夫妻对这个买来的儿子可是掏心掏肺的好，这照顾的劲儿有时都让人分不出谁是老子，谁是儿子。

你看吧，人的命都是天注定的，同样是从人贩子手里出来，一个痴傻只懂玩牌的傻子，却能衣食无忧地被人照顾，而她一个聪明伶俐，看起来又还有些水灵的姑娘，没被卖进那些肮脏的地方便是感谢满天神佛了，那样的好运道是不会有的。这个世界上有千千万万个苦命人，每个都有不同的枷锁，虽不是人人都想要跳出这个残忍的圈套，但大多都已成为上面人桌上博弈的筹码。

终于有一次，何平提前下了班，碰见父亲的所作所为，当下就发了火，把父亲带回家里理论，还亲自扶了阿英上楼，关起门来父子俩争吵的声音，砸东西的声音，摆件碎掉的声音，乒乒隆隆的，隔着几间屋子都能听见。到了夜里，秦叔和平姨下了班，何平特地上门道歉，秦叔两人才知道发生了这件事，脾气上来对何平没什么好脸色，还大声理论了几句，咆哮的声音惊得楼下几家好事的住户探出头来查探。最终的结果是何平保证将父亲带回他那边的小房子居住，又赔给了阿英二百块钱作为医药费，这事便了了。

但秦叔和平姨知道了来龙去脉，还是把小欣好一顿罚，又从她包里翻出那一塑料袋玻璃珠，当着小欣的面丢进了楼下的垃圾桶里，换来小欣哭闹一整夜。之后，两公婆又在阿英这个月的工资里多加了三百块，一百是自家出的，也是对阿英的愧疚和歉意。

六

    月亮每晚都会如约而至，区别只在于你能不能看见她。阿英很喜欢月亮，因为月光是乳白色的，带着点银色的光辉，洒在她卧室的床头，洒在被子上，好像一个可以谈心的朋友，电扇也吹不走。阿英很少失眠，却很喜欢在睡前看着月亮发呆，有时可以看着她褪下鹅黄色的外套，一步步走到正当空的位置，尔后便端坐在夜空中，周围无星无云，在深蓝色的天鹅绒背景中，亮得让人移不开眼睛。她是懂阿英的，比窗外边电线上贪睡的多嘴麻雀，要多一层温情。她总是用自己的光芒抚慰着阿英，一点点摩挲着她的脸庞，待到她熟睡后，又架西云而去。

    但是阿英啊，她失眠的日子越来越多了，白日里也常常魂不守舍，有人叫她她也只会慢慢地反应过来，回一个闷在胸腔里的"嗯?"，声调却冷淡而平缓。阿英做的饭没有以前香了。有一回，小欣想吃莴笋炒腊肉，她抱着阿英的大腿摇来摇去，撒娇了许久，阿英淡淡地跟她说了句好，切菜时却不小心切到手指，血流得案板上都是。

    你问她恨吗? 恨，当然恨，这恨意像是裹了酒曲的葡萄，在夏季的角落里腐烂，发霉，长出一根根缠绕不休的绒毛，越结越大，还隐隐有着刺鼻的味道。但你要问她恨谁，楼下那个精神有些不正常的老家伙? 贪玩不听话的小欣? 有些冷漠傲慢的秦叔? 斤斤计较的平姨? 好像都不算真的恨，各自都有可以说得通的、让人理解的理由。那该恨谁? 恨自己的父母? 恨自己的弟弟? 不，都不，她最该恨的，应该是她自己，她这二十一年来，活得像个笑话。这话她不敢说，但她会告诉天边那轮明月，她会保守秘密，会耐下性子来听她的所有委屈抱怨，每天夜里那柔和的银光，是这世间给予她的，为数不多的宽容。

    阿英闭上眼睛，在梦里回到了那个，十万大山里的小山村，回到了她被带出来的那一年。

    她父母双全，身体康健，下有两个弟弟，原本家里头算不上富裕，但也并不怎么差，她可心地渡过了一小段快活的童年。只不过，她长到十几岁的时候，最小的那个弟弟突然被查出脑子里长了东西，原因是他某天去小溪里玩水，猛地一下失去知觉扎到水里，要不是哥哥眼明手快拉住他的腿，就要被水推走了。一下子，家里的经济就紧张了，能卖了换钱的东西一样没留，爸爸每日天不亮就下地干活，争取多种点什么好拿到集市上卖。妈妈以泪洗面，村子里沾亲带故的人家都借了个遍，脸皮都被借没了。后来阿英干脆就不去上学了，在家做点农活照顾弟弟。

    可恨就恨在，她奶奶是个偏心眼儿的，一颗心不知道是怎么长的，家里的两个大孙子是人，长得那么大的孙女就是牲畜。她嫌阿英吃得多，占地方，到时出嫁了还要倒赔钱。阿英出生的时候，她在产房里接着，一看到出来的是个没带把的，当即老脸就拉了下来，那皱纹遍布的皮肤偏偏被绷得紧紧的，几根稀疏的毛发像是要竖起来，抱都没抱阿英就甩手出了门，等她妈妈出了月子，更是话里话外催促着他们生个大胖孙子。她对阿英更是没有什么好话，过年过节家里聚在一起吃饭，能有个鸡腿鸭腿的，都是先夹给那两个宝贝孙子："乖孙，多吃点啊，吃多点肉才好快快长大！"

说来也怪，老太婆一向不爱搭理阿英，甚至看不过眼，但阿英若是不帮她洗衣做饭，不帮她做农活，她倒也是要吹鼻子瞪眼的。原先人说，最懂为难女人的就是女人自己了，明明自己也深受其害，却要把这害一代代地传下去，什么"媳妇熬成婆"啦，重男轻女啦，大多是女人自己闹得最凶。

就这样硬撑了三四年，家里实在入不敷出，奶奶的骂声也越来越难听。有时她连着一个星期都只能喝点粥水，干着农活也会因为体力不支累晕过去。有一回，她正在小溪边洗衣服，拿着个光滑称手的洗衣棒敲打着抹上了皂荚的衣物。溪的另一边是六七只洁白干净的鹅，有一只头上长了鲜红色的冠，叫起来也是长长悠悠的"嘎——嘎——"，好不威风。阿英正要把衣服放到水里漂洗，就听到妈妈叫她："阿英——来来，妈有事让你去跑一趟。"阿英赶紧将衣服放进破竹篓里，在水里搓了搓手，又在衣物上蹭了下，跑上路边问："妈，什么事？"

"妈给你一点钱，你去村头老张家买两斤米，一桶油回来。"

"妈，怎么突然有那么多钱买米了？"

"你爸去市场上卖了几只鸡，换了点钱回来。"

"哦，好。"

"阿英，你去的时候，小心些。"

"好的妈。"阿英以为妈妈是叫她扛油回来的时候注意点别洒了，却忽略了妈妈有些泛红的眼眶，那眼睛很深很红，阿英却以为是做工太累给熬的。

阿英拿着钱跑到了老张家，铺面却没人，她喊了几声"张叔"，也没人应答。从屋后钻出了个富态的中年妇女，她穿着干净，普通话也说得很流利，一看就知道是城里人。"小姑娘，你也来找老张吗？他今天去集市啦！我是他妹子的舅妈，回来帮妹子取点东西。"阿英是知道老张有个嫁进城里的妹子，这在当时可是轰动全村，年轻的姑娘就没有不羡慕的。"你要去找他吗？正好我要回城里，路过集市，我跟你一块儿去吧？"

阿英看着中年女子打扮干净，也是从老张家里出来的，不疑有他，就跟着走了，这一走就再没回去。

这舅妈本就是干这个勾当的，住在镇上跟当地几个不清不楚的人合谋，卖了好多个村子里穷得养不起的女儿。他们把那几个拐卖来的姑娘关在一间出租屋里，不听话的动辄打骂，更甚的有卖进窑子里任人奸淫的。几个小姑娘在屋子里绝望，流泪，像最后一块没化的蜡，再加把火就融得骨头都不剩了。阿英却是个硬骨头，打她骂她都不还嘴，但就是一句话也不说。最后是舅妈笑着跟她说了几句话，抽筋拔骨，杀人诛心，无外乎此。

她说："别犟了，你不就是等着你妈出来找人报警救你回去吗？我不如告诉你吧，你呀，就是你爸妈卖给我的，卖了一千块钱呢，还是我跟他们讨价还价来的价格，原本他们是狮子大开口，一下子就想要我两千五百块，我当然知道他们为什么那么着急要钱啦！你也知道的对不对，要拿来给你弟弟治病呀！但我就不答应，来来回回拖了几个星期，你弟弟熬不住了，你那个奶奶呀！哎哟，真的是疼孙子疼到命里了，你知道她是怎么说的吗？她说：'你们还在犹犹豫豫做什么？没看到我孙子都这样了吗？人家说给一千块就一千块，有钱拿就行了，要我说啊，五百块也得卖，你们再闹，一千块的价就没啦！'哎呀呀，我可是第一次看到有人卖女儿卖孙女那么爽快的，这老太婆，一把年纪了，路都走不稳了说话还那么利索，竟然还帮着我说价！笑死我了哈哈！我原本想的是，看你长得还挺不错的，给他们一千五，也当作做善事救你弟弟的命，谁知道你奶奶根本不想要呀，干干脆脆就逼着，哦不，也不是逼的，你那个疼你的妈妈，听我说一千块不卖就拉倒后，扯了扯你爸的衣角，小小声地说了句：'不然就这个价吧？'哈哈哈，连你妈都觉得你就值这个价，我真是心疼你呀！他们考虑的从来都不是要不要卖，而是能不能卖个好价钱。钱一给，人一交，你今后的死活他们也不管啦！"这舅妈看着阿英越流越多的眼泪，还有抑制不住的哭声，反而说得更加起劲，"还有啊，我原本想把你卖给隔壁省那个盼儿子盼了一辈子的老头，他催了我好多次啦，说要找个漂亮的，给我两千块呢！我反手就能赚个一千来块，但是太远啦！我改变主意啦，把你拉过去估计你在路上得折腾死我，我就先把你留着，看看之后城里的老爷能不能看上你。要是看上了，你就在心里偷着乐吧，去城里当太太享福还不比在你那个破村子里做牛做马好多了么？我也不需要你感谢我，到时能让我多赚两个钱我就阿弥陀佛啦……"

阿英这辈子都没有这么痛苦过，比覃老头家后头的枇杷树被砍下来开荒用的时候还要痛苦。这些言辞是从雪山上凿下一块冻了几万年的冰，搅碎了刚融成水，就直愣愣地灌进嘴里，能很清晰地感受到它流过喉咙，流进胃里，再流遍五脏六腑，那股冷意钻到阿英的胸腔里，又幻化出一只无形的手，紧紧地捏着那颗跳动的心脏，那手还冒着丝丝的烟雾，哪怕是水做的，却也比冰还凉得彻底。阿英突然号啕大哭起来，出租屋里噤若寒蝉，只有阿英的哭声和舅母的辱骂声不绝于耳。

都是苦命人，屋里的姑娘看着眼前的景象，有年纪小的也害怕得掉了眼泪。可惜这眼泪是不作数的，若是那集万千宠爱的掌上明珠，一滴眼泪都矜贵得不行，但她们，一般是不能哭的，倒不是说没有了想哭的情绪，只不过她们的眼泪是排水管里流出的污水，任多任少都惹人厌弃。

阿英住在那个狭小的出租屋里，一间十几平的卧室被隔出十个床位，几十岁到二十几岁的女孩子都有，她们都是牢笼里的鸟，被关久了，就再也逃不掉了。

阿英其实是有些幸运的，后来的几年间在人贩子手里转来转去，却迟迟没有找到最终的买家。她从舅妈的手里被转给了阿唐姐，阿唐姐带着她辗转多地，最后去了一个山水如画的城市，在那里她被卖给了李姨，李姨也打着把她卖进窑子的念头，但最终被周姐以三千五的价格买下了。

周姐跟那些阴沟里的臭虫不一样，她虽然也买人，但她做的是介绍工作的活儿。整个十里八乡，谁不知道周姐这儿介绍的保姆啦、短工啦、看院啦、用人啦最是老实巴交，这自有她的手段。她一般是不跟李姨来往的，有些年轻的，穷苦人家的孩子找上她，求她帮介绍工作，她都尽心尽力，一旦人手不够了，她也会跟李姨这样的人买几个伶俐的女孩子。从地狱回到人间，大家都争着抢着想要被周姐买走。周姐也不亏待她们，从人贩子手上带走的人，得把头一年的工资都交给周姐，还有介绍费啦，奖金啦，全都是釜底抽薪的活当。但这么多年过去了，倒也没见几个不乐意的，穷人家的孩子除了命苦，便是老实。周姐也从一个风韵犹存的中年妇女迈入了老太太的行列，但或许是老人的面容较之以往更为和善，周姐的名声就这样传扬出去了，介绍工作的活计倒比以前多了不少。

七

几个姑娘搭把手，连着在周姐的房子里住了一两个月，跟着做做饭、做做家务，倒也乐得清闲。周家门前的那棵芒果树漂亮极了，叶子绿得像一滩碧泉，细细的枝干直挺挺的，日里太阳一照，还没结果却总像是散发着芒果的清香，是那种被叶子包裹着的，掺杂着植物呼吸的味道。

阿英刚被周姐买过去那会儿，是有阵子欣喜的，但这欣喜并没有维持上一段时间。她觉得好笑，自己竟然会因为被人贩子卖给个介绍工作的而欢喜，真不料会落魄成这样。从此往后，无父无母，无儿无女，或许就这样把自己的一生绑在几张通红的钞票上，能活下去便不错了。她这样想着，第一份工作就来了，是给一户人家当保姆。那家子做的土石方活计，文化水平不高，但架不住有钱有底气。一来就说，找个干净话少的姑娘去伺候他寡居的老妈，扫来扫去看上了阿英，撒了把钱就领回去了。

那老太太一个人住着三层的小洋楼，屋子里被装修成西式的模样，大理石地板啦，雕花石柱啦，深棕色的皮质沙发啦，扫眼望去都贵不可言。但老太太哪里喜欢这些，蕉叶山、抓耳挠，还有脏兮兮的抹布丢得到处都是，杀鸡时溅出的血都喷在那高贵的石柱上，老太太也懒得擦。角落里还堆着一沓被踩扁的绳子绑着的塑料瓶和废纸箱。老太太寡居久了，总是骂骂咧咧的，口无遮拦，说起人来又难听又刻薄，吓跑了好几个保姆了。谁知道阿英却正合她的胃口，她骂什么阿英听什么，也不回嘴，也不说话，默默地做着自己手里的工作，渐渐地，老太太也很满意她，就嘴巴上还总是不依不饶，暗地里让儿子给她加了点工资。

谁知道过了几年，老太太睡了个觉就再没醒过。那做土石方的儿子来操办后事，给了阿英几个月的工资，便把老太太住的房子卖了，让阿英离开了。阿英无处可去，又找上了周姐，让她给介绍工作。只可惜做了几年工，阿英还是跟块砖头似的，敲几下都发不出一个声儿，周姐只得又收着她住了几个月，直到秦叔和平姨找上门来。

想到这里，阿英才闭上了眼睛进入梦乡，只不过是在梦里，眼泪也止不住地流。

第二天一早，阿英又是天微微亮便起床准备早饭。她下了四碗面条，起锅后先用凉水焯了焯，再放进沾了点橄榄油的碗里拌匀了，用昨晚剩下的鸡汤加点酱油，几勺盐，混上小半碗腌好的碎肉，最后再叠上一把青菜外加四个鸡蛋，早餐便做好了。放在餐桌上，冒着腾腾的热气，面条爽滑劲道，高汤和青菜醇厚又爽口，在深秋的早晨吃上一碗，浑身都暖融融的，跟大冬天钻到被窝里似的。

吃完早饭，阿英送小欣去上学，小欣蹦蹦跳跳地冲进学校里，跟阿英挥挥手算是道别。小孩子最讨厌作业呀，上课呀，阿母呀之类的了，但会期待每天在学校里的生活，因为可以见到朋友，可以一起玩捉迷藏，可以跳绳，可以砸沙包，孩提时代的人看什么都是七彩斑斓的，就像透过蓝天下的泡泡看世界，位置甚至是颠倒的，却充满了奇幻的色彩。

秋日里的大院，有着悠闲自在的味道。每栋单元楼后头都有一排矮小的，用红砖砌起来的停车库，上面总是爬满了藤蔓。小欣家楼下的车库上，是一排爬山虎和牵牛花混杂在一起，缠缠绕绕的，倒让人看不见砖头的颜色。那一排爬山虎到了秋天，叶子也还是绿油油的，就是会掉几片以示对秋天的尊重。牵牛花呢，也不知道它的花期是怎样的，大抵是因为这儿一年四季的气温变化都不是很大，因此它总是在秋天的时候盛开。蓝紫色的边缘过渡到下面便是白白的花瓣，像是要去参加学校毕业典礼演出的小女孩，穿着学校配的演出服，也是这样在裙摆的下边染上点什么颜色，总是别致的。院子里也安静了许多，没有知了喋喋不休地说话，没有麻雀一拥而上地争食，连往日里叫卖西瓜的流动小贩也像南飞的大雁一样消失得彻底。就只剩三两桌老头在下下象棋，时不时地饮一口茶，那口盅都被茶叶泡得杯壁上一层一层的。

小欣的外婆叫了阿英今天去帮她包粽子，就是一时兴起，想尝尝粽子的味道了。外婆是很喜欢阿英的，阿英够勤快够老实，外婆叫她做事，是半点不情愿都没有的，就是不爱说话。外婆喜欢嘴巴甜的女孩子，但对不爱说话的也一视同仁。但外公对她就更好了，外公从不叫她做事，每次去外婆家还让她倒水来喝，休息够了再出门。平姨是外公唯一的女儿，小欣又是外公唯一的外孙女，外公对女儿外孙女总是偏心的，连带着对阿英也好上不少。

阿英一进到外婆家，就忙着从仓库里拿出一个铁长盆子，是以前用来给小欣洗澡的，现在闲置在库房里，每年拿出来泡泡粽叶，也算物尽其用。包粽子的工序可多了，要先把刚割下来的粽叶泡水，泡够一个钟后用布清洗上边的灰尘，然后挂在杆子上晾干。这个时候阿英跟外婆就会去准备糯米和馅，有豆沙的，有肥猪肉的，也有板栗的。小欣最喜欢吃豆沙馅的，融融的又甜腻，是小孩子都喜欢的味道。但大人一般都更喜欢肥猪肉馅的，最外层是黏黏的带着粽叶清香的糯米，中间一层是混了板栗碎屑的绿豆，最里层是两块带点瘦肉的肥猪肉。蒸熟之后，肥猪肉的油渗到绿豆和糯米里面，像是香油拌饭，一股肥肉和粽叶的混杂香味每每引得人食欲大发。小欣总说自己不吃咸味的粽子，但一蒸好打开来了，她少不得要吃上大半个。

小欣该是那四叶草转世，阿英想，有个那么疼她的外公，和什么都会做的外婆，是这天底下一等一的幸运儿。

到了傍晚，忙活了一整天，粽子终于出锅了。阿英拎着用绳子绑住的五六个粽子往小欣家去。进到大院，进过单元楼下的大叔边，那群老头儿还在下着象棋，围观的人换了几个，但下棋的一直是那两个。搪瓷杯里的茶已经喝完了，棕绿色的茶叶沉在杯底，一动不动，似是对这个喧闹世界无动于衷。世纪初的人原也没有什么娱乐，也过不起怎样的精彩人生，大抵如这口盅里的茶叶一样，从蜷缩着的小小的一粒，被世事艰辛烫着，滚着，翻动着，不愿低头地挣扎着，在一个无形的容器里煎熬，直到耗尽最后一丝力气，便只能张开手，任由冲刷洗脱，水温降下来的时候，一片片地横躺在水面上，一丝涟漪都泛不起，待到茶水喝尽，寻寻觅觅也到了宿命的结尾，回过味来，不过苦涩二字。

到了晚上，自然是粽子配清汤，有滋有味地过去了。临睡前，小欣去洗澡，拿着她毛茸茸的浴巾，痛痛快快地把一身的泥汗冲刷干净。她已经忘掉玻璃球了，那些透着不同颜色的珠子已经被一只玩偶给取代了，是她从亲戚那里抱回来的布娃娃。她可喜欢这只玩偶了，要给她穿粉红色的沙质连衣裙，给她用毛巾被做披风，还给她戴上写有"生日快乐"的头冠作为权力的象征。晚上睡前还要所有人配合她，跟玩偶说晚安，自己被冻着了也要给玩偶盖上被子，说是千娇百宠也不过分了，更何况这玩偶还只是一条长长的抱枕，并没有特别令人稀罕的地方。

小欣洗完澡后，回到床铺上跟她的玩偶说话，给玩偶戴上睡帽——那种奶奶才会戴的针织睡帽，织线都起了毛球，一团一团的，是小欣从外婆那里要回来的。她摆动着玩偶，不知道在做什么，忽然眼睛一瞟，看到阿英曲着膝盖在涂着什么。她双手撑床爬过去，问："阿英姐姐，你在干吗呀？"目光顺着她的手往下看，"啊！你这里是干吗了？"她被吓到了，阿英的膝盖上有一层厚厚的痂，有些地方还没结，是深紫发青的颜色，她曲起膝盖时好像一颗干瘪的百香果壳，也是又厚又硬，混杂着红紫青色，看着十分狰狞。

阿英正拿着一瓶万花油滴在棉签上，轻轻地涂着。从她的脸上看不出这伤究竟痛不痛，阿英像棵木头一样，被斧头砍出痕迹也不会有什么动静。

"没事，就是摔了一跤，磕破点皮。"

"呀！你怎么那么不小心呀？我五岁的时候走路就不会摔跤了。"小欣大声地说道。但她本意并非炫耀自己的能干与聪慧，而是年幼的她并不懂如何把安慰人的话说得动听些，明明是想让她走路注意一下，话出口的时候却变成了责怪。儿童就是这样，懵懂无知的时候最是伤人。

阿英听罢不再言语，却在关灯入睡后，无端地泪流满面。

八

大院里有一个小小的池塘，约莫半米米深，里面种了几株荷花，因而淤泥团积起来，显得水池更浅了。还有几尾不知名的鱼，一到夏末就产几百条小鱼仔，在荷叶下边窜来窜去。荷花总会凋零，荷叶也在日复一日的日光中被灼伤，卷起了宽大的叶肉，边缘处甚至有些焦黄枯萎，露出细细薄薄的筋脉。但荷是最淡然无畏的植物，她的花瓣一层层地晕染上胭脂色的红霞，脆弱得只需轻轻一碰就会应声落地，可她却依旧不偏不倚，不折不曲，粗直的枝干仍旧傲然挺立，哪怕只剩下淡黄色的花蕊和一块莲蓬，也像是仰着脑袋的天鹅，不徐不疾，红掌拨碧波，怡然自得。

但吸引大院里孩子的，并不是这孤高的荷，而是那荷叶下的一尾尾灵巧的鱼仔。它们有时会集体躲在长满青苔的假山里不出来，傍晚的时候又会偷偷浮在荷叶下方的水面，一张一合地吐纳水和空气，身体却是纹丝不动，只有那两侧的鱼鳍在来来回回地摆动。小孩子是最纯真又最残忍的，他们笑起来是万千世界里的无邪，他们的狠毒又隐逸在一无所知的单纯里。就好比，对这池塘里的鱼来说，一生中最不幸的事，就是被小孩子们喜欢，因为这喜欢意味着死亡。

那池塘边总是三三两两地围着一群孩童，不远处的台阶上一定坐着一排成年人，不外乎爷爷奶奶、外公外婆或者保姆，聚在一起谈天论地，有时还会带着瓜子来嗑，只不过眼睛会时不时地往小池塘瞥一瞥。池塘边男童居多，手里拽着一个小网兜，脚边再放上一个小铁桶，装点水，俨然一副要捞鱼的样子。他们总会爬上围着池塘的瓷砖，后边有另一个孩子拉着衣角，前面的就跪趴在瓷砖上，用一只手撑着，另一只手拿着网兜在池子里搅来搅去。新来的男童总是没有鱼仔灵敏，但也有几个常驻此处的孩子王，捞鱼一捞一个准，他们深谙各种捞鱼技巧，比如网兜不能动来动去，要静静地放在鱼仔的后头，再迅速往上一捞，说影子不能倒映在池塘里吓跑鱼仔之类的，看着是一套又一套，比工厂里生产商品的规则还要多。

其中有个叫安安的男童最不安分，但他可谓是捞鱼达人，每天傍晚都要在池子边展现他的捞鱼绝活，引来一众孩子的赞叹。小欣也喜欢看捞鱼，但她最喜欢的还是那些捞不上鱼的孩子撇着嘴的滑稽模样。这一天，小欣刚刚放学被阿英接走，正巧看到池塘这边有人，便拉着阿英走过去，是那个叫安安的孩子在表演他的捞鱼技术。

"哇——你好厉害啊！"

"我也想捞我也想捞！你教我一下！"

"你快把这条放回去，再捞多点上来！"

……

一走近，就听到旁边的"观众"捧场发出的喝彩声。小欣也定定站在一旁看他捞鱼，只见他看准了一条肚子圆滚滚的鱼，正慢吞吞地游到假山边吐泡泡，安安把网兜拿到那条鱼的斜上方，正当它吐完泡泡要往回游的时候，安安把网兜伸进水里猛地一捞，那条鱼就上来了，在网兜里扭来扭去，鱼鳍却被缠着跳不走。他把肥鱼倒进桶里，继续物色下一个"猎物"。

阿英这几天正是小日子，肚子有些闷闷的痛，她跟小欣说了句："我在旁边坐一下。"便走到另一边的那个"家长专区"坐下，但她并不跟那些老头老太说一些家长里短的八卦，而是直勾勾地盯着小欣的一举一动。

"哎哟，你们知道嘛，七栋的那个老曹呀，就是家里有个女儿在党委做传达的那个，上个星期心肌梗塞走啦！"

"不会吧？他女儿不是那个曹雪吗？上个月刚嫁给他们党委领导的儿子。怎么一下子就走了？"

"嗨，报应呗！他女儿啊，不就是个三嘛？看上他们党委领导的儿子了，不知道使了什么手段把原配挤走，上赶着做人家儿子的后妈呢！"

"啊呸，那么不要脸！老曹那么老实巴交的一个人，怎么生出这样的女儿，家门不幸啊……"

老头老太七嘴八舌的，把这大院里的故事说得精彩绝伦，人世间的种种爱恨离愁，恩恩怨怨，仿佛浓缩在了一个院子里，通过几个人的口，传成了一段又一段一波三折、充满阴谋的惊奇段子，别人的生活和故事，就这样被定了性，下了个他们自己也不知道的结论。阿英是从来都不参与这些的，她知道自己一定也是他们口中的故事。

阿英看着远处的小欣，好像跟那个安安混熟了的样子，开始你一言我一语地叽里呱啦些什么。后来安安还把网兜给了小欣，在后边扯着她的衣角，让她上手去捞鱼。一开始小欣也是没能捞到鱼，还被网兜带起的水花溅了一身。后来在安安的指导下，也捞了那么一两条小小的鱼仔，开心得不得了。

过了一阵子，周围的阿公阿婆聊完天，要回家做饭了，就一个个地牵着孙子孙女回家去，池塘边就剩下安安、小欣和一个安安的小跟班。他们并排坐在池塘边上，不知在聊些什么。阿英抬头看了看，天色开始泛白，她也要回去做饭了，便朝小欣走去，打算带她回家。

"我爸爸妈妈晚上总是脱光衣服在一起睡觉！"

"我爸妈也是！哈哈哈哈哈哈！"

两个男童在说些什么令人害臊的话语，坐在一旁的小欣不明所以。睡觉，为什么要脱光衣服呢？是因为太热了吗？就像自己有时只穿薄薄的一层吊带睡衣一样吗？爸爸妈妈是大人，大人可能更加怕热吧？而且爸爸也经常打赤膊煮饭。

"你爸爸妈妈呢？是不是也脱光衣服睡觉啊？"那个叫安安的笑着问小欣，他笑得是一脸无辜，毕竟任谁也不会相信，一个七八岁的男童会懂那么多大人都讳莫如深的事情呀！他毕竟还是个孩子。小欣思考了一阵子，小小声地说："我爸爸妈妈也是脱光衣服睡觉的。"

孩子总是有些莫名其妙的好胜欲和排他欲，生怕自己的爸爸妈妈跟别人的不一样，更怕因为这个不一样而被别的小朋友排斥。因此说出来的时候，总是有一些不明不白的骄傲，好像在说，我们的父母没有不一样，所以我跟你是同类人。但谁也不知道这股好胜欲从何而来。小孩子的世界也挺复杂的。

"哦——"

那两个男童却异口同声地发出一声满含深意的语气词。

"那你爸爸妈妈脱光衣服睡觉的时候在干吗啊？"

"？不就是睡……"

"小欣，我们回家了。"小欣话还没有说完，就被阿英打断了，她走到跟前牵起小欣的手，把她的书包单肩背在身上，就要往家里走。小欣乖乖地说："好。"身体却一直侧着，恋恋不舍地看着自己的"玩伴"，说道："拜拜。"说完还挥了挥手。

那两人一言不发地跟着随意挥了挥，嘴角的笑意却憋都憋不住。等小欣转身走远了些，后面传来一阵爆笑："哈哈哈哈哈哈哈，笑死我啦！她竟然说她爸爸妈妈也脱光衣服睡觉，还说就是睡觉哈哈哈哈哈哈哈！傻子！"隔得有些远，小欣又被菜市旁边小卖部门口摆的风车吸引了注意，全然不觉自己被两个蔫坏的男童嘲笑了。阿英却听到了，她忍不住回头，看了一眼那两个男童。

这一看，便看到了那两个男童把桶里的水和鱼倒在沙土堆里的样子。他们脸上扬着天真烂漫又残忍的笑，看着几条鱼在沙土里拼命挣扎跳动的样子，开心地蹲下来细细欣赏，像是欣赏天底下最曼妙的歌舞那样。鱼身上沾满了沙子，跟粘好面包糠准备下锅煎炸似的，没什么力气再跳动了，平瘫在沙堆上大口大口地呼吸，喘气，努力地活下去。就见那个叫安安的，伸手从旁边捡了根尖锐的树枝，开始戳那条肥鱼的肚子，一下又一下，直到捅穿那个圆圆的球，鲜红的血源源不断地喷涌出来，却又很快地被沙土吸走，留下黑漆漆的一团印记，就像被水打湿了一样，只不过更稠，还带着不祥的红。阿英看不下去了，转回头，继续牵着小欣往家走，脚步隐隐快了一些。

那条"肥鱼"，并不是因为吃多了饲料给吃肥的，而是被肚子里的鱼卵给撑得圆鼓鼓的。再过一两天，它就要产卵了，届时会诞生几百条新生命，虽然最后可能只剩下几十尾鱼仔能活下去，但也是另一种生命的延续，是踏着祝福和期盼而来的。但是那根尖尖的树枝一捅，淡黄色的，有些透明的鱼卵透过缺口汹涌喷出，带着丝丝缕缕的鲜血和淡淡的腥味，就这样滑落到沙土上，或是在一下又一下的捅刺中破裂，就像天空中能折射七彩光芒的泡泡一样，升到一定的高度，突然"啪"的一下，消失了。它失去了做母亲的机会。失去了生命，成百上千的鱼仔也失去了来到水底世界的机会。明明就差那么一两天，却被命运捉弄。

安安跟他的跟班却很惊喜，他俩从未见过那么多的鱼卵，变本加厉地用力戳开肥鱼的肚子，好让更多的鱼卵流出来，流到沙土上。肥鱼最后努力地摆了摆尾，扫了一些细碎的沙子到安安脸上，但早已无济于事，再怎么努力，也活不下去了。如果它能说话，该是如何字字泣血，声嘶力竭。

有时候，很多人都是池塘里的鱼，竭尽全力想要活下去，却不知命运无情，随意凌虐捉弄，而自己却无计可施。哪怕拼了命地想要摆脱，想要抗争，想要博得一份怜悯，想要对苍天怒吼，可连说话的权利都没有。它该是很羡慕鲸的，在蔚蓝的大海里遨游，长啸一声跃出水面，一个翻腾背靠海面斜躺而下，溅起的水花泼湿了观鲸船上的人类，他们也不恼，反而为这大自然的奇遇鼓掌，惊叹。海水起起伏伏，怒吼的西风带卷起咆哮的海浪带走无数人的生命，但带不走鲸。是鲸主掌海，而不是海挟制鲸。同样带了个鱼字，却从来不是同一个物种，更不是同一种命运。

九

回到家中，阿英开始准备今日的晚饭。小欣趴在沙发后的窗台上，看着天边的晚霞。美好总是在生活中不经意地出现，引人叹服，感慨。今日的傍晚是沉醉的火烧云，云层一排排地浮在夕阳的上空，就像被晒蔫的荷叶一样，卷起叶子缩成长长一条，如今被染上了金红色。朝着太阳的那一边，是醉人的红，带着一丝蛊惑和激烈的红，最边上镶了一圈金，灿灿的，有舍我其谁的气势。云的背后却暗淡很多，带了点沉寂的黑，灰扑扑的。一边烈火烹油，风光无限，一边暗淡无光，白日将歇。背景是大片大片的紫，又间杂着红、橙、蓝这样的色调，像是随手打翻了的调色盘，却和谐过分。

稍晚一些，秦叔和平姨回了家，洗了手要坐下来吃饭。小欣瞅见今晚的菜中有一道韭菜炒蛋，她平生最痛恨的菜便是韭菜，谁放韭菜就是跟她过不去！又看了旁的，酱油鸭、油焖塘角鱼、炒白菜、丝瓜汤，通通是她不爱吃的。鸭子肉最难啃了，又硬又柴又难嚼，真不知道大人是怎么咽下去的。油焖塘角鱼呢？塘角鱼那么可怕，还有两根胡须，眼睛又黑又小，嘴巴大大扁扁的，又丑又恐怖，看了都想呕。炒白菜一点味道都没有，菜梗又硬，难吃死了！也就丝瓜汤还勉勉强强能喝下去，只希望这回的丝瓜不是苦的。

"阿英姐姐，以后可不可以不要煮那么难吃的菜，我都吃不下饭了！"小欣坐上桌，童言无忌地抱怨了一句。但阿英煮菜并不难吃，相反，她做了七八年的菜，吃过的大多交口称赞。那道酱油鸭肥而不腻，调味的酱油浸得鸭皮油亮油亮的，下面是一层薄薄的肥肉，再往下是整齐劲道的鸭肉，沾点黄皮酱一口咬下去，酸、甜、咸、香，混着肉味，嚼一嚼，全是味觉的享受。塘角鱼呢，焖得软烂软烂的，又是活鱼现杀现做，没有泥腥味，反而特别鲜嫩，扒拉开皮，里面的鱼肉干净得像豆腐块似的。只不过，都是小欣不爱吃的食材罢了，但这样的话，却让阿英的心口闷了好久。

饭桌上，秦叔历来会时不时地过问下阿英小欣最近的动态，也让小欣听着，以此作为震慑。小欣怕秦叔得很，一开始老实极了，根本不敢惹阿英生气，就怕她当面跟秦叔告状，吃完饭后肯定得好一顿训。但她后来发现，阿英根本不会告状，哪怕她有时故意做一些在她认知里不太好的小动作，她也不会说什么，于是肆无忌惮起来。现在又到了这个环节，饶是再不害怕的小欣，也会忍不住竖起耳朵，小心翼翼地看着秦叔。

"没什么事，今天放学以后去池塘边转了转就回来了。"听到这儿，小欣放下了心，低头看着碗里平姨夹进来的鱼肉，嫌弃地拨到碗边，扒拉了一口饭，气呼呼地往下咽，好像有谁跟她作对似的。

"但她后来跟一个小男孩说，叔叔阿姨你们晚上脱光衣服睡觉。"

说完这句话，阿英有些担忧又怪怪地瞟了秦叔一眼，果然见他铁青着脸，咬着牙齿面容不善。阿英赶紧低头扒了两口饭，夹了一大筷子白菜到碗里，专注地吃了起来。小欣也觉出不对劲来，但她不明白是哪里不对劲，也不敢再抱怨菜不合口味，舀了几勺汤到碗里拌了饭，草草地几口吃了。

整顿饭在诡异的沉默里结束了，到后来谁都没有再说一句话，阿英收拾完碗筷去洗了。小欣也偷偷摸摸地避开秦叔溜进房间里写作业。过了一两个小时，她写完了作业洗完了澡，觉得危机早已解除，便舒舒服服地躺在床上，跟她的玩偶玩起了过家家的游戏。等到阿英也洗完澡进来准备睡觉的时候，秦叔喊了她一声，让她去书房一趟。小欣也没多想，大概是要检查她作业写得怎样吧，走之前还顺便带上了书包，关上门朝书房走去。

秦叔这个人，最是一本正经极好面子的，倒也不是说好面子不对，他从未因为面子让周围人难做过，但如果是女儿给他丢脸的话，他也同样难以忍受。

书房里烟雾朦胧的，都是秦叔在里面抽烟留下的，又开着空调不能开窗，便一团一团积在书房上空，有点青青蓝蓝的颜色。阿英一打开门，刺鼻的烟味把她熏得连打了两个喷嚏，秦叔连忙起身拉开窗户通风，等烟味散得差不多了，低沉地冲小欣说了一句："过来。"小欣打开书包自觉地把作业摊开放在秦叔的桌子上："作业我都写完了，你检查吧！"语气好不自信。却见秦叔把她的作业合上，放到一边，拿过一张白纸，在上面写着什么。小欣凑近了看，最顶上赫然写道：2003 年小欣保证要做到以下 15 条。端的就是一张家规家训，专门写来管教她的。她脾气猛地就上来了："我为什么要保证？这不是我保证的！"

"啪——"秦叔反手给了她一巴掌，把小欣打蒙了。

小欣又委屈又害怕地捂着自己的脸，想不明白为什么自己会挨打，眼睛瞪得大大的，充满了小孩式的怨恨。

"有些话能说，有些话不能说，你说之前能不能过过脑子？还跟人家说什么'爸爸妈妈脱光衣服睡觉'？这是谁教你的，小孩子家家的，还是个女孩子，一点都不害臊！就知道乱说话……"秦叔一连串的指责说得小欣一头雾水，她完全不知道自己究竟错在何处，偏偏秦叔又不给她解释清楚，平白让她又被打又被指责，心里憋着一团火，想撒又畏畏缩缩，只能喘着气平息自己的心态。这团火把小欣全身都烧得沸腾了，她一直忍啊忍，小孩子的脾气又莫名的倔强，秦叔没有说服她，便只能是凭借自己的力量和权威使她屈服，但这样的屈服会随着年龄增长而消失，直到有一天再也压制不住了。

这边书房的训斥声被厚重的木门深深地隔绝开来，阿英躺在床上看着天边的云，一言不发。房间里只开了一盏橙黄色的小台灯，灯顶有镂空的星星，投洒在天花板上就像满天星辰。

这时小欣气轰轰地开门进来，一屁股狠狠地坐在床铺上，用手使劲地搓了搓眼睛，仔细一看，哭得又肿又红像两颗水蜜桃似的。她一把扯过玩偶抱在胸前，哭得稀里哗啦的，好不伤心。阿英转过身，假装自己已经睡着了，但心里直发虚，她从没想过自己会变成那么卑鄙的人，跟一个小孩子家家的过不去，故意在秦叔面前上眼药，她是不是已经面目全非了？但自己实在又忍不住地委屈，两下相加，阿英自责又难过，她不知道该以怎样的态度去面对小欣。

"阿英姐姐！脱光衣服睡觉是什么意思啊？为什么爸爸会生气打我？"

小欣猛地摇了摇阿英的肩膀，试图把她摇醒。其实她只是想要阿英拍拍她，安慰她，告诉她爸爸只是有点心情不太好。但阿英一直在努力装睡，不管怎么摇都摇不醒。

小欣的情绪其实非常容易消化，她是个火柴一样的性格，烧的时候能点燃世界，而熄灭得又很快。但正值当口，是水枪也灭不掉的。整间房子里都是小欣的哭声和抽噎声，阿英却一动不动。人的情绪有时很像罐子里的水，等积攒到一定程度的时候就会溢出，通过血液流经五脏六腑，将整个身体控制起来。我们唯一能做的，就是时不时倒尽罐子里的具有腐蚀性的水。只不过小孩子总是比较难做到罢了。

今夜无月，等到小欣哭闹累了睡下的时候，大院已经归于沉静，只剩一些昼夜颠倒的蝉还在无休无止地吟诵。窗外的风推着笨重的云慢慢向前，时光流逝在静谧无言的夜中，夜来香为它绽放，夏虫也为之狂欢。夜总是与浪漫分不开，在昏暗中，所有真实都被蒙上了面纱，美的更美，丑的不再丑，窸窸窣窣的草叶晃动的声音也格外温柔。

小欣被无缘无故训斥了一番，外加条条框框的束缚，导致她跟秦叔的关系急转直下，变得有些僵硬，这父女俩在接下来的一周里都没有说过一句话。小欣自以为是的抗争与反叛，在秦叔眼里不过是无聊的游戏。这便是岁月流逝的证明，在马车轮般翻滚的时间中总会长大、长成，再也宠辱不惊，波澜不惊。

十

岭南人都特别喜欢喝凉茶，大概是因为气候湿热，一不小心就会腾腾地冒热气。这儿虽然热热辣辣的，人大多却温温吞吞的，有什么急事一上头，搞碗凉茶下去什么都平静了。像什么王老吉啦、生地啦、夏桑菊啦、雷公根啦、甘蔗五花茶啦，岭南人听到这些名字都要口齿生津。小欣的外婆尤其喜欢喝凉茶，她是要自己煲的，去菜市场上挑一把配好的凉茶，回家后洗净，再放一整根甘蔗，两颗罗汉果，几手金银花，七八块冰糖，小火煲一个下午，煲得高压锅吱吱作响，植物的芳香和冰糖的清甜溢满整间屋子。等一大锅水煮到只剩三分之一了，就把它倒出来，放凉，再放进冰箱里冻着。晚饭后一边扇着扇子，看看电视，再饮几口冰镇的凉茶，夏天当如是。

但小欣不是，她喜欢的并不是凉茶本身，她是遮遮掩掩地、偷偷摸摸地喜欢凉茶铺里的甜品。像是清补凉啦、槐花粉啦、龟苓膏啦、芝麻糊啦、红枣银耳糖水啦、玉米糖水啦、豆腐花啦，数都数不过来。街边的凉茶铺大多用一块木质的招牌，涂上鲜艳的红红绿绿的颜色，四周还要装点上一闪一闪的小彩灯。名字左右出不了什么阁、什么堂的，在铺子前面摆一个大桌子，桌上放着八九个黄铜壶，顶上还要挂一排标了名字的木牌，在客桌摆上一排白瓷碗，说要哪个就倒哪个壶，抬起手来就喝，好不自在。而年轻些的女子，却更喜欢那些冰镇的甜品，铺里的配料和糖水是分开的，就像槐花粉，乳黄色的粉条被放在一个盆子里，要做的就是用漏勺捞上两勺，抖一抖倒进瓷碗里，再从冰柜里倒一碗糖水进去，糖水冲得粉条转来转去，舀一勺放进嘴里，这才叫生活。

小欣可懂生活了，夏天热得不行了，总要外婆做些绿豆海带、生地罗汉果之类的，阿英接到电话，下午便要坐着公车晃晃悠悠地去外婆家，取回一个装着凉茶或是甜品的保温桶。这时已经深秋了，岭南的下午还是闷热难当，日光灼灼的好像离头顶不过几米。阿英提着保温桶下车的时候，中暑晕了过去，一整桶糖水全都泼洒出来了，不一会儿便围满了寻蜜而来的蚂蚁。周围人吓坏了，几个有经验的阿姨把她移到树荫底下坐着，使劲掐了掐阿英的虎口，又拿着什么薄薄的纸张给她扇风，好一阵子才缓过来。

阿英道了谢，慢吞吞地站起来甩了甩头，直到脑袋里没有那种被橡皮筋扯着的胀痛感后，才慢慢地挪回家。家里，小欣已经在座位上一笔一画地写着作业了，她的手被铅笔印蹭得灰灰的，还均匀地反着光。她一听到开门声，立马哈巴狗似的扑上来，双手环抱着阿英的腰，扭来扭去："阿英姐姐！阿英姐姐！外婆跟我说今天有绿豆海带吃，在哪儿呀？"边说着还边跑到消毒柜前面，拉开抽屉拿出碗勺，垂涎欲滴地等着。就像一只被宠爱的小狗狗叼着饭碗扑到主人腿边，拼命摇着尾巴撒娇，希望能快点吃到好吃的。

"没有了，我回来的路上打泼了。"

空气突然凝滞，像所有的孩子那样，心心念念期待已久的东西，突然被告知拿不到了，那种委屈就像扎破一个无限膨胀的气球一样，是山崩地裂的。小欣难受了很久很久，阿英的难受却无人知晓。一命二运三风水，人的命是天注定的，运气却能积累，只不过这个积累是很缥缈的东西，最是没有规律可言。命是不行的了，可阿英的运气好像也并不怎么好。她老实巴交，勤劳肯干，吃苦耐劳，却也不能替她讨点喜气来。

过了几日，阿英收拾房间时，看到落在床底的一本绿色封皮书，名叫《要命的数学》，里面讲的是一些科学家和数学之间的奇闻趣谈，原是秦叔买来培养小欣的兴趣的，小欣很是喜欢了一段时间，天天捧着看，躺在床上也拿出来翻。但小孩子的兴趣来得快，散得也快，很快就把这书闲置在床头，视若无物了。之后更是睡着后动了动把它扫落到床下，因为不重视，便也没有发现。

阿英捡起这本书，拍了拍上面的灰尘，坐在床边翻阅。里边都是一些她看不懂的符号和式子，这便显现出读书的重要性，那么一本给小儿启蒙开物的书，对她一个成年人来说都还很困难。就像突然被扔进鱼缸里的金鱼，四周都是奇怪的面孔，奇怪的沙土石块，鱼儿的第一反应就是躲到假山石中，寻找熟悉的处所藏匿起来。她看着陌生的符号发起了呆，不知道想到了什么，情绪翻涌上头，眼泪抑制不住地逃了出来。她将书罩在脸上，呜咽出声，也不忘控制音量，是哭也不敢大声哭的。眼泪从眼眶滑落，在地心引力的牵引下，在脸上留下一道道湿漉漉的痕迹，有些被贴着脸的书页拦截，干脆直接吸附在纸上，湿透纸背。

就这样不知哭了多久，阿英直起身，抽过纸张擦干脸上的泪痕，又随手沾了沾在书页上的泪滴，目光涣散没有焦距地静静抽噎了一会儿，情绪最终还是崩溃了，她拿起笔在书页上歪歪扭扭地写道：老天爷为什么要这样对我？我的命为什么会那么苦？为什么要这样对我呢？我只想快乐过完这一辈子，为什么要这样折磨我呢？她分不太清"的""地""得"的区别，语句中也掺杂了错别字，比如快乐的"快"写成了土字边，折磨的"磨"看起来也不太会写，原先写的"磨"是病字头的，被划掉后又写成了厂字上加十字的奇怪偏旁。偏偏这样的疑问是不会有人回答得了的，每一道数学题都可以有答案，但人生的命题没有。

阿英随手把这本书放到茶几底下，那个没人关注的角落，然后拿起拖把继续干活。家里的地板贴的是白色的瓷砖，得用湿拖把将黏在地上的污渍搓掉，再用干拖把将印在上面的水痕拖掉，这样才能让瓷砖干净得"光彩照人"。南方的气候湿热得难受，阿英拖着拖着，鬓角的汗便滴到了地上。

本以为这样的事是可以悄然无息地过去的，没有人会知道她曾经在一个风和日丽的午后失声痛哭，没有人知道她的内心其实是痛苦而挣扎的，没有人会心疼会怜悯会可怜她。但在不久之后的某一天，小欣突然心血来潮，又翻了翻那本《要命的数学》，却突然看到几行歪歪扭扭的，充满哀怨的文字。小欣当时就有些害怕，大抵是在人生中从没听到过这样悲伤激烈的言论和质问，也从未有过这样的心情，在她小小的无瑕的世界里，难过的、悲伤的、绝望的情绪是不被允许长期存在的。因此她看到"老天爷为什么要这样对我"时，有一种难以言喻的疑惑和惊讶。这本书从拆封到现在，一直是放在家里的，秦叔和平姨绝不会在上面写这样的话，且秦叔写得一手飘逸的行草，平姨不爱写字，小欣一下就明白了这几行字出自何人。她有些惊奇，在她的记忆里，阿英不是这个哀怨惆怅的样子，她是沉默的、麻利的、清秀的，唯独不是悲伤。她不知道为什么阿英变成了现在这个样子，变得有些面目全非。在父母羽翼下的孩子，永远不知道成年人的悲伤其实来得那样简单，他们看似坚强冷静的表象下面，是一颗千疮百孔的心，比裂成蛛网的玻璃还要脆弱，只要一棵树、一朵花、一顿饭、一本书，就会引起他们无法言说的哀伤。但所有的情感在生活的艰辛和命运的捉弄面前，是多么的微不足道，残忍的物竞天择会让万物明白，光是活着便已极不容易。

小欣合上书，放回茶几底下的托盘上。她没有把这件事情告诉秦叔和平姨，也没有问阿英，但这件事情就像一颗小小的种子，埋在了小欣的脑海里，在遥远的未来生根发芽。

过了很多很多年，小欣上了大学，过年时听闻外婆念叨阿英，说她有天上门来探望过，带了点自家的鸡蛋和路上买的苹果。外婆口中的阿英，已然是一个中年妇女的模样，但她此时也不过三十几岁。只知她生了一个儿子，穿着打扮看起来也不是太好。外婆想留她吃晚饭，她再三辞谢，好像赶着去什么地方。

年夜饭后，秦叔跟平姨谈起阿英，也不知道该用什么言语去评价，只似是惋惜似是开导地说道，或许她嫁的人家虽然不太富裕，但生了一个儿子，说不定婆家对她也不错，她对这样的生活也满意，毕竟从前她在我们家当保姆的时候，也是随遇而安的样子云云。平姨连连称是，在她的印象中，阿英也是这么一个平淡又无欲无求的人。小欣却突然打断两人的讨论："不是的，阿英从来都不是那样的人，她真的很苦。"秦叔和平姨很诧异地看着小欣，异口同声地说："你怎么知道？不知道就别乱评价别人的人生。"

小欣最终没有把童年的记忆告诉父亲母亲，只坚持道阿英没有他们想象中的那么安于本命，最后这场谈论在秦叔平姨和小欣的互不相信中不了了之。

时间是沙，一层一层地覆盖世间万物，包括记忆，在沙的侵袭下也将一点一点归于平整，只除了那些特别刻骨的，特别的引得人喷发情感的记忆，是撒哈拉也埋不住的。

向着拥挤的黎明

许 畅

外套拉锁一口气抵达他的下颌，气势犹如猛然拉开一个肉罐头，余温散去后的空气被挡在了开衫外侧。转弯入大道，李峪哲领着两个新认识的朋友往前走，其实这对他来说也是全然陌生的道路，但自从他加入了这个小团体，另两个女生便只顾顺从地跟在他身后。水草从路砖缝隙里生长出来牵扯他的脚步，他低头，暗绿的枫影正漫过运动鞋的网面。

白天，一切尚且新鲜。色彩明快的别墅，古朴典雅的教堂，集市里，拉丁字母泛滥成河。刚来第一周的时候，他让终日里挂着相机的新朋友书怡给他随手拍了几张，就在海湾旁的餐馆门前，天空骑乘柠檬黄的墙，立体空间坍缩为薄薄的海报平面，他先发给了父母，又上传社交平台，标明定位。李峪哲捉起裤袋里滑溜溜的新手机，来回解锁儿番，又把个人昵称改成了英文名加中文姓氏的标准结构。

手机还没放回裤袋，他就收到了舅舅的留言：到了？

在交换名额尚未完全确定的时候，他要出国交换的消息就已经传遍了家族群。最先在群里回复讨论的却不是作为东道主的舅舅、舅妈，他们直到李峪哲在群里分享日程后才发来祝贺，让他务必挤出时间去他家做客。

他是听着舅舅通过读书改变命运的故事长大的，在九十年代只身前往海外，不花家里一分钱留学，甚至还用奖学金补贴家用。母亲屡次艳羡地评价道，学历就是他的跳板，多学学你舅舅！

他凭借母亲的只言片语和逢年过节的越洋包裹想象另一个国度，那里人更少，食物更干净，空气更清新。他期待每一次来自异国的礼物，不管是什么，都更时髦好用，连过年塞在红包里质感诡异的货币都比相同面额的人民币更值钱。"不要辜负我们的培养。"母亲多次在他面前提，"我以后想去国外养老，还能和你舅舅做个伴。"

他点进与舅舅的聊天界面，聊天记录还停留在他向舅舅请教如何办理签证材料。

他的大拇指迟疑了一会儿，然后轻车熟路地报了个平安，避开看望他们的话题。他没多大的负罪感，只是有点担心硬被塞进行李中的家乡特产。他仿佛一个上级派来的调查员，替整个家族观测、评估舅舅的生活，最后向充满好奇的其他成员汇报他们是否过得同传闻里一样幸福。舅舅也没提做客的事，对话结束在"那就好"上。李峪哲感到他们远不如曾经那样热情了，现在想来，或许年少的记忆满是幻觉，他们自始至终都在拒绝故土任何一种形式的窥探。

情景喜剧般的新奇体验结束于入夜时分。天光一暗，街景改头换面，一排排屋宇平庸，向土地的褶皱增殖面目相似的子孙，而行道树诡谲，循着无法预计的排布，仿佛他接着走下去，就能一路走到老家楼下的黄酒铺。他在放学后常常在黄酒铺里徘徊，看老板的儿子玩红警，凭空建立起自己的领地并一寸寸向外扩张。但他必须非常小心，时刻注意电动车经过减速带的闷响，一有风吹草动便从后门溜走。

"我们坐公交吧。我走不动了。"书怡说。一线气泡自她的嘴角逸出，消失于街灯照亮的头顶。"今天又走了两万步，差点占领步数排行榜的封面。"

另一个女生立刻回复道："我明明说了让你提早走，你一直拖到现在。"她是书怡的室友，同行的分分秒秒比李峪哲还依赖手机，他记不清她的名字。

"我也没想到……"书怡说。

他抬手看了眼手表，太阳此刻正高悬在北京上空。

一辆亮着灯的公交从他们三人身旁经过，急促喘息如负重的长跑者，温吞地将哑巴夜晚碾碎，又一头栽倒在不远处的站台。车门开启，乘客与站台的等车人对峙片刻，谁也没有动作。他捕捉到几张沮丧的亚洲面孔，于稠密人影中沉默。

"公交车上不去，再走几个站吧。"他说。李峪哲背一个硕大的双肩包，齿轮状花纹，重心起伏，双肩包始终在背后安稳坠着。走过站台时，他与站牌下戴黑框眼镜的青年照面，他感到对方也透过

许　畅

透明介质，打量他。青年白色短袖下的手臂随呼吸起伏，绵延成瞌睡的群山。

"过几天还有一场焰火表演，你们来吗？"

书怡读着他的脸色，迟疑。"我有点想。"可惜他无法回馈这样的殷勤。

"我不想来了。"另一个女生答道，手机白光打亮她的面孔，泛着粼粼波光，"晚上回学校不方便。"

路边黑色垃圾袋堆成一座座微型岛屿，湿漉漉得可疑，好像内藏新鲜的尸体。他感觉有冰凉的雨水沾湿了后背。两个女生挽起手来，慢慢与他缩短距离。路越走越凄静，一只硫黄色的大鱼从上世纪而来，溯迎湍急流水，游往街道另一头。

"我们要不要打车啊？"书怡问。

"别吧，我男朋友说，晚上在国外打车又贵又不安全。"

"他在国外吗，他在哪儿留学？"书怡又问，"我听你讲过，你们前不久才在一起。"

"他现在还在国内，不过以后会去英国读研。"她始终把手机攥在手里，像是紧攥神圣的捧花或是舞会入场券，"我之后也打算去英国。"

月影摇晃，涟漪追逐另一辆满载的公交远去，他嗅到尿液和刺鼻香水混合后的气味，类似腥臭的海鱼。一种颇为陌生的感情控制了他，双腿腓肠肌的酸胀逐渐变得无法忍受。

"你们都有亲人在国外吗？"他问。

"我小姨和姨父在美国。他们已经在国外生活二十多年了。你呢？"

"我有个叔叔也在美国。"另一个女生说，她泡软的空气刘海已经伏在额头上，一派死气沉沉。他隐蔽地窥视，她的指甲晶亮且弧度圆润流畅，像被浪潮推上岸的粉色贝壳。

"我爸妈想让我研究生去英国，学金融，在国外工作两年，能留下就留下，实在留不住的话回国工作也有优势。"一阵猛烈的香水味后，女生终于从手机光芒里抬起头来，侧身避开迎面而来的两个白人男青年，标准的金发碧眼，除服饰外，就像孪生。他们大声说笑，走上了通向市中心的道路，五双眼睛中没有一双短暂地与另一双相会。

两个女生又将手挽在了一起。某户独栋的灯光洒在她们一高一矮的背影上，两个人絮絮说了点什么，然后一齐笑起来，他只听到几个残缺的词，英文层层叠叠的辅音擦过他的耳背。

他边走边用社交软件查看新消息，书怡不知什么时候绕到了他身边，压低嗓音问他，峪哲你以后也会去留学吧，打算学什么。

他吓了一跳，依旧面不改色地回答道："还是本专业相关，计算机之类的。"

哦，书怡点点头，这个前景比较好。我就想学摄影，数码摄影。

"学艺术很烧钱。"他说。

书怡说，是啊，不过为了理想嘛。那你为什么来交换？

理想，他好久没有听到这样的词了。他好像连一件喜欢做的事也想不出来。他回答流畅得像是在背诵："提升一下背景，最好能拿个推荐信，比较利于申请。"他边说话，边在手机上划看谷歌地图的推荐路线，蓝色虚线蛇行蜿蜒，贯穿了整块手机屏幕。道路两旁的树林幽暗而模糊，好像寄生着奸邪的水怪，向外伸展出柔软多变的触角。

他们的母语乘风回荡在空旷街道上，敲金戛玉，清晰可闻。另一个女生放慢脚步，回头等他们，接了一句："我爸也是这么想的。他让我好好表现，多和教授交流。"

"我们真的要走路回去么，地图上显示步行时间 2 小时 20 分钟。"他说。

所幸这条路不必经过老街区，远离令他心惊的烟草街。他还记得几天前站在蒸汽钟脚下，仰望这座百年前的孤单的遗物，它一刻不停地运作，间或发出汽笛般的长鸣，惊醒了蜷缩在阳光无法抵达之处的野猫和流浪者。他站在蒸汽钟的脚下，米黄色的老式百货大楼包围着他，喋喋不休地讲述另一语言的故事。他大概明白自己为什么不愿像同行的朋友那样，举起手机拍下它，把它装进再也不会打开的相册里。一只陈旧的灯笼漂浮在目光尽头，朋友正喊他跟上队伍，喊的却是他的英文名。Alex，Alex。他们急着赶往下一个景点。

这本是一个浪漫的夜晚，他想。

一滴汗液滑入越来越浓郁的夜里，像一枚消失于大海的银币，而刚刚的上坡几乎耗尽了他们所有力气。

"最晚一班公交是几点？"书怡问。

"手机上显示是 10 分钟以前。"

女生们开始怀念国内的公共交通，两颗头颅像两只酒瓶低垂着碰撞在一起，发出空荡荡的叹息。很可惜，地铁不通他们所在的校区，地下列车仅沟通上世纪既已成型的老城。上个周末，李峪哲第一次乘坐这里的地铁。在地铁站风起云涌的入口，他看见一个满脸淡金色胡须的男人推着轮椅进站，轮椅上坐了一个憔悴的长发中年女人。他们既像夫妻，又像兄妹。男人赤手空拳同机械自动门较量着，双手推轮椅闯过重重金属关卡。轮椅的骨架与自动门突出的挡板碰撞、摩擦，座椅几乎被狭小的通道挤压至向上跃起，而男人依旧横冲直撞，只知向前，奋力将这艘干瘪的小艇推向深处，凭蛮力，节省一顿粗简的午餐。

他小心翼翼地抬眼，发现获胜的男人冲他露出整齐的八颗牙齿。

我们聊聊吧。书怡说。

"聊什么？"他问。

聊聊感情。书怡轻笑两声。

另一个女生再一次转身抓紧书怡的手，说："我有点怕，三个亚洲面孔看起来很好抢。"

这使他想起舅舅在国外被人跟踪的经历。舅舅被高大强壮的白人花臂男尾随了一路，路上行人匆匆，他不知该向谁呼救。她们都被他的故事吸引，不停发问，然后呢，后来怎么样了。

"他求助于当地的一个女生，那个女生带他去了警局。我舅舅曾说，没经历过这些，哪里算得上留学。"

"你们亲近吗?"

"算吧,他是我妈的亲弟弟,我第一次出国就住在他家。"

回忆淙淙流过他身前,他义无反顾踏进这块加勒比海绿珀。那时候的他多希望自己是舅舅的孩子,已然生在光明的彼岸,享他不知还要奋斗多少年才能获得的一切。当所在的中学发布了自费暑期游学项目时,他和母亲力排众议,说服了其他亲人。他说:"我,必须出去。"不容置喙的加强音节落在最后两个字上。他用"出去",而不用"出国",强调向外动作的同时,似乎显得没那么忘祖。

出去了又能怎么样呢?你会像舅舅一样吗?

对,我会像舅舅一样。

那时他就知道他一定会再回来,他现在也这么想,毕竟还有一些悬置多年的期望在等他偿还。

身处所谓好山好水好无聊的西半球月余,他从未见过如此多的人。铺天盖地,密密麻麻地攒动,盘踞着原本洁净的海湾,比人来人往的唐人街还要多出许多倍。若从天空俯瞰,这里只会呈现出一片茫茫的阴影,像一弯咬在虎口的牙印。

留学生论坛上说,来这座城市必看一次焰火表演。他这才和两个初识的女生结伴,坐了40分钟的公交,在傍晚前赶到离海湾最近的车站。

冰激凌车顶三角图案的尖角戳破了浑圆的落日。他们钻过携家带口的本地人,终于在海边支棱的乱石上找到位置。放眼望去,海面光滑,一摊油亮的蛋黄流心。身旁的女生摆弄着手机,调整自拍的角度,而书怡将单反托在胸前,忙不迭向外人展露这只神气的独眼。拍、拍、拍。权衡构图、光线,对入镜的一草一木精挑细选。李峪哲不太懂,他捧起相机屏幕翻看,只是觉得自己在镜头下面目模糊。隔壁正在搭野餐桌椅的父亲退后时撞上了他的右肩,震得相机差点脱手而出。那位父亲不发一言,也无丝毫抱歉的神色,他还来不及组织出谴责的脸,他就已经返回他的家庭中去了,那固执的后脑勺,简直同他的舅舅如出一辙。

中学的时候和舅舅一家去公园野餐,舅舅差点因为一块风景更美的草坪与他人发生争执。他当时英文不太好,自始至终绯红着脸坐在野餐垫上,越过舅舅灰白的头顶看另一家人愤愤离去。一只手插在口袋里,摩挲着卷成团的购物小票。他想说确实是另一家人先来的,但他到最后也没有出声。

回家的车上,舅妈没有再和舅舅说话,直到她发现马桶圈上浅浅的尿渍,积攒许久的怨气终于寻到了宣泄的窗口,她开始指责舅舅屡教不改地站着尿尿的臭毛病,明明先前答应得好好的,倡导坐着使用马桶的家庭文明新风,实际上还是老一套,丝毫不体谅她和女儿的感受。从李峪哲来到这个家的第一天起,舅妈就单独和他提出过这一卫生要求,他从善如流。他向舅妈发誓绝不是自己。

表妹也用她教科书一般的中文在一旁声援母亲,爸爸,这样做不文明。

舅舅大学辩论队的口才全无用武之地，眼神游移在李峪哲和妻子之间，显得既尴尬又无助，峪哲，你是不是还没适应我们家的习惯，没有注意？

十几岁的他忍不了委屈，旋即给出极具说服力的论据：我是今天早上第一个用一楼卫生间的人。

舅舅的身后是一大片用表妹的半身照组成的照片墙，从刚出生到幼儿园再到小学，年年都拍。表妹明明跟舅舅流着一样的血，却因为掌握了不同的面部发力方式，绽开和他截然不同的标准笑容，显露出一对清晰对称的嘴角。他终于在满墙的笑容前败下阵来。

剩下的事李峪哲只能记得一些残缺的片段，比如最后舅妈让他带表妹回客厅看电视，电视上的卡通人物蹦蹦跳跳，浑圆的身体像风帆一样活力鼓胀，他捏了捏表妹的脸颊。表妹反过来安慰他说，没关系的哥哥，爸爸妈妈最后会互相说 sorry。

潮汐规律而温柔，他用手掌捧起的海水，又从指缝中飞快漏走，归还太平洋。海上传来的交响乐逐渐清晰，万众瞩目的烟花声声炸响，人群也随之一浪又一浪惊呼。夕阳的颜色越来越浅，褪为背景中发白的斑点。

李峪哲恍然，原来太阳不从这里的海平面升起。

音乐激昂，气势层层上涨进入了高潮，而烟花四射如流星，深邃幽暗的漫长旅行后以残损的身躯降临蓝色星球，无数个放大拉长的惊叹号并列歌颂这异国芬芳。夏天的大海环绕着他们，他看见了月亮破碎的旗。碎玉裂帛以及挂于浪脊的零星红尘，频繁刺痛他的眼睛。他的目光越过两个男人烟花幕下的吻，恣意投向这一片年轻的大陆。

不同肤色的人来往穿梭，只有足够幸运，才能在土地背面拓下自己的影子。他在学校资料室里见过一份旧报纸，整版字母粘连，排斥任意一种进入，报纸方方正正的一角孤立在外，那是五六行繁体中文，纪念华人为新大陆所作的贡献，向他揭示纵贯大陆的铁路枕木下，埋藏着无数远道而来的尸骨。

手机在口袋里嗡嗡震个不停，他暂时没腾出手来看，专心许愿。自焰火表演初即蔓延的渴意愈发炽烈，他开始想象超市里五刀两大盒的蓝莓生津。

原来是白天发在家族群中的照片终于有了回复，群里的亲人轮番夸他精神、洋气，父亲没在群里跟着回，只是私聊他：你妈妈让你有空去看看舅舅。

他们不知道，他曾在某个没有课的下午搭车到了舅舅家门口。他记得那个街道名，是一种乔木的名字。他沿街挨家挨户地张望，走过一幢幢花团锦簇的洋房，几株野蛮的蔷薇翻越原木栅栏，不留神刺破他的指腹。他在照片背景里经常出现的石榴树前停下了，透过石榴树稀疏的枝叶，他看见母女温馨合照的拍摄者正准备开车出门。因为他一直身处照片以外，李峪哲这时候才发现舅舅已经满头白发，稍一愣神，也已经错过了叫住舅舅的时机，只好兜兜转转绕回别墅前门。前门的草坪上竖着一块白底广告牌，上面用黑体印着"SALE"和一串电话号码。

先是急促的由远及近的脚步声，再是呼喊："请等一等！"

耳朵对中文呼喊出奇敏感，嗓音的细节也被轻易捕获。"同学等等，一起走吧！"在回头前，完成对来者样貌和年龄的判断。

三人驻足，是公交站台前的眼镜男。他简单介绍自己的身份，也是来交换的学生。"可算找到组织了，"他说，"其实我一直在找你们。"

不会吧，女生们说。

真的，我看你们衬衫上的 logo 就知道我们要去同样的地方。他说。

短短几分钟，她们跋涉的哀怨消减了大半。话题已经从近在咫尺的学业转向了最喜欢的外国城市。他却有些不自在，一道视线有意无意地飘向他，像是寻求不期而遇的对视。

手机又震动起来，震得他皮肤酥麻，耳畔似有列车饮风吞海，呼啸而过。他感到一阵溺水般的窒息。

眼镜男靠近他，问他是否愿意跟他走一条捷径。他摇摇头，还是选择跟着导航走。

"不会有公交了，"他说，"大家都累了，不如抄小道。"

恋爱中的女生附和，"我想赶快回去洗澡。"

"你走过吗，如果没有，那我觉得还是别贸然尝试吧。"他草草应付他的邀请，避开眼镜男打探的眼睛，塞好耳机，却没有播放任何一首歌。两只花色相异的野猫你追我赶，不知它们的来路，沉沉夜色也看不清去处。低沉的咕噜声近在耳畔，好似在策划一场注定失败的埋伏。

书怡跟眼镜男聊天的声音钻了进来，我以后想当摄影师。

好酷，眼镜男回答。你要好好加油。

步行至此，路上已鲜有汽车驶过。发动机的动静令他们既兴奋，又有些隐隐不安。十分钟前，一辆轿车外放着音乐，欢腾地超越松散的队伍，节奏强劲，一簇簇尖利的水花随鼓声四处溅射。他感到某种一致的歆羡，化为车轮下的尘土。

此刻他再次听见了发动机的嘶鸣，艰难地转过身，高大的车体使他瞬间清醒。双目在白亮的前车灯前暂时失明，他闭拢又睁开。红色公交摇头摆尾，仿佛街道无比光滑，好容易才停稳在黄色站牌下，打开后门，下来几个白人。他们紧盯着前门，仿佛如此便能够加速进程。透过车门透明视窗，红的黑的白的蓝的，尽是潮湿的短袖的颜色。

快上车，眼镜男说。等什么呢。他奋力登上台阶，便不再回头看，觅得一处缝隙挤进车厢，人群很快如漩涡一般将他吸走了。

路灯微弱的光线散落水泥路面，捎带沙尘，最后落入古老的下水道。

正当他单腿迈上公交车台阶时，走在前面掏硬币的书怡大叫，我的相机不见了！接着摘下背包，从里到外一遍遍摸索，一无所获。一定是落在海滩上了，她说。

如果真的在海滩上的话，都过去好几个小时了，相机肯定早就被人捡走了。

会不会是 Matthew？另一个女生突然反应过来，她说，Matthew 不在车上了。

怎么办啊，她哽咽道。

Matthew 是谁？已无人理会他的疑问。

她跳下车，我想回去看看。

司机嘟嘟按喇叭催促。声波触及两侧的房屋，潮汐似的向道路中心挤压。他伸出手，你疯了？李峪哲一把拽回她。冰凉的液体溶解他的指尖。你一个人太危险了。

车门"咔哒"闭合，公交震动着缓缓起步，他抓住扶手保持平衡，仿佛一艘满载的大船渡海而来，远处颜色浓重的一撇是大陆边缘的岛链，那里也已经人山人海。

书怡仿佛被抽干力气，虚弱地倚靠在车门边呜咽，另一个女生正找出纸巾递给她。而戴眼镜的男生蒸发得一干二净，李峪哲困惑自己今晚是否真的遇见了这样一个人。他甚至没有看清他的脸，只记得他饱满健硕的手臂。

车厢里蒸腾的汗味扑得他倒退两步，与投币箱相撞，他对司机说了句抱歉。

公交车拐过弯，接近校园的路较之前宽敞平坦，马上就要到达终点站。他从窗口向外眺望，明明灭灭里，宿舍楼耸立，而整齐的灌木旁，有一幢粉刷一新的白房子，跟舅舅耗尽积蓄购入的花园别墅看起来一模一样。他把下颌枕在正抓着扶手、弯曲的手臂上，疲倦得几乎可以站着睡着，但他的心却怦怦直跳。

发光的鱼群紧贴车窗洄游，又在车头散开。在远山和地平线昏暗的铰合处，一列喘着粗气的火车贴地前行，咔嚓咔嚓，一口口吞没蜡黄车灯照亮的前方。上空，火车带动的气流吹开山林的残影。

"我们快到站了吗？"李峪哲开口问，很轻很轻，迅速被发动机的嘈杂淹没。

女生勉强在他的胸前站定。"下一站。"

他不再说话。膝盖酸痛，胫骨发软，似乎不堪肉体的重负。从右向左，火车好像一支一往无前的矢量箭头，极力劈开涌动的重水，没入这倒置的世界。只见它越跑越快，越跑越快，发出超载似的尖叫，简直要把连接在身后的车厢甩进层层密林。

早熟宫川

许龚燕

　　高铁车厢里一排排整齐摆放的座椅突然让她想起许多年前家里那把电疗椅的模样。靠在僵直的椅背上，李喆难以抗拒地回忆起更多细节：不是庞然的铁皮箱，只是在通白的塑料靠背椅上，铺了层薄薄的垫子，后边连着几根导管，按下开关后，电流便能灌进全身。椅子还配套了根狼牙棒式的按摩棍，掌中的电流淌到棍子，再通过滚动与摩擦重新回到躯干中。机器运作后，皮肤附近的空气常会迸出几粒火花，酥麻的感受短暂却永久，永久。

　　这趟早班车从起始站上来便显得冷清，李喆周围，隔了一个过道的女人正抱紧怀里的袋子歪头睡着，她听见她沉重的呼吸，还有不知从哪个座位传来的敲击键盘的声响，后座的男人话稍多些，滔滔地和身旁的人分享些异国趣闻，以及对目的地历史风情的介绍，看来是错峰出游的一对情侣。17 个国家，她听见这个数字，男人说，大概同时手指向窗外，德国的乡村差不多就是这样，在他看来，也许还要更破，更旧些。那时，车辆正以每小时 308 千米的速度略过地图边角的某个城镇，德国这两个字从耳边滚过几圈，她诧异自己连这都会联想到，蒋逸凡应该是没有去过德国的吧。那所中学网站的教师介绍栏里，他被热带阳光晒得黝黑的皮肤与标致的西装领带有着格格不入的错位感，修图柔化后，更显得诡异。昨晚，她在 12306 停止售票前的几分钟终于下了订单，彻夜浅眠，神经紧绷，逐字逐句揣摩着佳哲发来的微信截图那端他的语气，企图在不断的默诵里获得更多信息。北方读的大学，她转而搜到优秀毕业生的名单，蒋逸凡的名字在靠中间的那一列。毕业后他去了西藏，留在一家小客栈里打零工，那家客栈在他离开的那年也同时宣告了倒闭。后来他又申请去柬埔寨当汉语老师，在东南亚继续兜兜转转了三年，李喆顺着微博找到他的 Instagram，那段时间他 po 了很多风景照，偏爱复古的滤镜，大海和花朵都显得明艳而陈旧。"玩够了，现在回来当班主任，很俗套的结尾。"对话到这里结束，后面他们继续聊了些什么，李喆不会知道，她只好又一次回到开头的那句"是我。"蒋逸凡的头像是海边一艘小小的渔船，像漂泊许久，终于被季风吹停在岸边。怎么想都奇妙：从不相关的朋友那里听闻自己儿时伙伴的近况。李喆盯住车厢额部滚动的数字，换算出小时与分钟的单位，每分钟，5.13333……千米，除不尽的余数一路飞逝。

认识蒋逸凡的日子，已经过去很久了。大学毕业后，李喆留在了这座城市，在一直实习的单位转了正职。MAY是个公益性的社会组织，主张关注女性的身心健康，成立的几年里也有了些影响力。老板梅姐原本是金融业的高管，后来见李喆能独当一面，开始重操旧业，去拉些投资和捐款，活动组织的部分就慢慢交给她负责。对李喆来说，这份工作自由，却也充满挑战，她最喜欢的一点，就是能在其中认识到许多有趣的人。

与佳皙的相遇便是如此。大约有五六年光景了吧，当时MAY刚搬到创意园区来，在拐角处的二层楼有了属于自己的基地。一楼是公共区域，白天卖点咖啡，晚上就成了小酒馆。另外的空间用来做活动室，常组织些放映分享活动。佳皙第一次来是参加一次纪录片的观影会，现场稀稀落落，她坐在靠近吧台的侧面，李喆一抬头就能看见。那是个文静内敛的姑娘，她望向屏幕默默流泪时，影片里的主人公正在用陌生的调子说着："因为不知道我们何时会死去，我们总以为生命是某种取之不竭的财富，可有些事只发生那么几回，其实是少数几回。你还记得几个你童年的下午，那些无比重要的、如果没有它们你就也不再是你的下午？也许就只有四五回，也许甚至还不到。"

今年中秋的天台聚会，她竟久违地来了，老城区露天的阳台上，围坐着一圈陌生人。李喆第一次独立承办活动，特意提前一周去了好几个地方踩点，最后把聚会定在新旧城的边际线附近，一栋看起来有些年岁的大楼里——砂石质地的墙上涂满了各色图腾与张扬的标语，听说不久后就要拆除重建，好多人举着剪刀手赶来拍照，不知是剪彩还是祭奠。房子以前是规划来做写字间的，玻璃是统一的深蓝色调，外壁上挂着"望江大厦"四个大字，金闪闪的，却显出肉眼可见的疲惫与荒芜，二三楼之间挂着的巨大招牌大概自挂上之后便从未更换过，风化出好多细碎的褶皱，楼底下散落打

许龚燕

牌和乘凉的大爷，都把这儿当自家道地了。第一次来时，她还以为门口沙发椅里正襟危坐的那位是保安，心生了些胆怯，见对方丝毫没有理睬自己的意思，才吸了口气，迈进门里。电梯一路上行，她感觉整栋望江大厦的骨架都在吱呀作响。

六楼没什么人气，看模样是一处废弃已久的工厂，靠墙摆着几个大机子，转弯口半敞开的厕所里落了厚厚一层黑灰。朝右绕过一个个空荡的房间，拉开楼梯一侧铁制的推拉门就可以来到天台。入眼是亮到晃神的反光板，这就是目的地了。

到的时候还早，谁都没来。李喆颇有耐心地欣赏了一场日落，眯着眼，瞧见太阳从不远处城楼勾起的檐角慢慢落进汹涌车流里。天色渐暗，然后佳皙来了，身后闹哄哄的一大群人也接踵而至。傍晚，江边的薄雾识相地散去，冷气侵袭，她看见月亮一点点从背后的山坡升起。不知道这算不算新闻中常提到的"超级月亮"，但那确实是李喆记忆里最大和最亮的圆月，黄得很过分，边缘泛些红光，好像马上就要烧起来似的。聚会一共来了八人，她们是从楼对面，桥的那边步行过来的，一路都很兴奋。其实等待着她们的时候，李喆在楼顶盯着下边看了许久，也拿起相机拍了好多照片，猜测待会儿要见面的会是哪些脸庞。微信群里的消息滚滚不断，都是些不同角度的图片和视频，有一条视频里，有人还对着模模糊糊的楼顶大声 say hi，好像是在同她打招呼。但李喆真的没注意到这一群浩浩荡荡，又叽叽喳喳着向前行进的队伍，或许是某个节点刚好错过了。

大家都不拘小节地在反光板上盘腿坐了下来——当然，也可能是因为她早早就占据了天台上唯一一个可以拿来当座椅的旧轮胎。李喆清了清嗓子，说起开场白，挂着的露营灯被江风吹得摇摇晃晃："之所以在这里举办中秋望月活动呢，是因为最近我渐渐发现，天台其实是个非常特殊的存在，它是城市建筑的一部分，隐秘，置于高处，不被地平线的繁琐打扰。却也开放，能够捕捉每个过往的人，也能捕捉变幻莫测的天空。在中秋，天台好像又要比往常更具有一层特别的含义，因为它本身就是家的外延，却又能跳脱于万家灯火之外而存在。所以我也希望来参加活动的大家，可以敞开心扉，虽然现在我们中许多人并不互相熟悉，但我想我们可以让月光洒满我们的天台。"说话的时候，她看见佳皙那双被光衬得亮闪闪的眼睛，突然想到，那次观影会上，见她哭得厉害，自己便过去倒了杯温水放到她手边，道谢之后，佳皙突然问："你说我们还能看见几次满月？"

女孩们一边吃着一边闲聊，由于事前通知需要携带一本书参加互换活动，众人便计划着从手里各色的礼物出发，逐渐展开话题。李喆印象最深的是一位叫 Zoe 的女孩，她是附近的原住民，从小学到高中，都在这栋楼望出去肉眼可见的一圈里，毕业之后，她进了右边对面的那所三甲医院上班。从望江大厦看过去，医院大概是这一带最高的建筑了，几乎一半的窗户都着灯，外观是简洁硬朗的现代风格，在一大片破落的旧建筑里显得格外不合群。Zoe 工作的地方在 29 楼，大概就是从她们胸口对出去的那个位置。她是一名助产师，却根本不想生孩子。她说，没工作之前，自己完全不能想象，每天可以有那么多的婴儿出生，三年里，她根本就没什么时间能停下来，从一个产房辗转另一个产房，忠诚地做着阴道口的引路人。"但这或许是一种本能的逃避，"Zoe 说，"做母亲的快乐，我已经体验太多次，产房里什么事都有可能发生，时间久了我才渐渐明白，那份快乐的巅峰，其实只在护士剪断脐带的那一秒。"因为孩子的事，她和丈夫吵了好多次，李喆接着想起来，Zoe带来的礼物是一本名叫《婚姻与健康》的杂志，是她下班时从医院的图书室里捎过来的，封面是温馨快乐的三口之家合照，颇有些反讽的意味。

坐在右侧的女孩五官立体，长相很有异域风情，叫丽丽还是Cici，记不清了，李喆也忘了她带来的那本书叫什么，好像是本和月亮有关的诗集，一位外国的女诗人写的。当女孩从自己身旁站起来，走到露营灯暖黄的光下面的时候，聚会的人群不由得爆发出一阵惊叹，佳晢听见有人议论她的身份和种族。

"我确实是少数民族。"女孩回头，"水又族，听说过吗？五十五个少数民族之一哦，如果没听说过的话，大家也可以回去翻翻地理书补习一下。"李喆当时真以为是自己缺少常识，在纷繁的民族里漏掉了一个叫"水又族"的小小族裔。女孩甚至还有模有样地介绍了他们民族的一些古老传统，什么马背上的婚礼啦，一妻多夫啦，听起来很原始的。"我们部落的女生，28岁以前都不能结婚的，不然就得——"女孩伸出舌头，抬起手划弄了一下脖子示意，连做鬼脸都是好看的模样，李喆看见她的长卷发在空中轻轻甩动着，她很快就回到自己身旁坐下了。

轮到佳晢分享礼物的时候，大家都已经吃得差不多，快要收尾了。她探身从后面放着的单肩包里拿出一本书，声音还带了些抖："这是，我给带来交换的拟（礼）物。"

"嘿，还没告诉我们，你叫什么名字？"李喆见她有些紧张，便开口问她，想要调节一下气氛。

"佳晢。中秋佳节的佳，晢是明亮的意思，上面一个提手旁的折，下面是日，和白皙的皙长得很像。"

"佳节里明亮的月光，看来今天活动的主角应该是你才对啊！好巧哦，我的名字里也有一个喆，是双吉喆，小时候我一直以为自己叫李吉吉，和别人自我介绍的时候，错了十几年都不知道。"

"有没有这么夸张啊！"有人打趣，大家轰的一下笑开了。佳晢带来的是一本辞典，里面的词条全都稀奇古怪，这本书刚好换到一位语文老师手里，她翻了几页，念出有关"缺席"的解释："缺席的女人和死了没两样。"她们讨论的话题也顺势从刚刚的生育、结婚来到了恋爱，或者说，男人。佳晢此时已放松了许多："我一直认为，看男人也像看书一样。有些书你摸着是本精装版，掂在手里也厚厚的，可翻起来才发现，原来用不了多少时间就能把它读完，读完还觉得'不过如此'，白花了这笔钱；还有一些，可能看个开头还不错，再翻几页就觉得浅薄了；我觉得最宝贵的，是看着其貌不扬，翻开之后却能成为你床边读物的那种书，它可以成为你百读不厌的一本书。"

"可是我看书一向都只看封面买诶，你这么一说……有点道理，我承认了，今天才发现，我就是一个完完全全看脸的外貌派！"大家揪住佳晢"看男人如看书"的理论不放，纷纷讨论起男人的厚薄好坏和"可读程度"来，真是温馨又无奈。

李喆是最后一位分享的，她拿来了之前书写疗愈活动的成果册："这是我最开始接触MAY时参与的活动，也是我第一次知道书写疗愈。"她把册子递给身旁的人传阅，自己接着介绍，"对话、书写、肢体表达，都是我们宣泄和思考的方式，我把自己经历的事情写下来后，心里确实放松了很多，大家有机会的话，也可以试试。"册子最后传到佳哲手里，那是本素白封面，A4开的薄本子，从标题字体到内页设计，用的都是最省钱的版式，看不出任何特别，李喆在其中记录了一段很长的童年往事，故事里，她和一个叫蒋逸凡的男孩听起来像偷尝了苹果的亚当与夏娃。"他们以为蒋逸凡要侵犯我，他变成别人口中的少年强奸犯，我也成了那种小小年纪不学好的女孩。当时萍姨卖的很多东西，质量也不好，本来他们家算我们那儿的名人了，结果一下子名声扫地，很快就搬走了，我再也没见到过他们。"李喆告诉在场的八个女孩，在被家长们"撞破奸情"后的很长一段时间，她那本该准时到来的月经一直迟迟不来，整个青春期，她就像条干涸的河流，在各个医院之间辗转流连，承受着早熟带来的失去血的教训。活动最后结束在深夜，女孩们互相告别，迎着月光四散开走，佳哲朝她挥手，走出一段后又退了回来，告诉她，册子里那位叫蒋逸凡的男孩，自己也许认识。

又到一站，有人起身，有人入座。发车倒计时响起，周围渐起的躁动随之平息，李喆翻阅着被油墨印在纸张上的记忆，她听见车门缓缓合上的声音，几声尖锐的警报后，自己已不在原地。

我混沌的少年时代从夏天开始，到秋天结束。不是具体哪一年的夏天或秋天，而是在季节的不断轮换里，我变成了一个彻彻底底的女孩。

夏天，爸爸很有干劲，决心把家内外翻修一遍，二楼和三楼的窗框全拆下来，热风就这样大咧咧灌进整个房间。他要我睡硬床，把自己做的木床垫用粗绳慢慢吊到三楼，从阳台运进来。等到风停的时候，床也装好了。我跷脚躺在沙发上，看电工爬上柱子顶端捣鼓一圈一圈的黑线，金属脚扣啪嗒作响。天好热。

楼梯传来熟悉的脚步声，轻快的，急切的，蒋逸凡还没进门就已经大声招呼："吉吉，我给你带了好东西！"蒋逸凡刚旅游回来，整个人晒黑好几度，从根瘦柴烧成了木炭，他一来，沉顿的空气重新搅动，带出些许凉意。那好东西是一袋黄红的芒果，说是海南岛的特产，我还从未见过。打结的袋子里，椭圆形果实闷发着南国馥郁的香气，很是诱惑。他一边剥皮一边抖落旅途趣事，说的却是飞机餐的小面包有多好吃这样无聊的细枝末节，生怕别人不知道他刚坐了两趟飞机似的。橘黄的果肉递到眼前，像红薯，有粗粝混沌的纤维，他托举的手指沾满黏腻的汁液，顺手臂倾斜的角度要往内里划去，我感到一阵陌生的眩晕，硬了硬脖子把头转到一旁："不吃。"

"可甜了！这可是贵妃芒，导游说古时候只有贵妃才吃得着呢。"

"那你给贵妃吃去，我不要。"

"哦，也不知道上次谁在房间里披着毛毯当娘娘。"

"要你管。"

"要你管——"蒋逸凡故意拉长声音，拿腔拿调的，更招人烦。我夺过袋子放在自己膝盖上，挑出一个最饱满的准备尝试。果实差不多一掌大小，握在手里滑溜溜的，指甲从尾部戳进去，皮肉却相连，撕扯下好大一块。"你要这样，先给它松松，"他又拿起一个做示范，掌心紧握，双手拇指由上往下用力捋过芒果表面几次，"这样才更好剥皮。"果然，剥落的皮薄了许多，我们于是头顶着头啃食着，左手换到右手，小腿与小腿中间滴落一大摊汁水。

"这味道真奇怪。"

"你第一次吃才这样，但是很甜吧？"

"蒋逸凡，海南好玩吗？"

"好玩啊。"

"真的？"

"你没去过，当然不知道。"

"骗人，肯定不好玩。"认识这么久，我早看穿他心虚的表情，"等到了秋天，我们一起去山上，那才叫有意思呢。满山遍野的橘子，全是我爸爸种的，你可以随便摘，随便吃，那可比芒果甜多了，还不脏手。"

电线杆上的男人不见了。七月，街道里什么响声也没有，爸爸早早收拾完楼下的残局，关上房门呼呼大睡。一天里，大人总是很少时间清醒，这是孩子们全都明了的事实。房间满地狼藉，却还足够我们尽情挥霍，我脱下脏兮兮的衣裤，蒋逸凡来时就光着上身，条条分明的肋骨裹在皮肤下边，好像随时都能刺破胸腔戳出来似的。这会儿他也麻利地扒下短裤，趿拉着夹趾拖跟在身后。刚装修完的浴室，里外都是焕然一新，蒋逸凡兴致勃勃地四处张望，突然转头惊呼："李吉吉，追爱计呢！"他说的是原本糊在窗上来历不明的彩色广告纸，上边一半是数着的旧日子，另一半是对相拥的男女，下方附着密密麻麻的小字，似乎讲了个耸动的故事，光看标题就叫人糊涂又好奇："纯情少女莽莽撞撞陪小伙提亲求爱，痴心汉子犹犹豫豫拒姑娘一片真情"，到底是少女求爱还是汉子提亲，我从来也没搞明白。上回蒋逸凡来的时候，蹲在马桶上研究了好久，正起劲，被他妈给捉回家去了，萍姨的嗓音沙哑却带着刺，穿过地板与墙壁，直贴着耳朵响，像扔来的苍子黏在手臂。

"蒋逸凡，你拉屎也看看地方，不能回家拉的啦？"

我俩哐当哐当奔下楼时爸爸正倚在门边抽烟，他那张方正的脸笼在吐出的团团白气里，笑得很是大度："哈哈，找家也一样的嘛。"

厕所的窗户如今换成了上下拉扯的百叶帘，正对着浴缸，午后的阳光在脚边碎成好多块。

"叫你出去玩这么久，那追爱计早被我爸撕下来卖废纸了。"我打开浴缸旁的水龙头，和蒋逸凡一道钻了进去。纯白的瓷缸刚好够两个人缩紧手臂并肩躺下，我们淌满芒果汁的大腿也粘了胶水般紧紧贴合，没有一丝缝隙，因流水的冲刷才得以渐渐滑溜，自由。蒋逸凡用手轻拍着水面，把我俩的身体拍得曲折、变形，在水底下扭动成奇怪的模样。我们瞎聊了会儿广告纸和装修的事，终于，他下定决心开了口："吉吉，原来海滩比水库还要浅，而且我没有忍住，在沙子里尿尿了。"我想我也应当同他说些实话，却一下不知该从何说起。水声哗哗，很快就将我们淹没。

等到浴缸里的水甚至有些热了，十指也因为泡水而变白、发皱，我们才从里面站起来。蒋逸凡拿过自己唯一的短裤，熟练地光着身子跑回家，白瓷砖和水泥地上留下一串湿漉漉的足印，很快被热气蒸散，变得不完整。他家就在我家旁边，隔一条窄窄的过道，等我们再长大一些，兴许可以在阳台上牵手——上次这样试的时候，还差了些距离，于是我干脆把跳绳的另一端荡过去让他接着，好像这样能联结起一些什么似的。绳子忘了收回来，现在还颓颓地挂在上边，挂在路过的每一个人头顶。我走到阳台，褪了色的塑料绳刚好划过他被阳光晒得斑驳的身体，蒋逸凡像一条鱼，转眼就溜进隔壁前厅的电视海里。

是点播台的音乐声。一楼玻璃窗上倒映出屏幕里行走的长发女人，看不清表情，只剩下窈窕的身段，层叠交错，伴着轻柔的旋律，很是梦幻，我这才终于有种蒋逸凡真的回来了的感觉。开工的时候，蒋叔习惯把前厅里堆放着的电视机一台一台全都打开，大小清晰不一的屏幕便播放出同一频道的画面，也算修理铺的免费广告，让过路的人看一眼就能记住，当然，更多情况下，还是吸引像我们这样的孩子驻足。他自己则埋在柜子后边，拿着螺丝刀或其他工具，手指四处试探之后，往往要歪头沉思好久，才会干脆利落地下手。他一向不大管外边的事情，鼻梁上架副薄薄的墨镜，所以早先的时候，我就叫他墨镜叔叔，那时还有小白兔叔叔，树满伯伯，荷花阿姨……都是附近住着的邻舍，名字琳琅满目的，只有他的最时尚。后来大了些，偶尔我也背着蒋逸凡，学爸妈还有街道里其他人的语气暗暗叫他瞎子蒋。

这阵子，修理铺才逐渐冷清下来，回复到以往平静的模样。蒋逸凡方才就在抱怨，他们一家三口与其是去旅游，倒不如说是逃去海南避难。走得匆忙，别说泳镜了，他连泳裤都没来得及买，海滨浴场里最便宜的一条也得二十块，好在爸妈豪横，他指了指自己身下："喏，就是这条咯。"

"红配绿，好丑。"我伸手摸了摸，发现触感与自己身上这条倒确实不同，滑溜溜的，薄薄一层，紧贴着皮肤。"痒！"蒋逸凡猛地往后一弹，反手又拉住了我的内裤边，很用力地，"再弄信不信我把你的内裤扒下来，挂树上去。"

我想起上回他同阿兵哥哥的恶作剧，很识相地立马举起双手投降，浴缸里波动的水慢慢停下来，不再往外溅，一圈一圈荡漾着。

"哟，李吉吉，你长毛了！"我才低头发现，不知何时，自己的整个屁股竟全露了出来，肚子下方那一小块细软乌黑的毛发被水拂动，像河床里滑满青苔的石头，摇摇晃晃的，格外显眼。"水都凉了。"我夹紧双腿，赶紧站了起来，蒋逸凡就爱这样，一惊一乍的，总捉弄人，惹急了还要生气。

话说回来，修电视的瞎子蒋成了电视里的名人，这是谁都没想到的事情。最开始是省报的记者，带着两个摄影师还有一堆工作人员声势浩大地过来，正好碰上饭点，家家户户门前都有人杵着看热闹，消息也就一下传开了。然后是电视台采访，接着市里的，镇上的，各色人等蜂拥而至，有的人还特意过来观摩拜师，拎了两大箱子据说是进口的蓝莓，专门补眼的。街口布告栏上报纸开始换得勤，三天两头都是蒋氏修理铺的报道，什么"盲人巧匠""心向光明"或者"自学成才""古道热肠"啦，配图要么是蒋叔在工字桌前低头修理的模样，要么是架在门口电线杆子旁边"蒋氏家电维修"的招牌，以及堆积木似的摆着的电视机、收音机和拆了一半的电风扇们。听妈妈说，蒋叔是帮城里住着的一个外国人修好了他的留声机，人家感恩不行，还特意手写了封感谢信，七拐八弯的，连带着锦旗托人送过来。于是梅雨刚过，蒋叔家便随着骤然飘升的气温，一道热闹起来。

大部分时候，那些看起来复杂又高级的机子都是对准了蒋叔的脸运转。"我用手指摸，用脑子记，用耳朵听。"面对一遍又一遍"如何学会修理电器"的提问，他总是这样回答，墨镜片被强光一打，蒋叔就好像算命铺子里的先生，脸上摆着神秘莫测的表情。他会举起双手递到来访者眼前，让他们细细摩挲指尖上每一处发黄发黑的印迹，像观赏一件上了年代的古董器具。"你可以用力摸，没关系，一点不痛的。"相机的咔嚓声响不断，记者从围观的人群中走出，心满意足地离开。也有几次，大约是觉得内容不够丰富，从修理铺出来之后，他们也会逮着门口的邻舍们问几句："蒋师傅平时是怎样一个人？""你们的电器也都是在他这里修的吗？"

蒋逸凡不知道钻哪里去了，阳台上，隐约能看见蒋叔毛茸茸的头顶。半天没动过，大约又是在修理些什么。我总觉得，在报纸和电视里出现的蒋叔，与平日里我认识的他似乎有些不同。他是爸爸的朋友，萍姨同我们家也是老相识，爸妈谈到蒋叔时，和"可怜"一词一起出现的，总是他的各种糗事，什么走路走着走着摔进粪坑里啦，生火做饭却把房子烧着了啦，诸如此类。而新闻报道里的蒋叔叔看起来却是如此坚韧，无所不能。比如在一篇报道里，他说起自己帮父亲修好电灯的故事："那会儿我才二十多岁吧，有一年过冬至，正吃着饭呢，突然听到头顶'砰'的一声，我把手里的一勺饭送进嘴里，嚼起来却是硬的，咬不动，原来是家里电灯泡炸了，玻璃碴全都溅到饭碗里。换上灯泡，也还是不亮。本来家里两个人，拢共也就两只眼睛，有灯没灯都无所谓。结果半夜我爸起床上厕所摔了一跤，我想，这可不行，还是要修。就跑去门口保险闸那儿摸，慢慢地也摸出些门道来，保险丝应该还是好的，是另一边的电线断了。我把断了的地方拧好，用胶布带缠住，再插上保险闸。刚弄好，就听见我爸说，灯亮了。"下面还有记者评论的一段话：蒋有义的叙述平平淡淡，却字字透着汗水，声声含着泪水，一个以手代眼的人，付出的艰辛是可想而知的。他告诉我们，电灯重新亮起的那一刻，自己的眼睛虽然没什么感觉，但心中的一条路仿佛被照亮了，从此，他开始迷上了电，学会和电打交道。我好像是在读语文书上的一篇课文，爱迪生能救妈妈，蒋叔当然也能帮爸爸，可我根本不认识蒋叔的爸爸，他比爱迪生还要遥远。大人们总让小孩子知道得那样少，那些"你别管"的事情永远上了锁。另一篇报道里用了蒋叔"最喜欢"的一首歌当标题，称赞他坚强："我只有选择坚强来拯救我自己，所有奔腾的风，所有疯狂的梦，全都在痛苦中复活了我的心。"点播台里从没放过这首歌，与我而言也是十分陌生的了。这时候我却听见自己的声音从修理铺无数台的电视机里传出来。

"瞎子蒋会带我们去后山的竹林里捉鸟，他们用网兜住两边，鸟儿撞进来就晕了，有一次，为了捉小鸟，他还不小心掉进了山坡下面的露天马桶里，被我爸爸捞回来了，浑身都是大便，好臭的!"这也是爸爸曾讲过的众多故事之一。

桌子后面，蒋叔像是抬起了头，我的心脏几乎是一瞬间缩紧了，黑棕色镜片的背后，他是不是正看着我，审问着我：当时真的这样说了吗？为什么要对着镜头说这些事情？风吹得我汗毛直立，四肢全都泛着凉，我想要逃离却动弹不得，脚尖指向的那扇玻璃窗后边，无数张肥圆的脸，无数张嘴，那样丑。蒋逸凡从屋子里跑出来，很大声地喊我的名字，我知道，他一定更加生气。阳台下面的过道，卖毛纸的三轮车开过去了。

"李吉吉!"喇叭在喊："一块钱三斤!"

蒋逸凡朝阳台用力扔了几颗弹珠，顺带着甩来几句难听的脏话。珠子半途撞到墙壁，丁零哐啷落回地上，我没敢再看他，也不想面对蒋叔的脸，扭头躲回房间里去了。楼底下突然多了好多动静，街道终于清醒过来，野狗们互相追逐，修理铺的电视机转到了新闻频道，好长一段时间都是女主播机械标准的播报，隐约还有爸爸和萍姨交谈声起伏。我不知道事态会严重到什么程度，趴倒在床上，只觉得新换上的木床垫这样硬，手肘和膝盖被硌得生疼。

要不是修理铺一连关了好多天的门，吃了闭门羹的记者也不会想着找到邻居们采访，做一期"有情有义：他们眼中的蒋有义"专题。镜头摆到我面前时，我刚搬好板凳和小方桌预备在门口写会儿作业，册子背后的答案一早被妈妈撕走了，所幸我知道她藏在哪儿，哪儿有不抄的道理。

"小朋友，写作业很认真呀，我刚刚给你拍了一张照片，你看。"

身旁不知什么时候凑上来了一个妆容精致的年轻女人，她递来的相机屏幕里，我低头正忙着找答案，看不见表情。但身上那件洗到发白的粉色条纹 T 恤，额前如杂草般七歪八斜堆着的短发，以及脚上那双土黄色的夹趾拖鞋，都叫我一下子羞赧起来。

"蒋有义是你的邻居，你认识他吗？"

"认识。"

"能不能和我说说，他是个怎样的人？"

我想不出什么拒绝她的理由，便点了点头，于是跟在女人后面的一位大叔走上前来，开始摆弄手里的机子。回答"蒋有义是个怎样的人"就好像在写一篇老师布置的命题作文，照理说是有一套不言自明的逻辑，从外貌描写说起，再到支撑人物的几个事件，最后加上围绕中心话题的几句总结，是谁都明白的套路。半人高的机子在我面前左右移动，从正脸扫到两边侧颜，犹豫着最后的位置。

在大叔忙着调试器材的时候，女人就坐在旁边同我闲聊，叫我不必紧张，想到什么说什么便是。"对了，小朋友，还没有问你叫什么名字呢？"

"我……我叫李吉吉!"她贴得很近，香浓的味道扑过来，我想起妈妈帮我检查作业的样子，虽然我知道妈妈并没有喷香水的习惯，但她们带给人的那种拘束却很相似。

"吉吉，那我们开始吧。"

其实我该同蒋逸凡说实话，摄录键按下的那一刻，我的脑子突然一片空白了，像翻了很久，却只看见参考答案里赤裸裸的一个"略"字。镜头是只不会撒谎的眼，真的很吓人。

蒋逸凡生气也是预料之中的事，我在电视采访里大放厥词，说了些不着边际的话，更何况他一向讨厌别人喊蒋叔瞎子。但我心中却还有几分说不出的得意，谁叫以往总是他欺负人，到头来还得我向他服软，这次怎么说也得调换过来。我想起刚刚在浴缸里他拿上次和兵哥的恶作剧来威胁我的事，又变得愤愤起来。

不是所有的小孩都理应成为朋友，我和蒋逸凡的交好与两家邻近倒没有太大关系。蒋叔叔一家搬到隔壁大约是在我八岁的时候，那里原本是树满伯伯的家，只是当时他不知道怎么了，突然糊涂了脑袋，从早到晚都在卷帘门后边不停捶打，一边哭一边不停喊着"阿弥陀佛"，声音尖细而高亮，像婴儿，又像野猫，就是完全不像他。后来他哭到好像眼泪要流光，被儿女们接走，不知道去哪儿了。又过了一阵，蒋逸凡一家住进来了，门口很快竖起"蒋氏修理铺"的招牌，堆放着的电器们也越来越多样。

街道里的房子从来是肉贴肉，杂货店的一声铜钿响，滚过好几间屋都还清晰。树满伯伯的哭泣声不见了，但还有荷花阿姨家响不停的电话铃，吴叔叔早起做八段锦的呼呼声，半夜里被车灯惊醒的狗吠，隔着过道，我也开始听见修理铺里缤纷的电视背景音，萍姨做家务时嘴里哼着的绵长调调，还有偶尔从木地板下爸妈的房间，或者隔壁阿姨家传过来的，对新邻居低低的议论声。他们议论着瞎子蒋一家的身份来历，墨镜后不为人知的真相、传说，以及如花般妖艳的女人。总之，尽管那时我常控制不住偷偷望向修理铺子的目光，心里却好像有个声音提醒自己，他们是不太容易靠近的。

事情转折在前几年，同样是夏天，同样是一个无所事事的中午，家里照例只剩下我一个人，实在是百无聊赖，天气燥得人难受，我便跑到不远处的河坝里泡着。那儿也算镇子上一个热门的去处了，河坝是上游水库的末端，河流被拦断几截，到这里只剩下浅而清的水，正适合天热时消遣。不过人潮大多在傍晚时分聚集，而且一个个装备齐全，泳衣泳裤，游泳圈和洗发露，样样都有，附近的阿婆也会蹲在裸露的石子滩上刷洗衣服。正午的河面亮得刺眼，只有无聊寂寞的小孩，像株矮稻斜斜插在中央。我寻到一处阴凉的河床坐下，水流刚好划过脖子，足够给滚烫的皮肤降温。从这里望过去，还能见到后山露出的一小块尖角，碧绿的，隔开一小块蓝白的天，上边散落着几架风车。没有人说话，夏蝉的枯鸣填满了全部空气。

身后传来划水的响动，我循声扭头看去，水面上刚好露出一个滑溜的脑袋，他朝着我这边换气，我认出是隔壁新搬来的那个小孩。他不知何时来的河坝，但一看就是会游泳的人，双腿一弹一蹬，半个身子在水面上上下下，没一会儿便往前蹿出去好远。见我们之间的距离越来越近，我站起身，默默往岸边稍退了一些。但他似乎没有意识到对我的打扰，直直绕着我转了一大圈，最后在我对面站定停下，目光里满是打量。再往后就是石子滩，这回我不能逃走了。

"你是男生还是女生？"他这样问，因为游了泳，语气里带着几分运动后的喘息。

问题来得突然而奇怪，以至于我晚了几秒才回答："我当然是女生啊！"那声音听起来却有些心虚了。

"我刚刚观察了你很久，你上面长得和我一样。"他的手指比画在我平坦的胸部，同时也抬了抬自己的，确实差不多，只不过他比我更瘦一些，也更黑，有分明的肋骨。"你的头发也和我一样。"他又摸了摸自己不断往下滴水的头发，我才发现，我们甚至连发型都相似，大人们总说短头发清爽，收拾起来方便，前几天我爸爸刚带我理完发，我想我的头发可能比他的还要短，尤其是湿水之后，薄薄一片贴在头皮上。看到蒋逸凡的模样，我大概也能想象出几分自己的状态。爸爸和妈妈每天每夜都在争吵，没有人想要去管一个女孩可能会长长的辫子，只好把我送去理发店高高的椅子上坐着，前几天我才被带去修剪长到眼睛的刘海。这样来看，蒋逸凡怀疑我和他一样是个男生，倒也是件有理有据的事情。只是他开口之前，我还从来没有想过男生和女生需要有什么区别，就好像妈妈永远不会变成爸爸，他们也永远不会停止争吵那样。

"可我刚刚潜进水里看了好几遍，你下面长得和我不一样。"我们面对面低头站着，水波里，两具相似却迥异的躯体如此清晰可见。原来他刚刚忽上忽下在我旁边打转，是在确认我的性别。为了回家后不至于因为弄湿衣服而挨骂，我早在入水前就把自己脱了个精光，衣服就放在河堤旁的石道上，想必蒋逸凡也是同样的想法，我们俩就像两条光溜溜的泥鳅，在水里探出头打了个招呼。他接着问我叫什么名字，他说我以后可以直接进修理铺里看电视，不需要在门口杵着。

回去之后的那天晚上，我做了一个很奇怪的梦。梦里的蒋逸凡竟然扎着长长高高的马尾，他在我面前走，背后的头发随步伐左右摆动着，吸引人视线。也许是一直羡慕学校里那些漂亮长发女生的缘故，我追上去，很大声地喊他名字，想让他停下来等等我，但怎样叫他都听不见似的，最后我只好伸手去抓他不停晃着的头发，然而我的右手却变成了一把崭新闪亮的剪刀，将那束厚硬的头发拦腰截断了。等我低头看向掌心，手里握着的头发又成了河坝里他湿漉漉的下体。接着，妈妈的声音像是从无数台电视机里放出来，响彻整个天空，她很生气地斥问我撒尿为什么不去厕所，一连串的唠叨与怒火缠绕在耳边，织成张密密的网。我在剧烈的摇晃中挣扎着清醒过来，才发现我早就从河坝回来了，现在已经是第二天清晨，床边右脚的帆布鞋里，不知道为什么，盛满了淡黄色的尿液。

"李吉吉，你梦游啊！这么大了还尿床。"蒋逸凡说他在隔壁听到了我的"丰功伟绩"，每次说起来，他都要笑我好久。

吉与橘在方言里读着很像。妈妈说我出生那年，爸爸刚开始和叔叔合伙种橘子，第一年什么都不懂，结果收成意外地好，就想叫我小橘子，讨个好彩头，起的名字里也带了两个吉，寓意着好事成双。那时候家里生意好，爸爸和妈妈的感情也不错，是我来不及体会的甜蜜岁月。"什么用都没有，你爸不争气，你也一样！"现在妈妈只会这样说。称谓真的是很奇怪的一件事，"小橘子"虽然听起来亲密可爱，但这样叫我的人，我却往往不太熟悉。他们大多是对不上脸的叔叔阿姨，或者堂表哥姐们，好像我的人生被切分为两个阶段，没有记忆的时候，其实也同许多人认识，只是那时我还是小橘子，有了记忆之后，才是现在的李吉吉。蒋逸凡属于后来认识的人，他就从不按大人交代的那样，叫我小橘子或者小橘子妹妹，我也想象不出自己亲密兮兮地喊他哥哥的样子。阿兵哥哥倒是会那样叫我，因此我们三个人里，我还是同蒋逸凡比较熟，毕竟阿兵哥哥不常来，我们也只有寒暑假里才能见到他。

爸爸的橘园就在后山，从半山腰一路蔓延到山顶，和厨房一样，都是孩童们禁止入内的场所。浇水，施肥，除虫，采摘，防冻，环节分散在四季，每个都要耗费大段时间，听起来陌生而专业，爸爸总是剩下这些动词给我，把自己的动作藏在后山里。其实我应当同蒋逸凡说实话，和他一样，家里种下的橘子，我也很少见到，它们远远的，是视线底部太容易被忽略的风景。只有在秋天快过去时，在后山里住着的叔叔才会开着大卡车，在运去农贸市场的路上顺路送下来一些。橘子用蓝色的塑料筐装着，摆在二楼与三楼的拐角，方便上下楼时随手拿取。家里平日少有人在，便只有我一个人吃，就算一刻不停，吃到指尖染上洗不掉的黄，也赶不及它们在篮子里长毛溃烂的速度。

一年又一年，我也像颗秋末的蜜橘，承受着迅速而不可逆转的变化。亮黄的肌肤下藏匿处处霉变，细软的毛发悄然生长，却在某一个时刻突然变得坚硬、蜷曲，盘桓在腋下与双腿间，没有人掀开，便没有人发现——阴冷潮湿的角落里，有什么事正在发生，我糊涂又紧张，夹紧了四肢行走，坐在马桶上，在追爱计划拥男女幸福目光的注视里，弯腰用手指慢慢拨动，如同检阅一列军队那般视察过每一处毛囊，抚摸粗细软硬不同的一根又一根毛发。浴室的灯光曾经是暗调的黄，常常模糊视线，我想我坐在马桶上的姿势一定像只油水里浸泡过的蛤蜊，闭合，开口，捞出，再送去煮熟。

修理铺的玻璃柜子后边，蒋逸凡常常蹲在一把矮凳上，左右不知研究些什么，他没同我说过自己会不会像蒋叔那样修理好一台收音机或者电视。自上次的采访事件过后，我们已经有好一阵子没说话，彼此都铆足了劲去延长这一次的冷战。我偶尔也会站在电线杆子旁边，靠着那风吹日晒之后，逐渐褪色的修理铺招牌偷偷看会儿电视，顺便窥探一番铺子里的情况。蒋逸凡虽然一副漫不经心，两耳不闻窗外事的模样，但我知道，他也在时刻注意着外边的一举一动，有任何声响他都能精准捕捉。他当然也知道杵在门口的我，好几次我们眼神相对，我刚想和他说什么，但在张嘴之前，他总又马上低下头去。其实我有些害怕看到他那副表情，真要说话，也不知道怎样开口，每次都是折戟沉沙，无功而返。倒是蒋叔好几次拿我打趣："小橘子，听说你到电视上讲我坏话啦？"

太阳渐渐垂下来后，我又跑到修理铺门口看电视。蒋叔今天终于把新闻频道换成了地方台，电视剧正播到一半，这最合我胃口。故事不知讲到哪个节点，我猜想应当是女主角遇到了什么困难，因为一身精致装扮的女人正双手反绑，蒙眼被捆在沙发上。四周环境算不上简陋，但她眼里滚满了泪，不停扭动着身子以示反抗。身后的门开合，缓步走进来的黑衣男面露凶色，一看就不是什么好人，闪着银光的刀背从背后伸过来，沿着红唇一路轻划到脖颈，背景音也随之抓紧，氛围竟带着十分的诱惑。男人的语气里是满满的威胁，似乎下一秒，鲜红的血便会喷薄而出："你猜他什么时候来?"我不自觉跟着屏幕里的女人夹紧身子轻轻扭动着，上了年纪的木制桌柜有着圆润的棱角，刚好卡进我的双腿中间，随着我的每一次用力带来奇妙的触感，我的两条大腿似乎充满了力量，绷得紧紧的，又好像使不上什么力气，和桌柜粘到了一起，全靠它支撑着才不会倒下。我知道，按照电视剧的套路，紧锁的大门马上就该被人一脚踹开，典型的英雄救美桥段，反派是终将狼狈倒地的。只是我的耳边接着响起的，却是蒋叔的声音："又来看电视了? 小橘子，你爸爸妈妈呢?"

"蒋叔叔，为什么你每次都能知道是我在这里?"我稍稍回过神来，站直了身体，终于忍不住好奇问他。

"因为我记得你的声音啊，还有你身上的味道。"

"我身上有什么味道吗?"我凑到自己的衣袖上用力闻了闻，什么也没感觉出来。

"当然是小青橘的味道。"可是橘子还没成熟呢，后山黄得一点也不彻底，夏天和秋天的界线如此模糊，爸爸一大早又去了山里，到现在也没回来，不知道橘树在这个时节需要打理些什么。我对他的话半信半疑，蒋叔会的东西很多，好像有一身挖不完的本领。冬天的时候，他带着我和蒋逸凡去后山的野竹林里捕麻雀，用旧电线把细细的尼龙网绑在选好的两根竹子上，在石头旁一坐，不时吹几声口哨，摇晃下枝干，半天下来，总会有一两只黑灰的小鸟被收入囊中，像变魔术一样。我在那篇称赞他"选择坚强"的报道里读过竹林故事的另一个版本：因事故受伤失明的蒋有义并没有放弃，虽然双眼看不见，但他说，自己的四肢依然健全。凭着记忆里的路线，每天晚上，他都会去竹林里砍竹子，将砍下的竹子捆扎好后，还需要一路从城西走到东边的建材市场，赶最早一波的交易。深夜的小路上，只有他驮着竹子不断往前的身影……就是这样，他攒下了自己的学徒费。蒋有义靠自己的坚强意志，战胜了平常人难以想象的困难，选择了电器修理工作为自己的职业，实现了自己养活自己的愿望。

"不一定要讲话才会发出声音，每个人的脚步声、呼吸声都不太一样。电器也是，线圈好的，发出的声音就随和，如果线圈坏了，声音就呼呼的。你过来的时候总是会有轻轻的摩擦声，我就是靠这声音认出你的。"

在蒋叔面前，我常有种浑身赤裸的错觉。"我用手指摸，用脑子记，用耳朵听。"他说听到了，闻到了，就是看到了，知道了。

说起来，要不是蒋叔突然之间名气大振，爸爸估计也提不起劲来改造我们破烂不堪的三层小楼。在闪光灯不断的那段时间里，我们家的饭桌整日硝烟弥漫，连给我夹菜都像是战线上激烈的交锋。

"多吃点肉。"这是爸爸。

"吃点菜，胖成什么样了，都是你惯的!"这是妈妈。

两双筷子在眼前你来我往，放下和拿起的动作都很响。"孩子还小呢。"最后他们说。我想，正是因为小，我才一贯没什么发言权。

妈妈抱怨着自家开裂的门板，过道墙壁堆放太高的肥料，以及在潮湿的高温下散发着腐烂气味的腌菜缸，她是最严格的阅卷老师，总能挖出角角落落里看不出的错误。好像每天下班回来，她就只剩下了发火的气力。爸爸承认房子确实是上了年纪，这都是他们结婚之前的产物，当然有些过时，而妈妈却认为，叫这样的房子在蒋叔背后入镜实在是丢了脸面。他们难得在一件事情上达成一致，决定在夏天过去之前，把房子好好收拾一番。爸爸终于动手粉刷起墙壁来，里外的杂物也收拾出不少，全都丢出门外。

换上硬板床后，我一直睡得不踏实，总做些不断坠落的梦，又会在瞬间的坠落中清醒。楼下爸妈的卧室里却是弹实的乳胶床垫，可以把整个身子紧密轻柔地包裹起来。那是爸爸在萍姨的介绍下订购的，他说小孩子么就睡硬床，对脊椎好，谁知道是不是因为床垫太贵，我们家只买得起一张——我是听妈妈说的，早晨，楼下又传来她尖锐的喊声，大概是两人因为什么事在争执，我下楼时，只看到一堆压平的纸箱和泡沫堆在门口，上面写着"健阳理疗仪"几个大字，妈妈不知去哪里了，只剩爸爸坐在门口抽烟，见我来了，还热情地挪出手边的椅子让我坐下。

"吉吉，爸爸买来了隔壁的电疗椅，刚刚安装好，就在楼上呢。"从海南回来，没消停几日，蒋逸凡家马上恢复了之前门庭若市的模样，不过这会儿记者们倒不常来了，除了说要来拜师学艺的外地客又出现了几次，以及镇上不知哪个办公室的人送来一块"自强之星"的小小奖牌，钉在门牌下边，便再没有别的人来。萍姨把里屋改造成了理疗馆，她向来是街道里引领潮流的那个，不论是穿着打扮还是身材样貌，都像是从门口那堆电视机里走出来的人。营养液，维他命，保神胶囊，之前修理铺的生意一直半温不火，但萍姨却总能靠自己掀起一股又一股的风潮，她买什么，总会有一群人在后边跟着她买。后山活儿不忙的时候，爸爸也成了他们家的常客，每天都要走动好几次，去凑热闹，看看有什么新鲜物什。妈妈对此颇有微词，一开始她嫌电视机声音太吵，后来又说蒋逸凡一家都是骗子，尤其是萍姨，走些不正当的门路，只知道赚黑心钱，没有良心。这些都是我蹲在楼梯口听来的评价，因为妈妈总是在做饭时同爸爸抱怨，一遍遍叮嘱他不要和隔壁有太多来往。起初她还有很大脾气，讲到激动时甚至会把菜刀往木砧板上一剁，声音尖锐得可以将房顶戳破，后来她见明里暗里拦不住，便也失去了发火的气力。我知道，他们俩没少为此拌嘴，卧室的门被甩得哐哐响，但关上门之后，妈妈也会脱下身上的员工制服，在厕所里头偷偷试穿买来的碎花连衣裙。家里面发生了什么事情，我都知道。

修理铺子门口的招牌被挪到更旁边的角落里，电线杆旁最显眼的地方留给了"进门体验，免费送鸡蛋"的宣传牌，进去不仅能享受十分钟的电疗椅按摩，还能免费领走一袋新鲜的鸡蛋，最先过来体验的还有包装精美的保健品和口服液可以拿，不过是限量的。于是修理铺的门口，每天早晨傍晚，都挤满了前来凑热闹的远邻近舍。修理铺的电视机也开始播放健阳理疗椅的广告："要想身体健，天天来充电，健阳电疗椅，给您健康身体每一天。"上回拎来两箱蓝莓的外地客又提着满满当当的东西来了，不过这次他摇身一变，成了派头很大的健康导师，开始拿起喇叭在屋里讲课，说起身体里乱窜的那些电流和脑细胞，用小木棒在半身模型上密布的神经与脉络线上指来指去。爸爸拿回家的那本宣传册封面就是他大大的半身头像，西装革履的，像辣椒酱瓶子上的商标，册子里布满了各种表格和示意图，我看不懂。

"等下跟我上去坐坐电疗椅，对身体好呢，老少皆宜的。你妈还不相信，我都在老蒋家坐了好几次了，没用我会买吗……"

我想起有阵子，爸爸从萍姨那儿拿回来一种"维生素酒"给我喝，淡黄色的液体，很大方地灌装在那种白色的汽油桶里，味道是清淡的甜。这对我来说是难得的特权，因为可以名正言顺地畅饮所谓的"不健康食品"，像爸爸一样喝酒。吃饭的时候，我也给自己倒上满满一碗，和爸爸的白酒并排放在饭碗旁边，学着他小酌，心满意足地喝下去。见我双颊红扑扑的，他便老是打趣："喝醉啦？维生素酒度数很低呢，你这可不像我女儿啊。"我很害羞地笑了，心想酒量也不是不能锻炼的，我可以从坚持喝完那一桶维生素酒开始。只是很久以后我才明白，第一次我以为自己喝醉了的时候，其实根本就没有醉。那不过是用来改善青少年食欲不振问题的健力饮料，有没有功效另当别论，说是酒，都是大人的玩笑。

电疗椅方方正正的，连着两个位置，爸爸先让我坐下，按下开关，在背后调试了几下椅子的设置，转身也在我旁边坐下。随着机器运转的低低轰鸣声，酥麻的电流突然从脊背和屁股传遍全身，我吓得从椅子上跳了起来。"别怕，习惯了就好。"爸爸伸手按住我，让我重新坐下，他的手指也带着电流，在手臂上进出小小的一朵火花，转瞬而过，却很亮。

"真的吗？"

"我给你调到最低档，你再试试看。"

我试着让自己适应电流钻进体内的异样感，很快发现这比适应和爸爸并肩坐在一起的尴尬更容易。淡淡的刺痛之后，除了发热的感觉，并没有其他异样。爸爸问我舒不舒服，我囫囵地点头。其实说不上有多舒服，也说不上不舒服，对我来说，这就只是坐在一把带电的椅子上而已。

"今天你不去后山吗，爸爸？"他一定不知道，我连开口称呼一句，都需要建设许多勇气。

"过几天去，再等一阵子就能吃上橘子咯。"

"我能去看看吗？"

"小孩子过去干吗，捣乱。"

"我想看看，蒋逸凡说他也想去。"我又不由自主地夹紧了双腿，穿行在身体中的电流渐渐囤积在大腿窄小的中间地带，难以逃逸，热度越升越高，我的双腿也并得更紧，整个人像落进更深更软的泥潭里，越发没有安全感。

我想，也许是从我变成我所知道的李吉吉开始，夹紧双腿的习惯就已经存在在身体里面。它是与生俱来的符号，是无论怎样抵抗也会沉溺其中的诱惑，紧靠的膝盖，团成一团的棉被，圆润或坚硬的桌子边缘，只要用力摩擦，就会有欢乐的回馈，没什么比这更简单的事情。

那天晚上，晴了多日的小镇突然下起了很大的雷雨。白日里的热气被豆大的雨珠溅到半空，翻滚出泥土与灰尘的味道。这种天气最容易惹上一身汗，和往常一样，我准备在睡前冲个凉。新装修过的浴室干净明亮，浴缸斜上方新换上的淋浴喷头闪着金属温润的光泽，能够迸射出绵密强劲的水流。一切都是如此平常，如果不是我在仰着头的间隙睁开了眼，正好和瓷砖上趴着的一只带着白色斑纹的巨型蜘蛛四目相对。

"爸！妈！"

雷声阵阵，手中握着的花洒掉落在地上，水柱像喷泉喷涌，滋滋向上冒，半途再四散开来，落雨一样轻轻拂在腰间脆弱的肌肤上，很痒。见墙上的蜘蛛正向着水管缓缓爬行，我连忙往后退了几步，又意识到，这会儿自己还光着身子，半边身子打着薄薄的肥皂泡，叫天天不应，叫地地不灵，已经没有任何人能帮得上忙。我深吸几口气，重新捡起地上的花洒，探身将开关拉到最大，闭眼对着墙壁胡乱一通扫射。再睁眼时，蜘蛛不知道蹿哪里去了，只留下无尽的恐惧与担心。我精疲力竭地蹲到地上，花洒也像方才攻击蜘蛛那样，反过来攻击我朝它敞开的下体。那时候我突然想到好多事情，想到有一回爸爸从橘林里回来时右侧肩膀受了伤，流着的脓水在他的衬衫上晕开一大片紫色印迹，他说自己干活时不小心沾到蜘蛛的毒液，敷了药才会这样，我还想到蒋逸凡在浴缸里和我说自己往沙滩里尿尿的事情——花洒强劲的刺激下，我也忍不住在浴室的地板上留下了一摊尿液。像蜘蛛那样。没什么味道，水流很快冲走了一切，蜘蛛也许正在某个阴暗潮湿的角落张牙舞爪，继续注视着我。我知道浴室是崭新的空间，里面有崭新的器具，崭新的危险与乐趣。

没有人曾听见我惊恐的呼喊，爸妈在房间里做着自己的事情，吵架或者相爱，都有可能。他们不会知道浴室里突然出现的大蜘蛛，不会知道我双腿之间悄然生长的秘密，他们甚至可能完全不会在意这些事情。除了偶尔见我在桌边姿态扭曲，会上前拍拍我的后背或者屁股，叫我坐端正一些，每次，我都想大声地和他们说："再打打我吧，最好再用力一些，更用力一些。"这个世界上，大概只有蒋叔能听见我行走时甩不去的细微摩擦声，他的墨镜是 X 光片，穿透了被阻挡的所有部分。他说自己依靠摩擦声确认我的存在，我也知道那声音必定会长长久久地回荡在名为李吉吉的躯壳里。

我的电疗椅体验就这样在紧张的摩擦中结束了，那是我第一次也是唯一一次坐上那把带电的椅子。往后的日子里，爸爸和妈妈继续着他们无休止的争论，电疗椅先是被移出了房间，随后很快就被放到了阁楼没有人光顾的角落。即使是在街道里，它也是很短暂地风靡了一段时间，鸡蛋送完了，姨婆们不再来，外地客不知道什么时候离开了蒋氏修理铺，但萍姨总能在下一回拿出更加新奇的东西推销。一场秋雨一场凉，爸爸总算答应我，让我和蒋逸凡坐叔叔的大卡车，去后山的橘子林里看一看。

隔壁的电疗椅生意正做得轰轰烈烈，萍姨每日化着明艳的妆，在来来往往的人群中穿梭周旋，肉眼可见的心情很好，甚至大方地奖励了蒋逸凡一个 MP4。我知道这件事，是因为这阵子他有意无意地在门口晃悠，以往蒋逸凡总是习惯坐在前厅柜子后的矮板凳上，现在离开自己的位子蹲到门口，无非是要向我炫耀他手里米白色的新玩具。他还非得装出一副随意自在的模样，真叫人生气。最可气的是，他早就料到我会羡慕。那时候我只有一部用来听英语的磁带机，装着从家中角落里找出来的几卷旧专辑，有一盘还是从萍姨的抽屉里搜刮出来的，都是好多年前的流行歌了，翻来覆去地听，歌词和旋律早就刻进骨子里，再没什么新意，连按下播放键的心情都是重复而相似的。但为了不输气势，蒋逸凡出现在门口时，我也抱起自己的磁带机，把声音按到最大，跟着歌声轻轻哼唱，装作一副很享受的模样。

"呵。"磁带又一次卷成一团，我听见身后传来不大不小的一声嗤笑，声音里满是轻蔑。

"蒋逸凡！"

"干吗。"他摘下耳朵上挂着的耳机，好整以暇地盯着我。我终于忍不住，穿过过道走到他身边，凑头过去看，这才发现他手里的屏幕黑漆漆的，根本没放什么东西，原来他就是在等着我先找他说话。我的心像被一根细针扎了一下，突然就泄了气，轻轻笑了出来。

"你的 MP4 借我看看。"

"这是最新款呢，你小心点。"他很得意地按下开机键展示，"我下了好多音乐和视频在里边，想看随时就能看到。"蒋逸凡手里的 MP4 有着方正而宽大的屏幕，还是全触屏的，流畅顺滑的操作着实叫人着迷。我手指上下滑了滑，果然看见好多我们之前一起看的动漫与电视剧的名字。他把耳机塞到我的右边耳朵里，又点开一集。长长的条目随着选中的动作停止了缓慢的滚动。

"怎么调音量？"

"这里，你好土。"他按下侧边微微凸起的一个按钮，贴着耳膜响动的声音果然小了下去。故事在继续，修理铺矮矮的台阶前，我们终于重新坐到了一起。最热的酷暑时节已经过去，闲坐在门口的人们开始讨论着降温、台风和雨水，等待即将到来的一波又一波寒潮。漫长而枯燥的暑假就要在爸爸停一阵响一阵的敲打声中结束了，时间似乎在不断前进，却又好像永远在原地兜圈。假期刚开始的时候，我和蒋逸凡也常常像这样坐在一起，发呆，找乐子，聊很久的天。那时，修理铺里总塞满了镜头与生人，没给小孩留下什么位置，我们在人群的边缘讨论着记者老套的问答，扮演他们装腔作势的姿态。话筒与摄像机好像有种魔力，把所有平常得不能再平常的事情报道得十分新鲜，变成一副谁都没见过的样子。

后来阿兵哥哥来我们家玩，他是叔叔的小孩，见这里热闹，很难得地住了好几天才走。我们三个便经常挤在一张小方桌上，说是赶作业，其实就是把头凑到一起玩很多游戏，大富翁，飞行棋。有一次他们俩在一旁窃窃私语讨论半天，提议说要玩捉迷藏，只是要藏的不是人，是我身上的内裤。

"房间太小了，我们躲在哪儿都被发现，太没意思了。"阿兵哥哥和蒋逸凡一左一右，很快把我扒了个干净。

"不准偷看啊！"脚步声忽远忽近，最后不知道消失在哪里。等倒数的三十秒过去，房间里已是空空荡荡的，我看见自己黄色的三角裤被一根细绳吊在头顶的风扇上，随着叶片的转动在半空里使劲画圈，几乎就要甩到我的鼻尖。两个始作俑者却怎么都叫不应了。我忘了停掉电扇穿上衣服，光着半边身子着急地从楼上跑下去。气流钻进身体里，很热，也很痒，楼梯是用麻将堆起的多米诺骨牌，踩一步就能摔碎成好多块。后来蒋逸凡说，他们只是嫌我碍事，找个借口去游戏厅罢了。那是假期里我第一次和他生气，结果没过几天，他就跑到海南去了。

这样回想起来，两次争吵竟然就可以填满整个夏天。成为朋友以后，其实我和蒋逸凡经常吵架，有时候是小打小闹，有时也会想要拼个你死我活，不过最后都还是会重归于好。总的来说，还是蒋逸凡更容易生气一些。不小心甩到他的手，没有和他一起去小卖部买东西，比他早一步看完了一集电视剧，或者听到些街道里的风言风语，任何一点不顺心的事情都可能叫他跳脚。但归根结底，吵架与和好之间，只有说话与不说话的区别。

背后的电视里，新闻频道正在播放："有着'流星雨之王'称号的狮子座流星雨即将点亮夜空。这次的狮子座流星雨将是近三十年来最壮观的一次。届时，'狮王怒吼'的壮观景象将会出现，流星雨的峰值流量预计可以突破每小时千颗。据气象部门有关数据显示，今天夜里至明天凌晨，本市天气晴朗，云雾较少，可见度高，市民可以寻找开阔场所进行观测。"蒋逸凡和我逐渐被这段介绍吸引，转过身去，只见配文的画面里，有人打着一束很亮的光，照亮了面前的山峦，画中人的头顶是漫天星河，悬浮在深蓝夜空里，画出一道道细密的圆弧线，很是绚丽。我拍了拍他的肩膀："要不要一起看流星雨？"

"看情况咯，我们这儿又不一定看得见。"

"说好了，晚上我叫你。"

我敲响了阳台上跳绳的木制握把，我知道蒋逸凡听得到。他和蒋叔萍姨正在里屋靠窗的饭桌前吃晚饭，他坐在正对着窗户的位置，我看见桌子上摆放的菜肴，大概是三菜一汤的样子，还挺丰盛的。萍姨转身去厨房拿东西的时候，蒋叔拍了拍他的手臂，蒋逸凡这才很不情愿地抬头看过来，我朝他摇了摇绳子，把嘴巴张到很大，一遍又一遍重复着，无声地告诉他"晚上见"，见他终于微微点了点头，才安下心来，回到房间里等着。

蒋逸凡的回应，同样是扯动阳台上的跳绳，让木制握把在墙壁上敲出声响。已经过了十点半，连路灯都灭了。我蹑手蹑脚地将房间里的折叠凉椅搬出来，小步小步地挪，生怕弄出声响，惊动了入睡的爸妈。推开门时，蒋逸凡已经在对面躺倒了，手里亮着一支小小的便携式手电筒，见我出来，直直往自己脸上照，摆出搞怪的表情。我回敬一个鄙视的手势，迫不及待地在椅子上躺下。阳台的上方，低矮的屋檐背后，便是夜空，虽然黑，但闪烁的星群倒被映衬得更加耀眼了。也许是盯着看太久的缘故，我觉得它们似乎比平日里要亮上几分，也多了一些。只是流星雨迟迟不见踪迹，久到我都怀疑今天下午看到的不是新闻，而是蒋逸凡从哪里下载的恶搞视频了。

"你怎么这么晚才叫我，我刚刚都快睡着了，还好听见跳绳的声音。"

"一看你就没知识，太早哪儿有流星雨可以看，你没听新闻说是今天夜里到凌晨，夜里到凌晨，就是这个时候。"

"那天上怎么什么动静都没有，流星雨呢？"

"你轻点儿声，再等等。"他倒是胸有成竹，寻空来质问我，"你还没和我解释上次采访的事情。"

"上次，上次是……蒋叔叔都没生气。"我不知道该如何同他解释，原本放在身后的靠枕这会儿被我紧紧抱在怀里。对面的人半天没有说话，在绵长的沉默里，我又下意识掀起睡裙，将靠枕夹在腿心摩擦起来。隔着围栏，蒋逸凡侧脸的轮廓隐约可见，他拿着手电筒动来动去，身侧的那道白光一直摇晃，一会照在他脸上，一会又射向遥远的夜空。

思绪模糊间，我想起上次爸爸答应我的事情，便告诉他："我和爸爸说过了，他同意让叔叔带我们去后山玩。"

"好啊，什么时候？"

"明天……"

"你开玩笑吧，明天去现在才告诉我，都这么晚了。"他转过头，手电筒的光朝着我的脸直直照过来。

"嗯，我们接吻……好吗？"我的脑海里突然冒出似乎是某个电视剧里的片段，男男女女的，我还没来得及思考接吻的含义，甚至不知道自己说了些什么，在加速的心跳里，只剩下双腿颤动带来的强烈刺激。我抬头，看见夜空里好几道微光划过。

被叫醒时，天色刚蒙蒙亮。房间的大灯突然被打开，接着就是爸爸的声音，他催促我赶紧穿好衣服准备出发，说叔父正忙着采摘前的准备，没空下山来接我们，要我们上了后山再去找他。

"和蒋逸凡约好了怎么不早点说，人家等你很久了。快点起来，我今天有事，你们俩自己坐巴士上去，没问题吧？"

"嗯，没问题。"我听见蒋逸凡的声音，迷蒙着睁开眼，发现他竟然也在我房间里，就站在爸爸旁边，贴着床沿。他伸手过来摇了摇我的肩膀，要把我从被子里拉出来。"起床了，不是说今天去后山玩吗？"

我这才隐约记起昨晚在阳台上脱口而出的约定。脑子还是懵懵的，没有完全清醒过来，人已经穿戴整齐，站在路口等待巴士接我们上山了。"白色的，康庄巴士，记清楚了吗？"爸爸又塞给我们一些零钱，交代几句便匆匆离开了。

"你真不上心，昨天看完流星雨，我可是连夜和我爸妈说了要去后山的事，好不容易他们才点头的，结果你还赖床，本来坐上第一班车，兴许能看见云海呢！"

"我就是随口一说，哪儿知道你当真了。"

"男子汉大丈夫，一言既出驷马难追。"

"我又不是男子汉……"虽然自知理亏，我还是嘴硬地反驳着他。没等多久，白色巴士便在我们面前缓缓停下，是辆身躯窄小的面包车，要比公交短上一截，内里却还算宽敞，车门一侧的座椅被拆除了，多出来的空间随意堆放着要运往山上的农用器具，一旁还有几个化肥袋子，不知道里面装着些什么。车上除了司机大叔，便只有我和蒋逸凡两个乘客。我们坐在最后一排，一上车，蒋逸凡就拿出放在外套袋子里的 MP4，把缠绕的耳机一圈一圈展开。"要不要听歌？"

我微闭着眼，靠在有些冰凉的车窗上，慢慢清醒过来。外边的风景从联排房换到农田，再换到盘山公路旁连绵着拉长的绿树，街道上早市喧闹的声响逐渐散在身后，我的世界分成两半，一半是耳机里温馨而熟悉的流行乐，一半是从没有关紧的车窗缝中传来的呼呼风声。巴士的每次转弯都带来海拔的升高，渐渐地，外面连绿树都稀疏了，清晨还未散去的浓雾将天地都染成纯白色调。云也从缝隙中钻进来，我和蒋逸凡在云海中漂浮着。他今天穿着一件崭新的土黄色风衣，很薄，像是新买的，领口的折痕分明，随风左右摆动着。从我的角度看过去，他好像和座椅，和这辆巴士还有整座后山都融为一体了。

橘林不是平地里的一片树林，而是连绵不断的好几座山峦。后山整面朝阳的山坡都被开垦成梯田的模样，一圈一圈层次分明，全由黄绿色的橘子树填满。小径弯曲，由中间向两旁散发出去，复杂得像个迷宫。叔叔等在巴士的下车口，我们要在山里住上一晚，明天中午随他一道下山。

"你们俩先在林子里逛一会儿，不要乱走啊，我把剩下最后一点活干完，就带你们去山顶看大风车。"

"现在还要给橘子施肥吗？"看见叔叔背上还背着黄蓝色的喷桶，我有些疑惑地问他。

"现在才正是施肥的时候呢。"说话的间隙，蒋逸凡走到一旁，从最近的橘树上摘下一个明黄的果子，还没等叔叔伸手制止，就剥开果肉送进嘴里。他立马皱紧了五官："好酸！"

"哎呀，等晚些时候，你们再来，那时候橘子就都熟透了。今年收成看起来很好呢，树上的果子都油亮油亮的……"叔叔拾起地上的喷头，边感叹边走进林子深处，继续施肥的工作。

"李吉吉，还不都是你出的馊主意！"蒋逸凡恼羞成怒，非要我尝尝剩下的半个橘子，这下我可是百口莫辩了，早秋的橘子酸得人口水直冒。

叔叔已经走远了，我和蒋逸凡四处随便逛着，在橘子林里互相追逐。穿行在枝叶繁盛的低矮树丛间，仿佛穿行过记忆的神经线。明黄和翠绿消失了，抬眼是叶的背面，视线里，叶片的黑与阳光的白交错。我只顾盯着眼前蒋逸凡飘动的衣角，生怕跟丢了他，满耳是衣物与两旁橘树摩擦发出的声响。橘子树细弱的枝叶看起来绵密柔软，上面却好像长着许多小刺，打在身上硬硬的疼，我的手臂全是一道一道的红痕。蒋逸凡和我之间一直隔着不远不近的距离，每次以为要碰到时，又被他突然的加速和躲闪拉远，等到我们终于气喘吁吁，弯下腰扶着膝盖休战，才发现早不知拐进哪个岔口去了。脚下是一处陌生的低矮平坡，绵软的绿地与间植的橘树像甜美的陷阱。我们踮脚四处搜寻着叔叔的身影无果，无奈之下，只好凭着模糊的记忆原路返回，再次进入林子中央，慢慢往上爬，一步步向前摸索。橘子树像合拢的隧道，随着我们的走动，竟不断有果实掉落，砸中我们的头发、肩膀，再从脚尖滚落到泥土深处。从林子里走出来回到中央的小径时，我和蒋逸凡早已狼狈不堪，披散的头发乱糟糟的，衣服上沾满泥土与叶子，好歹没有划破。叔叔匆匆赶来："你们跑到哪里疯去了！"我们对视着，不由得大笑起来。

后山山顶散落着几处风力发动机，天气好的时候，在家里也能看见它们慢慢转动的扇叶。我们坐在叔父的卡车后车厢，沿着橘林旁的公路来到它们下面，风车的躯干逐渐清晰，我才发现它们是这样高，这样大，两人都环抱不住，我把头仰到最高也看不见顶。旅游的旺季已经过去，山上空荡荡的，只留下些色彩斑斓的垃圾。一路的颠簸让我头晕得厉害，看见眼前这幅景象，我的心情更加糟糕，只想早点离开。

"喝口水吧。"蒋逸凡贴心地递过来一瓶饮料。我灌了几口，觉得味道有些怪怪的，定睛一看，手里的易拉罐外壳脏脏的，有好多污渍。"你哪儿来的水？"

"那边拿的咯，还是啤酒呢。"他伸手指了指风车下面一排乱七八糟的瓶子，不知道里面装的什么液体，我转身就吐了。

山顶还有一座小型的通讯基站，是栋上了年岁的老房子，四面都用围墙挡着，当中矗立着信号塔，不知哪年被台风拦腰折断，再没人管过。基站生锈的铁门门口堆放着成圈的黑色电线，左侧有一处光秃的大石头，站在上面，可以眺望整座小镇。

"你觉不觉得它像一块头发，大山的刘海？"蒋逸凡指着镇子的方向问我。镇子藏在山峰与山峰的缝隙之间，小小一块，从山顶看下去，只能看见家家户户乌黑的房顶。

"像个毛！"

"对哦，确实像你的毛，你说我们家在哪儿呢，能认出来吗？"从寻找自己的家，到辨认每一座桥梁、每一条河流以及远处模糊的山峰，蒋逸凡乐此不疲。我已经没什么心思回应他，一想到刚刚喝下的几口水便浑身难受。从石头上下来，又蹲到一旁干呕了几下，却什么也没吐出来。脚下踩着的地面是一方裸露着的电力井盖，字迹已经模糊了，上面黏附着一摊摊干涸风化的灰白粪便，不知是谁留下的。

后山上的村落如星群般散落各处，卡车七拐八绕，才终于抵达叔叔位于后山深处的家。那是栋木制的两层楼房，门前有很大一片空地，左侧围了一圈篱笆，用来做鸡圈，旁边堆放着整齐的柴火。绕过空地，屋子后方的不远处，还有一处小而清澈的水塘，叔叔说这里的水再往下流，就能流到家旁边的水坝里去。

真的到了山里，才发现它比想象中无聊许多，要什么缺什么，唯一不缺的就是嗡嗡直叫的蚊虫。蒋逸凡的MP4很快就没电了，在屋子里继续待下去，恐怕我们不是被鸡圈刺鼻的味道淹没，就是被嚣张的蚊蝇抬走。我和他对视一眼，默契地明白了彼此的用意，朝着同一个地点奔去。天气还没完全转凉，空无一人的水塘成了我们尽情撒野的地盘。我们脱光衣服滑进水里，小心翼翼迈着步子，在河坝遥远的上游一点点慢慢探索。蒋逸凡时不时挺直腰杆张开双臂，大声朝远处呼喊，过了一会儿，他的声音便会从四面八方传回来。我也学着他从水里站起来喊叫，等待山林的回声。四面都是密密的树丛，玩了好半天，才看见小径的深处有三两行人走过，大概也是住在后山里的村民。我们更加兴奋了，一边叫着，一边向他们很用力地挥舞双臂，像两节剥了皮的甘蔗，有着傻愣愣的干脆。

喊累了，蒋逸凡便提议教我划水。"身体放松，脚动起来。"他用手托住我的腰，让我尝试去屏息憋气。头沉入水下时，我的耳朵里全是灌注的声响，四肢却变得格外沉重了，石块一样落入水底，完全不能按他的指示行动，甚至连笔直站着也不行，水塘底部布满柔软湿滑的苔藓，夺去了我的全部力气。好几次他迈步过来想叫我调整姿势，却也脚下一滑，直接栽倒在我背上，压我入水更深。

"李吉吉，你好笨啊，这都学不会。我当时学游泳，半个下午就能换气了。"

"还不是你教得不好。"

"那你来教我啊，你都不会游泳！"

我确实不会游泳，却突然想起有另一件可以教他的事情。整个夏天，我都无可救药地沉溺在感官的漩涡里，这回也算顺手把他拉下了水。我可比蒋逸凡尽职多了，掰直他的身体，像个负责的老师，一步步教会他如何凭靠双腿的摩擦与手指的抚摸抵达难以言喻的巅峰。

"诶，你是怎么发现这个的？"

"无师自通咯。"我想起花洒与蜘蛛的故事，又同他说，"还有更刺激的，等下要不要试试？"

叔叔家简陋的厕所倒是和没装修前的我们家有些像，门板下同样贴着旧挂历，不过是画满鲜花的另一个样式。清洗身体是次要，我取下花洒，塑料质地的喷头很轻，握在手里没什么分量。我将它对准蒋逸凡胯间，拧开开关，他被突如其来的攻击吓了一跳，侧身躲闪。"干吗！""你站好。"我心想也许是水开得太大，转身压低了些。这次，见他逐渐适应，我才重新调高强度，果然奏效，他露出熟悉的满足表情。"好玩吧？"我很用力地拍了一下他的屁股，报复他刚刚在山顶叫我吃瘪的事。窄小拥挤的厕所里，我们就这样你来我往地玩开了。

开学之后，家中冷清不少。正是橘黄时节，我好几天没见到爸爸，他整天在林子里忙活，采摘、包装、运输，早出晚归的，我也是看到楼梯旁堆放着的橘子和没有拆封的纸盒子，才能推测他的生意大概进展到了哪一环节。妈妈照例要去上班，和往常一样，他们会在餐桌上留下我一天的饭钱，或者让我自己去加热盖着的菜肴，便赶着去忙活自己的事情。我早就习惯了野天野地的日子，没人在家正合我的心意。

趁着午休，我决定躺到二楼软软的大床上享受个彻底。进门映入眼帘的，还是爸爸之前买来的那对电疗椅。刚装上它的好多个晚上，我都能在楼上听见妈妈低声埋怨，说不该花这么多钱买两把没用的椅子。我还以为它已经被移走，没想到依旧摆在卧室里，占去了不少面积。我到现在还不知道该怎样开启这个新奇的机器，对它也没有什么太大的兴趣，转头栽倒在床上，身子也跟着轻轻弹了起来。乳胶制作的床垫果然舒服。

然而一到床上，惯性似的，我的手脚就闲不住，毕竟白日漫长，有太多时间不知道如何消遣。一直以来，我都将心底暗暗涌动的愧疚与慌张隐藏得很好，或者说，只有不停地让自己沦陷在感官的快乐当中，才会让我忘记可能产生的不好的感觉，就像小时候，有段时间我常常重复做一个噩梦，每天都在惊惧中醒来，觉得到处都是带刺的危险。后来我学会强迫自己转换场景与注意，即使是在梦境里，每当意识到事情正朝着危险而未知的方向发展时，我便悬崖勒马，让自己去想象些开心的事情，比如绕着一棵很好看的树转圈，走入繁密的花丛中央，或者想象自己正躺倒在一望无际的草坪上。就像上次在浴室里猝不及防遇见一只巨大的蜘蛛，我选择蹲下身子，往地上撒一泡尿那样，现在也是如此，只不过换了个方式，换了种手法而已。

蒋逸凡又晃荡着上楼，预备到三楼寻找我的身影，我听见他在头顶迭声喊着"吉吉，吉吉，你在家吗？"，忍不住开口回应他："蒋逸凡，蒋逸凡。"一出口便吓了一跳，那声音是如此陌生，好像从别人的耳朵里听见一样。

"你今天怎么跑二楼来了？"他循声推开门走了进来，看到熟悉的椅子，一屁股坐了上去，"前阵子李叔叔还经常来我们家体验呢，我听见他和我妈说要买，没想这么快就用上了，怎么样？妈妈刚拿来的时候我试过一次，后来我爸老说这电流太大了，小孩子坐上去太危险。"房门开合，尽管有所准备，蒋逸凡突然的闯入还是让我不由自主慢了动作，正在攀高的感觉又落了回去，心情也一下子荡进谷底，所以这时候并不是很想应他。他倒满不在意，兴致勃勃地开始研究起这台机器来，那姿态倒同蒋叔有些相像，好像他在修理铺里捣鼓那些拆分成好多块的电饭煲或者录音机。耳边很快传来机器运作的轰鸣声，想必他找到开关在哪里了。"李吉吉，不是还有个配套的电疗棒吗？在哪儿，拿给我吧，我想试试。"

在那之前，我还从来不知道有什么配套的电疗棒呢。

"吉吉，你听到了吗？"他转过身来，终于发现我异样的姿势与动作。"你又在弄这个啊，真这么有意思吗？"从后山下来以后，我和蒋逸凡又在不同的地方试了好几次，有时候去河坝里，有时候在我的房间或者他的房间，还有一次，我指给他看蒋叔面前的柜子："这里也可以。"那时候蒋叔叔正对着一个旧台灯发呆，柜子后面的墙壁上，挂着上次那个外国人送来的锦旗，上面写着"专业负责，务实可靠"八个大字，落款是我拼不出的英文名。锦旗的旁边，萍姨装上了新买来的玻璃柜，里面摆放着她曾经卖过和正在卖着的各类商品。蒋逸凡凑到桌角旁边蹭了几下，"没啥感觉啊，"他说，"你不会是在骗我吧？"

"再试试呢？你多用力。"他又凑了上去，这回把整张桌子都带得吱呀响了，蒋叔好像察觉到什么，从面前的台灯回过神来，转向我们这边，表情有些严肃："蒋逸凡，你们在干吗？""李吉吉教我蹭桌角呢。"

那次之后，蒋逸凡对这件事的兴趣明显淡了下去，我们也很少再玩起这个游戏了。

"真这么好玩吗？"蒋逸凡从电疗椅上探出了身子，凑到我旁边，"难道男生和女生真的这么不一样？"他伸手按了按我正摩擦着被子的裸露的下体，很好奇地盯着看，就像很早以前我们在河坝里相遇时那样。正看着，蒋逸凡玩心大起，突然拿起狼牙棒在我的小腿与手臂上滚动着，滚烫的电流传遍全身，在干燥的空气中炸裂，他还嫌不够，让坚硬的棒子贴到了我大腿那片稀疏的毛发中间，在冰凉狼牙棒触及身体的那个瞬间，我伸出床沿的小腿因为长久的绷紧，突然抽起筋来，不受控制地踢弹了一下，碰上一旁还在运作着的电疗椅。蒋逸凡本来是半凑着身转过来的状态，没有站稳，便一下子摔了过来，直直压到我的身上，狼牙棒也以奇异的角度，戳进了我的身体里，我感到一股尖锐的电流从脚尖直击头顶，击过我们紧紧相连的身子。那一刻，痛感和快感都消失了，世界好像突然清冷下来，有一阵风吹过，我隐约闻见橘子的香气。

"美萍，电疗椅真的有问题，等下我进门弄给你看，我们家花了这么多钱，你做生意可不能不负责的呀，来……"

熟悉的声音戛然而止，蒋逸凡撑起手臂，稍稍抬起身来，拉出一些距离，扭头去看背后的动静，方才被遮挡着的视线一下子清晰起来，我也随他看向大开的房门：爸爸妈妈不知道什么时候回来了，萍姨也站在身后，他们三个人脸上写满了慌张，神色都是一致的惊讶，那惊讶又在视线锁定之后，逐渐扭曲成愤怒或悲伤的模样。乳胶床垫上的我衣衫不整，下体还连接着一根通了电的棍子，身体深处，一阵暖流不受控制地朝外涌出，在双腿中央洇开湿润的、鲜红的印记。我突然感到小腹阵阵针扎般的疼痛，不由得弯曲身子，抱紧了自己，蒋逸凡身后，视线底部，我看见如乒乓球一般滚落在父母脚下那整片地面的蜜橘。

原来时候已到深秋了。

李喆将那本小册子收好放回随身的提包。车程已过半，窗外的景色也换了几轮，连片的空旷田野里，裸露着许多土丘式的坟墓，有孤零零立在中央的，也有三五个连成片的，像是原野上的邻居，看似混乱的背后，亲疏远近，生离死别，也许自有其逻辑安排。四个多小时的高速行驶让手机的电量早早告急，佳皙却在这时发来消息问："你去见蒋逸凡了吗？"她不知该如何回复，自己的确是在靠近他的旅途中，一路上始终存着退却的心，疑心自己昨晚的决定是否太过冲动。

手机的备忘录里，还存着中秋聚会那晚留下的一首拼贴诗。活动到了最后，她提议每人从晚上的聊天里筛选出几个关键词，一起拼成一首诗。她分给每个人一些便利贴，大家将它们一片一片贴到了脚下的反光板上，纸条东拼西凑，组成并不通顺的句子："铜镜着火 / 烟花虚幻 / 思想的助产士 / 不爱打扫玻璃房 / 老头和小蝴蝶 / 博爱反差 / 月饼馅有 / 白果、芝麻、流心蛋黄 / 这不公平 / 今夜圆满 /

但散光"。她最喜欢佳晢添上的诗歌结尾那一句，有种无法挽回的现代式伤感，双眼视力的退化无疑是成长带给她的硬伤，除了鼻梁上的眼镜以外，还有身体内部那些始终无法愈合的裂口。童年时代清晰明朗的夜空一去不复返了，她看不见流星简短有力地刺破黑暗，也再无法如当初那般懵懂而直接地展示自己的欲望。

备忘录里组成诗句的那些词语就像是树梢枝头的蜜橘，从背后牵扯出的故事与话题的枝干上纷纷落下。当晚，李喆还给大家分享了她带来的橘子。今年的中秋来得格外晚，已经快到九月的末尾，但比起吃橘子的季节，似乎又过早了些。正好家里寄来一箱宫川橘，早熟而甜蜜，用来尝鲜倒是够了。李喆家做了多年橘子生意，最鼎盛的时候，承包了好大一片山地，跟着镇上统一安排，种的一直是特早熟的宫川橘，八九月份就能够成熟上市，算得上橘子里的优等货。这种原产自日本的柑橘品种，皮薄无核，汁水丰盈，连甜度都意外地偏高，很受市场的欢迎。但若要追溯源头，却是温州蜜柑芽变的新型品种，据说是古时日本僧人来到中国参观拜访，临走时捎去几粒种子，慢慢在日本生根发芽，后来经由宫川氏改良种植，又在百年后被重新引回国内。

高考结束的假期，有一天李喆心血来潮去文身，进店的第一眼就选中了画册上设计师手绘的橘子图案。那时候，除了家人之外，已经没什么人叫她小橘子了。墨针刺入肌肤，用明黄的颜料替换了血液。细针的刺痛里，她看见手机弹出的新闻报道，盛赞家乡蜜橘的品质好，销量高，用寥寥笔墨定义抢购一空的场景。李喆记着的画面，却是跟在灰心丧气的父亲后边，将一筐又一筐卖不出去的果子全部倾倒进江水里，干脆的，决绝的，震撼的。"整条江都是橘子"，她这样回忆。那一年，市场上的小蜜橘多得过分，到处都有摊贩售卖，然而即使摆出超低的价格，也没什么人买账，在它们堆在仓库里烂掉之前，许多橘农都选择将它们一股脑倒进江水里。

蒋逸凡离开小镇的那个深秋，分裂与争吵在那之后频频发生。扩种以来，家里的橘林首次大丰收，却迎头撞上了市场最不景气的时候，丰收成了泛滥，成熟坠入腐烂，母亲忙着带她去医院里做各种检查，只为了坐实那不存在的罪名。她的身体一次次被翻开，折叠，翻阅，鲜血和尿液被装入各种试管瓶中等待验证，最后却通通陷入虚无。家中的格局开始变得僵硬而奇怪，连争吵声都消失了。父亲继续住在二楼，母亲却搬到了她楼上那间小阁楼去睡，李喆夹在父母中间，根本动弹不得，硬床板睡得人煎熬。然后是冬天，下了好大的一场雪，学校停课，道路封闭，门前的积雪厚到好像可以将她淹没。

记忆到底应该如何书写呢？那么多眼泪，苦难，死亡，那么多沉入江底的声音。那一年，蒋叔在报纸上说喜欢的那位摇滚歌手也复出了。小时候，李喆常听她的歌，还专门下载到蒋逸凡的 MP4 里听。女歌手的人生很传奇，性格不好，脾气暴，和人打架，瞎了一只眼，后来还进局子里蹲了几年，怎么说都确实不像一个好人，但是很奇怪，她的歌，还有她的声音，却总是充满力量，李喆很喜欢。后来她才知道，第一次听歌的时候，那位女歌手才刚从戒毒所里出来不久。

父母离婚之后，李喆对自家的生意一直不大关心，这种不关心里，带着些她自己都难以意识到的抗拒，就像坐立不安，仿佛一直被电流击中的此刻，手臂上的刺青如烙印般隐隐作痛。窗外不断流逝的风景是种催促，内心的恐惧如气球般膨胀，终于彻底淹没了她。又是一处短暂停靠的站台，白光闪烁，列车迎面驶过时，总带着风和地板一齐振动。李喆觉得自己像被人狠狠抽了好多巴掌。终于，在手机耗尽电量关机之前，她匆匆拎起行李下了车，决定中止这场毫无意义的奔赴，也是在那个时刻，她看见了正准备上车的蒋逸凡。

李喆从来没想过自己可以在多年之后和蒋逸凡偶遇，尽管出发之前，她已说服自己做好了所有准备，然而当真的遇见时，却还是这样猝不及防，措手不及。陌生城市的高铁站，她一抬头就认出了他。儿时的那张脸虽然已经模糊，却还留着大致轮廓。李喆发现，和那张不协调的证件照相比，蒋逸凡已白回来许多，毫无疑问，他也知道她什么样。

只是此刻，她卡着临下车的最后一点时间，刚从车厢里出来，跌跌撞撞，狼狈得像个逃兵，仓皇躲过列车员停放在过道一侧的小推车，和小推车上林立的啤酒、花生、矿泉水。而蒋逸凡正预备上车，排着队候在一侧，随着拥挤的人潮慢慢往前挪。他没拉箱子也没有背包，不知道是出发还是归来，手里点着的烟只剩下一截短屁股，转头的时候，随手就扔到旁边踩碎了。伴随着吞吐的烟雾，过往的画面一幅幅重现，隔着烟，隔着雾，模糊不清的，蒋逸凡就在烟雾缭绕的另一边静静看着她，像梦中的画面。她不知道应不应该挥手示意，打个招呼，而且再怎么说，他也应当算是自己的童年玩伴，是她此次旅程找寻的终点。

比起小时候，他健壮了许多，几乎可以说长成了另外的一个人。原本孱弱的骨骼被肌肉包裹覆盖，一身黑色紧身上衣，看起来应该有规律的锻炼习惯。李喆还在犹豫着，面前的队伍已经开始往前快速移动，她顺着人流往前走去，来不及回头了。

车厢的连接处摇摇晃晃，好像回到那个秋天，他们要下山头，没有选择走路或坐车，叔父兴致大发，要他们顺着刚安装好的索道，和身旁的一筐橘子一起慢悠悠地被运送下来，如同过年的时候，家里人总会打趣，用杆秤将坐在竹筐里的小孩提溜起来称重，像称半扇猪肉那样摇晃着他们一般。索道是贯通橘林的脉络，建成之后，省去了原先需要人力背扛的辛苦。她和蒋逸凡蜷缩手脚钻到塑料筐里，身体之间几乎没留一丝缝隙，任由山风激得满胳膊汗毛直立。索道并不高，贴着林间空地一路向下延伸，蒋逸凡颇有些自得，伸手捞了旁边的一颗橘子剥皮，掰开一半递给她。李喆摇头拒绝，诧异着他的大胆，她只觉得自己的心也被悬挂在索道的缆绳上，左右上下摇晃着，发出丁零哐当的声响。乘务员擦身而过，推着车继续前进，嘴里重复吆喝着"啤酒，花生，矿泉水"。啤酒，啤酒。

第一次喝酒就是在自家承包的山顶，那是地图东南角最高的山峰，纪念碑下零落着几个啤酒瓶。她和蒋逸凡搭乘晨间巴士，穿过浓雾上山，坐在叔父敞开的卡车后厢慢慢爬到坡顶平台，看倒退的风景里，路过的牛群因惊吓收缩了肛门，牛屎垂垂的，边走边落。粪便是没有肮脏的概念的——看过的纪录片里这样说，她捡起一个瓶子张开嘴。第一口酒的味道，像尿。也许就是呢，蒋逸凡这样调侃。

就在那一刻，她终于决定往回走。

谋杀热带鱼

袁聪慧

假如有深渊

一、店内来客

阿敏常觉得有人在跟踪着她，也可能是因为工作的地方太过偏僻，她时刻警觉着周围一切可疑的迹象。

她不喜欢别人叫她的名字齐敏，又觉得小敏过于亲昵，她对外介绍自己为阿敏。阿敏20岁了，留着齐耳短发，性征不太明显，像大体格的小孩，大学肄业后，在一家宠物殡葬店打工。宠物殡葬店开在了辰里市区边缘，附近的基础设施建设像市区二十年前的模样，向西不远处就是辰里殡仪馆。

方圆几里内，死的味道就是火的味道。

人们从市区到殡仪馆，需要穿过一条长长的、光秃的公路，大片野草簇拥着路两排高挺的杨树，宠物殡仪馆带着锈迹的广告牌被粗大的尼龙绳紧系在相隔几米的树干上。画布上有几只活蹦乱跳的猫狗，仿佛在向来往之人指引着极乐净土。

这家店里只有三个工作人员。店长李心兼任司机，火化师傅老吴兼任后勤，还有做遗容整理和接待客人的阿敏。她慢慢忘记了当初退学的原因，靠着吃苦耐劳和胆子大的"特长"，留在了这个荒僻的宠物殡葬店，一来她不必再担心没有工作，只能回父亲齐斌的视线内，二来每天都可以看到焚烧动物。

前几日，她接到公安局的电话后，焚烧炉里燃着的火总是引着她陷入迷惘。

今早，她接待的第一位客人提出的要求实在让人为难。这是她们第三次见面，她没理由拒绝眼前的客人。

她跑去操作间问负责火化的吴师傅，一条热带鱼火化后是否能留下骨渣。老吴正忙着清理焚烧炉的渣滓，没空陪她玩笑，那不成烤鱼了吗，赶紧忙你的去。她表情严肃，继续认真说道，是客人要求的，不是我。老吴还是没看她，那人是来找麻烦的吧，赶紧让她走。说着开始处理一旁裹着黑

382

袋子的梆硬尸体，从轮廓来看，是只骨骼不小的狗。

阿敏想知道从技术的角度是否能实现客人的需求，被吴师傅撵走后，她又找到了店长李心。李心是个大学刚毕业没几年的年轻男人，曾经也去了大大小小几家公司实习，但都不合心意。他去上海的姑妈家玩了一阵子，正赶上家里的布偶猫肿瘤恶化，做了安乐，一家人跟车到了一家宠物殡仪馆。殡葬师擦拭着布偶猫的嘴角、鼻尖，拨开它眼周的长毛，擦拭着它的眼角，再将它的眼睛捏合，在肛门处停得最久。接着殡葬师又整理了它的寿衣，是一件粉色的小棉布衫，上面缝了它的名字，最后轻轻刷遍它身上所有的毛。

"你再给它清清耳朵，它是个油耳朵，每周都要清理一次，拜托了。"平时寡言少语的姑父向殡葬师一再嘱托，姑妈和表哥眼眶又红了。李心陪着这一家三口，围在一个大约 1.5 平米的台子四周，假花鲜艳，佛经音乐在屋子里闷闷发响。有人沉默着，有人抽泣着，所有人相拥着。猫从焚烧炉出来，只剩下骨渣，最后住进了一个青色小陶罐。人的生死他是见到过的，如今看到一个小生命被一家人、一捧花轻轻地、温柔地包围着，被自始至终善待着，成为他们的家人，他也跟着红了眼睛。他回来后不久，忙前忙后地在辰里开了个低配版的宠物殡葬店。

听完阿敏的话，李心的想法很简单——希望能留住他们为数不多的每一个客人。店里的生意不像是女士做美甲、男士剪头发，每个月总要修整修整，他们少有回头客。但是这次送来的宠物是一公分多的鱼，实在让人担心机器刚一启动鱼就灰飞烟灭了。李心带着阿敏找到老吴，三人商量一番，便随着阿敏一起来见这位客人。

来客是个穿着黑衣、佩戴黑帽的女人，皮肤明亮，五官精致，看起来三十岁左右，左眼皮偶尔会有明显的颤抖，这样的装扮若是要去参加人的葬礼还算合理，若是为了送别一条鱼，不免太隆重了些。

袁聪慧

您贵姓？李心问道。蔡。客人答道。紧接着由阿敏向她提议鱼的处理方案，仪式流程和往常一样，只是处理方式稍作变动。把鱼本体上的肉剔除，留下鱼骨，做成标本——这对于阿敏来说并不是什么难事，曾经她也在实验室里剔过实验鼠腿骨上的肉。鱼本身太小了，操作难度比其他动物都要大，但是不用启动焚烧炉，所以收费标准还按照原来的价格。

客人同意了。

阿敏接过那条皮肤褶皱、泛着黯淡偏光的热带鱼，手有些颤抖。她见过它在幽蓝色的水里游弋时闪着鳞光的样子，就在昨天。她没有急着与客人攀谈其他，询问自己最关心的事情。她感受到客人的认真，要为这条鱼举办一个仪式。于是她停止了思虑，仍按以往的流程主持告别仪式，李心和老吴都在一旁——

这条鱼的名字、与它的相遇、它的爱好习惯、喜欢吃的食物、发生过的有趣的故事。

客人说起，她的丈夫前几天去世了，昨天家里停电，水温不适，鱼都死了。他生前悉心照料它们。

她的脸上没有显露过多的悲伤，仿佛人和鱼的逝去都只是一件隆重但不触及情感的事。

二、好风频借力

"不知大家是否关注新闻，最近辰里沿海区域水母爆发，有个 8 岁的孩子被蜇死了。水母还阻塞了电厂过滤网，发电机组多次停运。省水产所很重视这个问题，抽调各院校单位研究员组成临时调研团队，现在如果有想参与的可以来跟我报名。"主任威严自如地在会议室主位上坐着讲话，整栋实验楼的人都聚集在这里开早会。

房宇黎端坐在会议室靠门的位置，整个身体迎着从门缝吹来的风，动物的味道在空气中细碎地密布着。

大家在早会上默契地保持沉默，心里都清楚，为了能保住学科的先进性，几乎所有人的经历都投入了肿瘤和免疫学研究，没人会主动脱轨去做海洋生态和灾害研究。

下班后他在校园里闲逛，从实验楼到主干道的小路，鲜有人与他同行。他踩着小路青砖，想着水母的事，脚下不自觉地追起来在地表轻盈滚动的透明塑料袋。

很快，他就走到了小路的尽头，拾起了被他踢了一路的塑料袋，像是徒手捞起了一只海边搁浅的水母。他将塑料袋丢进了拐弯处的垃圾桶，心里做了决定。本就没在众人之内，又怎么会有脱轨之谈呢。过去和今天的所有声音嘈嘈杂杂向他涌来，又从他的身体一滴不漏地渗透出去。再抬头就是宽直的大路了，他正派地走了起来，心里想着，或许研究新的项目可以救起下一个在灾难里丧生的孩子。

第二天早上，房宇黎从当地潮湿的季风气候中沥干了自己，神清气爽地去主任办公室报名，决定要去做水母灾害研究。

这不是他第一次参与这种临时性的研究工作组。上次作为在读研究生，他参与了一场轰动业界的箱水母毒素猕猴免疫实验，也是因为这次实验，尽管没有国外的留学经验，他也被破格留用了。

晚上回家后，他想和妻子蔡苏分享今天的事，但不知从何说起。与妻子恋爱结婚多年，如今两人陷入一个怪圈，前不久，她竟然试探性地提出了离婚。

然而还没等他开口，蔡苏又跟他说起，有一家儿童出版公司要与她签约，她的画终于有了着落。他先是为她感到开心，但很快又陷入了焦躁。

三、热带鱼往事

对于阿敏来说，关于热带鱼的记忆是深刻的。

齐耀是齐斌的弟弟、阿敏的叔叔，年轻的时候在单位总闲不住，后来看别人搞水产生意赚了钱，干脆辞了工作，把自家房子改装成了养鱼室。过了一个月、两个月、半年、一年，他的生意也没见好。那时的阿敏还在读小学，漂亮的热带鱼并不常见，每到周末，她总会去齐耀家看鱼。

没过几星期，她和齐斌再去时，屋子里已没有了鱼，除了厕所里的浴缸还像是个能养鱼的地方，几个发着蓝光的巨型鱼缸和自制的水泥池都消失了。取而代之的是十几台一模一样的古筝，紧凑地堆在屋子里。

谁也没想到齐耀竟然还会弹古筝。

齐耀的妻子周妙灿笑着催他表演一首，齐耀慢慢地走到古筝前坐下，用白色的布胶带固定好甲片。

寂静。所有人的呼吸好像都消失了，像是在等着一场不可思议的世纪魔术。琴弦开始在他的手中发出声音，众人皆知是《笑傲江湖》的主题曲《沧海一声笑》。实际上，它发出的声音并不算悦耳，激烈刚硬的声响袭来，没有轻重缓急，也没有扬抑铺垫，从头至尾的高昂声音让在场的人陷入集体亢奋中。

阿敏的心全不在曲子里，她仿佛看见了音浪里有成百上千尾斑斓的热带鱼在游弋，阳光下干燥的灰屑在琴弦上震荡、震荡、震荡。飘散。尾音渐弱，热带鱼也慢慢消失了。

曲终。齐耀还在琴前坐着，沉默着。

周妙灿说起有天家里停电，鱼全死了，赔了好多钱。齐耀找了个老师学了三个月古筝，跳过识谱之类的基本功，盯着一首曲子天天练，直到能熟练弹奏两三首有气势的曲子，唬住门外汉。接着就是靠这几首曲子招生、卖琴。人招到了就开班，收了学费再招老师来上课。这种空手套白狼的手段让周妙灿很满意，她笑着把手搭到丈夫的肩膀上，直夸他越来越像个艺术家了。对于从来没有人搞过艺术的家庭，"艺术家"三个字对于齐耀来说格外刺耳。

晚饭时，齐耀说下个月要去北京进一批古筝，提议一家人可以去玩一圈，带着阿敏和小璇见见大城市。小璇是齐耀的女儿，还在上幼儿园。周妙灿被齐耀突然提出的想法吓了一跳，这个想法并没有提前和她商量过，她开始盘算起花费，若是带上两个小孩。齐耀执着于自己的提议，精神焕发如同正开拓家园的首领，弹了弹烟灰，否决了周妙灿的否决。齐斌单身一人，转头问阿敏是否想去，阿敏点了点头。

北京一行称不上多么愉快。齐耀定的是个三星宾馆，两个没有挨着的房间，周妙灿因齐耀不肯去跟齐斌提平摊费用，在旅行开始就赌气不再跟齐耀讲话。白天，齐耀去进货，齐斌父女、周妙灿母女一块儿出游，他们在天安门、王府井四处走走停停，路过街边的拍照亭，销售人员迈着碎步走向他们，举起脖子上挂着的塑封成片，推销着合家欢拍照套餐。他们略有尴尬，不愿再逛下去，早早回了宾馆。

晚上，周妙灿正要给小璇脱衣服洗澡，阿敏跑来和小璇玩。小璇从没用过家里的浴缸，坚持要去房间里的旧浴缸里"游泳"——家里的浴缸被齐耀改成了鱼池，还没改回来。阿敏也要一起玩水，两人很快脱光，顺着边缘下水，浴缸正好盛下两姐妹。

在水里，阿敏欢快自得。上个暑假她学会了游泳，在水里向小璇展示着蛙泳的姿势。她们在水里翻腾来翻腾去，两个女孩子的欢叫盖过了周围的一切声音。盥洗室的门大开着，周妙灿在屋里收拾她俩刚脱下来的衣服。

"你看我像不像你们家以前的热带鱼？"阿敏问小璇。

"简直就是一条小美人鱼。"齐耀忽然出现在了门缝大开的卫生间门口，有些笑意地看着浴缸里两条光溜溜的小鱼。

阿敏在水里赤裸着模仿鱼儿游水的姿势，一听到男声，抬头撞见了齐耀的眼睛。她愣住了，脸瞬间红透。

小璇拉着她，学着她刚才的语气说道："姐姐你看我像不像热带鱼！"

齐耀还在门口站着，大大方方地看着她们，小璇也在欢呼着等阿敏的回应。阿敏越来越不自在，有什么东西哽在喉头，整个脸涨红着，加上又刚泡过热水，整个人像一尾红色孔雀鱼一样在水里散开。周妙灿还在跟齐耀赌气，把他从浴室拉出来，轰他去找齐斌买返程车票。

别扭的感觉直到旅行结束也没有消解。从北京回来后，阿敏再没有去见过齐耀一家人。

中秋节，齐耀带了很多礼盒来找齐斌，他比以前穿戴精神了许多。阿敏在隔壁躲着不愿出来见他，听到两个人谈话间提到原来齐耀养的热带鱼死光了，并非因为停电，是周妙灿把电闸拔了，嫌他养了一屋子鱼，赔钱不说，还把好好的一个家弄成了水帘洞，那些鱼都该死。周妙灿听算命的人说，要想富，远离水。

后来没多久，阿敏又听齐斌说周妙灿被齐耀打成了重伤，破了相，住了院。周妙灿咽不下这口气，把齐耀告上了法庭，离了婚、赔了钱，还要蹲一段时间监狱。再后来，周妙灿带着小璇改嫁了。

那时，齐耀中秋送来的月饼还躺在精美的礼盒里无人问津。阿敏看着漂亮的礼盒，不知道为什么突然想尝尝味道，是否真的难以下咽。她边咬着月饼，边想象着一个女人杀掉几百条漂亮的热带鱼，养鱼的人优雅地弹古筝，成为艺术家，曾经最亲密的人大打出手，把彼此推向医院和监狱。

月饼难吃得很，她把剩下的都丢进了垃圾桶，嘴里刚咀嚼过的也吐了。

四、燃烧吧，燃烧吧

当小璇来阿敏的出租屋请她一起去见被害人的妻子时，阿敏事不关己的心思藏在了佯装的愁容里。齐耀作为头号嫌疑人被警方抓走，她这个做侄女的，既无法帮他脱难，也无法给他定罪，只能听着小璇边哭边讲齐耀一定是被误会了，但她还是觉得，杀人的事情齐耀是做得出来的。还在念高三的小璇就快要参加高考，出了这种事，家里也没人能帮着处理。齐耀做生意的几年，结交了不少"实用"的朋友，其中有个律师告诉小璇，如果能取得被害人家属的谅解，对于案件有很大帮助。阿敏听小璇说起被害人和他的妻子都是她的校友，还是直系学长，她的不安逐渐涌出。小璇希望她能跟着一起去，作为校友可能会增加双方和解的概率。而在她知道了被害人是房宇黎的时候，她几乎不能发声，呆呆地盯着木质地板上的一条花纹。就像曾经的某个黄昏，她盯着笼子里的动物发呆那样。

每天快到吃晚饭的时候，阿敏都会来给这些实验动物投喂食物。眼前这只狗因为被注射了药物而行动迟缓、目光呆滞。它的眼睛随着夜色渐起而逐渐发亮，她慢慢无法直视。

她想起第一次近距离接触这些白色的小动物，是在他们第一堂非理论性的基础实验课上。动物实验守则赫然悬挂在大楼一进门处，看它的人很少，更像是守则在注视着路过的人。班上的同学有的兴奋，期待着解剖，用手里的刀划破规矩枯燥的学习和生活，享受生杀的特权。当然也有人战战兢兢，面对活物，无法下手将它处死。大部分人则是卡在中间，害怕动物本身和血腥的场景，害怕半夜做噩梦，或是有一些生理和本能上的恶心和抵触，但又有着隐秘的激动。

班上四十来个人两两分组，一个人主刀，另一个帮忙，实验目的是用显微镜观察小鼠的血红细胞和卵母细胞。所有人都成了悬置的刽子手，正义的、无奈的心情都已经不重要。他们要为了学业考核，将自己或者过度兴奋的，或者胆怯畏缩的情绪收起。而那些即将死亡的小鼠也无从选择，出生即等待死亡。

所有人都在用各种方法让它们死。

阿敏用手机拍摄下老师完成的一系列操作，打算多看几次，尽量让它们死得没那么痛苦。屏幕中的老师左手拿着镊子压紧白鼠的脖子，让它脊椎位置保持固定，稍加调整，右手突然使劲向后猛拽它的尾巴，动作干脆利索。伴着脊骨断裂的声音，白鼠的嘶喊声猝然停止，后爪颤抖了两下，眼球里的血色逐渐暗淡。

老师停顿了片刻，用平静的语调陈述着这个处死方法最为常见，叫脊椎脱臼法。

它被翻过身来剪开肚皮，腹腔没有充血，这证明死得很痛快。紧接着，老师带大家找到小鼠输卵管尽头的卵巢、卵泡，观察卵母细胞，在剔除它后腿上的皮肉后，取出骨髓中组织，观察造血干细胞。一切都有迹可循，按照一些指令性的实验步骤，一点点探索它们生命的全部，在跟随它的死亡后，又走进了属于它的无限世界。直到实验结束，它彻底空了。

面对这些死亡，她好像也没太多的悲悯，更多的是不理解，她一直不懂它们被一群科学门外汉折磨的价值在哪儿，也会置疑世界会因为它们的死亡而好一些吗。或许未来这些人中真的会有一个科学巨人出现，但是这种概率就像是期待着基因突变的发生，一种无逻辑、随机、试验性的等待，让人摸不透意义。食物链顶端的人，真正去"吃"老鼠的是少数，但实验操作手册上处死它的方法数不胜数。与其他动物不同，好像这种处置的权利才是权力的象征。

面对一个生命的无故死亡，阿敏还没从刚才的精神内陷中抽出，她忽然又想到了几百条无缘无故死去的热带鱼，身体的某个部分像是也随着它们脊骨的断裂而断裂，思绪如藕丝般从两个截面中被拉出。

耳边阵阵骚动，大家都被教员新送来的那筐更为活跃的老鼠所吸引，那时阿敏第一次见到房宇黎。他将筐子放定，开玩笑道："这些小鼠是为了科学献身，大家不用紧张，如果这些动物会索命也是来找我，你们不用担心遭到报应。"

授课老师向大家介绍，刚才讲话的是新来的老师房宇黎，是同专业毕业的博士学长。房宇黎讲话很温柔，装备和手法看起来也相当的专业，房宇黎的话好像在持续引导、安抚阿敏内心的狂乱——她在杀了一只白鼠后，才知道那种狂乱真正的来由。她反复看了刚才录制下来的视频，动手后，小鼠腹腔没有出血。看着它洁净的内脏，阿敏产生了一种巨大的满足感。她被这种满足感裹挟，心脏逐渐感觉到轻盈。

很快，更深的一种恐惧出现了，她并没有自己想象中那么慈悲。她感受到一股暴力之源狂乱地在身体里乱窜，然后将她逼退。她扔下手中的剪刀，跑出去，让搭档帮忙完成后面的操作。她跑到顶楼的平台，回想着方才的情形，从具体的恐慌到广泛的迷茫，越来越多的疑惑在她脑海里浮现。解剖时剪刀与肚皮之间丝毫没有摩擦力，那种顺滑的感觉，让她坠入难以攀缘的深渊。

后来的一段时间，她的手机大数据也开始给她推送"历史上最恶毒的实验"之类的内容，像是有监听她心理的功能。比如猕猴被送上断头台、实验犬被移植一个新头颅。视频下方的评论——

A君：狗狗太可怜了，好希望大家都能善待它。

B君：不用它做实验难道用人做吗？

令人沮丧的是，他们说的似乎都合理。她总是回想起死在她手里的那只白鼠，也努力让自己忘掉那些繁杂又无用的画面——它们确实对她的期末考试毫无益处。

后来有一次实验过后，轮到阿敏所在的小组归置打扫，房宇黎也在收集桌上的生物垃圾。

冷黑色的实验台上堆积着许多的残肢，无序排列着。

"最后它们会被丢到哪里？"阿敏问。"拿去统一焚烧。"房宇黎边说边将残肢都收纳到一个褐色的袋子里。"我能一起去吗？""你叫什么？""齐敏。""那你跟着来吧，戴好手套和口罩。"

阿敏随着他，从实验楼后门出去，经过几排教学楼和食堂，直到学校西南角，老槐树将锅炉房的窗子遮住了。进去后有一间专门的焚烧室。他们走到尸体焚烧炉旁，阿敏看着他将收纳袋中的东西像下饺子一样倒在焚烧台上，再缓缓推入炉中。封口。启动焚烧炉。岩浆般的红从门上的一个洞口中映出。

它们正以一种物质的形态消失，连带着它们身上那些病毒、细菌，完成了生命的最后一步——消失。阿敏也觉得自己身上有什么东西消失了，所有的情绪、罪恶感、疑问，一切都随着火消失了。

他们并肩站在那个方形的、正在内燃的巨大机器面前，像是与一种已逝、永恒的东西对望。一瞬间，她有种参加神秘宗教仪式的感觉。以前她听奶奶讲过，有一种可用来作灯点的老鼠，它的腹部有一个油腺囊，能分泌一种无味的油脂。村民抓到这种老鼠后，会取出它们肚子里的油液，把老鼠晒干或者风干，再把油液倒回老鼠体内，从嘴里插入一条灯捻，一个鼠烛就做好了。每只老鼠可点三四个小时，照亮一家人入睡前的时光。

她一时分不清是炉子烧着动物，还是动物助燃炉子。

房宇黎看起来也有些忧郁，他总会不自觉地皱眉。阿敏忍不住用余光瞄向他。

"我以后不想做跟实验有关的工作，我不知道为什么要杀了它们，更不想解剖。"回来的路上，阿敏对房宇黎说。

"刚开始做实验的时候，我也感到不适。最初很新鲜，但到了后面，明知道一些结果肯定会和预期中有偏差，但还是不得不去实验。然后开始怀疑，它们死得到底值不值得，会觉得自己没有用。还有些接受毒性测试的动物，甚至在死前遭受着巨大的疼痛。它们确实是在替人类受难。也许你通过另一种方式保护了它们，就是反思自己，尊重它们。"他的回答像是准备过的。

阿敏最后还是问出了这个问题："我以后可以常来实验室帮忙吗？"

"为什么？之后你想读研？"

她低头想了想，告诉他不是因为想做科研，只是不想在寒暑假的时候回家。她把齐斌的事跟他讲了个大概，告诉他自己对未来的担忧和迷茫。她想留下来，也是因为他吸引着她。这句话她只在心里想了一下。

房宇黎答应她，说她有时间都可以过来，然后跟她告别。

她目送他离开，眼神跟了好久。不知为何，她想起曾经在家里衣柜底下那一堆男性用品中发现的玛咖包装盒上，那个看了令人不适的、裸露着健硕胸肌的男性。房宇黎的背影看起来要比那个模特消瘦很多。阿敏不知道为什么自己会把他们联系到一块儿，脸上泛红迟迟无法褪去。

后来她常常在课余时间去实验室帮忙，有需要打下手或者跑腿的，她乐此不疲。师兄在实验室同学间口碑还不错，听说他在读书时就是一个很勤奋又诚恳的人，和现在差不多，还有过一个漂亮的女朋友，后来不知道怎么样了。现在他身边倒是没有出现什么女生，无论是学生，还是与师兄同龄的人。她敏锐地捕捉、过滤着和师兄有关的一切。

阿敏在实验楼的休息室里，李思蔓也在。李思蔓再开学读研三，正在做来年毕业论文的几个重要数据，走路都带着风似的，排队等着用隔壁的离心机。她问阿敏是不是想留下来读研，是的话可要慎重考虑，别看学校一般，也出不来太大的成果，但是本校的人有不少都想留下来，一个课题组的人数有限，又都是师兄妹，看不见的竞争可能比那些重点学校的还要激烈。

每个单独和阿敏相处的人，都会问她这个问题，她的来历、目的、职责等都需要被一一确定。李思蔓也不例外，她有很多的话要讲，打发等待离心机完成工作的时间。

"我还没想好，不过我很喜欢大家专注做一件事的感觉。"阿敏说。

"光做事，不行的。你看师兄平时沉默寡言，一直都在忙自己的事。在咱们学校读完了博，还发了 C 刊，现在只能留下来当个教员，如果有出国经历或者去个 985 读博，应该就是个讲师了。"李思蔓说。

"那师兄怎么没去？"阿敏问她。屋里冷气很足，她缩了缩脖子。

"老板让他留下来帮忙做一个免疫项目呀。还延期了一年毕业，好像是承诺他到时毕业了可以留校，但没说是当教员。后来好像还有一次可以去约克大学交换的机会，结果也被另一个人顶替了。这没办法，反抗也没什么用，总还是要毕业的。这两年他好像也一直在申请，不知道会不会过了年龄，他的运气蛮不好的。不过水母的实验倒是让他的状态好了很多，虽然不是什么大刊，常在科学杂志发些小文章也挺有意思的。"

阿敏心里酸了一下，她想跑去抱一下房宇黎，虽然她对自己的命运和喜好一无所知，但是心里却希望他可以有个光明的前程。可事实上她脚下一步也走不动，真的是到了表达情感的时候，她一句话也说不出来。

后来她们又闲聊了几句，阿敏听李思蔓说暑假结束的时候，会统一处死一批遗传疾病的样本。大部分明年毕业的研究生，都等着这一次的结果了。

休息室里的温度太低了，她也不知道这个屋子的温度标准究竟是谁设定的，每次待不过半小时就手脚冰冷。

她又去了饲养室。

阿敏看着眼前的白鼠，仿佛已经透视了它们的命运。与它们在一起的时间里，她好像逐渐和这些小东西有了某种情感上的联结，有时还没走进去就听到吱吱的叫声，平时它们就在笼子里吃饭、喝水、睡觉、抖木屑、撕咬。一批又一批地减少，又持续不断地增加。

她一遍遍看着那些红色的眼睛，白色的皮毛仿佛包裹的不是生命，只是一团团的棉絮。真是遗憾。她再仔细看，眼前这些经过注射的小鼠，有好几只尾巴上坑坑洼洼的，有的是被自己咬的，有的是被同伴咬的。

房宇黎也来饲养室看样本情况。阿敏回想起刚才李思蔓的话，忽然觉得房宇黎的身形更瘦削了，她想找点什么话跟师兄说说，替他消解一些忧愁，哪怕就是出个丑让他笑笑也好，但是从嘴里跳出来的却是一些看起来很专业但又偏离她想表达的东西的句子。"把它们做成疾病模型后放在一起还真是危险，它们总是互相残杀。"她说着，指向一只小鼠坑坑洼洼的尾巴，明显是被同类咬伤。

"人类对本物种的致命程度比一般哺乳动物高六倍，"房宇黎忽然又柔和了下来，"不过刚才你看到的那只，伤口是注射的药物导致的，不是被其他小鼠攻击了。可能产生攻击性的已经被分开放置了。"

阿敏有些羞愧。她确实不了解，她只是想找个话题和他聊天，也只会在每天黄昏的时候给它们加饲料、加水。她硬着头皮往下接话——

"人确实比动物危险，我叔叔曾经把婶婶打到进医院，因为她杀了叔叔养的所有热带鱼。我小时候最见不得美好的东西逝去。"她也不知道为什么会对他说这些。她想用自己最想忘掉的回忆来吸引他的注意，虽然他对这些故事的缘由毫不知晓。

美好的东西逝去。房宇黎怔住了。

"热带鱼我很少看到，不过美好的东西的确值得珍惜。"房宇黎说。然后他拍了拍她的肩膀，离开了。已经很晚了，她关了灯离开。转头的瞬间，她看见月光顺着窗子流了进来。

整个暑期，她几乎天天在实验室里。

假期即将结束时，一切气氛都在推动一个结果的发生。

阿敏看着白鼠日渐迟缓的行动和肿大的腹部，将饲料按量放入。面对这种微弱的联系，阿敏心里有着说不上来的无力。最后的时刻，她选择故意走开，没有亲眼看到实验场景。所有课题组的人都来了，声音嘈杂，像是周末的医院。她在门口见到了房宇黎，他对她微笑，样子看起来很轻松。他说起今天人手可能不够，请她结束后帮忙一起处理下现场。她点头说好。

她对着门玻璃向里深望了一眼。那些肉和骨不足轻重，只有它们身上曾经最疼痛的部分被留了下来，被视为最有价值的部分。

当天稍晚一点的时候，她接到了一通电话，是李思蔓，她急忙从寝室赶回实验室。李思蔓给她看了网上有人曝光的一段视频——一个天台，几盆花，空荡无人，一只将死的狗，不住的低嚎声。评论里一片谩骂。仔细看，那正是她所在的实验室的天台。实验后，有几只实验狗被丢到了天台上，不知道被谁发现，发到了网上。领导小组、动物伦理委员会闻讯派人来视察，媒体单位也蜂拥而至，实验室主任说一定会查清楚问题出在哪个环节，给各单位一个交代。学校其他同学都跑来，事情越搞越大。

房宇黎沉默了。他们确实还有其他的实验在进行，除了辅助教学、自己的水母课题，还有不被大部分人知道的实验。刚出事的时候，主任已经找他谈过话。后来在开内部复盘会的时候，阿敏也在，主任的话语中暗示着用狗进行实验教学是符合相关规定的，实验过程也是严格按照规定程序进行的，问题发生在实验后的动物尸体处理环节，尸体没处理好肯定要承担后果。

尽管阿敏根本不知道那只狗被杀了，更没有参与这些实验，但在实验室主任和伦理委员会的老师都在场时，她毫无保留地说出了这些话。

"是我的问题。我没有处理好这些动物的尸体。"

房宇黎在一旁没有提出疑问，没有反抗，只是无声地面对一切。没有人进行质疑，哪怕她根本就不是这个实验室的正式工作人员，也不是需要做课题的学生。复盘会很快结束了。

她是谁呢？若有人查下去，问起她是谁，或者问起实验狗抛尸的任何细节，就会马上发现她根本与这件事毫无关系。可是当她承认一切的时候，调查停止了。她成了处分最确凿的一个。所有背后隐秘的、不为人知的动作，是谁把那些还在抽搐、奄奄一息的狗抛在天台上的，带血的纱布棉绳和兽用麻醉剂陆眠宁的盒子究竟出自谁手，所有疑问都被掩埋过去了。

没过几天，她收到了学校的开除学籍处分通知。她去休息室拿回自己的东西，远远看着房宇黎，他始终保持沉默的态度。

没过几天，学校发出了通告：相关工作人员已经进行教育批评，要求学院暂停动物实验，进一步加强相关条例学习，进行整改，改善动物实验条件，规范实验各环节管理，尤其是实验后动物尸体处理工作，务必严格按照原定规范程序进行，在全院教职工及学生中开展"尊重生命，关爱动物"教育活动。

从此，她再也没见到过他。

阿敏答应了小璇一起去见被害人的妻子蔡苏，也是此时，她才知道原来房宇黎早就结婚了。

阿敏原以为会有一场很激烈的争论，但当他们五人——小璇、蔡苏、蔡苏的朋友孟原、律师，还有她自己——围桌而坐时，她对于谈判毫无头绪，不知道如何能争取谅解。反思为什么自己会出现在这里，好像也更多是为了窥听蔡苏会说什么关于房宇黎的事。除了听双方律师讲赔偿事宜，大部分时候她的眼睛都落在刚满 18 岁就要拯救父亲的小璇那里，偶尔也用余光瞥向蔡苏，对视令她有股犯罪般的不安。

黑猫。阿敏将蔡苏想象成了一直立坐着的黑猫，没有太多情感波动，黑漆漆的眼睛洞察着一切。她的想象早已跳出这个谈判空间，想象着蔡苏是个怎样的人。这种想象在她大学时期狂热地迷恋着房宇黎时发生过，她猜想自己是否是他喜欢的类型，他会和谁结婚，自己会不会和他一直在一起。

房宇黎的死、叔叔的入狱、她曾幻想过的人悲伤地一齐涌向她，她萌生出一种暴力的快感。

孟原说蔡苏身体不舒服，精神状态也不好，不方便继续聊下去，带着蔡苏离开了。律师再次提醒小璇要和受害者家属保持联系，并多次强调这对齐耀的量刑很重要。

五、结婚

十二年前，房宇黎刚 18 岁，外形瘦瘦高高，脸上还留有青春期的浅褐色痘印。刚去辰里大学报到，他就跑去了学校近处的海滩。人很多，水很浑，沙很粗。他环视了一周，看到不远处好像有人在沙滩上画画，巨大的人像在沙滩上靠着日光、小沙堆的坑洼和阴影呈现出来，那需要站在一定的高度才能识别出画作完整的构图和样貌。

房宇黎走近，在她身后站了一会儿，身体的阴影挡住了沙面上人像的半张脸。女孩抬头看了他一眼，对他毫无兴趣，又别过头了。

那是他与蔡苏第一次见面。与在纸上作画确实不同，手成了绘画工具。海里逝去的生命将灵魂赋予了沙子，被太阳晒过的一面很暖，再向下深一层很凉。沙子温度的变化和粗粝的质感与她的指尖相抵，直到脚踝感受到酸麻，她起身走了。

后来他发现这个女孩和自己读同一个专业。他陷入对蔡苏的迷恋是在大二，她在人体生理学结课的时候，交上了一幅手绘版的人体结构图。图上的男女骨骼分明、肌肉纤维层次密叠，比书上标准的示意图还要生动几分。她给那幅画上的头骨上加了好看的帽子，女性骷髅戴着凤冠，男性骷髅用双笄从两侧插入固定的帽冠，像是一对死生相依的恋人，本应祛魅的学科在她的卷纸上竟变得暧昧起来。

她几乎逃掉了所有的专业课，但会在最后的期末考核中及格。她的卷子总会出现一幅与课程相关的绘图，也会被专业课老师在后来的课堂上拿来当反面教材警示一届届的学生："画得挺好，但是不符合规范，这道题零分。"

房宇黎被蔡苏的才华样貌吸引，蔡苏倾慕着房宇黎对严谨科学的追求，他们的感情倒是越来越好，并在大学即将毕业时的某顿午饭上决定结婚。领证那天，他们也表现得不在意，就像那是普普通通的一天。他们刻意弱化领证的含义，所以在出门后的一路上，都在讨论些与情感无关的话题。房宇黎说起实验室里添了一台 PCR 仪，对比起原来的那台，功能因为产地的不同变得大不一样，还是德国的最好。蔡苏说起出租屋里的衣橱实在是太不像话了，上面的镜子已经无法照出人的正常形态，帽子也没有合适的地方可以放，之后要去红星美凯龙买一个新的。接着她又说起上一家住户留在出租屋里的那座观音像，扔了不尊重菩萨，留下来也没人供奉，放在家里奇奇怪怪的。他们礼貌地聊着天，甚至忘记了昨天还在吵架。迈向民政局大厅时，房宇黎被门槛处不规则的凸起绊了一跤，最相信科学且将自己的全部给予科学的人，在那一刻恍惚觉得有什么在阻挡他，直到她把他扶正。

房宇黎继续留在本校读研读博，蔡苏一直在各种艺术培训机构之间辗转，教美术，7—13 岁入门班。在没有教学任务的周中，她微信步数都为个位数。而在周中若是微信步数骤增，房宇黎便会盘问她今天的行程。他通过她的步数断定她今天外出了很久，这让一身疲惫的他口干舌燥。结婚几年，大概也是他博士毕业工作了一段时间后，他变得有些阴晴不定，好像对她的包容最后都会紧缩，常用微信运动监视她的行动。在房宇黎的眼里，每次蔡苏确定了一份工作，即确定了一种行动轨迹。每天晚上 10 点 12 分微信会提醒他今日运动量，他会点到蔡苏的运动主页确认她的微信步数。她的上一份工作在培训班工作室，步数稳定在这样的数字上：若是步行—公交车—步行的路线，是 6800—7500 步。若是骑电瓶车，则是 4200—5000 步。

六、影子妻子

某天，蔡苏正在阳台的画板前画画，天慢慢黑了，笔的阴影从夕阳的暗面移到了客厅灯光的暗面。她的手机收到了一封邮件，发件人是一家童书出版公司，专注于儿童生理教育。这是一份需要手绘的工作，出版社从她的简历得知她曾经办过校园画展，她画的那些人体结构图、金黄葡萄球菌显微图、双螺旋结构的 DNA 链和 RNA 单链图，生动又震撼。想到这样的工作内容是她一直以来喜欢做的事情她很高兴，当晚就告诉了丈夫这个消息。房宇黎先愣了一下，很快说起祝贺的话。他想，这份工作确实很适合她。但他有点慌了。

他突然发起怒来，原本想要跟妻子分享喜悦的冲动也被抹平了。他粗暴地捧住了她的手，吻她，抚摸她的全身，好像是水生动物的触手在她身上爬行，当他的脸慢慢贴近她时，他感觉到自己在一片寂静中不断下坠，而身边的一切都在上浮。就在快要停止呼吸时，不远处出现了一个巨大的乳白透明生物，将他慢慢托起。周身黏腻，他被牢牢地固定住。紧密的贴合让他放松下来，他细细感受着与它的接触，直至全身兴奋痉挛。他获救了。他完全忽略了他们之间错位的交流，很快在蔡苏身边睡着了。

大约到了后半夜，蔡苏仍然难以入睡。她顺着窗帘缝隙的弱光找到了鞋子，抬头又撞见自己黑压压的影子在米色窗帘上的痕迹，潜在褶皱处的阴影更加漆黑。她轻轻走了出去，把卧室门关上。

路过玄关时，黑暗的房间里只有那个鱼缸发出幽蓝色。那是房宇黎读研时进行水母毒素免疫学实验，为了能时时刻刻观察水母而买的鱼缸，前段时间，里面突然多了几条热带鱼。

还有什么是她不了解的呢？平日里她很少会去房宇黎的书房，基本上都是在阳台或自己的空间里工作、画画。她缓缓来到了他的书房，坐在房宇黎的桌前，看到他桌面上署着他名字的文章，里面竟然有很多她的插画。

不知过了多久，她平静地恢复了那些文稿的位置，慢慢走去卫生间。白灯有些刺眼，她待在洗手池前适应了好半天，直到洗手池蓄满了水。她一头栽了进去，缺氧的感觉似乎已把她脑海中的迷思驱逐脑外。她从水里仰起头，伸手去够洗发水，一遍，两遍，三遍，揉搓着头发。她察觉到来自头皮的刺痛，但仍控制不住自己，怎么也洗不净脑袋里那些密集的斑点。弯腰的动作加剧了她的恶心，她对着马桶干呕了一番。她把掉落在水池里歪七扭八的发丝搓成球，扔进水池一旁的脏衣篓里。

那个脏衣篓还放着带有一点血迹的衣服和沙发套，等着天亮之后清洗。那被她忽略的、稀薄的灰尘和颗粒在灯光下漂浮，又浅浅地布满房间。

七、尾声

　　齐敏的名字出现在齐耀交代的供词中。的确是因为她，齐耀在水产生意、乐器培训生意、烧烤店生意等之后，听到有客人说贩售动物能赚钱。齐耀打听到可以通过学校的实验室拿到实验动物需求清单，也可以通过挂牌的动物园给动物来历背书贴牌，整个流程清爽顺畅，他从中间可以拿到差价，只差实验室这个环节。齐耀马上想到阿敏就是相关专业的，便瞒着阿敏来到学校找到负责实验动物采购的房宇黎，并承诺事成之后房宇黎会拿到不少的分红。齐耀这边已经联络好，钱垫付好，就等着实验室开单，学校却出了件大事，闹得网络上沸沸扬扬，原本定好的单子直接断了。齐耀拿不回钱，直接去学校找到了房宇黎，房宇黎推诿的态度逼急了齐耀，两个人在办公室发生口角，齐耀夺过房宇黎用以自卫的解剖刀，推搡间划破了房宇黎的脖颈。齐耀倒卖实验动物未遂，但是杀人已成既定事实。实验室的案件重新被调查，阿敏退学的事被重新核实。

　　蔡苏主动要求见阿敏，两人约在蔡苏家里见面。

　　阿敏带着小璇还有律师打印好的调解书如期赴约。一进门，她便看到玄关处的热带鱼缸，深蓝色的。她好久没有见过了。她停下来看着里面的红孔雀，鱼体泛着粼光，鲜红处像是沾了血。好一会儿她才反应过来自己此行的目的。

　　她先借口去卫生间，终于忍不住放声大哭。为了已逝的人和鱼，为了自己不可言说但愿意为之牺牲的爱慕，为了想摆脱但又深刻羁绊着她的回忆，为了所有模糊、窒息、纷乱、动荡甚至暴力的情感。到底还为了什么？为了一张谅解书。

　　不知道为何，蔡苏透过卫生间半透明的门看着眼前这个正在哭的女孩的轮廓，好像一瞬间明白了。两年前，从不在家养动物的丈夫，有天突然换了个很大的鱼缸，养了几条热带鱼。或许是在同一个地方，就在那个女孩刚才站过的地方，丈夫也曾对着那些热带鱼发呆、哭泣。她问他怎么了，他只说这些鱼很漂亮。

　　蔡苏为曾经阿敏的退学事件代房宇黎道歉，逝者如斯，并表示愿意签署谅解。阿敏没想到蔡苏会这么轻易地同意签署。

　　阿敏走后，蔡苏站在玄关处，开始与深蓝色的鱼缸久久对望。然后在一个昏暗的冬日里，她拉上了窗帘，戴着一顶遮阳帽，将鱼缸的电源拔了。蓝色最后成了灰黑。好像这个世界只微缩成了一个人的衍生，而现在那个人已经死了。

　　热带鱼在逐渐冷下来的水里不停地游动，游动。而后浮起。轻飘飘的。如同在水中溺死。

　　隔天，房宇黎被送去火化，时间被安排在快中午的时候。那天，阿敏打算从工作的宠物殡葬店出发，这里距离火葬场很近。蔡苏一早带着一条热带鱼去了宠物殡葬店，要求他们将它火化。鉴于难度太高，最后协调将鱼剔骨制成标本。

制作完成后，阿敏将标本递给了蔡苏，蔡苏将谅解书给了她。

所有的仪式都结束了。

蔡苏将鱼骨标本带回去画了下来，作为插画放到了明年计划出版的科普读物《水生动物漫游记》中。曾经，在房宇黎做水母研究的日子里，她也表现得充满兴趣，甚至专门请了年假陪着房宇黎去夏威夷参加水母毒性研究论坛。不过说起来，某种水母毒素也曾在房宇黎的尸检报告中出现，只是无人再去深究了。

Works by Young Writer,
Xue Chaowei

青年作家薛超伟小辑

薛超伟

浙江瑞安人，2014年毕业于复旦大学创意写作专业。作品发表于《当代》《花城》《上海文学》《西湖》等期刊，出版有小说集《隐语》。曾入选第二届王蒙青年作家支持计划年度特选作家，获第九届西湖新锐文学奖、2023年"钟山之星"年度青年佳作奖、第十二届春风新人奖。

隐　语

一

远处有当当声，我想象那声音是一种饰物，悬挂在古城上空。古城终日在翻建，每日都比前一日新些，但又在某些方面尽力做旧，像一场无用功，又像跟时间做抗阻运动。

我坐在灯谜馆的前台，等待可能的访客。林亭在后面的房间，守着贵重展品。没人的时候，我们会互相喊话。她说得最多的话是："简秋榕，我好无聊啊。"她总说想换工作，但又怀疑找不到更好的。我可以理解她的烦恼，但不太懂无聊是一种什么状态。面对那些空白的时间段落，人并不需要做什么事情来填充它。它们那样空着就好，很自在。

下午外面刮大风，一会儿下起了雨。路人在街上跑动，有几个躲到馆里来。我让那些人在访客表上登记。他们本不是来参观的，登记完，也自然而然地参观。

展馆很小，一共三间屋子，馆内挂着很多灯笼，四方或八角的宫灯，里面是灯泡，晴天的时候也亮着，雨天格外明亮，映着灯谜。玻璃展柜里摆着一些古代留下的谜书，布展或维护时，我会借机翻一翻。林亭待的后屋有块大端砚，一人高，砚中有数块小砚，小砚里外包罗万象，有山水，有楼阁，有人物。似乎专为引起人的惊叹，它立在那里，无用而庄重。他们都与它合影。

他们参观完，雨还没停，便来回踱步，看看雨幕，又走回去。我坐在那里，暗自偷笑。与阑风长雨对峙的时候，人会争胜，于是，就很难取胜了。

雨渐渐停了。跟很多事一样，它们开始占据你的时候，就会停下来，这是它们的善意。避雨的人陆续离开，馆内又变安静了。天亮起来一点，又正式黑下去。

檐漏滴答，放晴了，檐头还下着残雨。我望着，想到"漏卮"[1]这个词。这个词后来被一古人制

　　1　渗漏用的酒器。

成了谜,在《诗经》里有对应的谜底:"不可以挹酒浆。"[1]《诗经》里本义说的是北斗。从酒具到星斗,路途遥远,借诸谜语,倏忽间也就到了。我从窗户探出头,在天上找,能看见几颗星星。我分不清星宿,不知道哪几颗算北斗,但假装都看见了,可不是,它们肯定都在那儿。

"简秋榕,下班了。"林亭把我喊回来。我同她清查展品,锁好馆门。在路上,她说:"我有种感觉,有时候你站在那里,其实并不在。"我说:"这是什么意思?"她说:"就是,哎,我也不知道,就是这种感觉。"我们走下一条长长的坡道,坡道底下有小菜园,几个小孩拿着铲子在挖雨后的泥土,一只黄狗在旁边兴奋地绕圈。我凶他们:"这么晚了,囝仔还不转厝[2],在这儿迌迌。"他们回嘴:"要你管!"林亭跟我哈哈笑。到十字路口,我们分开走。我家在文庙前大广场的东巷里,属于景观的一部分,所以门户被改造得很漂亮,每次走到家门口,看着路灯晕染的淡淡红砖墙,我总是开心。

听到我回来,我爸把事先备好的食材下锅,开始做菜。以前他不等人,自顾自先吃完,我回来只能一个人对着墙壁吃饭。不知道什么时候开始,他变了性子。林亭说男人老了都这样,开始想对家人好了。她阿公,使唤了一辈子她阿嬷,有一天突然帮忙收拾了。如果是这样,那我宁愿我爸不要变。

我很小的时候我妈就跟他离了婚,两人都没怎么管过我,是我阿嬷把我养大的。他和阿嬷也吵架,跟那些在古城只有一面之缘的游人倒是处得不错,喜欢和他们聊天,五湖四海的方言都学一点。有一天,我爸说他这是在挑女婿。他说:"会有人因为跟岳父聊得来而娶他的女儿吧?"

我忍不住笑,说:"你这话有逻辑问题。"

"会有吧?"他说。

他总是别别扭扭的,喜欢拐着弯邀功。本来,他跟年轻人聊天,帮我留意潜在对象,这两者都没什么问题,但非要联系在一起,就叫人不舒服。但我知道他一直是那种人,也很难怪他。吃饭的时候,他又提起这个话题。

我说:"我不是没人要。"

"我知道,你得积极一点。"

"我也没有坚持什么不婚理念。只是现在还不想。"

"所以你要想,而不是不想。一年又一年,到最后就没得挑了,你姨婆当初……"

"嫁到山里去了,过得很苦。"我接过话。

"我知道,你忙,你研究谜语。以前有个人,天上在下炮弹,他躲在家里研究谜语。你们这些人,世界上有那么多重要的事,总是拣最不重要的去做。"

"那个人后来呢?"

---

1 采自《诗经·小雅·大东》:"维北有斗,不可以挹酒浆。"挹,舀。
2 转厝,闽南语,回家。

"你看。"

"后来怎样了?"

"还能怎样,被炸死了。"

"他结过婚吗?"我绕回来问,避重就轻。

我爸不说话了。

晚饭后我回到房间,坐在靠窗的书桌前。很多个夜晚,我这样坐着,翻开桌上的本子,上面抄写着我从谜书上记下的谜语。展馆的线装谜书中,有一本《嗜痂记》,此书记载作者平生与谜友会集,猜射为戏的旧事。作者叫"味辛老人"。馆里收藏的是手抄稿,根据专家判定,是清人纸墨。誊抄人只留了个"揭云居"的称号。所以我知道揭云居是清人,味辛老人是他同代或更早之前的人,除此之外,对他们生平一无所知。这书倒是寻常,但是我在末几页发现了疑似不属于正文的内容,我猜是揭云居抄完书后自己写下的。他先是写了一篇短文,说的是某天他在书斋闲读前人高隐的笔记,这位叫高隐的古人在野外发现了一只小动物,它只有狸奴大小,周身豹纹,头似圆盘,乌睛白眉,四肢若骏犬般有力。它在草丛里跑跳,停下时发出"厌厌"的叫声。他悄然接近,那小东西一下就窜远了,不知所终。高隐猜那是古人说的驺虞,但回去翻书,书上说驺虞大若虎,肯定不是他看到的那般小。他凭记忆把它画下来给友人看,友人们都说不认识。他带人去荒地里找,搜寻几日不得见。想到它那天厌厌有声,就名之为"厌厌",记载下来,待后人探究。揭云居在文章里感慨,天下只有高隐一人见过厌厌,实为遗憾,现在他不知道厌厌是什么,耳畔却能听到它的叫声,仿佛那厌厌就藏在眼前的书页中,只是常人看不到其形貌。四时变迁,万物都会阴谢,但总有一些方式可以将它们保存下来。揭云居受到启发,于是自制谜语游戏,用一物去镌记另一物,以慰忧物之心。

此后,他闲暇时,就写下一些事物的名称作为谜面,慢慢找谜底。谜底须有典故作支撑,不然猜谜就没有难度可言。这种制谜方式有些特殊,一般是先发现二者有勾连之处,再去探究有无成谜的可能,而他却是任意写下谜面,随缘去寻谜底,自己是自己的出谜人。他在书卷中读到"罗敷"二字,觉得念来很有韵律,便随手记下作为谜面。过了一段时间,他与友人们踏秋,在黄栌下设宴,饮清茗赏花叶,诵"秋"之赋之诗之词,以助秋兴。一友人吟诵欧阳修的《秋声赋》,到"夫秋,刑官也,于时为阴",揭云居拊掌笑,众人惊异。揭云居解释,他猜到了一个谜的谜底,"罗敷"射"夫秋"正好,因为罗敷的丈夫叫秋胡,有李白的《陌上桑》为证。

靠类似方法,他造了一些谜语,比如"江南省"射"宁俭"(《论语》),"雅音"射"乌号"(《淮南子》)。有些谜难解,他在文章中也没有解释。比如,"皋",射"接余",我想不明白。后来我查了《诗经》,有毛公作注:荇,接余也。皋荇,大概是"高兴"的谐音?这竟也可以。那天想到这个谜,揭云居肯定很高兴。

手稿上还有些谜,未写下谜底,就那么空在那里了。可能是揭云居还没想出谜底,也可能是他刻意空着,留给后世像我这样的闲人去猜射。那么,如果我想到了谜底,就不仅是物与物相随,彼此镌记了,而是我与他也产生了联系。我记下他的几个谜。其中"裂素"这个谜面是我最喜欢的,我时时揣摩。"裂素"出自李白思念儿女时写下的诗句"裂素写远意,因之汶阳川"。谜底须用典,也就是说,谜底在所有的古书里。那可能要找一辈子,也可能像他找"罗敷"的谜底一样,与友聚会即可偶得。无论如何,我不着急,只是闲暇时随意地找一些书看。我虽然喜欢谜,但对谜的悟性很低,也没有足够的知识量。但,谜底总能找到的吧,找不到也没关系。

二

在阿嬷的店里,我接过她递来的面,自己加卤菜,用剪刀剪一小截猪大肠和一小段猪软骨,多加了些素菜。自家的店,更要节制。我找自己的小桌坐下,吃着面,跟阿嬷说话。跟阿嬷说话就是,阿嬷的话我可以不接,我的话阿嬷也可以听不见,没有人急着追问,没有人觉得不快。

店面位置偏僻,在古城副街的街尾。街尾有街尾的人来吃,多是老食客。常常不知道他们什么时候进的门,悄无声息,发现时,就已经坐那儿了。他们不专门点单,等待一会儿,阿嬷就把干拌面端上来,要加什么料,加多少,很少出错。错了也将就。他们有称呼,但缺少名字。比如附近食杂店的阿伯,我多年来都喊他阿丘伯。有一天阿嬷告诉我,那人不叫阿丘,阿丘是他阿公的名字,阿丘早不在了。这明明不是什么叫人开心的事,但阿嬷说话时的语气让我觉得很好玩,我就一直笑。阿嬷瞪我:"查某囡仔,没礼貌哦!"我问:"那他叫什么?"阿嬷歪头想了一阵,发现自己也不知道,我又忍不住笑。这次遇到,我依旧喊他阿丘伯,他依旧应着。总有一些东西延宕下来,拖着旧时虚影,恒久存在着,连名字也是。

门口的木麻黄树长得毛躁,树底下停着一辆摩托车,车身银钢色,车座红黑拼接,伏在街边。我不懂车,也觉得好看。车是阿嬷的。阿嬷六十多岁突然买了摩托车,引街坊诧异,为此我爸还跟阿嬷吵过。我记得我爸问:"哪个老阿嬷会骑一辆这么凶悍的摩托车?"

"山里头的老阿嬷人手一辆摩托车。"阿嬷说。

"这里又不是山里头。"

"行远路,早做准备。"

没见阿嬷行过远路。我曾想过,阿嬷是不是要骑着摩托到处走走,比方说环游世界。但几年过去了,阿嬷始终没有启程,那辆摩托,也只是拿来代步。

把面碗端到厨房,我看着阿嬷。阿嬷曾是个粗壮的女人,但再粗壮,老了后也像烧了一半的纸,蜷起来,身上腾起一缕叹息。我抱抱阿嬷,说我要走了。阿嬷说:"去吧去吧,多大了还撒娇。"

我没跟阿嬷说过,我或许见过真正的阿丘伯。不仅是阿丘伯,我见过很多遗落在过去的人。他们影影绰绰,在古城的面馆、茶楼里,在某个不惹眼的角落,甚至在大街上。我出生长大的这个小城,跟谜语是相合的。那些人、那些物的本义消解,转换成另一种形式依然存在。阿福家的四果汤还是那个味道，换了店铺，从城南来到了有竞争力的前街。小时候从自家门前抬头就能看到的女儿墙不见了，现在在文庙周围建了一圈带女儿墙的小楼，会有人倚着三楼栏杆，跟底下的游客互相窥看。文庙里的千年古柏，在二十多年的短暂时间里，只是把南枝往前伸了一些，并于去年拥有了一个新修的树围。路过，我就会去文庙里拜拜，我看过的谜里，有太多他老人家[1]的语录，常受教诲。更早，与老人家不熟的时候，我就来玩的，只当他是一个更高大的尊像，与那些故居里的、牌坊上的人像无异。在被管理员训斥之前，爬过几次基座，摸摸老人家的袖子。

那个时候我顽皮，为了消耗过剩的精力，一个人瞎热闹，不然会胡思乱想，想念爸爸妈妈。记得爬过闲谭巷的围墙。有一段挨着一户人家的阳台，那户人家经常有麻将局。我爬上去，站在上面，想着妈妈是不是在那个阳台后头，能不能偷看一眼。她跟爸爸离婚后，我很久没见过她。结果走两步就摔下去了，幸好被一个大人接住，我吓得扯住他衣领。眼前是白头发，往下看，是白胡茬，是一个阿公。他把我放下来。我等着，以为他会训斥我。结果他没有，有点奇怪，不像别的大人。我说："阿公，以后我不乱爬了。"我记得他说："没关系，囡仔想玩什么就玩什么，但别太入迷了，玩的时候，要留一部分神，照看好自己。"我用力点头，仰头看他。他很亲切，长得像我们家的人。但我们家的男老人都不在了。他捏捏我的脸，笑一笑，转身走了。以后我再也没见过他。好像他就专门出现那么一下，就为了接住我。会是我的一个祖先吗？

在灯谜馆，我问林亭有没有见过自己的祖先。她说我头壳坏去了。我说："某一个时间，你一定见过，只是你不知道。"她见我讲认真的，想了想，走过来跟我说："还真是，我小时候看着我太公的照片，能听到他讲话。后来才知道，照片挂在墙上的人是不会讲话的。"我说："那你怎么知道那就是你太公的声音？"林亭说："我也不清楚为什么会这么想。"我说："你见过你太公吗？"她说："出生的时候见过，但我不记得了。他不久就过世了，我有时候会想念他。想念一个没讲过话的人，奇怪吧？"我说："不奇怪。"

三

我爸退休后，把攒下的积蓄和老厝的拆迁补偿款拿去给中间人放贷，每年收一些利息，也够家里的生活费。他在家待了两年，突然跟我说想要做点投资。他说："做个好业人，女儿才能嫁好人家。"他又以我的名义干一些自己想干的事，但追究起来，那话里也有一些真。他的投资理念一直保守，拿了钱只想存银行，能拿去做借贷，也是被人劝的。他现在肯定是真的想挣点钱。

我说："爸，老实说，我目前的状况，就是只能养活自己。你一定要做投资，我也支持你。万一亏了，还有我呢，我换个赚钱的工作就是。所以，你想做什么，就做吧。"

我爸笑着，说好。

过几天，他跟几个外地来的朋友见面，聊合作的事。之后还要去蜜柚园考察，看值不值得投资。我也跟着去饭局，给他壮壮声势。酒桌上的几个人给我爸讲现在蜜柚的销路好，在原来的蜜柚基地边上，又开辟了新的种植园，还要做对应配套项目，比如农家乐，很有前景。他们拿出蜜柚园的照片满桌传看。我爸听得兴奋，频频敬酒，也被敬酒，喝了很多。我帮他挡了几杯，他们说，我干了，你是女孩子，少喝一点。我在很多场合听过这话，但第一次在我爸的饭局上听到。我几乎没跟我爸一起参加过饭局。

投资的事聊完了，他们开始聊些这边的风俗名物，聊得很杂。有人说起闽南方言里"有"的发音像普通话里的"无"，觉得这一现象很有意思，比如"只有你"音似"肌无力"。接着谈到"酒干倘卖无"这句歌词，一般正常的说法，是"酒干倘有卖"。还有"水有饮勿会完"，不直接说"水饮不完"，要先加个"有"。以有说无，以无说有，很有闽南人闲适的性格。我听出很多错误，忍不住插话："闽南话'有'跟普通话'无'发音相似是巧合，在语音流变过程中，两者发音偶然碰撞在一起，并没有那么多门道。"被反驳的人似乎想接话，看看我，又犹豫起来，只是笑。爸爸打圆场："喝酒，喝酒。"他们说："你女儿厉害的哟。"

吃完饭，他们搂搂抱抱，告别话讲了很久。我问好他们的目的地，分别给他们叫了车。坐在车里，我问我爸，刚才直接呛他们是不是不好，会不会不礼貌。他说："没有，你是女孩子，不会怪你的。"我想了想，虽然我不喜欢这种说法，但如果真有这样的好处，好像也挺不错，至少在这个场合，我没有牵累我爸。我跟我爸分析了他们的个性，从他们的言谈举止，能看出一些东西。但如果一定要说他们不懂语言学就也不懂投资，在这处夸夸其谈就会在那处大吹大擂，也不公平。

"总之，再观察吧，做个参考。"我说。

"对，要多方观察。放心吧，借出的钱拿回来也要一段时间，爸不会这么快被骗的。"我爸说。

"那缓缓被骗？"

他笑得很大声。

洗完澡，我回到自己的房间看书。吃一顿饭几乎掏空了我的能量。我的能量来自静物，比如一只小狗很可爱，我会远远看着它，如果它向我跑来，那种可爱马上会变成负担。

对面有几扇窗开了一半。不下雨，有些人家就把窗彻夜敞着，接纳夜风和飞虫，也借窗外的景。路灯下，剥了漆的门不再被修缮，委灰中显出一点轻轻的红。

爸爸敲了敲我的房门，问可以进来吗。我打开门，让他坐。他闻了闻房间里的气味，可能是香水味，似乎想到应该与成年的女儿保持距离，说："要不要到外面聊聊？乘个凉。"我心想，乘什么凉。从阿嬷的老厝搬来跟爸爸一起住，四年了，我们还是没学会父女间应该怎么相处。我说："就这里吧，咱俩也很久没聊了。"除了嫁人的话题，我想。他在房间里走动，看我的书架，又翻翻我桌上的书，说："这书好看吗？"

"也不是好看才看的。"我说。

"啊？不好看为什么要看？"

"我找谜底。"

"谜底在书里？还要找？谜不是猜出来的吗？"我爸带着酒意问我，有点像吵架。

"是的，我猜的那些谜，谜底都要有出处，有典故。"

"为什么要有出处？"

"要有个目的地。"

我爸若有所思地点点头。又问我："现在在研究什么谜语？"

我觉得再跟我爸相处四年，他也猜不出谜底，但又不能不告诉他。以为父辈什么都不懂，嫌烦，拒绝他们进入自己的世界，矛盾就是这么开始的。

我说："谜面是'裂素'两字，谜底在古籍里，指的是所有的古籍。"

我爸说："所有的古籍。"

我点点头。

我爸说："我都没看过几本。"

"所以咯，很难的。"

"你要一本一本看，看完历史上所有的书吗？"

"也不是，就是给自己一个看书的借口。谜底找不到也没关系，我头脑不算好。反正有很多时间。"

我爸说："谁说的，我囡仔头脑好着呢。"

我爸又跟我讨论了很多问题。我发现我也很乐意解答。我们聊到了往事，妈妈，阿嬷，我们的老厝，这座古城，他小时候古城的模样。我还知道，他年轻时候也算是个文化人，做过报社印刷工人，钱少，后来才去的汽配城。

临出房门，他找我要纸和笔，让我把谜面写下来。我给他写上"裂素"二字，想了想，又在下面作了备注：谜底须用典故，典故在古籍中找。

四

我跟阿嬷说："爸爸变得比以前好，会照顾人了。"阿嬷说："你爸找你了？没有烦你吧。"我说："没有，他还挺好玩的。"

我看着门外的木麻黄树，阳光抚过它的毛躁，使之显得温和。摩托车也温和，它不动的时候，像一只被染发的小狗。

"你有个骑士阿嬷，好酷哦，她会在夜里炸街吗？"以前，朋友这么跟我说过。当时我哭笑不得。

我从阿嬷手里接过面碗，又送回去，说："我要阿嬷帮我打卤菜，好吃的，大块的。"

阿嬷笑着摇头，说："囡仔小时候可是很懂事的，现在怎么越来越娇惯了。"

我嘿嘿一笑。因为过得开心，才能娇惯。因为面对的是阿嬷。因为在这间小店，无事发生，世上所有的痛苦都隔绝掉了。在这里，时间也不再流逝。

小时候，天还没亮，阿嬷就起床去备菜了。我也要起，阿嬷让我好好睡，囡仔缺觉。我问阿嬷怎么不缺觉。她说，人老了就这样，老天爷会匀一点时间给你。我说，那越老就匀得越多，以后阿嬷一百岁的时候，就有很多很多时间。

我吃着面，想起来，我几乎问过阿嬷所有的问题，聊过所有的话，有一个还没问。我说："阿嬷，姨婆是什么样的人？"

"怎么突然问起你姨婆，你都没见过吧？"阿嬷说。

"对啊，你们不来往。她可能都不知道世界上有一个我。但不知为什么，我会想起她，会想她。"

阿嬷跟我讲了姨婆的故事。

姨婆爱玩。这个"爱玩"，是旁人的描述，姨婆本人并不认可。几十年前，她交了一个男朋友，经常跟着他在外面溜达，玩到夜里才回来。阿嬷这个做姐姐的，看在眼里，很心急。她叫了一伙人堵他，打到半死。

"幸好没打死，不然我会愧疚一辈子。"阿嬷说。

之后姨婆还是跟那个男人好，在床边照顾他。但他是怎么都不敢要她了，等清醒能说话的时候，就让她走。我姨婆说："你如果愿意继续跟我好，我们就找一个没人认识我们的地方过日子。你如果更喜欢这里，我也跟你留在这里。如果再出现伤害你的人，我会杀了他。"他说："我只希望你走，求求你。"

我姨婆走了。

姨婆后来负气，嫁了个山里人。男人是诏全的，虽然归属同一个市，两地实际相隔六百里。家里人都反对，那里不只条件艰苦，还落后，女人进不了宗祠。姨婆还是坚持嫁给她。阿嬷说："你可以嫁过去，我们从此不要再联系。"

姨婆不吭声，点了头。

阿嬷讲完，我不知道怎么安慰她。时间太快，很多事都不一样了。故事里，姨婆是单方面受苦的那个人。但其实，回到那时候，阿嬷也有那么做的理由。

我走到阿嬷身边，轻声对她说："阿嬷，你是好人。妈妈跟爸爸第一次闹离婚，你还偷偷给妈妈钱了。你以为她要远走，想着，查某上路还是要带些钱的。"

"囡仔怎么知道？我没跟人讲过。"阿嬷说。

"你上一次跟我说了。"我没跟阿嬷说，上一次是什么时候，这是我一个人的秘密。

我走出阿嬷的店，走在路上。古城到处都在翻建。在建的新楼，都是记忆里的老样式。旧时南洋带回的五脚基建筑，被摆在主街。常有女孩子站在红砖柱子前，定定地看着前方，忧郁或浅笑，闪光灯过后，从失神里醒转，重新欢悦起来。二楼往上又是传统的窗与槛。木质窗扇，与外墙红成一色，又与砖柱区别开来，两扇向外开，常与风合谋，吱吱呀呀，调戏过路的鸟。窗棂是一块块菱形的空，连缀在一起，或许就是李渔说的欹斜格。谜里也有格，梨花格、卷帘格、解铃格之类，仿佛跟窗棂是一件事。若与人说，这是梨花格的窗，谁能听出破绽呢？

中西合璧的建筑，让我想到一个同样中西合璧的谜，谜面是"谭"字，谜底是"西言曰十"，不仅把"谭"拆分得恰到好处，而且还扣合了西语中"十"的发音"ten"。我每次想到这个谜，就会笑。因这个"谭"字，我就常往闲谭巷走。宁愿多拐些弯，也要穿巷。走在巷子里，麻将声无缘由地漏下来，如不细究，那声音是叫人安心的，从小听惯。旧城改造以后，收租的人多了，终日打麻将的人也多了。我妈就在其中。

她跟我爸离婚后，嫁了一个，又嫁了一个。要论优点，都比我爸好。但没我爸滑稽。都是些得意扬扬的男人。我爸也得意，收着得意。我妈喜欢跟我讲我爸的坏话，说在我小时候，他对我多么不在意，曾经把还不会走路的我，独自放在高高的灶台上，他自己溜达到不知哪里去了，任我手脚乱抓，险些掉下去。这个故事，我妈讲了七八遍。起初我奇怪，多年过去了，还这么恨着吗？后来想明白了，她跟我已经没有话题了，她就是想跟我说说话。

有时候我会坐在一个工地对面，看着缓慢生长中的建筑，把它盯到羞涩，等将来它落成了，可以跟它说，你是我看着长大的。工人大多是中年人，有几个年轻的。年轻人跟年轻人一起玩，或蹲或坐，在一起看手机。我跟其中一个年轻工人搭上话。他说他家在菜场附近，旧城改造时没拆到，那一带仍像过去一样脏乱，家里也改不了民宿。我问他为什么要干工地，他说，你这话问的，挣钱么，难道是爱好啊。他说他有很多想做的事，这头一件，就是让母亲过上每天打麻将的生活。她每天睁开目睭，发愁的事情，就是牌路。

"那不是很空虚？"我说。想到林亭，她总喊着无聊。

"空虚好啊。比方说，空心砖，都用在不承重的部分。做空心砖，多快乐。"

我心里高兴，被一个小年轻说服了，突然觉得妈妈那样过一辈子，也挺好的。开心总比不开心好。

走在路上，麻将声听着也悦耳了。我在谜书上看到过一个谜，"雀戏"射"载弄之瓦"。大概因为麻将也称为"麻将瓦"，而古时又将这类娱乐场所称为"瓦市"。有了这层联想，我觉得麻将声里也添了古意。不过我更喜欢另一个谜，"棋声丁丁"射"子路有闻"。不只棋声丁，雀声也丁的。

五

我坐在灯谜馆，外面又下雨了。

新闻上说，诏全山区发洪水，板凳、家禽，就连摩托车都被水冲走。新闻说，山区里，人们的重要代步工具就是摩托车。

我想，原来阿嬷买摩托，是要驶去诏全的。她坐在那辆红黑车座的摩托上面，双手搭住车把，银发扬起，行驶六百里，中间加了一次油，最后歪歪扭扭地在泥泞山路上骑着，目的地是姨婆的家。她把摩托停在姨婆的院子里，不用说什么，姨婆就明白。姨婆会说："阿姐，你来了。我等了你五十年。"

然后，那么那么多年的嫌隙，就此消解。

但阿嬷始终没有启程。

我问阿嬷为什么不去，心心念念的，为什么不去看一看。

阿嬷说："刚开始想去，后来拖着拖着，就算了，还是不要去打扰她。想着，是不是太轻易了。如果轻易被原谅，就糟糕了。"

我不懂阿嬷的意思。

阿嬷说："人这一生，总会有一些不好，怎么会事事尽好呢？活得问心无愧，对我来说不敢想，甚至有点可怕。"

我听了，有些想哭。我抱着阿嬷，把脸埋在她衣襟里。我跟她诉说这些年的歉意。我没有做的事，我做了的事，因为她不在了，每一件事都是遗憾。

阿嬷说："囡仔，不用道歉。人啊，怎么活都可以，顺你的意就行。可以听爸爸的话去结婚，也可以不听他的话。怎么选都会有遗憾，那就可以忘记遗憾。"

我摇头："不能不结婚。如果阿嬷当初不结婚，就没有爸爸，也没有我了。被生下来，存在着，真的很好。"

"会有的，都会有，只不过从别的地方长出来，不叫阿华，不叫秋榕。叫个别的。"

我点点头，作为这一个简秋榕，这唯一一个，唤着阿嬷，一声接一声，直到最细声时，丰盈的拥抱变成虚无。

我希望所有人都永远存在。永远存在下去。

我回到灯谜馆，一直掉眼泪。林亭走过来，问我怎么了。我说："梦到阿嬷了。"她给我递纸巾，轻轻拍我的背说："你去后面展馆吧，我来接待。我会插上耳机，你如果想哭，就继续哭，如果需要我，就叫我。"我向她道谢，交换了座位。

古城慢慢暗下来。

晚上回到家里，爸爸看我。我别过头，用长发遮住，他又拐着弯看我。

"囡仔，怎么哭了？"

我说我没有，又说："看了一本感人的书。"

"你哪会在上班时间看书？你宁愿坐那儿发呆。"

"嗯？你怎么知道。"

"我会路过。"

我没多问。

他说："给你讲件高兴的事，爸爸猜出谜底了。"

"谜底，什么谜底？"

"裂素的谜底。"

"这么快？怎么可能，这才过了几天？"

爸爸拿出上次那张纸，摊开来给我开。他看看字，又看看我，小心地问："这个谜底，你觉得对不对？"

裂素，陈玄。

良久，我问："爸，这'陈玄'两个字，是出自古书吗？"

"是，唐代韩愈的《毛颖传》"

我想起来了，那是篇简单的古文，上学时还学过。陈玄是墨水的意思。"裂素"著文，需要用墨水，也需要在绢纸上列出玄色的字。且不论是不是真的谜底，是不是揭云居所想的谜底，这两个词作为谜面和谜底，总归是和融的。我说："爸，这是对的，你猜对了。这是正确的谜底。"爸爸的眼神一下子亮了。

我问："爸，你怎么知道谜底在这篇文章里？"

"你馆里有块砚台，我经常去看的，解说词上说，砚台也被称为'陶泓'。我就想知道这说法哪里来的，去找，就看到了。"

"你还去参观过，我怎么不知道？"

"你不知道的可多了。"

我笑了。他见我笑，伸手捏捏我的脸。我轻轻拍开他的手。我说："哪个爸爸会捏自家老姑娘的脸啊？"

他笑笑，看着纸上的谜语，说："裂素，陈玄。白色裂开了，陈列出黑色。意思是，拔断白头发，现出的是黑头发。"

"才不是这个意思！"我笑着说。

"这谜挺好的，好像时光会倒转。"爸爸说。

我看着爸爸，看着他的模样，头发白了一半，胡子也白了。曾经，我们家的男老人都没了，都变成照片挂在了墙上。现在，又有个男老人慢慢长成。

我突然知道他是谁了。我的意思是，我知道我的爸爸，以后会变成谁了。

"爸，原来你老了长那样。"我说。

"嗯？"他说。

不知道爸爸找过我几次。在那同一天。不过，他为什么要找我呢？找那时的我。

我知道了。跟我找阿嬷的理由是一样的。

原来，时间没我想象中那么多。

晚饭后，爸爸又要去广场，去找他那些年轻的远方的朋友，会那一面之缘。我跟着他去，这是我第一次同他一起来到夜晚的广场。家门口就是景，但我没跟他一起散过步。星星全部落在广场中央的水池里。我跟爸爸讲起我第二喜欢的那个谜语。

只要我愿意，我可以直达星斗。但此刻我哪里都不想去，这里就是我需要存在的地方。

创作谈

到过去休息

一假如有深渊

写小说《隐语》之前，我偶然在某处看到一则旧时的谜语，谜面是"过刘伶墓嘲之"，谜底是"能饮一杯无"。刘伶以善饮闻名，这是这则谜语的核心逻辑。这则谜语蕴含了一种刻薄，这种刻薄也不太符合中国人向来的生死观，显得很特别。我找来谜书学习，希望深入了解谜语是怎样一种东西。看过一些书才知道，旧时的谜语跟我们如今的谜语制式是很不同的，有一套严格的标准，其中一条铁律，就是谜底需要用典故。猜谜虽然是一种游戏，但是对从前的一些谜家而言，也是一件可以与写诗作词并举的严肃之事。

谜底要从古往今来的典籍里面取，这条规则使猜谜变得困难，但产出的谜语形成了很美的结构。通常谜面的典故来自这个朝代，谜底的典故又来自那个朝代。比如有一个谜，谜面是"花朝月夕"，取自《旧唐书》，谜底是"春秋之中"，取自《史记》，二者相隔的不是距离，而是遥远的时间，却轻易地贴合在一起，如此和谐，没有人提出异议。这种不同时间的并置关系，很吸引我。

可以说，我们每个人都生活在两种时间的向度里。一种是向前的，一种是回溯的，我们时常会不自觉地置身过去的时间，似乎一个会自动打开的抽屉，过去的世界和人，还保留在那里。小说这种艺术形式本身就是回溯性的，即使写未来，也是写我们的一种记忆。我们的过去、现在、未来，可能都是一种记忆。这种思考很容易导向我们常有的幻想：回到过去。

那么就回到过去吧，或者说，让过去整个地来到当下。在这篇小说里，为了办成这件事，我借助了谜语。我不懂谜语，只是看了一些谜书，又从前人的谜语里面择选了几则特别好看的来装点自己的小说。同时，我尽力为这篇小说自制了一则谜语，也算是一个谜语初学者，以获取采撷前人成果的资格，虽说这种"资格"也是我一厢情愿。谜语在形式上使得不同的时间联结在一起，与我们直觉上对时间穿越的想象很相符。时间连在一起，那么去见以前的人，就像去同村的奶奶家一样，穿过熟悉的小巷就到了。这篇小说里，主人公也确实去见了奶奶，好像奶奶从来没有离开过。她到过去，就像到隔壁一般轻便。她坐在奶奶的店里，与奶奶有一搭没一搭地说话，是想念，也是为了

410

休息。虽然她的工作只是在谜语馆守着，平素没多少客人，但她因为内心有隐痛，依然要到奶奶那边休息的。

这篇小说触及了时间这种宏大的主题，可能只是为了休息。其实也不难理解，我们建很高的楼，买很大的房子，也是为了休息。

阅读谜书的时候，我发现民国有一个学者叫王文濡，他的笔名之一是"新旧废物"，他在一些谜书里留下的名字就简化为"废物"。第一次看到"废物"的时候，我以为这就是这位谜家给自己取的笔名，为他的豁达所震撼，后来才发现是一场误会。但我总记得，有个人在那些谜书上留下的名字是"废物"，好像是对自己这癖好的一种理所当然的嘲讽，同时这种嘲讽又是双向的，透露了对世俗的无所畏惧。

即使在那样的乱世，他也偶尔猜谜作乐。我从中发现一件事，那就是，停下来休息可能是合法的。而在当下我们所处的时代，人们最常有的愿望，正是休息。也许是充足的电力拉长了人们的白昼，用于休息的夜晚迟迟不能到来。这种休息，现在有个通俗的称呼叫"摆烂"，摆烂是为了躲避痛苦。有丰富史学涵养的人会站出来说：现在是从古至今最好的时候，你痛苦什么？你有什么不知足的？事实确实是这样，但每一代人都有自己的痛苦，痛苦不用相比较，痛苦就是痛苦。痛苦的时候，确实是可以停下来休息的。

除了能够制造一个休息的场所，我写时间，是因为时间本身具有强烈的美感。描述时间的过程，会产生一种让我愉悦的诗意。我觉得所有的流逝都是一种找不见的状态而已，它们还被保管着，不会消失。这是我对时间的理解。我过去写下的小说里，有几篇尝试把不同的时间融合到一块儿。这篇《隐语》呈现的是其中一种尝试，是到目前为止最接近我美学理想的一次尝试。

我也把"隐语"这个词作为即将出版的小说集的名字。隐语，是谜语的旧称，在我这里，也有"隐去一些话语"的意思。有时候不说比说要好，说，容易产生误解，不说，总还寄希望于冥冥之中的懂得。这篇小文也有一些将说未说的话，那么也不要说尽吧。

Contributors

附录

2020级创意写作MFA专业学生去向

刘欣宇

1997 年生
本科毕业于中南财经政法大学
现为上海黄豆网络科技有限公司
大讲书事业部内容责编

肖雯

1998 年生
现居海外

段文昕

1998 年生
本科毕业于厦门大学
现在上海担任语文教师

杨安楠

1998 年生
本科毕业于湖南师范大学
现就职于国家电投

陈国森

1997 年生
现为复旦大学哲学学院博士研究生

陈笑宇

1997 年生
本科毕业于昆明理工大学
现就职于事业单位

常心睿

1997 年生
本科毕业于南通大学
现为湖北广播电视台纪录片编导

丁子茗

1998 年生
本科毕业于曲阜师范大学
现就职于国企

傅晓

1999 年生
本科毕业于上海大学
现为传统媒体记者

刘涵玉

1999 年生

本科毕业于北京工商大学

现为广州南方学院教师

梁晨玉

1997 年生

本科毕业于集美大学

现为自由职业

王抒维

1996 年生

本科毕业于上海外国语大学

现就职于好未来培训学校

（上海）有限公司

王晴

1998 年生

本科毕业于中山大学

现就职于《南风窗》杂志社

韦月

1997 年生

本科毕业于北京师范大学

现就职于事业单位

许畅

1998 年生

本科毕业于北京体育大学

现为游戏编剧

许龚燕

1998 年生

本科毕业于西北大学

现就职于浙江文艺出版社

袁聪慧

1995 年生

本科毕业于燕山大学

现就职于某央企

图书在版编目(CIP)数据

假如有深渊 / 王宏图，张怡微主编. -- 上海 ：上
海人民出版社，2024. -- (创意写作). -- ISBN 978 - 7
- 208 - 19208 - 9

Ⅰ. I217.1

中国国家版本馆 CIP 数据核字第 20247X2Q69 号

责任编辑　陈佳妮　陶听蝉
封面设计　胡　斌　刘健敏

假如有深渊

王宏图　张怡微　主编

出　　版　上海人民出版社
　　　　　（201101　上海市闵行区号景路 159 弄 C 座）
发　　行　上海人民出版社发行中心
印　　刷　苏州工业园区美柯乐制版印务有限责任公司
开　　本　787×1092　1/16
印　　张　26.25
插　　页　2
字　　数　572,000
版　　次　2024 年 12 月第 1 版
印　　次　2024 年 12 月第 1 次印刷
ISBN 978 - 7 - 208 - 19208 - 9/I・2183
定　　价　118.00 元